中国廉政文库

QINGGUAN　　　KUANG　　　ZHONG

钟 政 ◎ 著

◈ 江西高校出版社

图书在版编目 (CIP) 数据

清官况钟 / 钟政著. — 南昌：江西高校出版社, 2014.4
（2014.9 重印）
ISBN 978-7-5493-2426-2

Ⅰ. ①清… Ⅱ. ①钟… Ⅲ. ①长篇小说—中国—当代
Ⅳ. ①I247.5

中国版本图书馆 CIP 数据核字 (2014) 第 050458 号

清官况钟

钟政　著

选 题 策 划	邱少华
责 任 编 辑	邱建国
文 字 编 辑	李国定
装 帧 设 计	周 艳　邓家珏
排 版 制 作	邓娟娟
出 版 发 行	江西高校出版社
社 　 　 址	江西省南昌市洪都北大道 96 号
邮 政 编 码	330046
总编室电话	(0791)88504319
编辑部电话	(0791)88595397
发行部电话	(0791)88517295
网 　 　 址	www.juacp.com
印 　 　 刷	江西新华印刷集团有限公司
经 　 　 销	全国新华书店
开 　 　 本	700mm×1000mm　1/16
印 　 　 张	33.75
字 　 　 数	470 千
版 　 　 次	2014 年 9 月第 1 版第 2 次印刷
书 　 　 号	ISBN 978-7-5493-2426-2
定 　 　 价	48.00 元

赣版权登字-07-2014-116

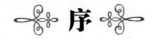

序

孙志勇

鲁迅先生说过："我们从古以来，就有埋头苦干的人，就有拼命硬干的人，有为民请命的人，有舍身求法的人，……这就是中国人的脊梁。"

的确，中国历史上从来就不乏这样的人，况钟就是其中的一位。况钟是古代最有名的清官之一，曾任苏州知府十二年，至今仍被苏州人民称作"况青天"，在江南一带近乎妇孺皆知。20 世纪 50 年代昆曲《十五贯》的演出受到热烈欢迎，后又被拍成电影和电视连续剧，更使况钟成为家喻户晓的人物。

况钟不仅是刚正廉洁的清官，更是一位富有传奇色彩的断案高手，"奇冤"碰到他都能得以昭雪。古代传奇小说中载有不少况钟办案的故事。明代冯梦龙的《警世通言》有一篇《况太守断死孩儿》，赞扬"况青天折狱似神"。对这样一位富有传奇色彩和人格魅力的古代清官，我们除了景仰之外，还有探究他人生故事的好奇。钟政先生撰著的这部《清官况钟》，为我们全面了解况钟的从政经历和传奇人生提供了一个相对完整的读本。

作者的家乡万载与况钟的家乡靖安相距不远，今同属江西省宜春市。作者对乡贤况钟怀有很深的钦敬之情，多年前就开始广泛收集、整理有关况钟的资料，并到况钟生活、工作过的地方考察体验况钟的生活环境，了解当地的民情风俗，掌握了大量的原始资料和生动素材，为小说创作打下了很好的基础。

小说以时间为序，从况钟被阁老推荐、持敕赴任始，到鞠躬尽瘁、以身殉职止。小说自始至终围绕中心人物展开故事情节，采用叙述、白描、抒情等表达方式，运用设置悬念、前后呼应、对比、反衬等多种表现手法，以生动洗练的语言、饱蘸感情的笔触，描写了况钟智斗贪官、惩治奸吏、平反冤狱、减轻赋税、均平徭役、为民兴利的动人故事。故事情节跌宕起伏、悬念丛生、扣人心弦，读来既让人兴致盎然，不忍放下，又令人悲喜交加，感佩至深。

小说成功刻画了一个刚正清廉、孜孜爱民、智勇双全、情义兼具的古代清官形象。读罢小说，我深深为况钟的高洁品格所感动，为他的卓越智勇所折服。

他刚正不阿，不畏权势。无论是对贪赃枉法、颐指气使的巡抚成均，还是对以皇帝之名操办花木奇石、搜寻蟋蟀、乘机横行不法、鱼肉乡民的太监来福，况钟都不怕得罪他们，敢于跟他们作斗争，使他们的暴行得以收敛，这在官官相护的封建社会是十分难能可贵的。他疾恶如仇，秉公执法。当时苏州贪赃枉法的奸吏横行，人民苦不堪言。况钟采用欲擒故纵的方法，冒着生命危险，暗中细查隐情，对豪绅滑吏相互勾结之事摸得一清二楚，果断处决了苏州府经历傅德、昆山县丞贾敬、吴县典吏薛孟真等六位罪大恶极的奸吏，使吏治得以整饬。他铲锄豪强，扶植良善，民间将他奉若神明。

他为民请命，爱民如子。为减免苏州过重的税负，况钟冒着杀头的危险，上奏请减官租，被户部驳回不准。他再次上疏，指出如果不减，"仍照旧额征粮，有违恩命，抑且失信于民"。经过多次上奏力争，终于得到宣德皇帝的批准，减去官田租七十二万一千六百石，荒田租十五万石，让被重租压得透不过气来的苏州人民松了一口气。他建立济农仓，赈济灾民。他订立条例，规定若有使百姓不方便的事情，要求下官立即上书提出，始终把百姓冷暖放在心头。

他兢兢业业，勤政务实。他干练精明，通达事务，政事繁杂而能处置得当，日理万机而不烦。他清理积案，疏免军户，招复流民，劝课农桑，疏浚河道，兴修水利，主修桥梁，重修古迹，深入实地，不辞辛劳……他十二年做了别人二十年难于办成的事。他每日轮流治理一县，从此，吏不敢作奸，民无冤抑，逃民也纷纷回乡，百姓都称他是包公再世。一时间，老百姓安居乐业。

他两袖清风，清正廉洁。况钟为官清廉，生活简朴，不拿不贪，三餐佐饭，仅一荤一素；身居简室，未铺设华糜之物。他说自己"虽无经济才，尚守清白节"，并告诫儿子"非财不可取，勤俭用无竭"。他进京觐见，不带一镏一铢。他在饯别苏州父老的诗中写道："清风两袖去朝天，不带江南一寸棉。""检点行囊一担轻，长安望去几多程？"他死后归葬的时候，只有书籍和日用器物，没有什么贵重物品，真可谓一身正气、两袖清风。

中国的老百姓历来崇拜清官，只要官员真心为他们办事，都会被他们记住和怀念。况钟三次离任苏州知府，三次都被老百姓挽留。况钟病逝的噩耗传出，苏州郡民罢市停业，痛哭流涕，如哭私亲，前来吊孝者络绎不绝。装载况钟遗体的灵舟启程去江西时，苏州百姓倾城而出，身穿孝服为其送行，"民多垂泣送其枢归"，两千多里水路"夹岸哭奠不绝于途"，数百名苏州人一直护送灵枢至靖安老家。苏州府所属七县都为他立了祠堂，作为永久的纪念。全郡近五十万户，几乎家家挂有他的"喜神"画像，百姓由衷爱戴和感念这位清官。

《明史》这样评价况钟："钟刚正廉洁，孜孜爱民，前后守苏者莫能及。"明代哲学家李贽评价况钟说："刚果敏达，不畏强御……廉洁之操，一尘不染。"当代史学家吴晗也颂扬况钟说："兴利除害，反对豪强，扶持善良，百姓敬他爱他，把他看作天神一样。"

况钟的高迈品格和刚正气节，是他身体里的钢筋铁骨，也是留给后人宝贵的精神财富。况钟身上所体现出来的刚正清廉、勤政不息、爱民如子的传统优秀官德，虽然有其阶级的、时代的烙印，但其基本精神是具有普遍意义的。这些优秀官德是古代官员在实现个人价值和维护国家长治久安过程中,体现出来的对国家、民族、百姓的高度责任感和对完善自身道德修养的不懈追求,历来是中华民族优秀分子的自我操守、救世拯民、扶危助困的伟大而深厚的精神力量,是中华民族传统美德的重要组成部分,至今仍是激励国家公职人员树立高尚道德操守的思想基础。况钟的崇高精神风范值得我们当代人缅怀、学习和传扬。

以铜为镜,可以正衣冠;以史为镜,可以知兴替;以人为镜,可以明得失。况钟就是一面穿越历史时空的镜子,古廉今鉴仍具有见贤思齐的现实意义。今天我们学习况钟的优秀品德,可以从中获得精神鼓舞,升华思想境界,陶冶道德情操,完善优良品格,培养浩然正气,从而做到堂堂正正做人、清清白白做官、踏踏实实做事,努力为社会进步和人民幸福做出自己的贡献。

从这个意义上说,江西高校出版社出版的《清官况钟》不仅是一部好看乐读的文学作品,也是一部古廉今鉴、弘扬正气的廉政读本。读这本书,既是一种美妙的艺术享受,也是在接受一种正能量,净化自己的心灵,让我们在这个浮躁的世界里安静下来。是为序。

(作者系中央纪委廉政理论研究中心副主任、中国监察学会副秘书长)

目录
CONTENTS

第一章

持 敕 赴 任

北京城又迎来一个黎明。这座历史文化名城，最早名蓟城，是燕国的国都，三国时名幽州，公元 938 年名燕京，是辽的陪都，以后分别为金中都、元大都。永乐元年(1403)明成祖开始建新城，名北京，永乐十九年(1421)明王朝由南京迁都至此。

透过薄薄的阴霾，城池宫殿、部院衙署、府邸宅园、市井民居、坛社园林、庙宇寺观如一幅水墨画，展现在天幕之下。这座数朝古都往昔巍峨的城阙，早已被历史的烽烟摧残得了无陈迹，而今呈现在世人眼前的建筑，大多是永乐朝的杰作。一条十八里长的中轴线贯穿全城南北，所有建筑都按这条线规划有制。中轴线的正中是承天门(今天安门)，它是皇城正门。承天门后是紫禁城，它是皇帝居住的地方，宫殿层楼参差，玉栏朱楯，幽房曲室，回环四合，互相连属，复道回廊玲珑剔透，三檐四簇，层层龙凤翔翔，处处名花瑞草点缀，苍松翠柏掩映。

紫禁城是城中之城,城墙周围六里,外围依次是皇城和京城。

东方天际的紫云愈来愈红,曙色刚照在紫禁城的琉璃瓦上,红墙内传出鼓声。文武百官闻声陆续进入端门,到朝房等候。

此时,宣德皇帝朱瞻基(庙号宣宗)已用过早点,正坐在乾清宫东暖阁须弥宝座上。他三十有三,瘦长的个子,容长脸,高高的颧骨,黑眼圈,脸上挂着抑郁,两只手放在虬龙盘蟠宝座的檀木扶手上面,正在想心事。

明王朝经洪武、建文、永乐、洪熙四代,历时已五十七年。由于平定安南、出征鞑靼和瓦剌等损耗了国力,百业受损,加之皇室、贵戚、官僚享有"例不纳粮,粮无赠耗"和免役特权,拼命兼并土地,建皇庄,扩庄园,把苛重的赋税转嫁到农民头上,官绅大户倚势欺人,强取豪夺,小百姓连中产之家也多半失去土地,变成穷人。农民一般年景尚难自给,遇到荒年就得吃稗子等。即位以后,他经常轻车简从微服私访,颁宽恤令,省灾伤,宽马政,招流民,减官田旧科十分之三,整顿吏治等。经过五年的安抚,情势大为好转。九府知府均已卸职,他已诏示吏、户、礼、兵、刑、工六部和都察院三品以上官员,在郎中、员外郎、御史等京官中物色九府知府人选,今日早朝拟议决此事。

"咚咚咚!"午门三通鼓响。御前太监提醒说:"皇爷,三通鼓响!"

今天是常朝,比每天御门决事的仪制隆重。朱瞻基命更衣。宫女们给朱瞻基更朝服。他穿上绣龙黄罗袍,在太监们的簇拥下乘辇去文华殿。永乐十九年奉天、华盖、谨身三殿被烧,重建的新殿尚未完工,他登基后重要典礼仪式一般都在此殿。

当午门钟声响起时,他已来到文华门前。文武百官在文华门外按文东武西依品级排成两行,恭立在丹墀之上等候他。

朱瞻基下辇到御座坐下。

鸿胪寺官高唱入班行礼。文武百官向宣宗行一拜三叩头的常朝礼。

礼毕，五府六部衙门官员跪奏例行公事。

奏毕，宣德皇帝对诸臣说："朕曾命尔等在郎中、员外郎、御史等京官中保举苏州、松江、常州、西安、吉安、武昌、杭州、温州、建昌九府知府，今日拟议决此事……"他身体有些不适，说完这几句有些气喘吁吁了。

随堂太监连忙说："万岁爷龙体欠安，诸位大人请将保举人选禀来！"

站在东面最前头的须发皆白的内阁首辅杨士奇手捧奏折出列。他头戴乌纱帽，身穿盘领大独科花罗绢绯袍，腰系玉质间金饰银蟒绣带，蹒跚地来到朱漆栏杆前，颤巍巍地跪下："皇上，臣举荐礼部仪制司郎中况钟任苏州知府。他清正谦和，才识敏达，刚明果断，自拜官出入郎署，立朝正色，劲气凛然……"

朱瞻基点点头。洪熙元年，他还是太子时，况钟陪他去南京祭扫孝陵，时间达两月之久。父皇病危时，又是况钟陪着他回京。叔父朱高煦数十年阴谋夺位，一直未能得逞，听到他的父皇仁宗病重，在南京回北京的路上设下埋伏，妄图一举将他擒获，趁乱夺取皇位。况钟得到情报，让他巧妙地避开埋伏，安全回到了京城。叔父的人在路上等候他时，他已回到京城即了皇帝位。

杨士奇人老话多，一说便滔滔不绝。朱瞻基打断他的话："杨爱卿平身，朕已知悉。"转对随堂太监，"把阁老的折子呈上来！"

杨士奇起，将奏折交给随堂太监，回到原来的位子上。随堂太监将杨士奇的折子呈给皇帝。宣德皇帝看过杨士奇的折子，目光扫了扫群臣："还有哪位爱卿荐举况钟？"

站在东面排尾的一位身着散答花绯袍，腰系金钑花束带的周忱，本能地看了看手中的奏折。他年约五旬，气派展祥，身材高大，白净的长方脸,八字眉,眸子宝石一般闪光。周忱手捧奏折正要出列,站在前头的内阁大学士杨溥已走到栏杆前跪下:"皇上,臣也保举况钟。"

随堂太监将折子呈给皇帝。宣德皇帝问:"还有哪位?一并将折子递上来!"

周忱出列,呈上折子。接着吏部尚书蹇义、礼部尚书胡濙都将折子递了上去。朱瞻基了解况钟,知道他是个难得的贤臣。宣宗是位知人善任、广用贤能的君主,当即批了四人的折子,同意况钟出任苏州知府。

礼部衙门在一座古老的四合院内,门楼两旁是高高的围墙,墙内青砖铺地的院子有数棵银杏,粗可环抱,乌沉沉、碧幽幽的,将丝丝清凉送进敞开的窗户。

靠东一排窗户是仪制司衙署。这个司负责制定和布置国家一切重大典礼仪式,诸如天子即位、天子冠、天子大婚、册立皇太子、册立妃嫔、朝贺、朝见、巡狩、视征、奏捷、监国、宗封、贡举等。该司现任郎中是况钟。

况钟,字伯律,号龙冈,江西省南昌府靖安县富仁乡龙冈洲(现江西省靖安县高湖乡崖口村)人。

龙冈洲这个地方,群峰秀丽,风景优美,龙冈烟树、屏风叠翠、盘溪渔唱、西岭樵歌、古井神流等处,叫人流连忘返。据传吕洞宾曾在此修炼。

洪武十六年(1383)八月初六,况钟生于龙冈洲。先祖世居况家坊,有封爵至公侯。父仲谦是个读书人,对功名利禄比较淡薄,晚年在风景优美处筑斋舍,构亭榭读书,常携知己徜徉于泉石之间,招白云,挹清流,探讨学问。父教导儿子读书为立身之本。母廖氏是个贤惠女子,况钟七岁时母病逝,临终前一再嘱咐儿子努力读书上进。况钟资性颖异,由于家庭环境的影响,自幼刻志于学,秉心方直,律己清严,习知礼仪,处事明敏。及长,况钟已淹贯经史,还写得一手漂亮的行书、楷书和隶书,为诗为文,挥毫而就。

他二十四岁时,靖安来了个知县叫俞益。俞知县招书吏,有人举荐了况钟。况钟去面试时,衙门对面的霁峰宝塔映入眼帘,知县出联曰:

宝塔巍巍四方八面七层

况钟想了想,答曰:

只手摇摇五指三长两短

时值正夏,知县手摇折扇又出一联:

一扇千须动

况钟脱口而出:

三梳万发齐

俞知县见其才思敏捷,便录用他做礼曹(管理礼仪、祭祀等事务)书吏。父亲对此却不以为然,认为吏员当不上有品位的官,希望儿子继续读四书五经走科举之路。

儿子对此并不苟同。当时科举以八股文取士。八股文由破题、承题、起讲、入手、起股、中股、后股、束股八部分组成。考试以四书五经命题,所论内容要出自朱熹的《四书集注》等书,不许自由发挥。况钟讨厌八股文,认为考试局限在程朱理学范围之内,束缚了考生思想,因此对科举考试没兴趣。俞知县见况钟有意应聘,便劝说他父亲:"自古以来就有不少人是吏员起家的,如汉朝的萧何、曹参,唐朝的孙伏伽、张玄素,当朝的杨士奇。当今朝廷选拔人才是'三途并用'(科举、推荐、吏员中选拔),书吏做得好,同样可以荐举做官,青云直上。"经知县这一说,父亲勉强同意了。于是况钟进县衙当了礼曹书吏，一做便是九年。

做满九年书吏，况钟去吏部考绩。赴京时，俞知县给当朝礼部尚书吕震修书一封，极力举荐况钟，说他如何精通礼仪。那吕震身为礼官之首，但对礼仪、祭祀等一套制度并不精通，正要物色懂业务的人才，便向成祖朱棣荐举况钟，请求启用他。成祖召见况钟，经过面试，破格擢用况钟为礼部仪制司主事(正六品)。

况钟到仪制司后，深得成祖宠信。永乐二十年，太子朱高炽监国，成祖率领军队去征伐鞑靼阿鲁台。这期间，朝贺、祭告、庆赏、封策等，都是况钟筹办。他办事繁简轻重正合乎成祖的要求，先后被嘉奖三十一次。他父亲病逝，按制须回家丁忧三年，成祖令他夺情起复，仍回礼部。

永乐二十二年(1424)七月，成祖驾崩，太子朱高炽即位。这时况钟任仪制司主事九年，到了考绩的期限。朱高炽以他任主事期间贤劳著称，除例升员外郎，外加一等，越级提升为正四品仪制司郎中。

如今是宣德五年(1430)，朱高炽早已作古，太子朱瞻基登基五年，况钟任仪制司郎中已六年。

况钟出任苏州知府的消息，立即传到了仪制司。郎中和知府同级，但分量大不一样，郎中属执掌礼仪事务的冷京官，知府是为政一方独当一面的热职位，况且苏州是直隶大府，其地位之重要不言而喻。

僚属们纷纷向况钟祝贺。

此时，况钟正坐在郎中室案前欣赏自己的画像。这画像是朋友画好刚送来的，画得很逼真。画像上的他头戴乌纱帽，身穿盘领小杂花纹罗绢绯袍，腰系素狮头绣带，唇方口正，眼如丹凤，眉似卧蚕，眸子中射出两道锐利的光芒，仿佛一扫可以穿透你的五脏六腑。

"况大人，恭喜，恭喜！"

"何喜之有？"

"大人要当苏州知府了！"

此前况钟没得到消息，有些不相信："各位同寅切莫取笑，苏州乃直隶大府，地大物丰，富饶著称，我何德何能担此重任？断无此事！"

属下将朝议的事告诉了他。他听后才意识到这并非空穴来风。

况钟从小就志向远大，常常用"士不可以不弘毅，任重而道远"鞭策自己。礼部仪制司郎中，并不足以体现他的人生价值。案头的一部《资治通鉴》被他翻破了。他早有外放的念想，只是一直没有机会。僚属散去之后，况钟还愣愣地站着。直隶大府，分量不轻啊！他望望自己的画像，觉得自己长相和德才很一般，只不过生在盛世，受到举荐，才能在礼部衙门佐助尚书大人做点事，出入于朝廷，早晚练练书法，浏览一些书，稍微学到点知识。今朝能当直隶大府的太守，全是圣上的恩宠和杨阁老等前辈的提携，自己要加倍努力，才不愧为虞国君的子孙。况钟心情激动，提笔在肖像空白处写道：

> 我形至陋，我德未充。
>
> 生逢盛世，出遇时雍。
>
> ……

刚写毕，一个皮肤白净、眉目清秀的青年从门外进来。他是况钟的二子，名寰，字大观，今年二十四岁，在礼部看门。儿子禀报说，杨阁老的家人来了，要父亲立即去趟相府。

3

时值五月，京城多晴少雨，天气炎热。况钟来到北玉皇街相府已是汗流浃背。相府老管家正站在台阶上恭候。二人相互施礼之后，管家带况钟往后院书房走去。

来到后院，二人顿觉凉爽。绿树森森，遮天蔽日，亭榭阁房隐在绿荫中，甬道两旁，牵牛花、金银花编成花障，花障内牡丹、芍药、紫薇、茉莉等正争奇斗艳。到处静无人语，只有枝叶的簌簌撞击声和聒噪的蝉鸣。走进月洞门，阁老的书房出现在眼前。

杨士奇此时坐在案后，正在翻阅《范文正公集》。

杨士奇，名寓，以字行，江西泰和人，至正二十五年出生在袁州。其时兵荒马乱的，父母带着他四处逃难。他一岁半时父亲辞世。母亲是个有远见卓识的女子，四处漂泊仍不忘教他念《大学》，他五岁即能背诵此书。由于家境贫困，他不能走科举之路，十五岁去教私塾，后来在县里做训导。

经过长期自学，他的史学和文学功底相当扎实，建文二年编纂《太祖实录》，被荐举为编撰，后擢升为副总裁。永乐继位后，杨士奇被任命为明朝首任内阁七成员之一，成为朱棣的重臣。他看好太子朱高炽，认为将来必成一代英主，扶他当了皇帝。朱高炽病逝后，他与杨溥（字弘济，湖北石首人）、杨荣（字勉仁，福建建安人）组成的"三杨"内阁，全力辅佐朱瞻基。他老成而有心计，精于权谋，杨溥擅长谋断，杨荣勇而有谋，"三杨"内阁是明朝最强悍的内阁之一。杨溥、杨荣均系建文二年进士。杨士奇是内阁中唯一未通过科举入仕的，特别看重自学成才的饱学之士，很欣赏况钟的人品和文才。

况钟来到书房，向杨士奇叩头请安，然后斜签着坐在椅子上。杨士奇放下书："伯律不必如此拘礼！"

况钟坐正了身子，望着书房中的太祖出征图。出征图挂在屏风圈出的小间正中墙上，两旁是木板阴刻金字楹联：

雷为战鼓电为旗风云聚会

天作棋盘星作子日月争光

上联是朱元璋的出句,下联是刘伯温的对句。屏风之外全是书架,摆满了蓝色布套包装的经、史、子、集。

侍女上过茶之后,杨士奇望着况钟:"伯律,知不知晓老夫召你何事?"

况钟猜到了几分,想到事关重大,没有说出来:"晚生愚钝。"

杨士奇说:"今日朝议九府知府,老夫与弘济、蹇义、胡淡、恂如一同保举你出任苏州知府,皇上已恩准。票拟没下就知会你,老夫是考详仪制司事多,又走得急,不日陛辞,让你提前作点准备。"

况钟起身向阁老叩头:"感谢圣主隆恩,感谢阁老和诸位大人栽培!"

杨士奇笑了笑,有点不以为然:"感谢之词免了,尔去苏州生受,不骂老朽狠心足矣!"

苏州府在九大府中是头号难治的一个府,田土面积占全国百分之一,粮税却占全国百分之九点六,交的粮比浙江省还多二万多石。农民负担奇重,赋税越欠越多,纷纷外逃,好多地方已是十室九空。了解情状的人都不愿去苏州,去了也是走过场,将来再换个地方。

苏州知府人选,杨士奇反复计虑多天。让况钟去治理苏州,无疑最合适,他是京官中出类拔萃的一个,有雄才大略,清正廉洁,刚正不阿,办事雷厉风行,胆大心细。可去那里肯定要受苦、受累、受气,杨士奇有点不忍心。最后理智战胜了情感,治国莫先于公,国家利益高于一切,才下决心荐举了况钟。

况钟自然不了解这些情况,听了阁老的话有些不理解,问:"阁老何出此言?"

杨士奇知道况钟忙于礼仪事务少下郡县,对苏州的实情了解不多,如实将苏州的情状一一介绍。

况钟听了不以为意。他从小立志以天下为己任,为官十五年积累了丰富的从政经验，如今朝廷让他跳出事务圈子，给个太守职位，他正好报效朝廷。苏州的情势，他并不在意，在意的是施展才干的机会。他的性格喜欢挑战，越是艰难越想去闯。

"请阁老放心，晚生一定把苏州治理好！"况钟说。

杨士奇故意说："不急，宜再加斟酌。"

"不必！"况钟站了起来，拍着胸脯，"君子一言，驷马难追！"

见况钟决心如此之大，杨士奇虽感到欣慰，但仍有些不放心：况钟向来在朝廷供职，缺少地方历练，苏州百业待举，百废待兴，既要治标，更要治本，他能开出标本兼治的良方吗？于是杨士奇试探地问："伯律，你打算如何治理苏州？"

听了杨阁老的介绍，况钟认识到苏州像个久患沉疴的病人，非常虚弱，用药宜攻补兼施，得学文正公。文正公姓范名仲淹，苏州吴县人，曾任苏州知州，是北宋名臣。在朝廷任参知政事时，他联合富弼等人实行庆历新政，提出明黜陟、抑侥幸、精贡举、择长官、均公田、厚农桑、修武备、推恩信、重命令、减徭役等十项措施。新政遭到皇亲国戚、权贵大臣、贪官污吏的反对，推行不久就失败了。况钟觉得今日苏州与北宋苏州的情状有相似之处，某些方略可借鉴。

"晚生打算学文正公。"况钟成竹在胸地回答。

杨士奇一听，况钟的思路与自己的想法不谋而合，打心眼里高兴，彻底放心了。他走到书柜前，取出整套《范文正公集》，连同刚才翻阅的那本交给况钟："伯律，你既是学文正公，这套书老夫送你了！"

况钟接过书，心里有说不出的高兴。少时每当吟诵文正公的名句"先天下之忧而忧，后天下之乐而乐"时，他便豪情满怀，发誓要以文正公为榜样，干一番轰轰烈烈名垂青史的大事业。而今，阁老将全套《范文正公集》送他，今后他可随时拜读，对实现自己的抱负更有信心了。他感激地说:"谢谢,谢谢,谢谢阁老!"

杨士奇语重心长地说:"休谢,老夫送文正公的书给你,意在你到苏州后多向文正公请教。苏州田赋积弊甚深,有权有势者上下其手,多方欺隐,逃避征赋,土田多而纳粮少;平民百姓不敢欺瞒,照实纳粮,加上豪强大户转嫁之苦,土田少反而纳粮多。田赋之外,每遇差科,贪官污吏放富欺贫,那里已是民不聊生。民惟邦本,本固邦宁,国之有民,犹水之有舟,静则以安,扰则以危。水可载舟,亦可覆舟。你到苏州后,要为百姓解难,替朝廷分忧,像文正公那样,计日之功与禄相称则心休休焉,旷日无功则达旦不寐。"

杨士奇对况钟正谆谆教诲,老管家进房禀告午膳已备好。杨士奇起身,拉着况钟的手:"伯律,今天是个好日子,添了点菜,权当为你饯行,你我来个一醉方休!"言罢,二人向膳厅走去。

五月二十五日,宣德皇帝朱瞻基在乾清宫为况钟等九府知府饯行,并给他们发了一道敕书:

国家之政,首在安民,安民之方,先择守令。比岁田里之民,鲜得其所,究其所自,盖守令非人。或恣肆贪刻,剥削无厌,或昏庸懦弱,坐视民患。相为蒙蔽,默不以闻,致下情不得上通,上泽不得下施。今慎简尔付以郡寄,夫千里之民,安危皆系于尔。宜体朕心,以保养为务。必使其衣食有资,礼义有教,而察其休戚,均其徭役,兴利除弊,一顺民情。毋徒玩,毋事苟简,毋为权威所胁,毋为奸吏所欺。凡公差官人等有违法害民者,即具实奏闻。所属官员人等,或作奸害民,尔提下差人解京。钦此!

况钟怀揣敕书从乾清宫出来,沿着宫中红墙正行间,迎面传来一声嗲声嗲气的女人腔:"恭喜况大人!贺喜况大人!"

况钟抬头一看,面前站着一位三十五六的内使。他头戴乌纱帽,身穿葵花胸背团领衫,腰系犀角带,身材魁梧,皮肤白皙,剑眉星眼,鹰鼻方腮,满脸堆着笑容。此人姓王名振,山西蔚州人氏,自幼苦读成为儒士,以求金榜题名,因家境贫寒,未得如愿,仅在县里谋得一学官职位,薪俸微薄,家小艰难度日。宣德元年,朝廷颁下旨意,各地学官可净身入宫训导女官。他寻思学官为人不屑,今有飞黄腾达之机,何不净身一搏?于是忍痛割之。他善与人周旋,入宫后讨人喜欢,加上有些学养,颇受人尊重,名声愈来愈大,受到宣宗的关注。经过一段时间,宣宗觉得他是个人才,派他去侍奉太子读书。他对太子要求既严格,又不失宽松,恩威并用,太子喜欢他又畏惧他,以至不敢称他的名字,叫他"王先生"。有了与太子的特殊关系,他一直刻意编织着人际网,向有关的官员示好,梦想将来的某一天能权倾天下。

此人的底细,况钟有所了解,他向来不喜欢与拉帮结派的人交结,不咸不淡敷衍几句就走。王振意犹未尽,拉着他的手千叮咛万嘱咐:"他日况大人有事襄赞,尽管找王某!"

况钟虚与委蛇地点了下头,匆匆走了。

5

六月初二日,况钟离京赴苏州上任。宣德皇帝赐钞千贯,送小马辇一架,让他驰驿上任。

一大早全家人就起来了。吃过早饭,空中浮着一层似云非云的雾气,令人感到憋闷。院子里像火炉,发出的热气烫人。老槐树的叶子卷曲着,套好了车的牲口,由于热,鼻孔都张得特别大。

舒夫人送况钟父子来到院子里。她身材瘦小,穿件鱼白绣花滚边上衣,蓝色长裙,端庄大方,五官周正,瓜子脸,人显清秀。她望望天:"昼了热得更杀辣,老爷,趁早上路吧!"

况钟点点头,对况寰和洪叔说:"走吧!"

三人向停在老槐树下的小马辇走去。况钟边走边嘱咐三子况宾:"宾儿,为父走后,你要照顾好母亲。她体弱多病,家穷请不起使唤丫头,你要多帮娘做家务事。娘若病了,要尽快去请郎中。"

况宾字上观,今年十九岁,英俊儒雅,潇洒飘逸,听了父亲的嘱托,忙说:"爹,儿记住了!"

来到小马辇前,况钟正要登车,杨士奇和周忱乘轿来到院外。周忱,字恂如,号双崖,江西吉水人,比况钟长一岁,永乐二年进士,选庶吉士。周忱为人率真,进入官场仍书生气十足,傲物不群,浮沉郎署二十余年未得重用。一次仁宗宠臣户部尚书夏元吉到他书房,他座不让,茶不倒,只是不停地与夏争论四书五经的要义,观点有悖时,还争得面红耳赤。夏元吉唇干口燥,说能否讨杯清茶一啜。周忱才想起忘了上茶,忙笑道:"来到吾斋,不尚虚礼,宾主无间,坐列无序,真率为约,简素为具,饮酒品茶,悉尊钧意!"夏元吉是个爱才的贤臣,见他为人虽然随便,但有经世之才,向仁宗荐举,他才得以重用,现为工部右侍郎。

况钟忙上前磕头请安。见整装待发,周忱说:"伯律兄,你是飞心似箭向姑苏啊!倘若迟到一步,我和阁老备的礼就送不上了!"

况钟皱了皱眉:两位都是君子,俗话说君子之交淡如水,缘何二位俗起来了?

杨士奇是个细心人,一点一滴的变化,难逃他的眼,见况钟皱眉,知道一准是误会了周忱的意思,解释说:"老夫和恂如写了几句诗,送给你上任,相约送来。"

听杨士奇如此说,况钟的眉头展开了,欢喜得合不拢嘴,未及让座上茶就伸手索要诗签。舒夫人见状,忙说:"老爷,是不是先请二位大人到花厅用茶？"

杨士奇和周忱连忙摇手,说就在院中话别。杨士奇送上诗签:

六月二日送伯律太守之官苏州,聊表折柳之意

西山南浦多乔木,宋代名家有令孙,

十载郎官清似水,玉阶金敕看承恩。

双旌冉冉出皇都,阙下新分太守符,

六月云霓人望切,始为霖雨向姑苏。

此诗意思是:你是况坊山上长的栋梁之材,你是宋代在朝廷当官的祖宗的后裔。你在礼部当主事、郎中时就清廉如水,深得朝廷恩宠。今天你将要乘着挂有旗子的小马辇出了都城,怀揣敕书去当苏州知府。苏州百姓如今像六月久旱的禾苗,在企盼你这片云絮,希望你到苏州后为他们下一场及时雨。

周忱的诗签上写:

送况郎中任苏州太守

擢自仪曹领郡符,朱幡熊轼向姑苏,

身驰驿传声华重,手捧天书宠渥殊。

政洽九江重度处,时清合浦尽还珠,

故人尊酒遥相送,努力期君展壮图。

此诗是说:你从礼部仪制司擢拔当苏州知府,坐着伏熊状的小马辇去苏州上任,手捧敕书,沾润着皇上的恩宠,多荣耀,沿途驿站都知道你声誉很高。喜逢盛世,好好干吧,我把盏相送,希望你到苏州大展宏图。

薄雾散去,太阳出来了,亮得发白。洪叔在驾车座上,急得如坐针毡,心里直抱怨:这些当官的老爷,真是没事找事,人家要赶路,送什么诗?酸溜溜的!他是个大老粗,不懂"诗",早孤家贫,没读过书,学了点拳脚功夫,年上四十还单身一个。三年前他从龙冈来,求况钟替他谋份差事。况钟找不到合适的事,便自己收留了他。洪叔为人厚道,实心眼,怕吟诗耽误了行程让东家受热,故意指着朝阳大声说:"今天的日头好毒哟!"

杨士奇和周忱会意,忙催况钟上车。

况寰登上小马辇,掀开车亭红帘,侍候父亲进车亭。况钟一揖躬身进车亭。杨士奇叮嘱况钟到了苏州替他去看看尤文度。尤文度,名尤安,苏州人,做过贵州省参议,以清廉节俭著称,现在苏州城内络丝巷养老。

况钟不认识尤文度,在窗口探出头:"尤文度何许人?"

杨士奇笑:"君为廉吏,不识尤文度耶?"

况钟有些不好意思,问尤文度地址,再次拜别。

杨士奇和周忱向他挥手,祝他一路平安。洪叔的马鞭在牲口头顶上"啪"地响了一声,四匹马便跑了起来,车轮扎扎转动着。小马辇徐徐驶出况家小院,向京城的南大门驰去。

第二章
曲阜遭陷

小马辇出了京城,为不招人耳目,况钟化名康忠,生意人,三人主仆相称。

走了一会儿,前面出现一片一望无际的高粱地。高粱尚未成熟,阳光照耀下,叶片闪闪发光。驿道伸进高粱地,小马辇驶过时,两旁高粱地里飘来青涩又略带薄荷幽香的气味。

进入山东后取道曲阜。曲阜是孔子故里。自汉武帝废黜百家,独尊儒术后,孔子地位日益尊显。况钟束发受教于孔学,特别尊孔,今上任路过山东,自然要去拜祭至圣先师。

孔庙建于孔子故宅,鲁哀公时立庙。崇阁巍峨,层楼高起,青松拂檐,玉兰绕砌,好不壮观,天天吸引着许许多多的朝圣者。

小马辇来到庙前停车场,立即吸引了许多朝圣者的眼球。这种车辕长二丈,四马拉。辇亭长方形,亭长丈六,宽八尺,高六尺余。四角红漆柱子,周边兽皮镶嵌,玻璃窗,上下亭板用沉香木雕花嵌对。车座铺红花毯,上盖竹垫,亭前左右开门,宝石垂络,红缎垂檐,四扇红帘挂于亭门前。此车京邑之地通称辇,过去是王者所乘,今为大内用车。

围观者中一个三十开外,瘦如蛤蟆干的长高个,望了眼身旁一位年约四旬,身子矮胖,团头大脸,有点像弥勒佛模样的人,说:"要是能坐回这样的车,死也值!"

"黎民百姓想坐这种车? 做梦吧!"弥勒佛笑了笑。

小马辇停下,况钟父子下车。洪叔把车停到一边去。驾车的牲口有两匹是公马,公马发现场上雌马,突然拉着车横跑。车辕碰了蛤蟆干一下,擦破了他腿上一小块皮。蛤蟆干追上去,凶神恶煞地拉住洪叔,要他出药钱,吵得不可开交。况钟欲回去调解,只见弥勒佛走了过,将蛤蟆干拉开:"有缘大家才碰到一起,文虎,不要为难人家!"那个叫文虎的蛤蟆干才作罢。

况钟见纠纷平息了,掉头向庙内走去。上罢石阶,来到殿前,石柱上一副楹联:

祖述尧舜宪章文武

德参天地道贯古今

父子怀着崇敬的心情进大成殿,殿两侧墙上一副楹联赫然在目:

生民来未有夫子也

知我者其惟春秋乎

殿内金虬伏于栋下,玉兽蹲于户旁,壁面生光,窗中耀日。正中立着孔子金身,金身前的神龛上点着一排香烛,香烟缭绕。许多朝圣者正在顶礼膜拜。父子二人点燃香烛,虔诚地在蒲团上跪下……

拜罢孔子出来,洪叔和弥勒佛、蛤蟆干正在说笑,似乎三人已成朋友。洪叔见东家出来,连忙与弥勒佛二人告别,登上驾车座。

此时已是夕阳西下，小马辇驶离停车场去投宿。官员驰驿，驿馆是包食宿的。况钟因为皇上赐了钱，未去麻烦驿馆，一路都是自己掏钱住店。

小马辇驶向城区。街上人来人往，热闹非凡。刚进街，几个揽生意的伙计纷纷向小马辇跑来，其中一个肩上搭着白手巾的瘌痢头捷足先登，张开双臂拦住小马辇。洪叔只得喝住牲口。况寰掀开红帘下车，向小伙计喝道："干什么？干什么？"

瘌痢头哭丧着脸："客官，住店么？小子今日还未揽到十位客，掌柜的要扣俺工钱。"

"要住都不住你破店！"况寰对他挡道揽客很是不满。

瘌痢头眨巴着眼，谄笑着："爷，我向您赔不是！"说毕向况寰做了个小跪的动作。

况钟从红帘内伸出头，见小伙计恳求，动了恻隐之心，对儿子说："到哪家住不是住？君子成人之美，就到他店住吧！"

瘌痢头听况钟如此说，乐得屁颠屁颠，忙向况钟作揖致谢，然后踏上车给洪叔带路。

来到一家名"生商客栈"的旅店，小伙计下车，搀扶况钟进店，然后帮洪叔把马赶到厩棚去。

2

生商客栈两层回环四合走马楼，中间是个小院，种着花草，四周都是房间。小伙计带况钟三人来到楼上的二号房，窗明几净，三个铺。

晚饭后，况钟在街上溜达了一会儿，回到房间，点起蜡烛打开了《范文正公集》。他在礼部仪曹供职十余年，政务繁忙，无暇读书，更惜分阴，无论会前饭后还是旅途都不放过空闲，这已养成习惯。洪叔坐在床头抽烟。况寰站在房外走马楼上，摇着素纸折扇听楼下唱小曲。

对面楼下雅座内有个姑娘正在清唱昆曲：

食禄乘轩着锦袍，岂知民瘼半分毫？

满斟美酒千家血，细切肥羊百姓膏。

烛泪淋漓冤泪滴，歌声嘹亮怨声高，

牛羊付与豺狼牧，辜负朝廷用尔曹。

况寰生性爱听戏，越听越有味，向楼下走去。来到雅座门外，往里瞧，桌上摆着酒菜，一个胖公子在饮酒，二家奴侍立身后替他打扇。清唱的姑娘年约十七八，水灵灵的大眼睛，鹅蛋脸，樱桃嘴，衣着虽很一般却得体干净。

此时，姑娘清唱完了。因为天气热，鼻子微微有汗，她用花手绢揩着。揩毕，她拿起琵琶改为苏州评弹，唱道：

去年洪涝今年旱，田里稻麦都成秆，

官家逼粮似虎狼，无粮便把牛猪赶。

卖尽家产贫如洗，家家端起讨饭碗，

十室九空炊烟绝，遍地蒿茅硕鼠欢。

这词是姑娘的表兄周秀才编的，写的都是身边的事。姑娘非常熟悉，想起乡亲们一个个面黄肌瘦的脸孔，父母挖野菜充饥，她唱着唱着眼角流出了泪水。

"妞，怎么下雨了？"胖公子有些不解。

姑娘唱毕回答说，爹娘年迈，在家等着钱买粮，卖唱挣的钱不多，还没往家寄，故此啼哭。公子色眯眯地望着她："本公子别的没有，就是不缺银子。不是有歌曰'知县是扫帚'吗？俺爹天天都往家里扫钱。你要是愿做俺的小妾，不用卖唱了，把爹娘一块接来过便是！"

姑娘羞红了脸，正色道："民女卖艺不卖色！"

公子讨了个没趣，仍不罢休，改口说："要不，就和俺喝交杯酒？多赏你几个钱！"不等姑娘同意便命家奴添酒杯。

姑娘见胖公子起了邪念，连赏钱都不要急忙往外跑。公子向家奴使眼色。二家奴立即向姑娘扑上去。姑娘高呼救命。

况寰气愤不过，冲进门大吼一声："放下姑娘！"

胖公子望着况寰，不屑地说："哪来的野狗？"接着向家奴努努嘴，"把这条爱叫的野狗赶出去！"

二家奴放下姑娘向况寰扑去。况寰与二家奴搏斗，鼻子上挨了一拳，流出血来。况寰火起，抓起板凳向家奴打去。二家奴吓得不敢近前。况寰放下板凳，趁机冲向胖公子，双手卡住他的脖子："叫你的人滚出去！"

胖公子翻着白眼："爷，做甚都……都行，只要饶……饶俺的命。"况寰松了松手，胖公子对家奴说，"滚，你们给俺滚出去！"

二家奴出门。况寰将胖公子往门口一推，公子跌在地上。二家奴扶起公子。公子由二家奴架着胳膊往外走，边走边威胁道："俺是县太爷的三公子，等着瞧！"

胖公子一走，躲在角落里吓得打哆嗦的姑娘走出来，掏出花手绢替况寰擦鼻血。况寰的脸腾地红了起来，把姑娘的手推开："别，别……别弄脏了你的手帕。"

姑娘不听，坚持给况寰揩鼻血。况寰还是第一次和大姑娘贴得这么近，臊得不行，生怕别人看见，结结巴巴地说："别……别……姑娘，快回家吧！天……天都晚了……"

"大哥，奴怕……"姑娘住了手，惶悚地望着门外。

"怕什么？"

"怕他们路上拦住我。"

况寰紧握拳头挥了挥："他敢？我送你回去！"

姑娘脸上露出两个甜甜的小酒窝，腼腆地笑了，向况寰蹲了个万福："侠义哥哥，小女子这厢有礼了！"

二人向街上走去。天已断黑，空中飘着乌云，露出些许月光。况寰问姑娘叫什么名字。姑娘告诉况寰，她叫杜秀蓉，昆山人，和逃难的乡亲们一块来这里谋生的。刘二哥在东门驿道旁卖茶，到了那里就不怕了。

来到东门，只见驿道旁有间孤零零的茅房，里面漏出微弱的灯光，杜秀蓉指着黑沉沉的茅草房说刘二哥就住那里。

况寰见到草棚不过十余丈远，便向杜秀蓉告辞。杜秀蓉大方地拉着他的衣角："大哥，您再帮个忙，行不？"

"何事？"

"昆山活不下去了，乡亲们想请人写张状子送到京城去，告昆山的狗官！"

与杜秀蓉在一起，况寰有种莫名的兴奋感，还真舍不得离开。听姑娘如此说，他连连点头。

二人来到草棚。推开门，里面烟雾缭绕，空气中散发着浓烈的旱烟味，几个光着膀子穿短裤的汉子围桌坐着，正面红耳赤地争论什么。一个瘦骨嶙峋已介不惑之年，肩上掸条白手巾的汉子正提壶往他们碗中添水。况寰明白，此人无疑是刘二哥。

棚里的人见杜秀蓉带回个英俊后生，争论立即中断，一个个用异样的目光扫视二人。坐在上首的葛阿伴咧开大嘴诡秘地笑着："哟，秀蓉带个洗磨客来了？"他三十多岁，粗眉大眼，古铜色的脸，手臂结实得像棒槌，胸前肌肉一块块绽起。

葛阿伴的弟弟阿让和阿贵身子没有哥壮实，黄皮寡瘦的，二人坐在下首,正在搓腿上的污垢,听了"吃吃"地阴笑着。正在往茶碗中添水的刘二哥则没笑,一副作古正经的样子,加了两只碗,放上茶叶,边注开水边对秀蓉说:"叔与你爹是拜把兄弟,有这等好事,今日叔替你做主,以茶代酒办了!"

刘二哥话音一落,屋内哄堂大笑。况寰不习惯这种场合,非常不自在,站在棚中发呆。杜秀蓉脸红得像醉虾,骂道:"啥人像你?三刀蜀勿热,四刀勿出血,厚着脸皮,见一个爱一个!人家大哥是来写状子的。"

听说是来写状子的,刘二哥才意识到玩笑开过了头,拍了拍况寰的肩:"讼师,对不起哦,开个玩笑,穷开心!"

葛阿伴向况寰招招手,拍了拍身旁的板凳,况寰在他身旁坐下。阿伴要二哥找来纸笔墨砚。况寰站了起来,说:"我不是讼师,状子怕写不好,我去叫一个会写状子的人来。"他想:这些老乡都是苏州府人,父亲是他们的父母官,应该让他来听听乡亲们的苦楚。

听况寰如此说,几个老乡先是你望望我,我望望你,然后轻轻地叹了口气。葛阿伴的浓眉跳了跳,用怀疑的目光向况寰扫了扫。杜秀蓉见状,忙替况寰解释:"大哥是好人,说话算数的!"不知什么原因,打从一见面,她就觉得况寰是个值得信赖的人。葛阿伴粗大的指头在桌子上敲着,沉思了一会儿,然后点了点头。

况寰回到客栈。父亲还在秉烛观书,他一五一十地把苏州流民的要求向父亲禀陈。况钟听罢,放下书,立即跟着儿子向东门走去。

听罢乡亲们的控诉,况钟非常痛心,同是大明的皇天后土,苏州为何会这样?他安慰乡亲们说:"养粮莠者伤禾稼,惠奸宄者贼良民。乡亲们讲的是声声血,句句泪,康某一定会把大家的苦难写成诉状转呈苏州新知府,要他严惩贪官污吏!"

葛阿伴听说会来新知府,忙问新知府姓甚名谁。

"他叫况钟，正在去苏州的路上。"

葛阿伴摇摇头："康老板，那况钟也未必会这样做，有句话不是说官官相护吗！"

况钟解释道："乡亲们不用担心，康某与况钟是朋友，心与心相通，非常了解他。政之所兴在顺民心，政之所废在逆民心。他懂得这个道理，要治理好苏州，他就得顺应百姓要求，严惩贪官污吏，让大家过上好日子！"说完，他劝大家不要在外流浪，说这样有违《大明律》，都火速回家复业。

见三更将尽，况钟告辞，葛家兄弟和杜秀蓉送况钟父子回到客栈，此时正好四更鼓响。

更鼓五响之后，况钟催起床，用青盐漱了口，三人就上了路。乌云已经散去，东边白亮白亮的，几颗星星在眨眼，驿道旁的禾稼还是黑乎乎的。

行罢三四里，东方天际出现一道红色的亮光，星星渐渐隐退。刹那间，太阳露出了半边笑脸，血红的朝霞和紫色的云朵掩映着大地。

况寰撩开窗帘，几只燕子正在空中呢喃。他记起儿时祖母何氏教的一首儿歌，情不自禁地哼了起来：

　　　　燕子者，蓬蓬飞，

　　　　爹在京里写信回。

　　　　爹教打崽莫打女，

　　　　女在娘边不多时。

　　　　……

况钟望了儿子一眼,目光露出郁悒。儿子停止唱歌:爹怎么了! 是不是有什么心事? 正要发问,况钟先开了口:"寰儿,今日不知为何,为父心里乱糟糟的,好像会出什么事。"

"不会吧? 能出什么事呢?"晚上父亲只睡一个时辰,眼圈发黑,况寰安慰父亲道,"也许是没睡足吧!"

话音刚落,后面驿道上传来"得得得"急剧的马蹄声。父子朝后窗望去,两个汉子正策马追来。

二人飞马掠过,在小马辇前头翻身下马,取下腰刀,挥刀堵在路上。一个瞪着一副牛蛋眼,露出一对虎牙,短褂敞开,胸前一撮毛;一个枣核脑袋,秃顶,只剩耳根一圈毛发。

"停,停,停! 停车!"牛蛋眼向洪叔吼道。

洪叔"吁——"叫了声,接着紧勒缰绳,牲口停下了步子,小马辇不动了。两名汉子分别从左右登车,持刀往车亭内闯。

况寰掀开红帘出来,挡住二汉子:"你们要干什么?"

牛蛋眼打量一番况寰后,问:"你叫康忠?"

况寰望着这两位不速之客,心里嘀咕开了:他们怎么会知道父亲的化名呢? 除了昨天晚上向几位昆山老乡谈起过,这里谁也不知道这个名。莫非是客栈有坏人的坐探? 这两个汉子不像好人,可能客栈有人见爹是商人,以为很有钱,报与他们来抢劫的。想到这里,况寰说:"你们找错了,这里没有康忠!"说罢身子往后一退,猛地把门一关。

两汉子拼命踢门。

况寰与二汉子周旋时,况钟已在琢磨二汉子的来意,觉得二人像是来收买路钱的。他想皇上赐的路费还有,免得纠缠不休,耽误行程,于是从怀里抽出一张五十钞的纸面绿色、印有龙形花边的大明宝钞,要儿子把门打开。

况寰开门。况钟手持大明宝钞走到车亭门边："二位好汉不要纠缠了，我身上只有这点钱，你俩拿去。普天之下，莫非王土，你们这样做是犯王法的。法网恢恢，疏而不漏，为非作歹，王法是要制裁你们的！"他将钞票交给牛蛋眼，"拿了这钱回家去吧，老老实实做个良民！"

牛蛋眼不接钱。况钟以为他嫌少，说不要嫌少，按当今市价，一钞一贯，这五十钞合五十两白银哩。牛蛋眼冷笑一声用刀指着况钟："大爷俺是曲阜县衙的，俺们老爷要你去一趟！"

况钟望望他俩，怎么也不像衙役。公职人员都有名刺，既是衙役不妨看看他的名刺。听说要看名刺，两位汉子愣了一下，互相对视了一眼，牛蛋眼显得有些慌张，枣核脑袋阴笑着说名刺在捕房，要看去那里看。

明制，公职人员外出须随身携带名帖。他俩拿不出名帖，证明原先对他们的怀疑没有错。况寰脑子里盘算着怎么收拾他俩，考虑成熟后对二位汉子说："二位既是官差，看不看其实也无所谓，我们跟你走便是，请二位爷下车带路。"说毕，目光扫了下洪叔，要他配合。

这洪叔是个实心人，没理解少东家的意图，听况寰这般说，心里非常着急，明明这两个不是好人，少爷怎么能答应跟他走？而且老爷也不吱声，他忙跑到左边，边踏脚边拼命摇头。况寰知道洪叔没领会他的意思，一语双关地说："我知道，你跟着来便是！"说毕向洪叔使了个眼色。洪叔这才明白，不再吱声了。

况寰向两位汉子抱了抱拳："既是要去县衙，二位爷请快，我们还要赶路哩！"

牛蛋眼示意枣核下车。枣核从左边下，洪叔连忙挪开身子。牛蛋眼从右边下，况寰紧跟其后。牛蛋眼的一只脚刚着地，况寰朝他背心猛踢一脚。牛蛋眼立即倒在地上，手中腰刀飞落。况寰拾起地上的刀，挥刀向刚爬起来的牛蛋眼劈去。枣核见状大惊，急忙上前援助牛蛋眼。洪叔在后面用脚往他腿上一扫,枣核跌倒在地。洪叔脚踏他的背心,将他的刀缴了。

二汉子的武器被缴,已无碍大事,况钟命留下二人性命,将人放了。况寰和洪叔放了他俩。二汉子如丧考妣般哭丧着脸,爬上马背飞也似的跑了。

小马辇又跑了起来。恐劫匪再来骚扰,洪叔把车驾得飞快。

跑了一程,两旁出现连绵起伏的丘陵,前不挨村,后不着店,荒无人烟。驿道伸进山的怀抱,路旁石崖壁立,岩壁的缝隙中正开着一丛丛红艳艳的花,崖下长着一丛丛比人还高的灌木。况钟的心不由得又悬了起来,担心有强人出没,命洪叔加速。洪叔挥鞭使劲催赶着牲口,小马辇风驰电掣般向前冲去。

进山半里许,来到一个两山夹峙的地方,只见驿道上架着十几根木头。洪叔报告有路障。话音刚落,两旁灌木丛中钻出十多名身穿衙役服装手持兵器的汉子,拦着马车不让过。

小马辇停了下来,况钟父子下车。衙役们跑上前来,不由分说把他们锁了,立即押往县衙。

曲阜知县升堂。这知县四十余岁,肥头大耳,个子矮,肚皮大,整个给人一圆球感觉。况钟质问知县为何把他们执来。知县说卖茶的刘二哥被人杀了,有人报案说是康忠所害。况钟听了如泥塑木雕般立在那儿,想那刘二哥昨天晚上还有说有笑的,今天却死于非命,而这个凶杀案竟无端地把自己牵扯进去,真应了那句古话:天有不测风云,人有旦夕祸福。他抑制着内心同情二哥而引起的悲痛和小人指证他是凶手的愤怒,沉默着,一言不发,思考着如何应对这场意外。他觉得,出现此种情状,不外乎两种可能:一是举报人出于错觉和多种原因,以至产生误判;二是举报人与他有仇,嫁祸于他。不论有意还是无意,举报人是个关键。想到这里,他从容不迫地说:"知县大人,我要见见那报案人,看他是不是疯子,杀人越货能信口雌黄吗?"

知县命带举报人。衙役带那人上堂。况钟三人都惊呆了,举报人竟是小伙计! 小伙计佝偻着身子,脸带病容,见了况钟脸上通红,一副愧色。

"三癞子,他是不是杀害刘二哥的凶手?"知县指着况钟问小伙计。

"是,是……是他!"小伙计身子不停地抖着,看得出他已重病缠身。

况钟感到非常意外,他与小伙计往日无冤,近日无仇,小伙计拦车揽客,他还成全了他。小伙计如此陷害他,肯定是受雇于人。况钟两股如电的目光盯着小伙计的脸:"人皆有是非之心,小伙计,你不是畜生,是人。是人就要分清是非。谁杀的刘二哥,你最清楚,说出来,我奖你银子,那人雇你多少,我给你双倍!"

小伙计不敢望况钟的目光,脸上一阵红一阵白,低头嗫嚅着:"康爷,俺知道对不起您……俺是畜生!"他苦笑了一下,但笑容如火山喷出的熔岩,立即凝固住,接着脸色转青,额头冒汗,笑容变成愁容,然后痛苦地呻吟起来。

知县见状,以为小伙计畏惧况钟,忙说:"三癞子,休怕! 你把看到的再说一遍,免得康忠他抵赖!"

小伙计点点头,断断续续地说出了整个案件的经过:他三更从店里回家时,在东门口看见康忠摸进刘二哥的草棚,然后听到刘二哥惨叫一声。四更鼓响他从家里回店,口有些作干,进草棚去讨口茶喝,看见刘二哥倒在血泊中。

听了小伙计的证词,况钟意识到此案是个天大的阴谋,有人杀了刘二哥,买通小伙计嫁祸于他。要证明自己的清白,最重要的是先揭穿证人谎言,然后顺藤摸瓜,把那幕后真凶缉拿归案。

　　知县见况钟默不作声，以为无话可说了，催他在庭审记录上画押。况钟说画押可以，但得允许他查看一下尸格。知县允。况钟看过尸格，说尸格上的记录不清楚，要面见仵作。知县想，只要你愿画押，要见仵作就见吧。

　　仵作来到公堂。况钟问："仵作大哥，您是验尸人，尸格上写二哥四更被杀，您再回忆一下，时间是否准确？"

　　仵作是个经验丰富的人，非常自信地说："从尸斑看，四更没错！"

　　"确定？"况钟再问。

　　"确定！"仵作肯定地，"我验尸二十余年，从无差错！"

　　况钟向仵作鞠了一躬："谢谢您！您可以走了。"

　　目送仵作走后，况钟向知县严肃地提出，证人做的是假证。理由是：一、昨晚天空云层颇厚，证人站在东门口，距刘二哥茶棚十丈有余，他根本看不清草棚下人影的面目，可见所谓看见我摸进刘二哥茶棚的事完全是杜撰。二、我父子和苏民葛阿伴、葛阿让、葛阿贵、杜秀蓉等人，在刘二哥茶棚喝茶至三更末方散，葛家兄弟和杜秀蓉送我父子至客栈时正好四更鼓响，就是说从一更至三更末，我们几个人都一直在一起，证人所谓三更看到我摸进草棚，然后听到刘二哥惨叫一声，完全是诳语。三、仵作验尸判定刘二哥被害是四更，我父子离开草棚时，刘二哥还送至门外，他的被杀，是我父子离开茶棚之后。因此，刘二哥的被害与我全无干系，说我是凶手于情于理不合。

　　况钟的分析有理、有据、有节，知县反驳不了，命传葛阿伴等人。葛阿伴等人来到公堂，证明况钟所说完全符合事实。

　　知县见况钟不费吹灰之力，就把一个强加在头上的冤案推翻，心里不得不佩服。他心想，此人若是为官，顶戴定在自己之上。他这人天生小肚鸡肠，嫉妒贤能，有机会就要给能人一点颜色，显示一下自己的权威。

况钟的冤情洗清之后,他迟迟不给三人松绑。

况寰见状,质问知县:"大人,您要锁我们到何时? 我们还得赶路哩!"

知县板起脸,拿起惊堂木在案上拍了一下:"还想赶路? 尔等殴打捕役,有违法度,如何处置? 自己说!"

况钟被弄糊涂了,难道那牛蛋眼和枣核脑袋真的是捕役? 忙问道:"大人,所谓殴打捕役有违法度,不知何意?"

知县没回话,只是向捕头递了个眼色。捕头会意,进后堂。牛蛋眼和枣核脑袋随捕头出,跪在知县面前哭诉着:"老爷,他们出手真狠,您得好好收拾他们!"

此二人原来真的是捕快。小伙计报案后,知县命他俩到客栈执人,其余人到路口设卡。为不惊动案犯,他俩穿的是便衣,见况钟一行已离店,沿驿道飞马追去。

二人哭诉过后,知县冷笑着问况钟:"康忠,你说不知何意,现在明白了吧?"转对捕头,"把他三人押到号子里去!"

况寰急了,反驳道:"他们不穿公服,不带名刺,谁晓得是捕役?"

况钟笑着劝儿子:"休恼,休恼! 既来之则安之,他要关就让他关吧! 旅途劳顿,我等正好歇歇脚,耽误了皇差,叫皇上问罪曲阜县便是!"

知县一听,好大的口气,连忙问道:"康忠,你什么皇差,能说与本县听吗?"

况钟摇摇头:"无可奉告!"

"既是皇差,本县也许可以提供方便。"

"哦。"况钟向儿子递了个眼色。

"他是去上任的苏州知府,钦限十五天赶到,贵县可否提供方便?"况寰领会了父亲的意思,披露了况钟的身份。

知县眼睛发直,惊得张开的嘴巴半天合不拢,忙亲自替况钟松绑。况钟从怀里掏出通行关防给知县看。知县看毕,"咚"的一声跪在况钟面前,连说:"恕罪,恕罪。"

况钟扶起知县,笑道:"何罪之有? 这是大水冲了龙王庙,我三人把贵县捕快误判为贼人,贵县把我错作凶犯,一码抵一码,算是扯平了。"说完向牛蛋眼和枣核脑袋招了招手。知县忙唤二人:"况大人唤你们哩,还不快请罪? "

牛蛋眼和枣核脑袋跑来向况钟跪下,同声说:"小的有眼不识泰山,冒犯大人,求大人恕罪! "

况钟叫他们起来,说:"二位兄弟,我的人出手是狠了点,我代他俩赔个不是! 不过,二位也有不妥之处,不穿公服,又未带名刺……"

知县正骑虎难下。把路过的朝廷命官执来当杀人犯,朝廷对他会如何处置?这个笑话传到民间,老百姓会怎样议论?这些事他不得不想。他恨透了牛蛋眼和枣核脑袋,况钟话还没说完,就接过话头骂二人:"贵人若镜,不将不迎,应而不藏,英姿容貌、气质修养与为非作歹之人截然不同,你俩是瞎子? 是猪脑子? 贵人和凶手都分不清? "他向捕头手一挥,"把这两个混蛋拉出去杖责三十,算他给况大人赔罪! "

况钟觉得曲阜知县偏听偏信未经侦查执人,闹出这等笑话不自省,反而把责任全推在捕役身上,十分可恶,真想训他一顿。可自己是借道经过,行程耽误不起,且凶手还逍遥法外,当务之急不是教训知县,而是督促知县查案,将真凶绳之以法,便用比较温和的语气说:"杖责免了! 谁没有犯浑的时候? 再说案情复杂,闹出这等笑话,也不全是他俩的责任。杀害刘二哥的凶手还逍遥法外,贵县拟从速侦查,将凶手缉拿归案! "

"是,卑职这就办! "知县毕恭毕敬地说。他回到公案坐下,惊堂木一拍:"把三癞子拿下! "

衙役立即锁了小伙计。小伙计吓得脸上变色:"老爷,小的是证人呐……怎么……俺也拿了?"

"你杀害刘二哥,还嫁祸于朝廷命官况大人,不拿你拿谁?"知县说。

小伙计哭:"老爷,俺冤啊……"

县官问:"冤?那你说凶手是谁?"

"俺……不知道。"

"好,你不招!那就先站站笼子吧!"知县对衙役说,"把站笼抬来!"

站笼是一种刑具,四方木笼,囚犯站在其中,脚下垫着砖块,颈脖被笼顶的木枷锁着。行刑时,将囚犯脚下的砖块一块一块地抽掉,木枷就愈卡愈紧,受刑人十分难受,当脚下的砖全部抽出时,人顷刻毙命。

见要动刑,小伙计急了,断断续续说出了实情:昨天晚上有个人请他喝酒,并给他一百两银票,如此这般地叮嘱一番,要他今天早上去县衙报案。

"那人是谁?"况钟连忙问。

知县喝道:"快说!"

"他……他……"小伙计身子不断地晃着,接着牙关紧闭倒在地上。

况钟上前摸摸他的脉,脉搏几乎摸不到了,小伙计翻开眼皮,瞳孔已开始放大。他摇摇头,叹了口气。

过了一会儿,小伙计就断了气。尸体解剖,仵作在他腹内验出"仙鹤露"成分。"仙鹤露"是民间的一种毒药,这种毒药用蛇毒制成,中毒视剂量大小而定,量大三四个时辰内死亡,量小不超过两天。

小伙计已死,那个收买小伙计的元凶一时无法归案,况钟决定上路。知县力挽,要摆酒压惊,况钟婉拒,说找到凶手后知会一声就行。知县在衙前铺上红地毯,燃放鞭炮,以此谢罪。

况钟的小马辇在鞭炮声中徐徐驶出曲阜县衙。离开县衙后,况钟又乘小马辇来到东门祭悼刘二哥，并掏出五十钞给他办丧事，忙完这些才重返驿道。上车后，况钟心里一直在琢磨：此地并无熟人，不过是借道经过而已，是谁丧心病狂加害于我？小马辇顶着烈日，在晒得发白的驿道上跑着，车后扬起串串尘土，那连接起来的串串尘土像是个长长的问号。

第三章
常|熟|探|秘

况钟一行晓行夜宿,跑了若干时日来到无锡。此时夕阳西下,天空被晚霞染得红一块紫一块的。况寰提议在无锡住下,晚饭后去游太湖。太湖在无锡西,古称震泽、笠泽、五湖等,湖广三万六千顷,周围五百里。此湖浩荡波无极,万顷湖光尽凝碧。春秋时越国大夫范蠡与西施曾遁迹其间,留下许多美好传说。此地是个绝妙的去处,终日游人如织。

况钟脸一沉:"务必连夜赶到苏州!"

离京后,他们已走了十三天,按钦限能如期赶到。况寰想,这里距苏州还七十里,何必赶夜路?父亲的话向来是一言九鼎,况寰不敢反对,便绕了个弯子,大声说:"我们住不住无所谓,只是洪叔的骨头颠得快散架了!"

路上,况寰早向洪叔吹了风,说到无锡后去游太湖。听了此话洪叔领会了况寰的意思,说:"我倒没什么,只是牲口累得吐白沫,快趴下了。"

况钟听了，只得答应在无锡住下。

他们在君再来客栈下榻。晚饭后，况寰和洪叔游太湖去了。况钟去逛夜市，洗罢澡换上件月白府绸长袍，摇着素纸折扇上了街。此时才酉时正牌，天未断黑。他走进一间文房四宝店，手正摸着砚台，感觉有人扯了扯他的长袍，低头一看，一个带银项圈、赤膊、蓬头垢面的五六岁的小男孩正向他伸出一只黑乎乎的小手。况钟摸出几个铜钱给孩子。小男孩拿着铜钱跑了。

小男孩出店不久，十来个孩子追了过来，一齐向况钟伸出手。他们一个个瘦骨嶙峋，饥肠辘辘。见他们怪可怜，况钟带他们到一间小吃店前，给每人买了三个包子。这时，站在一边的那个带银项圈的孩子跑了过来，眼巴巴望着他们手中的包子。况钟又给他买了三个。孩子们狼吞虎咽地吃掉一个，余下的不舍得吃了。况钟奇怪，问为何不吃，孩子们说要留给爹娘，他们还饿着肚子哩。况钟要他们先填饱自己的肚子，说爹娘吃的再买。孩子们风卷残云般吃去手中包子，吃完之后眼巴巴地望着况钟。

况钟从怀里摸出点碎银，放在手上抛了抛："买包子的钱伯伯准备了，可爹娘在哪里，你们没告诉伯伯，我送哪里？"

"伯伯不用送，我们带回去，他们在枫桥哩。"一个叫桂香的十岁女孩连忙说。

枫桥，因唐人张继一首《枫桥夜泊》声名远播，况钟早已有所耳闻。听了小女孩的话，况钟明白这些孩子的父母是吴县流民。《大明律》禁止百姓外流，规定各级衙门有权逮捕逃户。他必须劝这些人回乡复业，于是笑着对小女孩说："小妹妹，不用怕，伯伯是好人，你带伯伯给你爹娘去送包子吧？"

桂香恐惧地望着况钟，躲到一边去了。那个带银项圈的小男孩自告奋勇地说他带路。况钟一喜,正要拉着小男孩的手去买包子,桂香跑上来,把男孩拉到一边,警告他:"笑笑,当心你娘的巴掌!"说完,用身子挡住笑笑,不让他靠近况钟。笑笑扭头猛跑,飞也似的跑了一圈,然后跑回况钟跟前:"伯伯是好人,就是要带!就是要带!"

况钟拉着笑笑的小手来到包子店,买了几十个热包子,借店家的竹篮提了去见孩子们的父母。

况钟跟着笑笑来到一座庙前。只见庙门上端悬有一匾,上书"城隍庙"三字,门两旁刻着一副楹联:

御灾捍患神功著

福善恶淫天道昭

走进殿内,屋柱上又是一联:

地狱即在眼前莫到犯了罪时方才醒悟

业镜虽悬台上只要过得意去也肯慈悲

殿中鼎炉升腾着袅袅紫烟,城隍菩萨金身端坐帷幕前,双目如电注视着来人。一边壁上画着城隍带天兵降魔驱妖,一边画着无常与小鬼惩恶扬善。

笑笑带况钟来到后院。爬满常青藤的围墙内,两株银杏遮天蔽日,十多个男女正在树下商量什么。他们都是枫桥塘上的农民。麦收以后大旱,栽下的水稻不发蔸。官府的人天天上门收麦。麦子交了粮,他们只得出去讨饭。官府严禁农民外逃,府衙在常熟设了个流民收容所,进来的人名义是收容,实际是体罚做苦工。四处布有细作,探到消息后禀报收容所及时把外逃的人抓去。他们昨天晚上夜深人静时搭乘货船来到无锡,躲进这城隍庙,今晚打算再往常州去。一天没吃东西,饥饿难忍,大人出去怕碰到探子,打发孩子们出去讨点吃的。

其余的孩子已回来报信,说一个伯伯要来送包子,老乡们惶恐不安,生怕是探子。况钟一出现,他们心悸地跳了起来,纷纷投去惊恐的目光。苏金娣气呼呼地把笑笑拉在一边,低声骂道:"挨千刀的,娘是怎么叮嘱你的?"她二十五六岁,细挑身材,修眉俊眼,耳边几个雀斑,白土布短衣,蓝靛布裙,衣裙缀着补丁,却浆洗得干干净净,一看就是个能干泼辣的主妇。

况钟过去护着笑笑,对苏金娣说:"大嫂,别怪孩子,我不是坏人,我是给大伙送吃来的。"

"送吃?"苏金娣警惕地望着况钟,"一非亲二非故,你送啥吃?"

况钟笑着说:"敝姓康,叫康忠,从京城来,到苏州去做点丝绸生意,喜欢行善,听说乡亲们在挨饿,就买了点包子来。"

苏金娣的丈夫,蔫头蔫脑的老蔫吞了口唾沫:"这么说你不是常熟收容所的探子?"

况钟在篮里抓了两只包子给老蔫:"您想想,探子会送包子吗?"

"这话对!"酒葫芦伸手抓过两只包子。他三十开外,赤膊,腰间系着个葫芦,是桂香的父亲。他使劲咬了口包子,偌大的包子去掉半只,另半只糖水往下掉,滴在他黑乎乎汗津津的手臂上,星星点点的。他用舌头去舔。妻子平秋月打了下他的手:"你饿了三世?囡囡还没吃哩!"

"娘,囡囡吃饱了!"桂香说。

苏金娣观察这么久,终于打消了疑虑,对大伙说:"吃吧,吃吧,别辜负了康老板的美意!"

她一开口,大伙都伸手来拿包子,说说笑笑的。况钟与大伙聊了起来……

月亮升了起来,花脚蚊子嗡嗡叫着,到处乱飞。况钟一边用扇赶着蚊子,一边听乡亲们吐着苦水。

殿内映出火光,传来"嗵嗵"脚步声。况钟正诧异间,一群手握鬼头刀的汉子，在火把照映下冲了进来。乡亲们乱成一团。况钟问他们是什么人，苏金娣说他们是常熟收容所的所丁，来捉逃民。

为头的汉子嘴巴下有一圈肉，绰号叫"二下巴"。二下巴命手下把所有的泥腿子都绑起来。况钟断喝一声："动辄拘囚百姓，谁给你们这样大的权力！"二下巴望望况钟，你不就是个生意人吗，有几个臭钱就教训起老子来？老子办差无情，你既是爱多嘴多舌，老子就先把你绑了。二下巴向手下手一扬："把这个多嘴多舌的先绑起来！"

况钟眼睛一瞪："放肆！要绑先把杨粟叫来！"

此言一出，如晴天打了个响雷，把二下巴给镇住了。杨粟是苏州府同知，原是二府，现署理知府。二下巴审视着况钟，良久，用颤抖的声音问他是谁。况钟告诉他：去苏州上任的知府。

二下巴面如死灰，呆若木鸡，吓得许久不敢吱声。缓过气来，他用目光扫扫在场的人，看有多少知府的长随，见都是泥腿子，心生疑窦：当官的出门都是前呼后拥，这位知府为啥一个长随都不见？新知府要来，为啥没听傅大人说过？当心其中有诈。

"大人，多有冒犯！老子，不，小人是在办差，您既是新来的府尊大人，请出示一下勘合凭信，小人上头是经历傅德，回去交差免得傅大人怪小人失职。"二下巴向况钟谄笑着。

况钟手伸进口袋，正欲掏出关防，转念一想：不急！百姓外流事出有因，宜正本清源进行梳理，不能用强制手段。关押逃民，令百姓仇视官府，甚至会引起民变。收容所必须取缔。所丁如狼似虎，可推想关进去的人要受多少摧残。我不妨先去探探秘，身份一暴露就去不成了。主意一定，他故意装作惶恐不安，手颤抖着，在口袋里不停地掏呀掏……

二下巴的目光紧紧地盯着况钟伸进口袋的手，催着："快啊！快！"

况钟头上冒汗。二下巴立即恢复了狰狞面目，鬼头刀顶着况钟的脖子说道："敢冒充知府，你吃了熊心豹子胆！"对手下吆喝，"把这个老东西绑起来！"

苏金娣等人忙向二下巴跪下，说康老板是京城生意人，求放了他。

听苏金娣如此说，二下巴可得意了，一是证明自己料事如神，二是可以敲一笔银子。财神爷面前不伸手，那是狗娘养的！他吓唬况钟道："姓康的，你什么官不冒充非要冒充知府？《大明律》规定，冒充知府者斩。你这是老虫舔猫鼻子，送死！你还有啥话要说吗？"

况钟听他胡编得可笑，故意说："无话可说，要杀要剐，悉听尊便！"

二下巴假惺惺地："脑袋掉了可不会长出来喽，救命要紧呐！我这个人天生的菩萨心肠，念你是个老实生意人，不懂法度，从宽处理，罚二百两银子走人，怎么样？"

况钟回答道："要银子没有，要命一条！"

二下巴见没门，只得要手下把况钟和乡亲们一起绑了，这里敲不到，带回常熟慢慢敲。

况钟怕乡亲们受苦，不准二下巴绑人。二下巴非要绑不可。况钟对他正色道："实话告诉你，新知府况钟不日就到，敝人是新知府的朋友，你要是绑了人，看新知府怎么收拾你！"

二下巴一怔，况钟的话击中他的要害。他这个无徒，在帮里是龙头。一次伙计偷了杨粟家的东西，他向杨粟告密。他的抓乖行为得到杨粟赏识，设立常熟收容所便赏他做了所丁。听了况钟的话，他琢磨着，这姓康的软硬不吃，底气十足，是像有背景的人。他的话不可全信，也不可不信，行事慎重些，伸好后脚不会有坏处。"好，老子就放你们一马，可有话在先——"二下巴指着况钟和逃民们，"你们一个个都得乖乖跟老子走，丢了一个，拿姓康的是问！"

况钟叫来庙祝，掏出些碎银给她，请她到君再来客栈楼上二号房转告他的伙计,说老板到常熟办事去了,不必找,要他们在客栈安心等候。交代完毕,况钟和逃民们随二下巴上路向常熟走去。

2

常熟县土地肥沃,年年丰熟,故名常熟。唐、宋以来,苏州是全国蚕桑生产中心,常熟的农户家家栽桑养蚕。

进入常熟地界,天渐渐亮了,只见驿道两旁是大片桑田,迷雾如倒扣的黑锅,低低地压着大地,桑树弯着腰,像是被压得喘不过气来。

二下巴带他们来到一个叫藕渠的地方的一个宅院。宅院四周筑有高高的围墙,门楼上刻着"鸿鹄凌云"四个大字。这宅子的主人,原是个乡绅,吃了官司,宅子充公。宅院前后两栋由天井隔开,中间是大厅,左右各有偏院,大小房间有四十余间。两个持钩镰的人杀气腾腾地在门边站着。

前院绿树森森,有假山鱼池,地上长着青草。况钟和乡亲们又饥又渴又累,进到前院,都一屁股坐到草地上。

二下巴对着大门大声叫:"傅大人,傅大人!枫桥的逃民带回来了!"

傅德从门内出。他三十五六,脸上窄下宽,直鼻方腮,目光如鹰隼,见了姿色好的女子,总是死死地盯着,用丰富的联想与她先神交一番方作罢。他缓步走到苏金娣跟前,色眯眯的目光向她扫着,柔声问:"会不会扎花?"苏金娣点点头。

傅德回到门前对众人训话:"你们这些刁民都给我听着,啊……放下田地不种,逃到外面去,触犯《大明律》,是要治罪的。啊……本官慈悲为怀,只要服从规劝,半个月后放你们回去,在所期间如寻衅闹事,作造反论处,啊……"他每"啊"一声都瞟一眼苏金娣。

午饭后,况钟等人被安排去打石场。苏金娣由二下巴带着去后院的小土屋刺绣。后院是个果园,靠围墙有间小木屋,杉皮屋顶上爬满青藤,屋内一丈见方,陈设简单,放着一张堆放丝线的床。二下巴告诉她,每天必须绣完定额,没绣完晚上继续。

夜深人静后,苏金娣还在刺绣,一丝困意袭来,她睡着了。迷糊中感觉有人动她,睁眼一看,一个蒙面人站在身旁。她吓得魂飞魄散。想叫人时,蒙面人伸过一把明晃晃的尖刀顶住她的喉咙。她发不出声了,腿软了下去……

回到老蔫身边,她不敢说被蒙面人强暴的事,只是默默流泪。第二天起来眼睛肿得像核桃。

早饭后,苏金娣找到二下巴,死活不肯在小土屋扎花了。二下巴说她绣的是贡品,绣贡品的地方要薰御香,不能挪地方,晚上他带人在后花厅候着,蒙面人若是再来,抓住他便是。有了二下巴的承诺,苏金娣不再怕了,继续在小土屋绣。

半夜后打盹时,蒙面人又来了。吃一堑长一智,她装着顺从的样子,羞答答地说:"大哥,莫急……反正已经是你的人了……"边说边解上衣。蒙面人见她毫无反抗的意思,放松了警惕,将尖刀放床头,腾出手来解裤子。苏金娣飞快地拿过床头的尖刀向蒙面人刺去。蒙面人大惊,忙夺刀,刀尖在他裸露的右手臂上划了一下。蒙面人不敢再夺刀了。

苏金娣乘机持刀跑向房门,手拉房门,房门拉不开,外面上了锁。她用脚踢着房门,口里大声叫:"二下巴救命!"后厅传来嘻嘻哈哈的笑声,苏金娣的呼叫无人理睬。

这时小土屋对面的果树林中,一个黑影从树上跳下来。他是老蔫。今天早晨,况钟见苏金娣眼睛红肿,问她什么事,苏金娣只是流泪不说话,知道必有难言之隐。早饭后,况钟提醒老蔫暗中要注意保护好自己的女人。晚上笑笑睡着后，老鸢溜出屋躲到林中树上，注视着小土屋的动静。妻子发出第一声呼叫他就听到了。

老鸢跑到小土屋前，砸开锁，推开房门，苏金娣哭着出来，口里不断叫着："蒙面人，蒙面人……"老鸢拿过妻子手中的尖刀，向屋里冲去。

听到小土屋前闹闹嚷嚷的，住在偏院的况钟和酒葫芦等人匆忙赶来。苏金娣向况钟诉说蒙面人的情状。

二下巴带着牌友来到小土屋前。况钟向屋内走去，二下巴拉住他的手，说明天还要干活，睡觉去。

况钟手一甩，快步冲进小木屋。观察了一会儿，他叫老鸢和酒葫芦把床挪开。二下巴猴急地爬上床，盘腿坐在床上："这是张破床，一挪脚就断了，不准搬！"

况钟一啐："断了腿我赔新的！"转对老鸢和酒葫芦，"连人带床给我抬起来！"

床挪开，况钟发现距地一尺高的地方，有两块板壁是活动的。抽开板，露出个黑洞。况钟钻了进去，头便到了围墙外的茅草丛中。况钟钻回来后，苏金娣听况钟介绍后明白是怎么回事了，一把抓住二下巴："好啊，你串通蒙面人！"

二下巴诡辩道："这洞是老房主挖的，关老子屁事！"

况钟命老鸢去叫来傅德。苏金娣向傅德告二下巴的状："二下巴他串通蒙面人……"

"啥蒙面人？这里从来就没什么蒙面人！"傅德打断苏金娣的话，息事宁人地对大家说，"天很晚了，大家睡觉去吧，有事明天再说！"说着打了个哈欠。

况钟说："傅经历，你是这里的头，不把事情搞清楚，大家是不会走的。你说没有蒙面人……"他指着老鸢手中的尖刀，"这刀就是在蒙面手中夺下的,物证都在,你还狡辩什么!"

傅德从老蔫手中拿过刀,问老蔫:"是你从蒙面人手中夺下的?"

老蔫摇摇头,指着苏金娣:"我家屋里夺下的。"

傅德问苏金娣:"持刀人啥模样?"

"要看得清模样,就不叫蒙面人!"苏金娣说。

"无中生有,故意作耗!"傅德对二下巴说,"把他们撵回去睡觉,不听劝阻的,按所规办!"说毕拿着尖刀往外溜。

况钟向苏金娣使了使眼色。苏金娣追上傅德:"傅经历,这刀得还给我!"说毕伸手夺刀。

傅德右手高高举起刀。苏金娣抓傅德的右手,情急之下拉了下袖子,手臂上露出刚涂药水的伤痕。这伤痕她太熟悉了!她疯了一般撕扯着傅德,口里不停地叫:"你就是蒙面人!你就是蒙面人!……"

况钟赶了上去,故意说:"金娣,你可看清楚了?"

苏金娣说:"没错,就是他!"

傅德说苏金娣疯了,要二下巴把她绑起来。况钟严厉地说:"傅经历,你可不要乱来,绑她是罪上加罪!"

傅德不听,命二下巴绑人。二下巴把苏金娣绑了。苏金娣骂不绝口,傅德抽了她一鞭子。

老蔫怕妻子受苦,跪下向傅德求饶。苏金娣是个宁愿站着死,也不愿跪着生的人,见丈夫跪下求情,骂道:"死老蔫你滚一边去,看他把姑奶奶怎么着?"

傅德是收容所的土皇帝,谁对他都不敢说不,苏金娣当着大伙的面揭发了他,令他非常难堪,见苏金娣激他,威胁说:"怎么着?我叫你三更死就不得留人到五更!"

苏金娣柳眉一竖:"姑奶奶没犯死罪!"

傅德威胁道："死罪？在这里死活由本官定，谁也管不着！"说毕，他故意对二下巴说，"给她好吃好喝，吃饱后丢到河里喂王八！"

况钟怕他较劲动了真，警告说："傅经历，你身为八品，拿朝廷俸禄，做事要按朝廷法度。快放了苏金娣，闹出乱子来，王法饶不了你！"

傅德正恼况钟，一脚向况钟的膝盖踢去："闭上你的臭嘴！"

况钟猝不及防跌倒在地，酒葫芦和平秋月忙扶他起来。

老蔫一直跪在地上，他原本想用跪，求傅德高抬贵手，让苏金娣过了这一关，见傅德不但对他的跪无动于衷，而且将劝说的康老板踢倒，以为他真要处死妻子，心里感到非常绝望。金娣精明能干，他不但感情上需要她的抚慰，这个风雨飘摇的家更少不了她这个当家人。没有了她，他的家就散了。他从地上慢慢爬了起来，眼里透出幽幽的光，心里说：姓傅的，你要金娣死，我也不让你活。他悄悄转到傅德身后，乘傅德不注意，飞快地夺过他手中的尖刀，接着用刀猛地向傅德刺去。二下巴眼快，急忙把傅德往旁边一推，傅德连皮毛都没伤着。

傅德连声叫"反了，反了"，命所丁把老蔫绑了，将他夫妇分别关押。

大伙都被撵回房。况钟在床上考虑着怎样营救老蔫夫妇。由于老蔫的鲁莽，看来自己不得不亮身份了，不然傅德不会善罢甘休。他爬下床，悄悄向傅德住房走去。

傅德的房间还亮着灯，两个人头在窗口晃动。况钟来到窗下，见傅德和二下巴正在饮酒。

"有了劲，我再去教训教训苏金娣这婊子！"二下巴抓了粒花生米丢进嘴里，讨好地说。

傅德摇摇头："不，苏金娣你给我手下留情，虽然她性子是烈了点，可打她我有些舍不得。"他是个色迷，舍不得花银子去找粉头，只是用权力去占有弄来的女人。苏金娣他还要留着慢慢受用。

"哟,傅大人怜香惜玉的!"二下巴淫笑着,"就因为有了昨天一次?"

傅德喝去杯中酒:"你那东西不行,不懂得疼女人。"

二下巴给傅德斟酒,傅德说不喝了,快四更了,躺一会儿,内人寄信来,老丈人病危,明早还得赶回去。二下巴听他要走,忙问关的那两个怎么处理。傅德往床上一躺:"苏金娣仍让她在小屋绣,老蔫先关着,等我回来再移交吴县有司。"

"康忠呢,让他在这里待多少天?"

"明天就叫他滚,留在这里会生祸……"傅德说着说着响起了鼾声。

听到这里,况钟连忙走了,安心回房睡觉去了。

这一觉睡得好沉。

3

哭声将况钟吵醒。他睁开眼睛一看,天已亮,房中其他人都不在。他起床,朝哭声传来的地方走去。

哭声是前院发出的,他来到前院。天灰蒙蒙的,浓云严严实实地压在屋宇之上,令人感到窒息。鱼池边停着辆马车,苏金娣在马车旁哭,平秋月在陪着苏金娣掉泪,酒葫芦抱着笑笑站在一旁。

况钟急忙朝马车走去。他来到车前,只见老蔫僵硬的身子躺在车上,眼睛瞪着,张着没有气息的嘴巴,仿佛要对天呐喊什么。

况钟手摸老蔫的脸,流着泪说:"老蔫兄弟,你为何这么快就走了?"

"老蔫想不开,寻短见的。"平秋月说。

"不会,老蔫不会自寻短见,一定是他们逼的!"况钟道。

苏金娣抹了把泪,说真是自缢的,还是她解的绳子。她禀知况钟:快五更时,二下巴急急忙忙来叫她,要她到老蔫的房间去。她跑到房内一看，两个所丁正将吊在房梁上的老鸢放下来，傅德在训看守，责怪他不该当值打瞌睡，让老鸢钻了空子。

况钟爬上车，解开老鸢的上衣，只见身上青一块紫一块的。这时傅德从门内出来，见况钟在车上，忙对他吼："看啥看？畏罪自杀！下去！下去！"

况钟从车上下来。二下巴牵着马来到车旁。傅德接过缰绳，翻身上马，指着马车说："马夫呢？催他快走！"说毕缰绳一抖，走了。

二下巴叫来马夫。况钟倾其所有，掏出身上的钱给苏金娣："好好活下去，把笑笑带大。"

马夫牵来马，驾着马车走了。

早饭后，二下巴要况钟离开收容所。况钟不虚此行，已了解到不少内幕：这里设有打石场、砖瓦场、农场、绣坊等，抓来的人安排到这些地方做事。名义上收入以所养所，实际上大部分被少数人侵吞了。他们把姿色好的女人支应进小土屋扎花，无一不受傅德的糟蹋。由此看来，变成人间地狱的不只是昆山，而是整个苏州府。官吏狼戾，整顿吏治势在必行。他决定不急于赶到府衙，先行暗访常熟、昆山、崇明、嘉定、吴江、长洲、吴县全府七邑。

况钟出了门楼门，便向通往无锡的驿道走去。刚上驿道，况寰骑着马从对面赶来。庙祝那天没找着他。掌柜的转达庙祝的话后，况寰耐心等着，两天不见爹回来，心里着急，今日大清早便追了来。

况寰要父亲上马。况钟说不回去了，要他回无锡取些钱再到这里来，叫洪叔在无锡等。况寰不解，问为何不用小马辇，况钟说："爹是微服私访，要是乘着小马辇去，不变成瞎子和聋子了？"

况寰听父亲说得在理，没再多言，翻身上马，拍马向无锡奔去，一阵急蹄走得无影无踪。

第四章
身|陷|囹|圄

宣德五年的吴中进入六月以来没有下过一滴雨。每天要么是烈日当空,要么是空中弥漫着黄色的轻霾,热得像个蒸笼。明代苏州气候属寒冷期,湿冷居多,这一年气候反常,向来夏天并不酷热的吴中,这回领教到了热魔的厉害。

驿道干巴巴的,脚一踏地就冒烟。路旁的柳树枝条没精打采地低垂着,一动不动的。杨旭带着一行人策马向陆杨乡奔去。他四十出头,团脸,眼睛特别小,是昆山县陆杨粮区粮长。明代纳粮一万石左右为一粮区,指派大户充任粮长,负责征收和解运田粮。他家虽在昆山县城经商,因陆杨是祖籍,那里不少庄子是他家的,他又是县里的总圩长,有心兼任这个差使,自然心想事成了。

跟在杨旭后面的是县丞贾敬。这贾敬年约四旬,是个矮墩胖子,圆乎乎的脑袋,大胳膊大腿。朝廷规定,征收粮税可加征若干耗费。地方官吏利用这个不成文的规定榨取百姓血汗,作为自己的生财之道。贾敬执掌清军、巡捕,催粮本不是他的职责,因为此差油水重,主动承揽了陆杨粮区税粮的征收,今日有空便带着皂隶前去催缴税粮。

陆杨是个乡,距乡公所五里许有个葛家村。此村是葛氏先民聚居地,现杂居仇、杜等姓。一条官道在村中心通过。官道东侧二箭之地有条小河,宽约数丈,河堤上植着杨柳。百余户民居稀稀落落地分布在小河两旁的绿畴秀野中。明代实行里甲制,一里十甲,一甲十户,这个村的里长叫杜福寿。他祖上原是中产之家,有薄田数亩,由于豪强挤压,渐渐变卖了,到他手上只得租佃官田耕种。此人虽种田出身,少读诗书,但聪明能干,侠肝义胆,乐于助人,在村中威望很高。原里长姓仇,为人刻薄且贪贿,引起公愤,前年村民联名告倒他,提议杜福寿出任里长。杜福寿人脉旺,非他不行,乡里只得支派姓仇的当圩长。

葛家村欠粮多,这里是杨旭、贾敬他们去的第一站。走进村子,他们一个个汗流浃背,泥尘沾在汗湿的衣衫上,像是一块块膏药。他们跳下马,在小河中洗了把脸,就直奔村西的仇圩长家。

苏州府七县濒临海湖,地势低洼,为防洪水,田地都筑有圩堤。圩田大小不等,大的有六七千亩,小的三四千亩。这是吴中郡县有别于其他郡县的地方。圩堤的修筑和管理要耗费很多精力。为此,昔大理寺卿熊概巡抚江南时,奏报朝廷同意,每县增设总圩长,每乡增设若干圩长,这些人除管好圩堤,还协同粮长、里长提督农务,催办税粮。因为有油水可捞,担任总圩长、圩长的几乎都是地方豪强或在衙门待过的胥吏,与官府关系密切。他们的势力愈来愈强,等同第二衙门,官吏下来不论是治农还是催粮,多找他们。

姓仇的正得黄疸病,他们只得去找里长杜福寿。

杜福寿的家在村中官道旁,三间板屋,两间草棚,院中一棵老桃树,枝叶婆娑,树荫匝地,满耳蝉声。杨旭一伙来到树下,大声唤杜福寿。

杜妻王氏出来,说杜福寿不在家。杨旭要杜王氏去找他回来。

一盏茶的工夫,杜福寿牵着牛回来了。他五十出头,鬓发灰白,方脸,八字眉,眸子闪着幽幽的光。他将牛绳系在桃树上,笑呵呵地向官差们打招呼。

贾敬训斥道:"杜福寿,你这个里长怎么当的? 全里欠下这么多粮,怎么办?"

杜福寿见他一来就拿款训人,心说:要啥威风,要不是拜成均做干爹,你还不是个看家狗! 贾敬原来是巡抚成均的看门人,认成均作义父后,被安插到昆山县衙当差,买了功名后,成均以他办漕粮有功为由,保举当了县丞。贾敬是昆山一霸,杜福寿得罪不起,强装笑脸回答道:"回县丞,交粮的事仇圩长在料理。"

"姓仇的病了,眼下要找你!"贾敬说。

"找我? 我可没办法!"杜福寿蹙起眉,"去年洪水浸淹,今年又遭旱灾,打的粮吃不了三个月,男人多数外出播越,女人维持不了,搞得田荒地败……"

贾敬打断杜福寿的话:"你身为里长,理应钤束刁民,为何不阻止他们外流?"

大灾面前,衙门未发丝毫救济粮款,只是一味上门勒啃钱粮,收不到钱粮,还怪罪里甲不该放他们走。杜福寿忍不住将话驳话:"四大人,刁民也是人,总不能让他们饿死吧!"

杜福寿听衙门里的皂隶私下称贾敬"四大人",以为贾敬在家里是排行老四,本无不良之意,而贾敬听了却等同当众被掴了一巴掌。贾敬头大、腹大、几巴大、架子大,"四大人"是此四大之意,衙门里的人给他取了这个绰号都不敢当面叫,只是背后议论。杜福寿不但当面顶他,还敢称他"四大人"，贾敬觉得这个小里长是有意挖苦他，胆大包天，不治一治他，难解心头之恨。

"你有种！那好，他们的粮你包了！"贾敬铁青着脸说。

杜福寿不知道称"四大人"得罪了贾敬，见他生气还以为是自己顶撞引起的，解释道："四大人，刚才说的我不是有意顶撞你，我是里长，乡亲们活不下去了，我得向你如实禀报。可我一说，你就用粮来封我的口……"

贾敬见杜福寿继续称"四大人"，打断杜福寿的话，对皂隶们说："进屋去，合适的东西拿去抵粮！"

杜福寿原以为贾敬不过是气头上说一说，压一压他，见关门落闩，气得七窍生烟。哪朝哪代，哪府哪县见过里长代乡亲完粮的，你贾县丞欺我老实怎的？杜福寿生性刚强，你敬他一尺，他敬你一丈，你若想欺压他，他与你斗个你死我活。他跑进宅内抓起一把斧头，挡在大门口："谁敢？我和他拼了！"

皂隶们不敢进屋，张皇地望着贾敬。贾敬指了指拴在桃树下的耕牛。一皂隶会意，奔向桃树下。王氏跑上前去，死死护着牛绳不让解，说闺女外出挣钱去了，寄回钱就来交粮。

贾敬上前拉开杜王氏："哭啥哭，它是你家老祖宗？"

牛是杜家半个儿。杜家无出，三个女儿，两个已出嫁，牛等于杜家半个儿。杜王氏任贾敬怎么拉都死死执住牛绳不放。贾敬使劲剥开杜王氏执牛绳的手，杜王氏情急之中咬了口贾敬的手。贾敬火起，向杜王氏下腹狠狠踢去一脚。杜王氏本就足小，仅三寸金莲，被贾敬这一踢，站立不稳，往地上倒下，头砸在一块尖锐的石头上。

杜福寿斧头一丢，朝妻子跑去，抱起杜王氏，大骂贾敬："四大人，你仗势打人，我要告你！"

"你告吧，不告的是龟孙子！"

这时，况钟匆匆走进院子。他父子离开藕渠后，经石牌进入陆杨，路过杜家门前官道，见有人行凶打人，便进来看个究竟。他走到杜福寿跟前，察看杜王氏伤势，见头上一个洞，血流不止，生命垂危，要贾敬火速送城里救治。

"关本官屁事！"贾敬不屑地望了望这位爱管闲事的商人，哼了一声，转身欲走。

况钟拉住他的衣服："怎不关你事？我亲眼看见你打她！"

贾敬朝况钟脸上猛出一拳："我叫你多嘴多舌！"况钟手一松，险些跌倒。贾敬乘间跑出院子。皂隶们见他跑了，连忙把牛赶出杜家小院。

况钟门牙被打落一颗，口里流出血来。杜福寿想去追牛，见客人为他挨了打，很是过意不去，将妻子放睡椅上，去给况钟找药。

况钟将牙一吐："我不碍事，快给嫂子止血！"

杜福寿拿出把旱烟，切成丝敷在妻子伤口上，敷着敷着，杜王氏嘴抽动了一下，因流血过多，头一侧断了气。

杜福寿伤心地哭了起来，边哭边给杜王氏烧上路钱财。况钟问适才那打人凶手是谁，杜福寿抹着泪告知他是县丞贾敬，巡抚成均的干儿子。况钟要他上县衙告他。杜福寿叹了口气，说衙门八字开，有理无钱莫进来，如今官官相护，告也无用，不如用斧头劈了这王八蛋。

况钟说这样不行，连老哥您也搭进去了，告不倒没关系，只要去告了就行，将来自有主持公道的官员替您申冤。听况钟如此说，杜福寿同意了。况钟当即替他写了诉状。

2

况钟赶到昆山县衙不久，杜福寿摇着小船来了。

况钟替杜福寿击鼓。听到"咚咚"鼓声，从苏州府衙刚回来的知县任豫在公堂坐下。他四十六七，长方脸，两道剑眉挑起，深沉内向，身子瘦弱。衙役拿着黑红水火棍从东西两侧门出来，站在公案前两侧。

杜福寿抱着王氏尸体上堂。任豫例行公事地问过姓名、性别、籍贯、事由之后，要杜福寿递上诉状。他看过诉状之后惊堂木一拍："信口雌黄！贾县丞催粮在外，尔妻与他有何干系？"

况钟进大堂："敝人康忠，目睹贾敬殴打杜王氏。"

任豫见证人来了，只好说："将情由说与本官听！"

况钟说："草民是个生意人，路过杜家门前……"他把所见复述了一遍。

任豫无奈，只得装模作样传贾敬。衙役回报贾敬催粮未回。

"贾县丞既催粮在外，原告你且回去，他回来后，本官自会勘问，秉公办理！"任豫袖子一甩，"退堂！"

"慢！"况钟大声说，"催粮在外，不能作为拖延归案之理由，大人须立即将他拘囚！"

任豫本想糊弄杜福寿过关，半路杀出个程咬金，气得惊堂木一拍："大胆康忠，你胆子也忒大了，敢咆哮公堂！小的们，把他撵出去！"

衙役上前拉况钟。况钟手指任豫厉声道："新知府快到了，你不按律办案，当心头上的顶戴！"

任豫霎时如泄了气的皮球，蹦不起来了。况钟的话击中了他的要害。他出身于破落的士族，因祖上福荫已尽，父辈穷困潦倒。为再整基业，他发奋苦读，喜放乙榜。可是家里穷，他连上京会试的盘缠都拿不出。幸好他已娶阊门内大街丝绸庄封老板的继女为妻，在岳父资助下进京，取得赐同进士出身，放了知县。他当官前饱受屈辱，分外看重头上的顶戴。他的仕途并不顺，从当官至今，始终是知县，毫无进展。他想走巡抚成均的门路，贾敬是他的敲门砖，所以他凡事都讨好取悦贾敬。新知府是他的顶头上司，对于他的擢拔起至关重要的作用。这位顶头上司与你关系好，可以向吏部数出你一大堆的政绩，你冒渎了他，明摆着许多政绩，都可以视而不见，听而不闻，知而不言。更为要命的是他抓住你的过错向皇上参你一本，你是引咎辞职，因咎降职，还是流放入狱，那就要看你的造化了。

想起这些，任豫不敢把事情做绝，只得再传贾敬。贾敬其实一直在内衙。任豫复传，他硬着头皮来到公堂。任豫问他杜王氏身亡是否与他有关。贾敬说："本官到杜家催粮，杜王氏咬我一口后逃走，被石头绊在地上。她倒地上之后本官走了，死不死我不知道，即便是亡故，那也是咎由自取，与本官无关，杨旭与催粮皂隶可作证。"

任豫传杨旭和催粮皂隶。杨旭和皂隶上堂作证，说贾县丞只推杜王氏一把，没有打人致死。况钟当即指出杨旭与皂隶是贾敬同伙，作证应判无效。

任豫不听，有杨旭和皂隶的证词，甭愁在新知府面前不好交代了。他惊堂木一拍，宣布杜王氏身亡是咎由自取，杜福寿抱尸告贾县丞是诬告，命衙役将杜福寿轰出公堂。

况钟见任豫包庇贾敬，气愤地说："你身为朝廷命官，不为民做主，包庇凶手，残害百姓，必自食其果！"

任豫不理会况钟的话，急向后衙走去，贾敬见任豫欲走，一把拉住他："任大人，你怎么能走？"他指着况钟，"他作伪证不算，还咆哮公堂，辱骂朝廷命官，如此恣肆，少说也要二十背花！"

任豫对贾敬向来言听计从，命衙役拿下况钟打二十大板。

况寰一直站在大堂门外看护行李，听知县发令要打父亲二十大板，连忙往堂内跑。此时，衙役已把况钟按在地上，一个衙役高高地举着棍棒正要往下打去,况寰大叫一声:"谁敢打? 他是苏州新知府!"

况寰这一声吆喝,令所有的人大吃一惊。执刑衙役举起的庭杖停在空中,打也不是,收也不是,眼睛望着任豫,看他是否会更改指令。任豫吓得背脊发凉,心中狂跳,头冒虚汗,两腿战栗。今日去苏州,襟弟赵忧告诉他,朝廷邸报已载,新知府况钟正往苏州赶来。他急忙赶回,备办见面礼,以便新郡守到后去朝拜。他没想到贾敬弄出个人命官司来,而偏偏证人就是新知府,而且自己险些把新郡守打得脊背开花。幸好他的随从言破,不然自己就铸成了大错。

任豫慌忙收回成命,然后弯腰去扶况钟,拍去况钟衣衫上的灰尘后,跪在况钟面前:"下官有眼无珠,不知府台如此神速,冒渎大人,请大人恕罪!"

其他人见状,也纷纷向况钟跪下。贾敬不跪。他对况钟有怀疑:新郡守按制应知会府衙,抬着衙轿去官道迎接。此人在陆杨出现,显然是从常熟那边来的。一是到苏州舍近而求远,二是未知会府衙,不合常情。当官的新到一地都要显显威风,他就是再迁,也不至于不坐八抬大轿而让马背驮来。想到这里,贾敬对况寰说:"你说他是知府,把上任的关防文书拿来!"

况钟从陆杨来到昆山,可说是刚出狼窝又进虎穴,官吏狼戾,令人触目惊心。他不愿暴露身份,看他们如何处置自己,于是,随机应变道:"贾大人,你休要为难他,他是我的小伙计,怕我挨打才这样说。我一个生意人,哪来的关防文书? 新知府还未到,我不是早就禀报了吗,敝人康忠,健康的康,忠诚的忠。"

听毕况钟的介绍,贾敬一百个放心了。他晃着圆乎乎的大脑袋,走到任豫旁边,神气地说:"任大人,对一个生意人为何长跪不起? 别丢人现眼了!"

任豫不理他。此人双目炯炯有神，气宇轩昂，处事刚果敏达，生意人无此神态；衣着虽商人打扮，骨子里透出高雅，全无媚俗，商人无此气质；来到大堂反客为主，执手之固，千夫莫回，生意人无此气势。任豫笃信此人是新郡守无疑。郡守不放言，他不敢起。

门外传来一阵慌乱的脚步声，任豫的夫人带着老家的一位仆人跑了进来，言老太爷发急病，生命垂危，要任豫赶回吴县去见最后一面。

况钟听罢忙对任豫说："任大人，起来吧，回府见老太爷要紧！"接着又对其他跪在地上的人说，"都起来吧！"

任豫和跪在地上的人都起来了。临走，任豫嘱咐贾敬：康忠是新郡守无疑，他既不愿暴露身份，自有他的考究，休要怠慢他，切切记住！

贾敬边听边冷笑，他觉得任豫是个书呆子，讲起道理来，甲乙丙丁一套又一套，他讲不过他，可面对这个康忠，把一个生意人强看作是知府，简直贻笑大方。

任豫一走，贾敬把任豫的话抛到九霄云外。这康忠是生意人，银子有的是，他还要趁此弄他一笔银子。他坐到公案后，惊堂木一拍："康忠，任大人走了，嘱本官处置你。你作伪证，辱骂朝廷命官，咆哮公堂，小伙计又行骗，数罪并罚，你非坐三四年牢不可，本官念你体弱，免去牢狱之苦，罚你五百两银子。"

况钟说："我的银子都交了货款，别说五百两，五十两都拿不出了。"

"没银子，你和小伙计就得蹲大狱！"贾敬黑着脸。

昆山出现的事让况钟震惊：县丞贾敬催粮害死一条人命，皂隶和粮长可证他无罪；一个人命案的凶手，因为他是县丞，知县竟无视法度包庇他；因为县丞是巡抚的干儿子，知县竟听命于他；知县不在，县丞竟变着法子敲诈证人的银子。从个案可见一斑，苏州的官吏为非作歹，徇私枉法严重到何等地步。他要写一份奏疏，让儿子送回京城，请皇上给予便宜处置之权,严惩那些恶贯满盈的人。主意拿定之后,他对贾敬说:五百两认了,但得派小伙计回京去取。

听说是回去取银子,贾敬答应放况寰,但前提是康忠必须在号子里候着,交了银子再放人。

监狱是由一座破庙改建的,檐下蛛网密布,雀粪斑斑。关在这里的人,多数属于临时羁押,狱卒带况钟走进一间号子。这是间大房,地上铺着稻草,空气中尿臊和汗臭刺鼻。房内已人满为患。躺着的人连翻身都不方便。况钟进去后,狱卒要大家挤紧,好不容易才挪出个位子让他坐下。况钟问他们是怎么进来的,大家你一言我一语的告诉他,关在这里的人都是欠了钱粮,等家里借银子来赎人。

晚上,况寰来送饭,见号子这样挤,用银子买通狱吏,才给况钟一个小号。

小号在后院的银杏树旁。后院是囚徒放风的地方,这里筑着高高的围墙,围墙上设有瞭望堡和巡道,放风时,禁卒们鹰隼一样的眼睛注视着这里的一切。小号通常只住一人,有一张窄窄的单人床,一张板凳,一张小桌,桌上还有盏小油灯。与大号相比,这里算是特别优待了。这个单间是监狱的摇钱树,只要出银子,不论张三李四还是王二麻子,谁都可以住。

在小号吃过饭,屋内屋外已成灰色,况钟要儿子去狱吏那里要来纸笔墨砚,点上灯,在小桌前坐下,铺开纸,捉笔沉思,然后挥笔疾书。他出身刀笔小吏,在仪制司为官时,礼部的许多重要公文都是他主笔,写篇奏疏对他来讲是小菜一碟。稿子可说是一气呵成,写完之后,再三斟酌一番，订正若干字句，工工整整地誊写，用封套装好，拜发，将之交给况寰。

儿子怀揣封套，向父亲跪下："爹，狱吏那里儿送了银子，他们不会为难您的。儿去了，您要多加保重！"况寰说着，眼中满是泪水。

"哭什么？"况钟拉起儿子，"爹住进这里，能尝尝治下监狱的滋味不是坏事！这里能了解到许多外面了解不到的事情。爹来这里，百姓就可以少进这里。"他拍了拍儿子的肩，"路上注意安全，一定要休息好，不要惦记我！"

况寰向父亲拜了三拜，转身向外面走去。他走到银杏树下，父亲又叫住他，再三嘱咐："回去对娘和阁老都不要提我的事，免得他们担心。"

况寰点点头，走了。况钟站在铁窗前，目睹儿子的身影出了小院。

狱卒催况钟熄灯。他吹了灯，和衣躺在木板床上想心事。灯一黑，蚊子出来了，嗡嗡地叫着，这里叮一个包，那里叮一个包。闻着了人的气味，臭虫、跳蚤也在黑暗中爬出来向况钟进攻，一时奇痒难忍。况钟不怕虎狼，不惧恶人，就是畏这些小东西。臭虫、跳蚤一咬，皮肤起鸡皮疙瘩，要多难受有多难受。他点灯捉臭虫、跳蚤，灯一亮，这些讨厌鬼全藏起来了，一个也抓不着，好像是有意作弄他似的。他叹息一声，不知如何是好，只得熄了灯，傻呆呆地坐在板凳上。

坐了一会儿，老鼠又来了，它们在黑暗中爬来爬去，一会儿跳上他的膝盖，一会儿爬上他的肩膀。他跳了一跳，老鼠跑了，坐下不久，它们又来了。

他站了起来，走到铁窗跟前。窗外一片漆黑，万籁俱寂，那株银杏黑糊糊的，南风吹得枝叶沙沙作响。突然，他听到开门的声音，接着火光照进后院，只见一个衙役擎着火把来到银杏树下，狱卒押着三个汉子朝这边走来。为首的那个三十多岁，手臂非常结实，后面两个精瘦精瘦的。走近窗边时，况钟认出是葛阿伴兄弟。

狱卒打开小号的门，丢进两捆稻草，说："进去吧，便宜你们仨了！"别的号子容人不下了。

三人进来后，狱卒"咣"的一声上了锁，走了。

况钟点亮灯："阿伴，是你哥仨？"

葛阿伴兄弟正在忙着铺稻草，听到况钟问，三人连忙回过头来。

"康老板，您怎么会在这里？"葛阿伴惊奇地问。

况钟将自己的遭遇说了，问："你们呢？"

"我们记着您的话，火速回家复业，今日到家刚吃过晚饭，衙役就把我哥仨捉来了。"葛阿伴说。

阿伴显得很疲劳，没讲几句话就倒头入睡。阿伴睡得沉，阿让、阿贵梦中老是发出惊叫声。况钟叫醒阿让、阿贵，问是怎么回事，他俩述说梦见恶鬼举牌持索捉拿。况钟叹了口气，穷人活在这世上多难，醒时官差逼，梦中恶鬼追，无时不担惊受怕。

翌日早饭后，狱吏打开门："葛阿伴走人，葛阿让和葛阿贵留下！"

葛阿伴问他，兄弟仨一块来的，为何两个弟弟不能走。狱吏眼睛一瞪："还没关够是不是？呆头木脑的！"

况钟劝葛阿伴快走，走得一个是一个。阿让、阿贵要哥出去后替他俩想想办法。阿伴说："没事，今天哥就把你俩弄出去！"

阿伴走后不到一个时辰，狱吏就叫阿让、阿贵出去。况钟想，阿伴还真有能耐，这么快就兑现了自己的诺言。

葛家兄弟连忙收拾衣物。

"带这些干啥？磨磨蹭蹭的！"狱吏站在门口，显得很不耐烦。

阿让、阿贵说这些衣服回家可以穿，丢掉了可惜。

狱吏冷笑，说做梦吧你，这是提审。阿让、阿贵脸上的笑容僵住了，仿佛身子掉进冰窖里。况钟心里一沉。

阿让、阿贵提审后一直没有回来。约摸到了申时，葛阿伴抹着泪来到号子里收拾两个弟弟的衣物。况钟心头浮起一丝不祥，问阿让、阿贵哪去了。阿伴放声痛哭，说被贾敬那恶魔打死了。

葛阿伴是石匠，外出做工挣了五十多两银子回来，他妻子交出这些银子赎了他。阿让、阿贵无手艺，打短工只挣到十几两银子。兄弟俩的妻子也把带回的银子交了，贾敬硬说不止这么多，提审时一再逼问。阿让、阿贵说没有了，贾敬命皂隶使劲打。两人昏死过去，他说是装死，接过棍棒亲自打，在贾敬的棍棒下，兄弟俩就再也没有醒过来。

况钟听了一拳砸在墙上，手在流血，心也在流血。

第五章
初|到|府|衙

苏州是长江三角洲的一颗明珠,山温水软,绿畴绣野,人杰地灵。这里濒临烟波浩渺的太湖,北依长江,东接松江(今上海),西连无锡,南邻嘉兴、湖州。京杭大运河南北纵贯,河湖交织,江海通连,河道港汊纵横于乡野与街市之间。名园荟萃,胜迹如云。战国时置会稽郡,汉代置吴郡,南北朝置吴州,隋开皇九年改吴州为苏州。

苏州古城始建于春秋吴王阖闾元年(前514)。吴王阖闾命大臣伍子胥建吴国都城。建城时辟陆门八,以象天之八风;水门八,以象地之八卦。古城迭遭战火,破坏惨重。明初大规模修葺,改为六门:阊门、胥门、盘门、葑门、娄门、齐门。阊门位于城西北,通无锡、常州、南京等地,传说天门中有阊阖,取"通阊阖风"之意而名,此门是苏州最为繁华之处。胥门位于城西,通太湖、宜兴等地,相传伍子胥宅在此,后悬头于此。盘门位于城西南,通吴江、湖州、嘉兴等地,因水陆相伴,沿洄屈曲,故名。葑门位于城东,通嘉兴、松江等地,周围盛产茭(即茭白)。娄门位于城东北,通昆山、崇明等地,城外是古娄县。齐门位于城北,通常熟等地,门朝古齐国。

宣德间,苏州是全国最大的粮米交易中心。川、鄂、湘之米,经此地转销闽、浙、辽东、两广达一千万石,其他地方的商人到这里采购粮米每年百万石。

米市在胥门内,这里是米行集中地。东西米巷生意兴隆。

苏州府治在西米巷的尽头。衙门的建筑布局是:中间大堂、二堂、客厅、签押房,两旁全部是同知、通判、经历、知事、照磨、检校和三班六房用房。衙门后面是花园,园中假山、池塘、花圃、草地一应俱全。假山黄石砌成,峭壁上枯松倒挂,石缝藤萝丛生,池塘上建有一榭,名芙蓉榭,一半在池中,一半在岸上。

杨粟从南京回来,船在胥门姑胥桥一靠岸就往府衙赶。

他身材修长,豹头环眼,长须飘胸,年已五旬,祖籍常州,祖祖辈辈都是面朝黄土背朝天的农夫。族人入仕者最大官职不过知县。老族长是建文秀才,天天在宗祠上香,求祖宗保佑族人喜登龙门。杨粟出生时,知府的衙轿正好在宅旁鸣锣通过。爷爷说这是好兆头,孙子将来一定能当知府。族长见他天性聪颖,便族中出钱送他读书。十年寒窗,他不负众望,中了举。然后再花些银子补了嘉定知县的缺。当知县数年后,到苏州府任通判,再改任同知。知府卸任,他署理知府。吏部规定,署理满一年可补授实缺。为了拟正,半年前,他凑了笔银子给江南巡抚成均,请他去吏部打点。此次他上南京打听消息,成均告诉他:银子没少花,吏部左、右侍郎都点了头,可煮熟的鸭子还是飞了。朝廷派来况钟。邸报已载,他初二动的身,钦限十五日内赶到,你回到衙门时,说不定他已到了。杨粟大失所望,问况钟在仪制司好好的,为何要跑到苏州来? 成均与况钟有隙,故意说:"当京官是清苦的,尚书、侍郎这些人,地方什么冰敬炭敬之类还有一点,一个四品郎中谁会放在眼里? 苏州是人间天堂,他早就想到这里来!"杨粟想到自己升迁这么难,有些嫉妒地说:"想到哪里就哪里,朝廷都由着他?"成均解释道:"他这人就是好命,皇上宠他,得势的大臣护他,举荐他的除内阁首辅杨士奇外,还有杨溥、蹇义、胡濙、周忱等人,他要来苏州谁阻得了?杨粟叹息道:"有况钟这个克星,看来下官在苏州无出头之日了!"成均拍拍他的肩,意味深长地说:"事在人为,风水轮流转!"

杨粟来到西米巷。街道很窄,宽不过七尺,铺的是石板,两旁清一色的米行,店前挂着布旌,上写米行的招牌,柜台沿街,均曲尺形。柜台上方吊着块长方形黑漆木牌,上用粉笔写着出售大米的品名,什么"苏帮白元"、"练塘藁稻"、"吴江白粳"、"张堰早稻"等。

街上人头攒动,卖米的、买米的川流不息,每间米行都有人在讨价还价,人声嘈杂。空气中飘着汗馊味。杨粟在街上走,不时有米行老板向他打招呼。

杨粟到街尽头,面前出现一堵高高的围墙。围墙连着街道与府治,中间开有车马门。门前,雨天留下的车轮辗辙和牲口蹄印盖着一层尘土,依稀可辨。门内绿树森森,是府衙的停车场。停车场一侧,一道花围墙围着个小院,小院麻石蹬道之上一幢宅子,那是知府官邸。停车场另一侧是府衙官吏的住房、轿库、车库、厩棚等。

杨粟来到府衙门前。时已错午,门洞内静无人语。天上一丝云彩也没有,太阳像个火球悬在当顶。照壁前的老柳树,卷着叶片一动不动。走到下马石前,他故意咳了一声。杨粟向来霸道,凭着与成均关系好,几乎不把前任知府放在眼里。前任知府走后,他署理知府,大权在握,衙门里的人都惧他。往日门子一听到他的声音就追出来,一边打扇,一边讨好地问这问那，要多亲热有多亲热。今日见鬼了，他们都成了聋子，难道衙门里的人就知道我不能拟正了？失落感油然而生。他再咳一声，还是不见一个人出来。

杨粟火了，对着门洞吼道："里面的人都死绝了吗？"

门子抹着惺忪的睡眼从门内惊慌地跑出来。

"衙门里的人呢？"杨粟板着脸问。

门子战战兢兢地望着杨粟，回答道："在歇午。"

"还在摊尸！"杨粟嘟哝一声，向签押房走去，走了几步又回过头来问门子，"里面一个人都没有？"

门子说赵大人和傅经历来了。杨粟径直向芙蓉榭走去。他知道，这两位肯定在芙蓉榭下棋。

荷花盛开，水榭如浮在荷花上头，花香沁脾，沧浪水清，幽静凉爽。杨粟走进芙蓉榭，只见赵忱和傅德在楚河汉界旁正杀得难分难解。杨粟咳了一声。赵忱和傅德抬头，见是杨粟，二人忙站了起来以示尊敬。

杨粟问："新郡守况钟到了吗？"

赵忱说："邸报载初二动的身，至今未到。"

傅德听了杨粟和赵忱的对话，大吃一惊。他从常熟赶到老泰山家时，老人已经辞世。此后几天他都在岳父家办丧事，未听到新郡守要来的消息。"康忠"与"况钟"谐音，可以肯定，二下巴在无锡弄来的商人是新知府，他心里骂开了：二下巴啊二下巴，你个狗娘养的，敲银子为啥要敲到新郡守头上去？拖着我和你一同下水，你安的什么心？况钟要是摸到了收容所的秘密，你我还有活路吗？傅德想起就后怕，后悔当时没立即将况钟放了。他明白：世上并无后悔药，要救自己的命，只有求杨粟帮忙。杨粟这人是直肠子，对兄弟们有同情心，愿帮忙，他这个二府出面说情，况钟不得不给他面子。傅德理了理思路，打算原原本本将况钟被二下巴抓进收容所的事说出来，以此得到杨粟的谅解与同情。他朝杨粟笑了笑，说："太尊，新知府日下准到，卑职在藕渠已……"

"太尊"是知府称谓。傅德称身为二府的杨粟"太尊"，是献媚。为讨好上司，称呼上司时将职务往上套一级，在官场是寻常事，何况此时杨粟还在署理，称"太尊"并不为过。若往日，杨粟一定会高高兴兴地笑纳。今日不同，杨粟心情不好，况钟上任的消息不啻是当头一棒，疼得他都快要失去理智了。他向来疑心重，把傅德献媚讨好的话，看作是挖苦，心里骂道：姓傅的，平日我待你不薄，视为兄弟，见我不能拟正，为何就如此羞辱我？真是世无兄弟，权是兄弟，人无朋友，权是朋友；当初高朋满座，是权力在那里攀谈，昔日哥哥迎，弟弟送，是权力在那里作揖。一朝大权旁落，兄弟和朋友全变成了狐群鼠辈！想到这里，他感到无比的愤怒，傅德话还没说完就招来他一顿臭骂："新知府都来了，你称我太尊！居心何在？你见我没拟正，故意来羞辱是不是？小人，十足的小人……"

傅德被骂得傻了眼，不明白杨粟为何发这么大的火，也不解释，任他骂下去。他知道越解释越糟。杨粟骂人时不允许任何人解释，认为解释就是对他不尊。

赵忱也未替傅德解释。他了解杨粟的脾气，火一上来，像点着的爆竹，"噼噼啪啪"没个完，发作之后，烟消雾散。他发火时，保持沉默是最聪明的选择。

杨粟发过一阵雷霆之怒后，听到腹内"咕咕"叫，想起还没吃中饭，回府去了。

2

杨粟走后，赵忱摆好棋子欲重开战。傅德任他怎么说都没心思下了,总是愁眉不展,心事重重。赵忱问何故。傅德把二下巴抓枫桥逃民,连况钟一起执去的事说了。

"这么说况大人在无锡?"

"是的,卑职离开常熟那天,他就回无锡去了。"

"你为何不早说?"

"卑职正准备说,被杨大人那顿臭骂噎住了。"

"快,禀告杨大人去!"

赵忱拉着傅德的手出了芙蓉榭。二人来到桂和坊杨府,把况钟的事向杨粟说了,并提出立即赶往无锡迎接。杨粟听说况钟在无锡夜访枫桥流民,怀疑他是在缉听他的过失,将来好整他,坚决不同意去无锡迎接,说:"无锡不属苏州府辖,他要住多久就住多久!"赵忱说况钟毕竟是府衙的当家人,既然知道他到了,不去接不好。杨粟怒目道:"当家人又怎样?本官还要参他无视皇命,玩忽职守,逾期到职哩!"

二人默默从杨府出来。傅德铁了心要去无锡向况钟负荆请罪,见二府不点头,便转向三府,力劝赵忱道:"赵大人,我们总不能因杨大人闹意气,就不理况大人是不是?"

"依我的心也要去,可杨大人是二府,他不同意,我也不好勉为其难。"赵忱说。

傅德小眼睛转了转,想到个点子:不用头踏,不带皂隶,以私人身份去,两头都不得罪。赵忱听了,说这主意好。

二人回到衙门,当即跳上马背,急急朝阊门驰去。

刚出阊门,只见驿道一架小马辇从对面驶来。赵忱指着小马辇,说这是大内的车,邸报载况大人是驰驿上任,说不定这就是他的车。

二人下马等候小马辇。小马辇驶近,傅德牵马迎上前去问驾车的,是不是况大人的车。

驾车的是洪叔。早上,况寰赶到无锡,要洪叔赶往昆山去。洪叔路上腹痛,走走停停的,这才赶到苏州。洪叔听后说:是况大人的车,但老爷不在车上。

傅德不信,登车掀开红帘,见车亭内无人,质问洪叔哪去了。洪叔见他气势汹汹,故意不说。这时赵忧牵马上来,笑眉笑眼地说他俩是苏州府衙门的人,收到六百里加急的内廷字寄,要呈送况大人。洪叔不知道内廷字寄是内阁寄递的皇帝谕旨,有多重要。在况府生活这么多年,对"六百里加急"倒有所了解,知道是一种紧急公文,驿站传递每天不得少于六百里。洪叔一望,说这话的人好面熟,再仔细一瞧,他是在孔庙停车场相识的那个弥勒佛。此时,赵忧也认出了洪叔。洪叔见二人是府衙官员,如实告诉他俩:老爷在昆山牢里。

二人大吃一惊,跳上马背,飞马向昆山急驰。

3

放风了,狱卒打开小号的门。况钟从小号出来,立即融入囚徒中。由于儿子向狱吏塞了银子,狱吏向狱卒们打了招呼,况钟在狱中总算未怎么受到为难,他的行动比别人更自由一些,与人交谈未受到干涉。他利用这难得的机会,尽量了解狱中的情况,囚徒们告诉他:关在号子里的人,除两三个盗窃犯,余者都是欠钱粮的农夫。进了号子,衙门用酷刑逼钱,剥豆角一样,把每个人的家都掏空。一位老秀才给他念了首顺口溜:"胡豆角,毛豆角,倒霉鳖大变豆角。变豆角,要挨剥,开膛破肚命难活。官家剥豆最上心,一剥剥成光壳壳!"况钟听后,心里非常不好受。孔老夫子说古代苛政猛于虎,今之苛政比古代已是有过之而无不及。他暗下决心,上任后一定要革除苛政。

况钟刚听完顺口溜，狱吏走了进来，向他招了招手，带他向花厅走去。

花厅里坐着赵忱、傅德、任豫、贾敬。任豫全身汗淋淋的，老太爷转危为安后，惦着衙门的事，便火速回来。回到衙门刚坐定，赵忱与傅德来了，说况钟被关进狱中，任豫大吃一惊，当即唤来贾敬，问为何把况钟关进牢房。贾敬支吾着把实情讲了。任豫气得青着脸说："贾兄，你闯大祸了！"说毕，带着赵忱、傅德，匆匆赶到这里。

狱吏带况钟来到花厅。况钟见任豫几个在这里，恨不得指着他们鼻子尖痛骂一顿：圣人教诲为政以德，你们却正好相反，考事受赂，临民采渔，把个昆山变成了人间地狱。可眼下他还未暴露身份，只好忍一忍。四人见况钟来了，一齐迎上前去。赵忱先行几步，在况钟面前"咚"的一声跪下，翕动着厚厚的嘴唇："下官苏州府通判赵忱拜见府尊大人，府尊大人受苦了！"

况钟望着赵忱，他穿一件缀有补丁的银灰色长衫，背上和胸前汗水湿了一大块，团头大脸，慈眉善目，显得厚道和谦恭，好生面熟，略加回忆，记起在孔庙停车场见过他。况钟双手扶起赵忱："赵大人何以知晓我在这里？"大墙外的变化，他还一无所知。

赵忱指着傅德："卑职与傅经历在路上遇见您的车夫。车夫说您在昆山，卑职便急忙赶过来。"言毕向恭立在一旁的任豫、傅德、贾敬厉声喝道，"还不赶紧来向况大人请罪！"

三人向况钟跪下，一个个鸡啄米似的，头把地嗑得"咚咚"响。

况钟懒得理会他们，冷冷地挥了挥手，径直向门外走，赵忱紧紧跟了上去。况钟望了眼赵忱，问道："赵大人在曲阜何时回来的？"

"大人何以知道卑职到了曲阜？"

况钟将孔庙门前的事讲了。赵忱听了连拍两下脑袋："天啊，我怎么没注意到大人？"他告诉况钟："吴县运往北京的漕粮,在运河济宁段翻了船,卑职带粮长和粮道衙门的人去济宁,顺便到了趟曲阜,要是晓得新郡守在祭拜孔圣人,卑职那天无论如何也不会去济宁。"

况钟目光扫了扫赵忱,含笑不语。

来到县衙门前,洪叔的车已在等候。况钟向小马辇走去。这场意外中断了他的微服私访,只得随赵忱去府衙。

4

小马辇来到苏州城娄门外。此时已近黄昏,太阳像个血红的轮子,深深地轧在地平线上。城墙上齿状的雉堞和飞檐翘起的箭楼,都沐浴在夕阳的余晖中。归宿的倦鸟在暗红的霞光中盘旋起落。进城办事的人都三三两两走出城门,有提篮的,有挑担的,有赶牛车马车的。

城门口吊桥外的官道口,一个三十左右的拐子身穿道士法衣,指着驶来的小马辇一脚高一脚低地跳着、唱着:

天皇皇,地皇皇,

南来癫精到我乡。

过路君子咒一咒,

口水淹死癫团王。

"癫团",苏州土话指蟾蜍。它的液汁很毒,吴中人视它为祸害。小马辇来到拐子跟前。拐子不让路,照样跳着唱着。洪叔只得勒紧马绳,让小马辇停下来。

马车刚停,拐子飞快提起一桶早已备好的人尿向车亭窗口泼去。洪叔措手不及,只得惊叫道:"老爷,身子往后靠!"

况钟正在打盹,听到洪叔的呼叫惊醒过来,身子急忙往后一靠。他刚摆正身子，窗口飞进一股尿液。车亭内顿时湿漉漉的。车外传来洪叔的呵斥声。况钟走出车亭，见洪叔抓住一个道士模样的人挥拳欲揍。显然，这道士是泼尿之人。

"不得鲁莽！"况钟喝道。遇到突发事件，他向来冷静，看个明白，问清楚后再作应对。

洪叔放下拳头，手指拐子额头："要不是老爷发了话，我拆了你的骨头！"

赵忱拍马赶了上来问是怎么回事。洪叔禀告拐子泼尿。

赵忱跳下马，望着拐子："哦，是郝梦财！想挨揍了是不是？"说毕走到况钟跟前，关心地问："况大人，衣服湿了没有？"

况钟说没关系，躲过了。赵忱说躲过了就好，他指着拐子介绍道：这是个心恙之人，姓郝名梦财，吴县六新圩人，从小蹩疾，父母双亡，靠叔父拉扯大。叔父是个老光棍，无子无女，见侄子不能供养他，凭一张巧嘴外出说书，流寓他乡。赵忱说完，质问郝梦财："郝拐子，你为何泼尿？"

"俚奈是癫团精！"郝梦财用土话回答，"俚奈"是"他"的意思。

赵忱走上前去，扬起巴掌掴了郝梦财一耳光，也用土语骂道："瞎了奈的狗眼，俚奈是知府大人！"

郝拐子的半边脸红肿起来，上面印着几个清晰的指印。赵忱吩咐傅德把郝拐子送到吴县去，要县衙把他关起来。

旁观的路人也七嘴八舌，说疯子不懂什么，不懂不为过。

况钟不懂苏州土话，询问路人才弄懂拐子泼尿是怎么回事。他非常纳闷：自己本是奔苏州救火的，可人家却把他看作是邪恶的浊物，还要用尿来"欢迎"他。为什么？到底是为什么？

这时洪叔已把车亭擦洗干净，要况钟上车。况钟向小马辇走去。

傅德扭着郝拐子，高声问况钟："况大人，这疯子送府衙还是送吴县？"

况钟回过头来："既是心羔之人，关他做什么？放了！"

傅德将郝拐子放了。

况钟上车，小马辇驶进娄门。为了避免再发生意外，进城门后赵忱和傅德拍马在前开路。

小马辇进入西米巷，徐徐来到府衙停车场围墙前。赵忱跳下马，推开宽约丈许的车马门。

况钟下车，赵忱指着左侧蹬道之上的知府官邸介绍说：大人的官邸就在这里。此地原建有五显庙，因五通神惑人尤甚，士民投其像于外城河，奏请永禁，从此绝了香火。五显庙与府治相邻，拆庙建为官邸，供郡守居住。

傅德拿来锁匙，开了门楼门。赵忱带着况钟向门楼走去。洪叔取下车上的一担行囊，挑起跟在后面。

门楼是由山门改建的，两旁花墙上紫藤、常青藤郁郁葱葱。门楼内的小院，有三棵粗可环抱的黑松，一只树顶结着喜鹊窝，数竿修竹，郁郁葱葱。一条卵石铺就的甬道，两旁种着牡丹、六月雪、玫瑰、含笑、金雀等。甬道连着蹬道。五十级石阶组成的蹬道通至宅前。官宅中间依次是门厅、花厅、餐厅，两旁是厢房。

一行人来到门厅前，空气中飘散着腐臭味。况钟耸了耸鼻子，恶臭难闻。赵忱说前任知府搬走后，宅子一直空着，鼠患成灾，前几日药了老虫(老鼠)，有可能老虫腐烂了。

开罢大门，腐臭更为强烈。此时天已发麻，屋内一片黑乎乎。况钟命点烛。烛光中，一具死婴躺在地上，脸发黑，腹部隆起，身上插着把尖刀，地上流着一团尸水，死婴身上和尸水上爬着蛆和绿头苍蝇。人一走近，绿头苍蝇"嗡"地飞了起来。

赵忱望见死婴，脸色陡变："怎么回事？到底是怎么回事？"然后安慰况钟，"况大人，您别介意，千万别介意！这事是冲卑职来的……"

况钟已是见怪不怪，淡定地一笑："赵大人勿多心，这是人家送给本官上任的重礼，介意不介意都得收下。"说完找来一只篾做的字纸篓给傅德，"老傅去处理一下！"

傅德用字纸篓装了死婴，提着刚出门，赵忱追了出去，大声吩咐着："先提到桂和坊去，让杨大人看一看，他得查！"

况钟走后，任豫回到琴治堂如热锅上的蚂蚁，坐立不安。他意识到，新郡守在昆山被关进号子，虽说他没有直接过失，但他是一邑之主，脱不了干系。再说，贾敬害死人命一条，他有包庇之嫌。他正惴惴不安间，贾敬晃着圆乎乎的大脑进来，说："况钟隐瞒身份不报，不知者不为过，他若是报复，有我干爹哩，怕个鸟！"请巡抚成均帮忙，任豫不是没有考虑，只是由谁去向成均说还拿不定主意。祸是贾敬惹的，贾敬去说，肯定会把责任往他头上推。自己呢？他觉得也不宜，恐成均怀疑他是背着贾敬告刁状。听了贾敬的话，任豫敷衍道："此事隔日再相商，今日本官心里很乱，须单独静一静！"

贾敬讨了个没趣，只得走了。

贾敬一走，任豫将门一关，静静地思考起来。想来想去，想到了杨粟。杨粟是成均的红人，又是二府，远可以搬动巡抚，近可以劝说知府，是最理想的人选。事不宜迟，立马找他去。

拿定主意，任豫命车夫驾了车急急往苏州赶。来到杨府，杨粟走了，盐商杨谧今晚请客。他便先到襟弟赵忱府上去。

在赵府用过饭再去杨府,杨粟已回到府中。任豫禀告贾敬把况钟关进号子的事。杨粟听了,脸板得像块铁。他又恼又恨:恼的是,贾敬这样做有违法度,使况钟产生一种错觉,以为苏州府、县各级官吏都是这样胡作非为;贾敬闯祸,无疑给他增加了麻烦,他杨粟得花不少精力去化解,等于贾敬拉屎,他去揩屁股。恨的是,况钟有备而来,背着他从常熟走到昆山,一路私访,无疑是在找他的茬,有朝一日好把他一烙铁烫平。

杨粟正沉思间,贾敬和傅德匆匆进来。他俩是在门楼外不期而遇的。原来贾敬离开琴治堂后静坐片刻,复又去找任豫。他把新来的郡守关进牢房,口里虽说"怕个鸟",内心却发虚,担心干爹会责怪他,因为此事传出去会成为笑话,大大丢了干爹的面子。他想了个妙招,打算找任豫谈判:以任豫不说出事情真相为条件,他力劝干爹出面相救,并尽快擢拔任豫。贾敬赶到琴治房一看,任豫走了,一打听,任大人是上苏州了。他知道任豫是找杨粟去了,因为他俩关系向来密切。贾敬心里发急,任豫若是把真相捅出去了,就再也没有挽回的余地了。为了稳住任豫,贾敬心急火燎地跳上马背往杨府赶。

贾敬来到杨府,耷拉着脑袋,往日的神气劲不见了,眼皮不停地眨巴着,见杨粟青着块脸,知道任豫已经将其捅出去了,事情已无可挽回,只得老老实实向任豫检讨自己的过错。杨粟正为此事烦恼,训斥道:"既知如此,何必当初!"

任豫也责备道:"贾兄确是欠考虑,不该为了点银子闯下这样大的祸!"

傅德一直没开口,听了贾敬的诉说,替他解释道:"贾兄固然有错,可况钟也实在可恶,走到哪里都爱指手画脚,干涉人家办差,谁受得了?"说完这些,话锋一转,将自己的事带了出来,"不瞒杨大人您,况钟来到藕渠收容所说三道四,卑职忍无可忍,踢了他一脚。我们这些人都把况钟得罪了。杨大人,您可得搭救我们!"

杨粟很烦。况钟的到来，自己本就有危机感，哪有心思去替别人说情？他说："搭救个屁！我自己都是泥菩萨过江，自身难保，要别人搭救！"

任豫听出杨粟不愿出马的意思，连忙说："杨大人勿忧！您是成大人的座上客，不看僧面看佛面，况钟动您，那就是向成大人示恶，他惧；您是堂堂二府，指陈当事之宜，规划百业之策。"任豫手指点了点贾敬、傅德和自己，"我辈可不同，官小位卑，命同蝼蚁，落在他手里，要掐头还是折足，他随心所欲！杨大人救我等度过此劫，是再造之恩。我等今后就是大人您的人了，什么事情只要大人您发个话，我等召之即到，赴汤蹈火，在所不辞！"

"就是就是！"贾敬和傅德附和着。

杨粟从南京回来后，脑子里一直在想成均"事在人为，风水轮流转"那句话。他明白，成大人这是暗示他拉一批人和况钟斗，把况钟赶出苏州！任豫的话正说到杨粟心坎上。他帮这些人渡过了难关，今后这些人就是自己的人了，和况钟斗就有了帮手。帮人正是帮己，还推辞什么？想到这里，杨粟连忙说："各位兄弟，你们有难，我能不管吗？适才那是气话，怎样让你们过好当前这一劫，容我好生想想……"

杨粟在室内转了几圈，想了三个方策：一、负荆请罪，二、釜底抽薪，三、围魏救赵。当即他把三个方策的内容说与大家听，最后说："拙意，负荆请罪为上策，釜底抽薪为中策，围魏救赵为下策，到底哪个好实施，你们自己选择。"

贾敬说"釜底抽薪"好，傅德说"围魏救赵"好。任豫静静地听着，等他俩说完才表态："拙意以为负荆请罪好，解铃还须系铃人，祸是我等自身闯下的，负荆请罪，化解积怨，争取他的宽恕是最佳办法！"

杨粟称赞任豫有眼光。贾敬和傅德向来佩服任豫脑子灵，加上杨粟又称赞此种选择，意见很快便统一了。

收拾停当已近丑初,况钟才进卧室。卧室外面是府衙后花园,窗外一排芭蕉树。月光射进来,把肥大的芭蕉叶投影在蚊帐上。夜风吹拂,芭蕉叶不断摆动,蚊帐上的投影也随之晃动。

况钟躺在床上,望着蚊帐上芭蕉叶晃动的投影,回想上任途中曲阜被陷、入城疯子泼尿、进宅刺刀相见,夜不能寐。谁这样仇恨他来苏州?他反复琢磨着,还没理出头绪,鸡就叫了。

况钟睁开眼,天已大亮。想着书籍还堆在厅中,他揉了揉干涩的眼睛便爬了起来,洗罢脸便去清书。

他正忙着,洪叔进来禀报同知杨粟求见。来到苏州后,这位署理知府的仁兄到此时才露面。况钟连忙放下书:"快快有请!"

杨粟进,递上红色手本,强装笑脸:"况大人一路辛苦了!"

况钟看过手本,将之还给杨粟,笑道:"久闻杨大人大名,如雷贯耳,今得相见,幸甚!"命看茶。

洪叔上茶。杨粟接过茶,将之置茶几上:"大人驾到,卑职未能前迎,惭愧,惭愧!"

况钟在杨粟身旁的椅子坐下,客气地:"哪里,哪里!仆来苏,未知会日期,杨大人署理一郡,政务繁忙,何愧之有?"

寒暄几句之后,杨粟话题转到科举上。他知道况钟是保举上来的,端过茶,吹了吹茶叶,故意问道:"大人贵科?"

"不瞒您,贱仆白身。"况钟如实说。

杨粟听了故作惊讶,脸上隐含一丝不易觉察的轻蔑:"如此说来,大人乃是当今萧何与张元素了! 有福之人,有福之人!"

况钟听了有些不舒服,似乎他的官得来非常容易,没有理会他,友好地说:"本官学识浅薄,岂敢与萧何、张元素相比?放郡守实难胜任。杨大人在二府任上多年,智能谋,力能任,今后还望同舟共济,鼎力相助!"

杨粟见况钟依然笑嘻嘻的,以为是个熊包,更为张狂:"在下十三为童生,十五进学,二十举孝廉。因病未会试,功名仅半截而已。某生性顽愚,懵懂不明,办事不力,恐有负大人厚望!"言下之意,我会读书,本是要点翰林的,因病失去机会。要我一个孝廉屈身于白身之下,见鬼去吧!

况钟心里犯嘀咕:我与他素无宿怨,为何一见面他就心存芥蒂?为了摸清底细,况钟继续装傻,不识破他。聊了一会儿,杨粟倒弄得一头雾水:这位新郡守是蠢材没听懂他的弦外之音,还是软蛋不敢碰硬?他考量:不管他,他要跑到这里来摘桃子,我就得羞辱他!他故意问道:"大人此次上任,据说途中发生了一些不愉快的事,不知属实否?"他认为拣这些事做话题最有杀伤力,足可以令况钟无地自容。

况钟明白他的用意,用平淡的口气回答:"确有此事。不过,本官未知会各衙门,他们不认识本官,有点小误会也在所难免。"

杨粟乐了。把他关进牢房,甚至险些丢了老命,还说是"小误会"?他估摸况钟是个少读诗书的老好人,软弱可欺,于是话语直奔主题:"苏州风物雄丽居东南冠,昔文正公称一岁或稔数郡忘饥。此地是水陆交通要冲,商贾云集之地,人称地上天官。大人选择苏州,足见眼力不凡!"

况钟摸清楚了,杨粟之所对他如此不友好,是抱怨他占了知府位子。他正色道:"杨大人绝勿误会,苏州再好,本官并无来此地摘桃子的意思!外放苏州,乃圣上旨意,普天之下莫非王土,放我苏州牧,吾岂可违皇命乎?"说完,摸了摸茶杯,然后将茶杯置于几上,清书去了。

摸茶杯是送客的意思。杨粟此时才意识到况钟并非软弱可欺,而是个以柔克刚的高手,第一个回合的较量他就以失败告终。他站了起来,讷讷地："大人请勿介……介意,下官不……不擅言辞,得罪之处,请多……多加包涵,何时接印,望垂……垂告,卑职好支应……"

接印是官员到任的第一大事。接了印就意味着掌握了权力。可一路见闻,况钟了解到一个残酷的现实:来到苏州,无立足之地。他暂时不能接印,必须把中断的微服私访进行到底,然后来个快刀斩乱麻,处置一批不法官吏,自己才能站稳脚跟。

"接印之事以后再说吧,贱仆对苏州园林心仪已久,上任之初,乘间走走,看看,会会朋友,还请杨大人多署理些日子。"况钟回答道。

杨粟如坠五里雾中。新官上任,人家都是一到任所就接印,接着拜庙、点卯、盘库、阅城、阅监、拜绅士等,事事紧锣密鼓。这位郡守迟到不说,到了衙门还不接印,该做的事都不做,一味游山玩水。这皇帝身边来的人就是怪。他转念又一想,这样也好,自己正好把中立的官吏拉到麾下,只要各县听命自己,不用撵,况钟自个都会乖乖离开苏州。想到这里,杨粟爽快地答道:"下官遵命,大人请便!"

杨粟刚走,傅德来了,谁先上谁后上,都是按杨粟安排的。傅德双手绑着,背上插根棍棒,进来"咚"的一声跪在况钟面前:"卑职向大人负荆请罪来了!"

"你有何罪?"况钟故意问。

傅德哭丧着脸:"卑职该死,在收容所踢了大人您一脚。"

况钟心说:何止踢一脚? 你以为害死老蔫的事本官不知道? 现在他没时间算这笔账,只是追问老蔫是怎么死的。傅德追问不过,吞吞吐吐说出了一点内情:老蔫越窗逃跑,二下巴跑过去教训了他几棍,因为喝多了,失手打死了老蔫。

况钟听后吩咐傅德立即回藕渠,把关在收容所里的人全放了,说《大明律》虽规定国家可以逮捕逃户,但如果没把握好度,会激化逃民,于朝廷不利,收容所拟解散,过一段时间他会把此事提出来会议。

傅德走后,况钟正要早膳,盐业商会会长杨谥来了。他五十开外,举止从容、练达,透着商人的机智与油滑。每逢新郡守上任,盐业商会都要送贺银。此举是吃小亏占大便宜,贺银换来的盐税减免是送礼的数倍。

杨谥刚坐定,洪叔又拿进任豫和贾敬的手本。见新知府应接不暇,杨谥从怀中掏出个红包交给况钟:"这是盐业商会同仁孝敬大人的,一点小意思,请笑纳!"

况钟不接。杨谥乘况钟没注意,将红包压在茶几上的茶叶瓶下,然后匆匆告辞。

任豫、贾敬进,手中提着礼物,见茶叶瓶下压着红包,目光互相碰了碰。二人放下礼物,向况钟跪下,各自述说自己的罪过。况钟要他们起来,把礼物带回去,说请罪不在乎形式,而是要看行动,今后不要再危害百姓了。任豫、贾敬只得走了。

第六章

冶游太守

况钟用过早膳，怕来人耽搁，匆匆离府去三元坊看望老友何横。何横，江西盱江人，现任府儒学教授，是学官，执掌郡学课试等事，长况钟一岁，进士及第后任苏州府同知。他是个爱认死理的书呆子。一次，郡守到郡庠讲学，讲到《论语》的"子罕言利，与命与仁"时，释义为孔子少谈财利、天命和仁德。他听后连说三个"谬"。郡守不悦，问为何，他说孔子少谈财利但赞成天命与仁德。郡守进士出身，非等闲之辈，搬出宋儒程颐的话驳斥道："昔程颐言，计利则害义，命之理微，仁之道大，皆夫子所罕言也。"他寸步不让，反驳说："《论语》全书，'命'者二十单一，'仁'者百有单九，以君所言，圣人何至于此？"郡守语塞，骑虎难下，苦笑一声："仁兄真饱学之士也！"考绩时，郡守说他狂傲不羁，轻佻不持仪节，拟贬为府学官。吏部按他的意思，把何横放到儒学任教授。此前，何横阅读了不少《论语》注疏，如东汉郑玄的《论语注》、三国魏何晏的《论语集解》、南朝梁皇侃的《论语义疏》、唐代陆德明的《经典释义》、宋代朱熹的《四书章句集注》。他觉得这些注疏各有所长，但都带有门户之见，欲详采各家之说，融入自己的观点，重写一部不带门户之见的注疏。他对教授这个职位很满意，减少了迎来送往，可以把省下来的时间做学问了。课试之余，他开始写《论语新注》。

况钟是在杨府认识何横的。永乐以来，流行一种文风名台阁体，内容多为宣扬礼、义、廉、耻和歌功颂德，艺术形式追求雅正。此种文风影响了不少文人，何横是其中的一位。杨士奇是台阁体诗文的代表人物，何横每逢上京都会来杨府向阁老求教。况钟是杨府的常客，由是这两位江西老乡便相遇、相识、相知，成为好朋友了。

况钟来到三元坊府儒学。这里东庙西学，何横的衙署在东边的文庙内。由门斗带路，况钟来到何横衙署前。这是文庙的一个偏院，院里青砖铺地，种着两棵山茶，一株古柏，一进院子就给人一种阴凉、幽美、恬静的感觉。只见大门紧闭，门上挂着块木牌，上写：

　　拙作《论语新注》正在审结，君如以学问下教，匡正不佞，欢迎赐教，余者恕不接待，乞谅！

何　横　启

宣德五年六月×日

临院有个窗，窗门开着。况钟走到窗前，往格子窗内一瞧，烟雾缭绕，透过蓝色的烟雾，只见靠墙摆着两架大书橱，里面塞满了书，一张粗脚马鞍桌，一头挨窗摆着，上面放着一叠文稿和文房四宝，何横正边抽烟边改文稿。

况钟敲门，室内无动静，再敲，传来拖沓的脚步声。门打开一条缝，一副偌大的眼镜凸显出来："敲，敲！汝不识字乎？"

况钟笑："在下目不识丁。"

眼镜照了照来人。门大开，何横热情地迎了出来："伯律兄，见笑，见笑！什么风把您吹来了？"他身穿蓝色圆领湖绉长袍，腰系玄色丝绦，前面缀着块长方形碧玉，胸前和背脊都湿淋淋的。

正值暑天，在室内为何这般紧衣束带？况钟有些不明白，何横见况钟老是望着他笑，会意地解释说："子之燕居，申申如也，余为人师，安敢胡为乎？"

他的理由是：孔子在家也是衣冠整齐。况钟笑，心说：孔圣人"申申如也"并非暑天，你老兄真是迂。

关于迂，何横还有许多笑话。夫人用深青透红的布给他做了件长袍，他不穿，理由是孔圣人不喜欢"绀緅饰"（深青透红）。一天晚上夫人对他说明天没米了，他躺在床上，假寐不答。夫人推推他的身子，重复说："早上没米了！"他眼睛一瞪："米，米，妇人之见！圣人食不语，寝不言！"弄得夫人啼笑皆非。

何横给况钟倒了杯凉茶："与兄话别，屈指二载，不胜云树之思，此次放驾前来，可多住些时日否？"

况钟喝了口凉茶，笑道："不是多住时日，这回是不撵不走了！"

何横一听，知道是当郡守来了，高兴得孩子似的笑了起来。府儒学破烂不堪，多次上书府衙要求修葺未果，况钟来了，这件事不用担心了。何横拉着况钟的手："善哉，善哉！仁兄荣任太守可喜可贺！到寒舍去，让贱内炒几个菜，弟聊备菲酌为兄接风。"

况钟走到案边，拿起一叠书稿翻了翻："今日不必了！仁兄正审结全书，惜时如金，待成书之日再喝不迟！"然后把书稿放回原处，"仁兄忙吧，愚弟告辞了！"说罢一揖，走了。

离开三元坊，况钟向络丝巷走去。

苏州城水陆平行,河街相邻,前街后河,街道依河而建,民居临水而筑。络丝巷在城北,尤安的宅子在络丝巷中段。

尤宅大门虚掩,连叫数声无人应答。宅旁有条甬道直通河面埠岸。况钟由甬道来到河边,见一个须发皆白布衣芒鞋的清癯老者在洗决明子。

况钟来到老人身旁,打听尤安在哪里。老人脸像核桃壳,干巴巴的满是沟痕,银白的寿眉下,一对眸子闪着智慧的光,问道:"客从何处来?"

"郡衙。"况钟如实说。

老人脸一沉:"尤安死了!"

况钟很失望,问尤公是何时仙逝的。老人又问:"足下认识尤文度耶?"

"非也,京城有人托晚生来看他。"

"谁?"

"杨阁老。"

老人脸上泛起笑容:"先生官讳?"

"晚生姓况名钟,字伯律。"

老人听来人受杨阁老之托来看望他,承认自己便是尤文度。老人有学问,为官正,士林敬仰,毕生以清节著称,在任时有人送他黄金,拒不接受。致仕无一亩之地可供子孙耕种,无一处房屋可供其族属聚会。回到故乡后,他见世风日下,心中非常郁闷,多次给杨士奇上书,称"苏人不幸以富饶闻,凡官斯于上者,轺车过传于斯者,京僚采办来斯者,日踵弗绝,人人思饱其囊而去也"。他曾多次向老友叹息:苏州乡贤陆绩当太守,带回的是石头,而苏州太守带走的是财宝。老人愤世嫉俗,恨自己回天无力,权当死了。

尤安带况钟回家,推开门,一股潮气扑面而来。况钟一看,墙脚和地面湿漉漉的,有些地方长着白霜。他皱了皱眉:"尤公,潮气如此之重,您会得风湿病的,府衙拨块地皮给您,另建一栋如何?"

听况钟如此说,老人猜此人是新来的知府。他端着刚洗的决明子径直进厨房,边走边说:"谢况大人关照! 老妻故去,老朽带未婚的涛儿住这里,习惯了。"

况钟跟了进去:"世兄不在家?"

"在街上拉车。"

说话间二人到了厨房。厨房后面是吊脚楼,楼下是河。尤安生火泡决明茶。

况钟在吊脚楼坐下。尤安说:"况大人,三国时苏州吴县有个陆绩,你知道他的故事吗?"

况钟点点头:"尤公放心,卑职就是要做陆绩那样的太守!"

尤安听了很高兴, 可又不无忧虑地告诉况钟:"做陆绩那样的官可难啊! 巡抚衙门与苏州府之间有张密密的网,把一切都罩住了,想独立做点事,那张网就会把你的手足捆住,使你动弹不得。"

"既是如此,卑职就用剪把网剪个窟窿!"

说话间,水开了,老人把泡好的决明茶端给况钟:"好样的! 伯律,你是老朽回来后遇到的第一个敢与他们叫板的郡守。不过,我还是要提醒你,真正做到很难。必须忘身,知有国而不知有身,则不为事物所动摇。否则,还是斗不过他们。"

"尤公放心,晚辈不会过费您的期望!"况钟吹了吹杯中浮在水面的决明子,"尤公,决明子好像是明目的吧?"

"正是!"尤安端着茶出来,吟了首诗:"愚翁七十目不瞑,日书绳头夜点星,并非生来好眼力,只因常年饮决明。"

况钟喝了口决明茶,说喝了尤公的茶,但愿我眼睛更亮,能把危害百姓的蛀虫都挖出来。尤安告诉他:挖蛀虫不难,难的是方策,此前的郡守也不乏正义之士,可还没等他动手,蛀虫们就联手把他赶出了苏州。

"尤公所言极是,晚生已领教了他们的厉害!"况钟将曲阜遭陷、进城遇疯子、开门见匕首的事都说了。

尤安听后说:"他们太在乎你了!他们随时注意着你的一举一动。欲兴其利,必先除其弊,你要有所作为就得施不测之威,破寻常之格!"

尤安的话令况钟很受启发。他很庆幸结识了这位良师益友。他虚心请教道:"请尤公垂教!"

尤安没有直接回答,向况钟讲起了赤壁之战、玄武门之变和唐隆宫廷政变。

况钟听出了他的意思:仅有三万水军的周瑜之所能战胜八十万曹军,单枪匹马的李世民之所能战胜李建成、李元吉的联盟,李隆基之所能除去韦皇后,根本原因在于有勇气、有人气、出手快,使对方没有反扑的机会。况钟正沉思着,起风了,吊脚楼飒飒作响。空中飞扬着纸屑、树叶和尘土。况钟产生了灵感:"来趟狂飙行动,打他个措手不及。"他把自己的想法对尤安讲了。尤安听后竖起了大拇指。

这时,一个粗眉大眼,眸子闪着幽光,肩上掸条毛巾的壮实青年,手提一包决明子兴冲冲进来。他穿着无袖白布短褂,敞着怀,黑红胸膛上横肉绽起,下身大裤脚短裤,将决明子交给老人,望了望况钟:"爹,来客人了?"

尤安对儿子说:"涛儿,快给况大人请安!"

尤涛向况钟叩头。况钟扶起尤涛,拍着他的肩膀:"世兄真壮实!"

离开络丝巷之后,况钟又去了一些地方,至晚方回。晚膳时,洪叔报告说:茶叶瓶下压着个红包,里面一万两银票。任豫和贾敬把礼物悄悄放在门房，任豫的画轴和贾敬的茶叶中各发现一千两银票，问如何处理。

况钟说都收起来，你给保管，建个花账。洪叔原以为老爷会说退回去。听说收起来，心里有些纳闷：老爷向来视金钱如粪土，今日怎么变得贪财了？他心事重重地："老爷，有句话不知当讲不当讲？"

"你我兄弟，什么话不可以讲？"

"老爷视我为家怀，我就讲实话，老爷还是莫收为好，这银子烫手啊！"

况钟笑了笑："烫手也收！"

听况钟如此说，洪叔未再多言。老爷的为人他信得过，既是要收就有收的道理。

用过晚饭，况钟散了一会儿步就进了卧室，他要考虑狂飙行动的方略。他先铺开纸，写了个一尺见方的"静"字，然后望着"静"字沉思。每遇大事他都是这样，以静制动，以不变应万变。

他静静思考，反复权衡，行动计划考虑成熟后，来到窗边做了个深呼吸。已是亥末子初，徐徐的晚风吹来，带来馥郁的夜来香气味。藏青色的天空特别空阔，轻柔的月光，仿佛是一副巨大的网从九霄撒落下来，假山、池塘、花木和卵石小道都被罩在其中。想起尤安说的网，他感慨万千，回到书案后坐下，提笔在纸上连写了几个"网"字，然后在"网"字上拖了一笔，心说：谁也休想用网捆住我，我要把你的网捅个窟窿！

经过一番考虑，他打算次日继续微服私访，先到枫桥去体察一番。那里的乡亲多数人在藕渠流民收容所和他已成为好朋友。他想，自己上门真诚讨教，乡亲们能不把真情禀告他吗？他笔一搁，叫道："洪叔！"

洪叔匆匆进："老爷，有事？"

"准备好两百两银票，明日去枫桥。"

"老爷,是去寒山寺进香放堂吗?"

"不,塘上苏金娣的丈夫在收容所被打死了,她拉扯个孩子不容易,给她送点存恤银。"

"哦。"洪叔二话没说准备银票去了。

俗话说:隔墙有耳。此话一点不假。况钟吩咐洪叔准备银票时,一个年轻人正躲在窗外芭蕉林中偷听。他叫赵青,是吴县总圩长徐文伯的家丁。此人精明、内向,办事干练,颇受东家器重。徐文伯要他来监视况钟。赵青听到况钟隔日要去枫桥后,立即回徐府禀报。

徐府在胥口。胥口是个小镇,在太湖边上。赵青拍马疾驰,不多久就到了徐府石门楼前。

门楼很气派,门边蹲着两只石狮子,檐下挂着写有"徐府"字样的灯笼,场上竖着两根旗杆。他把马拴在旗杆上,匆匆向内宅走去。内宅三路六进,屋顶兽脊在月光下闪闪发光。兽头黑膝大门上端悬有一匾,上书"进士第"。赵青推开侧门进入门厅。厅中挂着灯笼,墙上贴着徐文伯中秀才的报条。他读书不如父亲,尽管《围墨选胜》《时文精髓》《制义正鹄》等书背了不少,几次秋试不第,只得花些银子,恩邀一个举人。他虽不会读书,却是个弄钱老手,产业规模比其父在世时翻了几番。

入门厅的屏门后是穿堂。穿堂上放着轿子,靠墙摆着已故进士、徐文伯父亲的衔牌,上写"××科举人"、"××科进士"、"××府知府"等。

穿堂之后是花厅,厅内摆着紫檀架子大理石屏风,楠木家具和名贵盆景。花厅有月洞门通侧边的游廊,游廊一侧是女眷的住房,另一侧是葡萄架。

游廊上挂着鹦鹉、画眉笼。赵青来到靠头的一间女眷房前,这是徐文伯六姨太鄢氏的房,房内亮着灯,他轻轻地敲门。

房内传出一声男人低沉的声音:"啥人?"

"赵青。"

"赵青!赵青!"游廊上的鹦鹉跟着叫。

房门开,徐文伯赤着上身,穿着短裤,手捻佛珠出来。他常年吃斋念佛,人称徐善人。

"善翁,他明日去枫桥。"赵青禀告道。

鹦鹉跟着叫:"善翁,他明日去枫桥。"

徐文伯对鹦鹉瞪了一眼,退回房内,向赵青招了招手。

赵青进房。鄢氏坐在花床旁边的杌子上扑香水。她是徐文伯最宠爱的小妾,二十余岁,长挑身材,鹅蛋脸,修眉俊眼,一身藕色丝绸,两臂晶莹似雪,十指纤纤如葱。她向赵青飞去一个媚眼。

赵青不敢对视,忙低下头。

"他去枫桥干啥?"徐文伯问。

"给塘上的苏金娣送存恤银。"

听到这个消息,徐文伯沉思了一会儿,然后说:"你去趟枫桥,把煨灶猫叫来!"煨灶猫叫杜青云,现是枫桥圩长。

"是,善翁!"赵青走了。

3

翌日早饭后,况钟带着洪叔骑马出了西米巷,向阊门大街走去。

此时,苏州已成为全国财货集散中心,闽广外洋的果糖番货,由海道经吴淞江抵此,再由运河、长江分流去长江流域各省和北方。内地的北货和江南的丝绸、百货及制作奇巧的各种工艺品汇集于此，泊海南去，甚或远运朝鲜、日本、交趾、南洋。阊门是苏州最繁华的地方，洋货、皮货、细缎、衣饰、金玉、珠宝、参药店铺比比皆是，戏园、游船、酒肆、茶店、妓院如山如林。文人描绘当时阊门的繁华景象是："五更市贾何曾绝，四远方言总不同。翠袖三千楼上下，黄金百万水西东。"

阊门出城二十里便是古镇枫桥。况钟下马，牵马走进古镇。枫桥古镇是米豆和南北杂货集散交易的中转站，街市繁华热闹。走过街市，来到江枫洲。洲头江枫之下立着一块石碑，上刻唐人张继的《枫桥夜泊》：

月落乌啼霜满天，江枫渔火对愁眠。

姑苏城外寒山寺，夜半钟声到客船。

诗碑旁有座石拱桥。此桥横跨古运河，建于唐代，长十余丈。京杭大运河开通以来，这里是漕粮输出的中转处，深水期终日粮船不断，每当漕粮北运经此，就封锁河道，禁止其他船只通行，初名"封桥"，后改为枫桥。

观罢诗碑，况钟和洪叔登上枫桥。桥下绿油油的河面上，一个满载漕粮的船队轴橹衔接正鱼贯而去。

二人下枫桥，跨上马背向塘上走去。塘上是个不大的村庄，约两百多户人。繁华随着脚步逝去。苍茫的天底下，萧瑟的乡村没有点生气。大片的稻田已经龟裂，水稻像没有发育的病孩，蔫巴巴的抬不起头，隐藏在杂草丛中，半死不活的。村里死气沉沉，连狗都懒得叫。农夫躲在草房中，四周只有单调的蛤蟆声。

路过一块菜地时，听到有人叫"康老板"。况钟抬头望去，是平秋月在挖土，累得汗流浃背的。况钟问她几时到家的，平秋月说："昨日，傅德这回总算发了善心！"

况钟笑了笑。洪叔忍不住说："大嫂，不瞒您，要不是我家老爷发话，你们怕是还回不来哩！"

平秋月望着况钟："康老板,真的是您发话的?"

况钟点点头。平秋月记起今天早上煨灶猫嘱咐的："酒葫芦你听着,新知府今日来塘上,徐总圩长发了话,谁家要是向新知府乱说,加罚一年税粮！"如此说来,这康老板真的是知府。她丢下锄头,忙不迭地跑到况钟眼前跪下："老爷,民妇不晓得您真的是知府大人,得罪了！"

况钟双手扶起她："秋月,别这样！知府又怎样?还和原来那样！"

平秋月局促不安地站在一边,连粗气都不敢喘。况钟见她如此尴尬,忙打听酒葫芦在哪里。

平秋月诚惶诚恐地："他,他在……"

其实酒葫芦此刻在家里。平秋月担心酒葫芦见了况钟会说错话,不敢实说。

况钟见她吞吞吐吐的,问道："怎么?秋月你不方便告诉我吗?"

"不是,不是,不是的！"平秋月故意指着远处,煞有介事地,"葫芦带着桂香到那边种晚红薯去了。"

况钟见那么远,只好作罢,便打听苏金娣住哪里。平秋月指着运河岸边古槐旁的一幢草房。

来到古槐下,苏金娣的草房挂着锁。她到哪里去了?离此一箭之地有数十竿修竹,茂篁中露出粉墙黛瓦。况钟决定到那户人家去打听。

这是个殷实户,正房一色青砖瓦房,黄泥院墙围着,门楼前两树木芙蓉,蒸霞一般。进罢门楼,见一个头戴四方平定巾、身穿天青色长袍、腰系软巾垂带的三十多岁的秀才,提着装有文房四宝的竹篮正在锁大门。

此人叫周孝儒,祖上有薄田数十亩,父亲早亡,被乡绅巧取豪夺,仅剩数亩。自己不善稼穑,将田出租。他原在村中教私塾。前年来了个荡馆先生,问秀才贵姓,秀才想考考那人才学,故意说："骑着牛过函关老子姓李。"接着问对方："先生呢？"荡馆先生笑了笑，报上自己的姓："斩白蛇起汉义高祖氏刘。"这时屋外两个学生打架，秀才以此出对："桃李满芳两个孩童争春色，"荡馆先生答曰："梧桐叶落一根光棍打秋风。"两人旗鼓相当，成了好朋友。荡馆先生从此在他家住下。周秀才是个热心肠，热心助人，谋道不谋食，忧道不忧贫，见荡馆先生穷得"一根光棍打秋风"，自己辞了学馆，由荡馆先生接手。辞馆后，他在街上摆摊卖字画维生。去年秋天，粮长徐文虎在他摊前经过，见画的东西活灵活现，要他画张画。他当即挥毫泼墨画了只采花的大蝴蝶，题词曰："弹破庄周梦，两翅驾东风。三百座名园，一采一个空。"徐文虎拿回家，兄长徐文伯看后，说此画是以蝴蝶讽喻他到处糟蹋妇女。徐文虎气得咬牙切齿，派家丁赵飞捣了周孝儒的摊子。秀才上徐府讨说法，徐文虎命家人放犬咬他。他抓起一根棍棒自卫。恶犬疯狂进攻，他挥棒将犬打死。徐文虎说打狗欺主，逼他替狗买棺材，做道场，披麻戴孝，不然就收了他的田。田是祖上留下的，母亲万万不会同意，如果这几亩薄田都保不住，她老人家肯定活不成了。他只得忍辱答应替狗发丧。其妻是个争强好胜的人，要他写张状子到县衙告徐文虎仗势欺人。知县孙福是个和事佬，说："狗都埋了，还有什么告头？你就买个教训吧，今后不要打人家的狗了。"妻子本来对他出让学馆就有气，见画画又惹祸端，衙门不主持公道，觉得这日子没办法过下去，一气寻了短见，留下幼子小儒。今日娘带着小儒去陆杨了，他忙完家务到这时才出门。

况钟上前问道："请问秀才，知不知道苏金娣去哪里了？"

周孝儒望望况钟，瞳仁闪着睿智的光，虽是生意人穿着，却是气度非凡，潇洒飘逸。他记起早上圩长煨灶猫说的话，估计此人是微服私访的新知府。

"胥口的徐文伯接她扎花去了。"周秀才如实禀道。

秀才是况钟在塘上遇见的唯一文化人，想多聊聊，客气地问："秀才官讳？"

秀才自狗官司之后，觉得官员都是不主持正义的恶衣恶食者，想起孔圣人说的"士志于道，而耻于恶衣恶食者，未足与议也"，他装作耳背，大步流星出了门楼，把况钟晾在原地。

离开周家门楼后，况钟又去了好几户人家。那些人都是在常熟收容所新结识的朋友，见了面虽是客气，但问起事来一问三不知。况钟很诧异：这些人今日到底怎么了？

他只得往回走，踽踽而行来到寒山寺前。

寒山寺建于梁天监年间，取唐代江南名僧寒山之名为寺名。寒山言语无度，人莫能测，状类癫狂，写过不少好诗。况钟慕名走进寒山寺。进罢山门，金碧辉煌的大雄宝殿出现在眼前。殿前立着一只两人高的铁铸香炉，炉中袅袅升腾着淡紫色的烟，善男信女们正在炉中焚化香表。宝殿正中是高约二丈许的如来佛坐像，坐像两旁立着阿难、迦代胁持。佛前供柜上点着粗大的蜡烛，照得殿堂明晃晃的。两侧墙上列坐鎏金铁罗汉十八尊，这些罗汉有的慈眉善目，开怀敞笑，有的横眉怒眼，沉思不语，神态各异。

洪叔买来香表在炉中焚烧。况钟在蒲团上跪下，向如来佛祈祷，求佛保佑苏州府风调雨顺，物阜年丰。正祈祷间，右胳膊被旁边一个人的胳膊轻轻碰了一下，侧目一望，碰他的人是一个三十余岁的妇人。她正在向如来佛磕头，上身穿茄色枣花绸衣，下穿米黄色丝裙，腰身绰约，翚眉秀目，笑靥可人，双峰若隐若现，真个是雨润芙蓉，雾宠芍药。

祈祷毕，况钟离开大雄宝殿，到后殿瞻仰寒山石刻像，然后沿着曲廊分别到庑殿、罗汉堂、藏经楼、枫江楼、霜钟阁等处转悠一番，最后来到碑廊。碑廊上刻有寒山诗二首：

人生在尘蒙

人生在尘蒙，恰似盆中虫。

终日行绕绕，不离其盆中。

神仙不可得，烦恼计无穷。

岁月如流水，须臾作老翁。

庄子说送终

庄子说送终，天地为棺椁。

吾归此有时，唯须一番箔。

死将喂青蝇，吊不劳白鹤。

饿着首阳山，生廉死亦乐。

两首诗都是讲人生，况钟看后感触颇深。寒山说得对，人的一生尽管蝇营狗苟，为私利奔忙，到头来还是一场空。生命是有限的，再多的财富也枉然。不如利用短暂的生命，多做点利国利民的好事，把清名留在世上，这样死了也会感到快乐。他觉得寒山诗空灵、恬淡，内含禅机，充满智慧。

走出山门，洪叔正坐在一株古柏下，见况钟出来了，掏出一张签纸："老爷，我替您求了张签。"

况钟拿过一看，上面写着：第二十四签，上吉，旁有一偈：

桃花三月天，良姻在眼前。

一线因针度，忙求月老仙。

况钟笑："荒唐，荒唐！"

洪叔不识字，听老爷连说"荒唐"，问道："老爷，签上都说了些什么？"

"问你哩！你求的是什么？"

"我求的是老爷的官运。"

况钟大笑不止："求官事答婚姻,风马牛不相及,这菩萨今日怕是搞糊涂了!"

回家路上,况钟一直琢磨着枫桥之行。老乡们这个态度,显然是有人去向他们施加了压力。细一想,去枫桥是昨天晚上才决定的,并且只有洪叔知道,他们难道能掐会算? 这时,尤安的话在脑子中响了起来:"他们会注意你的一举一动。"他明白了,一定是隔墙有耳。

为了摆脱监视,他想了个金蝉脱壳之计。回到家,立马给何横修书一封,请他明天扮自己替身,封好之后命洪叔当即送去,交何横亲收。

当晚,况钟正在卧室看书,何横风风火火赶了来:"伯律兄,急忙召见在下,有何垂教?"

况钟招呼何横坐下,说:"明天去瞻仰范公祠,拜谒文正公,不知足下是否有暇陪同出游?"何横说:"真不巧,明日学政要来,敝人是万万走不得的!"

洪叔来到门口,指指窗外,示意有人在偷听。他刚从阁楼下来,看见芭蕉林中藏着个人。况钟与何横相视而笑。

"仁兄就好好接待学政吧,本官自己去得了!"况钟大声说。

次日,况钟起了个早,和洪叔一道徒步去范公祠。

范公祠建在天平山。天平山位于城西十五里,顶平正,故名。此山为范仲淹祖坟山,宋绍兴年间,范仲淹的忠烈庙所在地庆州被西夏占领,范氏家族移祠于此山南麓。

况钟和洪叔来到天平山南麓枫林。山风吹来,枫枝摇曳,绿浪翻滚。拾级而上,山道两旁长着半枝莲、万年青、金盏菊、石蒜、酢酱草、白花蛇舌草等,到处一片郁郁葱葱。

过一箭之地,绿荫下闪出一个石牌坊,它由四根方形石柱支撑着,正中刻着文正公的名句:"先天下之忧而忧,后天下之乐而乐。"牌坊上长着绿色的苔藓。

况钟来到牌坊前，对着牌坊深深一鞠躬。况钟鞠躬时，后面数丈远的林中出现两个幽灵般的身影。洪叔一眼瞥见，提醒况钟：林中有狗。况钟点点头，嘱咐"继续监视"。言罢，他过牌坊，向范公祠走去。

范公祠四周围墙围着，门前一方池，跨水架单拱石桥一座，桥下荷花盛开。石桥正对仪门。况钟登上石桥一看，仪门上端悬有一匾，上书"第一流人物"五字，况钟观匾时，那两条"狗"正站在义庄规矩碑下。

况钟下桥来到仪门前，悄悄嘱咐洪叔把住仪门，不准狗进来。

走进仪门，早已上山的何横立即从厢房闪了出来，把况钟拉了进去，两人以最快的速度互换衣服，然后向后院走去。后院有株圆柏，传说是唐人所植，圆柏下系着一匹马。何横解下缰绳交给况钟，况钟翻身上马，往围墙外的小径驰去。

送走况钟，身穿况钟衣衫的何横击掌二声。洪叔闻声赶来。何横拉着洪叔的手，向通往山顶的石径跑去。

二人气喘吁吁地来到山顶。山顶平正，可容数百人。有一巨石高丈许。洪叔登石朝石径望去，见跟踪的两条狗正往山顶赶来，身影在石径上时隐时现。洪叔从石上下来："何教授，狗追来了！"

何横脱下况钟的衣服，将之交给洪叔，指着通往东坡的一条羊肠小道："趁狗没赶到你火速下山，走这条道可到达与况大人会面的地方。"

洪叔将况钟的衣服塞入包袱内，飞快地向山下跑去。

洪叔刚走，那两条狗到了山顶。何横一看，原来是赵氏兄弟，兄名赵青，弟名赵飞，住在这天平山下，兄弟均在徐文伯家做家丁。

何横不明白：徐文伯只不过是吴县总圩长，一个地头蛇，怎敢派人监视新来的知府？

第七章
阖｜家｜团｜聚

况寰怀揣父亲写的奏疏，回到旅店小睡一会儿就顶着星光离开昆山，天亮时到了无锡，嘱咐洪叔一番后，披星戴月往京城赶，跑了近十天终于到了京城。

午末未初时分，况寰来到相府门楼前。马跑得一身湿淋淋的，悲鸣一声，口吐白沫倒了下去，把主人甩在地上。况寰从地上爬起来，顾不上牲口，从怀里掏出装有奏疏的封套，跌跌撞撞向大门跑去，跑至石狮子前两眼发黑，一头栽在地上，怀中的封套掉了出来。

门政报告老管家。老管家认出是况钟的二公子，令门政把他背进花厅，然后拾起地上的封套，急忙去禀告阁老。

阁老正在午憩，听了禀报大惊。管家将封套呈上。阁老看罢奏疏，急忙赶往花厅。

况寰仰卧在睡榻上，脸色苍白，双目紧闭，牙关紧咬，浑身湿淋淋的。门政正在给他捏人中。

阁老摸摸况寰的脉，命喂参汤。灌过参汤之后，况寰缓缓睁开了眼睛。

"大观，好些了吗？"阁老亲切地问。

况寰挣扎着要起来给阁老请安。阁老按住他的身子："孩子，你身子很虚弱，不必起来！"

"没关系，都是累的。"况寰苦笑了一下，想起了马，"我的马……"

门政告诉他没事，正在厩中进食，饿的。况寰放心了，急忙去怀中摸封套。

阁老说："奏疏在老夫案上，只是不凑巧，皇上狩猎去了。"

朱瞻基深受皇祖父成祖钟爱，除让他习文韬，还授武略，学习骑马射箭，并带他征讨过蒙古。他是个好动的人，很喜欢这种骑士生活，登基后仍热衷骑射。臣工进谏："身为一国之君，始终热衷打猎，将政事弃之不顾，有害江山社稷。"他听而不改，依然故我，每年都要去承德皇家园林打猎，圆他的骑士梦。

况寰听了急红了眼，望着阁老："这可怎么办呢？我爹他……"

阁老心里一怔：伯律出事了！忙问况寰是不是有什么麻烦。况寰离开号子时父亲一再嘱咐：不要把真相禀告阁老和你娘，免得他们担心。况寰机智地回答道："我爹正盼着皇上的旨意哩！"

杨士奇见况寰执意不肯禀陈，就不再问，意味深长地说："折子老夫会尽快转呈皇上，禀知你爹，心急吃不了热豆腐。至刚无刚，江河所以为百谷王者，以其善下之。休太露锋芒，不妨杂用点老庄之法。"言毕，命管家带况寰去用饭。

2

舒夫人做好午饭,况宾、况守还没放学回来,便走进斋堂继续念《太上感应篇》。她与况钟结成连理之后,皈依佛门,是个虔诚的佛教徒,坚信《太上宝训偈》说的:"日诵一篇,灭罪消愆,受持一月,福禄弥坚,行之一年,寿命绵延,信奉七年,七祖升天,久行不倦,可成佛祖。"

夫君走后,她心里一直像十五个吊桶七上八下的,担心路上遭到不测。为祈求佛祖保佑他仨一路平安,她每天念经不辍。

况宾放学回来,见桌上又是西葫芦、菜干、四季豆,气得撅起嘴。十岁的况守则嚷道:"肉星都没有!娘,您存心不叫我们吃饭是不是?"

况钟在舒氏之前,先后娶过熊氏和王氏。熊氏生况宁、况寰,王氏生况宾、况守。况宁在靖安老家打理家政,况寰、况宾、况守与父母一起生活。舒夫人视这些孩子如己出,关怀备至,儿子们也很孝顺,母子关系亲密无间。

舒夫人从斋堂出来,数落道:"崽啊,娘想做好的你们吃,可京城开销大啊!你们是不当家不知柴米油盐贵!"

况府的生活一直过得拮据。况钟一年俸米二百八十八石,京城物价高,柴米油盐酱醋茶,房租,学奉,看病……生活难维持,才让况寰去看门,挣点微薄的薪俸贴补家用。

"别人怎么天天有肉吃?"况守问。

舒夫人解释道:"伢咧,别人家有肉吃,是别人有钱,我们家穷啊!你二哥二十四了还没娶亲,不节余点……"

况宾发着牢骚:"这官与官呀,真是没法比,地方一个七品芝麻官,鱼肉吃腻了还要吃山珍海味,我们家老爷子一个四品京官,家里却如此寒酸！做官做到如此地步，真是窝囊！"

舒夫人生气了："宾儿，不准这样说你爹！你爹忠孝友悌，正己化人，衿孤恤寡，敬老怀幼，是难得的好人！"因为激动，她脸涨得通红，连连咳嗽起来。

况宾见自己的过头话刺激了娘，有些后悔，忙给娘捶背。舒夫人说："娘没事，你兄弟饿了，快吃饭吧。"

兄弟俩吃过饭又上学去了。舒夫人毫无食欲，捡拾好碗筷又进了斋堂。她正念着经文，听到况寰在外面叫娘。舒夫人连忙出来，见况寰面容憔悴，心疼得掉下泪来。

"娘，没事，跑路急了点，就是有些累。"儿子说。

走没多久，怎么又回来了？舒夫人边给儿子倒水，心里边想。况寰"咕咚咕咚"一饮而尽："爹要儿送奏疏。"

送书信公文有驿卒，用不着自己跑。舒夫人问况寰，爹是不是在路上出事了。况寰佯装没事，说："娘，普天之下莫非王土，爹一个朝廷命官，还是去自己的牧地，能出什么事？"

舒夫人看出，儿子尽管装作若无其事的样子，但表情有些不自然。看来，经文并未能保住老爷的平安。

"你不说娘也晓得，是回来向阁老报信的。"舒夫人抹着泪，"出了事还不告诉娘，你是不是想急死娘？"

况寰见娘急成这样，只得将实情讲了。舒夫人听说夫君进了牢房，心急如焚，一时乱了方寸，当即就收拾行李要去昆山。

况寰不解地问："娘，您这是干什么？"

"到苏州去救你爹！"

况寰见娘急成这样，连忙说用不着这样急，爹是微服私访惹出的祸，到了关键时刻，只要一亮勘合凭信，贪官们立马就会放了他。要去苏州不如隔天，带上弟弟们，干脆把家搬了。舒夫人听儿子说得在理，情绪渐渐稳定下来。

3

两天后，况寰驾着自家的马车，载着母亲和弟弟上路了，一路夜以继日往苏州赶。

他们跑了十几天，终于到了昆山。到县衙门前时，月亮已经升起来，衙门黑洞洞的，像个老虎口，显得特别的恐怖。况寰上去敲门。

一皂隶开门伸出头，说敲什么敲，要告状明日来。况寰告诉他：康忠的小伙计带钱赎人来了，请转告贾大人。皂隶忙进去禀告。

顷刻，任豫随皂隶出，见了况寰作揖道："况公子，别来无恙！"

况寰好生奇怪：他怎么晓得我是况公子？任豫此时发现了舒夫人，问道："想必这位是……"

况寰连忙介绍："这是我娘！"

任豫向舒夫人磕头："下官昆山知县任豫拜见夫人。夫人光临贱邑，有失远迎，请夫人恕罪！"

舒夫人望着他，恨不得打他一耳光：狗官，你既如此客气，为何把我老爷关起来？她冷冷地挥了挥手："免礼！"接着便提出速见况钟。

任豫禀告她，况大人在昆山只留一宿就被赵通判接走了。舒夫人悬着的心放了下来。

况寰听说父亲已在苏州，上车就要驾车往苏州赶。任豫拦车，说此地到苏州百里，得住一晚。况宾、况守颠得一身酸痛，都嚷着要在昆山住，说再颠下去会死在路上。舒夫人听他俩说得如此严重，考虑儿子赶车也疲劳，便答应找旅店歇息。任豫提议说驿馆就在旁边，那里既干净又安全。舒夫人点了点头。

任豫带舒夫人母子四人来到驿馆。安顿好之后，况寰兄弟三个洗冷水澡去了，留下舒夫人在房中歇息。正在喝茶，听到外面一妇人高声嚷着："姐姐来了，做妹妹的怎么也得来陪陪！"舒夫人走到门边一望，只见任豫带着一个年约四旬的妇人和一个十四五岁的妙龄少女来了。

三人来到舒夫人跟前，任豫指着妇人向舒夫人介绍说："贱内的妹妹，姓封名娇，府通判赵忱的夫人。"接着又指着那妙龄少女，"阿姨的女儿赵素娟小姐，苏州城里的一枝花。"

赵封氏朱唇未启笑先闻，向舒夫人深深一福之后，拉着她的手姐姐长姐姐短的，要多亲热，有多亲热，等女儿向舒夫人行过礼之后，说任夫人是她的亲姐姐，不慎摔了一跤，伤了骨，她来探病。赵封氏讲话眉飞色舞的，两只眸子射出的光，不时在舒夫人脸上晃着，热情亲切的眼神透出一种幽光，这种幽光能穿透你的心，你心里怎么想的她全清楚了。舒夫人暗想，这位"妹妹"肯定是个厉害角色。

舒夫人的判断不错。赵封氏祖籍长州，其父在阊门大街开绸缎庄。阿娇六岁那年，母亲病故，父亲怕后妻虐待女儿，发誓不娶。由于父亲惯坏了，阿娇养成骄横的性格。她长到十五岁时，父亲年上不惑头上就添了白发，店里的伙计都劝他，说女儿已经长大，您也应该续弦了。于是父亲又娶了马氏。封马氏带了个女儿来，比阿娇大三岁。过了一年，姐姐许配给吴县书生任豫。后妈是个老辣，容不得继女的骄横。父亲便要阿娇天天上绸缎庄，教她读点书。店里有个学徒赵忱，吴县人氏，农家出身，诚实厚道，肯吃苦，温顺得像个小绵羊，事事都顺阿娇。阿娇喜欢上了他。她是个敢爱敢恨的姑娘，感情的闸门一打开，爱就像洪水一样，啥也抵挡不住。她和赵忱有了那个事，并怀上了。肚子愈来愈大的阿娇求父亲成全她的婚事。父亲是个惧内的人，封马氏说阿娇千拣万拣，拣个猪头烂眼,坚决不同意,他就没辙了。阿娇敢作敢为,带着赵忱私奔。夫妻穷困,生下一女因无钱治病而夭折。父亲背着封马氏给女儿送了一笔钱,要她去做点小生意。此时,姐夫任豫已中进士放了知县。阿娇从姐姐口中得知,做官俸禄虽是不多,但好搂钱,所谓"三年清知府,十万雪花银"。阿娇精明过人,决定不做生意,要丈夫走仕途。她发誓要让赵忱的官职高过任豫,自家的财产多过父亲,让继母眼红。她要以此证明:她选择赵忱没有错!于是先给丈夫捐了生员,接着再捐监生,具备为官的资格后,赵忱先在苏州府河泊所当掌闸官,为升迁打下基础。此后,赵封氏用银子开路,知府得了银子,以赵忱办理河工劳绩突出为由,保举当了县丞,然后拟正当了知县。成均巡抚南京后,打通成均的关节,擢拔为苏州府通判(正六品)。赵忱的官职从此超过了任豫。

驿丞在客厅备好了水果。任豫请客人在客厅坐下。此时况寰兄弟仨洗完澡也回来了。舒夫人向赵封氏介绍三个儿子。三兄弟向赵封氏请安。

赵封氏说:"三位贤侄请坐!"

况守依着娘坐下,况寰、况宾在赵素娟对面坐下。况寰正襟危坐,目不斜视。况宾有点神不守舍,见对面坐着位窈窕少女,面如满月,腮似桃花,如海棠带雨,似芙蓉披霞,目光老在她身上扫来扫去,羞得赵素娟娇喘微微。况寰从余光中观察到弟弟目光有些不安分,悄悄捏了下他的腿。况宾会意,在哥哥耳边念了句诗:"桃花嫣然出篱笑,似开未开最有情!"

"不准放肆!当心爹揍你……"况寰悄声说。

况寰刚说完,任豫从门外进来,满面春风地说,驿馆厨师回家了,请诸位去醉仙楼用餐。舒夫人听后告诉任豫:自己备有干粮。赵素娟欲笑,赵封氏向她瞪了一眼,转对舒夫人说:"姐姐自备干粮,令妹妹敬佩!我家老爷也提倡节俭，他在苏州府还是小有名气的清官。可今日毕竟不同，一则我们姐妹初次见面，二则姐姐和侄儿第一次来姐夫辖地，总得赏个脸。"

任豫接口说："就是，就是，两家人碰在一起，这是缘分！"

"我家老爷向来严厉，不准家人接受吃请。"舒夫人说。

"这可不是吃请啊！姊妹相聚嘛，有诗说，会桃花什么……"赵封氏想了想，想不出问任豫，"桃花什么来着？"

"会桃花之芳园，叙天伦之乐事。"任豫笑了笑。

"对对对，就是这个！我们是叙天伦之乐，与吃请八竿子搭不上！"赵封氏拉舒夫人的手，"姐姐若不是嫌弃我母女，就请入席！"

碍于赵封氏的面子，舒夫人只得答应共进晚餐。

任豫带众人来到醉仙楼一雅座。桌上摆着美味佳肴。客人一到，乐师手中的琴瑟笙簧登时作响。况寰向母亲皱了皱眉。舒夫人对任豫说：这样的宴席，我母子受用不起。封氏道："姐姐不必多心，奴姐夫是个好客的人，他到昆山都七年了，奴家每次来都如此盛情款待！"

任豫解释说："这是私宴，任某未用衙门一分半毫银子。"

舒夫人是个爱面子的人，到雅座不入席怕赵封氏不高兴，只得坐下。

大家围着圆桌刚刚坐定，任豫击掌。歌女手持团扇翩翩而出。舒夫人起身欲走，任豫说费用已计入酒席，不听白不听。舒夫人又只得坐下。歌女起舞，边舞边唱：

> 绿叶阴浓，遍地亭水阁，偏趁凉多。海榴初绽，朵朵蹙红罗。乳燕雏莺弄语，有高柳鸣蝉相和。骤雨过，珍珠乱撒，打遍新荷。
>
> 人生百年有几？念良辰美景，休放虚过。穷通前定，何用苦

张罗？命友邀宾玩赏，芳樽浅酌对低歌。且酩酊，任他两轮日月，来往如梭。

4

况钟在天平山下和洪叔会面后，穿件灰色开气长袍，提着藤篮，扮成游医，深入屋场和田间地头与百姓接触。这回吸取教训，只听不表态，一路倒也顺利。

跑了二十多天，快到中元节况钟才打道回府，进城时路过吴县城关道口，见两个汉子和一位牵着马的老人在吵架。走近一看，老人是长洲乡绅方献忧，号聋叟。他是个正直的乡绅，聊民情时，陈词激昂，说古者三年耕，余一年之积，今勤劳一年，纳粮之后糠米无余，无隔宿之粮者十室而九。聋叟认出况钟是到过他家的郎中，指着汉子对况钟说："老夫乘马去枫桥妹子家，他两个要收我坐骑的厘金，郎中先生，您评评合不合理？"

厘金是明代的货物通过税，在交通要道设卡征收，税额按货物价值抽取若干厘。

况钟对卡丁说：方乡绅的马并非交易货物，不必征税，快快放他过去。二卡丁指着旁边插的一块木牌，说：不要乱放臭屁，自己看看。况钟望木牌，只见上面写着："进出城关货物，无论交易否，一律按价抽取三分厘金。"

巧取豪夺民脂民膏简直到了无法无天的地步！况钟取下木牌，丢在地上连踩几脚。一卡丁扭住况钟胳膊，一卡丁朝旁边的茶店大声叫道："薛大人，有人搅场子！"

茶店走出一个狐狸脸："谁这么大的胆子？"

卡丁指着况钟。狐狸脸来到况钟跟前一看，心里思忖着：杨大人已知会各衙门，说新来的知府正在各地悠转，此人天庭饱满，地廓方圆，一副官相，笃定是知府了。我可千万别倒在他的枪口下。他"啪"地一巴掌打在卡丁脸上，骂道："动手动脚干什么？"

卡丁放了况钟。狐狸脸客气地对况钟说："真对不起，小的也不愿收，可知县孙大人要收，我们做下人的也没办法。"

"你是吴县县衙的？"况钟问。

狐狸脸点点头："卑职典史薛孟真。"

况钟指着聋叟："方乡绅的坐骑不应抽厘金，你放他过去！"

薛孟真向二卡丁使了下眼色。二卡丁启杠，聋叟过了卡，跳上马背走了。况钟问薛孟真："为何滥收厘捐？"

薛孟真想了想，眨了眨小眼睛回答道："敝邑粮税亏欠大，为交粮税，孙大人不得不出此下策。"

"交不清粮税就乱收厘捐？简直是乱弹琴！薛典史你回去告知孙大人，这厘卡立马给我撤了，就说是况钟说的！"

薛孟真扑通向况钟跪下："不知府台大人驾到，恕罪，恕罪！"

况钟说声："免礼。"言罢走了。

薛孟真倒吸了一口冷气：好险！要不是脑子灵，今日就栽在知府手里了。

进罢城，况钟要洪叔先回府，自己向桂和坊走去。他打算明日上任视事，许多事要与杨粟商量。

来到杨府门楼前，门楼门闩着。况钟往内瞧了瞧，只见飞檐有些倾塌，檐瓦掉落部分，墙体下端长着稀疏的青苔。院中有棵枝繁叶茂的桂花树，树下放个杌子，杌子上放着几片切好的西瓜。杌子左边坐着一个身穿白纺手捻佛珠的大胖子，他矮短身材，额角有个肉瘤，胸前的肌肉松松垮垮地往下坠着。杌子右边坐着杨粟,二人正在聊天。内容好像与知府有关。况钟听了听,声音太低听不清楚。他是个光明磊落的人,对他俩的议论不屑一顾,叫道:"杨大人在家吗?"

里面的议论戛然而止。况钟再叫,里面才传来杨粟的声音:"谁呀?"

"况钟。"

杨粟打开门:"况大人,请进!"

况钟进门一望,那胖子不见了。杨粟见况钟风尘仆仆的,问回府没有。况钟摇摇头。杨粟禀告舒夫人来了。况钟惦着见夫人,简单商量一番便回府去了。

5

况钟回到官邸门楼边,舒夫人带着况寰、况宾、况守在星光下正等他回来。

晚饭后,何横来了,告诉况钟,跟踪他的两条狗是徐文伯养的。况钟问徐文伯是何许人也,何横说此人是吴县总圩长,乡间有名的大财主,通常出门佛珠不离手的假善人。况钟想起杨府见到的那个胖子,问道:"徐文伯其人,额角是否有个肉瘤?"

何横点头:"正是!仁兄如何得知?"

"刚才在杨粟府上,看见他。"

何横的右手拍了下脑袋,恍然大悟地:"他俩是儿女亲家,我说徐文伯怎敢与知府较劲?原来背后有杨粟!"

况钟连连摇手:"这不过是巧合而已,何兄休乱猜疑!"

聊了一会儿,何横告辞。况钟送他出门楼。闩罢门楼门,何横的话在脑中响起来:"我说徐文伯怎敢与知府较劲?原来背后有杨粟!"下乡私访中，他已了解到杨粟与成均关系非同一般，二人都不欢迎他到苏州来，派个尾巴跟踪不是没有可能。刚才之所以制止何横如此猜测，是出于一种考虑：不想一到就让同僚蒙上首府二府不和的阴影。回到花厅，他紧蹙眉头仍在想心事。舒夫人见他心情不好，想着法子要让他乐一乐。老爷向来喜欢听琵琶曲《夕阳箫鼓》。他每当听到那描绘夕阳西下，渔舟唱晚的旋律时，精神会为之一振。想到这里，舒夫人进房抱出琵琶，在况钟身旁坐下："老爷，妾许久没给您弹曲子了，听一曲《夕阳箫鼓》怎样？"

况钟点点头："甚好！"

委婉动听的旋律立即响了起来。舒夫人是操琴的好手，况钟在"大弦嘈嘈如急雨，小弦切切如私语，嘈嘈切切错杂弹，大珠小珠落玉盘"的琵琶声中，进入到一个美妙的世界，暂时忘却了令他烦恼的现实。听着听着，屋内响起了轻轻的鼾声。

夫人听到鼾声，停止操琴，这一个多月来，他太辛苦了，让他多睡一会儿。琵琶声一停，况钟睁开眼："夫人，为何不弹了？"

况宾抢先说："爹，您睡着了。"

"哦，"况钟歉意地向夫人笑了笑，"夫人，我太累了！"

舒夫人把琴放下："老爷，您去洗个澡，早点睡吧，妾隔日再弹。"

"不不不，夫人，您继续弹，为夫不能睡！明日为夫要正式视事了，拟起草一份文告，听着你的琴声我就不觉得疲劳，我要在您的琴声中起好文稿。"

琵琶声又响了起来。

第八章

上|任|视|事

况钟今日接印，正式视事。苏州城阊门、盘门、胥门、娄门、葑门、齐门遍贴况钟的榜示。

阊门榜示刚贴，立即招来市民观看。很快整条街都轰动起来，家家店铺都议论起榜示的事。

薛孟真在茶楼喝茶，听到茶客交头接耳议论这件事，立即付了茶钱，赶往城门口。只见城墙前形成堵人墙，士农工商各色人都有，都拼命往里挤，你挤我，我挤你，显得非常兴奋，谁被谁撞了，或谁被谁踩了，都没有人计较，只一个心思往里钻，仿佛城墙上贴的是寻宝图，个个欲一睹为快。

薛孟真个子瘦小，有优势，很快便灵巧地挤进里面去了。城墙上贴着榜示，上写：

苏为东南大郡，民多而产饶。仆牧苏郡，诚惶诚恐，如临深渊,如履薄冰,恐有负皇恩与苏民。

忠信为人之本。为官者,忠君宜尽力,信民须尽心。仆奉皇命来苏郡,拟兴郡之利,除郡之害,为政以德,冀均无贫,和无寡,安无倾。

经查,恣为封豕以食吾民者不乏其人。官吏不正,民曷由安之?纲纪一废,何事不生?见恶不惩,岂不容奸失道?忠于国者不敢私其身,本府有过,欢迎指疵,仆亦省愆。今通饬各界父老,凡府、县衙门官吏狼戾,望尔等从实报举,本官一经查实,按律严惩,决不宽贷!

苏州知府　　况钟

宣德五年七月×日

薛孟真看了榜示,预感天要变了,心里忐忑不安,回到吴县衙门,得了大病一般,浑身无力,只想躺下。他向孙福禀帖告病三天。回到家里躺在床上只是唉声叹气,家人问他哪里不好,他指着胸口说心里痛。

第四天,他在衙门点过卯便急急往杨府跑。他知道杨粟恨况钟夺了位子,对况钟的决策,面子上同意,心里反对,背后有应对之策。

刚进门楼,任豫等几个知县灰着脸从门内出来,如丧考妣似的,见面只点个头就匆匆而去。进到花厅,只见杨粟阴着脸站在鱼缸边发愣。薛孟真亲热地叫了声:"杨大人!"杨粟没有回头,问道:"看了况钟的榜示吗?"

"看了,下官是迷雾里摇船,勿知东西南北,特来向您求教哩!"薛孟真讲了实话。

杨粟转过身来:"动动脑子嘛,还老狐狸哩!"老狐狸是同僚们送给薛孟真的雅号。

薛孟真诌笑着："老狐狸再狡猾也不如您这老猎手高明……"

杨粟笑了，这话他爱听，向薛孟真招招手。薛孟真走到鱼缸前，杨粟指着鱼缸："把水搞浑，鱼就抓不着了，要是放根皂角刺进去怎么样？"

"不但抓不到鱼，手还被扎！"心有灵犀一点通，经杨粟一点拨，薛孟真心领神会，高兴地走了。

2

薛孟真脑子灵，回家路上就想好一招。此招不但能保自己过关，还可以除掉政敌郭南，真可谓是一石二鸟。

郭南是吴县县丞。少时家贫，在私塾旁听识得几个字。他天分好，酷爱读书，过目不忘。父母见他痴情于书，便瘦猪婆厕硬屎，省吃俭用送他读书。乡试中举，候缺补了吴县主簿，在任三年后擢升县丞。他关心百姓，颇受士民尊敬。知县孙福是个老糊涂，郭南极有可能接任知县一职。薛孟真早想取代孙福，郭南堵在前头，是最大的障碍。

薛孟真出罢桂和坊，枫桥圩长杜青云迎面走来。这杜青云三十余岁，整天耷拉着脑袋，没精打采的，乡中人给他取了个绰号叫"煨灶猫"。枫桥片的税粮是薛孟真负责催征，他见了煨灶猫忙问谁家欠粮多，煨灶猫说苏金娣数第一。

次日上午，薛孟真划着虾蜢船由煨灶猫带着上户催粮，来到运河渡口。晚上刚下雨，运河晦色冥冥，江雾弥漫，浑浊的江水泛着水泡，打着旋，呼啸着在渡口流过。苏金娣正在渡口埠岸洗衣服，看见煨灶猫乘着虾蜢船来了，厌恶地往地上啐了一口，将洗好的衣服放进水桶，提起水桶就要走。煨灶猫见苏金娣在这里，不禁喜出望外，悄悄对薛孟真说这女人就是苏金娣。小船急忙靠岸，二人从船上下来。煨灶猫叫苏金娣勿走,接着带薛孟真来到苏金娣身旁,说:"苏金娣,这位是县衙的薛典史,薛大人亲自催粮来了。"

苏金娣提着水桶欲走:"我家男人没了,让他上别家!"

薛孟真眼一瞪:"啥男人女人?这是皇粮,没男人也得交!"

笑笑正在苏金娣身后玩蚂蚱,见薛孟真扯胡子瞪眼的有些害怕,忙拉住娘的裙角。苏金娣把笑笑拉在一边:"不怕,有娘哩!"转对薛孟真,"粮是死鬼生前欠下的,你找死鬼要去!"

薛孟真威胁地:"交不交?不交我带走你儿子!"

苏金娣想孩子又不是谷子,带走有啥用?这是吓唬,不理他!

薛孟真见苏金娣不表态,跨前一步,拉住笑笑一只手。笑笑吓得哇哇直哭。苏金娣见薛孟真动了真,水桶一放,急忙拉住儿子另一只手。二人都使劲拉孩子,笑笑哭得撕心裂肺般。

煨灶猫向着薛孟真,见状故意说:"金娣,快松手,笑笑手会断!"

苏金娣不知是计,连忙把手松了。薛孟真乘势把笑笑拉了过去,抱着笑笑往船上跑。苏金娣猛追,没提防被水桶拌着摔了一跤,等追到靠船的地方,薛孟真的蚱蜢船已离了岸。

苏金娣淌水追去。水越来越深,连呛几口水。煨灶猫下河拉住苏金娣的手:"你不要命了?抱走就抱走呗,他能把孩子吃了?"说毕,把苏金娣拉回岸上。

薛孟真摇着船,把哭闹的笑笑带走了。上岸后,他抱着笑笑进县衙,碰见去给父亲请郎中的郭南。郭南住在乡下的老父今年七十有六,身患黄疸病,久治不愈,家里寄口信来,家父已命悬一线,要郭南请苏州名医葛老夫子去一趟。郭南问是谁家的孩子,薛孟真没理会,径自向后衙走去,把笑笑关进后衙一杂物间,然后去伍子胥弄找牙人巩六,嘱他半夜去后衙取货。

薛孟真从巩六家回到县衙，苏金娣由周孝儒陪着赶来了。周孝儒击鼓。孙福在"咚咚"鼓声中升堂。苏金娣把周孝儒替她写的诉状呈上，告薛孟真抢走她的儿子笑笑。

孙福命衙役找来薛孟真。薛孟真说苏金娣家欠粮最多，抢孩子是逼她交粮。

"催粮就催粮，怎么抱走人家的小干五（小孩）？快还给她！"孙福说。

苏金娣见这个县大爷主持公道，非常感激，连忙磕头："老爷，您真是青天大老爷！"

听到叫"青天大老爷"，孙福有些飘飘然，当知县以来第一次听到百姓这样称赞他。正自鸣得意时，薛孟真凑到他耳边说："孙大人，您怎么这般糊涂？小干五还了她，卑职岂不白跑一趟？您要用孩子换'青天大老爷'的美名，这粮不要了？"

孙福是个无主见的人，平时都是由薛孟真牵着鼻子走，他知道薛孟真和杨粟关系好，怕惹恼了他，又改口说："苏金娣，你家欠粮不交，薛典史才出此下策，你速回去取来银子，本官叫他立马将小干五还给你。"

苏金娣见知县出尔反尔，气得骂道："自己刚吐出的口水又收回，你真是老糊涂！"

孙福糊涂，因此也最忌别人说他"糊涂"。苏金娣在公堂点他的穴，气得脸发青，拿起惊堂木一拍："大胆泼妇，敢在公堂辱骂朝廷命官，反了！给我轰出去！"

众衙役一拥而上，拉的拉，扯的扯，把苏金娣推出大门。周孝儒见事情弄糟了，只得劝苏金娣回家再想办法。

当晚更深人静之后，薛孟真带巩六从后门进来，打开杂物间的门，只见笑笑躺在地上不哭不闹，晚上送的饭一点没动，头上滚烫滚烫的，鼻翼不断闪动。巩六见了货，说卖不出去。薛孟真说："哭闹半天还能不发热？没事，明天又是活蹦乱跳的。"

碍于薛典史的面子，巩六只得把货要了。巩六走后，薛孟真找到伙夫偷屎乖和捕快二麻子如此这般的吩咐一番。偷屎乖双目一明一眇不想做苦力，以前用鸡算命混日子过。薛孟真推荐他到县衙当了伙夫，他对薛孟真的话无不言听计从；二麻子与薛孟真是同年，臭味相投，视薛孟真为靠山，薛孟真发令叫他向东他不敢朝西。

天亮后，偷屎乖和二麻子按照薛孟真的吩咐敲开孙福的门："老爷，薛典史关在杂物间的小干五被郭县丞抱走了，不知是不是老爷您发的话？"

孙福一惊，忙要他俩去把薛典史找来，问是不是他要郭南抱走的。薛孟真说："苏金娣还没送银子来，卑职怎会让别人抱走孩子？"

孙福急了："苏金娣来赎小干五怎么办？"

薛孟真在他耳边说："苏金娣来了，叫她找郭南便是，大人您着啥急？"说罢，哼着小曲走了。

薛孟真刚回到家，巩六匆匆找上门来，说笑笑死了，要他退还二百两银子。薛孟真恐有诈，要巩六带去看看。来到巩六家后院，只见笑笑僵硬的身子躺在门板上。他向巩六借了辆板车拉笑笑的尸体。巩六拦住，要他交还银子。他说："笑笑抵粮的银子上交了国库，拿啥还？你拐卖了多少人口，我全记着数，看在兄弟情分上没根究你。别死心眼，二百两银子丢了就丢了，计较什么？"

巩六摇头叹息，只得自认倒霉。

3

天刚蒙蒙亮，苏金娣就醒了。她刚做了个梦，梦见笑笑在哭叫："娘，我怕！"孩子从来没离开过娘，关在衙门里一定会害怕。她心里如刀割一般，连忙下床，烧火煮粥。早饭后她连头都没梳就出门，想着今日哪怕就是跪也要凑足银子，把儿子赎出来。

正在锁门，周孝儒来了，见她头发蓬乱，眼泡红肿，脸色蜡黄，知道她操心笑笑一夜没睡好，从身上摸出点碎银说："昨日下昼卖了幅字画，你拿去吧！"

苏金娣感激地望着他："秀才哥，昨天您已给了，留着吧，您自己的日子也紧巴巴的。"

"古之君子人之有难必匍匐救之，贫儒借点钱算什么！"周孝儒将银子塞到苏金娣手中。

一股暖流涌进心头，苏金娣的脸泛起一丝难得的笑容，请秀才进屋喝杯茶。

"不必，不必，鳏夫寡妇的，男女授受不亲。"

"秀才哥，您就是老虫胆。"苏金娣拉着周秀儒的手，"喝杯茶怕啥？你我清清白白的，谁爱嚼白蛆谁嚼去！"

"哟——都牵上手了，啥时候办喜事？"平秋月从古槐下钻了出来。她是塘上有名的多舌妇，最喜欢传播男女风月之事。

苏金娣见她来了，连忙把手放下。周孝儒满面通红，做了亏心事似的，急忙往外走。

平秋月故意板着脸："大胆秀才！你想溜？"

周孝儒止步，回转身子，脸色苍白地："秋……秋月，贫儒……还要摆摊……"

苏金娣推了平秋月一把："吃斋哩，莫逗了！秀才哥是落片树叶都怕砸破头的人，有贼心没贼胆。"

平秋月爆出开心的笑声："秀才，逗你的，勿走了，你一走有人会责怪我。"苏金娣扬起巴掌打她，平秋月躲闪着，从怀里掏出把铜钱："别打别打，看在铜钿的分上，你饶了我吧！"

苏金娣接过铜钱："你怎么有余钱？葫芦没搜去喝酒？"

"背着他卖了两只鸡。"

平秋月刚说完，周孝儒看着薛孟真拉着板车向这边走来，忙告诉苏金娣。

苏金娣朝外望去，薛孟真拉着板车已来到古槐下。

苏金娣心生欢喜：莫非姓薛的发善心，把笑笑送回来了？她连忙向薛孟真跑去，只见板车上盖着破草席，一角露出笑笑一只脚。不祥的感觉立即袭上心头。苏金娣猛一掀席子，笑笑僵硬的身子躺在板车上，眼睛瞪着，脸色蜡黄，张着嘴巴，蓬头污面。

苏金娣脑子里一片空白，仿佛从高空跌入山谷，连气也没缓过来，身子栽了下去。

周孝儒和平秋月把苏金娣抬进屋，捏人中的捏人中，泡姜汤的泡姜汤，总算把苏金娣救了过来。

周孝儒问薛孟真笑笑是怎么死的。薛孟真说笑笑安置在后衙，伙夫给他好吃好喝，陪他玩。今天早上，伙夫来他家禀报，亮梆子时郭南抱走了笑笑。他怕出意外，急忙赶往县衙，在街上的垃圾堆上发现笑笑的尸体。

平秋月连忙摇头。周孝儒也不信。薛孟真跪在地上，对天发誓："苍天在上，我薛孟真说的若有半句不实，天打五雷轰！"

周孝儒望着薛孟真："薛典史，你不必发毒誓了，我们信你说的好不好？孩子断了气，入土为安是大事，只是苏金娣一贫如洗……"

"这个卑职都想到了。"薛孟真从怀里摸出十两银子。

周孝儒收了银子，向他挥挥手："你可以走了。"

薛孟真一走，平秋月责备周孝儒道："秀才，姓薛的那鬼话，你也信？"

周孝儒说："俗话说秀才不出门，能知天下事，姓薛的讲的是鬼话人话，贫儒还分辨不出？贫儒这样做是先稳住他，把案情了解清楚后再找他狗娘养的算账！"

下午，周孝儒到县衙找相识的师爷和皂隶了解笑笑的死因，众人的回答和薛孟真说的完全一样。秀才犯了难。郭南口碑一向好，他不相信郭县丞会做出这等事。可是，告薛孟真又拿不出证据。他虽抱走笑笑，并无证据证明了他害死笑笑。想来想去，还是只得先委屈郭南了，顺藤摸瓜，才能找到元凶。他替苏金娣写了诉状告郭南。他相信况大人会还郭南清白。

4

苏州府后衙有座小楼，紧靠后花园，名"辟疆馆"，楼下是况钟会客的地方，楼上是书房，名"退思斋"，取此名是提醒自己处理民情政务宜再三思考，细心斟酌，务求至当的意思。

书房墙上贴着况钟用行书写的座右铭：

卑而不可不牧者民也，迩而不可不察者吏也，严而不可不闻者刑也，微而不可不崇者德也。不植其德，难施乎刑，不施乎刑，难于正吏，不正乎吏，民葛由安之。

书架上堆放着很多书籍，既有四书五经，老、庄著作，也有唐诗宋词和稗史小说等。每遇闲暇，况钟必孜孜以学，其学识贯通各家学派。

况钟在退思斋正找书，师爷进来禀报，枫桥的苏金娣告状来了，正在楼下。

况钟立即来到客厅。苏金娣递上诉状。况钟看罢大惊。笑笑是个多可爱的孩子，父母视为宝贝，替他带上寄名锁，祈求神明保佑他长命百岁，可他还未能成人就匆匆离开了人世。况钟噙着同情的泪水安慰苏金娣，说自己会亲自侦查此案。

翌日，况钟去吴县查案。吴县治所在大太平桥西北(今古吴路)，来到县衙门口，遇见薛孟真。况钟问厘卡撤了没有，薛孟真说早撤了。况钟向门内走去，薛孟真叫住他："况大人，卑职有事启禀……"

况钟驻足回头。薛孟真走到他面前，"咚"的一声跪下："卑职愆尤，请大人恕罪！"

况钟扶起他，问何罪之有？薛孟真诉说道："苏金娣是枫桥欠粮的钉子户，为了做个样子逼一逼她，就抱走了笑笑。本打算过一天就送回去，没想到有人利用这件事加害于卑职，把笑笑弄死了，卑职罪不可赦！"他说得一把鼻涕一把泪。

况钟如电的目光扫扫他："笑笑的案子待查，你放心，本府不会冤枉一个好人，也不会放走一个坏人！"说罢去找知县孙福。孙福不在，皂隶说在书房。他原是个茶商，生意做得大，有了钱想过把官瘾，花几千两银子买了个知县，有空就品茶，抓几片茶叶丢进嘴里咀嚼。况钟来到书房门边，张眼一望，这哪是书房，分明就是茶叶铺，书架上摆的全是坛坛罐罐，上贴标签，什么"龙井"、"铁观音"、"狗牯脑"、"庐山云雾"等等。

况钟向孙福自报家门。孙福忙把况钟请到客厅，命丫环上茶。

况钟呷了口茶，问："孙大人在任多久了？"

知府大人突然上门造访，令孙福慌了神，他战战兢兢地回答："快三年。"

"贵县百姓如何？"

孙福耳朵有点背，加上况钟官话带有靖安口音，将"百姓"听成"白杏",答道:"本县白杏不多。"

况钟笑,解释道:"本府问的是黎庶。"

孙福听毕知道自己答非所问,心里更慌。他少读诗书,不懂"黎庶",只知道梨树,连忙答道:"这里的梨树老是开花不结果。"

"黎庶就是民众,贵县不懂?"

孙福见况钟脸上乌云翻滚,吓得头皮发胀,额上冒出黄豆大的汗珠,说:"懂,懂!"

况钟听了,回想起微服私访中吴县百姓对知县的评议,说他终日品茶,六房吏典不能拘管,粮长里役不听约束,办事谋由吏出。他心里隐隐作痛,把这么个不学无术的昏庸老人放在知县的位子上,岂不祸害一县之民? 面对这样的糊涂官,况钟不再过问别的事,单刀直入地问枫桥的贾笑笑是如何死的。

"是县丞郭南害死的。"孙福抹了把头上的汗回答道。

"有证据吗?"

"有,伙夫偷屎乖和捕快二麻子都晓得。"

况钟命传偷屎乖。偷屎乖来到客厅,作证说:他带笑笑在杂物间睡,天快亮时,上厕所回来,发现郭南抱着笑笑从后院的侧门走了。

况钟问:"你问过他为何抱走笑笑吗?"

"郭南是衙门的二老爷,小的不敢问。"偷屎乖说。

录下偷屎乖证词后,况钟又传二麻子。这是个三十多岁的人,满脸麻子,一口烟熏的牙齿焦黄。二麻子也作证说笑笑是郭南抱走的。

"郭南为何要抱走笑笑?"况钟问。

二麻子说:孙大人年事已高,在知县这个位子上待不多久了,郭南对这个职位觊觎已久,薛孟真很能干,和上面关系又好,是郭南的竞争对手。郭南恨死了薛孟真,总想找碴整薛孟真。笑笑是薛孟真抱来的,弄死笑笑,就可以整垮薛孟真,将来登上知县宝座。

况钟问:"你说的可是实话?"

二麻子拍着胸脯说:"若有半点不实之词,小人愿剥皮实草。"

"剥皮实草"是当时的一种酷刑,行刑时剥开人的皮,以草塞之,受刑人疼痛至死。况钟见他口气如此之硬,录下证词,叫他印了手模。当即命传郭南。孙福说郭南告假回乡了。况钟回到府衙立即派人上郭南家,把他叫到府衙。

傍晚时分,郭南急匆匆来到况钟签押房,问:"大人急忙将下官传唤至此,不知何事?"

况钟沉着脸:"你是做贼心虚,还是故装糊涂?"

郭南一愣,不知道什么事。他是个心高气傲的人,受不得冤枉气,当即回击道:"下官虽是官小位卑,却容不得别人玷污,大人有事明说便是,勿伤害人格!"

况钟问:"你把贾笑笑弄到哪去了?"

"啥贾笑笑?下官不认识!"郭南已得知枫桥苏金娣告他害死笑笑的事,衙门多人作证他是凶手。此罪纯属子虚乌有,他一点也不急,跷起二郎腿,且看这位知府大人如何判案。

况钟望望他,他身材魁梧,方口,高颧,浓眉毛,络腮胡,冷笑一声:"看你的长相是条好汉,可自己做了的事为何不敢承担?"

郭南摇动着二郎腿:"下官襟怀坦白,何事不敢承担?"

"有人告你害死了枫桥塘上苏金娣的儿子贾笑笑。"

郭南大笑不止,脸上泛着不屑,他对况钟有些失望。

"何故发笑?"况钟问。

"卑职想起庄子说的:'万物一也,是其所美者为神奇,其所恶者为臭腐;臭腐复化为神奇,神奇复化为臭腐。'此乃至理名言。人生世上反复无常,聪明人也会变得愚蠢,是故发笑。"

　　况钟见郭南不回答实质问题,厉声说:"不要转移话题! 你回答是还是不是! "

　　"好,卑职回答! "郭南眸子里射出无法抑制的怒火,鬓边肌肉抽动着,鼻孔张得大大的,手颤抖着指着况钟,"你忠奸不分,真伪不辨,是个昏官! "说罢扬长而去。

　　况钟为官以来听到的都是对自己的赞扬,郭南的话令他无法承受。他拍案大叫一声:"大胆狂徒,你给我站住! "刚说完,血往上涌,眼冒金星倒了下去……

第九章
将|计|就|计

况钟病倒了,躺在花厅病榻上。师爷给他送来一叠具名书札。况钟拆开一看,这些信都是吴县士民写的,称郭南一向"持身廉谨,莅政公勤,听判刚明,禁奢节用。"他正看信,舒夫人扶着一妇人进来。她头发油黑漆亮,鬓角刀裁一般,面庞白里透红,眉如柳叶,目似秋水。身穿白色小褂,领和袖都滚有金边,茄色褶裙下露出双绣花鞋。妇人脸带红晕,露出两个浅浅的酒窝,双手向况钟深深一福,用南昌话甜甜地叫了声:"老爷万福金安!"

况钟定睛一看,认出她是寒山寺上香的妇人,向她点点头:"你来了!"

"上回在寒山寺,妾有眼无珠,怠慢了老爷,请老爷勿怪罪!"妇人说毕,又向况钟一福。

"哪里,哪里!"况钟亲切地询问,"您是南昌人?"

妇人莞尔一笑，腼腆地："回禀老爷，妾姓万，夫君姓刘，家住南昌府安义县万家埠。夫君的叔父在带城桥弄开绸缎庄，无嗣，前年病故，夫君来顶接叔父的香火。铺子照应不过来，去年把妾接了来。来到苏州，听不懂吴语，十分寂寞。早几天，何横教授来买丝绸，闲聊时说新来的知府是靖安人，夫人长年吃斋念佛，为人十分善良。妾记在心上，今日便上况府来了。"

刘万氏正向况钟禀陈间，洪叔进来禀报尤安来了。夫人知道老爷子是来商量政务的，便忙带刘万氏退下。

尤安进花厅。况钟挣扎着起来向尤安请安，老人按住他的身子："不必拘礼，不必拘礼！"他在病榻旁坐下，问道，"伯律，老朽听说你是为一个案子发病的，想必是有啥结解不开？"

况钟非常信任尤安，把笑笑的案子及查案遇到的麻烦一并说了。老人沉思良久，说："老朽有个表弟在吴县当师爷，以前就听他讲过，县丞郭南向来清廉，在百姓中口碑很好。此人就是生性阴鸷，严刚刻薄，爱挑剔同寅的毛病，把衙门中的人都得罪光了，当心有人报私仇嫁祸于他。侦讯不可囿于衙门，须到外面去查访。"

听了尤安的话，况钟受了启发。翌日感觉更好了，他由明查改为暗访，手里撑着写有"六壬神保，奇门遁甲，测字占星，麻衣相法"字样的布旒，走街串巷。连走三天一无所获。

第四天，他改为往乡下跑，来到一个叫薛家屯的地方。屋场中央有棵古槐，圆形的枝盖长着墨绿色的叶子，开着一串串白中透黄的花，遮住半个屋场。他走到树下大声叫："测字，算命喽……"

一个花白头发的老汉正在厅内凿石磨，见况钟来了，打开篱门出来。

"老尊长测字么？"况钟问。

老汉点点头，进门搬来一张竹椅放树下："先生请坐，老汉测个字。"

况钟在椅子上坐下："老尊长贵姓？"

"免贵姓熊。"

况钟又问："老尊长测字是为自己还是为旁人？"

"为我儿。"老汉告诉况钟：两个儿子蒙冤都在狱中，看能不能平安归来。

况钟问明情实后，叫老汉报了个字，替他测了，测毕安慰道：有惊无险，老尊长不用担心。

老汉喜，眸子放出光："要不再测一个？"

"替谁？"况钟问。

"为郭县丞。"

况钟心里一喜，但不露声色，故意问："郭县丞官讳？"见老汉听不懂，他解释道："就是姓名。"

"郭南。"

"是你家亲戚？"

"八竿子搭不上架，催粮他来过几回，我们喜欢他。"

"测官运还是财运？"

熊老汉气愤地："新来的知府听信谗言，要治他的罪，看他过不过得这个坎。"

况钟有意把话题引向案子："山人走街串巷听到不少议论，称郭南犯案是真的，伙夫偷屎乖和捕快二麻子都会出庭作证。"

老汉听了一激灵，忙问二麻子是不是满天星，偷屎乖是不是独眼龙？况钟点点头："老尊长认识？"

老人说薛母头月去世，那麻子捕快和独眼伙夫都来了，称是亡人干子，祭奠了薛母。今日二人又陪薛孟真回来给父母上坟。

"扫墓不是清明吗,现在上什么坟?"况钟问。

"求父母保佑薛典史升官。"

"升啥官?"

"还有啥官?知县呗!薛孟真想当知县都快发疯了!"

况钟一切都明白了,测毕字,打道回府。走到胥门城楼下,见许多人围在那里看城墙上的一张揭帖。他上前一看,那揭帖上写:

况太守,糊涂汉,来到苏州爱添乱。

是忠是奸分不清,光整清官保孬官!

况钟羞得满脸通红,恨无地洞可钻,又羞又愧,匆匆回到衙门。在签押房坐定之后,师爷又送来一叠书札,他打开一看,全是匿名。这些信来自七县,吴县居多。吴县的匿名信称郭南是吴县一霸。

吴县前后两次的书札,对郭南的评价反差为何如此之大?此次信件为何匿名?他记起揭帖上的话,心说:我不能再犯糊涂了!经一番深思,他决定派可靠人去核查匿名信。派谁去呢?衙门中的吏员和皂隶,多数都是杨粟的人,依靠不得。他打算重起炉灶,聘况寰为书吏,聘尤涛为捕快,让况寰带着尤涛去查。

次日,况寰和尤涛开始查访,跑了若干天,所有匿名信全查了,结果惊人的一致:匿名信攻击的全是口碑好的官员,而且所谓的"罪名"都是编排的。

2

匿名信的核查,为况钟办案取得了主动权,完全排除了对郭南的怀疑。

匿名信核查结束的次日,况钟命况寰把郭南叫到退思斋。郭南一进门，况钟就站了起来，客气地说："郭大人请坐！"

郭南的怨气还没消，黑着脸回答："罪人不敢！"

况钟赔着笑脸："何为罪人？谁撤了你的职？本府找你，是想核实某些事情，并无他意。"

郭南见这么久没过问他，以为案子有眉目了，不想今天还要找他"核实"，心里非常烦。他在椅子上坐下，傲慢地说："有茶吗？我渴了！"

况寰见状，欲去倒茶，况钟示意自己来。由于自己的偏听偏信，令郭南蒙冤，而且今后几场戏还得靠人家演。而这些现在又不能明说。他觉得挺委屈郭南。他给郭南倒了杯茶，恭恭敬敬地递过去。郭南接过茶杯，一饮而尽，牛饮之后把杯子重重地往茶几上一放："有何垂询？说吧！"

况钟将一个关键性的问题提了出来，问道："郭大人回家之前，在杂物间见过笑笑否？"

"听见其声，未见其人。"

"何意？"

"听见笑笑的哭声，我想进去看看，可门被锁着。"

"何时？"

郭南回忆了一下："三更之后。"

按薛孟真的供述，此时偷屎乖应在房内。人在房内，外面的门怎么会锁呢？况钟追问道："偷屎乖此时不在房内吗？"

郭南冷笑道："他通宵在翠花楼斗牌，别说人，连魂也没留在那里。"

"你何以知道？"

"家父病危，葛老夫子去给家父看病，轿在翻修，天蒙蒙亮我去翠花楼隔壁的杠房要了乘轿抬郎中。翠花楼老板是卑职朋友，看见偷屎乖在那里斗牌。"

郭南走后，况钟立即去翠花楼，老板证实偷屎乖通宵未回。

对于笑笑一案，况钟已心中有数：薛孟真是真正的凶手。为了不打草惊蛇，决定来个将计就计。

回到衙门，他把杨粟、赵忱叫到签押房，说郭南态度恶劣，两次传讯拒不认罪，还唆使他人上访，更有甚者，把讽刺本府的揭帖贴在胥门城墙上，拟将郭南拘囚。知县孙福无能，监管不力，如此下去，不但笑笑命案难于深入侦查，而且势必影响整饬众吏，拟令孙福致仕，吴县暂由典史薛孟真署理，问二人意见如何。

杨粟对郭南早有成见，觉得他恃才傲物，悖狂无礼，有心整治他，今日况钟出面来收拾他，那是最好不过的事。薛孟真花花肠子多，百姓口碑也不好，最大的优点是听话，由他署理，等于吴县归自己掌控了。他听了况钟的决定自然是支持，连忙表示同意。赵忱则不然，狐疑的目光不断地扫视况钟，脸上露出疑惑的神情，似乎不相信况钟会作出如此荒唐的决定。审视良久，见况钟神情严肃，证实并非假意，他厚厚的嘴唇嚅动了一下，说："郭南犯案无确凿证据，刑拘似有不妥，是否过些日子再说？"

杨粟听了赵忱的话，气得胡须抖了起来，呛白道："赵大人，你我当副手的，只有补台，哪有拆台？"转对况钟，"况大人，别听他的，老赵做事向来婆婆妈妈的。"

杨粟说过之后，赵忱不吱声了。事情就这样定了下来。

翌日，况钟带着杨粟和捕头朱阿佛来到吴县县衙，命全体官吏到大堂会聚。众官吏到齐后，况钟手指郭南："县丞郭南，操守极坏，有负作养，涉嫌贾笑笑命案，传讯态度恶劣，拒不省愆，现正式刑拘！"

朱阿佛上前立即将郭南锁了。郭南仰头大笑。朱阿佛带走郭南后，况钟继续宣布："知县孙福，年迈昏庸，饱食终日，无所用心，谋由吏出，有负皇恩，拟致仕。"

薛孟真听了心里乐开了花，郭南搬掉了，想不到孙福这么快空出了位子，自己当知县仅剩一步之遥了。他正美滋滋地想着，猛听到况钟说："典史薛孟真民望颇高，工作有方，着其署理吴县。"

这突如其来的喜讯令薛孟真高兴得脸都有些扭曲了。想当知县原不过是梦想，没想到今朝这么快就变成了现实！心说，这香真是有烧头，没过几天，父母就显灵了。

宣布完毕，况钟、杨粟回衙，薛孟真送二人到县衙大门外。况钟对杨粟说："杨大人先行一步，本府还有点私事要和薛大人相商。"

杨粟走后，薛孟真问："大人不知有何示下？"

况钟笑了笑："本府有件私事要请你帮忙。"

薛孟真说："大人言重了！啥帮忙？大人的事就是下官的事，卑职照办便是！"

况钟欲言又止："你刚挑这副担子，够重的，还是等你补授知县后再说吧，这次不麻烦了。"

眼前这位既是上司又是恩人，薛孟真拍马屁绝不会怕手痛，说："大人如此就显外道，莫非大人还信不过卑职？"

况钟见已水到渠成，说："薛大人既如此说，况某就不客气了。本府有个朋友，他的儿子年近三十无职业，在街上拾破烂，日子过得很拮据，朋友托我替他儿子谋份差事，府衙无空缺，不知贵县……"

薛孟真打断况钟的话："衙门中哪个职位合适，任他挑选便是！"

况钟夸奖说："薛大人果真性情中人，谢了！不过我那世侄又聋又哑，不通文墨，只能侍弄花草。"

"行，就叫他干这个。"薛孟真爽快地答应了。

3

尤涛装扮成聋哑人来到吴县县衙,探头探脑的正往大门内张望时,二麻子从内衙出来,对他吼道:"瞧啥瞧!想偷东西是不是?"

尤涛口里"哇哇"叫着,把况钟写的一纸缓颊文书递给他。二麻子见是况钟写的,带刺的目光立马变得柔和了,立即带尤涛去见薛孟真。

薛孟真看过书札,对尤涛说:"你的差事就是侍弄花草打扫场地。"

尤涛摇摇头,口里哇哇叫着,表明没听懂。

薛孟真显得不耐烦,又聋又哑,如何吩咐?他眨了眨小眼睛,转对二麻子:"你带他走走,把要做的事指给他看。"

"是,老爷!"二麻子顺从地说。

这一声"老爷",薛孟真听了甜到心里。二麻子是他靠得住的兄弟,自己掌了权,自然得擢拔他一下。俗话说,一个篱笆三个桩,一个好汉三个帮,自己周围得有一批可靠的人。

一天后,他找了个借口,把老捕头撸了,扶二麻子上了马,把管伙食的老夫子开了,让偷屎乖管伙食。

偷屎乖很识趣,滴水之恩,涌泉相报,把薛孟真侍候得比爷还好。薛孟真天天晚上在县衙喝得酩酊大醉,回家躺在床上直做美梦,总是乐着笑醒来。可惜的是,美梦没做几天噩梦就来了。一次他睡到半夜,梦见府衙的捕头朱阿佛把他锁了。他急得直叫:"搞错了,搞错了,我是署理知县!"朱阿佛说:"错啥错?况大人要我锁的就是你!巩六说那个贾笑笑是你害死的。"他吓得尿了一裤子。

第二天起来,他像霜打的秋茄叶,蔫头蔫脑的,心里老想着那个可怕的梦。贾笑笑的事都这么久了,并且一直由郭南顶缸。莫非巩六这小子说了啥？他越想心里越害怕,觉得巩六不死后患无穷。

他拿起笔,描了幅巩六的画像。从小跟爷爷学过画画,今日正好派上了用场。

他叫二麻子到书房,把门一关,拿出巩六的图形给他看,问认不认识此人。二麻子摇头。

薛孟真低声说:"三日内做掉他。"

"此人姓甚名谁?住哪里?"二麻子问。

薛孟真脸一板:"不该打听的就不必打听!"

二麻子犯难了:过去的县大爷要办的人都有名有姓有地址,而今这位爷不但不告诉这些,还限定三日,这叫我如何是好?

薛孟真见二麻子发愁,提醒说,此人是拐子,经常去虎丘找货。二麻子的愁眉解开了,连说:"老爷放心,找到了我就'咔嚓'。"

薛孟真说:"不能用刀。"

"刀不利索些?"

"猪头!你一动刀,动静不就大了?"薛孟真低声地,"让他回家去死,不显山不露水的。"

二麻子点了点头。他做人的准则是有奶便是娘,谁给他好处,他就替谁卖力。

薛孟真支应二麻子做的事,尤涛利用扫走廊作掩护,在书房外面全部侦听到了,立即禀陈况钟。

况钟命朱阿佛带人上虎丘,守株待兔。

虎丘,位于苏州城西北,吴王阖闾葬此山中,据传落土三日金精化为白虎蹲山上,后人便称此山为虎丘。这里是吴中第一名胜,有三绝九宜十八景。此处交林上合,蹊路下通,藤萝悬葛,茂林修篁,常年游人如织。

两天过去,不见二麻子踪影。况钟纳闷:是尤涛没听清,还是二麻子另有安排? 他命尤涛晚上去二麻子家看个究竟。

尤涛来到二麻子家门外,往门缝一瞧,二麻子正在和面做包子。况钟听了尤涛禀陈后,断定二麻子次日必定上山。

第二天,况钟亲自上山。他化装成测字先生,从南山门上虎丘,经试剑石、真娘墓、孙武练兵场,向花神庙走去。

花神庙黄色琉璃瓦,斗拱飞檐上刻着飞禽走兽。庙前有个空场,卖艺的,算命的,卖小吃的,进香的,会聚了不少人。走进山门,只见殿前一副楹联:

一百八记钟声唤起万家春梦

二十四番花信吹香七里山塘

殿中红栏内供着花神。那花神如传说中的花仙子,左手抱着鲜花,右手将红色的花瓣撒落人寰。

庙左是时花园圃,此为庙产。园圃内花房顶端盖着防晒布,地上摆着盆栽的山茶、石榴、海棠、杜鹃、玫瑰、茶梅、棕竹、龙吐珠、倒挂金钟等。花房外面空地上,摆着树桩和水石构成的盆景,盘根错节,奇巧优雅,古朴自然,妙趣横生。其时,虎丘山塘已立花市,园中花木尽在花市销售。

庙右有座茶楼,名"白云楼",专卖白云茶,人进人出的,生意颇好。况钟一路走来,唇干舌燥的,便向茶楼走去。

登楼推开轩窗,往下俯瞰山塘绿柳如烟,碧波荡漾,仰望云岩寺塔那边,朱楼玉宇,层台耸翠。况钟要了杯白云茶,慢慢品了起来。

况钟正品香茗，朱阿佛进来，向他打了个手势。

"二妈(麻)来了？"况钟放下茶杯问。

朱阿佛点头，手指窗外。况钟顺着他手指的方向望去，只见二麻子挑着两只箩筐正朝花神庙走来。

"注意监视目标！"况钟下令说。

"是！"

朱阿佛立即下楼发出暗号，扮成游客的捕快，听到暗号纷纷朝花神庙围拢来。

二麻子来到花神庙前一棵古松下，放下担子用毛巾擦汗，目光注视着来往行人，口里不停地叫着："包子，鲜肉包子……"

良久，一个穿白竹布褂的人向古松下走来。二麻子眸子一闪，觉得此人模样极像自己要找的人，拿出图形偷偷对照了一下，脸上立即泛起了笑容。他将图形塞进口袋内，等待那人的到来。

那人经过二麻子身旁，匆匆向白云楼走去。二麻子挑起担子跟在他后面："兄弟，吃包子，新鲜的肉包子！"

那人不理他，快步向前走着。二麻子急中生智，抓起一只包子向那人的头砸去。那人挨了一包子，停下了步子，回头骂道："你是不是瞎了眼？"

"你这人真是！为何无缘无故的骂人？"二麻子说。

那人拾起地上的包子："无缘无故？这包子不是你砸的吗？"

二麻子道："我包子卖不出可挑回家喂狗，犯不着用它砸人。"

那人见二麻子不认账，一时火起，一脚向箩筐踢去，箩中包子撒落在地。

二麻子放下箩筐，向那人求情："这位爷息怒，小人是小本生意……"

游人纷纷劝说，那人才罢休。

二麻子连忙向那人赔不是，说早晨和老婆吵了架，心情不好，接着抓了三只包子给那人："大哥，您尝尝。"

那人不接包子。二麻子将包子往那人手中一塞："交个朋友嘛！"

那人只得接了包子。拿起一只正往嘴里送，况钟快步赶上前来，抓住那人拿包子的手："且慢！"

二麻子望了望测字先生，质问道："先生，我的包子有毒不成？"

"正是！"况钟点点头，说毕向朱阿佛使了个眼色。

朱阿佛把那人手中的三只包子夺了过去。

二麻子抹了把汗，仔细审视着夺包子的人，认出是化了装的捕头朱阿佛，再认真望一望测字先生，我的妈，他是知府大人。二麻子知道事情不妙，丢下担子夺路而逃。捕快一拥而上，把他绑了个结结实实。

况钟命朱阿佛将二麻子和穿竹布褂的秘密押往灵岩山馆娃宫。

灵岩山在城西太湖旁边，旧产灵芝，故名。山上树木苍翠，幽深挺秀。东晋时建寺，名馆娃宫。一时高僧辈出，颇有名气。明洪武间毁于火，众僧离去。

走进馆娃宫前院，只见遍地蒿茅，院墙坍塌，只留下石砌的墙脚。院中一棵合抱大的古松，森耸青峰，独守着这份凄凉。五楹大殿留下二楹，殿顶开着天窗，墙壁的裂缝中长着葛藤，黯黑的霉斑盖住了壁画，地上长着青苔。殿侧有破土房一间，房顶盖着茅草。

况钟进殿，命把二麻子带上来。

况钟问："二麻子，上虎丘干什么？"

"大人，衙门那点俸禄不够养家，小的快揭不开锅了，向薛大人禀帖告病，今日做点包子来卖给游人，以贴补家用。"二麻子回答道。

"真的吗？"况钟脸一沉，"说谎话我饶不了你！"

"真的！不信您可问薛大人。"

况钟把二麻子身上搜到的画像拿出来一抖："你是来找这个人对不对？"

二麻子像被雷猛击一下，一时骨软筋酥，思忖了一会儿，编造说："这张图形是在路上拾到的，见是上好的布，退去颜色可补衣裳。"他很狡猾，不回答实质问题。问多了，他索性不开口，装起哑巴来。

"二麻子，你为何不说话？"况钟问。

二麻子装作有气无力的样子："大人，我饿了……"

况钟对朱阿佛说："把那三只包子拿来！"

朱阿佛拿来那三只包子。况钟说："二麻子，你既是饿了，就吃包子吧！"

二麻子恐怖地望着包子："大人，我不吃包子……"

况钟桌子一拍："不吃就交代！"

二麻子往地上一倒："唉哟，我肚子疼……"

况钟只得命朱阿佛把二麻子带下去，把那个穿竹布褂的人带上来。

况钟问："你叫什么名字？"

"巩七。"

"家住哪里？"

"胥门内伍子胥弄。"

"何时开始拐卖孩童？"

"小的从未做过这伤天害理的事。"

"你上虎丘干什么？"

"赌输了钱，上山散散心。"

巩七和二麻子一样没有交代问题。况钟考虑良久，决定停止审讯，先秘密关押，来个"引蛇出洞"，让薛孟真自己跳出来。

5

三天期限过了,二麻子不但没有禀报事情办得如何,而且连人也见不着,薛孟真很是失望。晚上,他来到二麻子家问罪。二麻子女人说,丈夫昨天挑着担包子走后就没回来,正要上县衙去找人。

薛孟真安抚二麻子女人后,又来到巩六家,他怀疑二麻子是否被巩六干掉了。巩六见他来了,连忙问:"薛大人,是不是又有货? "

薛孟真摇摇头:"货屁! 本官遇到麻烦事了。"

"啥事? "

"你认识二麻子不? "

巩六说:"不认识。"

薛孟真审视着巩六的脸,看他是不是说谎,见他一脸茫然,表情无诈,才放心了,说:"二麻子是衙门新擢拔的捕头,昨天失踪了,他老婆哭哭啼啼向本官要人,本官这不四处找他。"

"这就奇了怪了,这两天怎么尽丢人?舍弟昨天也不见了! "巩六说。

薛孟真心里一怔:巩六的弟弟与二麻子的失踪怎么也碰在一天? 出了巩六家,他边琢磨边往家走。

薛孟真做梦也想不到,他的背后始终有双眼睛盯住他。他上二麻子家和在巩六家的谈话,尤涛听个清清楚楚。

况钟听了尤涛的禀报,弄明白了:二麻子错把巩七当巩六。于是他命朱阿佛巧妙地将巩六带到山上去。

况钟策马来到馆娃宫,在殿内刚坐定,朱阿佛就带巩六来了。巩六见正中坐的人有王者风度,以为是绿林好汉,忙跪下说:"大王,您行行好,将舍弟还给我吧! "

况钟观察巩六，见此人和巩七长得一模一样，估计是孪生兄弟。

"好吧，你认真回答，回答好了，自然把巩七还给你。"况钟说。

"好，您问便是。"

"你拐卖了多少孩童？"

巩六一愣，想不到会问这个问题。他打着哈哈："大王，您老人家管的是劫富济贫，这等事是官府管的……"

朱阿佛打断巩六的话："别大王大王的，我们老爷是知府大人！"

巩六吓得瘫倒在地。朱阿佛把他拉了起来。巩六不停地磕头："老爷，小的是良民，这种事从来不敢做……"

况钟严厉地："想抵赖？你拐卖孩童的事，吴县县衙记录在案，抵赖是抵赖不了的。"

这话击中了要害，巩六不敢抵赖了："老爷恕罪！"

"谁与你合作过？"

"小的一向单独搞。"

"薛孟真参与过几回？"

"一回也没有。"

况钟笑："他要杀你，你还拼命护着他！"说罢，将画像一抖，"这人像不像你？"

巩六看画像，看毕问："谁给我画的像？"

"薛孟真。"

"画我的像有何用？"

"送你上西天！"况钟把二麻子上山按图索骥错把巩七当巩六的事说了，然后命带巩七。

巩七来到殿内。兄弟二人见了面，哭得泪人一般。巩六恨透了薛孟真，把笑笑死的前因后果交代得清清楚楚。

巩六一交代，二麻子见纸包不住火，也只得把薛孟真要他作伪证和除巩六的事坦白了。

掌握薛孟真的罪行后，为不打草惊蛇，况钟仍让他继续署理吴县，只是安排人暗中监视。捕班当中，有人把消息透露给了薛孟真。一个晚上，薛孟真提着包金银珠宝潜逃，被尤涛等人逮着，装进麻袋秘密送上馆娃宫。

6

薛孟真被囚次日，一位不速之客捧着用黄绫包着的长条形漆盒，掌灯时分来到况府。此人是内使来福，新到任的苏州织染局提督织造。

况寰离京之后，杨士奇将况钟的奏折送到承德宣宗的行宫。宣宗看过折子后大吃一惊：苏州豪强跋扈，官吏贪赃枉法，把个好端端的苏州变成了人间地狱。单凭上任带去的一纸敕书，况钟一时难以打开局面，必须赐他尚方宝剑，给予便宜处置之权，方能站稳脚跟，快刀斩乱麻，稳定苏州局势。于是批了况钟的折子。来福到苏州织染局上任，便带来了宣宗的尚方宝剑和密旨。

洪叔禀报来福内官来了。

况钟连忙迎了出去："来公公，什么风把您吹来了？"

来福说："东风呗！"

况钟将来福引到花厅，命上茶。来福呷了口茶，眉飞色舞地对况钟说："王公公让咱家代向况大人问好！

"谢谢王公公惦记！"况钟毕恭毕敬地回答。

来福将茶杯置桌上："况钟准备接旨！"

家人立即摆上香案。况钟穿上朝服，带着一家人匍匐在地。来福到香案前,面南宣旨:"圣上口授密旨:苏州府贪官酷吏贪赃枉法,诬陷良善,今授苏州知府况钟尚方宝剑,首擒酷虐以残民者,奸贪以剥民者,次黜昏惰以废职者,对罪大恶极者,准先斩后奏,对违法害民、渎职废职者,准先黜后报。"

况钟磕头谢恩:"况钟领旨,吾皇万岁,万岁,万万岁!"

来福将黄绫漆盒交给况钟。况钟掀开黄绫打开漆盒,只见盒中放着宝剑,镂金鲨鱼皮鞘,镀金剑柄。况钟取出宝剑,一片寒光耀眼。

来福望着宝剑:"况大人尚方宝剑到手,可别忘了王公公的情哦!"

况钟不解:自红墙一别,他与王振再未曾见面,也无书信往来,求皇上给予便宜处置之权一事,他不曾向任何人提过,皇上送宝剑与王振有何相干? 来福见况钟丈二和尚摸不着头脑,连忙补充说:"为赐这把宝剑,王公公在万岁爷面前费了不少口舌哩!"

"哦。"况钟明白了,来福已被王振拉进网内。尚方宝剑的事与王振八竿子搭不着,是来福见缝插针为王振向他示好。况钟不识破他,客气地说:"王公公的恩情,况钟一定永远铭记在心!"

况钟在仪制司任郎中时与内务府打交道多,和来福关系处得不错。接过旨之后,况钟带着来福参观他的新居。来福见官邸陈设简单,肃然如僧舍,无铺设华靡之物,心中不由得骂况钟有福不会享。当京官时简单朴素还说得过去,毕竟仪制司是清水衙门。如今是在苏州为郡守。苏州向来富庶有名,"一岁或稔,数郡忘饥",人称"地上天宫",富甲天下,你况伯律为何如此抠门? 来福说:"况大人,咱家有句话,不知当说不当说?"

"来公公尽管说,况伯律洗耳恭听!"

"如此寒酸,是不是苏州缺银子?"

"这点银子不缺。"

"那为什么？"

"昔范文正公任知州一个铜钱扳成两边用，能省一点是一点，我辈若奢靡不知节俭，百年之后有何面目去见文正公！"

说话间，晚饭做好了，况钟请来福入席。酒过三巡，况钟说公公来趟不容易，多住些日子再回京。来福笑了笑，说不是多住些日子，咱家现在是苏州织染局提督织造，要在苏州长住喽。

早就听说织染局的提督织造要换人，没想到来福来了。况钟向来福一揖："恭喜来公公荣任提督织造！"

来福点了点头："今后办差，还望况大人鼎力相助！"

织染局设在葑门内下塘，是内务府设的采办贡品的机构。以前的提督织造，凭借特殊权力，采办贡品时穷搜苛取，从丝绸布匹、花木禽鸟到珍宝古玩，无不从中渔利。况钟到苏州后，各县报告多次。况钟听了来福的话，回答道："彼此，彼此！"

况钟打算趁来福上任之机，把漏洞堵上。乘着酒兴，况钟说过去中使织造采办物资，途中多有遗失，以至重复科派，如此百姓不堪重负也有违法制。他打算设个馆夫簿，将运出物资登记，如遇侵盗，好有个查考，希望老朋友谅解并多支持。

来福听了况钟的话，老大的不高兴。进宫后，他先是当典簿、长随、奉御，若干年才升了监丞，又若干年才升了少监，最后才当上太监。当太监好不容易捞了这个外差，正是发财的好机会。这上任之初，当着他的面，况钟就念起了紧箍咒，来福心里骂道：好你个小气鬼，还朋友哩，在你心目中，我这个朋友还不如你的百姓，咱家物资还未采办，你就设卡！他连忙撇开此事，端着酒杯和况钟碰了碰："喝酒，喝酒，这事咱家以后再商量！"

第十章
狂|飙|行|动

接到密旨的次日,况钟要杨粟知会府、县官吏,两日后到府衙会聚。

全府上下一片哗然,况钟成了大家议论的中心。况钟到苏州已一月有余,官吏们对他的评价有四种:一种见他到衙门后不视事,走亲访友,游山玩水,认为是渎职、废职、玩世不恭的角色;一种见他查案被人牵着鼻子走,认为是脑子进了水的糊涂官员;一种见他进收容所,坐牢,进城遭泼尿,入宅刺刀警告都没什么动作,整他的人送点礼,认个错就过了关,认为他是个软弱可欺的老好人;一种看好他,认为看似无为,其实"正善治,事善能,动善时"(老子语)。他们知道:这些评价都是站在不同角度作出的,有一定的片面性。这位新郡守到底是个怎样的人? 这回登台亮相,可以看清他的庐山真面目了。

接到行知,傅德往桂和坊杨府跑。到杨府一看,任豫、贾敬和另几个官员都在这里,大家都阴着脸。

傅德问杨粟：“杨大人，官员会聚是不是况钟要整人？”

"是议政，请了士民代表参加，照理不会有事。"杨粟说。

任豫皱着眉头："这几天，卑职右眼老是跳，好像要出事……"

贾敬晃着圆脑袋："任大人多虑了，二府都说了是议政，你还操啥心？姓况的收了我们的银子，他总不能不讲点规矩吧？他到处游山玩水，走亲访友，好像把整人的事都忘记了。我觉得这人心口不一，发榜示说是要整饬贪官酷吏，却把薛兄扶上马，哈哈哈！……"

傅德向来瞧不起贾敬，认为他四肢发达，头脑简单，不屑地望了贾敬一眼，目光落到任豫脸上："任大人，卑职的右眼皮也有些跳，还是谈谈您的高见吧！"

任豫耸了耸肩："宦海险恶啊！不小心就会翻船。卑职总觉得况钟是在摆迷魂阵……"

傅德倒吸一口冷气。

"不至于吧？"贾敬和另几个官员同时问。

任豫望着众人："诸君观过钱塘潮否？"

众人回答观过。

任豫又耸了耸肩："钱塘江平时不是挺平静的吗，可到了八月就'涛似连山喷雪来'。为何？因为它已积蓄了力量！"

傅德目光紧盯住任豫的脸："您是说姓况的他，一旦时机成熟会像这钱塘江？"

任豫脸上泛起一丝无奈的苦笑："然也。"

众人听了心惊肉跳，一齐把目光投向杨粟："杨大人，您觉得呢？"

杨粟觉得任豫的想法有点钻牛角尖，动官员要按程序办。他安慰大家说："任大人的看法欠妥，此次会议，抽裁未必有什么大动作。为保万无一失,本官马上修密札一封,差人星夜送往南京,请成大人赶来。况钟就是敢动刀子,也奈何不了成大人。诸位放一万个心,勿草木皆兵,人人自危!"

众人听了,都觉得杨粟想得周到,心情好了起来。

官吏会聚的头天晚上,尤涛编了个理由,秘密将二下巴诱到馆娃宫。二下巴一到,几个捕快堵住他的去路。

尤涛锁了二下巴,带他到殿中的况钟眼前。

况钟问:"二下巴,知道为何带你到这里来吗?"

"老子,不,小人不明白。"

"傅德把常熟收容所变成人间地狱,残害百姓,朝廷授本府便宜处置特权,今日在此处置傅德。你是他的帮凶,你若揭发他的罪行,本府可留你一条狗命,若包庇隐瞒,与傅德一同正法!"况钟说完这些以后问,"傅德在收容所奸淫了多少女人?"

"就苏金娣一个。"

"收容所的收入你们是怎样瓜分的?"

"收入和支出一笔一笔都有档子,不信可查账。"

况钟桌子一拍故意说:"傅德都招了,你还遮掩什么!"

二下巴心里咯噔一下,脸上改色。他的变化,况钟看在眼里。他向尤涛使了个眼色:"去把傅德画押的口供拿来,看他还有何话可说!"

尤涛会意:"是!"立即向殿外的破土房走去。他是天生的神探料,善于琢磨犯人的心理。此时傅德在家里正呼呼睡大觉,并未拘捕他,更别说有"画押的口供"。尤涛明白况钟的意思,他之所以如此说,是希望他很好配合，撞开堵在二下巴心里的那堵墙。他走了几步，回过头望着二下巴，"二下巴，你听着，看了口供，你就失去了从宽的机会，要付出生命的代价哦！"

二下巴装糊涂："小的听不懂。"

尤涛踅了回来："况大人考量你是从犯，给你个坦白从宽的机会，你却不珍惜。傅德罪恶累累，按律当斩，马上行刑，你不揭发，看了口供就和他一道上路，明年的今天就是你的忌日！"

二下巴从头冷到脚，仿佛跌进冰窖里。他是个多次进宫的人，知道官员审案都在公堂，今日把傅德和他弄到这荒郊野岭，可能是朝廷给了便宜处置的权力。想到这里，二下巴连忙向况钟求饶："况大人，小的不能死，小的还有高堂老母。"

尤涛回至况钟跟前，故意替二下巴求情："况大人，看在他高堂老母的分上，先别处死他吧？二下巴虽然作了不少恶，可毕竟是从犯，求大人再给他个从宽的机会。"

况钟望着二下巴："二下巴，交不交代？本官可再没有耐心了！"

"小的交代，小的全交代！"二下巴连连说。

3

早晨起来，天空灰蒙蒙的，风呜呜地吹着。吃过早饭，况钟穿官服袍靴，端着黄绫包裹的剑盒向大堂走去。

大堂三楹五脊，方砖铺地，中间梁下两根柱子顶着，柱子上贴着副对联：

平情以御众庶之情勿作好勿作恶

自治而行节省之治不伤财不伤民

赵忱正站在大堂门边,见况钟抱着个黄绫包裹的盒子,猜不出是什么东西,想问又不便开口。

况钟进大堂。堂上已坐了黑压压一片人,众人的目光不约而同地盯着这位新郡守。况钟向大家打过招呼之后,向画有江河海牙图的屏风走去。屏风顶端挂着写有"明镜高悬"的漆匾。他在屏风前的公案后坐下,将敕书和剑盒置公案正中,命师爷摆上香案。

况钟见准备得差不多了,正欲宣布开始会议,杨粟风风火火地从门外跑进,禀告巡抚成均今日出巡苏州。况钟一愣。成均真会挑日子,迟不来,早不来,要开始整贪官他就来了。此君难道能掐会算吗? 望一眼杨粟的脸,阳光灿烂的。况钟有谱了:是杨粟搬来的。可令人费解的是,来福送尚方宝剑,一直秘而不宣,今日要办的事,更无人知晓,杨粟是从哪里得到的消息呢? 成均一到,狂飙行动势必流产,务必要在他到苏州前搞定。况钟斩钉截铁地说:"会议照常进行!"

"成抚台那边……"杨粟傻了眼,没想到况钟对成均的到来会如此不在乎。

"先派皂隶去打探,待抚台距接官亭五里时飞马回报。"况钟说。

"下官这就去安排。"杨粟蔫巴巴地走了,支应皂隶上路后回到大堂内坐下。况钟命赵忱清点人数。赵忱回禀,与会人员已到齐。况钟向站在大堂门边的况寰挥了挥手。况寰出,俄顷带来一队巡检司兵丁。巡丁们分头把守着前后门。

堂内的气氛立即紧张起来。杨粟心里扑腾着:况钟难道真的有什么大动作? 他铁青着脸,质问道:"况大人,议政何用如此之多的巡丁?"

况钟笑:"杨大人不必多虑,本官上任,持敕书一道,宣读圣谕恐有人不敬,调巡丁来维持秩序而已,此等小事未与你商量,本府擅自做主了!"

杨粟苍白着脸，苦笑了一下。

况钟从香案前拿过敕书，面朝众人："现在宣读敕书，各位跪听——"

众人刷的一声跪下，统统匍匐恭听。

况钟念完敕书，说："离京之前，皇上设宴为卑职等饯行，席间谆谆教诲，为官者要关心百姓，秉公执法，说法不立则奸吏难除，民终不能蒙其利。故本府到任后，视事第一天即贴出榜示，要求士民举报贪官酷吏。今日请士民代表对府、县官吏进行一番评议，无论是本府，还是其他官吏，诸位尽可以直言不讳！"他在公案上拿起两本簿扬了扬，"这是善、恶二簿，好事坏事都记在这上面，好事做得多的，本府会奖掖他，坏事做得多的，本府会依法惩办他。"说完，宣布开始评议。

杜福寿、葛阿伴、周孝儒、苏金娣、方献忱等人分别揭发了贾敬、任豫、傅德、薛孟真等人的罪行。贪官酷吏一个个被揪了出来。

贾敬、傅德坐立不安，悄悄离开座位向门口溜去。欲出门时，守门巡丁将兵器一挡。

贾敬眼睛一瞪："放肆！本官要去接干爹！"

"你干爹是谁？"巡丁问。

傅德连忙介绍："江南巡抚成抚台。"

巡丁请示况钟，况钟要赵忱前去处理。赵忱走到门边对巡丁道："未经况大人批准，任何人不得擅自离开大门半步！"

贾敬、傅德只得回到位子上。

评议结束后，况钟解开剑盒的黄绫，在盒中提出宝剑，手握镀金剑柄道："皇上派内官来福传来密旨，并授本官尚方宝剑，准便宜处置，对罪大恶极者先斩后奏，对渎职废职者先黜后报……"一道闪电在窗外划过，尚方宝剑寒光一闪。

况钟手一招，几个书吏抬着小案，拿着文房四宝进入公堂，两行衙役手执黑红水火棍，在内衙出来，分别站立在公案前两旁。

况钟叫孙福等十一名官吏的名字。孙福等十一人抖着身子来到公案前。这些人有的是县令，有的是县丞，有的是主簿，有的是典史。他们本质并不怎么坏，但饱食终日，渎职废职。

况钟问士民代表揭发的，符不符合事实，孙福等十一人均回答符合。

况钟说："你们拿着朝廷俸米，不好好为朝廷做事，饱食终日，无所用心，谋由吏出，民务尽行耽搁，百姓受害非止一端，有负皇恩，现免去原有职务，交吏部取回别用。"

这些人原以为会撤职，听到"交吏部取回别用"，纷纷磕头谢恩。

孙福等十一名官员走后，况钟将任豫等五人叫到公案前。

况钟问士民代表揭发的有无出入，五人回答说无出入。

况钟宣布五人押解京师，交刑部问罪。

捕快立即锁了五人，押了下去。杨粟望着五人远去的背影，脸上一阵红一阵白。

况钟大声叫："贾敬！"

贾敬晃着圆乎乎的脑袋来到公案前。

况钟问："贾敬，你催粮残害三条人命可是事实？"

贾敬拒不认罪，说那是刁民编排的。见任豫等人交刑部发落，他心宽了许多，心想，交刑部我不怕，干爹一保就出来了。

况钟不慌不忙地打开刑名师爷刚才送来的卷宗，从里面取现几份证词。这些证词是今天上午派人去取的。他指着其中一份："这是杨旭和皂隶写的。"接着又指着另一份，"这是你审葛阿让、葛阿贵时，在场皂隶写的，铁证如山，你还有何话可说？"

贾敬没话说了,可他不死心,又搬出成均来,说要治他的罪得等他干爹来。

况钟冷笑道:"王子犯法与庶民同罪,恕我不恭!"他手一挥,"把贾敬拿下!"

捕快锁了贾敬。况钟让贾敬一边站着,又叫来傅德,问他在常熟收容所奸淫了多少妇女,傅德说一个都没有。

况钟桌子一拍:"一个没有? 我问你,后院扎花房墙上的洞是干什么用的? 你利用地洞,半夜爬进去,共奸淫三十二名妇女,其中仇金花不从,你还将其掐死,假造现场,反诬自缢。你用同样的手法对付老莴,血债累累!"

苏金娣听到这里,才知道丈夫是被傅德打死的,疯了一般向傅德扑去。捕快忙拦住苏金娣。

傅德昂着头,说你得有证据啊,不能单凭士民代表说的。况钟取出二下巴的证词,说这是二下巴写的,应该算数吧。傅德低下了头。捕快立即锁了他,让他靠贾敬站着。

况钟大声叫:"带薛孟真!"

尤涛押薛孟真从外面进。众人"嗡"的一声骚动起来,目光齐刷刷盯住薛孟真,薛孟真失踪,多数人都以为他外逃了,没料到他已在押。杨粟怕薛孟真会牵连自己,连看也不敢看他。

薛孟真在公案前站定。况钟问:"薛孟真,你私吞厘金多少?"

薛孟真眨眨小眼睛:"大人,钱都如数上交了,卑职并未贪渎一分半毫。"况钟取出一份证词:"这是吴县钱谷师爷写的,薛孟真私吞厘金计白银一千二百五十两。"薛孟真无话可说了。

况钟又问:"老乡绅方献忱举报你在履仁乡义安里催粮打死村民郭有庆,可有其事?"薛孟真哭:"大人,这是聋叟诬陷,您千万别相信!"况钟取出郭有庆邻居写的证词,打死郭有庆时,这些村民都在场。薛孟真不吱声了。

况钟再问:"贾笑笑是怎么死的?"

"请大人去问郭南。"

郭南坐在最后一排,听到薛孟真仍把罪责往他身上推,气得欲上前去揍他。况钟目光向他扫了扫,示意不必动怒。

况钟命皂隶把巩六、二麻子和偷屎乖带上来。薛孟真见了这三个昔日的狐朋狗党,明白再也遮掩不住,彻底完蛋了,脸顿时雪白,往地上倒去。

况钟指着贾敬、傅德、薛孟真说:"你们不仅贪墨数额大,而且各有两条以上人命,不惩办你们,天道不容!"

杨粟听到"不惩办你们,天道不容",不自然地战栗起来,担心下一个会轮到他。以上这些官吏,平时与他的关系都挺好,想不到这些人背着他干了这么多缺德事,并且欠下血债,倒霉的是自己听信一面之词,还出谋划策保他们过关。他正惴惴不安间,听到贾敬说:"况大人,我等都是小萝卜头。俗话说:蛮大葛水花,捞起一只糠虾。还有大的哩!"

大堂上又一次"嗡"的一声骚动起来。有些人的目光往杨粟那边望了望。杨粟的脸突然冰凉,脑子里"嗡"地响了一声,双手扶住椅子才没倒下去。

况钟问贾敬还有谁,贾敬说此人位高权重,不敢说。杨粟恐怖地望着况钟,看他如何回答。

况钟如刀的目光照了照贾敬的脸:"位高高不过你干爹,权重重不过国法,有何惧?"

贾敬的眸子发出幽幽的毒光,手指况钟:"就是你,就是你!"接着列举几条:他和任豫各送银票一千两,傅德送舒夫人一尊玉观音,杨谧送银一万两。

士民代表愤怒了，他们根本不相信况钟会收受这些钱财。人群骚动，许多人要去打贾敬。况钟拼命摇手，要大家保持克制。愤怒的人群渐渐平息下来。

况钟光明磊落地说："贾敬说对了，本府还真的是收受了这些财物！"

会场又"嗡"地骚动起来，彼此交头接耳。大家百思不得其解：洁身自好的况大人为何会收受这些财物？

贾敬非常得意："敢承认，算你有种！"然后恶狠狠地，"太祖定制，得贿银六十两杀头，你收了这样多，该杀多少次，你自己说！"

况钟镇定地说："我自己说不算，有请赵大人！"

赵忱走到公案前，掏出个小账册面向众人："贾敬提到的这些财物，况大人全部移交卑职管理，说这是筹的扶贫银。现在卑职将收支公布如下……"从账目得知，这些钱除支付杜福寿、葛阿让、葛阿贵、刘二哥家属和苏金娣等户抚恤银外，余款全部存在钱庄。

贾敬的猖狂气焰被压下去了，耷拉着脑袋想了想，还不服气，又提一件事："舒夫人母子四人夜宿昆山驿馆，县衙设宴招待，花费白银二百两……"

贾敬话还未说完，况钟就对赵忱说："二百两白银的事，烦赵大人去问问任豫。"

赵忱当即离开大堂去监狱。俄顷回来，赵忱面朝众人说："任豫承认，况大人交的二百两白银他私吞了。"

贾敬垂下头，再也没什么可揭发了。

况钟指着贾敬、傅德、薛孟真吩咐尤涛把他们带到后衙膳厅去，好酒好肉款待。

三重犯来到膳厅,厨子立即送上酒菜。薛孟真说这是断头酒,发现尤涛是卧底后,明白况钟早注意了他,许多秘密都被他掌握了,自己这回是必死无疑。贾敬大块吃肉,大碗喝酒,说就是死罪,还得报刑部核准,再说,我干爹马上就到,死不了!傅德哭丧着脸说,有尚方宝剑,还报什么刑部?就是成大人赶到,也救不了我们。

俄顷,一衙役从大堂跑来,传带囚犯。尤涛将三重犯押回大堂。

大堂的板凳已经挪开,官吏和士民代表面朝公案围成半个圆圈站着,公案上放着尚方宝剑,况钟坐在公案后的椅子上,公案前站着四个铁塔似的威猛巡丁。

三重犯进大堂后,尤涛命他们在公案前跪下。

况钟站了起来,手握尚方宝剑大声说:"罪犯贾敬、傅德、薛孟真,欺压百姓,残害人命,贪赃枉法,罪大恶极,罪不容赦,不杀不足以平民愤,本府现代表朝廷,对三罪犯处以极刑!"

况钟洪亮的声音传出大堂,飘出屋宇,与外面呼啸的风声汇合成一体,变成一股摧枯拉朽的气势。电光一闪,映得堂上"明镜高悬"匾熠熠闪光,接着"轰"地响了声炸雷,震得灰尘簌簌往下掉,接着倾盆大雨瓢泼而下。

这时,一皂隶冒雨飞马来到大堂外,翻身下马冲进大堂,禀报成均距接官亭只有五里路了。

杨粟脸上露出久违的笑容,盼星星,盼月亮,终于盼来了成均。他忙对况钟说:"况大人,行刑暂缓,先到接官亭去,再不动身,恐来不及了!"

赵忧也附和说:"是呀,况大人,先接成抚台吧?"

先行刑还是先接成均?况钟内心斗争非常激烈。他冷静地分析着:接官亭在阊门外的普安桥西,有段路程,不立即动身,怕是赶不上。成均到了接官亭不见他迎接,肯定会大发雷霆,治他个目无上宪的罪,杀贾敬本来就得罪了他，再被他抓到这个把柄，后果肯定严重。如果先接成均，这三个十恶不赦的东西就杀不成了。他掂量再三，下定了决心：先行刑。

"二位不必多言，本府自有考量！"况钟将执行死刑的令牌丢下，"本府替天行道，当庭摔死贾敬、傅德、薛孟真三罪犯！"

窗外狂风大作，树木狂舞，飞沙走石，屋上瓦片纷纷往下掉。在狂风的吼叫声中，庭前的一棵柳树被连根拔起。

巡丁拾起令牌，走到傅德跟前，两人拉手，两人拉脚，扛起傅德抛向空中。傅德重重地摔下，巡丁再度把他抛起……傅德脑浆四溢，血肉模糊，旋即死去。

傅德死后，随他而去的是薛孟真。

贾敬最后行刑。目送二人上路后，他向接官亭方向拜了一拜，面向况钟，脸无惧色："况钟，等着吧，我干爹不会饶你！……"还未说完，四巡丁已抓住他的手和脚向空中抛去……

况钟命衙役把三具尸首拉到阊门去示众。

杀了三条恶吏，群情激奋，欢声雷动，高呼况钟"青天大老爷"。况钟却高兴不起来：有些贪酷的官员并未挖出来，他们早就做好了手脚，把收容所分的赃银退了。

4

狂风呼啸一阵后渐渐停息，天朗气清，太阳出来了。阊门的嵯峨危楼经风雨的洗涤，碟雉箭垛紫翠交辉，城门上方"气通阊阖"四字显得更加光艳夺目。

三名恶吏的尸首拖到城楼下，立即围上里三层外三层的人，围观者无不拍手称快。

府儒学的生员听到消息，立即前往阊门观看。看毕，王琏写了首《赞况苏州》的诗贴在城墙上：

> 九州雄据地，命举贤能吏。
>
> 公乃得苏州，乘传其往莅。
>
> 赋重役苦繁，豪吏踞奸利。
>
> 月余召庭诘，贯盈立时毙。
>
> 杀吏破鬼胆，狂飙显神威！

此诗一贴，其他生员纷纷仿效，一时间城墙上贴满了生员们的诗作。

正当市民们品评这些诗作时，一声锣响吸引了大家的注意力。放眼往驿道一望，普安桥那边来了一支浩浩荡荡的队伍。巡抚成均坐着绿呢衙轿来了。这是个年近六十的干瘦老头，长须飘胸，因皮肤黑，不苟言笑，终日板着脸孔，官吏们私下都叫他黑脸。

队伍越来越近。打头的掮着大旗，接着是官衔牌、头锣、清道旗、飞虎旗、各种兵器，然后是成均的绿呢官轿，最后是前去接巡抚的况钟等府、县主要官员。

守城门的巡丁见巡抚来了，遵嘱将三具尸体挪到一角，手拉手地在城门口排成两行，把围观者挡住，中间空出一条道，让巡抚的人马安全通过。

成均距城门一箭之地时，轿中望见城门口这么多人，以为是闹事，忙派师爷上前打听。

师爷回去禀告，城门口放着三具尸体，那些人是围观尸体的。成均不悦，明知本官入城要经过此门，陈尸此门，况钟居心何在？

"叫况钟到轿前来！"成均板着脸对师爷说。他与况钟素有过节：他在京任刑部右侍郎时,况钟为一个案子曾指责他判案不公;况钟到苏州上任后,目无上宪,未到南京请安;今日接他又姗姗来迟。

"是,抚台大人。"师爷说毕向后走去。

师爷刚走几步,成均又叫住了他:"算了,到城门边再说吧!"

城楼眨眼就到了。成均命停轿。师爷叫来况钟。成均钻出官轿,指着城楼上"气通阊阖"四字问况钟可知这四字的含义。他以为况钟初来乍到,解释不清,好借此教训他一顿。况钟侃侃而谈:"传说天门有阊阖,'气通阊阖'就是'通阊阖风'之意。吴王阖闾率大军从此门出,打败了楚国。此门是凯旋之门,胜利之门。"

成均没难住况钟,又抓住"凯旋之门,胜利之门"做文章:"明知本抚要经过此门,在此陈尸三具,莫非是想以此显示你的胜利?"

况钟不慌不忙地:"陈尸此门,是因为此门是热闹繁华之地,进出人多,让更多的人看到这三个恶吏的下场。抚台大人勿介意!"

"介意什么? 项庄舞剑,意在沛公!"成均铁青着脸。

杨粟幸灾乐祸地挤了上来, 听到成均在向况钟发难, 心里很是高兴。路旁的市民见成均不依不饶的,都为况钟捏着把汗。

王琏年轻气盛,打抱不平地大声说:"抚台大人,学生有话要说,不知可不可以?"

成均闻声望去,见是一个二十四五岁的黑皮肤年轻人,头戴四方平定巾,身穿天青色苏布长袍,腰系软巾垂带,问杨粟他是何许人。杨粟毕恭毕敬地禀告:"他叫王琏,郡庠生员,下官的外甥。"

听说王琏是杨粟的外甥,成均想,此人肯定是与况钟唱反调的,便向王琏站的地方踱了过去:"你有何话? 说!"

王琏向成均跪下:"大人,古人云:去民之患,如除腹内之疾。此三人,苏民称之为三虎,士民无不畏惧。杀了他们,百姓再也不用担惊受怕了。况大人功德无量啊！"他指着城墙上贴的诗，"抚台大人请看，百姓都夸三害除得好！"

王琏一打头，其余人跟着来，你一言我一语夸况钟。成均听了很烦，想训斥他们又怕触犯众怒，只好匆匆钻进轿内。

成均一行来到府衙，这里是他的临时行辕。礼炮和鼓乐声中，官轿在大门前放下，随从扶成均下轿。况钟、杨粟、赵忱伺候成均到花厅坐下，府、县官员在门口列队站班。

成均坐在太师椅上，目光不断在站班的官员中搜索。以往他一到接官亭，贾敬就在那里孙子似的候着，今天到了府衙还不见他露面，不知是何缘故？

"小敬子怎么不见？"成均问杨粟。

杨粟支吾着，不知如何回答好。况钟跨前一步，向成均跪下："贾敬触犯大明律，下官已将他正法，尸体在阊门示众。"

"什么？！"成均目光倏忽一闪，翕动着嘴唇，脸上改色，"你再说一遍！"

况钟补充道："贾敬是和另两个恶吏一同处死的，时间仓促，来不及禀报大人，多有得罪！"

成均的脸板得出水，眸子中闪着火花，胸脯急促地起伏着。空气紧张得快要爆炸。

"况伯律，你行啊！来到苏州还没个打屁久，就擅自大开杀戒！杀的是庶民也就罢了，本抚不予追究，可贾敬他们是朝廷命官，他们有罪，皇上的敕书也只是叫你提下解京。你这样做，显然是藐视朝廷，对抗皇命！"成均转对亲兵，"拿下况钟！"

亲兵欲锁况钟。况钟狡黠地笑着："且慢，待罪官摘去顶戴，脱去袍服。"言毕连忙摘去乌纱帽。

赵忧向成均跪下："抚台大人，况大人他是奉旨办事，您说的藐视朝廷，对抗皇命之罪，似难成立，求大人高抬贵手，放过况大人。"

师爷听了，才想起杨粟在普安桥递给他一张纸条还没交给成大人，于是忙掏了出来。成均展开纸条一看，身子一怔，心说：他有密旨？杨粟这浑蛋，为何早不禀知本官？一时骑虎难下。为了掩饰自己的难堪，立即爆出哈哈大笑。众官不明白巡抚为何发笑，见他笑，也讨好地跟着笑。这是最廉价的拍马。

"笑什么笑？"成均倏忽站起，脸如铁板，"我想哭！"

这一声"我想哭！"如腊月里一声落地雷，大大出乎意料，全场旋即鸦雀无声。众官你望望我，我望望你，然后目光齐刷刷的投向成均。

成均冷笑道："本抚训斥况大人，声言要拿下他时，你们谁伸张过正义？除了赵忧，谁出面解释过？"他手指点着众官，"你们这些人，可悲啊！多学学况钟！况大人向来刚正不阿，今日本抚有意考他，还是铁骨铮铮，这才是真正的大丈夫！"言毕，亲自替况钟戴上乌纱帽。

况钟知道成均向来诡诈善变，适才这些冠冕堂皇的话，不过是即兴表演而已，那完全是在给他自己搭梯子下，也不识破他，诚恳地解释说："下官知道贾敬是您的干儿子，可他罪不容赦，不杀不足以平民愤，请您谅解！"成均拍着他的肩："贾敬的事，千万别放在心上，他压根就不是本官的什么干儿子，本抚从来未认过他，那都是他自己瞎吹。"

以其人之道还治其人之身，况钟见成均演戏，他也跟着演，装傻说："抚台大人高风亮节，令下官钦佩之至！"言毕，向成均拜了一拜。

成均向况钟挥了挥手，苦笑不语。

第十一章

举|贤|风|波

成均有意来整况钟，没料到反而被况钟涮了一鼻子灰，在苏州只待了一天就悻悻离去。

成均走后，况钟带着杨粟、赵忱去府儒学体察。苏州府儒学创立于宋景祐二年范仲淹任苏州刺史时，那里地势低洼，何横禀报大成殿、明伦堂、后堂、射圃、斋房等已成危房。体察罢，决定筹款重建大成殿，中秋后动工。

转眼中秋到了。这是况钟到苏州第一个中秋节，舒夫人买了猪肉和中秋饼、花生，并杀了一只自养的鸡。上灯时分，一切都准备就绪，况宇早早坐到席前，两眼馋巴巴地望着桌上的美味佳肴。舒夫人拿了只中秋饼给他："宇儿，去看你三哥回来了没有。"

况宇来到门外，月亮已经升起来，到处明晃晃的，街上不断传来叭叭的爆竹声，空气中弥漫着酒香和爆竹的火药味。三哥连个影子都不见。况宇心里骂开了："就只晓得玩，玩，害得全家人到现在还没有吃晚饭！"他性急，又跑到围墙外，朝街道那边张望，望了一会儿，还是不见三哥的影子，气得撅起嘴往回走。

舒夫人见况宇垂头丧气地回来，知道没等来三哥。况宾向来放学都准时回家，今日是过节，没什么特别的事，肯定早回来了。她不禁有些担心起况宾来。老爷惩治了那么多贪官污吏，他们还不恨死了，三元坊距家里有段路，宾儿是不是途中出了意外？她对洪叔说："洪叔，劳您跋步去趟三元坊。"

况钟正在花厅灯下看书，见儿子这样晚没回，心里也急，书一放，说："我去一趟，正好有点事要找何夫子。"昨天收到吏部公文，要求各地选拔一批二十五岁以上的文学才情卓然出众之士，保送京师选用。府儒学生员都是经考试录取的，不乏饱学贤德之士，他要何横推荐几个德才兼备的生员，以便择善而从之，举善而任之。

这晚上父亲一人去，况寰又不放心，于是父子二人来到了三元坊。

天空水洗过一般，异常明净，蓝晶晶的，显得特别高远。一轮圆月像是盏硕大无朋的灯笼，挂在天幕上，把大地照得明晃晃的，白昼一般。许多人正在月下清理地盘，挑的挑，扛的扛，人声鼎沸，异常热闹。

孔庙大成殿已拆，明日正式动工基建，破砖烂瓦还堆积在这里，王琏发出倡议，晚上搬走这些破砖烂瓦，众庠生积极响应。况宾在助工。况钟听儿子禀陈后，非常高兴，吩咐况寰回家过节，自己和老三则在这里和大家一同过。这时，恰好何横与门斗扛着茶桶来送茶。况钟掏出些碎银给门斗，请他去买些月饼和酒菜供大家过节。

买来月饼、酒菜之后，况钟与众生员一边吃，一边以诗咏月，有说有笑，其乐融融。

况钟与何横合作抬了一会儿砖，酉时已过，对何横说："到尊署去，有要事相商！"

　　来到何横衙署，况钟将吏部公文要义告知何横，要他推荐几位德才突出的生员供府衙候选。何横打开抽屉，拿出一篇《策论》，说："伯律兄，您看看这位行不行？"，

　　况钟拿过文章，省阅一番之后非常高兴。这篇文章势如破竹，一气呵成，对皇亲、国戚和官僚兼并土地之风，进行了猛烈的抨击，对如何刹住此风，大胆提出了方略。文章最后写道：自己虽是布衣，位卑未敢忘忧国，要学汉代的贾谊、唐代的马周，为朝廷贡献自己的绵薄之力。文章虽离不开八股框架，但内容充实，格调清新，不失为一篇好文章。

　　何横端来杯茶水，问道："如何？"

　　况钟连声称赞："繁略殊形，隐显异术，折引随时，章无疵瑕！"

　　此时，该文作者王琏收工回来，正好路过何横衙署，听到况钟在讲话，便屏住呼吸听起来。他是个有心计的人，见太守找教授密商，估计必有大事，看到庭院门没关，便蹑手蹑脚进来，到窗下听壁脚(偷听)。其时正逢况钟在问："此文是谁的大作？"

　　"王琏。"何横回答。

　　况钟对王琏已有很好的印象：阊门城墙上的诗，成均进城时不畏淫威的表白，帮工的倡议……他要何横节略介绍该生。

　　"二十有六，才性通敏，德行无亏，文词丰赡，书法亦佳，累试高等，为士林折服，从无过犯，实为出众之才！"何横说。

　　听罢介绍，况钟高兴地说："和氏之璧出于璞玉，隋氏之珠产于蜃蛤。王琏虽出身布衣，将来必在你我之上。要此人写自荐书，列首批推荐！"

　　王琏听到况钟对自己评价如此之高，喜欢得一夜没合眼。

　　王琏父亲早逝，家境贫寒，为了送他读书，母亲把几亩薄田都变卖

光了。郡庠眼看已读到了头，无钱参加乡试，只想尽快找份差事谋生。次日他起了个早，匆匆跑去桂和坊杨府，把好消息禀知娘舅，希望他帮忙促成。

王琏来到门前。院子里很静，一缕阳光射在正开花的桂花树上，给人一种温馨的感觉。晨风吹过，满院飘着桂花香。杨粟正在桂花树下练拳。

王琏进门楼，高兴地叫了声"舅"。杨粟闻声望了望他，板着脸没有吭一声。王琏在阊门城楼说的那些话，令成均恼怒，况钟有密旨未及早禀告，使成均下不了台。事后成均狠狠地训斥了一顿杨粟。杨粟在成均面前丢了面子，以为全是王琏惹的祸，为此还记恨外甥。

王琏不知道娘舅在生自己的气，傻愣愣地站在树下丈二和尚摸不着头脑。娘舅与况钟不和，他略有耳闻。他聪明过人，很快回忆起了阊门的事，解释道："那天在成大人面前，说了几句向着况钟的话，外甥是不得已而为之……"

杨粟双目圆瞪："什么不得已而为之？你是为了讨赏就不惜丢娘舅的面子！我问你，况钟赏了你啥？"

杨夫人在内室听到丈夫大清老早就骂骂咧咧的，忙赶了出来，见是王琏，拉住王琏的手说："别介意，你舅这些日子心情不好，跟我讲话都是喉咙三板响，见谁都骂。进屋去，舅妈有话跟你说。"

王琏笑着回答："天上雷公大，地下娘舅大，娘舅骂，是爱外甥，恨铁不成钢，外甥怎敢介意呢！"他礼貌地抽出手，"舅妈有何教诲，琏儿等会聆听，外甥这里还有重要事禀告娘舅。"

这段日子，杨粟想了很多。他认为自己在狂飙行动中之所以没落马，那是因为况钟还没完全掌握他的愆尤。只要况钟将他的事了解得差不多了，就会收拾他，因此对况钟的一举一动分外注意。听王琏说"有重要事禀告", 杨粟以为他绨听到了事关自己的什么消息, 立即停止练拳, 问道: "啥事? 说! "

王璡把听来的事说了一遍。杨夫人听罢, 进屋拿出几个中秋饼给外甥: "璡儿, 美事啊! 我说大清老早, 这桂花树上啥体飞来个喜鹊哩! "

王璡说: "舅妈, 这还是个梦, 要圆这个梦, 还得靠我舅作力哩! "

王璡能谋个一官半职, 姐姐后半辈子就有依靠了。这是好事, 应该大力促成。杨粟紧板着的脸孔松弛下来, 带外甥进屋, 如此这般的指拨起来。

2

黑松上一只花喜鹊带着几只小喜鹊正学飞, 从这个树顶飞向那个树顶, 叽叽喳喳的, 碰得发黄的松针往下落。洪叔拖个扫把, 走下石阶正要去院子里扫松针, 王璡带着赵素娟进了门楼门。今天是八月十八日, 孔圣人寿诞, 儒学放假一天。王璡按舅舅授意邀赵素娟和况宾石湖泛舟, 昨日三人已商议好。

"况师弟, 况师弟! "王璡大声叫着。

"来啰! "况宾从门内出来, 走下石阶和王璡走了。

况宾走后不久, 家里来了位不速之客, 昆山陆杨杜福寿的女儿杜秀蓉提个老母鸡来到门楼下, 洪叔在扫院子, 杜秀蓉高兴地叫了声"洪叔。"洪叔随况钟出访时在杜家住宿过, 认出是杜秀蓉, 忙大声向舒夫人禀报: "夫人, 来客人了! "

舒夫人以为是带城桥弄的刘万氏来了, 口里叫着妹妹, 从门厅内出来, 见是个生人, 不由得打量起来: 身穿浅蓝布上衣, 银白色裙子, 脚着印花红布鞋, 打扮虽土了点, 模样却是不俗, 透着股俊气。洪叔向夫人介绍说，这姑娘是老爷常提起的昆山杜福寿的闺女。

杜秀蓉涨红着脸，向夫人蹲了个万福。夫人拉着她的手，说福寿哥前世有修，养了这么个水灵灵人见人爱的好闺女。

杜秀蓉见夫人和蔼可亲，不怯生了，将篮中老母鸡捉出来给夫人，说爹记挂着老爷夫人，提只鸡来给二老补补身子。

舒夫人接过鸡："你爹也真是，还带什么礼物？"

夫人拉着杜秀蓉的手来到花厅。姑娘双眼滴溜溜向四周张望着，巴望况寰能从哪间厢房出来。她与况大哥萍水相逢，要不是他住宿生商客栈，她到生商客栈卖唱，她与他对面相遇也不相识。这一切，仿佛都是冥冥之中月下老人的安排。况大人出访住宿她家，她在洪叔口中得知况大哥尚未婚配，自己的脸忽然发烧，心中那只小兔也不安起来，她意识到那位清秀白净的男人将是自己的靠山，将是给自己温暖的太阳。自曲阜一别，她与况寰再也没有相会。况寰的模样老在她脑海中浮现，并且挥之不去，弄得她魂牵梦萦，做起事来老是发呆。来一趟苏州又不容易，路途这么远，老爹挂念况大人，说要来苏州看他。她编了几条扎实的理由，要自己来。爹看出了道道，就同意了。昨天晚上她在枫桥表哥家住，今日吃过清早饭便赶来了。

吃过茶，还不见况寰出来，她便来到院中，问洪叔："洪叔，况大哥不在府中？"

况府四位公子，洪叔习惯称大少爷、二少爷、三少爷、四少爷，听她说"况大哥"，以为打听大少爷况宁，随口说大公子在靖安老家。杜秀蓉有些失望，心想，况大哥也真是的，跑回老家去干什么。洪叔见姑娘怅然若失的样子，觉得有些奇怪，问道："大公子一直在老家，姑娘怎么会认识他？"听洪叔如此说，杜秀蓉才意识到说错了，更正道："奴认识的是挺俊的那个。"

况府几个公子数况宾最英俊,洪叔以为是找况宾,说三公子到石湖去了。

杜秀蓉见况寰心切,决定追到石湖去。回到花厅,对舒夫人说许久没进城了,想上街去走走。夫人答应了,叮嘱她早点回来。

青春期的姑娘,心里有一团火在燃烧。杜秀蓉出了门楼,问路向石湖走去。途中一个长长脖颈的冒失鬼跑上来碰了她一下。那人二十多岁,有些呆头呆脑,叫杨俚,是昆山总圩长杨旭的弟弟。

"你这人真是,眼睛长后脑勺了不是?"杜秀蓉又气又恼。

杨俚望望杜秀蓉,见是个美人儿,眸子立即放光,连忙道歉:"对不起,对不起!"

杜秀蓉向前走去。杨俚追上问去哪里。杜秀蓉没好气地:"大路朝天,各走一边,我去石湖,关你屁事!"

杨俚听说去石湖,殷勤地说:"哟,去石湖可不好走咧,岔路多。小生正好去石湖,跟我走吧!"

杜秀蓉怕他不怀好意,拒绝与他一同前行。杨俚数落杜秀蓉道:"你这人鸡屎看成墨,好人看作贼,本公子家住昆山县城,是县城出了名的诗人,还会拐你卖你不成!"

杜秀蓉听他是昆山人,还是诗人,心动了。表哥周秀才是她最佩服的文化人,他说过诗是世界上最美好的东西,这位公子既懂诗,那就是懂字墨的人,懂字墨的人虽然说话之乎者也有些酸,可做事是按圣人定的尺度,是可以信赖的。想到这里,便答应与他同行。

走了一程,杨俚问杜秀蓉哪里人氏,叫什么名字,杜秀蓉一一告诉了他。杨俚听了非常高兴:"本公子老家也是陆杨,这么说我们还是老乡哩!"

3

王琏、况宾、赵素娟三人来到石湖行春桥头。

石湖位于苏州西南,是太湖的内湾,南北长九里,东西最宽处二里,湖底皆石。湖两旁古迹颇多。宋孝宗亲书"石湖"二字以赐,此后石湖闻名于世。

王琏在行春桥头租了只小舟,泛舟湖上。秋风吹来,白茫茫的水面,涟漪一波接一波,岸上危塔秀亭的倒影在水中摇曳,随波涌动,和着水声响成一片,水禽贴着水面掠水觅食,或是在野荷、芦苇间拍翅追逐。

一只画船驶来,船上传出箫管声。况宾望着画船,口占四句:"箫声悠悠伴舟行,青山绵绵裹白云,塔影画桥美如画,无诗枉为读书人!"

"然也,然也。"王琏附和道。

两位公子都想作诗,赵素娟则不然,喜欢作对句,作的对句经常得到塾师夸奖。她渐渐对这种体裁有一种偏爱,觉得好的对句多精彩之笔,与诗比较,它是一种升华,是一种提炼,最能体现一个人的才华。今日她要用对句考考王琏和况宾。

"作诗太辛苦了,郊游轻松点,以湖中景物作对句如何?"赵素娟提议说。

二位书生都想讨好她,自然同意。况宾要王琏出句。

王琏目光投向岸上,一白眉毛老汉骑在驴背上,板着手指正在算什么。他出句:

老醉汉骑驴颠头颠脑算酒账

况宾向桥头望去,一年轻艄公正在与客人讲价钱。心头一动,答曰:

少艄公摇橹打躬作揖讨船钱

赵素娟向况宾竖起大拇指："对得好！再来，你出上句！"

水面上一只青蛙在追食小虾。况宾出曰：

出水蛙儿穿绿袄美目盼兮

水中小虾见了青蛙仓皇逃走。王琏对曰：

落汤虾子着红袍鞠躬如也

赵素娟满意地笑了。轮到王琏出上句了，她走到王琏身边，要他增加难度。王琏会意地点点头，昂首望了望，出上句：

日出东月出西天上生成明宇

况宾望望船上，王琏和赵素娟一左一右站着，灵机一动：

男居左女居右世间配定佳人

王琏与赵素娟是指腹为婚的，王家与赵家交厚，赵封氏怀素娟六个月，王家就对赵家说：生男孩与王琏结为兄弟，生女孩则嫁与王琏为妻。此联紧扣上句，不仅对杖工整，而且内容略带揶揄。赵素娟脸红得像石榴，佯装打况宾："叫你使坏，叫你使坏！"

况宾躲到王琏背后，二人追来追去。赵素娟与况宾打闹间，行春桥头传来呼叫声："况公子——，况公子——"

王琏指着行春桥对况宾说有人叫他。

"谁？"况宾连忙问。

王琏指着岸上。况宾朝岸上望去，一男一女手作喇叭形，正对湖中喊着。况宾请王琏将船划近去。

王琏把小舟划回行春桥头。杜秀蓉和杨俚还在一个劲地呼着"况公子"。况宾问况公子叫什么名字？杜秀蓉一脸茫然，说只晓得他是知府大人的儿子。

况宾回忆起洪叔讲的况寰在曲阜英雄救美的故事，心里有谱了说："姑娘是找我二哥吧？他在府衙当差，没有来这里。"

杜秀蓉听毕，才知道自己冒失，找错了人，飞也似的跑了。杨俚见船上的赵素娟比杜秀蓉更漂亮，任杜秀蓉跑去，两只眼睛盯着赵素娟一动不动，口角流涎也没发觉。

王琏指着远去的杜秀蓉对杨俚说："你那位跑了，还不追去？"

杨俚用衣袖抹去流涎："有七仙女在这里，追那土妹妹作甚？"

赵素娟厌恶地瞪了杨俚一眼，骂了声"鸡头瘟"，转身对王琏说："黑子，咱们走！"

杨俚见"七仙女"要走，急忙爬上王琏的船，赵素娟撵杨俚下船。杨俚赖着不走："这船租我出，总可以吧？"

王琏用怀疑的目光扫了扫杨俚："你有钱？"

杨俚神气了："昆山县城半条街都是我家的，这船租还付不起？"

王琏听后目光和善起来。杨俚见王琏对他刮目相看，吹了起来："嘻嘻，大哥，我不但是财主，还是诗人！"他伸着颈脖，活像只呆头鹅。

况宾听他说是诗人，"嗵"地笑出声来，有心戏弄他，便要王琏留下他。船至湖心，况宾拍拍杨俚的肩："呆头鹅，你不是说是诗人吗？吟一首来听听？"

杨俚摇头晃脑地吟起他那首成名作：

> 十六佳人六三郎，
>
> 夫妻双双入洞房，
>
> 两人放下绫罗帐，
>
> 老牛嫩草两相当。

此诗是杨俚的老父亲续弦时，塾师写下叫杨俚背的。杨父是个土老财，却爱附庸风雅，办喜事要儿女献诗祝贺。当时杨俚十岁，念了三年书，一本《三字经》还背不出，先生叫他笨思虫。杨父因儿子背不出书而怪罪先生，扣去他半年学奉。先生为表明施教有方，朽木可雕，要回那半年学奉,写下四句带嘲讽的诗叫杨俚背。杨俚背了一天一晚才记牢。婚礼上,诗一献上去,引起满堂大笑。一些曲意逢迎的人,说杨俚小小年纪,写诗就一鸣惊人。笨思虫沾沾自喜,从此真的爱上诗,牢牢记上几首,遇上适当场合,背上一首以示风雅。

三人听了杨俚的诗,都笑得直不起腰来。

"此诗虽好,但有病。"笑过之后,王琏一本正经地对杨俚说。

"啥病?"

"气虚血亏。"

"我听不懂。"

王琏解释说,你的诗句干巴巴的,像营养不良的人一样,不好看,必须吃点补药,给诗句润润色。况宾和赵素娟抿嘴笑。

杨俚望着王琏:"大哥,你就开点补药吧!"

"好!"王琏想了想,将诗改成:

二八佳人七九郎,

萧萧白发对红妆,

杖篱扶入销金帐,

一树梨花压海棠。

况宾连连喝彩称"妙"。杨俚拍起了巴掌,他虽然说不出吃补药以后的诗好在哪些地方,笨人自有笨办法:既然况公子称妙,他拍掌自然不会错。

赵素娟脸红得像苹果,羞涩地背过身子去。杨俚出神地盯着她,觉得此时她更迷人了。

王琏见杨俚十足的草包,有心利用他展示自己的才学,拍了拍杨俚的肩:"喂,喂,还有没有诗?我问你哩!"

杨俚回过神来:"有,有!"

"吟来听听！"

杨俚想了想，说："这是首《打屁诗》。"吟道：

> 看而不见不为稀，
>
> 听而不见不为非，
>
> 一腔豪气股中出，
>
> 人皆掩鼻而过之。

王琏听罢连连摇头："此诗病入膏肓，没法治！"

杨俚问："此诗的病真那么重？"

王琏说："此诗标名《打屁诗》，这'打'字多余，如头上长了个疔疮，有'屁诗'二字足矣。屁股中的恶气比脓还臭，谁受得了？此诗一吟，听者如闻臭屁，如见死尸，此诗可以说是头上生疮，脚底流脓，坏透了，还有什么救？"

杨俚有点垂头丧气。况宾故意取笑他："呆头鹅，你总不至于只有屁诗吧？"

"还有，还有！"杨俚又把丽人小解的诗拿出来：

> 丽人急急想方便，
>
> 步履匆匆跑出院，
>
> 公子翻身墙上看，
>
> 箩裙掀起花心现。

赵素娟骂道："下流，可恶！"

杨俚丈二和尚摸不着头脑，不知为何会遭七仙女痛斥。

王琏对杨俚说："你知道七仙女为何发怒吗？此诗寒湿下注，令丽人急不可耐，随地小便，有损小姐尊严。"

"要不，您又开点补药？"杨俚说。

"这诗吃不得补药，要祛寒燥湿，让诗变得凝练些，不那么赤裸裸的，七仙女自然就不会生气了。"王琏想了想，吟道：

> 丽人急急想方便，
>
> 步履匆匆走出院，
>
> 花心外有箩裙遮，
>
> 满地绿苔珍珠溅。

赵素娟爱嗔地斜了王琏一眼："没安好心！"

这时湖面传来吵架声。王琏望了一眼，连忙对况宾说："那边打起来了！"

况宾循声望去，旁边一只乌篷船上，两人正打斗。他向乌篷船挥着手："两位大哥，和为贵……"

乌篷船上的人不听劝解，继续打架，愈来愈激烈，一人掉入湖中。那落水人显然不会游水，两只手在水中乱扑腾，口里喊着"救命"。乌篷船上的人置若罔闻，将船划走了。

况宾非常着急，要王琏把船划过去救人。王琏摇橹向落水者划去，船上几双眼睛都往水面搜索。

忽然，水面有了动静，落水者露出个头。王琏的船靠近落水者。况宾向落水者伸出手："快，抓住我的手！"

落水者抓住况宾的手。况宾感觉那人挺沉，不但拉不起，还有被他拖下水的危险，忙向众人求援："这人挺沉，都来作把力！"说时迟，那时快，不等众人伸手，况宾就掉入湖中。他是个旱鸭子，不会游水，身子铁砣一样往下沉，连灌几口水。

王琏跳进水中费了好大的劲，才把筋疲力尽的况宾拖上船。

4

王琏是况宾的救命恩人。游湖归来，况宾的心情久久不能平静，王珹作对句、医诗、救人的情景，老在脑海中呈现，言必称王珹，王珹成了他的偶像。王珹则称况宾博学多才，潇洒飘逸，有君子风度，与其相处如入芝兰之室，久而不闻其香，与之俱化矣。从此二人互为挚友，课余形影不离。

一天课后，二人到儒学后面树林散步。秋天的林子既美又热闹，经霜的枫叶变成了红色，地上铺着厚厚的松针，秋蝉鸣叫，小鸟高歌。况宾心情舒畅，随口吟了两句杜诗："高鸟黄云暮，寒蝉碧树秋。"

"贤弟高才，令人羡慕！"王珹恭维道。

况宾有些纳闷，满腹经纶的王珹，不可能不知道这是杜工部的诗。此言何意？况宾正琢磨间，王珹作了诠释："此情此景，活用杜子美句，实在是高！作诗取境犹难，其境假象见意，情在言外，意冥句中。选古人诗句来表达今之象、意，比新作还难，非高才不能也！"

况宾向来好虚荣，有人夸奖本当要沾沾自喜一番，今日却乐不起来。昨天他听到一个令人沮丧的消息：今冬赵素娟即归门。自见到赵小姐后，她的影子老在脑海中浮现，挥之不去。今日他要当面询问王珹，到底有无此事。听了王珹的话，他故意把话扯到赵素娟身上："师兄学富五车，才高八斗，赵小姐貌若天仙，知书达礼。你俩是当今司马相如与卓文君，才真个令人羡慕！"

王珹听了摇头叹息，说他不是司马相如，也不要把赵小姐比卓文君，他没福气娶她为妻。指腹为婚的事当不得真，过去王、赵家境相当，而今王家家境贫寒，赵家地位尊显，门不当户不对。说到这里，王珹的语气变得沉重起来："为了让赵小姐幸福，王某已替她选好了一个人……"

况宾非常失望，拖着沉重的步子走出树林。王珹与他并肩前行，边走边问："贤弟不想打听那人是谁？"

况宾摇摇头:"打听又有何益?"

"莫非贤弟取自花丛懒回顾了?"

况宾一听,双眼立即放光:难道他选好的人是我?他急忙拉住王琏的手,高兴地说:"哪里,哪里!赵小姐是姑苏城中一枝花,可望不可即,岂敢伸手采摘?"

"有花堪折直须折,莫待无花空折枝!"

况宾想,爱情是自私的。王琏这么痛痛快快地把心爱的人拱手让给别人,可能吗?他会不会是看出我喜爱赵小姐,故意用话来套我的心呢?于是说:"小子不是左伯桃,然知朋友妻不可欺,安敢夺仁兄所爱?"

王琏真诚地:"王某家徒四壁,此种家境哪配谈爱?当务之急是谋份差事养活老母,尽点孝道。"

况宾听后心里踏实了。此话在理。"关关雎鸠,在河之洲,窈窕淑女,君子好逑。"如果饥不果腹,哪个君子有心情与淑女谈情说爱?况宾问道:"仁兄要谋何差,不妨说出来,看愚弟能否帮得上忙?"

王琏等的就是这句话。他不慌不忙地从怀里掏出个封套:"令尊况太守学生仰之如泰山北斗,企之如景星凤凰,思欲出公门下,今公广纳贤才,嘱有志者自荐。王某算不上贤才,厚着脸皮写了份自荐书,烦请贤弟将此书转交令尊大人。"

况宾接过封套,抽出自荐书,上面写着醒目的标题:《庠生王琏上太守求荐达书》。看毕,况宾把荐书放回封套内。王琏向况宾一揖:"拜托贤弟在令尊面前,替不才美言几句,帮忙之事来日厚报!"

况宾回到家中,即把王琏的自荐书交给了父亲,并把王琏作对句、医诗和舍己救人的事有声有色讲了一遍,况钟听后,对王琏的印象更完美了。

府儒学生员纷纷上交自荐书。况钟是个做事极其认真的人，将他们的花名一一列榜公示，广泛征求社会各界贤达的意见。王琏惶惶不可终日，生怕有人对他说三道四。

越怕事越出事，况钟收到一封匿名信，告王琏某年某月曾偷某某的书，违反学规替人写诉状，与人勾结包揽诉讼。况钟将此信转何横查处。

一波未平，一波又起。匿名信中的事尚未查清，又传王琏入室抢劫：阊门内五峰园弄沙奶奶家，三更时爬进两个强盗，强盗用被子捂住沙奶奶的头，金银首饰全被抢去。强盗作案后离开时在后院踢到一个铁皮桶。隔壁邻居听到一强盗低声责备："王琏，你是不是没长眼睛？"沙奶奶清醒后到县衙报案。吴县县衙来两个捕快把王琏锁走。

何横立即把这个消息禀告况钟，一再申述，凭对王琏的了解，他不可能犯这样的案子。杨粟听到风声也来找况钟问究竟是怎么一回事。况钟便带着杨粟、何横去吴县。

门子禀报知县郭南。郭南正在审王琏，听说三人来了，以为是来说情的。他心想，圣人言不为爱人枉其法，连况大人这样贤能的官都为所喜爱的人说情，谁还可以免俗？可见官场君子少小人多。他故意拖了许久，才姗姗来到客厅。况钟问王琏犯的什么罪，郭南节要禀陈了案情，说刚开始审，断结还需时日。杨粟怀疑有人诬陷王琏，说先是匿名信，后又是入室抢劫，当心浅薄之徒陷害。何横说王琏在儒学向来循规守法，绝不会干这种勾当。二人说完，况钟嘱咐郭南："案子既是才开始审，情实倘不明，我们就不打扰了。法施于人，虽小必慎，望郭大人依法办案，重证据，不冤枉一个好人，也不放走一个坏人！"言罢走了。

郭南继续审王琏，王琏一直叫冤枉，郭南命衙役抱来沙奶奶的衣服："这些衣服是在你家抄来的，已经沙奶奶确认是她的，你休想抵赖！"接着又将沙奶奶邻居写的证词拿出来，"这是沙奶奶邻居写的，你离开沙奶奶后院时，匆忙中踢到一铁皮桶，你的同伙还轻声骂了句：王琏，你是不是没长眼睛？"

尽管郭南摆出这么多证据，王琏始终不认罪，痛哭流涕，说是别人栽赃诬陷，并且头向墙上撞去。郭南动了恻隐之心，劝道："君子与小人仅一念之差，君子行小人之道者有之，小人行君子之道者亦有之。你在学林声望颇高，可称君子，因生计所迫，偶一行小人之道，是一念之差所致。你只要洗心革面，痛改前非，犹可以重新做人而行君子之道。"

王琏止住哭，望着郭南，脸带讥讽："听大人所言，似乎我是一念之差因贫致抢。大人入仕前在街上拾破烂，你会因一念之差而'偶一行小人之道'吗？"

王琏的话深深刺痛了郭南的自尊心。他出身贫寒，求学之时在街上拾破烂贴补家用。到吴县县衙任职后，薛孟真老是以拾破烂为题揶揄他，弄得他很没面子。当了知县后，他最忌人家提拾破烂的事。王琏揭他的痛处，令他的怜悯之心顿时消失。他觉得王琏是条冻僵的蛇，他不能做那愚蠢的农夫。他想：王琏凭什么如此有恃无恐？不就是救过况宾，况大人感激他，有个当同知的娘舅和有个当通判的泰山吗？情绪一激动，况钟的嘱咐丢到九霄云外了，他手往公案上一拍："夹棍伺候！"

6

王琏的案子牵动着许多人的心，除杨粟、何横，况宾也是其中一个。他是个讲义气的人，在家里讲起王琏老流泪。舒夫人心善，见儿子这般着急,便天天为王琏念经消灾,求菩萨保佑他早日平安归来。

一天下午,舒夫人照例走进禅堂为王琏祈祷。这是个小房间,墙上挂着幅观音图,观音慈眉善目地立在莲台上,一手端着杨柳净瓶,一手在弹指,把甘露洒下人间。画两旁是况寰用漂亮的行书写的楹联:

杨柳枝头甘露洒

莲花座上慧风生

观音图下摆着张条桌,桌上放一蓝花白瓷香炉,炉中香烟缭绕。舒夫人在条桌前坐下,打开《太上感应篇》念道:

太上曰:祸福无门,唯人自召。善恶之报,如影随形。是以天地有司过之神,依人所犯轻重,以夺人算。算减则贫耗,多逢忧患。人皆恶之,刑祸随之。吉庆避之,恶星灾之,算尽则死。……故吉人语善、视善、行善,一日有三善,三年天必降之福;凶人语恶、视恶、行恶,一日有三恶,三年天必降之祸。胡不勉而行之?

夫人念经文后就为王琏祈祷。正祈祷时,洪叔禀报赵封氏来了。舒夫人曾向赵封氏表白过不宜过从甚密的意思,可赵封氏依然故我。夫人是个心软的人,不好意思丢她的面子,于是赵封氏还是况府的常客。

夫人来到花厅,赵封氏手中提着篮鸡蛋。夫人接过竹篮:"妹子,你这是存心叫老爷唠叨我不是?"

"宾儿掉入湖中,瘦了,妹子芹意给外甥补补身子,老爷唠叨个啥?"赵封氏振振有词地说,说完望望外面,生怕况钟回来,匆匆走了。走时她再三叮嘱要况宾晚饭后去赵府,说娟儿想念他。

况宾下学归来用过晚饭,母亲支应他去赵府回礼。况宾听了不知有多高兴。他想去见赵素娟,可功课忙一直没机会。

赵府在张果老巷。况宾走进窄小的老巷深处,找到赵宅。门楼门没关，门楼内是个不小的院子，植着松、竹、梅，中心构一小亭，圆顶，盖着草，四根方柱支着顶盖，亭檐钉着块木牌，上书"廉石亭"。亭内放着块长条形表面平滑，约七八百斤重的石头，石上凿有"廉石"二字。

内宅是一幢板壁房，中间厅堂，两旁厢房。房檐已虫蛀，檐皮呈灰白色，房顶盖着草。走进厅堂，只见正中墙上贴着副褪了色的对联：

俭可助廉勤可补拙

恭以持己恕以待人

厅内鸦雀无声。赵忱晚饭后会朋友去了，母女俩各在自己房中。赵府有家规，为节省灯油，不到申末酉初厅中不准掌灯。况宾高声叫"姨妈"。赵封氏从厢房出来，见了况宾脸上堆满笑，高兴得"宾儿宾儿"直叫，忙唤女儿出来。

赵素娟急忙来到厅中。游湖时她对况宾有好感，他不仅人帅，还颇有才气，佩服有加，但仅此而已。王琏将她转让给况宾的事她全然不知。见了况宾，大大方方地说："况公子，你的贵足终于踏贱地了？"说毕拉着况宾的手到廉石亭坐下。况宾自王琏道明之后，几乎每天梦中都与她在一起。昨天晚上还梦着与她拜堂、圆房，醒来裤裆里黏糊糊的。乍一见面，想起那个事，他有些不自然，目光躲躲闪闪。幸好天已发麻，赵小姐没有发觉。

为掩饰自己的窘态，况宾打破沉默，手指廉石问道："这亭内空间狭小，为何放块如此大的石头？"

赵素娟用故事作回答：三国时吴县有位陆绩，任广西郁林郡太守时，访贫问苦，废除弊政，轻徭薄税，使百姓过上好日子。太守之职任满回苏州时，船上一箱衣物，一箱书籍，别无余物。行船风浪大，没有金银财宝镇船，便搬了一块大石头到船上，后人称那块石头为廉石。

"此石就是彼石？"况宾指着廉石问。

赵小姐摸着石头说:"是的,爹花了不少心思才找到,把它当宝贝!"

况宾点点头:"赵叔如此钟情这块廉石,足见他是蠲浊流清废贪倡廉之人。我原先以为当今只有爹清得窝囊,看来赵叔也是那号人!"

二人正聊着,赵封氏端着盘苹果进廉石亭:"宾儿,姨妈没什么招待你,正好王琏他娘今日送了一篮苹果来。"

王琏入狱后,况宾到吴县探监多次,因为案子一直未搞清楚,禁卒后来不让他进去。听说王琏母亲来了,忙问王琏近况如何。

"断了一条腿。"赵封氏叹了口气,摇了摇头。况宾听了怒从胆边生。爹叮嘱过郭南要依法办案,重证据的,他怎么能用刑逼供呢?况宾是个感情容易冲动的人,当即就拔腿往外跑:"我找郭知县去!"

赵封氏追出去拉住况宾的手:"小祖宗,这黑灯瞎火的,去不得!要去也明天去!"

况宾是个性子犟的人,想了要做的事,八头牛也拉不回他的心。赵封氏没法,只得要女儿同去,路上有个照应。

月色正好,况宾与赵小姐行至养育巷,只见巷中非常热闹,各店铺门前点着灯笼。算命的、卖狗皮膏药的、卖艺的、乞讨的大有人在。在一个空阔地方,有个癞痢头正在耍猴,周围里三层外三层地站着不少看客。赵小姐钻了进去。况宾本没兴趣,见赵小姐要看,只得跟着。那猴被链子拴着,瘦骨嶙峋,眼睛贼溜溜地转着,头上戴着顶红帽子,翻了几个筋斗,摘下帽子举到看客面前,要看客把铜钱丢进帽子,看客若不给,它的爪子就伸进你怀中,引得看客哈哈直笑。正看猴子表演间,一个三十多岁的老鼠脸男人,罪恶的手伸进了一个珠光宝气的胖女人手提袋。赵小姐高声叫道:"胖姨,当心口袋!"

老鼠脸抓了把碎银跑了。况宾向小偷追了过去。观猴的人纷纷加入抓贼的队伍。小偷慌不择路,跑进一条死巷,被况宾他们执住。有人认识这个小偷,他叫娄阿鼠,住悬桥巷尤记肉铺旁,好吃懒做又喜欢赌,向以扒窃为生。

况宾和赵小姐把娄阿鼠押往吴县县衙,他俩去见郭南正好有了份见面礼。

郭南连夜审娄阿鼠。娄阿鼠供认沙奶奶家劫案是他和范烨所为。范烨三岁死娘,四岁丧父,是吃百家饭长大的,命和黄连一般苦,帮里给他取了个绰号叫黄连。卖沙奶奶衣服怕引起衙门注意,娄阿鼠便将衣服丢进王家后院,王母曾替娄阿鼠缝补过衣服,算是对她的报答。什么办法都用了,王琏就是不招,郭南骑虎难下,干着急。没想到况公子送来的这个小偷还是沙奶奶劫案的案犯。山穷水尽的案子柳暗花明了,郭南非常感激况宾。

翌日,郭南把娄阿鼠供述的情实向况钟禀报。况钟问:"范烨归案否?"

"尚未,范烨分赃后流浪到应天府去了。"郭南回答道。

两天后,况钟收到吏部公函,催尽快将举荐人选报送京师。况钟召集杨粟、赵忱、何横等有关人员商议报送人选。

经过公示,陶继、谭嗣宗等社会反响好,与会人员一致同意报送,唯王琏争执较大。杨粟、赵忱、何横等人主张同一批报送。况钟不同意:"范烨尚未归案,匿名信未查实,还是下批再说吧!"

杨粟说:"临事之选,在选人才。抢劫案既是搞清楚了,证明王琏品行无大碍,没有必要在匿名信上纠缠了!"

何横接着说:"我是王琏的师长,熟知他的人品。匿名信中提到的事,多半是不实之词。凡有才之士必遭险薄之辈假以他事中伤。若是言之有据,写信人为何不敢实名?周公曰:无求备于一人,既其新,不究其旧则可矣。"

其他人听了，纷纷点头。赵忧也表了态："何教授言之有理，言之有理！"

意见几乎一边倒。况钟是个爱才之人，听大家说得有理，就未再坚持了，当天写了《保荐儒生奏》，用六百里加急寄送京师。

况钟保荐的儒生，吏部全部录用。其中，王琏留吏部任职，陶继与谭嗣宗外放浙江。

第十二章

杜│家│婚│事

　　宣德五年在雪花飘飞中过去。除夕那天,雪先是二片三片,临断夜时变成万花狂舞,地上很快一片白。独在异乡为异客,每逢佳节倍思亲,况钟思念千里之外的故乡。年夜饭他亲自定菜谱,按故乡习俗搞四盘二碗,四盘是和菜(主料为粉丝煮黄豆芽,佐以黑木耳、黄花、瘦肉丝)、红烧猪肉、闽笋、海带,二碗是豆腐汤、蛋汤。况府平时节省,菜很少带荤,孩子们巴望过年能吃上苏州名菜清蒸阳澄湖大闸蟹、松鼠鳜鱼等,没想到过年吃这样的菜,年纪小的不由得撅起了嘴。况钟意味深长地说:"我们乡下人一辈又一辈都是吃这些菜过年的。今日吃这些菜,为父是要你们永远记住:无论自己今后如何发达,都不能忘记故乡,不能忘了劳苦大众。"听他说得在理,一家子都高兴地吃了起来,其乐融融。

　　正朔,况府花厅挂起祖宗画像,点上红烛,摆上供品,一家人拜影之后,况寰跟着父亲去给长辈拜年。

走了一两天,况寰便待在家中了。况寰平时抄抄写写的,不知不觉又一天,歇衙在家,觉得日子特别难熬。闲着没事,他先是临帖。况寰练的是行书,行书既没有像楷书那样规矩繁难,也没有草书那样狂放难认,具有"不拘不放,易认好写"的优点,笔札简牍便于使用。临了几张,他心里很乱,静不下来,到书摊去买了本《平妖传》,没看几页,心猿意马的,放下书去看戏。台上演的是昆剧《红佛记》,坐不到一盏茶久,他又浑身发热,屁股下像针扎一般……为何会这样? 他说不清。

他离开戏园,在街上信步走着,不知不觉间到了三元坊的沧浪亭下。此时,他弄清楚了自己烦躁不安的原因是犯了相思病:思念杜秀蓉。在曲阜一见到杜秀蓉,他的眼前忽然一亮:天啊,多可意的姑娘! 眸子水汪汪的,目光中透出聪慧和纯真;脸蛋如盛开的桃花,漂亮但不艳丽,不是招蜂惹蝶的那种;嘴唇薄薄的,唱曲不但吐字清楚,而且那么悦耳,简直是天籁之音! 看一眼她就喜欢上了。他愿意为她付出一切,哪怕是生命。他在胖公子边解救了她,当她坚持要替他揩鼻血时,他发现了她的善良、纯真等内心的美。他对她的感情升华了,隐隐觉得她就是自己在苦苦寻找的另一半。一时周身热血沸腾,心怦怦狂跳,脸红,脖子红,连周身的皮肤都红了。到苏州后,他几次想找机会去昆山找她,可衙门事务丛集,一直未能如愿,真个是:自别后遥山影影,更是堪远水粼粼,见杨柳飞绵滚滚,对桃花醉脸醺醺。

沧浪亭在山巅之上,是宋代诗人苏舜钦建的,取"沧浪之水清兮可以濯我缨,沧浪之水浊兮可以濯我足"之意而名。况寰爬上山巅,来到亭内。依栏放眼望去,坎坷不平的地面已被雪填平,到处是白茫茫的一片。亭下的万竿修竹,都变成银条,弯着腰垂向地面。池塘冻得镜面似的,风如刀子一般扎人,雪尘被风吹得往空中旋转,像烟雾一般。空气寒冷,他的脚有些僵木,鼻子痒痒的流清水,双颊似针在刺。他受到严寒的刺激,一锅粥似的脑子清醒了许多,回忆起了他与杜秀蓉在这亭中相聚的事。孔圣人生日那天,他下衙回到家中,杜秀蓉正好从石湖回来了。两人相见,眸子都发出异样的光。相爱之人,一日不见如隔三秋,今两个月未见面,二人都好像有隔世之感。晚饭后,二人来到这里,彼此怔怔地望着对方,面颊红红的,都没有说话,只是听着对方的心跳。况寰在路上本已想好了,到了沧浪亭一定向秀蓉表白自己的心迹,可到了要说的时候,心中想好的千言万语,不知从何说起,竟一句话也说不出来。次日秀蓉走了,他后悔得几宿睡不着觉,一再责怪自己的嘴为什么会这样笨。

回家后,况寰向父母提出要去趟陆杨给杜老伯拜年。父母了解他的心结,自然支持他去。

过罢初六,况寰带着礼物飞马向陆杨奔去。天放晴了,天空是蔚蓝的,官道两旁堆的积雪开始融化,表面融成一道道小沟。

来到杜家门前官道,只见院子里桃树下搭了一个棚做饭,人进人出的,非常热闹。况寰从马背上跳下,牵着马走进院子,只见大门两旁贴着对联:

惟有薄奁贻爱女

愧无美酒宴嘉宾

横批是:之子于归。杜家大姐、二姐早已婚配,今日嫁的无疑是秀蓉了。况寰心里如猫抓一般,没料到事情会出现如此大的变故。

他硬着头皮走进大门。厅内几个客人围着火盆正在取暖。他拱了拱手:"给各位拜年了!"

有人进内室叫出杜福寿。杜福寿见是况寰,非常高兴。况寰将礼物交给杜福寿,并给杜福寿拜年。

杜秀蓉此时在厢房中坐着。正在盼况大哥来。游湖之后,杨俚回到家中说陆杨的杜秀蓉喜欢他,并声言这辈子非杜秀蓉不娶。杨父要杨旭去替弟弟说合这件事。杨旭请媒婆去提亲，杜秀蓉气得眼中冒火。媒婆说："杨公子说姑娘喜欢他。"杜秀蓉铁青着脸："恶鬼喜欢他！奴与他只不过在路上相遇一次，哪晓得是湿手捏干面馍，沾上甩不掉。不要脸的东西，我才不嫁这呆头鹅！"媒婆说不成，只得走了。媒婆未说成，杨旭只得亲自出面找杜福寿，软硬兼施：女儿嫁杨府，杜家欠下的粮税和漕粮运资可一概抹去，若不同意，全里欠的税粮，今年要交清一半。杜福寿是个亏己莫损众的硬汉，生怕女儿的事连累乡亲，只得答应了这门亲事。年下，媒婆告知杨府已定了周堂，择定正月初七迎娶，杨父病重，要娶儿媳冲喜。杜福寿说日子太急了，筹备不过来。媒婆说杨府答应喜筵用的酒菜粮一并送来。杜家没话推了。今日早上，喜娘给杜秀蓉开面，将新郎的头发编入她的发结中，杜秀蓉急得想哭，恨不能有孙猴子的定身法，翻个筋斗出去，把况大哥找来。她相信况大哥会解救她。沐浴更衣之后，她一直在房里坐着。她有一种预感，她的况大哥在关键时刻会出现。等呀，等呀，时间是那么难熬。这个冤家为啥还不来？她开始数数，自信数到一千时，况大哥会进房。可是连数十个一千，都还未见况大哥的身影。

"秀蓉，况公子来了！"杜秀蓉正着急之时，猛听到父亲一声叫。

杜秀蓉一个激灵，连忙跑了出去。况寰望着秀蓉百感交集，冷冷地说了句："恭喜你！"

杜秀蓉一愣，然后委屈地哭了起来，她知道，况大哥是误会了，以为她出嫁是心甘情愿的。她得把杨府逼婚的事和盘托出来。于是，她在况寰面前跪下："况大哥，救救奴，奴不愿嫁呆头鹅！"

况寰慌忙扶起了杜秀蓉。杜福寿见女儿豁出来了，只好把况寰拉进房，父女俩将杨府逼婚的事原原本本说了。

况寰听罢才知道错怪了秀蓉。他连忙说："秀蓉姑娘既是不愿，就顺其自然吧。家父说了，他今年要向朝廷上疏，请求核减赋税。今后杨旭威逼不了。杜福寿为难地摇摇头，朝廷能减免自然好，杨旭不能用粮讹诈，可傍晚就来迎娶，远水解不了近渴，要悔也来不及了！

况寰双眉紧锁，是呀，这是火烧眉毛的事，得想个应变的万全之策，他苦苦思考着。想了一会儿，突然，他眸子里亮光一闪，对杜家父女说：喜事照办，花轿照发。

杜秀蓉一脸失望。她向来觉得况大哥足智多谋，敢作敢为，没想到关键时刻要依靠他时，却是一脑子糨糊。她哭着说："发了花轿，奴家不就成了杨家的人吗？"

"不用担心，花轿抬不进杨家的。"况寰神秘地说。

"半路劫轿？"杜福寿问。

况寰摇摇手，向杜家父女耳语。父女听着，紧锁的眉头渐渐松弛，慢慢脸上泛起了久违的笑容。

吴中风俗午后迎亲。午后，官道上传来唢呐声。杨府迎亲来了，彩旗、灯笼在前，杨俚肩披红绸在中，由彩绸、竹梢和绫旗装饰的花轿紧随新郎，其后是吹鼓手。

杜家一听到唢呐声，依吴门风俗，连忙关闭大门。迎亲的人来到紧闭的大门前。吹鼓手使劲吹打，媒婆取出个红包递给杜家。

大门开，花轿抬进厅堂，迎亲者把带来的一盘涂有一片红的米糕和一对连爪猪腿，摆到杜家祖宗牌位前，等待新娘子上轿。

等了许久，杜家还丝毫没有让新娘上轿的意思。杨俚要媒婆去催。每次催问，杜福寿都回答等等。

将近酉时正牌，仍未发轿。杨俚着急地对杜福寿说："岳父大人，时间不早了!"

"再晚也得等!"

"为啥不早点发?"

"秀蓉正拉稀。"

杨俚急着往厢房钻,周孝儒双手把着门:"不曾拜堂,不为尔妇,请自重!"

媒婆来到门边:"老身看看,要不要紧。"

周孝儒脸一板:"表妹有恙在身,多有不便,非郎中不得入内探视!"

新郎急得团团转,搓着手,这可怎么办,总不能等到半夜拜堂吧?杜福寿解释说:"你迎亲的急,我嫁女的更急,可有什么办法,总不能让我女儿在花轿上拉一裤子吧。"

媒婆想了想,献上一计:轿内放个脸盆,急了往盆内厕。杜福寿眼睛一翻,说不行,在轿内拉,臭熏熏的,带一身臭气去拜堂,我家秀蓉丢不起那面子。

杨俚想了想,说急了就停轿,下轿去解,天已经黑了,反正看不见。

杜福寿听了没作声。媒婆说:"杜大哥,要不就这样,烦你去问问新娘。"

杜福寿点头走了,良久始出。杨俚和媒婆紧张地望着他,不知带来的是什么消息。

"秀蓉总算答应了,不过有两个条件……"杜福寿对扬俚说:"你答应就立即上轿。"

"答应答应,只要能上轿,别说两个,就是两百也成!"杨俚忙不迭地说。

杜福寿把女儿提的两个条件转告杨俚:一、内急时,秀蓉会拍轿杠,一拍轿杠,花轿必须立即停下。二、秀蓉害羞,下轿解手不准任何人跟着。

杨俚满口答应。媒婆将杨俚拉在一边，小声嘀咕道："杨公子，您想到了没有，下轿解手不准人跟，她逃走了呢？"

"你真是庸人自扰！"杨俚哈哈笑着："她逃到哪里去？这四处都是我家的庄子！再说，她爹攥在我哥手心里，怕个鸟？"他回到杜福寿跟前："岳父大人，发轿吧！"

"好，发轿！"杜福寿向厢房走去。

鼓乐起。执事的在祖宗牌位前点上红烛，等候新娘上轿。

鞭炮声中，新娘戴着凤冠，用红头巾蒙着脸，上身披着霞披，下身着拖脚长裙，由周孝儒背着上花轿。吴地风俗，新娘由兄长抱上轿，杜秀蓉无兄长，便改由表兄代劳。周孝儒是个手无缚鸡之力的秀才，抱不起，只得改为背。

鼓乐声声，鞭炮齐鸣，花轿出了杜家小院，走向官道。

花轿抬到岔路口，传来哗哗的流水声。一箭之地外是那条流过村中的小河，它日夜不停地哗哗流着。

月亮已经上来，阴沉着发红的脸，像是害了病似的，星星也昏蒙蒙的。夜色有些发黑，远处一片朦朦胧胧。

轿杠响了两声。轿夫没有理会，继续前行。"梆梆梆……"轿杠接连不断地响着。

杨俚听到轿杠的拍击声，忙命轿夫停轿。轿夫轻轻放下花轿。媒婆掀开轿帘，新娘从轿内钻出头，向小河那边望了望。媒婆伸手去扶，新娘摇了摇手。

新娘出轿，弓着身子，急匆匆踏上田间小道，向小河那边跑去。

杨俚望着新娘："娘子，不用跑远了！"

杜秀蓉没有回话，依旧不停地跑着。

新娘来到河边柳树下。柳树还没有发芽，树干黑黝黝地耸立夜空中，光光的枝条在寒风中摆动。新娘向对岸击掌三声："拍，拍，拍！"

"拍，拍，拍！"对面回应三声。

新娘警惕地朝花轿那边望了望，见无人追来，飞快地脱去凤冠霞帔。朦胧的月色下，新娘露出了本相，原来他是况寰。

况寰把凤冠霞帔挂在柳树上，裹好上衣，脱去裤子，走进冰骨的河水中，淌水向对岸走去。

3

况寰踏着黑幽幽的水草过了河，爬上岸，冷得身子打抖，大地冻死了一样，都僵硬了，空气似乎冻结流不动了。他连忙穿好裤子，朝黑暗中拍了下巴掌。巴掌响过不久，杜秀蓉一副男装，牵马走了过来。她是多用船渡过河的。见了况寰，她关切地问："况大哥，冻坏了吧？"连忙将况寰的棉衣裤递上。况寰穿上棉衣裤后，跺了跺脚，踢了踢腿。杜秀蓉以为他冷，脱去自己的外衣给况寰披上："再加一件，也许暖和些。"

况寰复又将外衣披到杜秀蓉身上："我不冷，心里正热乎着。"

况寰拉过缰绳，翻身上马，然后把杜秀蓉拉上马。马欺生，跳了起来，后腿人立，想把女客人抛下来。况寰要她紧抱他的腰，接着紧扣缰绳，抽了马一鞭，马后腿落地，得得跑了起来。

他俩避开昆山县城，择道阳澄湖向枫桥疾驰。寒风刺骨，天空的星星冻僵了似的一动不动，杜秀蓉脸贴在况寰背上，虽然耳朵冻得发痒，心里却格外温暖。

跑出陆杨，紧张的心情松弛下来了，二人打开了话盒子。

"秀蓉姑娘……"

"姑娘姑娘的,不爱听！"

"秀蓉。"

"嗯。"杜秀蓉撒娇地,"寰哥！"

"你在表哥周秀才家打算住多久？"

获得了自由的杜秀蓉巴望况寰早点提亲,话中有话地:"没人提亲,就一直住下去。"

"提亲？好啊！哥给你提一个,怎么样？"况寰回头诡异地一笑。

杜秀蓉一怔:"啥人？"

"大观。"

杜秀蓉不知道"大观"是况寰的字,气得拼命地槌着况寰的背:"勿要勿要！多大的官我都勿嫁！"

"不嫁别后悔喽。"况寰故意逗她,"那人与我长得一模一样,在苏州府衙门当差。"

"你那么喜欢你嫁他！"杜秀蓉抽泣起来。

况寰心疼了,掏出手帕塞给杜秀蓉:"别哭别哭,不嫁就算了,不过也总得说说原因吧！"

"我心中有了个人……"杜秀蓉羞涩地说。

"那人是谁？"

杜秀蓉用手指戳了下况寰后脑勺:"不告诉你这个没良心的！"

"你不说我也知道。"

"你既晓得,说说他啥人？"

"大观。"

"勿是勿是,我说了勿嫁大官！"

"我说的大观不是官……"

"啥人？"

况寰吃吃地笑着："苏州府的况书吏。"

杜秀蓉明白了，槌着他的背说："你坏！"

况寰周身的血在奔涌，勒紧缰绳回过头，星光下的秀蓉亦幻亦真，比白天更显得楚楚动人。他跳下马，抱下秀蓉，一把将她搂在怀里，拼命地狂吻起来。

4

不见新娘回来，媒婆前去探望，到河边连唤几声无回应，便急忙回来禀告。杨俚大惊失色，命迎亲的人到河边找新娘。

大家来到河边，挂在柳枝上的凤冠霞帔映入眼帘。媒婆取下凤冠霞帔，抱怨新郎大意，让煮熟的鸭子飞了。杨俚没好气地说："抱怨个屁，老东西你既神机妙算，做啥不早说？"

众人劝了许久，二人才停止争吵。找了一会儿，有人禀报：一处水草有踩动痕迹，新娘像跑到对岸去了。杨俚要大家上岸找去。找过之后，一个个回来告知不见新娘踪影。

杨俚像只困兽，抓住媒婆的手："老东西，新娘跑了，这事你怎么了结？"

媒婆手一甩："怎么了结？ 丢了新娘向老丈人要去！"她怀疑是杜福寿做了手脚，把人分成三拨，一拨堵住杜家后门，一拨堵前门，一拨进宅搜人。

进宅之后，杨俚带着人楼上楼下搜了个遍。杜福寿质问媒婆：这搜贼赃一样，到底是引发了哪河水？媒婆将凤冠霞帔往地上一丢："福寿哥，你是当里长的人，嫁出去的女半路教她在河边逃了，这事很不地道！"

"怎么会有这样的事！"杜福寿大惊,夺过一只灯笼,急急朝河边跑去。

杜福寿在一处洄水湾中拾到一只绣花鞋。他哭了起来:"我苦命的蓉儿,你怎么会掉到河里去了呢？"

媒婆拿过鞋仔细辨认,认出确实是新娘的鞋,告诉杨俚:新娘可能落水了。

杜福寿要杨俚火速找人,说生要见人,死要见尸。杨俚满肚子怨气无处出,把绣花鞋往水中一丢,觉得自己亏大了。活生生一朵鲜花,别说采,连摸也没摸就枯萎了。他气呼呼地说:"你女儿上了花轿,没拜堂没圆房就成了水浸鬼,不是杨府人,关我屁事？ 要找你自己找去！"他衣袖一甩,带着迎亲的人扬长而去。

5

却说杜秀蓉在周孝儒家住下后,秀才怕杨府来找,把她藏到苏金娣家。煨灶猫想占苏金娣的便宜,一天晚上欲去敲她的窗子,发现房内藏着位年青美貌的女子,娶亲那天,他在杨府作客,知道新娘未抬进府,怀疑此姑娘是落水的杜秀蓉,把消息转告了杨府。杨俚带着四五个家丁追到枫桥。秀蓉正躲在房中做鞋。杨俚一来到苏宅就要苏金娣交人。

苏金娣故意说:"秀才他表妹不是淹死了吗？ 你找错人了吧！"

"没错！"杨俚阴笑着,"煨灶猫说她在你家都半个月了！"

苏金娣见瞒不住了,只得实说:"小子你听着,她是住在我家,可今日走了。她水淹得半死,被人救起。听杜老伯说,八字已经退了,礼金已经退了,你家花费的钱都已经赔了,她与你无任何瓜葛了,你凭啥还来找她？"

杨俚仗着人多,横蛮地说:"少啰唆！ 到底交不交人？ 交人就痛快一点,叫她跟我走。不交人,我就把你茅棚拆了!"

苏金娣手指着杨俚喝道:"小子,你敢拆这屋,姑奶奶就敢拆你的骨头!信不信?"她拿起把菜刀,搬来把椅子放在大门边坐下:"秀蓉落水你不救人,还口口声声说她不是你家人,不关你屁事。她死里逃生,你又来要人。陆杨丢的,跑到枫桥来讹诈,你当枫桥人老实好欺侮是不是?你婆亲逼得新娘投水,杜家没到苏州府告你,你还敢狗胆包天来抢人。姑奶奶看你是癞痢头撑伞,无法无天了。姑奶奶到况大人那里告你去!"

杨俚理屈词穷,完全被苏金娣镇住了。听到她要到况钟那里去告自己,知道打官司自己没好果子吃,只得带着家丁灰溜溜走了。

自此之后,杨家没有再来纠缠,自知理亏奈何不得,只是火烧乌龟肚里痛。

不久,况寰托周孝儒做媒,正式向杜家提亲。

第十三章
悬│桥│巷│内

正月二十二日衙门开印那天,况钟草草扒了几口饭,就急着上衙门去。过年歇衙这样久,有许多公事要急着处理。忙完衙中事,他还想去乡下走走,看看农户复业得怎么样。去年他已贴了榜示,号召外逃人员回乡复业,指出如有窝藏逃户的,粮老、亲邻可指示姓名、居址告官,粮、里复逼往逃者,从重治罪,陷害复业人员,致其难安业,被害人可向官府陈告。榜示对还乡农民开荒种植,将八分之六收入给予奖励。严冬已去,万物复苏。雷惊天地龙蛇蛰,雨足郊原草木柔。农事越来越紧,这正二月间农夫没回,将会误了农时。如复业不佳,还得从速花大力气抓。

走出门厅,顿觉寒气袭人,鼻孔呼出的气瞬间成雾状,他打了个抖。望望天上,虽有阳光,空中却不明朗,好像大风之后一片混沌那样,有些灰蒙蒙的,日光像清冷的月光,没有温度。空气干冷干冷的,屋檐下挂着齿状的冰凌,蹬道上抹了层冰,滑溜滑溜的。院子里的黑松和毛竹,从根到梢一层冰。

况钟打开门楼门,一个戴着破毡帽,穿破棉衣的六旬老人,"咚"的一声跪在他跟前,口称有冤,嘴里冒出一团烟。况钟扶起老汉,望着他沟壑纵横的脸似乎在哪里见过。老汉双手冻得开裂,放在嘴边呵着气取暖,说自己姓熊,薛家屯的,还请老爷测过字哩。况钟回忆着,记起老人是熊老汉,这一身穿戴,认不出了。

况钟带老人进签押房,替他泡上一杯热茶,让老人坐到火盆边,问什么事。老人说上次你测字我儿有惊无险,可至今一个都没回来,皇上一旦勾决下来,就要掉脑壳。况钟要他把诉状拿来,老人说没有。

况钟告诉老人,今日开印,歇衙这样久事情很多,无暇陪他,要他回去请人写好诉状,过几天再来一趟。

三天后,熊老汉怀揣诉状来到衙门找况钟,门子说况大人带着衙门的人下乡了解农户复业去了。连来几天都没找着况钟,熊老汉很是着急。门子是个有同情心的人,给老汉出了个主意,说况大人早出晚归,每次回来都要先到退思斋待一会儿才回家,你晚上在退思斋门口等,保准能见到他。

晚上况钟回来已是繁星满天。走上楼梯,星光下他见熊老汉瑟缩着身子坐在退思斋门前。况钟带着老汉回府,热酒热饭吃过之后,问令郎到底蒙了什么冤。熊老汉抹了抹嘴,掏出了诉状……

2

宣德四年常熟茧贱,蚕茧上市后,吴县薛家屯的熊老汉给年方二十的大儿子友兰十五贯黄钱,叫他去常熟贩茧。友兰忠厚老实,从不违父命,接过钱之后,天刚蒙蒙亮就动了身。

熊友兰来到一个岔路口，遇到问路的苏戌娟。这苏戌娟年方十八，一双大眼，两弯俏眉，一笑脸上就露出两个浅浅的酒窝。熊友兰听说去常熟县城，见又是个标致姑娘，便说自己正是去那里，于是带她一同走，不曾想到会带来牢狱之灾。

二人正行间，苏戌娟的继母杜二娘和邻居娄阿鼠等人追了来，夺过熊友兰肩上的钱数了数，不由分说便把熊、苏二人绑了，请人写了诉状送进吴县县衙。

知县孙福升堂。杜二娘向知县递上诉状。孙福放下诉状，问杜二娘凭什么告熊友兰和苏戌娟谋害她丈夫尤二。杜二娘跪下禀道，她家在悬桥巷开尤记肉铺，因为发猪瘟，歇业多时，靠借贷度日。老父寿诞，她在阊门内五峰园弄妹子家借铜钱十五贯，让丈夫尤二背回家中买寿礼，约定今日早饭后来给老爹祝寿。今日左等右等不见丈夫来，她赶回家中一看，尤二被人砍死在房中，十五贯不见，继女苏戌娟失踪。苏戌娟之母先于她嫁给了尤二，苏戌娟是在尤家长大的。今继女不见，怀疑尤二是继女所害。她知道继女有个伯父在常熟县城，带着街坊一路追去，在路上把苏戌娟和她的奸夫熊友兰抓了个正着。

孙福问可有人证，杜二娘指着娄阿鼠。

孙福问娄阿鼠：“证人，你姓甚名谁，家住哪里。熊友兰和苏戌娟谋害尤二，夺走十五贯，你可知晓？”

娄阿鼠跪下：“老爷，小的叫娄阿鼠，是尤二隔壁街坊。今日早饭后，听到杜二娘啼哭便赶了过去，只见尤二惨死在地。”

孙福望着娄阿鼠：“就这样？”

“就这样。”娄阿鼠点点头。

“你这作的啥证？”孙福惊堂木一拍，“拉下去打他十大板，看他今后还敢不敢糊弄本官！”

娄阿鼠眨了眨眼睛，连忙说："老爷，别别别，小的还有，昨天晚上我与朋友斗了几把牌，天蒙蒙亮时才回来，在巷头碰见苏戌娟仓皇出逃。路过尤二肉铺时，大门虚掩，我以为尤二起来了，就回家睡觉去了。"娄阿鼠煞有介事地，"后来被杜二娘的哭声叫醒，杜二娘要小人等去追苏戌娟，我在熊友兰肩上搜到赃钱十五贯。"

孙福听到这里，忙说："传赃物！"

杜二娘将十五贯交衙役传了上去。

看罢赃银，孙福对熊友兰、苏戌娟谋财害命已深信不疑。他觉得案情最简单不过：苏戌娟年方十八，姿色又佳，熊友兰年已二十，与她勾勾搭搭是情理中的事。尤二见继女有辱门风，必然会进行管教，苏、熊二人便心生怨恨。苏戌娟见继父背回十五贯钱，继母又人不在家，便约来熊友兰，杀了尤二，夺去十五贯私奔。

当下命杜二娘等下去，叫衙役提上苏戌娟来。

孙福问："苏戌娟，你何时与熊友兰开始通奸的？"

苏戌娟羞得满脸通红："冤枉啊！老爷，小女子是清白的，不曾做这有辱门风的事。"

孙福惊堂木一拍："你俩私下来往也就罢了，为何还要谋财害命？"

苏戌娟是个刚烈女子，见知县无凭无据咬定自己有奸情并且谋财害命，气愤地说："平白无故乱下断语，老爷您糊涂啊！"

孙福听苏戌娟如此说，气得热血往上涌。心想：你骂我糊涂，我就"糊涂"给你看。他将钱袋置公案上："这是物证！俗话说，贼要拿赃，奸要提双，今赃钱在此，你与奸夫又双双被捉，还有何话可说？你供也好，不供也好，由不得你了！"当下传过话去，要录供的刑名师爷依据诉状写好供词。供词写好，孙福要苏戌娟画供。苏戌娟拒绝画供。孙福命衙役强行捉着她的手画了，然后押了她下去。

接着又把熊友兰提上堂。有了苏戌娟的口供，一上堂孙福就直接要熊友兰画供。熊友兰不画，说："我是去常熟买茧，路上遇见苏戌娟的，与她素不相识，杀死尤二和夺走十五贯根本与我无关！"

"大胆顽徒！"孙福惊堂木一拍，"你与苏戌娟既素不相识，为何不与别人偏偏与她去常熟？你说杀死尤二和夺十五贯与你无关，为何你身上的钱与尤二丢失的会一文不差？快点画了吧，免得受皮肉之痛！"

熊友兰呼冤枉。孙福拿出师爷拟就的口供给熊友兰看："这是苏戌娟的口供，已画供，她都承认了，你要抵赖也抵赖不了！"

熊友兰还是不画。孙福要衙役拉下去，打他四十大板。熊友兰被打得昏死过去，用水灌醒又拉上堂来。

孙福问："熊友兰画供不画？不画再打四十大板！"

熊友兰已血肉模糊，疼痛难忍，再打四十大板，浑身会成肉浆，真是生不如死。他是个憨厚的人，想到苏戌娟已供，加上遇到这么个昏官，俗话说贼咬一口烂骨头，恶人诬告，有口难辩，不如画供求速死，于是点了点头。

熊友兰一画供，案子便算断结了。孙福命师爷办了呈文，将熊友兰和苏戌娟解到苏州府。

熊老汉听说大儿子蒙冤被判斩首，急病了。他跑去崇明，把在那里做工的小儿子友蕙叫了回来。

熊友蕙请人写了诉状来到苏州府击鼓。署理知府的杨粟升堂。看罢诉状，杨粟对熊友蕙说："熊友兰的案子事实清楚，证据确凿，自己已供认不讳，你还申啥冤？"说罢宣布退堂，拂袖而去。

熊友蕙非常气愤，当天晚上用石灰水在府衙大门上写了八个大字：

黑漆衙门草菅人命

杨粟看了勃然大怒，罚熊友蕙白银二百两，交不出银子，便把他关进大狱。

3

翌日,况钟去找赋闲在家的孙福,了解熊友兰、苏戌娟案初审情状。孙福回忆一番之后,承认有草率之处,但对强迫二人画供予以否定。

回到衙门,况钟又找到杨粟,将熊老汉的诉状给他看了。杨粟看后说,"哪个罪犯的家属不鸣冤叫屈? 就是铁案都想翻过来。"

"不能一概而论,这个案子孙福也承认有草率之处。"况钟说。

杨粟听了成均的挑唆,对况钟一直心怀不满。见况钟受理苏、熊案子的申诉,认为是用旧案来找他的茬,鸡蛋里面挑骨头,非常反感。

"卑职认为苏、熊案的二审事实清楚,证据确凿,量刑准确。现在是你当家,你不放心,你重审便是! "说毕,袖子一甩,走了出去。

况钟本想还要商量熊友蕙的事,见杨粟这个态度,只好作罢。

经过了解,熊友蕙确无其他过犯,况钟当机立断,立刻释放。熊友蕙感激地向况钟跪下,口里直呼青天。

送走熊友蕙,况钟来到死牢,命狱卒打开熊友兰的牢门。熊友兰瘦成皮包骨,坐在角落里捉虱子,目光呆滞,一脸绝望神色。况钟来到他面前,他连眼皮也没抬,麻木得像个木偶。

况钟对他说:"熊友兰,我是新来的知府,你有什么话要讲吗? "

熊友兰摇摇头。

"你的供词真实吗? "况钟又问。

熊友兰还是摇头。无论问什么,他都是摇头,似乎他与人交流的唯一方式就是摇头。

况钟问狱卒:"他为何会变成这样? "

狱卒告诉况钟，他原先会说"只求速死"，今年便不开口了。

况钟又来到女监。苏戌娟披头散发坐在地上，面对墙壁正喃喃自语，又是哭又是笑。

况钟问："苏戌娟，你在说什么？"

苏戌娟回头，虽是蓬头垢面，眸子里还闪着亮光。她望着况钟："你是啥人？"

"我是新来的知府，你有什么要对我讲吗？"

苏戌娟喜出望外向况钟跪下："老爷，奴家的冤屈三日六夜也讲不完啊……"接着便一五一十讲了起来。

听完苏戌娟的哭诉，况钟对案情有了进一步的了解。

走出死牢，况钟带上尤涛来到悬桥巷。小巷宽不过六尺，街道铺的是麻石。尤记肉铺的店门虚掩。推开门，只见店里摆着肉砧，砧上放着屠刀等，靠墙有个神龛，神龛上供着一尊木雕财神。

尤涛叫："店里有人吗？"

杜二娘扭着腰从里面出来。自尤二死后，很少有人进店，她以为来人是顶铺子的，客气地说："二位请进！"

二人进。况钟望着杜二娘："你叫杜二娘是不是？"

"老身正是。"

况钟自报家门，说是来复查尤二被杀案，要杜二娘带到现场观察。杜二娘带二人来到尤二被害的那间房。

房间不大，光线很暗，只开一个窗户，顶上楼板挂着一串串的蜘蛛网。房中一张雕花床，床前靠窗摆着张条桌。条桌上乱七八糟地堆放着一些小物件。地上满是灰尘和老鼠屎。

况钟问房间多久没打扫了，杜二娘说尤二死后，就没有进过此房，郭县丞，就是现在的郭知县，嘱咐要保护现场，说凶手没伏法前不要进这里。

况钟和尤涛认真勘查起来，在床下发现有零星的皮钱半贯之多。

查完之后，况钟问尤二背回家的是黄钱还是皮钱。杜二娘说分不清。况钟拿出一枚床下拾到的钱，问是不是这种，杜二娘拿过仔细看后点了点头。况钟心中有底了，床下的钱是凶手与尤二抢夺时掉落的。于是问有哪些人喜欢来借钱，杜二娘说自歇业之后，没有人来了。想起苏戍娟说的离开悬桥巷时碰着娄阿鼠，他见门虚掩，会不会进肉铺呢？

"娄阿鼠这人怎么样？"况钟问。

杜二娘说："光棍一个，好吃懒做，赌瘾又大，赌输了去借，借不到就骗，骗不到就偷。"

况钟觉得此人嫌疑最大，必须和他接触。走过隔壁去，铁将军把门。问娄阿鼠哪去了，杜二娘说："他偷了沙老太的东西，被衙门关了些日子，出来后整天都不着家，说不定又赌钱去了。"

况钟说："娄阿鼠回来后，烦你告诉他，尤二的案子证据不足，上宪退回重审，他是证人，衙门要找他问话，最近他不能出远门。"说完，就和尤涛走了。

回到衙门后，况钟命尤涛化装成乞丐回到悬桥巷观察娄阿鼠动静。当天晚上，尤涛回禀：傍晚时分娄阿鼠回来了。吃晚饭时，杜二娘过去传禀老爷的话，他吓得筷子惊落地上，头冒虚汗，惶恐不安。

况钟增派衙役，监视娄阿鼠。

次日上午，衙役回禀娄阿鼠往阊门外去了。况钟当即扮成算命先生，带着报信的衙役向阊门外追去。

赶了一程，见尤涛站在一间茶店旁边。尤涛见况钟来了，指着店中一个茶客说："那个尖嘴猴腮的便是娄阿鼠。"

况钟点点头，举着写有"算命测字"四字的布帘走进茶店，在娄阿鼠对面的位子坐下，要了一碗茶。呷了几口茶，况钟打量着娄阿鼠，说："客官印堂晦暗会有一劫！"

娄阿鼠一愣，望着况钟故意问："先生可是说我？"

况钟点点头，用心品茶。

娄阿鼠再也无心喝茶，问："有啥劫难，请先生明说。"

况钟笑了笑："客官不妨测个字，便可知晓。"

"不测不测！测字有屁用？不说就算了，我去寒山寺问神。"

况钟心里有了底，他是去寒山寺，喝完茶付了茶钱匆匆向枫桥走去。

来到寒山寺江村桥头，况钟坐下替游客算命。不一会儿娄阿鼠不紧不慢地来了。况钟向他打招呼："客官，老夫测字向来挺准，不准不收钱！"

娄阿鼠听说不准不收钱，动了心："那就测一个。"

"客官请报个字。"

娄阿鼠报了个"鼠"字。

况钟望着娄阿鼠："兄弟是问财运、婚姻还是学业、诉讼？"

娄阿鼠朝四周警惕地望了望，低声说："问官司。"

况钟用树枝在地上划了个鼠字，说："鼠字十四画，卦目成双，成双则吉，鼠善藏匿，合起来看，你的官司没问题，可以平安度过这一劫。"

娄阿鼠脸上的愁云不见了："如此就好，如此就好！"

况钟敲他一敲，话锋一转："不过，你不能大意……"

娄阿鼠一怔："啥？"

"依字理辨，官司是因偷了姓尤的人家的东西引起的，官府不会轻易放过。"况钟解释说。

娄阿鼠大惊！这老家伙真厉害，一切都说准了！他怀疑况钟是衙门的探子，不由得仔细端详起来。见他年上五旬，长须飘胸，一身打扮活脱脱一个算命的，怎么看也不像是衙门的人，娄阿鼠悬着的心才放了下来。

他佯装生气，手指况钟："嚼白蛆！怎么会说偷了姓尤的人家的东西？"

"客官息怒，鼠善于偷，老鼠最喜欢的东西是油，依鼠性析，只能如此解释。"

娄阿鼠琢磨况钟的话，觉得很有道理。这老掮辣的话要是被官府知道了，我就完了。此地不能久留，免得惹来麻烦。他拔腿欲走，况钟拉住他："你还没给钱哩。"

娄阿鼠眼睛一瞪："你不是说不准不要钱吗？"

况钟赔着笑脸："准不准你摸摸良心看。"

娄阿鼠从怀里摸出两枚钱丢给况钟，扬长而去。

次日早晨，悬桥巷响起了锣声，一个粗嗓门惊散了许多人的美梦："各位街坊，早饭后每户户主到尤记肉铺门前去，知府大人要面见各位！"

早饭后，况钟穿着官服戴着乌纱帽，带着衙役来到尤记肉铺前，众街坊随即拥来，街道挤得水泄不通。

况钟站在店门前："各位街坊，尤二的案子上宪退回来，说是证据不足，要苏州府重审。本府今天来，一是知会各位街坊，案子未结前，各位不能外出，本官取证随时要传唤。二是本官准备拜财神，神明隔张纸，凶手行凶，财神爷一定看得清楚。"

言毕，况钟进肉铺，亲自给财神点上香烛，然后跪下向财神祷告："财神爷在上，苏州知府况钟求您了！尤二案刑部催问甚急，本府接手此案苦无良策。神明无时不在，事发之时，您老人家看得清楚，求您托梦本官，指出真凶！"说毕再向财神拜了三拜。

况钟拜财神时，街坊们都争相进店观看。娄阿鼠抢先进去，占了个好位子，听着声音耳熟，仔细一辨认，顿时脸上改色，差点跌倒在地。他是测字先生！

娄阿鼠的表情，况钟从余光中全看到了。他没识破他，拜毕财神便带着衙役离开了悬桥巷。

娄阿鼠惶惶不可终日，三十六计走为上计，当即卷了东西就走，可街巷四周都有衙役把守，巷内人出不去。

翌日，有人敲门。娄阿鼠的心猛地提到嗓子眼上，以为捕快来了。打开店门一看，来人竟是拐脚郝梦财，不禁喜出望外。他和郝梦财是在高人府中认识的，趣味相投，两人结成生死之交。

娄阿鼠拉郝拐子到后院，将自己的遭遇对他谈了，请他禀告高人。郝梦财告诉他，他正是高人派来的，接着向他耳语一番，然后离开了悬桥巷。

当天晚上，衙役在尤二房内摆了四张板凳命娄阿鼠、苏戍娟、熊友兰和尤二的另一隔壁邻居分别坐下，说他们四位是嫌疑人。四人坐定，况钟进房说："财神爷昨天晚上已托梦本官，今晚他会到现场来指认凶手，认出之后会在凶手脸上做出记号。"

娄阿鼠眨了眨小眼睛问道："财神爷要是认错了人怎么办？他也有打盹的时候啊！"

"是啊，他不一定就看得那么清。"另一个邻居也有些不放心。

况钟望着娄阿鼠："为人不做亏心事，半夜不怕鬼敲门，坦白还来得及，本官量刑时可以从宽，一旦指认，必死无疑。"

娄阿鼠不为况钟话所动，故意对其余三人说："你们谁杀了尤二，快供了吧！为啥要别人受连累？"

况钟撤灯。房里立刻变成黑糊糊的，凭着窗户射进的些许星光，才勉强辨得清在场人的轮廓。

况钟大声对店堂中的衙役说:"给财神爷上香,催他快点来。"

"是!"

俄项,一线幽香飘进房内,冥冥中,身着锦袍的"财神"飘飘然进房。他先到苏戍娟跟前,双手托着她的脸,瞧了瞧,摇摇头走开了,然后他来到熊友兰跟前,看了看熊友兰的脸,走了。他再到尤二的另一邻居前,望了一眼就走开。最后来到娄阿鼠跟前,他看娄阿鼠的脸时,娄阿鼠扭动着不让他看。"财神"出其不意用笔在他脸上画了几下,无声地走了。

况钟命掌灯。尤涛点灯进房,娄阿鼠正用袖子揩脸上的墨。况钟大喝一声:"拿下娄阿鼠!"

把娄阿鼠带回签押房,况钟连夜开审。

况钟说:"娄阿鼠,老实供了吧!"

娄阿鼠故意装糊涂:"老爷,您要小的供什么?"

况钟手往案上一拍:"财神不是指认你了吗?"

娄阿鼠鼻子里哼了一声。高人通过郝梦财转告他:不要承认,他会搭救他。想起有高人做靠山,他有恃无恐:"别蒙我了!财神要真能指认,白天为啥不来?你那点雕虫小技骗得了啥人?说我是凶手,拿证据来!"

况钟搞的所谓财神指认,打的是心理战,目的是逼娄阿鼠坦白,如这一招不灵,则以此为口实把他羁押。

娄阿鼠出入大狱多次,善于应对审问。况钟见他不认罪,说:"娄阿鼠,不必狡辩了,不供不要紧,那天测字你的狐狸尾巴已露出来了,仔细瞧瞧,本官像谁?"

娄阿鼠冷笑道:"我早认出你来了,又怎么样?"

"你测字问的不是官司吗?"

"那是替我弟弟测的。"

"你是独子,哪来的弟弟?"

娄阿鼠冷笑："族弟、表弟、师弟、干弟多哩，怎么没有弟弟？"

正审着，杨粟阴着脸进来："况大人，审讯暂停！"语气很冲，显然冲娄阿鼠案子来的。

况钟命将娄阿鼠收监。

娄阿鼠押走后，杨粟质问凭什么拘囚娄阿鼠。况钟反问他："你说呢？"

"案子审理之前，卑职反复省阅了吴县送来的案卷，并找有关人进行了核实。"杨粟板着脸，"娄阿鼠是该案证人，你竟视他为凶手，这不荒唐吗？"

"难道证人就不可能是凶手？"

"你说他是凶手有何证据？"

"证据会有的。"

杨粟冷笑："证据会有？就是现在没有！自古捉奸捉双，捉贼见赃，没有赃证，你凭什么捕人？"

狂飙行动后，杨粟收敛了一阵子，但在成均的挑拨下，不久又张狂起来。这十五贯是个错案，杨粟也要无端干涉，况钟非常气愤，与他争吵起来。二人吵了一阵，忽然灯火闪了两闪，窗口吹进一股冷风。冷风一吹，况钟发胀的大脑冷静下来，意识到有些失态，便极力控制自己的情绪，尽量摆事实，讲道理，争取得到杨粟的理解和支持。他拉过一把椅子让杨粟坐下，心平气和地："娄阿鼠吃饭时听到尤二案重审，吓得筷子掉落地上，第二天赶往寒山寺求签。本官扮作测字先生与他接触。他前来测字问凶吉。本官去尤二肉铺，他认出是测字先生后，吓得当天就逃遁。此人嫌疑甚大。这种嫌疑人如不及时羁押，等取足证据捕人，岂不逃之夭夭？"

杨粟听了无言以对，默默地走了。他虽然未再刁难，况钟知道，如无过硬证据，他肯定还会发难。

况钟命捕班全力以赴寻找证据，忙了一上午，一无所获。

次日上午，捕快们在娄宅发现一个隐蔽的地窖。窖中放着把瓦壶。瓦壶挺沉，里面盛着黄色液体。尤涛找来脸盆，将壶中液体倒入盆中。随着液体倒出，一股刺鼻的尿臊气扑鼻而来。倒去尿液，壶中什么东西都没有。

大家都有种被愚弄的感觉，你一言我一语的骂娄阿鼠不得好死。骂了一会儿，大家的脸都阴了起来，情绪十分低落。

这时况钟来到娄宅，听了尤涛禀陈，激励道："耷着脸干什么？小荷已露尖尖角，你们应该高兴！"

衙役们瞪着疑惑的眼。况钟分析说：娄阿鼠聪明反被聪明误，这一壶尿虽是不好闻，却传达了一条重要的信息，这个隐秘的地窖，原先可能藏了挺重要的东西。他发觉我们已经怀疑上他，怕这地窖不安全，又转移到别的地方去了。对娄阿鼠来说，什么东西这么宝贝？不就是他作案的赃证吗？

"他的赃物转移到哪里去了呢？"一衙役问。况钟眈了眈尤涛："尤涛说说！"

尤涛想了想，说："依卑职估计，赃物还在宅内，这两天有我们的人监视，娄阿鼠不可能把东西转移到外面去。"

况钟点点头，说完走向后院，室内已挖地三尺，他把希望寄托在这里。

后院不大，约两丈见方，三面都是高墙。院中有棵叶片发黄的柚子树。树下的泥土是新翻的，上面泼了大粪，像是撒上了什么种子。菜土之外是齐腰的枯草。

况钟正观察着后院，一狱卒慌慌张张跑来，禀告娄阿鼠在狱中以头碰壁。

况钟说："知道了！全力抢救娄阿鼠，我马上就来！"

娄阿鼠碰壁，显然是以死相威胁，向况钟发难。狱卒走后，况钟吩咐说："娄阿鼠后面有人指点，你们拼老命也要找到证据，否则就是打麦碰着落雨，难收场了。"说完，便走了。

况钟走出悬桥巷，一些不三不四的人走上来团团将他围住。他们气势汹汹，闹闹嚷嚷的，用土话质问道：

"喂，倷把娄阿鼠执下，俚倷到底犯了啥罪？"

"把证据拿出来，拿不出就放人！"

况钟不屑地望着他们："你们这么多人，本官拒绝回答！派出代表，跟我到衙门去，我一五一十回答你们！"

那些人堵住况钟的去路，有几个好事者挥着拳头说："派啥鸟代表？倷不答应休想从我伲这里过去！"

况钟正为难间，听到一声口哨声。只见围住他的这些无赖，突然作鸟兽散。抬眼望去，尤涛带着几个衙役正匆匆赶来。原来有人报了信，他来解围。

尤涛把无赖们驱走后，复又回到娄宅。众人折腾了一天还未搜到娄阿鼠的任何赃证。

况钟通宵未眠，双眼望着黑沉沉的帐顶出神。鸡叫头遍后，他轻轻爬了起来，披衣站在窗前，打开窗门让早春料峭的寒风吹一吹发热的脑子。苍穹星光闪闪，大地一片黑糊糊的。他脑海里叠印着那株叶片发黄的柚子树。柚子树叶片为何发黄？他分析：发黄原因不外乎三方面，一是发虫，一是缺水，一是缺养分。此树并未发现虫孔，发虫可以排除。早几天下过一场春雨，缺水也不可能。余下就只有缺养料了。柚子树根深，且长在沃土之中，怎么会缺少养分呢？他想到了新挖的菜土，有可能是挖土斩断了柚子树的根系。

疑点闪了出来：娄阿鼠挖土为何连柚树的根系都刨断？据街坊禀告，他以前是不种菜的，谁家园中有就摘谁的。今年不但种，而且比谁都早，惊蛰刚过，别人土都没挖，他就撒了菜种，这不是很反常吗？

想到这里，况钟有些激动起来。他开始穿戴。舒夫人被吵醒了，坐了起来，望着伫立在窗边的丈夫说："老爷，您怎么就起床？"

"我要去悬桥巷。"

"看您急的！天还没亮，再睡一会儿吧！"夫人咳嗽起来。

况钟给夫人掖了掖被子："你睡吧！"说完就出了房。

"真是个拼命三郎！"夫人叮嘱着，"戴上棉帽！"

况钟疾步来到花厅，点亮灯笼正要出去，尤涛喜冲冲来了，交给况钟一个瓦钵："况大人，娄阿鼠的赃证找到了！"

"哪里找到的？"

"柚子树下。"

况钟打开钵盖，里面放着一个绣有月季花的钱袋，打开钱袋，只见里面还有两枚铜钱。

况钟高兴得在尤涛屁股上擂了一拳："好小子，你治好了我的心病！"

4

当日上午再审娄阿鼠。街坊们都来看热闹，木栅栏外挤满了人。

三声堂鼓响过，两排衙役从侧门鱼贯而入，手执黑红水火棍，在公案前各分八个夹道而立，呼着："威……武……"

况钟官服袍靴端坐在屏风前的公案后，喝道："带娄阿鼠！"

娄阿鼠被带到公案前跪下。他头上缠着绷带，瘦削的鼠脸凹陷着，一副可怜相，胡子乱蓬蓬的，眼睛滴溜溜地转，心里盘算着怎样混过堂审。

况钟说："娄阿鼠，快把犯罪事实供了！"

娄阿鼠以为还没证据，继续抵赖。况钟取出四枚铜钱，其中两枚是尤二钱袋中的，两枚是熊友兰的。况钟将这四枚钱交给杜二娘："杜二娘，你仔细辨认一看，看这四枚钱中是否有尤二捎回的钱？"

杜二娘仔细观察后，挑出两枚，说这是她借的钱。况钟收了钱置公案上，然后又拿出四枚钱交与熊友兰："熊友兰，仔细认好，看这些钱中有没有你的钱？"

熊友兰辨证以后，从中挑出两枚，说这是自己的钱。

况钟点点头："你俩各自都找对了！尤二的是皮钱，这种钱是地方铸的，一百文值银一钱，小而薄；熊友兰的是黄钱，黄钱是朝廷铸的，七十文值银一钱，大而厚。"转对娄阿鼠，"尤二的钱是你抢的，还有何话可说？"

娄阿鼠眨了眨了小眼睛："老爷，您凭四枚铜钱定我的罪，也太简单了吧？"

况钟拿出钱袋，对娄阿鼠说："这是在你后院柚子树下挖出来的，杜二娘认出的二枚皮钱是这钱袋里的。"接着拿出尤二床下拾到的钱，掏给娄阿鼠看，"这是尤二床下散落的，和钱袋中的钱一模一样。"

娄阿鼠大吃一惊，脸上变色，但很快镇定下来，说这钱袋是路上拾来的，并不是尤二的钱袋。

况钟问苏戍娟和杜二娘是否认得这钱袋，苏戍娟说认得，是爹爹的，上面的月季花是她绣的。杜二娘说，夫君就是用这钱袋捎回十五贯的。况钟又叫街坊辨认。街坊一致说是尤二的，尤二当他们的面还夸过女儿绣花好手艺。

况钟惊堂木一拍："娄阿鼠，你还不快把杀害尤二抢走十五贯的犯罪事招来？"

娄阿鼠没话说了，只得老实招供。案子清了，况钟将娄阿鼠打入死牢。众人欢喜雀跃。

案子的经过是这样的：苏戌娟刚掌灯，尤二揣着借来的十五贯钱醉晕晕回来了。女儿问爹哪来这么多钱。尤二素来好开玩笑，喝了酒有心寻开心，哄女儿说："今日我和你二娘出门遇见张媒婆，她说王员外要纳妾，问愿不愿把你许配给他，我和你二娘允了。张媒婆带我俩去王府，这十五贯便是你的卖身钱。"苏戌娟有些不相信，说："爹爹，您是骗我吧？"尤二挺认真地说："爹爹怎么会骗你呢，闹猪瘟这么久，靠借贷度日。而今，猪瘟总算过去了，爹爹想重开旧业。可没有本钱怎么做生意？爹爹只得狠狠心卖了你，收了这十五贯起本。苦了你了，我的儿，明朝你就得到王员外家去了。"尤二说完，揣着钱进房去了。苏戌娟如五雷轰顶，流了一阵泪，进房去求情，求尤二把钱退回王员外。苏戌娟进房见尤二倒在床上打呼噜，十五贯钱放在枕边。苏戌娟向尤二跪下，任怎么求，尤二就当没听着，继续打他的呼噜。苏戌娟伤心极了，回到自己房中，默默垂泪到三更。一觉醒来，天已开始发亮。想到早饭后就要去王员外家，她急得如火烧眉毛。记起伯父说过有什么难事可去找他，苏戌娟便悄悄打开了店门，去常熟找伯父。她在街上正匆匆走着，迎面碰见打着哈欠的娄阿鼠。娄阿鼠问她去哪里，她说去常熟。娄阿鼠路过尤记肉铺前，大门虚掩，轻轻推开门，里面静悄悄的，便想顺手牵羊，偷点东西。走进尤二房中，尤二睡得挺沉，杜二娘不见。见枕边放着一袋钱，娄阿鼠伸手去提钱袋。尤二惊醒，抓住娄阿鼠的手。娄阿鼠推开尤二的手，提过钱袋就跑。尤二起床追去，把钱袋夺了回来。二人争来夺去，把钱袋中成贯的钱弄

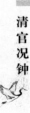

散了。娄阿鼠见事情败露，一不做，二不休，跑出房，操起砧上的屠刀把尤二杀了。这时店门外传来脚步声，他以为杜二娘回来了，提着钱袋慌忙中躲进帐子后，心里慌张，袋口倒出若干散钱。脚步声远去后，娄阿鼠见二娘并未回家，提着钱袋仓皇逃离现场，回家闭门不出。杜二娘回来发现尤二被杀，大声啼哭，众街坊来到现场后，娄阿鼠才过来，观看后怂恿往常熟追，酿成这桩冤案。

案子清了，众人欢喜雀跃。况钟望着熊友兰和苏戌娟说："熊友兰二十有一尚未婚配，苏戌娟年已十九，父母双亡，生活无有依靠，二人因同行一段路而蒙受不白之冤，这是缘分啊！本官今做媒，将你二人配为夫妻，不知意下如何？"

熊老汉和杜二娘听了都非常同意。

熊友兰和苏戌娟听了各自家长的话，都点了点头。况钟拿出十五贯黄钱："熊友兰，本府归还你十五贯。"又拿出十两白银："苏戌娟，本府赠你十两白银作嫁妆，与熊友兰好好过日子吧！"

熊友兰、苏戌娟感动得热泪盈眶，伏在地上一拜再拜，道谢青天大老爷。

此后，况钟从清理积案入手，将各县的案子置簿登记，逐一复查，折狱明断。民有奇冤，无不昭雪，苏民送他"包龙图"称号。

熊友兰、苏戌娟的冤案昭雪，在民间影响很大，流传很久。清初戏剧家、苏州人朱素臣把它编成舞台戏《十五贯传奇》。1956年浙江省昆剧团对朱素臣的本子进行整理、移植，改为《十五贯》，演出后得到毛泽东和周恩来的赞扬。后来，舞台戏拍成电影，搬上了银幕。

第十四章

为|民|请|命

夕阳西下时，况钟下衙回来，走进门楼，暮春的院子姹紫嫣红，鸟语花香，往日回来都在院子里逗留一会儿，感受着春天的气息。今天他阴着脸，步履沉重地直奔蹬道。

开春以来，他已委派多路官吏专一招抚农夫复业，今天会议复业之事时，他们回禀复业者寥寥无几，不愿复业的原因是历年欠下的税粮甚多，积重难返，从宣德元年至去年，全府历年汇算欠夏税秋粮七百六十万石，每家合三年赋税未交。衙门发出榜示后粮圩虽暂时不会上门讨债，可农民明白，历年欠下的粮税是没法逃脱的，与其回来被逼关押不如在外流浪逃生。

这天晚上，况钟几乎是彻夜未眠，脑子里在分析农民税赋奇重的原因，不知不觉间天便亮了。

早饭后况钟来到衙门，吩咐况寰搬来历年田赋文档。他翻阅几天

后,终于理清了,苏州府粮税奇重的原因有四条:

一是官田多。苏州有"天堂"之称,历朝贵族、官僚拼命在此地兼并土地。每逢改朝换代,他们霸占的土地籍没为官田。一朝一朝过去,官田便愈来愈多。明初,朱元璋灭张士诚后,将张和张的僚属的田地抄没充公,这样,苏州既有宋元以前的古额官田,也有明初以来新抄没的官田,按十六分计,官田十五分,占苏州农田总额的百分之九十三以上。官田税重,每亩科米一二斗至三石。民田每亩科米五升至二斗六升。苏州粮税共科米二百七十七万石,官田科米二百六十二万石,占总额的百分之九十五。

二是官田税粮要送交官府指定的外地仓库,增加大量的运费。按朝廷规定,官田税粮应交往北京、临清、徐州、淮南、南京等处官仓,来回一次需几十天甚至几个月。交一石官粮往往要花一至二石甚至四五石的运费,转运途中,如遇翻船或抢劫,船队回来,农户还得再如数补交。

三是大批农民离乡背井逃亡,丢下大量抛荒田,再是每年被洪水冲掉的崩塌田,这些田名存实亡,但还得交粮,统统分摊给农民。

四是大地主与官府、粮官税吏勾结,把他们的负担转嫁给农民。

送走文档,况钟心里久久不能平静。想起农民被这苛重的赋税逼得离乡背井,有家难回,况钟心情非常沉重。足寒伤心,民寒伤国,为政之道,在于安民,安民之本,在于富民,富民必须轻徭薄赋。苏州赋税如此沉重,革除税制弊端势在必行。他提笔写诗一首,发出了革除税制弊端的心声:

嗟我微材愧牧民,车驱有句向农申;

人生务本惟耕凿,世道还醇重蜡蠲。

粒粒皆从辛苦出,般般无过补诚遵。

尔来弊革应须尽,并戴尧天荷圣仁。

诗中,况钟谦虚地称自己才干有限,驱车来到苏州,看到农民税赋如此繁重,忍不住要替他们说几句话。农民是国家的根本,农民诚朴无欺值得同情。过重的税赋会打击农业和农民,应当革除税制弊端,调动农民的积极性,爱戴和维护朝廷的圣仁。

2

农民赋税沉重,朱瞻基还是有所了解的。宣德五年春,他来到南京,对内阁首辅杨士奇说,朕想颁一道宽恤令,减免灾伤钱粮。杨士奇早有此意,听皇上有这个想法,非常高兴,连忙回禀道,全国各地官田税粮不一,但税额都重,其中尤以苏州更为突出。宣宗思考一番后,在二月二十日发出诏书:

> 各处旧额官田起科不一,租粮既重,农民弗胜。自今年始,每田一亩旧额纳粮二斗至四斗者各减十分之二,自四斗一升至一石以上者,各减十分之三。永为定制。

这个有利于苏州,泽如凯风、惠如春雨的诏令,苏州府却没有执行。

况钟对此百思不得其解,把赵忧叫进签押房,质问为何不执行二月二十日诏令。赵忧的金鱼眼透出的目光,亲切而略带着涩地在况钟脸上轻轻地扫了扫,旋即又移向书案,仿佛在寻找什么。在这短暂的一瞥中,况钟注意到赵忧富态的脸上露出无奈的神情。

"怎么? 不好说吗?"况钟问。

赵忧摇摇头,显出无可奈何的样子,轻轻地说:"杨大人署理时,这事就议定了……"

况钟再问:"本官来主政后,你为何不向我禀知此事?"

"杨大人说……按既定的办,不要翻烧饼……"赵忧的胖脸发红,那双金鱼眼不停地眨着，声音小得如蚊虫叫，一副可怜巴巴的样子。

况钟火了，向赵忱挥了挥手："你走吧，要杨大人来！"

赵忱如释重负地出了签押房，叫杨粟去了。

杨粟一进签押房，况钟就迫不及待地质问："杨大人，苏州府赋税沉重，为何税粮起科不按诏令执行？"

杨粟说："卑职是按成抚台的示下办，成抚台说：皇上二月二十日诏令减的是旧额官田的税粮，旧额官田是指洪武年间抄没的，苏州大部分是宋元以前的古额官田，古额官田起科已定，不在开除之列。"

况钟找来诏书，重又省阅一遍，发现诏书并无古额和洪武抄没之分，统称"旧额"，成均显然是另有目的，抓住字眼在钻牛角尖。为何要如此篡改诏令？他决定去一趟南京。

3

南京原名应天府，明太祖朱元璋即位于此，洪武元年（1368）改称南京，后又称京师。永乐十九年（1421）迁都北京，此地复名南京。

巡抚衙门在莫愁湖西，东面扬子江，西临石头城，南北衔长江。站在高处，莫愁湖与十里秦淮尽收眼底。况钟来到莫愁湖畔。湖中波光，郁雅明净。胜棋楼人进人出，好不热闹。这里原是块草地，朱元璋与右丞相魏国公徐达在此下棋，朱元璋输了，顺手将莫愁湖送给徐达，徐达在下过棋的地方建楼，取名胜棋楼。走过胜棋楼，巡抚衙门就出现在眼前。况钟正匆匆前去，见一个胖子从门内出来。此人眼熟，会是谁呢？况钟欲复看他时，胖子不见了。显然那人是有意躲避。他回忆了一会儿，记起是徐文伯。况钟有些纳闷：此人不过是吴县总圩长，来这巡抚衙门干什么？为何鬼鬼祟祟，躲躲闪闪？他沉思着，回想起他派人跟踪自己的事，找到答案了：他是和巡抚衙门有密切联系的人。

况钟来到巡抚衙门大门，向守门亲兵递上红色手本。亲兵进去禀报，回来转告况钟在鸳鸯厅北半厅等候。

这鸳鸯厅长方形，采作正帖式构架，脊柱把厅划为两个厅堂。南北两厅各有月洞门通内室。南半厅梁架圆作，山墙开八角形窗。北半厅梁架扁方，雕镂花卉图案，山墙开长方形窗。

况钟来到北半厅。地上铺着红地毯，摆着红木镂花椅和茶几等，靠壁一铜炉飘出袅袅紫烟，那烟发出一种好闻的香气。他在红木镂花椅上坐下，旅途劳累，身子有些乏，望着窗外摇动的树影，闻着室内醒脾的清香，眼皮直打架，不知不觉睡着了。

他被一声咳嗽惊醒，睁眼一看，成均板着冷若冰霜的脸站在月洞门中。况钟连忙上前请安。

"况大人辛苦了，回驿馆睡去，本抚正忙！"成均衣袖一甩，欲回内室。

"抚台大人息怒，下官失礼，请大人见谅！"

成均踱了回来，坐下后冷冷地望着况钟："况大人乃当今天子纯信之士，骨鲠之臣，忙啊，今日缘何有空屈身前来？"

况钟知道他为贾敬之死还耿耿于怀，赔着笑脸解释道："大人海涵！处死贾敬是不得已而为之……"

成均绷着脸打断况钟的话："本抚上次就言明，贾敬与本官无任何干系！尔专为此事而来，大可不必！"说毕摸了下茶杯，下了逐客令。高人派来的说客徐文伯比况钟先行一步，向他禀报了况钟是来要求削减赋税，他要找个借口堵住况钟的嘴。

况钟有备而来，见成均下逐客令，忙说："下官还有更重要的事！"他将怀揣的《请减秋粮奏》交给成均："请大人过目。苏民粮税过重，难于生存,恳请准予苏州府按宣德五年二月皇上听颁诏书核减税粮,并永为定制。下官在驿馆等候佳音。"言罢向成均一揖,向门外走去。

成均见躲避不了,只得面对现实,对着况钟的背影:"回来!"

况钟回,重在红木椅坐下。成均看《请减秋粮奏》。当看到"官田拟核减税粮七十二万一千二百零三石九斗二升五合,抛荒田、崩塌田拟核减四万九千五百二十一石"时,他气愤地将奏疏往茶几上一掷:"苏州是纳税大户,核减这么多粮,朝廷如何运转? 治河,防灾,防匪,防内乱,防边患,修武备,隆文治,养官员哪项不靠粮税? 当臣工的应为朝廷解忧,你这是给朝廷添乱! 一来就减这么多粮,居心不良!"

况钟望着成均笑道:"核减税粮有皇上的诏书,不能说'为朝廷添乱',照诏令起科,井税有度,泽如凯风,惠如时雨,百姓归心,非居心不良。我况钟忠君爱民之心,日月可鉴! 抚台大人,下官说得对不对? "

况钟的话有理、有据、有节。成均见大帽子压不住况钟,只得收起那副盛气凌人的架势,说:"你爱民可嘉,可并不了解皇上旨意的实质,诏书说的旧额官田是指洪武年间抄没的张士诚部下的田。苏州官田主要是宋元时期的古额官田,这些官田起科已定,不在开除之列。"

"诏书并未分古额和抄没,只统提旧额官田,再说旧额也并未写明是洪武年间抄没的田。"况钟反驳道。

成均见况钟寸步不让,额前阴云愈聚愈厚,鬓边肌肉抽动着:"诏书是按皇上巡视南京的旨意整理的,皇上说了些什么,本抚听得清清楚楚,旧额官田指什么,你未必比本官更明白! "

皇上巡视南京时说了些什么,"旧额官田"具体所指是什么,况钟当时不在场,只得任由成均解释,不好争辩,暂时无话。成均见况钟语塞,摆起巡抚架子教训道:"太祖曰:'农为国本,百需皆其所出。'尔为太守,焉能忘记? "

况钟接口道："正因为是百需皆其所出，故须放水养鱼。太祖曰：'居上之道，正当用宽。'苏民难于复业，乃田赋过重所致。他们春耕夏耘，秋获冬藏，四时之间，无日休息。春不得避风雨，夏不得避暑热，秋不得避阴雨，冬不得避寒冻，勤苦如此，欠粮税累累，复加水旱之灾，无不一贫如洗，只得外出流浪。民如鸟兽，虽有高城深池，严法重刑，犹不能禁。民贫则国家乱，社稷危矣！"

成均本想用朱元璋的话来压况钟，谁知况钟巧妙地用朱元璋的话来反击，一时被驳得哑口无言。

况钟明白，成均是个自负又死要面子的人，虽然自知理亏，凭着有"旧额官田"的解释权，不会轻易答应核减。与其这样无休止地争论，一事无成，不如暂时搁置官田部分，争取先解决抛荒田税粮核减。于是他提出个折中建议："成大人，旧额官田部分可转达天听，由皇上定夺。抛荒田土事永乐二十八年八月和洪熙元年七月均有诏凭实豁除，望准予核减！"

成均听了连连摇头："不行不行！抛荒田土事虽是永乐朝和洪熙朝有诏，那也不能一概而论，你们苏州府有别！"他用徐文伯的话驳斥况钟，"外逃刁民均有手艺，做工收入高于种田，减去抛荒田税，只会纵容更多刁民外逃！"成均怕况钟再纠缠，说完匆匆走进月洞门。

况钟无功而返。他不明白成均和徐文伯之流为何反对核减粮税，回到苏州后去找尤安。尤安告诉他：圩长、粮长和官府的某些官吏，结成庞大的利益集团，每年编造各种理由，要朝廷减免粮税，减免部分都被他们中饱私囊，农夫并未得到减免。如果成均按你所奏核减，并永为定制，他们就断了财路。尤安这番话如醍醐灌顶，况钟顿觉清爽，心中疑团解去。

成均这关通不过，况钟便直接向户部上疏。不久，司农批复道：

诏书旧额官田指洪武年间抄没官田，洪武初年以前之宋元古额官田起科已定，不在开除之列。洪武前古额田的抛荒田，不许依照民田起科。据沈小孙等奏，虽有崩塌田地，新涨沙涂并无额荒田可抵数，亦不予豁免税粮。

4

户部与成均同一个腔调。况钟是个强项令，你户部钻牛角尖，他就直接向皇上建言。他进退思斋，净手，焚香，然后正襟危坐起稿写道：

奏为建言事：臣本愚昧，非敢有言。叨蒙皇上大德深恩，擢升知府。钦奉敕书："宜体朕心，以保养为务，必使其衣食有资，礼义有教，而察其休戚，均其徭役，兴利除弊，一顺民情，钦此！"臣固知皇上爱民之心，即尧、舜、禹、汤爱民之心也。臣敢不尽心抚民，以报皇上恩切？

缘本府七县，田圩低洼，一遇水旱，五谷不收，又且官田粮重，递年远运，抽取船只，应当水马站驿，科派繁多。民贫逃窜，田地抛荒，近海坍塌，以致税粮递年拖欠。臣不敢隐瞒，今将所言事件，开具奏闻：

——恤民事。宣德五年二月二十日，钦奉敕谕内一款："因各处旧额官田，起科不一，租粮既重，农民弗胜。自今年为始，每田一亩，旧额纳粮自一斗至四斗者，各减十分之三，永为定制，钦此钦遵。"查及本府各县官粮二百六十二万五千九百三十五万零，每田一亩，科米不等，少者自一斗三升至四斗止，多者自五斗至三石止。依照恩例，共该减除官粮七十二万一千余石，造册进缴，行移乡区知会，已将实征开除，人民不胜欢欣感戴。今奉行在户部勘合驳查，开称洪武初年古额官田已科已定,不在除减之例,止令将洪武年间抄没官田减除。缘洪武年间抄没官田,起科多者每亩不过三四斗,农民可胜,其所不胜者,正在古额官田。伏覩敕谕,明开旧额官田,今户部驳查,不准古额官田前后不一。人民惊恐,莫知适从。若道勘合不减,依照旧额征粮,有违恩命,抑且失信于民。前件如蒙准奏,乞敕大臣事该部计议,不分古额官田,钦道敕谕减免,臣民不胜幸甚。

况钟在书房写建言疏时,窗外电闪雷鸣,正在下雨。杨粟闲着没事,在书吏房向官吏们散布恐怖消息,说如今朝廷岁入大半靠江、浙,京城的禄米民食,近畿军粮几乎全靠江、浙运去。苏州税粮比整个浙江省还多二万多石。况大人向皇上建言减税粮,令皇上痛心,弄不好会身败名裂,人头落地。这是老虫舔猫鼻头,送死!况寰听了胆战心惊,想劝父亲又怕他不听,急忙回府禀告母亲。舒夫人听了惶恐,忙做了碗莲子羹撑伞送到退思斋。

"老爷,你晚上多日烦躁难眠,想必是心经有火,妾做了碗莲子羹来,您趁热喝了吧!"说毕,舒夫人将莲子羹置书案上。

况钟怕打乱思路,要夫人放茶几上。夫人端起莲子羹,故意问道:"老爷在写什么?"

"为夫在给皇上写建言疏。"况钟如实道。

夫人望着建言疏,脸色凝重地:"老爷,妾觉得这建言疏还是不写为好。"她的声音变小了,"适才大观禀知妾,有人在散布:您给皇上建言是老虫舔猫鼻头,送死!"

"谁?"

"还能有谁?杨大人呗!"

况钟哈哈笑了起来:"这个杨粟唯恐天下不乱!我又不是初次建言,次次都好好的,为何这一次会送死?"他接过莲子羹喝了,将碗还给夫人，"夫人不必多虑，为夫是从皇上身边来的人，写建言疏会怎样，我心中有数，你回去吧！"

舒夫人见丈夫态度坚决，没再说什么，默默出去了。况钟将门一闩，专心写起来。不知写了多久门外传来敲门声。

"谁？"况钟不耐烦地问。

"我。"何横的声音。夫人没说服好丈夫，又去求何横来帮忙。听舒夫人禀罢，何横大惊。他非常明白：税粮是支撑朝廷大厦的柱石，养兵打仗，王公大臣和百官禄米，修水利，救灾……开支都来自这里，哪个皇帝都不敢轻言减税粮，税粮不足动摇朝廷这座大厦。朱瞻基发诏减粮税并非出自真心，故户部和成均都不敢减免苏州粮税。况钟建言减粮会惹杀身之祸。当今皇上对违反自己意愿的人是毫不客气的。戴纶被杀就是证明。

听是何横，况钟只得将笔搁在砚池上，中断起稿。他明白何横来此的目的，今日两人又要发生一场激烈的辩论。何横是况钟的挚友，无话不谈，性倔喜欢引经据典，理驳千重，得理不让人，两人往往争得面红耳赤。狂飙行动后，况钟与他有过一次交锋。成均一走，何横就找上门来，指责他用严刑峻法。况钟解释说，按旨办事不能说是严刑峻法。何横质问道："皇上允许你杀人？"况钟点点头："皇上密旨先斩后奏。"何横听了，沉默了一会儿，诡辩道："斩者，多义也，除杀，倘有断绝之意。《诗·小雅·节南山》云：'国既卒斩。'郑玄笺之曰：'天下之诸侯日相侵伐，其国已尽绝灭。'此'斩'亦断绝之意。可见皇上'先斩后奏'，亦先行制止，再奏报朝廷，非杀戮之意。"况钟驳斥道："何兄是在钻字眼。做学问可以钻故纸堆，从政不行！窃以为，乱世须用重典！苏州乱成这样，就是要快刀斩乱麻！"何横寸步不让："大丈夫何以立世？名也！用重典，若朝廷和百姓都称你酷吏，足下以何面目回见江东父老？"况钟回答说："当今苏民赋役繁重,奸吏怙财豪纵,不正乎刑,难正乎吏,不正乎吏,民难安之。这样做足下强要给仆戴上酷吏的帽子,那也罢!"何横见说服不了他,有些生气了,板着脸道:"安民正吏非用严刑峻法不可?古往今来有几人以强制强而功成名就?《道德经》云:'柔胜刚,弱胜强。'君若杂用老庄之法,既可安民正吏,又可保全自身,何乐而不为?"况钟说:"那要看何时何事,不可统而概之。当今在苏州正吏,柔软只会让贪官有禁不止,退让只会令豪强得寸进尺,老庄之法诚不可取!"何横见他一点都听不进,气得脖子上青筋绷得老高,胡须竖起,衣袖一甩,气冲冲往外走:"道不同不相为谋!"况钟一把拉住何横,笑嘻嘻地:"你我读的是孔孟书,行的是孔孟道,何言道不同?你是一府之学官,作养扶植一府之文气,教化一府之礼义,仆乃一郡之太守,同在一郡如同乘一舟,不仅道相同,而且要风雨同舟,祸福共济,焉称'不相为谋'?"何横是个率真的人,又哈哈笑了起来。

况钟开门。何横收毕伞,进门劈面就问:"伯律兄知天子之怒乎?"

"知道。"况钟说,"天子之怒,伏尸百万,流血千里!"接着反问道:"何兄知布衣之怒乎?"

何横学秦王的口气说:"布衣之怒,亦免冠徒跣,以头抢地尔……"

况钟连连摇手:"此非真正的布衣之怒,真正的布衣之怒胜过天子之怒百倍,千倍!真正的布衣之怒改朝换代,令日颤月惊,天翻地覆!"

何横是有备而来的,进门就引导况钟谈天子之怒,目的是让他警醒:得罪天子不但自己要掉脑袋,还要株连九族,做得罪皇帝的事一定要慎重。没料到况钟用布衣之怒反而堵住了他的口。况钟的思路正体现了孟子民为贵,社稷次之,君为轻的儒家的民本思想。他深深地为况钟的民本精神所感动。这是一个既爱民又忠君的好官。正因为如此,他要保护他,不能因为减赋惹恼皇上而断送了他的生命。何横认真思考一番之后,选择另一个突破口。他在况钟书案对面坐下,望着况钟正在起草的奏疏,故意问:"伯律兄在写什么?"

况钟知道他是明知故问,笑了笑:"何兄,有何高见就直说吧,弟洗耳恭听!"

何横把况钟写的建言疏卷起:"伯律兄啊伯律兄,你这建言疏是创基冰泮之上,立足枳棘之林,别写了!"

"何兄休危言耸听,减粮税皇上是有诏令的。"

"诏书是当不得真的,你是从天子身边来的,还不清楚?上无常操,为树恩收名,天子出巡时做点爱民姿态是常有的,可一回宫就抛到九霄云外了。苏州是税粮大户,纳税比浙江一省还多,你要核减那么多粮,皇上会同意吗?那诏书不过是作秀而已!"

"不,当今皇上不是这样的天子,我了解他!"

何横冷笑:"难道成均和司农不了解他?他们不过更圆融。无论多英明的君王,他都是人,是人就有两面,一面是人,一面是鬼,足下记得戴纶和林长懋否?"

窗外一声炸雷。况钟的心头颤动了一下。朱瞻基是纳谏如流的好皇帝,可他对违背自己意愿的臣工也下过毒手。戴纶和林长懋是皇祖父朱棣给他挑选的讲授经书的老师,二人对这位皇太孙要求严格,终日关在房里苦读经书。他对这样的生活非常厌倦,喜欢到外面练习骑射,及长,对经书学习更不重视。戴、林二人非常着急,向朱棣上折苦谏。朱瞻基在皇祖父那里看到老师告自己的奏折后,怀恨在心。他登基后,借故杀了戴纶,将林长懋关入大狱达十年之久。想起这些,况钟不寒而栗,沉默良久,对何横说:"何兄,往事记忆犹新,您让仆好好想一想。"

何横高兴地拍了拍况钟的肩:"这就对了!告辞!"

况钟送何横到门外。何横走后雨下得更大了,密集的雨点打得窗外的芭蕉叶哗哗剥剥，池塘中的荷叶摇摇晃晃。地上溅起无数的水花，屋檐挂下千万条瀑布，后花园变成水汪汪、冷飕飕的。况钟的心也和这园子一样凉。皇上因为积怨恩师尚可杀，其他的人更可想而知。如果自己坚持要核减税粮，引起皇上不满也许下场和戴纶一样。

想起这些，况钟感到非常疲倦，心力交瘁，需要小憩一会儿。况钟回到书案后坐下，双手作枕，头搁肘上。他太劳累了，头一靠枕竟睡着了。他做了个梦，梦见老蒍父子、王氏、葛阿让、葛阿贵跪在他面前苦苦哀求："老爷，苛政猛于虎啊！""老爷，你不向皇上进言，难道还要让更多的人和我们做伴吗？……"

一声落地雷把况钟震醒了。他揉了揉眼睛，回想刚才的梦，他要把建言疏写下去，可记起何横的话，又觉得提这笔有千斤重。脑子激烈斗争一番之后，他冷静下来，拿出本读书笔记。他平日喜读韦应物（唐苏州刺史）和范仲淹等人的诗文，并将其名言警句摘录下来。当他读到韦应物"身多疾病思田里，邑有流亡愧俸钱"和范仲淹"计日之功与禄相称，则心休休焉，旷日无功则达且不寐"时，心生愧意，这些先贤在苏州为官如此爱民，而自己在此地任职却贪生怕死，是空费俸钱，有玷胥山之高耸，有辱吴水之清涟。想到这里，他踱到窗前。园中一株粗大的银杏树，树干撕裂，一半留，一半倒，地上掉着残花败叶，目不忍睹。显然是刚才那个落地雷劈的。他觉得苏民就像这银杏树，再也经受不起摧残了，他要保护他们。当官不为民做主，不如回家种红薯。他坚定信心要为苏民抗争到底，就是掉脑袋，也要向皇上建言。他重又坐回书案后，提笔续写《建言疏》：

> 抛荒田土事。永乐二十八年八月内，钦奉诏书内一款："民间应有事故，人户抛荒田土，有司即与从实取勘开报，以凭复实豁除，另行召人承佃。中间如系官田，即照民田例起科。钦

此!"洪熙元年七月，钦奉诏书内一款："官民田地旧佃种人户，或全家死亡，或丁力消耗，以致抛荒，有司即召人耕种，官田照民田起科。如果无人耕种者，该纳税粮从实起勘开除，毋得洒派抛荒，重为民患。钦此遵钦！"据昆山等县申取，勘到事故死亡充军等项，并丁力消耗人户名下，递年抛荒无征税粮田亩，有沿江傍海坍塌不存田地数目，在官复勘是实，造册申缴户部，续奉驳回。另豁原额改科粮数，通汇造册缴报。依奉行属取堪明白，造册申缴该部，又奉驳回。丁力消耗人户田亩，仍令照额税粮。如系洪武初年以前古额官田，不许减科，仍旧照额纳粮。若系洪武年间抄没官田，另豁原额，并今减科粮数，明白保结实报。行据各县申除古额官田照旧办粮外，取勘到全家死绝等项人户三万三千四百七十二户遗下抛荒、抄没、改科官田、地滩、涂荡二千九百八十二顷一十一亩，照依民田起科，该减除秋粮一十四万九千五百一十石零，造册保结，申缴该部，未奉明降。窃照前项抛荒、坍塌不存田地取勘造册缴部，未蒙开除，税粮递年着令欠在人户包纳，中间多有不肯闭纳，该管粮里洒派逼令包赔，以致词讼繁兴，人民逃窜。前额税粮虽查虚额，连年拖欠，官不得田，民受其苦。若再不与开豁，转展驳勘，明年又复包荒征粮，见在人户难免逃移。前件如蒙准奏，乞刺大臣及该部计议，其绝户抛荒田地，见召人佃种，照民田起科者以今次造册为准。即与开除其坍塌不存田地，即系无人耕种之数，不分古额官田俱道诏书开除，臣民不胜幸甚。

况钟写好建言疏后，工工整整地誊正，拜发。

况钟多次为民请命，百道封章不顾身，终于感动了宣宗。宣宗在他的奏疏上批道：

今再下诏宽恤……该管有司，不许故违，如再格不行，朕必罪之！

户部批准了况钟的请求，奉敕谕："自宣德七年为始，但系官田溏地，秋粮不分古额、近抄，悉依宣德五年二月二十二日敕书恩例"，减兑苏州府"粮额七十二万一千二百零三石九斗有奇"。

此后削减多次，前后共计一百五十多万石，为苏州府粮税旧额二百七十七万石的百分之五十四。

第十五章
革|新|漕|运

太阳在地平线上不见了,运河飘起轻烟似的暮霭,周围的蛤蟆使劲地叫了起来。苏金娣一手提着椅子,一手端着饭碗来到古槐下。这棵树树龄长,塘上的任何一位老者都没它年龄大。它历经沧桑,饱受磨难,二十年前遭雷击过一次,距地约两丈高的树干被雷劈开,树干裂成两半,中间形成个口子。两边的枝得不到营养,变成光秃秃的,但不离不弃未离开树干。中间那道口子,奇迹般地长出一根新枝。新枝茁壮成长,直挺挺地伸向空中,墨绿色的枝叶,组成一个圆形的伞盖。每到夏天便开出一串串白中透黄的花,散发着幽香,显示了生命的抗争与顽强。

苏金娣在椅子上坐下,边吃饭,边朝一箭之地外粉墙黛瓦的那户人家的门楼望着。每当那户人家的那位走出门楼时,只要看见她在古槐树下,他就总要朝这边望上几眼。她心里甜甜的,像是喝了蜜。虽然彼此并未讲话,她觉得心灵的交流比语言强。因此,只要不是刮风下雨,一有空闲,她就爱到古槐树下去张望。这似乎成了她一种习惯。

不知不觉间,古槐树的叶子渐渐模糊起来,蔚蓝的天空闪出几颗星星,花脚蚊子嗡嗡叫着,不断猖狂起来。抬头一望,古槐的枝叶缝中露出如钩的弯月。她拾起碗筷进了茅棚,点上灯,关了大门。"寡妇门前是非多",苏金娣对此有深切体会,她不但面临不轨男人的纠缠,还要遭受众多女人的无端指责。她们总是怪她招惹她们的男人。

她捉着灯来到房里。房中很潮湿,地上常年湿润,泥墙半截长白霉。墙脚被老虫掏空,墙面开着许多坼。为了防止泥墙倒下来,老蔫靠墙立了个木柱,顶着房顶的横梁,以减轻泥墙的重负。每逢风雨袭来,木柱扎扎作响,她总是吓得不敢入睡,要做好随时逃生的准备。

她将灯放在床侧的小木桌上,坐在床沿上补衣衫。刚纳完一个补丁,听到窗外的竹篱响了两声。她没理会,以为是风吹竹篱碰撞的。过不多久,竹篱又响了起来:"梆梆! 梆梆!"响得很有规律。无疑这不是风。她悄悄走到窗前,只见麻纸外有个人影在晃动。她以为是酒葫芦。

"啥人? "

"我……"声音有点沙哑,轻轻的,好像是秀才,就是她爱在古槐树下张望的那位。她心头霎时热烘烘的。她曾多次向周秀才示爱,可这个冤家胆比兔子还小,不是装聋大就是支支吾吾,从不敢正面看她几眼。气得她在心里骂他木头。

苏金娣开门。门刚打开一条缝,一个骷髅般的身子便挤了进来。来人不是周秀才,也不是酒葫芦,而是徐文虎。

徐文虎风流成性,选中了目标,如猎人追猎物一样,花多大的心血都要追到。他早已向苏金娣眉目传情,苏金娣不理他。今日他又来到枫桥,下决心要在今晚摘到这朵野花,学秀才的声音诱苏金娣开门,买块豆腐撞撞杀,碰一下运气。

　　徐文虎抱着苏金娣狂吻。苏金娣双手推着他的身子："徐粮长,你是有身份的人,怎么进门就骚狗牯一样,一点着耻都不懂!"

　　徐文虎笑着说："采花人采一朵是一朵,玩一个是一个,讲羞耻就玩不成了!"

　　遇到这么个色狼,苏金娣知道,要保护自己只能用智慧,骗他说："别亲了,我那个了。"

　　"骗啥人? 我要,你就那个了?"徐文虎不信。

　　苏金娣捏了下徐文虎的脸："改日吧! 嗯?"

　　徐文虎见苏金娣答应了,才松了手,临走说三日后再来。

　　三日后,不等天黑徐文虎就来了。苏金娣提着尿桶正要进菜园。徐文虎不管三七二十一,拉着她的手往房内走。

　　苏金娣手一甩："做啥做啥?"

　　"上床呗,我熬不住了,想你都想疯了!"徐文虎色眯眯地说。

　　"你家母老虎不是挺厉害吗,出来做这种事,不怕她撕了你?"

　　"她敢? 她闹我就休了她!"

　　"你不怕我怕,快死了这条心吧!"苏金娣又提起尿桶。

　　徐文虎拉着苏金娣的手："那天你不是答应了吗?"

　　"改主意了!"苏金娣黑起脸,"我生是贾家人,死是贾家鬼,做这样的事对不起老蔫!"

　　"哎哟哟,看不出苏妹妹还是个节妇哩!"徐文虎嬉皮笑脸地,"人生得意须尽欢,莫教夜夜守空房,到了人老珠黄,人家还不要了哩!"

　　苏金娣跑。徐文虎把她抓住。她还是不从,徐文虎以粮债相逼,说你家税粮向来都是我家垫付的,加上运资,一共欠下五十多石,不和我睡觉就还粮。

　　苏金娣柳眉一竖："这都是老蔫生前欠下的,我一个女人家,要还也得慢慢来,逼也无用!"

徐文虎抱住她:"和我上床,就再也不逼你了!"

苏金娣"啪"地打了他一巴掌:"鬼和你上床!"

徐文虎见苏金娣软硬不吃,便把她抱进房欲强奸。苏金娣大声呼叫:"来人啊——"

酒葫芦正在古槐边路过,听到苏金娣的呼叫,急忙追了来。他是个喜新厌旧的花心男人,早就喜欢上了苏金娣,觉得她不但模样好,当家处事各方面都比平秋月强,尤其是那张打情骂俏的巧嘴说的话,挺撩拨他的心。老鹫死后,他向苏金娣表白过要和她相好,苏金娣拒绝了他,说不能对不起秋月。品着她的话,他觉得苏金娣心目中还是有他。他对女人有所了解:寂寞中的女人最经不起男人的苦缠。他不灰心,自信终有一天会得到苏金娣。

跑进房中,见徐文虎把他的梦中情人压在床上,气炸了,紧握拳头,一步步向徐文虎走去。

徐文虎见酒葫芦来了并不惊慌,依然压着苏金娣不放:"葫芦,我正好要找你,今年请你走镖押漕粮……"

酒葫芦的爷爷是个镖客,镖打百步,百发百中。洪武年间开过镖局,为朝廷押过一次军饷,在江湖上颇有名气。子承父业,父亲也走镖押过漕粮。葫芦从小跟父亲学过两手,工夫不如他爹,更比不了爷爷,少有人请他走镖,只是偶一为之,主要以务农为主。前些年他替徐府押过一回漕粮。酒葫芦听有这等好事,再不往前了。

苏金娣见酒葫芦止了步,着急地叫道:"葫芦,救救我,救救我!"

酒葫芦没听见似的,木偶似的呆呆地望着苏金娣。徐文虎见他树桩一般麻木地立在那儿,骂道:"酒葫芦,你戆大啊!待在这里做啥?苏金娣是我的人,吃冷饭也好,热饭也罢,只要我愿意!"

酒葫芦内心非常矛盾：自己喜欢的女人被人糟蹋，心里酸得发痛，可自己又没有勇气去制止，因为他不能丢掉这笔生意，走镖不但吃得好，喝得好，还能满足他的虚荣心。在徐文虎的一再呵斥下，酒葫芦一步一步慢慢往后退着。

离开苏金娣草棚后，他漫无目标地蹒跚走着，两条腿仿佛有千斤重。他走到一家酒肆前，进店赊了四两烧酒，咕咚咕咚喝下，火酒烧心，顿时勇气倍增，打算回去与徐文虎论理："苏金娣是枫桥一位良家女子，老莴的媳妇，你没明媒正娶，怎么是你的人？"

刚出酒肆，只见周孝儒骑着驴从对面优哉游哉走来，口里念着诗：

> 伞幄帷帷马踏沙，水长山远路多花，
>
> 眼中形势胸中策，缓步徐行静不哗。

他仿佛是沙场得胜归来的壮士，好不得意。

酒葫芦心里说不出有多高兴，秀才乐于助人，叫他去解救苏金娣是最好的选择。他迎了上去："秀才秀才，快到苏金娣家去，不要念那狗屁诗了！"

周孝儒喝住驴："葫芦你说啥？好端端的诗作咋说是狗屁？"

"你快去吧，苏金娣出大事了！"

听说出大事了，周孝儒大惊。苏金娣是远近有名的能干女人，持家好手，母亲向来喜欢她。老莴走后，娘有意在他面前说："金娣什么都好，就是耳边那几粒雀斑有些碍眼。"他反驳道："依儿子看，就是那几颗雀斑长得好，否则那秀气的脸就显得有些狐媚了。"听他如此说，娘知道儿子看上了金娣。娘说金娣性子泼辣，天不怕地不怕，做事干脆利索，儿子胆小如鼠，前怕狼后怕虎，做事慢条斯理，和金娣相配最合适，等金娣守满一年后，她就请媒人给儿子提亲。眼前虽没捅破这重纸，但在秀才心里已经藏下了她，把她当作自己的亲人。他是昨天送娘去陆杨娘舅家的,才离开一天,怎么就出了大事?周孝儒从驴背跳下,抓住酒葫芦的手直摇:"葫芦,我的好兄弟,你快说,金娣她到底怎么了?"

"徐文虎那条色狼,他……"酒葫芦喷出满口酒气。

"徐文虎怎么了?"

酒葫芦左手拇指与食指弯曲构成个圆圈,右手食指伸进圈中来回抽动。秀才呆呆地望着,看不懂这个动作的含意,摇了摇头。

"真是书踱头!"酒葫芦又呼出一口酒气,"就是男人和女人那个……"

听到男人和女人,周孝儒懂了,脸陡地发青,爬上驴背,扬鞭向苏金娣草棚赶去。走了几步,才意识到没带上酒葫芦,回头向酒葫芦招手。酒葫芦站在原地不动。秀才问:"葫芦,你不去?"

酒葫芦胡编道:"徐文虎是我老表的老表,我去捉奸,亲戚之间有碍面子。"

"见义不为,无勇也!"秀才骂了一声,抖绳走了。

来到古槐下,只见大门开着,屋内传来厮打声和苏金娣的骂声。周孝儒急中生智,高声唱起了《太湖蝶》:

弹破庄周梦,两翅驾东风。

三百座名园,一采一个空。

难道风流种,唬杀寻芳的蜜蜂。

轻轻地飞动,把卖花人扇过桥东。

……

苏金娣一听,知道是秀才来了,连忙呼叫:"秀才哥,快来救我!"

周秀儒从驴背跳下向屋内冲去:"贫儒来也!"

秀才进房,见苏金娣和徐文虎正撕扯在一起。他指着徐文虎喝道:"徐粮长,采遍名园不够,又采到这村野茅舍来了?"

徐文虎根本不把秀才放在眼里,威胁道:"狗秀才,你少管闲事!当狗孝子不过瘾,还想当狗孙子不成? 我要纳苏金娣为妾,她是我的人,我爱怎么着就怎么着! ”

苏金娣乘徐文虎没注意,在他手上咬了一口,徐文虎"哟"了一声,苏金娣挣脱他的手,跑到周孝儒背后,指着徐文虎骂道:"鬼做你的妾,姑奶奶才不嫁你! ”

周孝儒说:"徐粮长,听到了吧? 天色已晚,你也该回家了。你现在就走,今日的事就此了结,倘若赖着不走,别怪我秀才有辱斯文! ”

"你个狗秀才能把我怎么着? ”徐文虎有恃无恐。

周孝儒笑:"你有钱有势,我一个穷秀才,的确是奈何不了你,你要我当狗孝子就当。今天可不同了,你瞧瞧这天,头顶上的天是青天! 我把你干的丑事画成画,青天看到你的丑行会怎样处置? 你想想吧! ”

周孝儒话说完,徐文虎一丈水退脱八尺,有恃无恐的气焰就不见了。他虽不会读书,人并不蠢,明白周孝儒的"青天"是指况钟。这周秀才和苏金娣是况钟的座上客,得罪不得,原先是欲火烧昏了头,没想到这点。他像条落水狗,乖乖地走了。

徐文虎一走,苏金娣扑到秀才怀里,嘤嘤哭了起来:"秀才哥,守寡难呐……”

一股好闻的女人气味扑入秀才的鼻子,他有点如醉如痴的感觉。他已经好久没闻到这种气味了。男性的本能令他渴求这种气味,希望永远能闻下去。

暮色中,古槐上一只老鸦扑腾了一下翅膀。周孝儒以为有人来了,轻轻地推了推苏金娣的身子。苏金娣一动不动,丝毫没有离开的意思。

周孝儒着急地:"别这样,被人看见不好……”

苏金娣抬起头,火辣辣的目光深情地望着秀才:"天都快断黑了,没人来,就是有人看见也不怕,你我都是单身,一个要补锅,一个锅要补……”

秀才周身热血沸腾,眸子里闪着火花,正要亲吻苏金娣的嘴,"万恶淫为首"这句话在脑子里响了起来,记起《戒之在色赋》说的"色原头上从刀,杀机已露;性贪有限之欢,招受无穷之苦",立即冷静下来。他想:君子与小人是一念之差,执性修德是君子,贪利乱性是小人。他是个堂堂正正的君子,去碰没有明媒正娶的女人是淫乱,是为君子所不齿的。传统的儒家理念如一盆无情的水浇灭了刚刚燃起的情欲的火苗,他双手轻轻将苏金娣一推,抬起头,眼睛直直地望着暮色中的古槐。

"秀才哥,你不喜欢我?"苏金娣抬头,哀怨地问。

"喜……喜欢……"周孝儒将娘的打算告诉了她。

苏金娣很高兴,但听到要等她守满一年才提亲,感到有些为难,说:"秀才哥,您是看到了的,有徐文虎这条色狼在,奴防不胜防,休再等了,您快请媒人来吧!"

周孝儒同情苏金娣的处境,心想提了亲,徐文虎就不敢再放肆了。他点点头,答应马上请媒人。

苏金娣感到无比幸福,从此她不孤单了,大事来了有人拿主意了,徐文虎那狗日的和那些风流男人不会再指望占有她那一亩三分地了,因为她又有了堂堂正正的男人。她双臂搂住秀才的腰,眯起眼睛,双唇等待着秀才的一吻。

周孝儒说声去请媒人,就匆匆走了。

苏金娣望着他的背影,气得直跺脚,大声骂道:"木头!冰水浸泡的木头!"

2

早饭后,况钟在签押房刚坐下,尤涛递上父亲的一封书札。况钟拆开一看，老人在信中反映苏州府漕粮存在两重：一是漕粮运资重，每年有增无减，每石正粮需二石大米作运费，加上耗损，运资是正粮的双倍；二是加征船米，负担奇重，造只漕船费大米三百石，全府每年造五百只漕船，船米全由农家分摊。

况钟看了尤安的信大吃一惊，心里火了：赵忱这通判是怎么当的？他职司粮税、漕运，差事办得如此之糟，这是渎职！况钟眼里冒着无法遏制的怒火，满脸通红，鼻孔张得大大的，命书吏把赵忱叫来。

赵忱走进签押房，见况钟这个样子，吃了一惊，从来没见他发这样大的火，心里有些害怕，目光躲躲闪闪的，不敢直望他。况钟将尤安的信丢给他。赵忱看完信，知道况钟发火的原因后，心稍为安了。他将信轻轻地放回书案，用低微的声音解释了一番："苏州粮额浩大，且多拨远地入仓。以宣德五年为例，拨往北京、临清、徐州等处粮米一百五十余万石，每个劳力作运粮十石，则需人夫十五万。此外，运往南京、淮安等处七八万石。全府实有人户三十六万九千二百五十二户，几乎每户要一人运粮。因送粮遥远，往往送纳上年粮米刚完，下年秋粮又起运在即，影响耕种。因此非用船队运粮不可。船运漕粮就得收运资和船米，这是天经地义的事。至于运资，高是高了点，卑职曾多次呼吁，杨大人亲自去核算过，说工价太低了，请船工不到。当今遍地流民，劫贼蜂起，漕粮被抢之事时有发生。水路遥远，总有风高浪急的时候，难免不翻船。可以说，船工们都是冒着生命危险运漕粮，无相当工价，谁也不去。收船米，朝廷有规定。按朝廷规定，漕粮运至淮安二千石一只船，运至徐州二千六百石一只船，运到临清三千石一只船……全府总共需漕船五百零六只。朝廷规定的造船费用是造一只船大米三百石，这些船米由农户分摊，朝廷未拨分文……"

听赵忱的解释，况钟渐渐平静下来，觉得赵忱情有可原，并不好追究他失职;运资是杨粟亲自核定的,他署理知府,大权在握,自然得听他的;船米的收取标准是朝廷定的,赵忧无责任。谈起漕运,他具体数字记得如此清楚,仿佛心中有本账,可见对此事他已是尽心尽力,无可非议。

他向赵忧挥了挥手:"没事了,忙你的去吧!"

赵忧一走,况钟立马赶往络丝巷。他要去找尤安详谈。

走到尤府一看铁将军把门。况钟向街坊打听,隔壁邻居禀告:尤公是拿着渔竿出门的,好像说去枫桥那边与友人一道垂钓。

况钟找尤安心切,拔腿朝枫桥方向找去,一路未见着尤安,最后来到运河渡口。

渡口两旁长着一排柳树,河风吹拂,柳枝舞动,如缕缕青烟蒸腾,河水发出不间歇的咆哮声,卷起朵朵浪花,一浪接一浪地拍击着堤岸。河中白帆点点,来往船只如梭。周孝儒坐在埠岸上,旁边摆着字画摊,目光定定地注视着渡口的动静。

那天傍晚离开苏金娣家后,他跑去酒葫芦家请平秋月做媒。平秋月娘病,回娘家了,便委托酒葫芦。酒葫芦面子上答应,心里却像灌满了酸梅汤。秀才一走,他就急急忙忙跑到苏金娣家说秀才肩不能挑,手不能提,只是多认得几个字而已,嫁了他一辈子受穷。苏金娣怒目圆睁:"我愿意!"她手指着酒葫芦额头:"我看不起你这种寡情薄义的男人,你滚!我嫁秀才嫁定了!"酒葫芦讨了个没趣,只好悻悻走了。苏金娣等了两天,不见媒人上门,责怪秀才:"你说请媒人,迟迟不见媒人上门,是不是相中了别人?"周孝儒发誓说:"要是我秀才心里藏着别人,天打五雷轰!"苏金娣连忙用手捂住他的嘴:"谁叫你发毒誓!我不过是问你请了媒人没有。"周孝儒说请了酒葫芦。苏金娣笑了,心说:你个呆子是请郎中进了裁缝店,走错了门。酒葫芦与她的瓜葛不便言破,只是说:"酒葫芦那人灌了二两猴尿就迷雾里行船不靠谱,还是另请别人吧!"秀才见金娣着急，只得又去请其他乡邻做媒。村里人都知道徐文虎喜欢苏金娣，慑于权势，不敢得罪他，都支支吾吾的怕当这个红娘。秀才是个极爱面子的人，没辙了，只好等平秋月回来。听桂香说她娘今日上半晌可能会从对面乘渡船回家拿洗换衣服，秀才便到这里摆摊，吃过早饭就在这里苦等。

秀才没等着平秋月的面，却等来了知府况钟。况钟见秀才坐在石阶上发呆，便走了过去，问秀才是否看见有位老人在附近钓鱼。周孝儒连忙迎上去作揖，回答不曾看见，说运河来往船只多、动静大，一般很少有人在此垂钓。

况钟"哦"了一声，意识到自己犯了一个常识性的错误，根本不应该到这里来找尤安。转身欲走，这时恰巧苏金娣端个木盆来渡口洗衣服，见况钟在这里，忙说："况大人，到家吃茶去！"

"改日吧！今天还有事。"

苏金娣见秀才找不着媒人，心里着急。她知道况大人心肠好，有意请他帮忙："我有要事找大人。"

"什么事？但说无妨！"况钟挨着周孝儒坐下。

苏金娣笑："还是家里说方便些。"说完目光扫了扫周孝儒。秀才会意，脸立刻红了起来。男的红脸，女的脸红，不用介绍，况钟已心知肚明了。

苏金娣利索地洗完衣服，目光瞟了瞟秀才："秀才哥，您和况大人聊，我先走了，等会你陪况大人来，他要是走了，我拿你是问！"她话中有话：木头，快对况大人说吧，要是还不敢开口，看我怎么收拾你！说完，两腿生风地走了。

周孝儒点点头："知道了！"言毕，目光追逐着苏金娣的背影，直至背影消失才作罢。

两人的表情,况钟全看在眼里。见两人都有意,打算今日就替他俩牵红线,稍微坐了一会儿,况钟便催周孝儒:"秀才走吧!要不金娣会望眼欲穿!"

周孝儒不为所动,目光紧紧盯着运河对岸的渡船,说:"再等等,那班船过来也许有平秋月。"

况钟原以为秀才坐在这里是等前来洗衣服的苏金娣,没想到是等平秋月,忙问等她做什么。周孝儒红着脸说:"贫儒心里有个人,想请她说媒。"

从周孝儒苦等平秋月,况钟看出秀才为请媒人碰了不少壁。当今一个缙绅之家,红娘踏破门槛,而一个无钱无势的秀才,请个媒人却这么难。世道不公啊!该让他高兴高兴!况钟胸脯一拍:"休等平秋月了,我替你柯斧!"

秀才瞪大眼睛望着况钟,他以为自己听错了,一个日理万机的知府,要管的事实在太多了,给一个穷秀才做媒,这可能吗?

"我来做红娘,你没听到吗?"况钟重复一句。

周孝儒的眸子湿润了,紧拉着况钟的手,激动地说:"贫儒给您磕头了!"说毕就要跪下,况钟忙把他拉住,说:"别这样,别这样!到时给碗喜酒喝足矣。"

周孝儒带着况钟向草棚走去。进罢草棚,只见打扫得干干净净。苏金娣系着围裙正忙,脸上荡着幸福的笑容。不多久,一顿饭就做好了。

吃罢饭,况钟对苏金娣说:"金娣,你坐下,我说件事。"

苏金娣连忙坐下。她估计木头一定请了况大人做媒,知道况钟要说什么了。她心中那个小兔跳了起来,平日巴不得媒人上门,可一旦媒人进了门,心又有点不自在起来。

况钟望着苏金娣:"有人托我向你提亲。"

苏金娣脸上飞起红晕，目光碰了碰秀才，故意问道："他是哪里人氏？"

"苏州府。"况钟笑了笑。

秀才和苏金娣同时一愣，两人非常失望。秀才想，你自告奋勇替我柯斧，却为别人做媒，这不道地吧。懊恼间，忽然想起自己并没有向况大人表明所爱的人是苏金娣，况大人替那"苏州府"人提亲并无过错。秀才连肠子都悔青了。为了挽回损失，夺回真爱，秀才连忙在况钟耳边悄悄提醒说："贫儒心里的那个人就是苏金娣，大人您千万别说给那苏州府人！"

况钟有意开个玩笑，听了秀才的话故意板起脸："苏州府人怎样？苏州府人就不能娶苏金娣？"

周孝儒以为况钟呛白他，灰心了，独自坐在一边生闷气。

况钟朝苏金娣笑了笑："金娣，我说的人如何？"

苏金娣阴沉着脸，心里说：况大人您不是不明白我俩那层意思，为啥偏要拆散？她眸子闪了闪，冷冷地："谢大人美意，独身过惯了，民妇不打算出门！"

苏金娣以为秀才没有请况大人向她提亲，致使闹出这样的笑话，在这关键时刻，多么希望秀才挺身而出。望望秀才，他安安静静坐在那里一动不动，老实得像条拴住的驴。她气呼呼地走到他跟前，踢了踢他的腿："闷头闷脑的，你驴嘴啊？"

"我说不灵，你说！"周孝儒青着脸。

"真没出息！"苏金娣骂了一声，转对况钟，"况大人，我有了……"

"谁？"况钟装傻。

苏金娣的嘴努了努周孝儒："木头！笨驴！"

"我说的就是他啊！"况钟说。

周孝儒和苏金娣都疑惑地望着况钟，同声问："您不是给苏州府的人提亲吗？"

况钟哈哈大笑，将包袱解开："枫桥不是苏州府管辖吗？说孝儒是苏州府人氏有错？"

两人都意识到"受骗"了。苏金娣布满阴云的脸突然阳光灿烂，口里爆出一连串笑声，最后笑得捧着肚子直叫疼。秀才没有笑，口里喃喃地："我笨，我真笨！怎么就没想到这一层呢？……"脸上露出无限的喜悦，仿佛是行者在茫茫大漠找回了丢失的亲人。

况钟见事已办成，便告辞出来。

3

况钟从苏金娣家出来，行至枫桥遇见云岩寺住持。住持禀告虎丘塔（即云岩寺塔）向北偏东倾斜，并产生裂缝，恳请况钟去虎丘体察一番。虎丘塔兴建于后周显德六年，北宋建隆二年（961）建成，塔高十五丈，七层，平面八角，它雄奇壮观，直傲苍穹，四百六十余年来，一直是古老苏州的标志与象征。况钟意识到问题的严重性，当即向虎丘走去，他要摸清实情，尽快筹款修葺。

走了一程，一道碧水出现在眼前，蜿蜒的小溪上有位戴着青箬笠的老人手持鱼竿在浅滩垂钓。浅滩紧连着一个深不见底的水潭。水潭两旁箬竹丛生，潭水中飘着泡沫和树叶，小鱼在箬竹下游来游去。

况钟走近小溪，发现钓翁竟是尤安。找他一上午未见着人，下午不经意间竟碰着了，这真是踏破铁鞋无觅处，得来全不费工夫。他向尤安走去。行至浅滩，老人双目专注地望着鱼漂，没有发现况钟的到来。况钟拾起颗小石子投入水中，水面泛起一片涟漪。尤安不为所动，似乎没有看见一般。况钟再投一颗石子，水花飞溅，水中游动的鱼都潜入潭底，尤安的视线仍不离鱼漂。况钟觉得有些奇怪。唐代的张子同垂钓不设饵，人称烟波钓翁，志在情趣，尤公见河鱼惊跑仍未引起注意，莫非是为了学烟波钓翁？于是拍了拍尤安的青箬笠，高声说："文度公，做烟波钓翁来了！"

尤安抬起头，见况钟来了非常高兴，解释道："非也，昔烟波钓翁志在情趣，老朽垂钓志为健身。目视鱼漂，心平气和，宠辱皆忘，神清气爽的，小病小恙无药自愈矣！"

况钟在尤安身旁坐下，闲聊一番后，切入正题，请他详谈漕运的事。尤安将鱼竿搁在石头上，和况钟长谈起来。他说：去年你初来乍到，百废待举，百业待兴，要做的事太多了，我没有将此事提出来。如今你在抓农户复业，正是提出这件事的时候了。为了农夫回来复业，你顶着多种压力，冒着杀头的危险为民请命，要求核减税粮。你知道吗？那还远远不够，造成农民贫困的原因还有一条你没发现，那就是漕运。漕运若不革新，农民复业终是艰难。尤安的话，在况钟心头震动很大，决心立即起草革新方案。

"依您看，漕运症结何在？"

"在于漕粮揽运。"尤安一针见血地说，"苏州府的漕运有别外地，是总圩长、粮长和士绅包揽，年年笃定归他们运，他们通过揽运漕粮……"他指着水潭，"像这水潭下面的暗河一样，不知鲸吞了多少粮米！"

况钟尤衷地佩服这位老人。他一双慧眼看事情总是入木三分，做起事来又总是那么从容不迫，凸显他的睿智与老辣。

他与老人聊了许久，讨教了若干方策，然后上虎丘。

来到灵岩寺，只见虎丘塔向北偏东倾斜两尺以上，塔身出现多条裂缝。

翌日，况钟带杨粟、赵忱等官吏来到虎丘体察，然后会议筹款修塔。

衙门银根较紧,会议决定动员社会各界捐款。赵忱自告奋勇负责募捐。为了起个带头作用,况钟当即要赵忱写上他捐一个月的俸米。写毕况钟的捐银(大米折成白银),赵忱向大家表示,他捐白银一千两。赵忱这一表态,几乎所有在场的人都怔了一下。

静场片刻之后,杨粟阴阳怪气地:"赵兄,你每月俸米不足十石,千两白银,那可是十年以上的俸米啊,你不怕河东狮吼?"

赵忱生活俭朴,一件缀有补丁的银灰色长袍,从冬穿到夏,家中用灯能省则省,不到断黑不准点灯,乐善好施,修桥、补路、建寺庙无一次不慷慨解囊;矜孤恤寡,族侄赵青、赵飞兄弟自小丧父,是他资助下抚养大的。况钟已有耳闻,他做这些事的确经常与夫人发生龃龉。况钟说:"赵大人,要不和弟妹商量之后再说?"

"不必,不必!"赵忱连连摇头,"不关她的事!下官尚有祖上留下的薄田数亩,卖一处即可!"

会议之后,筹款修塔由赵忱负责,况钟把精力放到漕运革新上。他将漕运中的若干问题写成《丁少粮多请免远运奏》等奏疏,先行与朝廷沟通,然后起草漕运革新方案。他躲进退思斋闭门起稿。很快草拟出漕运革新方案。革新方案有四个方面的内容:一是交粮地点尽可能舍远就近,除送北京、南京两地口粮、公侯禄米和五府六部衙门俸米照旧不变,送临清、徐州等处的改送苏州附近的太仓、镇海、淮安等地。二是运粮远近以各户劳力多寡而定,粮少劳多者远运,粮多劳少者近运。三是停止科派船米。四是对揽运方进行限制,如漕船的造船费用由揽运方出,不准再行科派;漕粮运输途中的耗损实行最高限额,第一年按正粮百分之七十收取,以后逐年减少比例等等。

漕改方案刚写完最后一个字,有人敲门。况钟开门一看,来人是赵忱。他是来汇报筹款的事。听完汇报,况钟将漕改方案给他看,征求修改意见。赵忱看过方案后，良久的沉默，脸上表情复杂。眸子透出的光是柔和温顺的，显示他憨厚、忠诚；双眉紧蹙，表明心中不快；鼻子耸起，显出急切与不屑；厚厚的嘴唇老是蠕动，说明他有话要说，只是没斟酌好。

"赵大人是否有难言之隐？"见赵忱半天不吭声，况钟有点发急了。

赵忱苦笑，厚厚的嘴唇动了动，半天吐出两个字："难啊……"

"难在何处？但说无妨！"

赵忱说限制漕运途中的耗损和停止科派船米，他接任通判时就提出了，可实施起来比登天还难。讲这些时，他表情显得是那么孤独和无奈。

"谁刁难？"况钟问。

赵忱出门望了望，回来小声说："还能有谁？杨粟和成抚台呗。"

况钟见赵忱非常为难，挥了挥手叫他把杨粟叫来。杨粟即刻到来，况钟将方案递给他，看他反应如何。

杨粟看过方案，冷笑一声："况大人你标新立异，对揽运方限制这么多是搬起石头砸自己的脚。你知道揽运方都是些什么人吗？那可都是些得罪不起的主！他们若是有意作对，漕粮不能按时运到，朝廷怪罪下来，你会吃不了兜着走。我劝你勿自作主张，还是先禀告成抚台再说！"说罢将方案重重地往书案上一甩，衣袖一拂扬长而去。

况钟知道，这个方案征求成均意见肯定通不过。他想，漕运改革是知府衙门的事，用不着巡抚衙门来说三道四，也不必看抚台大人的脸色。他抛开巡抚衙门，广泛征求士民意见。

收集意见修改后，况钟贴出榜示，宣布当年按新方案执行。

第十六章

回 乡 丁 忧

1

　　漕运实施新方案,圩长、粮长们气疯了,发誓要报复况钟。

　　昆山总圩长杨旭急红了眼。他祖上是陆杨有名的土财主,到父亲手上,家业愈来愈缩水。杨旭虽是读书不多,脑子却灵,善于钻营发财门路。为了壮大家业,重振雄风,二十岁那年,他开始到昆山城里倒买倒卖。几年折腾下来,他在县城盘下店,像模像样做起生意来。一家子从陆杨搬到了县城。他两眼盯着钱,哪桩赚钱做哪桩,帮里人称他铜钱眼。见圩长粮长利大,他花银子当上了昆山总圩长兼陆杨粮区粮长。十年间便成了县里屈指可数的富翁。漕运革新阻了他的财路,他比祖坟被挖还伤心,连忙去胥口找徐文伯讨招。徐文伯在七县圩长中年长,举人出身,有心计,背后又有高人指点,威望最高,向来有什么事,都是他出面摆平。杨旭在徐府旗杆石前下了马车,拍拍身上灰尘走进石门楼。

　　"杨总圩长来了!"徐府管家赵青迎了出来。

杨旭向赵青拱拱手,问徐文伯是否在家。赵青做了个请的手势:"善翁在望湖楼下棋。"

杨旭听了心里有些气,文伯兄啊文伯兄,好雅兴啊,人家把你的财路一条条都堵了,你还有心情下棋? 他向赵青点点头,径直向宅后走去。

宅后是个花园,粉墙围着,院内植柳、梅、竹及各种花卉。垣内一戏台。戏台后有座馒头山,一卵石小道像条带子盘上山巅。

杨旭踏着卵石小道走着。漫山葱翠,山花朵朵,画眉在枝头唱着歌。山巅绿荫之中有一座八角形的阁楼。此楼双重檐,攒尖顶,似亭但不翘角,四周砖墙,上嵌八角形窗,门上端悬一匾:"望湖楼",大门两旁阴刻木质楹联:

　　三峰已过天浮翠

　　四扇行看日见扉

杨旭来到望湖楼前:"徐善人,文伯兄!"

"啥人呀?"徐文伯手捻佛珠出现在门边,见是杨旭,高兴地说,"铜钱眼,啥风把你吹来了?"

"还有啥风? 况钟的妖风呗!"

　徐文伯招了招手:"上来吧!"

杨旭来到楼上。徐文虎正在收拾棋子,对他点点头,走了。杨旭是个急性子,一来就讨教:"文伯兄,我们该如何对付姓况的?"

"不急不急,天塌不下来!"

　徐文伯手捻佛珠带杨旭走到面湖的窗边。窗户两旁刻着对联:

　　树暗草深入静处

　　卷帘倚枕卧看湖

徐文伯指着对联问:"明白啥意思吗?"

铜钱眼是个土财主,读书不多,不明白对联的含意。徐文伯见他摇头，手指山下说："就是要你入静，把什么事都放下来，悠闲地观湖。"

顺着徐文伯手指望去，太湖出现在视线中。湖上飘荡着薄薄的迷雾，迷雾散去的地方，湖水银白，波涛不停地冲刷着堤岸，发出有节奏的声音，像是一种失望的叹息，又像是一种无奈的呻吟。

铜钱眼说："这湖有啥好看？"

"让你看湖，是要你懂得一个道理。"徐文伯说。

"啥道理？"

"有容乃大。"徐文伯知道，凭铜钱眼那点墨水，不会了解"有容乃大"的内涵，解释说，就是肚量放大些，况钟爱怎么改让他怎么改，我们不理他。

铜钱眼非常失望，本来是讨对策，善人却束之高阁。他生气地说："要放肚量你放去，我没这个肚量！"言毕气冲冲欲走。

徐文伯拉住他："杨兄你没弄懂徐某的意思，放大肚量并非不同他斗，而是策略……"

铜钱眼立驻足："啥策略？"

"以静制动。"徐文伯老谋深算地说，"所谓以静制动，就是不公开反对他，暗中想个办法把他撵走。"

"用啥法子撵他走？"

"你说呢？"徐文伯反问道。每当重要关头，他都询问别人，而后再拿出自己的锦囊妙计，以显示自己的高明。

铜钱眼在家想好了几个对策，听徐文伯问，便一个个端了出来：一是上南京告状，请成均出面制止；二是进京告状，搞臭况钟，呼吁朝廷罢他的官；三是骚扰况府，让况钟感到自危而主动离开苏州。

这三个方略全被徐文伯否定了，说不符合"以静制动"。

"那你说说，怎样做才以静制动？"铜钱眼着急地问。

徐文伯笑了笑，胸有成竹地："你先去找一个人，然后对他说……"

经高人指点，徐文伯已策划好了一个妙招。他原先考虑让赵青或徐文虎去执行，思来想去，这两人都不妥。赵青人精明，办事利索，但他知道的秘密太多，此事事关重大，再让他干，恐事成后要挟自己；徐文虎少心眼，办事不牢靠，恐怕拔出萝卜带出泥。经再三考虑，他选择了铜钱眼。此人虽然目光短浅，点子不多，但谁堵了他的财路，他可以去拼命，你只要细加指点，他会不折不扣去完成。他讲江湖义气，出了事休想在他嘴中掏出半点秘密。徐文伯算准了铜钱眼今日会来找他，下棋实际是等他上门。

杨旭听完徐文伯传授的韬略，佩服得五体投地，立马去寻找那个人。与那人谈妥之后，二人次日便马不停蹄往江西靖安赶。

2

江西省南昌府靖安县的龙冈洲，又名崖口，是个美丽的小山村，重峦叠嶂，山环水绕，茅屋重重，竹篱密密。村中一幢板壁大瓦房，显得有些鹤立鸡群。此屋叫黄家大屋，是崖口最好的宅第。

这黄家大屋老宅主名黄胜祖，有田土山林，与况钟祖父况渊交厚。元至正十二年，官军与红巾军在靖安交战，况渊举家十余口死于战乱，仅剩六岁的况仲谦（况钟父亲）。黄胜祖无子嗣，收养仲谦为嗣，改姓黄。胜祖故去后，全部家产归仲谦。仲谦有二子：一曰钟，一曰镛。父临终时嘱咐二子："万物本乎天，人本乎祖。吾岂不知水木本源之义而从况姓乎？况氏之族不绝如缕，承黄氏再造之恩，致有今日，何忍背之？尔二子成立，他日一当复姓归宗，一当永承黄祀。"宣德四年，长子钟上书复况姓，宣宗照准。次子镛仍姓黄，继承黄氏香火，与庶母何氏和况钟的长子况宁住在此屋。

黄家大屋门首，横廊上竖着两根粗大的圆柱，圆柱立在石头圆墩上，圆柱上头顶着横梁，横梁一头画着松下问樵，一头画着雪中垂钓。横廊前头是石阶，石阶下是院子。院中栽着桃、李等果树。横廊两头是月洞门。大门内是上下大厅，中间有个天井，天井两旁通两厢。上厅正中墙上挂着仁宗御书的金匾，上书四字："祖德流芳"。匾下摆着神龛，上供黄氏和况氏祖宗神位。神龛旁有一架红漆描金橱，这是喜庆时摆诰命轴子的。

何老太太抱着三岁的曾孙来到下厅。老人一头白发，已经没有牙齿，笑时露出一列牙龈，脸上虽被岁月刻上了许多沟壑，但显得端庄，看得出年轻时是个俊秀的女人。她把曾孙放进摇篮，然后开始绩纱，一边绩纱，一边唱道：

　　奸雀子，尾巴长，

　　剪掉尾巴嫁姑娘。

　　姑娘矮，嫁螃蟹。

　　螃蟹横着走，宁愿嫁蝌蚪。

　　蝌蚪有尾巴，宁愿嫁大虾。

　　大虾倒走路，还是嫁黄鳅。

　　黄鳅软溜溜，不如去嫁牛。

　　牛有两只角，不如缩田角。

　　……

门口突然进来个不速之客。他三十来岁，穿着白竹布长衫，满脸麻子，提着一只藤条箱。此人就是铜钱眼受徐文伯之命去找的那个神秘人二麻子。昨日，二人赶到靖安县城，今日来到崖口，铜钱眼打听到黄铺夫妇和况宁夫妇都赶街去了，二麻子便扮成郎中来到黄家大屋。

来人望着何老太太，操苏浙口音恭维她："好婆婆，您老人家好福气咧！"

何老太太疑惑地望着来人，弄不清他是什么人。来人自我介绍是游医，县城来的。老太太没听清，以为是"牛医"，忙说："牛郎中，我家的牛不用治。"

来人见老太太听错了，耐心解释说是四川来的游医，就是云游四方的郎中，贵地叫过方郎中。听到是过方郎中，老太太客气地让座。游医望望摇篮中的孩子，问道："这小毛头是孙子吧？"

何老太太伸出四个手指，游医明白了："曾孙，四代同堂，少嘞！"转问道："老人家几个崽？"

老人伸出两个手指。游医问："都蛮有出息吧？"

老人自豪地点点头："出息又如何？大崽在苏州府当知府，一千几百里路远……"洪熙元年，况钟办皇差有功，诰封奉议大夫，何氏也因此被封赠为宜人。她能光宗耀祖，都是因为有这个儿子的缘故。老人聪明，夸儿子懂得先抑后扬，"崽对皇上十分的忠，天天忙着办皇差，长年连个面也见不着，这官还不如不当！"

游医仔细地端详老太太，观察一阵后，说："难怪令郎会当知府，原来全是老祖宗您的福荫，您老人家尊相子孙玉帛，公侯万代，大富大贵！"

老太太心里明白，这全是胡诌，她的命相若是如此好，为何前夫穷得上无片瓦下无寸土？自己生育的唯一一个崽为何都中麻死了？胡诌归胡诌，奉承话任何时候都是受用的，她的脸笑得如一朵盛开的菊花，起身给客人泡了杯茶。

游医接过茶呷了口，继续观察老人的面相，边观察边说："老祖宗荣华富贵，子孙满堂，可贵体欠佳，有个病折磨了您大半辈子。"

"什么病？"老太太问。游医放下茶杯："待我把脉之后再说。"接着便给老太太把脉。把过脉之后，说："老祖宗左手关脉弦紧，尺脉沉细，肝、肾两虚，血虚生风，脑因风邪所犯，经常疼痛。"

何老太太觉得这郎中真神。她从姑娘起每当月经来潮头痛就发作，或缠绵数日，或剧痛一至两天，服了不少药都不见愈，上花甲后还是如此。她问道："这病要不要紧？"

游医禀告她：头痛一辈子，对血管损伤极大，人老血管变脆，容易破裂，一不留神人就呜呼了。老太太非常着急，要他给开张单子。

游医笑着告诉老太太，他家三代悬壶济世，有祖传秘方治各种痛症，现带有末药，治头痛是药到病除。他从藤条箱中拿出三包药："老祖宗服下这三包末药，头痛不会再发作！"

何老太太接过药打开一包观看，药是黄褐色粉末，闻一闻还带点香气。她脸带疑惑地望望游医，心想，我几十年来吃的药堆在一起，要占半间房，至今未愈，你三包末药能根治，难道是神药不成？过方郎中多半是骗子，不要信他胡吹。她把药还给游医："您还是开张单子吧，这药以后再要。"

游医把药放桌上："老祖宗，信不信由你！药放这里，我今日不收钱，还要赶回县城去。县尊大人约好了，我要去给他太太治腰痛。十天后我再回来，药有效您老就给几个铜板，要是没止住头痛，赔您十两银子，算是我说诳话的惩罚！"

何老太太听他说得如此硬，不再多心了，药要不是有真效，怎么会十天后来收钱？

"这三包末药怎么吃？"老太太问。

游医在桌上拿过一包纸上画了圆圈的药，介绍说：先服其余两包，一天一包，早晨开水送服。这有记号的最后一天服，千万别搞错了，弄错了头痛难断根。服下后有点恶心,不要紧。游医提起藤条箱走了。

何老太太送游医至横廊上,院子里桃、李浓密的叶片下,伸出一串串青色的果实,阳光把青果染成了金色,仿佛是向老人张着笑脸。老人心情特别好,目送游医出了禾场,才转身回厅内。

第二日,何老太太开始服药。服第一、二包没有特别的感觉,服第三包后,心里作呕,连纱也不能绩了。儿子、孙子要把她送到县城去治。她说:"郎中说了会有点作呕,不碍事。"呕吐越来越厉害,吐出物带血。况宁一看情况不妙,忙和叔父一起抬着老太太去县城,走到半路,老人已一命呜呼了。

铜钱眼与二麻子听到何老太太断了气才赶回苏州复命。

回苏州没几天,铜钱眼暴病身亡。

3

况钟躺在床上显得莫名的烦躁,翻来覆去难于入眠……

突然洪叔来报:"老爷,何老夫人来了,在门楼外。"况钟一骨碌从床上爬起来往外跑,边跑边埋怨洪叔为啥不领她进来。洪叔边跑边说:"老人家不愿进来,说就是和您见一面。"况钟寻思:娘不远千里来这里,不进家门,她究竟要去哪里?跑到门楼一看,老太太真的在门外,被铁索锁着。况钟大惊,问娘犯了何罪?何老太太笑道:"他们要带我去一个很远的地方。"况钟解铁索,何老太太不让解,说有皂隶跟着,他们怕见你,躲在远处,你要一解,我的罪孽就更重了。况钟住手,问:"娘犯有何罪?"老太太说:"娘也说不清。"况钟命洪叔去拿些银子给老太太作盘缠,老太太连忙说:"不必,不必!娘来这里不是要钱,是想见你一面。你父有些话托我转告你:况氏曾遭灭门大劫,之所以有贵人搭救,香火不绝,全赖祖上积德,宽厚为人,仗义疏财。你是为官之人,切记、切记!要敬百姓如父母,忠于皇上,廉于律身。"况钟俯伏在地:"不孝儿记住了!"他爬起来,娘却不见了。他大声高呼:"娘!娘!"

舒夫人醒,用胳膊碰了碰说梦话的况钟:"老爷,您想娘了?"

况钟醒,原来是南柯一梦。他把梦讲给夫人听,夫人看过《周公解梦》,听后说:"不好,娘怕是有三长两短。"

况钟心里一紧,眉头紧锁。况钟出生后母廖氏缺奶水。何氏正好儿子夭折了,便请何氏做乳母,况钟是吃何氏的奶长大的。何氏先夫多疾,英年早逝。况钟的母亲去世后,父亲便将何氏娶过来。何氏视况钟为己出,况钟视何氏为亲娘。母子情深。父亲故去后,况钟曾将老太太接到京城,老太太水土不服,加之久居乡村,不习惯京城的喧闹,要求回靖安老家。况钟劝说无效,只得写信给长子况宁要他接回祖母,吩咐儿子好生侍奉老人家,代父尽孝。

况钟坐了起来,眼中含着泪水:娘要是有不测,我罪孽就大了,三年未回家看望娘亲,儿子不孝啊。

"自古忠孝不能两全,老爷不必过于自责!"夫人起床点亮灯,拿过一件衣服披在丈夫身上,"再说,这只不过是个梦,未必真会有事。"

"娘是耄耋之人,虽无沉疴,风烛残年如灯一样,风一吹就会灭。"

"老爷休急!凶吉为人召,寿数由天定,娘是个仁德之人,相信佛祖会给她老人家赐福添寿。"

无论夫人怎么安慰,况钟的心都安定不下来,披衣起床,在房中来回踱步。

此时三更刚过,离天亮还早。夫人想,衙门中事情那么繁杂,不好好睡一觉,明天身子骨怎么支持得住?她要况钟再睡一觉,娘的事,她去求观音娘娘保佑健康长寿,说毕穿衣起床,净手,进禅房点燃香烛祈祷起来。

次日况钟开始安排衙中事务，打算尽快回老家一趟。还没动身，堂侄送来弟弟写的一封家书。他有不祥的感觉，用颤抖的手打开封套一看，脸如被蚂蟥猛地吸干了血，白得如信纸一般，双眼发黑，一个踉跄，往地上倒下。

灌过参汤况钟才醒过来。他泪如泉涌，哭过一通之后，命家人给庶母烧纸钱。他走到大门外，朝西南老家方向跪下，对着苍天呼喊："娘！您怎么就走了呢！"

接到噩耗的第四天，况钟身穿黑色长袍，腰系草绳，脚穿白袜芒鞋，辞别众人，回老家丁忧。

第十七章
沉渣泛起

周孝儒和苏金娣喜结连理不几天，就听到况钟回乡丁忧了。听到这个消息，夫妻如丧考妣。况大人恩同父母，离开苏州时，他俩未能去送别，感到非常惭愧。当天晚上，夫妇二人长吁短叹，一宿未睡，担心况大人这一走，沉渣泛起，一切又会倒退到一年前。

夫妇俩的担心的确没错。况钟走后，成均让杨粟署理知府，宣布废除况钟的一切改革，税粮按老章程征收，漕运按老办法执行。不法官吏和缙绅趾高气扬，更加残酷地剥削百姓，重返家园的农户又开始流亡。苏州变天了。

说变天，天还真的变得快。一天午后，周孝儒夫妇进城给况钟发信时，天是瓦蓝瓦蓝的，回来时刚出阊门，天上就起黑云了。黑云愈来愈多，直奔太阳而去，把它遮了个严严实实。俄顷，乌云边上出现彩云，红色的，褐色的，灰色的，淡青色的交织在一起。天空不时传来雷声，闪电时隐时现。

天出奇的闷热。行人都把衣扣解开。苏金娣望望天,是不是要下冰雹?

回至运河边,起风了。风越刮越大,"呜呜"怪叫着,空中飞扬着草根、树叶和纸屑,昏蒙蒙的,像是到了黄昏。夫妻俩加快步子。正走间,电光一闪,一声落地雷震天响,接着天空出现无数的小黑点。

"冰雹!"周孝儒指着天空。

苏金娣仰头一看,真是下冰雹了,拉着丈夫的手躲进路侧的龙王庙。

冰雹铺天盖地而下,溅在地下乱蹦,大的鸡蛋大,小的蚕豆大,晶莹透亮。雹雨持续下了一盏茶的工夫才结束。

天像孩儿面,一天变三变。冰雹下过之后,很快云开雾散,太阳出来了。

夫妻俩从龙王庙出来,地上冰球足有三寸厚。苏金娣急急朝自家稻田走去。这一亩三分地是去年况钟号召开垦滩涂地时,她垦翻过来的滩涂。走到稻田一看,禾苗被雹雨砸倒在地,东倒西歪的。苏金娣好不心疼,连忙扒去冰雹,把苗扶起来。

此时太阳开始下山,花脚蚊子出来了。周孝儒抄着手站在田头看妻子扶苗。蚊子在他手上叮了一口,立马起了个包。周孝儒望着这个包,想起贪官和不法缙绅的嘴脸,来了灵感,边赶蚊子边吟道:

夕贱且身轻,遇炎凉,起恶憎。

尖尖小口如锋刃,娇声夜摆迷魂阵。

吮精血,犹如假惺惺!

苏金娣听不懂,见丈夫禾苗倒了不着急,还吟诗,气呼呼过去把他拉到田里,说:"秀才,你听着!这些文绉绉的酸诗姑奶奶听不懂,我只晓得扶起苗就少饿肚子。你要是不扶苗,姑奶奶到半夜都不煮饭吃!"

周孝儒不善稼穑,从来未下过田,妻子有令,不得不从,摇摇头开始边扶苗口里边嘟囔:"唯小人与女子难养也……"

苏金娣脾气急,周孝儒性子慢,这一急一慢,正好阴阳互补,琴瑟调和。

2

眨眼到了秋收时节。徐文伯们又开始组织船队,揽运漕粮。收毕秋,徐府的船队就要起航,徐家兄弟开始物色船工。徐文虎想到了周孝儒。上次未能把苏金娣搞到手,徐文虎把账记在秀才名下,秀才与苏金娣成亲,意味着徐文虎永远失去了苏金娣,秀才成了他不共戴天的情敌。徐文虎风流成性,得不到的女人越想得到。如今况钟丁忧了,秀才夫妇失去了靠山,徐文虎觉得秀才可以任他宰割了,他要借运漕粮,在途中整死秀才,把苏金娣夺回来。徐文虎给秀才挖了个陷阱……

船队起航之前,徐府管家赵青带着家丁来到周家,逼苏金娣还老蔫欠下的五十多石谷子。苏金娣说今年还不了,下年吧。

赵青双手往腰间一叉:"二老爷吩咐了,没粮用折色银也行,他指望用这笔钱请船工。"

听到"二老爷"苏金娣来了气:"债是死鬼生前欠下的,叫徐文虎找死鬼去要!"

赵青眼睛一瞪:"话不能这样说!夫欠债,妻当还,这是天经地义的。老蔫变了鬼,你还在……"

苏金娣打断他的话:"我出了嫁,如今是周家媳妇,与我不相干!"

赵青见苏金娣不吃他那一套,便和她吵了起来。苏金娣不想吵架,背起背篓出门去打猪草。赵青拉住苏金娣的背篓:"二老爷说了,没粮就拿银子,没银子就搬家具,你不能走!"

苏金娣见他要抄家,非常生气,这徐文虎欺人太甚!她指着赵青的鼻子骂道:"姓赵的,你也是穷苦人家出身,不要趁水踏沉船!这里是周家,你敢搬一件家具,就打断你的手!"她背篓一放,拿起根扁担站在厅堂门口堵着路。

赵青受徐文虎之命而来,一切都设好了圈套,就是要把事情闹大,才能把周孝儒引出来。当即命一家丁往厅堂内冲,苏金娣一扁担扫去,那家丁倒在地上。赵青对众家丁手一挥:"把她绑了,交二老爷发落!"

众家丁冲了上去,夺去苏金娣的扁担,把她绑了。

周孝儒的母亲左眼失明,右眼视力也模糊,常年坐在房中,外面发生的事虽没有看见,可听得一清二楚,听到绑了儿媳妇,忙从房中摸出来求情,说还账的事找她儿子,不关媳妇的事,快把她放了。

赵青等的就是这句话,顺水推舟把苏金娣放了。苏金娣在老太太跟前跪下:"娘,老莺欠下的,不关秀才的事……"

老人摸着苏金娣的头,语重心长地说:"儿啊,你到了我家,生是周家人,死是周家鬼,你的债就是周家的债,怎么不关我儿呢?世道如此,莫去逞强。做好女人本分事就够了,别的大小事都由他们男人去扛!"说完转对赵青,"烦你们去把我儿子叫回来,天大的事你对他去说!"

赵青派一家丁叫回周孝儒。老人将徐府逼债的事对儿子说了。周孝儒听完,说:"娘,儿子知道了,您进房去吧,这事儿会料理好。"

苏金娣扶老太太进房。周孝儒请求赵青宽限两天,到时一定把债还上。赵青故意讨价还价说不行。秀才苦苦哀求。赵青最后胸脯一拍:"好吧,看秀才面子,我擅做一回主,就后天!可我丑话说在前,到后日还不了债,得把你妻子带走作押!"说完带着家丁走了。

赵青走后,周孝儒东家门西家户去借。现如今大家的日子都不好过,还没等你开口,人家就先诉苦,说揭不开锅了。秀才想,小人求之于人,君子求之于己,既是人家也有难处就不强求了。

他回到家只是唉声叹气。收的租子和摆摊的收入,勉强够糊口,没有剩余;家具油漆剥落有钱人看不上,穷苦人买不起;有几亩薄田能卖点钱,那是祖上留下的仅剩的一点产业,卖完会要去娘半条命,不到十分紧要的时候不能动。

当天晚上,夫妻俩半躺在床上,相对无言,各自想着心事。窗外,竹枝低垂,显得是那么抑郁,哗哗的涛声传来,像是运河在叹息。

快到三更时,周孝儒心头一亮,心情立即轻松起来,胳膊碰了碰妻子,要她睡。苏金娣抱怨道:"都是你娘崽怕事!再过一天,讨债鬼又上门了,怎么睡得着?"

"世道如此,鸡蛋碰得过石头吗?"秀才搂着妻子拍了拍,"放心睡吧,天塌下来,我会顶着!"

"你怎么顶?"妻子瓮声瓮气地问。

秀才胸有成竹地:"赵青不是说指望用这钱去请船工吗?为夫去徐府当船工抵债不就成了!"

苏金娣从秀才怀中挣脱出来,气呼呼地说:"不行不行!就是绑我去开膛破肚,也不让你去给徐文虎做船工!你纸糊的人一般,轻飘飘的风吹都会倒,江风这么大,你做得了船工?再说,八辈子没撑过船,你以为做船工那么容易?"说完睡到一边,用屁股对着丈夫,对丈夫这个馊主意表示抗议。

秀才耐心地向妻子解释:他身子虽然单薄可人精神,很少生病,做船工双手不断摆动,强健体魄,撑一回船回来,身子骨反而会更结实。至于没划过船这并非难事。他说:"圣人云:'三人行,必有我师焉,择其善者而从之。'这么多老船工,为夫可以拜他们为师。"

听了秀才这席话之后，苏金娣的火气渐渐消了，对丈夫的决定有所理解：徐府的人天天来逼债，吵得鸡犬不宁，还不了债，徐文虎肯定还会打她的主意。做船工虽苦了丈夫，可灭了徐文虎的邪念。于是她回过身来松了口："那就先试试，支持不住就回来，不要硬撑！"

"遵命！"秀才伸过一只胳膊又把她搂了过来，吻了一下。

苏金娣觉得丈夫的吻今天特别有男人味。她伸手轻轻地抚摸他的脸。虽然这个瘦弱的男人无钱无地位，经常被人欺侮，但他用满腔的爱支撑着家庭，如高山顶起蓝天一样；他懂得女人的心，知道女人是脆弱的，总是呵护有加，她是月亮，他是太阳，他总是毫不吝啬地给她光明与温暖。他是个真正的男人！能选择这样的男人做丈夫，是自己的造化。想到这里，苏金娣浑身热烘烘的，手从丈夫的脸上滑到胸前，由胸前再往下滑……她用温存来报答丈夫。秀才被妻子摸得周身发热，火烧火燎……

过了一天，赵青带着家丁如约而至。周孝儒表明愿当船工抵债。赵青怕他反悔，还要敲钉转脚，故意说："秀才，这可是你自己选择的，大男人说话可得算数！"

周孝儒果断地："何悔之有？乡愿，德之贼也！"

"啥意思？"赵青听不懂。

秀才解释道："孔夫子说，言行不一的人，是败坏道德的人！"

赵青笑了，周孝儒已跳进陷阱，他的差事完成了，二老爷该给他奖赏了。

徐府船队启运漕粮的日子到了。这批漕粮是运往北京的。启运这天,苏金娣送丈夫早早来到枫桥江枫洲码头。洲上十数棵红枫叶片已经发红,如珊瑚灼海,雾中红枫似红霞罩着薄薄面纱。江中泊着二十多只大帆船,每只船上都码着整整齐齐的粮包,舱外裸露部分都用油布遮盖。此时,酒葫芦正从船上走过栈桥,来到码头上。此次运粮,徐府不但雇他走镖,还委托他为船队的龙头,他高兴得一个晚上没睡着觉,半夜就要平秋月起来做饭,天蒙蒙亮就来到江枫洲。见了周孝儒,他训斥道:"才来?我卯都点过了!忘了起床是不是?那个当得饭还是当得酒?要不是我看顾,头一回你就得挨罚!"酒葫芦狗脑壳长不得四两肉,一有机会就要拿大,见苏金娣在跟前更不会放过。他要向她表明:他不仅是镖头,还是这支船队的龙头,船工们要听他的号令,他酒葫芦多有出息!

苏金娣往地上吐了口唾沫:"呸!酒葫芦,你是六月里做亲,勿要棉被(面皮),一个镖客不就是一条看家护院的狗,在老娘面前神气啥!"

周孝儒忙向妻子使眼色,转又息事宁人地安抚酒葫芦:"别同她一般见识,君子不与牛斗力!"

酒葫芦正要发作,听秀才称他"君子",虚荣心得到了满足,便没和苏金娣吵架,带着周孝儒上船去了。

周孝儒安排在二号船。每条船两位船工(头船除外),另一位早来了,正在舱中挪粮包,挤出一片空间放做饭的炉子。秀才放下行李,过去帮那船工。放好炉子,出舱一看,娘带着小儒也来了。秀才很少出远门,这次是最远的一次。人还未走,心里就有些酸酸的。他踏上栈桥,向娘走去。

秀才刚下栈桥,徐文伯手捻佛珠由赵青陪着来到码头上。船工家属见了他,都讨好地称他"徐善人"。徐善人走下石阶来到栈桥边,赵青高声把酒葫芦呼了来。

酒葫芦走上栈桥,赔着笑脸:"大老爷来了!"

徐文伯没理他，正美滋滋地欣赏着水面上的漕船，如画师在审查自己的杰作。这批漕船凝聚着他的心血和智慧。他指着漕船对酒葫芦说："这批漕船装的是运往北京的公侯禄米，丝毫闪失不得。我让你做总镖并做船队的龙头，是信任你。这次挑的船工，既有老把式，也有我的家丁，不但会撑船，而且功夫都不错，相信你会带好。令我不放心的是文虎，他风流成性，真怕他误事，你要多提醒他。"

"大老爷，您放心，这批漕粮丢了一粒，您拿我是问！"酒葫芦拍着胸脯说。

徐文伯笑了笑："有你这句话，我就放心了！运粮回来后，我不会亏待你。还有啥事吗？"

"只是……"酒葫芦欲言又止。

"不要吞吞吐吐的，只管直说！"

"天气日渐寒凉，河风又这么大，烧酒是少不得的……"

徐文伯拍了下酒葫芦的肩："你担子重啊，烧酒包你天天喝，适当的时候，让其他的船工也喝一点，驱驱寒，酒钱你向文虎要！"

"谢大老爷，谢大老爷！"

"休谢！"徐文伯望望靠在最边的一条画船，"粮道衙门的人到了么？"

酒葫芦说："到了，只是二老爷还没来。"

徐文伯听到弟弟没到，气得脸色铁青，船都快要开了，你这个押粮的粮长还泡在婊子行，像话吗？他拔腿向枫桥街上走去，匆匆来到怡春楼。

这怡春楼飞檐斗拱，雕梁画栋，楼上楼下都漆得红彤彤的，廊檐下吊着彩灯，空气中飘着脂粉气和酒香。徐文伯正要往楼上走，徐文虎一手拉着春花，一手搂着秋月两个粉头出现在楼梯口。春花秋月忙向徐文伯蹲万福,徐文伯绷着脸,粗声粗气地:"免了免了,快走,要开船了!"

来到码头,徐文虎送春花、秋月上画船,回来后问徐文伯:"哥,还有啥吩咐吗?"

"我叮嘱你的事记住就行!路上千万要小心,开船吧!"徐文伯挥了挥手。

周孝儒见要开船了,便辞别母亲和妻儿匆匆回到船上。

徐文虎辞别兄长走上头船。此船长八丈,中舱宽一丈五尺,舱中备有床铺和炊具。徐文虎对酒葫芦说:"起锚!"

酒葫芦大声叫:"起锚——"

二十余人站到头船甲板两侧,纷纷将撑杆伸进水中。

头船舱顶挂着龙旗和顺风旗,拉着漕船和画船慢慢驶离码头,船队激起缕缕白浪,首尾相连鱼贯而去。几个壮汉手持长铁钩,从这条船跳到那条船,矫正拖船的航向。

周孝儒回过头去,见娘由金娣和小儒搀扶着,还在目送他,江风扬起她的白发,一飘一飘的。他觉察娘特别不舍他的远行,总是背过身去抹泪水。儿行千里母担忧,他理解娘。船行一段,还可望见那飘零的白发,周孝儒眼里涌上了泪水。

河面雾茫茫的,娘的身影很快在迷雾中消失了。周孝儒用手帕抹去泪水,回过头来注视着前方。船队缓慢地行进,两岸灰瓦青砖白墙时而相连时而间断,房屋低矮破旧,有的屋脊倾斜,临河一面的墙上爬满青苔和霉斑。

若干日后,船队进入邳州境内。因为下了雨,水势浩大,水花飞溅,漕船不停地颤动着,水下似有千军万马在厮杀,水流湍急,不时漂来杂草、木头和死禽。

夕阳西下时,来到沙田地段,漕船在一线峭壁前经过。峭壁下长着芦苇,几只鸳鸯在芦苇外的河面戏水。它们非常漂亮,有的羽色绚丽,嘴红红的,外围有白环,有的背部褐色,腹部纯白毛。漕船的到来并未惊动它们,显然这些小精灵,知道这种庞然大物并不会对自己造成伤害,依然嬉戏着。

离家已有些时日了,周孝儒非常想家。望着鸳鸯,他想起了新婚的妻子。他俩新婚燕尔,本应厮守在一块,可因为运漕粮,两人天各一方。他想念金娣,轻轻地吟起《诗经》中的《蒹葭》章:

> 蒹葭苍苍,白露为霜。
>
> 所谓伊人,在水一方。
>
> 溯洄从之,道阻且长。
>
> 溯游从之,宛在水中央。
>
> ……

他正吟着,前面出现个港湾,停泊着一个接一个的木排和小船。港湾中有个码头。一条小路由这里歪歪扭扭地伸向三四里外的矮山下,那里有一片房屋,是个小镇,叫沙田镇。

头船向港湾划去,漕船靠岸下了锚,酒葫芦宣布在这里停宿。周孝儒笨手笨脚地淘米做饭。

晚饭后周秀才看了一会儿书,光线就不行了,夜如一副灰色的网罩住了河面。他呆坐在甲板上,哗哗水声不绝于耳,河上空乌云愈聚愈多,盖住了月亮,遮住了星星,四面是缓慢流动的黑暗,渐渐,天地融为一体了。

须臾,黑暗中出现一团火光。火光愈来愈大,渐渐靠近漕船。近来一看,酒葫芦举着火把,后面跟着一个挑着酒桶的小二。酒葫芦上了头船,站在舱顶大声叫:"伙计们,都来喝酒,今天本镖请客!"

酒葫芦向来狗皮倒灶,是出了名的铁公鸡,铁公鸡请客,船工们说是"老鬼不脱手,脱手不老鬼!"意思是酒没那么好喝,都不理会他。等了一会儿见无人去,酒葫芦又登上舱顶大声叫:"今日江风大,我做东买酒替你们驱寒,你们倒好,有酒喝怕脸红,还要我三请诸葛亮是不是?"

船工们都喜欢喝几口,听酒葫芦如此说,才拿着饭碗到头船去。周孝儒不喝酒,一直坐着没动。同船的伙计回来,见他没去,说:"秀才,为啥不去?"

"我不喝酒。"

"喝点好,你不是身子作冷吗,酒能散寒。"

秀才拿了只碗向头船走去,一进舱,空气中飘着浓烈的米酒味,船工、镖客和庖厨杂役个个喝得面红耳赤。酒保正在把余下的酒倒入桌上的脸盆中,他三十开外,微胖,左眼戴着眼罩,右脸贴着张狗皮膏药,让人看了恶心。

周孝儒倒过酒,酒保便挑着空桶走了。

秀才端着酒回到舱中,喝了一小口,喉咙麻麻辣辣的,放下不喝了。同船伙计劝他:"多喝几口,喉咙就不发烧了。"

秀才又喝几小口,不但喉咙发麻,而且咳得面红耳赤。他不愿再喝了,将余下的酒倒给了伙计,倒头便睡。

这一觉睡得沉,连夜都没有起。等他睁开眼,天已大亮。他爬了起来,放眼一望,舱中粮包不见了。莫非眼花了?他揉揉眼再看,粮包没了,千真万确!

一切发生得这样突然和意外,周孝儒的脸一霎时变成了灰色,上颚骨和下颚骨不由得打起颤来。同船的伙计呼噜打得震天响。他迈着沉重的步子来到他铺边,手推着他的身子。伙计被推醒。周孝儒告诉他粮包不见了,伙计先是不信,起来看过一遍之后,吓得抱头痛哭起来。船工把粮丢了,怎么去向东家交账?

周孝儒说:"哭有啥用? 快禀告徐文虎去!"

二人来到头船，众人都还在睡觉。徐文虎怀中搂着枕头，"宝贝，宝贝"地直叫。

周孝儒夺去徐文虎手中的枕头："别叫了，出大事了！"

徐文虎醒："啥？你说啥？"

"粮包没了。"秀才那同舱伙计说。

徐文虎一个鲤鱼打滚爬起来，惊恐地望着他们俩："再说一遍！"

二人同声说："粮包没了。"

徐文虎出舱，疯了似的向漕船跑去……

他回来时，身后跟着粮道衙门的人。徐文虎的神态是可怕的，歪着脸，眸子发出青光，脚在镖客们的地铺上乱踢，吼叫着："叫你们摊尸！叫你们摊尸！"接着冲到酒葫芦跟前，手指着他的额头，"粮包哪去了？你说！"

粮道衙门的人也说："漕粮全丢了，你这个总镖是怎么当的？"

酒葫芦眼皮耷拉着，脸纸一般白，嘴唇哆嗦着，身子木头一般不由自主地倒下去。周孝儒一个箭步上前抱住他，给他捏人中，灌姜汤，良久才醒过来。

酒葫芦醒过来之后，徐文虎吩咐他：他要上下邳县衙报案去了，给他看着船上所有的人，谁也不许走，走了一个拿你是问。

晌午时分，徐文虎带着下邳县衙的几个衙役来了，宣布所有人都到头船会聚。众人到齐后，徐文虎对捕头打了个手势："请！"捕头带着捕快到漕船去了。这些头戴平顶巾、身穿淡青色盘领衫、腰上挂着锡牌的人，一个个绷着脸，上船没吭一声。

查完现场，众捕快来到头船，捕头问众船工："二号船前舱那个铺位是谁的？"

"在下。"周孝儒说。

捕头手一挥："拿下！"

衙役立即锁了周孝儒。周孝儒吓得脸色苍白："我……犯有何罪？"

"有勾结劫匪之嫌。"捕头说。

徐文虎说："差官大人，你们是不是搞错了？"

捕头在徐文虎耳边嘀咕了一会儿，然后手一挥，带着周孝儒走了。

秀才是出了名的老实人，向来安分守己，安贫乐道，众船工都认为他受冤枉，纷纷要上县衙去替他作证。

徐文虎拦在门口，说："你们想引火烧身是不是？衙役在他包袱里搜到一封强人写给他的短信，铁证如山！"众人听了瞠目结舌。

"秀才满口子曰诗云仁义道德，你们不要被他蒙蔽了！"徐文虎说，"他来运漕粮是有预谋的。你们想想，他肩不能挑，手不能提，八辈子没撑过船，迟不来早不来，为何这次要来当船工？昨天晚上，别人喝了酒都是烂醉如泥，为何他独没醉？"

尽管大家知道徐文虎不是什么好鸟，可听他这一说都不敢吱声了，更不敢上公堂去替秀才申辩了。

4

周孝儒在下邳县衙大呼冤枉，说所谓强人的信，完全是栽赃陷害。下邳知县是个近六十的干瘦老头，人显精明，比较正派，颇为同情周孝儒，问他同船与谁有仇。周孝儒说，无凭无据，学生不敢随便说，但漕粮被劫是饮酒之过，这是不争的事实，酒保是总镖酒葫芦带来的，只要执来酒保，案情就清楚了。

知县立即传酒葫芦，问酒保是哪里的，叫什么名字，酒葫芦说结清酒钱酒保就走了，他不知道姓甚名谁，也不知道哪个酒店的。

"你买了他的酒,为何不知是哪个酒店的?分明在欺骗本老爷!"知县惊堂木一拍,"来呀,给这小子用刑!"

酒葫芦连忙说:"别别别,老爷您先莫用刑,您听我说……"

"你说!"

"昨天漕船靠岸后,徐粮长肚子痛,上岸去看病,小的葫芦里没了烧酒,与他同路来到沙田街。我打烧酒来到街头,路上来了个酒保,挑着担水酒正沿街叫卖。我问价,价钱比店里的便宜一半。我想出门在外靠众公助力,不要那么狗皮倒灶,请众人喝回酒。于是便把他带回船上。小的虽是不晓得他的名字,可他就是烧成灰小的也认识,小的可以带您上街去找他。"

知县命捕头换上便衣,跟酒葫芦上街去。

酒葫芦来到沙田街,他的后面跟着几个化了装的衙役,通街走遍都没发现那酒保。连续去了三天,都没找到。酒保无疑是逃了。

找不到证据,周孝儒一直关在号子里。他不停地叫冤。知县请人鉴定那封信,看能否找到什么疑点。鉴定结论是:信是用左手写的。知县心中有底了:这秀才确是被陷害的。他给吴县县衙修书一封,派衙役送到吴县,问周孝儒是否有仇家。其时,徐文虎带着船队回到了吴县。郭南早几天接成均宪票到吴江任知县去了。苏金娣听到漕粮被劫,丈夫"通匪"被关在下邳牢里,发誓除掉徐文虎,杀人未遂,反被关进大狱。署理知县的冷县丞审过苏金娣的案子后,明白那封信定是徐文虎所为,只是徐文虎矢口否认,找不到证据。冷县丞颇为同情周孝儒,将徐文虎欲占有周妻的情由禀知下邳县,下邳知县以证据不足为由将周孝儒放了。

周孝儒乘船回到枫桥。沿着运河往家走,前面传来哀婉的唢呐声和焚化纸钱的爆竹声。

越往前走,声音越清晰。声音从自家宅院那边传来。谁家老了人呢?

放眼望去，家宅上空飘着袅袅紫烟和钱纸的灰烬。他的心猛跳起来。

周孝儒气喘吁吁地跑到围墙外，笙箫鼓乐一齐响起来，他拖着沉重的双腿来到门楼边，只见表妹秀蓉手中托着一沓沓的冥财侧身站在院子里，正在一口铁锅上焚化。小儒身穿雪衣，双手端着亡人牌位，跟着道士在大厅中转着圈。大门两旁贴着白纸对联：

　　慈竹当风空有影

　　晚萱经雨不留香

这是丧母联。小儒戴重孝，无疑是金娣不在了。他接受不了这个残酷的事实，心如刀割，头"嗡"地响了一声，两眼发黑，金星四射，身子倒了下去。正在焚纸的杜秀蓉听到响动，扭头望去，见周孝儒倒在地上，大声朝屋内叫道："快来人啊，表哥倒在地上！"

杜福寿和乡邻们跑了出来，七手八脚把秀才抬了进去，让他在厢房的睡榻上躺下。

灌下一碗姜汤之后，周孝儒缓过气了。眼皮动了动，口里便喃喃地叫着："金娣，金娣……"

杜福寿安慰道："别急，金娣没事的。"

听说"金娣没事"，周孝儒揪紧的心略宽了一些，适才看到的也许是幻觉。只要一睁开眼，他的爱妻就会出现在面前。他睁呀睁呀，眼皮似乎有千斤重，费了好大劲才睁开。眼前站着小儒、娘舅、表妹、平秋月和乡邻，唯独没有金娣。不祥的感觉重又袭上心头。他急着问："金娣呢？怎么不见金娣？"

"表嫂有事出去了。"杜秀蓉说话的表情显得有些不自然。

周孝儒坐了起来，一把抓过小儒的手，问："告诉爹，你娘去哪里了？"

小儒眨巴着眼睛，动了动嘴唇正要说，唢呐声又响了起来。平秋月拉过小儒的手，要小儒去接客。

小儒随平秋月离开了厢房。秀才的疑心更重了，分明是怕小儒说出真情。他伤心地哭了起来，说我和金娣夫妻一场，既是回来了，你们总得让我与她见最后一面。事情至此，杜福寿只好把实情告诉他……

5

船队回来后，不见秀才，苏金娣很是着急，忙去向平秋月打听。平秋月心中如明镜似的，秀才含冤是徐文虎作的恶，金娣性子急，天不怕地不怕的，担心她会闹出事来，不想把真相告诉她，含含糊糊地说秀才会朋友去了，过几天就会回来。苏金娣是聪明人，平秋月岂能瞒过她？

"秋月，你是我最好的姐妹，怎么你也和别人一样糊弄我？"苏金娣哭着说，"是好是坏你说一声，秀才哪怕是已经被弄死，你也得告诉我，我好请道士替他超度。"

话说到这份上，平秋月不好再瞒了，只得抹着眼泪告诉她：秀才在下邳牢里。

苏金娣强把眼泪往肚里流，明白这全是徐文虎作的恶。这条恶狼没得到她，一直恨秀才。令她担心的是婆婆经受不住这沉重的打击。老人就这么个独子，土地庙前的旗杆独一根，若晓得进了牢房肯定活不成。只有编个理由把她送去陆杨娘舅家住些日子，让娘舅慢慢劝解，这位风烛残年的老人才能保住性命。

苏金娣次日就把婆婆和小儒送到陆杨。从陆杨回来，煨灶猫正在村里补征粮米，弄得家家鸡犬不宁。煨灶猫说："漕粮在下邳被人劫去，南京巡抚衙门、苏州府衙门、吴县衙门都下了公文，要从速补征，船队在等。这可都是北京的公侯禄米和五府六部衙门奉米，谁不补交，耽误了时间，皇上怪罪下来，那可是杀头的罪。"村民们没法，只得补交。

苏金娣回到家,闩好门楼门,进房睡觉。这些天她没睡个安稳觉,老是整宿整宿未合眼。她得补觉,精力充沛好除恶狼。傍晚时分,她醒了,听到徐文虎在门楼门外唱歌:

长夜横枕意绵绵,斜月三更门半开。

阿哥至今无踪影,肝肠望断不见来……

苏金娣急忙拿着木梳来到门楼,打开门,边梳头边朝外望着。

一会儿,徐文虎淫笑着走到门楼边:"苏妹妹,耐不住寂寞了吧?"

苏金娣给徐文虎飞去一个眉眼:"哪像你们有钱人,整天想的尽是风花雪月的事!"

徐文虎来到苏金娣跟前,嬉笑着:"不对吧?秀才没回来,你青春年少的就不想那个事?"

"想你个头!"苏金娣用梳子敲了一下徐文虎的下身,认真地说,"我还正要找您哩!秀才是自愿抵债替徐府当船工的,把他丢在下邳,你总不能不管吧?"

"管管管,我的美人儿!"徐文虎捉住苏金娣拿木梳的手,"等补足粮米,漕船路过下邳时,我就上县衙去,出些银子,要县衙放出秀才来。"

"那就谢谢了!"苏金娣装出感激的样子。

徐文虎色眯眯地望着苏金娣:"就口说谢谢?"

"谢您一杯茶。"苏金娣转身往内走。

徐文虎跟了进去,在客厅坐下。苏金娣给他泡了杯白云茶。徐文虎四处张望着,问:"小儒和你婆婆呢?"

苏金娣说去陆杨了。徐文虎一听,脸上荡起淫笑,真是苍天不负有心人,今天终于如愿以偿可以采到这朵野花了。他把茶杯放到桌上,话中有话地:"我花费白花花的银子赎你男人,不至于只谢一杯茶吧?"

"您还要啥?"苏金娣着红着脸问。

徐文虎走到苏金娣身旁，亲昵地在她胸前隆起的地方摸了摸，见没有反抗，手往下滑，摸到裤裆时，说："今天总不能说又来了那个吧？"

苏金娣轻轻地打了下他的手："没安好心！"

徐文虎把苏金娣搂在怀里，狂吻着她的嘴。苏金娣挣开徐文虎的手，指着大门："你看你，急得骚狗牯一样！"

徐文虎忙去关大门。关门回来，他抱着苏金娣进房，将她放倒在床，三下五除二扒去苏金娣的裤子，光着下身就往她身上压。苏金娣身子一滚，说不脱上衣谁和你那个。

徐文虎扑了个空，只得再脱上衣，脱毕，饿狼一样扑到苏金娣身上。苏金娣右手悄悄在枕头下抽出早已准备好的剪刀。徐文虎那个硬邦邦的东西还没入港，背上就挨了一刀。他"哎哟"一声倒在床上。这一刀下偏了，刺得不深。苏金娣拔刀再刺时，徐文虎滚下床，抓了裤子跑出房。等苏金娣穿好衣裤追到院子里，徐文虎已出了门楼门。

徐文虎跑到县衙，告苏金娣以色诱人，故意杀人。当晚苏金娣便被关进了牢房。

翌日，平秋月赶往陆杨，进门就把秀才夫妻遭难的事禀告杜福寿，请他设法营救。杜福寿大吃一惊，担心姐姐听到这个消息会承受不住，要平秋月声音放低些。可是已经迟了。老太太在房里听得清清楚楚。

老太太是个有心计的人，面子上不流露，多大的事都埋在心里。她装作什么都不知道，照样有说有笑。第二天早饭后，乘杜福寿父女不在家，她梳了头，换了身干净衣服穿上，吩咐小儒一番后，出外雇了辆马车往枫桥跑，回到家，门一关便悬了梁。等杜福寿赶到时，老人早没气了。

周孝儒听娘舅说完，哭得像个泪人。他跑到母亲灵柩前，只见老人家张着嘴巴，舌头伸得老长，睁着悲愤的眼睛，眼角和嘴角之间有一道深深的泪痕，枕上的白发似乎还沾着眼泪。离开娘时，这白发被河风吹得一飘一飘的,想不到成了永恒的记忆。而这一切都是因为他。

秀才是个十足的孝子。从小熟读《孝经》和《劝世行孝歌》。一次母亲得了股疾,年少的他仿效古人,持刀割下屁股上的一小块肉,给母亲作药引,弄得血流不止。他的行为传为美谈,父亲将他的名字改为"孝儒"。

周孝儒看着母亲的遗容,悲痛欲绝,手不停地抹老太太的眼皮。他不能让母亲睁着悲愤的眼睛去奈何桥。抹了许久,眼皮始终未能弥合。

秀才哭诉道:"娘,儿子不孝,害得您悬梁,合上眼皮吧,看见您这样,儿子心里更难受!"

无论秀才怎样诉说,老人的眼睛都没有闭上。秀才想,我没尽到孝,害得老人走绝路,苟且活在这世上,还有什么脸面?不能求生害孝,我必须跟随母亲去。想到这里他一头向灵柩碰去。

杜福寿早已注意到外甥神态异常,目光一直注视着他。周孝儒一头向灵柩撞去时,他伸手一挡,秀才有惊无险。众人把周孝儒拉进厢房。秀才捶胸跺脚地哭着:"我不能求生害孝,让我死……"

杜福寿见外甥不依不饶地要死,张开巴掌在秀才脸上"拍"地扇了一下,厉声断喝:"不忠不孝不仁不义的东西!书读到屁股眼里去了?为抑制豪强,救苏民于水火之中,你本应挺身而出,向朝廷上疏,请求让况大人夺情起复,你可好,视民瘼于不顾,用死逃避责任,这是对朝廷不忠;娘生你养你,指望儿孙满堂,你丢下小儒不管,没有尽到人父的责任,是对娘不孝;金娣为你报仇吃了官司,你自寻短见,丢下她不去解救,这是不仁;滴水之恩涌泉相报,况大人有恩于你,你不思报恩,今一头撞死棺材边,这是不义!"

杜福寿这一巴掌过去,周孝儒冷静下来了。天浪老鹰大,地浪娘舅大。娘舅的话,他认真琢磨着。

杜福寿望着外甥脸上五个清晰的指印,心疼了,后悔手势太重了。

他轻轻地抚摸着指印，开导说："况大人走后，苏州变天了，被逼得家破人亡的何止你一家？何止吴县？人家哪个像你这样寻死觅活？聪明的人要抹干眼泪振作起来。想办法救金娣，想办法救吴中父老！"

杜福寿的话如一缕阳光，照亮了周孝儒灰暗阴冷的心田。娘舅的话虽非引自圣人典籍，但字字珠玑，落地有声。秀才向来就佩服这位娘舅，他字墨虽然不深，但是积古之人阅历丰富，懂的道理多，讲话深刻。秀才自愧不如。

从此，周孝儒开始振作起来。十天后，吴县的城隍祠壁和大街小巷墙上出现张无头揭帖，上面写着一首歌谣：

况太守，民父母。

众怀思，因去后。

愿复来，养田叟。

这首词的作者就是周孝儒。他让小儒带着一群孩子在枫桥街上唱这首歌，唤起苏民从心灵深处怀念况钟。接着，他又写了另一首歌，晚上偷偷贴在苏州府治的围墙上：

众人齐说使君贤，只剪青蒲为作鞭；

兵仗不烦森画戟，歌谣曾唱是青天。

此歌称况钟为"青天"，说他出门不带仪仗，不要随从，不要老百姓的东西，只折几根蒲柳作马鞭。府衙中的官吏也有许多怀念况钟的，私下转抄散布这首歌。

这两首歌很快传遍苏州七县，出现家家齐唱况青天的热潮。此事很快达于九重，连宣德皇帝都知道了。

周孝儒趁热打铁，起草要求况钟夺情起复的奏疏。杜福寿拿着奏疏征得三万七千五百余人签名盖章，秘密送往京城。

❧ 第十八章 ❧
夺|情|起|复

杜福寿四更起床,洗罢脸就离开了客栈,急急向长安右门走去。街道还有些黑,弥漫着破晓的寒气。走了一程,天空出现了曙光,不时飞起一群又一群信鸽,并响起阵阵鸽哨,街上的树影由模糊变得清晰了,蜘蛛网上沾着露水,珍珠一样闪闪发光。

当文武百官恭立在丹墀之上等候皇帝时,杜福寿已赶到登闻鼓院。这登闻鼓院在长安右门外,楼上悬鼓一面,科、道官员在此轮流值日。此鼓是皇帝联系百姓的纽带。宣德皇帝重视下情上达,百姓奏本急呈皇帝,可在此击鼓。登闻鼓一响,当值官员必须立即过问情由,并将奏本急送内庭。

"咚咚"鼓声吵醒了鼓院当值官员,官员起床,跑到鼓前问杜福寿:"何事击鼓?"

杜福寿将万人书拿出来:"请大人将奏本速呈皇上!"

当值官收了奏疏,立即赶往内庭,在御案的朱漆栏杆前跪下,头顶奏疏禀报:"苏民伏阙上书,奏本在此,请皇上御览!"

随堂太监收了奏疏呈给宣宗。宣宗见是要求况钟夺情起复的折子,当即打开仔细省阅。此前,他已收到直隶巡按张文昌、湖广道监察御使金濂、嘉定县知县祖述等人的奏疏,说况钟在苏州"干办勤谨,赋役均平,为官畏惮,吏民悦服",要求起复况钟。与此同时,他也收到江南巡抚成均的奏本,说了况钟不少坏话,不同意况钟复出。成均是况钟的顶头上司,宣宗正左右为难。

阅罢苏民奏本,见上面签着三万七千五百余人的名字,宣德皇帝被感动了,千意万意不如民意,千声万声不如民声,这样的人不复出谁复出?他当即拿起朱笔在万人书上批道:

民之所欲,与之,令况钟复任,不必复阙。钦此!

不久,吏部下诏书,由江西布政司转靖安县,令况钟"夺情起复,就便径自到任,恭依前敕书管事"。

况钟接到诏书后,心情激动,作《夺情起复到任诗》:

> 闻讣家居秋始阑,夺情起复又加鞍。
>
> 别帷只为君恩重,抚印重看士庶欢。
>
> 报国一心何日尽,哭亲双泪几时干?
>
> 作忠移孝纲常重,兢兢业业殚寸丹。

在家守孝到深秋的况钟,接到诏令去苏州复任。离开守孝的灵堂,是因为"君恩重"和"士庶欢"。虽是"哭亲双泪"不忍离开,但为了维护朝廷的纲常,应该移孝作忠,兢兢业业为朝廷竭尽丹心。

朝廷让况钟夺情起复的消息发出后，一些官吏、文人赋诗，赞誉宣宗顺乎民情，又祝贺苏州人民重得好官。南昌守道李显端《送太守况侯夺情起复任苏》诗较有代表性。诗曰：

　　昔年起复庆宣纶，起复今朝诏又申；

　　岂是鸿恩轻遽下，只因圣主得贤臣。

　　双旌影佛三江浪，五马鞭回万户春；

　　放眼胥山头上望，晶莹壁月又重新。

诗的意思是：往昔父亲去世，朝廷要况钟夺情起复，今朝丧母又发去起复诏书，这样的鸿恩只有况钟才能得到，因为他是圣上的贤臣。况侯乘着马车复任，车上旌旗的影子扬得河水泛浪欢歌，马鞭给千家万户赶回春天。遥望苏州胥山头上那昏暗的半边月亮，又放出灿烂光华变得晶莹了。

3

况钟夺情起复的消息传到了苏州。其时，小寒刚过，苏州正冰天雪地，天气出奇的冷。苏民不顾寒冷，以不同的方式表达心中的激情：官吏在衙门的庭院相聚，相互祝酒庆贺；商贾在街市上互传信息，彼此祝福；农夫一群群来到白雪皑皑的田野引吭高歌。

徐文伯听到这个消息却仿佛置身冰窖，通身凉透了。他花这么大的力气把况钟撵跑，没想到又要回来。他有一种不祥的感觉，预感到将来的某一天，会栽在况钟手上。

他不能坐以待毙，立马进城去找"高人"。朔风凛冽，瑞雪纷飞，山舞银蛇，林披玉装。一上路，他只觉得股股寒风往骨头内钻，冒着严寒来到高人府上，只见高人心神不宁，心事重重告诉他："今后少上门来，有事我会找你！"

从高人府上出来，雪已经停了。街上的积雪被践踏成坚实的硬块，马车内寒风像刀子一样刺着他的心，尽管他穿着皮衣，戴着皮帽，通身还是不停地打抖。

回府后在鄢氏房中添了两盆炭火，身子才渐渐暖和起来。他在铺着豹皮锦褥的睡榻上躺下，要鄢氏把弟弟文虎叫来。

"来这房里？"鄢氏迟疑道，"不方便吧？老爷您过去商量事，不都喜欢在望湖楼吗？"徐文虎有杨梅疮，鄢氏讨厌他来房里。

"要你叫你就叫！啰唆啥？"徐文伯没好气地挥了挥手。

鄢氏知道老头子心情不好，顺从地走了。

徐文虎很快来了。鄢氏把房门关上，自己到外面观雪去了。徐文伯和弟弟商量事，向来是不许她旁听的。

徐文虎来到睡榻前："哥，进城就回来了？"

徐文伯两腿前伸，双足搁在一张铺有棉枕的雕花檀木矮几上，口里呻吟一声："哎哟……"

"哥，您腿痛？"徐文虎问了声，不等徐文伯回答，便俯下身子替他按摩腿。

徐文伯愁眉苦脸地望着弟弟："何止腿痛？"他指指心前，"这里更痛！"

徐文虎问："进城听到啥不好的消息不是？"

徐文伯点点头："来者不善，善者不来。况钟过完年就来，高人都有些乱方寸了。"

徐文虎停止按摩，哀怨地："别人一撵，走了就走了，他怎么是送不走的瘟神？"

"他根基稳，朝中有人，抱怨有何用？"徐文伯收回两腿指着檀木小几，"坐！我有事问你。"

"啥事？"徐文虎在小几上坐下。

"所有的事要先捋一捋，看有啥漏洞。勿碰鼻头才转弯。况钟这人挺鬼，要是被他发现了可疑之处，我们就完了！"

"没啥漏洞，铜钱眼已成了鬼，二麻子虽还活着，留着还有用，必要的时候再做掉他也不迟。至于下邳的事，粮道衙门的人都是替我们说话，天天酒色款待不说，他还收了银子。两个粉头都卖到外省去了。我敢打包票，况钟就是亲自查，也是眯眯眼望太湖，一片白，查不出个子丑寅卯。"

"凭啥这样自信？"

"我下了双保险。"

徐文伯明白：弟弟的所谓双保险，就是周孝儒和酒葫芦，丢漕粮的罪先让周孝儒担着，秀才定不了罪，再推出酒葫芦。不提则罢，一提这个双保险，徐文伯眸子就冒火，恨不得给弟弟一巴掌。船工名单中原本是没周孝儒的，是这个头脑简单没心没肺的弟弟强塞上的，还美其名曰"抵债"，到了下邳擅自把他当替罪羊。周秀才是啥人？他是况钟的红人，下邳知县和吴县冷县丞尚且不定他罪，况钟能定吗？

"保险个屁！拿周孝儒垫背，是引火烧身，是搬起石头砸自己的脚！"徐文伯手指着弟弟的额门，"等着况钟来收拾你吧！"

徐文虎挺自信地："这不可能！"他站了起来，目光触到了挂在角落里的鄢氏的一条白色的薄如蝉翼的内裤，立即被它吸引住了。他羡慕哥哥有艳福，暗地里曾多次向鄢氏发出过信号，可鄢氏嫌他有杨梅疮，不搭理他。望着鄢氏的内裤，他立即产生了联想，美人儿穿上它，下面那个东西准……

徐文伯见弟弟目光走野，问："你在看啥？"

徐文虎的联想被哥哥的问话打断，回到了现实中："退一万步说，秀才定不了罪,要追也追到酒葫芦头上,他是总镖,签了契约,跑不了的。"

契约载明:运粮途中,总镖对漕粮安全负总责,如因护粮不力,导致漕粮丢失,应视情状追究总镖的责任。下邳丢粮,酒葫芦吓得半死。酒保是自己带去的,徐文虎若是把他一告,他跳进黄河也洗不清,肯定要坐牢。对徐文虎他言听计从,一切听由他摆布。回到枫桥后,徐文伯没有按契约规定追究他的责任,只是罚他无偿运送京粮。滴水之恩当涌泉相报,酒葫芦无怨无悔地送粮去了。征齐粮米已是腊月了,他们的船队在途中过年。

"就是因为有契约,况钟不会治酒葫芦罪的。他会想:酒保虽是酒葫芦带上船的,但他绝不敢监守自盗,因为他责任大啊!"徐文伯从睡榻上起来,拿出瓶杏花村倒了两杯酒,自己端起一杯,递一杯给弟弟,"况钟肯定会详细盘诘,酒葫芦要是如实交代……"

徐文虎知道,酒葫芦虽然不知道劫粮的内情,但只要将他兄弟俩嘱咐他的一些事说出去,就为况钟破案打开了缺口,忙说:"我会要他守口如瓶。"

"酒葫芦是个无赖,你让他守口如瓶,非一辈子供着他不可!"徐文伯一口喝去杯中酒。

"哪……怎么办?"

徐文伯将酒杯放下,拿过佛珠:"让他去侍候佛祖。"

"好,他一回来我就办。"徐文虎喝光杯中酒。

徐文伯捻着佛珠说:"不只他,还一个人。"

"谁?"

"酒保。"

"哥,数您狠!"徐文虎把酒杯放茶几上。

徐文伯微笑道:"不,是解脱!从此他在极乐世界无忧无虑开米店。"

4

带着春天气息的东风,吹暖了冻僵的吴中大地,牵牛花的嫩芽悄悄地从冻疏的泥土中爬出来,一节一节往上长;燕子在空中飞来飞去不停地呢喃着,报告着春的讯息;小草抬起了头,披上绿装,树木长出了嫩芽。隆冬过去,春天回来了!

宣德七年惊蛰过后,况钟带着一家子回到了苏州。苏民扶老携幼夹道欢迎。

况钟的夺情起复,令杨粟懊恼不已,成均夸下海口,说此次一定帮他拟正,谁料况钟又回来了。他气得禀帖告病,当月未上衙。

况钟一回来,周孝儒立即向他禀陈下邳丢粮及自己一家的遭遇。听罢秀才的陈述,况钟心头浮起丝丝疑团:吴县武艺高强的镖手多的是,酒葫芦武艺平平,经常吃酒误事,为何不请高手偏要请他?粮道衙门押送漕粮是分内事,职责所在,为何要让他们坐花船好吃好喝并送粉头?天色未晚,为什么不赶到县城而选择沙田镇停宿?……将这些疑团一一解开后,他明白了:一切都是为了吞掉这批粮。

这天晚上,况钟彻夜未眠,命况寰找来尤涛,当即作出部署:一拨人秘密监视徐文伯兄弟行踪;一拨人沿水路追上酒葫芦,暗中保护他。

清明前一天,酒葫芦运粮从北京回到吴县境内,做梦也想不到有人会暗害他。他乘坐的船进入吴县望亭沙墩港时,月亮已升起。他站在头船舱顶,望着运河水天交接处。他的家就在那边,那里有他的妻子和女儿。河面波光粼粼,一层乳白色的水汽在水面蒸腾。水汽愈来愈黑,渐渐模糊不清了,他抬头一望,原来月亮被乌云遮住了,发亮的只剩下两岸人家的灯光,像星星一样在黑暗中眨眼。船走不远,他发觉有动静,低头一看，三条黑影从河里已爬上船。他们蒙着脸，正挥刀向他扑来。酒葫芦吓得惊叫一声："救命啊——"

船工们都在舱中玩马吊，没有听到酒葫芦求救的叫声。酒葫芦孤立无援，斗不过水匪，他水性好，纵声往河里一跳。蒙面水匪跟着跳下。

此时幸好有只捕鱼船在旁边，听到酒葫芦的叫声，连忙赶过来。酒葫芦水性好，潜向捕鱼船，才躲过水匪的追杀。

这三个杀手是徐文虎派去的。"水匪"失手，飞马回报，徐文虎气得大骂他们一顿。打发他们走后，徐文虎急忙采取补救措施，在仙来酒家订下几桌酒席，亲自在江枫洲等候。

酒葫芦上岸后，徐文虎迎向前去，用灯笼照了照他的脸，笑嘻嘻地问："葫芦，怎么脸色不好？"

酒葫芦叹了口气："二老爷，差点见不着您了。"

"啥体？"

酒葫芦把沙墩港遇水匪的事说了。

"你招惹了他们是不是？水匪为何单单要杀你？"徐文虎问。

"我也闹不清。"酒葫芦摇了摇头。

徐文虎拍拍酒葫芦的肩："闹不清就把它丢脑后去，我们去吃酒，替你压惊。"转对众船工，"各位师傅，敝人在此等候多时，得知各位今日回来，已在镇上仙来酒家订了几桌，为诸位洗尘。"

酒葫芦听到有酒吃，刚才的事立即抛到九霄云外，高兴地说："谢二老爷！"

徐文虎带大家来到仙来酒家。酒家檐前望竿上挂着一面青布酒旆，上写"正宗二锅头"，门前一副金字对联：

> 李白借问谁家好
> 刘伶还言此处佳

店内灯火通明,如同白昼。晚上还有客班船,来往客人多,酒店通宵营业。众人进门,上楼在包厢坐下。刚坐定,热菜就上来了。徐文虎端着酒杯到各席敬酒。酒过三巡,徐文虎举杯对酒葫芦说:"为你压惊!"

"谢二老爷!"酒葫芦一口饮下杯中酒。

徐文虎望望代他押粮的赵青,赵青给酒葫芦满上酒,然后拿着自己的杯子碰了碰他的杯子:"葫芦,你大难不死,必有后福,我也敬你一杯。"

酒葫芦见了酒是控制不住自己的人,他已豪饮几杯,有点飘飘然,见东家和押粮的管家都敬自己的酒,觉得挺有面子,胡吹起来:"想暗算我? 他们也不看看我酒葫芦是啥人物! 我的功夫是祖上真传,没要他们的小命,算是便宜了他! "

赵青奉承道:"那是! 那是! 这枫桥找不出第二个。"指着酒杯,"喝了,我还要敬双杯哩。"

酒葫芦打着饱嗝:"赵管家的是福酒,我喝我喝!"说毕一饮而尽。

赵青给他满上,再敬第二杯酒。

这一顿,酒葫芦喝得酩酊大醉。离开酒店时,赵青把一包菜交给酒葫芦:"东翁说你屋里的带着囡五,据说回娘家给好婆贺寿去了,今日回不来,我把席上剩下的菜打成包,你带回去明日省得做菜。"

"谢谢赵管家,谢谢赵管家!"酒葫芦满心欢喜地接过菜包,哼着小曲,一脚高一脚低地回到家。

酒葫芦到家闩了门,把菜包丢在饭桌上,连脚也没洗,倒头便睡。睡至三更,酒醒了,起来小解,听到厅中有脚步声。他操了根扁担悄悄出房,一线月光从门缝射进来,见一个黑影在提桌上的菜包。他大吼一声:"哪来的毛贼,敢偷我的菜?"

那黑影将菜包一放,连声说:"别叫别叫,是我。"

听声音是苏金娣。酒葫芦想，金娣不是被县衙关进牢里去了吗，怎么会出现在这里？他问："几时回来的？"

"快十天了。"

"做起毛贼来了，是不是秀才把你踢出了门？"

苏金娣笑："你想到哪去了？有个好心人要我告诉你。"她轻声地，"你带回的酒菜不能吃，有毒！"

酒葫芦无论如何都不相信有毒，头摇得拨浪鼓似的："不可能，不可能！"

苏金娣说："不相信可以，点亮灯！老虫都毒死了！"酒葫芦摸来火石点亮灯。饭桌上那包菜被老鼠咬破了油纸，桌上掉着老鼠拖出的菜，桌下躺着几只死老鼠。

苏金娣指着死鼠："怎么样，相信了吧？"

酒葫芦愣住了，脸色苍白，人变得木偶一般。良久，问："那好心人怎么知道菜中有毒？"

"他说水匪在沙墩港没除掉你，不会罢休，笃定在你的菜中下药。"

"他们为啥非要我一脚去？"

"杀人灭口。"

酒葫芦对神秘的好心人非常感激，要不是他，自己死定了。他恐怖地望着门外："人没死，杀手还会来的，我该怎么办？"转对苏金娣恳求地，"金娣，你好人做到底，问问好心人有啥招。"

苏金娣笑："我来就是为了这个事！"她在酒葫芦耳边轻轻嘀咕着，"好心人让我转告你……"

酒葫芦听后连连点头："晓得了。"

苏金娣走了。酒葫芦将菜丢进茅坑中，然后吹灯上床，放下石灰花帐子睡大觉。

酒葫芦这一睡没有醒来。平秋月母女从娘家回来时,大门还闩着。她左叫右叫都无人开门,只得拨开门闩进去。进厢房掀开帐子一看,酒葫芦直挺挺的死在床上。平秋月母女号啕大哭。

哭声惊动了乡邻,周孝儒夫妇最先赶到,帮平秋月料理酒葫芦的后事。秀才赊来棺材,按俗给葫芦全身抹洗干净,在他口中倒上酒,再喂几粒米饭,让他吃饱喝足上路,然后盖上棺盖。

刚盖上棺盖,徐文虎来了,头插白花的平秋月,拉着戴重孝的桂香向徐文虎跪下,哭诉着说:"二老爷,葫芦多谢您了!"

徐文虎来到棺材前,见棺盖盖着,大声嚷道:"怎么就大殓了?"

平秋月禀告道:"风水先生算了,今日不大殓要等七天。家里没钱,棺材都是赊的,放不了这样久,只得大殓,明日还山。"

徐文虎没话说了,过了会又问:"他得的啥病? 昨天都好好的嘛!"

"我也不知道,回来见他就硬了尸。"平秋月抽泣着。

"打开看看!"徐文虎命令道。

平秋月恳求道:"二老爷,棺材盖就不开了吧? 风水先生说过,大殓之后打开棺盖有煞气,会犯人,当场就有死的。"

徐文虎怀疑有诈,非要开棺不可:"啥煞气不煞气的? 我不怕! 我这大老远地跑来,就是为了见葫芦最后一面!"

平秋月没办法,望望默默站在后面的周孝儒。周孝儒说:"徐粮长,丑话说在前,煞气犯了你,可别怪孝家!"

"不怪不怪,开吧!"徐文虎不耐烦的。

打开棺盖,只见酒葫芦脸上蒙着条手帕。他不放心,怕是替身。掀开手帕,酒葫芦瞪着眼,张着口,脸色黄中带黑,样子非常可怖。徐文虎心里踏实了。他从怀里摸出点碎银给平秋月:"买点纸烧给他吧,我走了。"

平秋月接了银子:"谢二老爷!"

况钟独自在花园曲径上散步。太阳早已下山，天地间是银灰色，乳色的暮霭在园子里飘着，罩住了池塘、草地、树木和盛开的山茶、海棠、金钟。

不知不觉间，月亮在树木的缝隙中露出了苍白的脸，花草似乎抹了一层霜，连颜色都分辨不清了，房屋成一团黑影了，后衙的窗户上亮起了灯，露水上来了，夜风吹来，带来月季和山茶的清香，沁人心脾。况钟思考起下邳丢粮案。

他正转悠间，一个黑影匆匆向他跑来："况大人，况大人！"

这是赵忱的声音。况钟回来后一直未见着他，据说上京未回。况钟迎了上去："赵大人回来了？"

"回来了，回来了！"赵忱热情地拉着况钟的手，"听说您夺情起复，卑职高兴死了，盼着您早些回来！"

"谢赵大人惦念！"

寒暄之后，赵忱禀告谋到一套胡三省音注、元刻明修的《资治通鉴》。此书已放在退思斋门口。况钟谋此书已久，跑了多家书店都没找到，听了高兴极了，连忙随赵忱回退思斋。他走到门口，发现那儿果真放着一套书，随即点亮灯，只见纸张发黄，有些地方已被虫蛀。不错，这正是自己要谋的。他的目光感激地扫扫赵忱。

赵忱取下头上的围帽，将之放书案上。这围帽有个破洞，帽檐油光闪亮，似乎是垃圾堆里拾荒的。他用手摸摸微微出汗的脑门，憨厚地笑着。

"花了多少银子？"况钟问。

"几本破书还花银子？"赵忱一副不屑一提的样子，"摆书摊的是我外甥，他说这书是个破落户当废纸卖的，他几年没出手，见我感兴趣就送我了。"

况钟明白，强付书钱，赵忱是会不高兴的，不如暂时领了这份情，今后再来还。他说："那就谢谢了！"说罢，拿出第一册，打开书页认真看起来。

赵忱站在案前不走。况钟合上书页，望着赵忱："赵大人还有事？"

赵忱厚厚的嘴唇颤动着："下官想禀陈一下吴县漕粮在下邳被劫的事……"

况钟正在考虑这个问题，点点头："你说！"

"此前，吴县不知是否禀报过？"赵忱问。

"吴县未禀告，不过听周秀才说过一次，赵大人不妨再详细谈谈！"

赵忱把案情报告了一遍，然后说："下邳县衙乱弹琴，先是怀疑周孝儒，后来又放了他，找不到凶手便压下案子。冷县丞禀陈杨大人，要求府衙支应个人与吴县一同去现场查一查，杨大人一直拖着。冷县丞不再等了，打算不日带着徐文虎到沙田去一趟，希望卑职能同他们一道去。"

况钟说，案子拖了这么久，再不查清就无法向百姓交代了，下邳破不了案，我们协同他们查。如有必要，自己也可以与他们一道去。赵忱听了神情有点复杂，鼻子急切地耸了耸，眸子倏忽闪了一下，憨厚地笑道："大人刚回来，大事还抓不过来哩，卑职与冷县丞查完，详细向您禀陈，如何定夺，到时您发话，这查案就甬去了，免得累坏了身子骨。"

况钟刀子般的目光扫了扫赵忱，赵忱一怔。况钟忙把目光移开，笑嘻嘻地："赵大人如此体谅本府，那我就不去了，你们尽快成行，好给吴县百姓一个答复！"

赵忱如释重负，把帽子戴上，告辞了。况钟送赵忱到门外，交代说："徐文虎不认识酒保，要他们带上周孝儒。"

第十九章

下|邳|释|疑

　　赵忱带着吴县冷县丞、徐文虎、周孝儒和吴县的几个衙役,日落时分来到沙田镇。此镇背靠翠微山,街道狭窄,店铺面对面,按之字形延伸。铺子清一色的曲尺柜台,柜台临街的那面砌着高高的骑栏,骑栏上围着木栏杆。街道都是青石板铺的,宽不过六尺,两旁分布着油盐杂货,米面杂粮、布、酒、木篾器、打铁、裁缝和饭店等。街分河东河西,中间石桥相连。

　　因靠近运河,是南来北往商客打尖歇脚的地方,小街生意繁华。他们一行人在河西住下。

　　翌日,赵忱等人上下邳县衙去了。周孝儒带着几个化装成商客的衙役在街上转,转了半天,没发现酒保。吃过午饭,他们继续上街,走上石桥,看见一名男子在桥下熄字亭边抢一妇人的首饰。周孝儒冲了上去,拉住那人不放,几个衙役都是新招来的,以为此人是要找的人,立即把那人按倒在地。

这时,赵忧三人从县衙回来,正路过石桥,见拘着一人,以为是找到了酒保。徐文虎最先跑到,察看那人后,失声道:"是二麻子!"

二麻子望了望徐文虎,脸上泛起一丝不满,心说:未过年宵就催着我动身到这边来,你自己怎么到现在才露面?

正月十四,徐文虎给二麻子送去白银三百两,要他立马往下邳赶,并如此这般嘱咐一番。二麻子不敢接银子。药死何老太太已犯下死罪,听说况钟马上要回来,若是被他查出,自己的小命就没了。他许久都惶惶不可终日,不愿接这样的活,希望过几天平稳日子。徐文虎见请不动,威胁道:"二麻子,昆山铜钱眼请你去靖安,那么远你都去了,我是本乡本土人,叫你去趟下邳还请不动,惹火了,我到况钟那里告你去!"二麻子一听,如天要塌一般。铜钱眼请他做那事,二人对天发了誓,天知地知你知我知,告诉第三人知道的不得好死。从靖安回来后,他想了几个晚上,觉得还不保险,为了绝后患,把铜钱眼也做了。此事徐文虎怎么会知道?难道铜钱眼漏了嘴?二麻子"咚"地跪倒在徐文虎面前:"文虎兄高抬贵手,小弟家中有老小……"徐文虎拉起二麻子:"你看你,何必这样惶恐!我是铜钱眼那样的人吗?你只要照我说的去做,我保证那事一辈子烂在肚里!"

冷县丞走上来,问周孝儒:"他是酒保?"

周孝儒摇头:"不是。"

冷县丞望了望二麻子,有些怜悯。这二麻子昔日与冷县丞同在吴县衙门当差,那时冷县丞是主簿,二麻子是捕快。二麻子追随薛孟真,不但丢了饭碗,还犯下杀人未遂罪被关了些日子。他是个好吃懒做的人,苦活不想干,东游西荡打秋风,日子过得艰难。冷县丞有些同情他,听周秀才说他不是酒保,有些生气地问周孝儒:"既不是酒保,拘他做甚?"

"他抢东西。"周孝儒说。

冷县丞说治安归下邳管，二麻子抢东西关我们屁事，要衙役放人。赵忱不同意，说二麻子值得怀疑，如是行窃，苏州有钱人多的是，何用跑到这里来？二麻子来此地估计另有目的，既是拘住了，就不妨带回去审一审。

二麻子被带回饭店，县丞问："你为何到下邳来了？"

"啥体？下邳来不得？我是无业游民，哪里都可以去！"二麻子说。

任冷县丞如何盘问，二麻子都不讲实话。赵忱走过去手托二麻子的下巴："不讲真话的嘴巴留着有何用？拿刀来，一片一片给我割！"

徐文虎把赵忱拉到一边小声说："大人，且慢用刑，过去我与他交情不错，待我问问他如何？"

赵忱点点头。徐文虎走到二麻子跟前："王捕头，你是从衙门出来的人，知道不讲真话是难过关的，你就讲了吧，省得受皮肉之痛！"

二麻子翻着白眼，一副死猪不怕沸水烫的样子："我不想活了，要动刀子就来吧，死了一了百了！"

徐文虎倒了杯茶给他："兄弟，看你唇干口燥的，喝口水吧！"二麻子咕咚咕咚喝完，徐文虎继续劝："你是聪明一世糊涂一时，何苦与官方作对？讲了真话，不但不必受刑，要是赵大人、冷大人听了高兴，说不定还有赏。"

"真的？"二麻子望望赵忱与冷县丞。

赵忱、冷县丞点点头。

"好，看您徐哥的面，兄弟我说了！"二麻子交代说，朋友欠他一笔钱，商定货出手后就付给他。他等了几个月没等着，上这里要债来了，没想到朋友躲起来。他身无分文，只得沿街乞讨。

徐文虎问："你借给他多少钱？"

"我哪里有钱借？他是做大生意的人，才不用借钱哩。他欠我的是眼线钱……"二麻子说到这里连忙打住，意识到漏了嘴，脸上显得不自然，目光偷偷地扫了扫赵忱和冷县丞。

赵忱和冷县丞没有在意，二人在聊别的什么事。周孝儒在旁边听得真切，忙问："啥眼线钱？"

二麻子不说。周孝儒认为这是条重要线索，必须追下去，见二麻子不理会他，便将情状禀知赵、冷二人。

冷县丞听了，来到二麻子跟前，问道："啥眼线钱？说！"

二麻子搪塞道："丝绸涨跌的价格。"

周孝儒向赵忱咬耳朵：这并非实话，他的朋友既是开丝绸庄，不会欠这么点小钱，就是欠了也不会躲起来。

"你说得有道理！"赵忱吓唬道，"顽抗到底，剁了他的手足，丢到运河里去，省得留在世上祸害人！"

徐文虎趁机劝道："兄弟，听到了吧？何苦丢掉一条命？"

二麻子这才讲了实话，说他有个朋友叫运河鲨，专在运河抢来往商船。近年粮价飞涨，他又瞄上了漕粮。他请他做眼线，探到漕船开船日期，就快马向他报告。

冷县丞听到这里，心里松了口气，来下邳总算不虚此行，搞清了案子，回去对百姓有个交代了。冷县丞忙问运河鲨住哪里，二麻子说无固定地点，以前常在翠微山山神庙落脚。

赵忱和冷县丞商量，趁热打铁，飞马报告下邳县衙，派出衙役晚上到翠微山山神庙去一趟，看看猎物在不在。

赵忱把二麻子关进客栈后院的一间房内，叫周孝儒负责看守，其余的人吃过晚饭便随县衙的人上了翠微山。翠微山名曰山，实际不过是小山丘群，高者三十余丈，矮者十余丈。

来到山神庙前，山月挂在头顶，只见庙前一排黑压压的树木，树上藤萝交织。庙后流着潺潺的山泉。堵好前后门之后，衙役挥刀踢开庙门往内冲。月光从窗户射进一线淡淡的光，庙内空无一人，殿内到处是蛛网，损毁的山神像倒在一边，供桌上放着一只碗一双筷，地上铺着稻草，稻草上放着床破絮。破絮旁有只麻袋，麻袋里还装着大米。麻袋拿到火光下一照，上面印着"吴粮"二字。这一切都表明运河鲨还在翠微山。

翠微山方圆数里。赵忱当即修书一封让下邳县衙捕头带给知县，请求次日调集大批人马围剿翠微山。

第二天，赵忱、冷县丞、徐文虎和衙役清早上山，周孝儒仍在家看守二麻子。

徐文虎在山上转了两个圈，就说腹痛难忍要回去看病。赵忱同意了，嘱咐他看了病就与周孝儒一块看守二麻子。

徐文虎哪有什么病？他径直向河东尽头的万和米店走去。万和米店的老板姓万名和，三十开外，皮肤白净，五官端正，微胖。徐文虎来到柜前，万老板背朝柜台正在给顾客秤米，没发现他。徐文虎敲了敲柜台。万老板回头，脸上立刻堆满笑："徐老板，几时到的？"说罢，将米一放，带徐文虎来到后宅。

万和妻子万贺氏正在洗衣裳。这万贺氏二十有五，皮肤白净，身材婀娜，人长得妩媚，一双勾魂眼流盼顾盼，秋波频频，两只醉人乳房高高耸起，招蜂惹蝶，是这条街出了名的美人。她见徐文虎来了，眸子中放出异样的光，脸上飞起一层红晕，腼腆地笑了笑，然后起身给他沏茶。

"你看店吧，我和徐老板有要事相商。"万和对妻子说。

"嗯。"万贺氏沏毕茶，到前店去了。

万老板视徐氏兄弟为财神。前次，徐文虎找到他，说他兄弟有批粮运往北京，他欠了赌债，想独吞了这批粮，请他代销。他化装成酒保上漕船，用蒙汗药蒙倒船上的人，低价购进这批粮，再秘密批给外地粮商。如今粮价飞涨，一石米涨至白银三十两，着实发了笔不小的财。见徐文虎登门，问："文虎兄，是不是又有货了？"

徐文虎正出神地望着万贺氏的背影没有听清。万和又重问一遍。

徐文虎点点头："是的，马上启运，我来打前站，看看你前次的米销完了没有。"

"销完了，销完了。"万老板连声说。

"好，我们来谈谈这批粮的细节问题……"徐文虎招了招手。

万老板看看日影，问："文虎兄今日不走吧？"

"不走，晚上还要会几个朋友。"

"那就好，快晌午了，我去买几个菜。"万老板说完，提着菜篮走了。

万和一走，徐文虎的心飞到前店去了。他这个大蝴蝶，采花有术，已经把前店那朵野花采到了手。万和是个爱财的人，绿帽子无所谓，你只要检点些，不让他难堪就行。前次徐文虎来，万和见他对妻子眉来眼去，便暗中成全。徐文虎心存感激，主动让了不少利。

徐文虎正要起身去前店，万贺氏"噔噔噔"已经跑了进来。徐文虎张开双臂，万贺氏投入他怀中，抱着他的腰，闭着眼，任他亲吻和搓揉。二人如饥似渴，牛喘声声。亲热了一阵，徐文虎柔声问："心肝，想我不？"

万贺氏纤指戳了一下徐文虎的额头，撒娇地："没良心的东西！还问？一走就不晓得飞到哪个天涯海角去了，把奴家都忘了！"她是个风骚女，欲望较强，丈夫那东西不中用，十天半月才一次，次数少质量差，她还意犹未尽，他已翻身下马。她总是有没吃饱的感觉。徐文虎的床上功夫好，十个万和也不及他。他不但是个不倒翁，而且别出心裁，花样翻新，步步到位，她不但得到了满足，而且觉得新鲜。自那以后，她天天都盼着徐文虎来。

徐文虎又吻了她一下："哪能呢！人家不是有事么！"他用手理了下她额前的头发："我就是把爹娘忘了，也不会忘掉你！"

"这还差不多！"万贺氏将头贴到徐文虎胸前问，"这回住几天？"

"明天就走。"

万贺氏抬起头，柳眉倒竖："这样急又为啥来？"

徐文虎的手揉着万贺氏的乳房，边揉边说："你以为我舍得走？我是人在江湖，身不由己！"

万贺氏眼睛红红的，埋怨地说："你这个没良心的就会找借口，你是薄情郎，奴家不和你好了！"

徐文虎哄她说，回去安排好了生意，就回来住上一个月。万贺氏听他如此说才高兴起来。徐文虎见她心情好转了，手由乳房滑向芳草地，眼里露出饥渴的光："心肝，我渴了。"

万贺氏望望前店柔声地："要做生意哩，晚上吧？"

徐文虎假装生气："没来又唠叨没来，这来了你又说要做生意，我真看不懂你的心！"他指着前店，"半天都没个人来，就一杯茶久的事，生意耽搁到哪里去？"

万贺氏被徐文虎摸得浑身发热，草地都湿了，已是欲罢不能。她半推半就地："好好好，爷，就依你，跟我来！"

她带徐文虎走进紧挨着柜台的库房。这里是个安全的地方，房门一关，无人知晓，又可以照看店里。当下二人靠壁站着便苟且起来。一个是干柴，一个是烈火，二人好不痛快，万贺氏口里哼哼着，已是如醉如痴……

二人完事之后，才看见万和提着菜从远处回来。

买菜回来，万老板吩咐女人做饭。不多久，饭菜就熟了，请徐文虎登席。当地风俗，妇人和小孩要等客人下席才登席。万老板殷勤灌酒，徐文虎喝得酩酊大醉。

中午喝多了，徐文虎饭后迷糊了一会儿才和万老板商议生意的事，等谈完，天已黑了。一桌香喷喷的酒菜又在等他。酒至三巡，上学回来在厢房里写字的两个孩子，乒乒乓乓打了起来。

万老板向徐文虎笑了笑："文虎兄，不好意思我去一下！"说罢向房里走去。

徐文虎飞快地从口袋中掏出包药粉，倒入万老板的杯中，将自己的酒倒进万老板的杯子，然后盛了一碗饭吃起来。

万老板回来，徐文虎已在用饭。万老板说："文虎兄，您怎么就进粮了？"

"中午喝大了，这晚上还要去另一家，都是朋友嘛，总得应酬一下，先用饭垫垫底。"徐文虎边说边吃饭，扒完碗中饭，抹了抹嘴，"万兄，我这就告辞了！"说毕，急匆匆往外走。

万老板送徐文虎回来，叫妻儿入席。他端起酒杯正要喝，窗外传来一个男人低沉的声音："喝不得，这酒有毒！"

万老板放下酒杯，朝窗外望着。窗外是菜园，月色正浓，窗纸上有个人头在晃动。

"窗外人是谁？"

"站在这里说话不方便，您让我进来吧。"

万老板开侧门，一乞丐闪了进来。他衣衫褴褛，头戴破箬笠，那箬笠如一个小脸盆倒扣在他头上。万老板厌恶地："要饭就明的要，为何说酒有毒？"

乞丐嘻嘻笑着："我不是要饭的，请您的妻儿回避一下，有要事对您讲！"

万和疑惑地望着乞丐，担心他是歹人，见他目光和善，便要妻儿进厢房去。

乞丐轻轻告诉万老板："刚才吃饭的那人在您酒杯里下了毒。我亲眼看见。"万和说："不可能,他是我朋友!"

"人生无常,朋友有时是敌人!"

万和无论如何不相信徐文虎会下毒。他和徐氏兄弟做生意不止一次,徐文虎在他家做客也不止一次,次次都平安无事,为何这一次会投毒?乞丐见万和不信,扶起筷子挟了块鱼,放进万和酒杯中,然后将鱼给猫吃。猫吃过鱼之后,顷刻间痛苦地叫了声,四肢抽搐着挣扎几下,口中来血死了。

万老板的目光自始至终盯着猫。他用脚踢了踢猫,仿佛这猫是徐文虎："我给你好吃喝,为何还要害我?"

乞丐在万和耳边小声说："上边正在追他丢的那笔漕粮,他要杀你灭口。"

万老板望望乞丐,此人膀大腰圆,而且什么都知道,哪是什么乞丐,分明是衙门的细作。

听说上边正在追那笔漕粮,知道自己协同作案犯了罪怕坐牢,忙解释说："徐文虎说粮是他兄弟运到北京去卖的,他欠了赌债,想独吞了这笔粮,要我替他代销。我根本不晓得这是漕粮。"

乞丐说："对您来说,什么粮眼下都无关紧要,最最紧要的是你已有杀身之祸,徐文虎只要发现你没死,他的人随时随地都会干掉你。"

万和显得恐慌。他可不能死,他还要供养高堂老母,他的儿女还未长大成人,他舍不得颇有姿色的妻子投入别人的怀抱。他用企求的目光望着乞丐："贵人,您是我的贵人,您是救苦救难的活菩萨!"他"咚"地向乞丐跪下,"您救救我吧!您是救苦救难的观音菩萨!"

乞丐扶起万和："大哥,您这是干什么?我这不就是救您来了吗?您只要照我说的去做,包您平安无事。"

"您说! 您说! "

乞丐望望客厅:"这里说不妥,你选个隐秘的地方。"

万和带乞丐走进另一间厢房,关紧窗门二人细声商量起来。

3

赵忧和冷县丞等一行人踏着山月回来,到客栈已是酉末,客房黑乎乎的,徐文虎不在房中。赵忧对冷县丞说,文虎的病不知怎么样了,他可能在后院,我们看看去。

二人向后宅走去。后宅筑着高高的围墙,围墙内是个院子,院子里有棵香樟。来到香樟下,不见徐文虎,周孝儒坐在关二麻子的房前,头靠着墙睡得正香,旁边挂着灯笼。赵忧叫:"周秀才! 周秀才! "

秀才没回应。二人上前用灯笼照了照,门锁已开,进房一看二麻子死了。冷县丞摇醒周孝儒问二麻子是怎么死的,周孝儒睁开惺忪的睡眼说不上来。

死人是大事,即使是外来人员,出现非正常死亡都得报告当地衙门。冷县丞派人星夜到下邳县衙报案。下邳知县带着件作和衙役连夜赶来。

件作正在验尸时,徐文虎回来了。见二麻子死了,他哭了起来,兄弟长兄弟短地嚎了一会儿。赵忧斥责道:"嚎什么嚎?叫你看了病就来看守二麻子,你倒好,整天没回,还有什么脸嚎? "

徐文虎抹着泪解释说,郎中诊断他得的是绞肠痧,边吃药边观察,不准他走。

件作验毕尸,勘查结论是他杀,凶手用双手卡颈脖致死,作案时间是酉时正牌。

下邳知县关起门来，向赵忱和冷县丞通报案情。下邳知县说，凶手是狡猾的，作案之后逃遁，企图让周孝儒顶缸。因为他最容易引起怀疑，理由有三：一、他专司看守，看守期间却睡觉，于情于理不合；他坐在门前，外人开门会碰撞他的肢体，有人进门他不可能不知道，显然门锁是他打开的。二、二麻子是劫粮的从犯，那批粮的被劫，害得他夫妻进狱，老母死于非命，他恨透了二麻子，作案动机成立。三、这后院偏僻，加之天色已晚，作案条件具备。

赵忱听了道："贵县对案情的分析有道理，周孝儒是挺忠厚的一个人，对二麻子恨归恨，再恨也不会做这杀人越货的事。再说他手无缚鸡之力，根本不可能卡死二麻子。"

赵忱之后，冷县丞表示了相同的意见。下邳知县开门出来，亲自询问周孝儒："你回忆一下，什么时候有人来看望过二麻子？"

"没人来过。"周孝儒老实回答说。

下邳知县想了想，又问："你今天离开过这里没有？"

"没有，饭都是店小二送来的。"

"你什么时候开始打瞌睡的？"

周孝儒想了想，说："天黑以后，空气中传来一种异味。我要小二送来灯笼，我提着灯笼到处照照，并没发现什么。回来挂好灯笼之后，我就在门前坐下，谁知人坐下之后，困得不得了，上眼皮和下眼皮像有几十斤重，就是睁不开……"

下邳知县听后，对案情有了进一步的了解：凶手将迷魂药喷入后院空气中，待周秀才和二麻子昏睡之后扭开锁，把二麻子卡死。他把自己的想法禀知赵忱和冷县丞。

冷县丞问："那么谁是凶手呢？"

"运河鲨!"赵忱想了想说,"非他莫属!"

"他不就是欠二麻子点钱吗,哪用得着冒险杀他?"下邳知县觉得不妥。

赵忱说:"他们之间除了钱,啥人晓得还有啥恩怨?或许他知道二麻子反了水,杀他灭口也难说。"

冷县丞连连点头:"赵三府分析得有道理,很可能我们上山剿他,他便杀了个回马枪。"他望望下邳知县,"贵县觉得呢?"

下邳知县对漕粮案本就头痛,这又出现个人命案,真是烦透了,听他二人都这么说,便点了头。

外面传来鸡啼声。赵忱命衙役要来夜宵。吃过夜宵之后,赵忱对下邳知县说:"至此,劫粮案和二麻子的命案都大致搞清了,只是没抓到凶手。逮住运河鲨和黑酒保,就仰仗贵县了!"

知县皱了皱眉头:"此二犯无名无姓,又无图形,只怕是难找。"

赵忱找来周孝儒:"秀才,你见过酒保,画张画像给县尊大人吧!"

"是!"周孝儒找来纸笔墨画起来。他天生是个画师,几笔落纸,便把黑酒保的模样勾勒出来了。

下邳知县拿过画像,对周孝儒说:"请再画张运河鲨的。"

"对不起,县尊大人,运河鲨小的不曾见过。"周孝儒说。

赵忱拍着下邳知县的肩:"贵县无须担心,没图形照样能找到运河鲨,狗改不了吃屎,他能隔多久不作案?到时来个人赃俱获。"

下邳知县带着衙役和仵作回衙去了。

赵忱宣布翌日回苏州,要众人抓紧时间好好睡一觉。徐文虎哪有心睡?待众人睡下之后,装作上厕所,偷偷溜出客栈,向河东走去。周孝儒出行前况钟吩咐他暗中注意监视徐文虎,他一直假寐。徐文虎走后,他悄悄跟了上去。

街上黑沉沉的,徐文虎急促地走着,脚步声在凝滞的空气中发出沉重的回声。他鬼魅一般来到街上,遥见万和粮店门前有堆火,黑暗中那火光一窜一跳地闪着,火光的上头冒着烟。再近前一点,他看清了,火光下面垫的是铁锅,铁锅中烧的是纸,微风把纸的灰烬扬得到处都是,空气中弥漫着烧纸的气味。

望着火光,徐文虎露出了笑容,估计万和已死,但店门关着,又无啼哭声,无法确定。他悄悄摸到菜地,屋内灯火通明,他用唾液在麻纸上捅了个洞,朝里看,万和躺在睡榻上,脸蒙着块手帕,他的妻儿在啼哭,一个长者模样的人在劝说万和媳妇:"夫妻本是同林鸟,大限来时各自飞,有啥办法? 万和只有这样长的寿。节哀顺变吧! 别哭了,收拾一下,天亮前赶回老家去,到祠堂去办丧事。"

徐文虎听到这里放心了,忙往回走,不小心踩翻一只破碗,发出声音。长者大喝一声: "谁?""可能是山上下来的狼。"万贺氏咬牙切齿地,"等我去宰了它! "

徐文虎匆匆离开菜地,心满意足地回到客栈。此时周孝儒先他一步回来了,正躺在床上假寐。

天一亮,徐文虎就起来了,要去万和米店,看万和尸体是不是真拉走了。到那一看,只见大门上挂着一把铜锁,贴着一张白纸,上写:

　　　　寒门不幸,本店暂时关张歇业

店门前站着许多街坊,大家在议论纷纷:

"天有不测风云,人有旦夕祸福。这话还真是不假,万老板好好的,说没了就没了! "

"据说吃晚饭还好好的,睡一觉就一脚去了。"

……

徐文虎回到饭店,赵忱正在催众人去吃早饭。早饭后,大家一同回苏州。

第二十章

引|狼|出|山

回到苏州,太阳已经下山了。晚饭后,赵忱连夜去向况钟禀陈案情。他知道此时况钟多在退思斋。他来到楼梯边,听到"噔噔噔"急促的脚步声,抬头一望,尤涛和周孝儒正从楼梯上下来。他俩向赵忱点了点头,没有说什么,匆匆擦肩而过。赵忱望着他俩的背影,心想,火烧眉毛似的,啥事这么急?

来到退思斋,况钟正在灯下看他送的那套元刻明修版《资治通鉴》,见赵忱来了,忙将书本一合,热情地说:"赵大人回来了? 辛苦了,辛苦了! "

赵忱在椅子上坐下:"劫粮案初步弄清了,向您禀陈一下案情。"

况钟诙谐地说:"跑了这么远回来,晚上还忙公务,弟妹会责怪我不懂人情世故。您也辛苦了,明日吧,上午到签押房,冷县丞、徐文虎、周孝儒他们都来。今日就省得劳心费神了,回去给我好好睡上一觉! "

赵忱这一觉睡过了头。翌日走进况钟签押房时，冷县丞、徐文虎、周孝儒已先他一步到了。况钟和杨粟坐在公案后正等他。

况钟见赵忱来了，说："人到齐了，下面请赵大人陈述案情。"

酒葫芦运粮回来，况钟从他口里挖到了许多有价值的材料，完全可以断定下邳劫粮是徐氏兄弟监守自盗。况钟估计，徐氏兄弟为了掩盖自己窃粮真相，肯定要干两件事：一是除掉酒保；二是为丢粮制造一些假证据。下邳之行就是冲这两个目的去的。他巧妙利用下邳之行，派出周孝儒、尤涛一明一暗配合行动，掌握了徐文虎的犯罪证据。赵忱陈述完毕，况钟问冷县丞有无不同看法，冷县丞摇头。

"既是没什么补充，那本府就来说上几句。"况钟严厉的目光扫了扫赵忱和冷县丞，"你们让凶手当猴耍了！"

杨粟先是一愣，接着眼皮眨了眨，用困惑的目光扫扫况钟。赵忱和冷县丞则吃惊不小，二人都有些目瞪口呆了。徐文虎背脊发凉，身子哆嗦，双腿发软，心中狂跳，大有遭灭顶之灾的感觉。

"你们还在路上，凶手雇请的二麻子就已经到了下邳，一切布置妥当，才在街上露面，等候你们的到来。"况钟继续说，"二麻子佯装抢劫让你们抓住，审讯时按照凶手的意思编造运河鲨，把你们引到翠微山去，凶手则利用这个空档杀害了二麻子，来个杀人灭口……"

赵忱听着如焦雷轰顶，惊得身子不自然地晃动了一下。听毕，他恢复了常态，脸孔浮现出他那惯有的诚实、善良、憨厚的微笑，打断况钟的话："不至于吧？况大人，卑职从吏以来办了不少差，从未办砸过，今朝竟会被凶手当猴耍，您适才说的可有证据？"

徐文虎早已脸成灰色，睫毛一上一下地抖动，仿佛眼睛进了沙子，以此掩饰内心的恐慌。他听赵忱问到"可有证据"，连忙附和道："是呀，得有证据！"

况钟目光如电,直逼徐文虎:"徐粮长不是说不认识黑酒保吗? 我让你见见他! "他高声叫道:"带万和! "

尤涛押万和进。况钟指着万和问徐文虎:"他应该算证据吧? "

徐文虎猫了万和一眼,脸色煞白,想不到万和还活着,并且已在况钟手里。事已至此,没有别的办法,他只得说:"我不认识他! 万和死了,他是冒牌货! "

况钟望着尤涛:"尤捕头,你说给他听! "

尤涛道:"徐粮长,你的视力不至于这样差吧? 正宗的万和怎么说是冒牌货? 告诉你吧,你在他酒杯放药被我发现了。"

随即周孝儒也站起作证:你怕万和没死,赵大人宣布回苏州后,你装着上厕所溜出客栈,还跑去米店外面观察。赵忧听了愣了一下,很快就恢复了平静。徐文虎口不能言,站立不稳,瘫倒在地。

杨粟气得满脸通红,眼睛如喷火一般,嗵嗵嗵跑到徐文虎跟前,手抓衣领,老鹰抓小鸡似的把徐文虎提了起来,咬牙切齿地骂道:"徐太尊怎么会日出你这种不齿于人的东西! "

况钟大喝一声:"拿下徐文虎! "

门外冲进两名衙役锁了徐文虎。

案子办成这样,赵忧简直无地自容,红着脸问:"况大人,卑职简直搞糊涂了! 这劫粮案到底是怎么回事? "

"好吧,我说一说。"况钟介绍道,"漕船经过沙田时,徐文虎以病为由,抛锚停宿,和酒葫芦一同上岸,在路上吩咐好,他会叫人送担水酒来,酒葫芦去请客送人情……"

"由你怎样编,反正酒葫芦人死了! "徐文虎打断况钟的话。

况钟命传酒葫芦。酒葫芦上,指着徐文虎:"二老爷,你也太粗心了! 我真死还是假死你都没看出? "

徐文虎无话说了。况钟继续说:"徐文虎上岸到万和米店找到万和,万和化装成黑皮肤酒保,挑着一担放有蒙汗药的水酒来到街头,酒葫芦便带酒保来到船上。众船工吃了有蒙汗药的水酒,全睡得像死猪一般,船上的粮包被搬走也无人知晓。天亮后,徐文虎把早已用左手写的短信塞进周孝儒的包袱中,然后上下邳县衙报案。捕快在周孝儒的行李中抄出短信后,把周孝儒带走了。下邳县见证据不足,放了周孝儒。徐文虎下的是双保险,周孝儒如果构不成罪就酒葫芦顶上,酒保是酒葫芦带来的,他跳进黄河也洗不清。怕酒葫芦道出秘密,酒葫芦从京城回来路过沙墩港时做掉他,来个生人对死案。未达到目的,徐文虎又心生一计,设酒宴款待船工,在包给酒葫芦的菜中放入毒药。徐文虎以为酒葫芦死了,下一个目标就是做掉万和了。他旁敲侧击,策动赵大人、冷县丞去下邳查案,众人上山剿运河鲨,徐文虎溜下山,来到万和家佯装谈生意,吃晚饭时将药放入万和杯中,除掉万和。晚上潜回饭店,偷偷将迷药喷入后院,让周孝儒和二麻子昏睡过去,进房勒死二麻子。"

赵忱听毕,沉默了一下,问道:"况大人,您适才听讲的都有证据?"

"都有,人证物证俱在。"

冷县丞问:"二麻子真的请也徐文虎,死也徐文虎?"

徐文虎争辩道:"二麻子不是我杀的,二麻子不是我杀的!"

尤涛作证说:"我从万和米店出来,就拼命往你们住的客栈赶。我追到后院香樟树下时,因天黑被东西绊着摔了一跤,徐文虎听到响声,慌忙关门出来。我跑进去时,二麻子说完这些才断气,是他告诉我的。"

冷县丞羞愧难当:"惭愧,惭愧!想不到这下邳之行,自己变成了木偶,任徐文虎摆布……"

赵忱双目失神,那张弥勒佛一般的脸不断抽动,厚嘴唇不停地颤动,一再重复着:"我后悔,我真后悔……"

2

徐文虎的牢房只有两个小小的窗户透光。窗户高高的,他伸起手来还摸不着窗台。房中光线很暗,即使是中午都显微弱,一到申时,这里就乌黑乌黑了。房中有张木板床,占去整个房间的一半还多。

进来后提审过一次,他始终没有开口。在外面,他这个粮长能呼风唤雨,在家里他一切听从哥哥安排。他在盼着哥哥来探监,徐文伯未来之前他不敢乱开口。

徐文伯听到弟弟银铛入狱,不免大惊,急忙进城秘密找高人。下邳之行的方策,高人反复琢磨过,可谓煞费苦心,还是被况钟识破了,内心不得不佩服况钟洞察事物的睿智。高人方寸已乱,言自己无能救徐文虎,只是交给他一封书札,嘱飞马送往南京,请成均出面营救。临走时,高人还一再嘱咐徐文伯,要徐文虎扛下一切,反正都是死,他的妻儿会得到厚待。

徐文伯回到胥口,立即命赵青带着书信和银票上路,自己则率弟弟的妻妾,带着衣服、日用品和食品前来探监。

一行人来到监舍,只见大门紧闭。门内是走廊,走廊的一边是一排号子,徐文虎就是关在这里。走廊的另一边也是一排房子,那是狱卒们住的。走廊尽头有扇便门通往偏院。到了规定的放风时间,囚犯们走出号子,通过走廊到偏院去溜达,呼吸新鲜空气。

徐文伯望着大门。这门是新换的,全部钉着铁钉,非常坚固。门上有一圆洞,是狱卒用的洞眼,有人敲门时,狱卒在洞眼上认清人才开门。

徐文伯敲门。

"啥人?"里面传出一声喝问。

"吴县总圩长徐文伯。"

"探望哪一个？"

"徐文虎。"

片刻之后，门开了，狱吏朱阿佛出现在门边。

徐文伯与朱阿佛很熟，连忙说："阿佛，快带我去见文虎！"

朱阿佛一副公事公办的样子："徐总圩长，对不起，上头有令，对徐文虎暂时三不准：不准会见任何人，包括家属和官员；不准吃狱外送的任何食品；不准接受狱外送来的任何生活用品。"这三不准是况钟定的，由朱阿佛负责监督，出了事要追究他的责任。

徐文伯听了，气炸了："这是虐囚！谁定的这狗屁三不准？是况钟吧？"

"徐总圩长，请您自重，这里是苏州府监狱，不是吴县！"朱阿佛说完，砰的一声将门关上了。

徐文伯碰了一鼻子灰。他很纳闷，这朱阿佛过去很好说话。况钟丁忧后，阿佛一次在杨粟家喝酒，发泄对况钟的不满，说况钟撤了他的捕头，罚去当狱吏，觉得委屈。他见机唆使阿佛告况钟，阿佛已醉，便说：据说况钟丁忧回家时，收受了粮长沈恒吉的布帛、画轴、花蓆和白米。想到这里，徐文伯使劲拍门："阿佛，开门开门！"

朱阿佛打开门，冷冷地："徐总圩长还有何示下？"

"示下不敢！"徐文伯向朱阿佛媚笑着低声说，"看在朋友的分上，您通融一下，让老朽见上一面文虎吧？"

朱阿佛青着脸："朋友？徐总圩长，我就是因为你这位朋友，做了亏心事，至今心中还不得安宁。"喝酒之后，他见到沈恒吉，问是否真有其事。沈说，从来没送礼给况大人。原来这事是徐文伯编的，编好后雇人去社会上散布。朱阿佛说后，徐文伯只字不漏录下写成条陈报给成均，成均写成奏折参况钟,反对况钟夺情起复,奏折上还注明"据狱吏朱阿佛禀告"云云。况钟回来后,阿佛觉得很对不起他,又怕他报复,心中不安,惶惶不可终日,故如是说。

徐文伯见朱阿佛这里铁板一块,丝毫不能松动,只得另想办法。见时已近午,他便离开监所,带弟弟的妻妾来到附近一酒家。他想,监狱不让我们与文虎通话,总不能阻止女人哭,下午改女人上场,看朱阿佛怎么办?

吃饭时,徐文伯对女人们说:"下午我们再去,大门与偏院只隔着一重高墙,到了放风时间,文虎会到偏院去。到时你们就哭,文虎听到哭声,就知道你们来了。"接着,他特别嘱咐徐文虎的妻子徐丁氏:"弟妹你不是善哭丧吗?今日把那个本事拿出来,把要说的话哭唱给文虎听。"

"妾哭些啥,还请大伯示下!"徐丁氏说。她是位瘦小的精明女人,原是徐府丫头,姿色颇佳,徐文虎看中后收为偏房,大太太病逝后扶正的。

"你就哭……"徐文虎讲了几条。

几个小妾问:"我伲呢?"

"唔只管嚎,用丁氏的现话。"徐文虎说。

饭后休息了一会儿,徐文伯带她们回到监所门前。按照事先的安排,徐丁氏首先上场叫门:"开门,开门!"

"啥体?"门内问道。

"要见奴丈夫徐文虎。"

门内回答:"上头有令,徐文虎暂时不准见家人。"

徐文伯使了个眼色,徐文虎的小妾一齐上,七嘴八舌闹嚷起来,有的质问为什么不准见丈夫,有的骂监狱虐待囚犯。

闹腾了一会儿,徐文伯做了个手势,要女人们停下来。他隐隐听到高墙内有脚步声。女人们停止叫骂后,高墙内的声音更为清晰起来,不但有嘈杂的脚步声,还有断断续续的讲话声。囚犯终于放风了。徐文伯向徐丁氏示意。

徐丁氏朝着高墙,高声哭唱起来:"文虎我的夫啊,你不该背着妻室去嫖赌啊,欠下赌账花账怎么还啊?文虎我的夫啊,你不该背着大伯卖漕粮啊,你死一了百了,我伲靠谁养啊?文虎我的夫啊,你不该不听大伯的话啊,大伯教你诚实做人,你不该当作耳边风啊……"

高墙内传出哭声。徐文伯听得清楚,是弟弟在哭。他挥了挥手。徐文虎的小妾们一齐哭唱起来,重复着徐丁氏的内容。

3

徐文虎回到牢房,不吃不喝,一直啼哭。朱阿佛明白,这都是徐文虎妻妾哭唱所引起的。次日,他急忙去签押房禀报况钟。况钟当即随朱阿佛来到徐文虎号子。

"徐文虎,你为什么不吃不喝一直啼哭?"况钟问。

徐文虎抹了一下红肿的眼睛:"我在忏悔!我对不起兄长,为了还赌账花账,乘押粮之机背着他盗卖漕粮,让兄长蒙受损失,我不是人!"按照徐文伯的提示,徐文虎一开口就把整个案子全揽到自己名下。

况钟一针见血地揭穿说:"忏悔?不对,你是在保护其他涉案人!"

徐文虎见况钟点中了穴,怔了一下,脸上露出丝慌乱的神情,连咳两声,很快又镇定下来,"你要这样说,我不能封住你的口,随你吧,案子已经犯下了,唯一的要求就是快点让我死!你不让我见家里人,不让吃外面的东西,不让穿家里送来的衣物,比死还难受。"

"死?没那么容易,你还没交代与此案有关的人哩!"况钟劝道,"为何老是想死?你年纪尚轻,是从犯,只要交出主犯,你就有功,可以将功赎罪免死。有诗云:春暖花香,岁稔时康,上有天堂,下有苏杭。你身居天堂,应该活得更有滋有味。快交代了吧!"

"别费心了!好汉做事好汉当,我决不牵连别人。打从到了这里,我就没指望活着出去!"徐文虎还是那副破罐子破摔的模样,"这辈子玩够了,赌够了,吃够了,喝够了,不枉在世上一趟,死也没有遗憾!"

"你以为你死了,就查不出你身后的人?"况钟衣袖一甩出了号子,"你就等着瞧吧!"

况钟回到签押房,双手靠背在房中悠转。这个案子很棘手,徐文虎被拘后,他身后的人装成正人君子,舍卒保车。尽管你知道他有可能是披着人皮的狼,但你缺少证据,无法抓住他。据密报,徐文虎收监后,徐府管家赵青飞马往南京去了。幸好此时巡抚成均在京述职,他一回来,肯定会对审案设置不少障碍。因此,必须尽快突破此案。从哪方面突破呢?他琢磨许久,觉得有一点可以利用,那就是"担心"。虽然目前徐文虎按照他们的授意已那么做了,但他们不可能不担心徐文虎有一天会吐出真情。万一他真那么做了,他们就统统完蛋了。他们必然要灭徐文虎。想到这里,况钟心里有些激动。他决定放出诱饵,引狼出山。

翌日,况钟放出风去,说下邳丢粮案背景复杂,省有司衙门同意案子移送刑部。然后况钟将朱阿佛叫来,对朱阿佛说:"本府没有时间和徐文虎磨下去,省有司衙门同意案子移部,过两天送他去京城,刑部自有办法让他开口!这两天,你特别要注意,提防发生意外,他要是死在狱中,我可拿你是问!"

"大人放心,保证万无一失!"

当天晚上,况钟把尤涛叫到退思斋,秘密向他交代了一番,安排上山套狼。

4

两天以后，尤涛和一名绰号叫延延豆的衙役押着徐文虎的囚车出了齐门，一路向北。囚车后面跟着扮成客商的巡丁，为不引起怀疑，故意保持一段距离。

他们来到无锡境内一个叫洛社的地方时，天已黄昏，晚霞烧红了半边天。远处重叠的暗蓝色的峰峦剩下一抹残阳，人家已经开始做晚饭，炊烟与暮霭交织在一起，在村中飘荡，村街像是罩在乳白色的轻纱中，若隐若现。

见天色已晚，尤涛决定寻店住宿。走进村街，各家铺子已掌灯。村街很短，是街头打个屁街尾能听见的那种。店铺有的是茅舍，有的是板壁瓦房，店铺与店铺之间夹杂着断垣残壁，显得零乱而荒凉。村街一侧靠山，走进石板街道，那山蚊子就一团一团扑来。尤涛在街上找了个遍，只找着一家名"天外天"的客栈。

尤涛在"天外天"要了间统铺房。打开房门，一股霉烂酸腐的气味迎面扑来。大概住客不多，久未开窗。住房矮小，统铺占去房间三分之二面积，头顶上是楼板，楼板上挂着蜘蛛网。窗边那张放油灯的油漆小桌，盖着厚厚的灰尘，足可以用手指在上面写字，小桌旁摆着两张摇摇晃晃的破椅子。尽管条件不好，旅途劳顿，大家都有些乏，吃过饭洗过澡三人便早早睡下了。

尤涛睡在床上，翻来覆去的不断转侧。他在想心事。出发之后，一路平静，杀手没有显身。这里已不是苏州地界，天黑便于隐身，估计杀手这晚上会来。想到这里，尤涛心里难于平静，虽是闭着眼睛，但始终尖着耳朵在听，生怕误了大事。

三更时分,后院传来店小二的惊叫声:"厩棚起火了!"接着便听到嘈杂的脚步声和乒乒乓乓的脸盆和水桶的碰撞声。

尤涛一滚子爬了起来。此时月亮西斜,把一线淡淡的光射进房内,延延豆和徐文虎都还在沉睡。尤涛推醒延延豆:"厩棚起火了,救牲口要紧!"

延延豆醒,披着衣服出房救火去。尤涛用练子拴住徐文虎的脚:"好好待着,我们救火去了。"说毕跑出房。

尤涛钻进对面巡丁住的房,叫醒他们,躲在暗中监视着进出徐文虎房间的人。他估计火是杀手放的,他们一离开房间,杀手就会出现。

尤涛离房后,楼板轻轻响动了一声,一个手持尖刀的蒙面人拨开楼板,从楼上跳下。徐文虎大喜,总算有人救自己来了,忙向蒙面人招手。

蒙面人来到徐文虎身边,没有给徐文虎开脚铐,却举刀向他刺去。徐文虎身子一侧,惊叫:"救命!"

尤涛冲进房,挥刀向蒙面人冲去。那人见衙役回来了,心有些慌,再向徐文虎刺去一刀,刀扎在铺上。尤涛跳上铺。扮成客商的巡丁拥进房。那杀手见寡不敌众,拔出刀,双脚轻轻一跳上了楼,揭瓦逃走了。尤涛和延豆豆追上房顶,只见繁星闪烁,四周一片寂静,两只蝙蝠张开翅膀在屋顶无声地飞着,屋后是莽莽青山,一片黑糊糊的,夜风不断地传来松涛的澎湃声,杀手不见了踪影。

天麻亮后,他们离开小镇,继续向北。太阳还没有升起,遥远的东方天际,启明星凝视着大地,如一只孤寂的眼睛,驿道两旁的草尖上沾满着晶莹的露水。走了半杯茶久,东方出现了曙色,太阳露出了笑脸,淡淡的雾气渐渐散去,驿道上空气清新,晨风带来湿润的泥土香。

走了一程,阳光将大地镀上了金色,田野中带着露珠的青苗好像长高了几寸,分外茁壮,空气中能闻到人家炒菜的香味。尤涛感觉肚子咕咕叫了起来，打算在路边找个地方打尖，买点面食填饱肚子。可是这一带，驿道旁并没有小吃店。

驿道拐了个弯，伸过小溪那边。小溪宽约三丈有余，水流湍急，白浪翻滚。河床上怪石耸立，溪水溅在石上，散成万粒珍珠。溪上有座木桥，桥头有栋孤零零的草棚。

尤涛押着囚车过桥来到草棚前。草棚不大，仅前后两间，大门朝驿道开着，门板破烂，屋檐低矮，大门两侧开着窗户，窗户上许多灰尘，并塞着车前草、夏枯草等。屋内摆着张方桌，桌上盘中放着大饼和油炸桧等食品。一个留着长须的六十多岁的老汉坐在桌旁板凳上，戴着顶破帽，破帽下的那张脸显得富态，嘴巴下露着一圈肉，衣服千补百衲，袖口油污闪闪发亮。老人向囚车招手。尤涛明白，他是在揽生意，可见这一身油污，便没了食欲。

"大爷，前面可有小吃店？"尤涛打听道。

老人摇摇手。前头既无店，只有在这里将就了。尤涛吩咐延延豆将囚车停下，自己进棚和老人攀谈起来。他不敢轻易相信老人。

"老人家，高寿了？"尤涛问。

老人捋了捋胡须，伸出六个指头。

尤涛望着老人的破帽："大爷，立夏已过，您老怎么还戴着帽？"

老人指指头，脸上装出痛的表情，意思是有头风病，不敢取帽子。看来他是个哑巴。

尤涛和老人聊天间。拉囚车的牲口发出嘶鸣声。老人望望牲口，指着小溪，做了个喝的动作。尤涛明白，老人告诉他，牲口渴了，得牵它去饮水。尤涛听到棚后有潺潺水声，提起棚中放的一只空桶向棚后去。老人拉住他的手，目光中透着恐慌。他比划着，说棚后的水吃不得，吃了会肚子痛，他泡茶的水都是溪里提的。

尤涛提着水桶来到棚侧,察看去河滩的路。棚右侧栏杆栏着,栏杆外是三丈多高的河墈,此处下去不得。老人追出来,指着对面一条小道比划着,说小道拐个弯伸到河滩。

尤涛将水桶交给延延豆,延延豆接过水桶下河提水,徐文虎向尤涛嚷着:"尤捕头,我没犯饿罪,为何还不吃早饭?"

经过观察,没发现什么疑点,虽是脏了些,条件如此,只好对付了。尤涛向老人要了几只大饼和几根油炸桧,端到囚车前,和徐文虎一同吃起来。尤涛拿过一只大饼刚咬一口,棚内传出一声呻吟。尤涛回头,见长须老人慌忙向棚后走去。显然声音是另一人发出的。回忆老人拉他时恐慌的眼神,尤涛分析,棚后面可能有什么不可告人的秘密。正思忖间,茅棚后传出呼叫声:"救命啊!救命!"

尤涛放下大饼,提刀向棚后跑去,刚进棚又理智地收住步子,回眸望了徐文虎一眼。人一走,万一杀手来了怎么办?他非常着急,这该死的延延豆怎么还没回来?

延延豆提着水桶终于出现在小道的拐弯处。拐弯的地方距囚车不过百余步远。尤涛向延延豆挥着手:"快来、快来,情势危急!"

"知道了!"延延豆提着水,拼命跑来。

"囚犯交给你了!"尤涛说完,挥刀向棚内冲去。

跑到棚后,只见一个须发雪白的老人,赤条条倒在檐下,手脚被绳索绑住,口里塞着毛巾,尤涛扯去老人口里的毛巾,问:"老人家您怎么了?"

"快,快捉劫贼!"老人焦急地,"他抢去了我的衣衫鞋帽。"

"他人呢?"

老人指着一侧:"往那边去了。"

尤涛观察现场,檐下是条水沟,流水淙淙伸向河墈。水沟后面是条陡峭的石墈,上不去,人无疑是转到茅棚前头去了。

尤涛回身向棚前跑去。此时传来延延豆焦急的呼叫声："放下！你给我放下！……"

延延豆呼叫间，传来"空嗵"一声响。什么东西掉到河里去了。

尤涛的心猛地提到嗓子眼上，跑到棚前一看，囚车不见了，徐文虎不见了，牲口不见了。延延豆挥刀正在追捕长须老人。

原来尤涛一进后棚，长须老人就从檐下钻了出来，调转车头，猛抽牲口，逼着牲口拖着囚车冲向栏杆。

这时，扮作客商的巡丁赶上来了。尤涛要巡丁围捕长须老人，自己下河抢救徐文虎。

囚车掉入溪中，车辕一边飞落河滩上，一边在水中。徐文虎的头搁在石头上，旁边溅着白色的脑浆，一只眼睛闭着，另一只成了窟窿。嘴唇撕破了，牙关紧紧地咬着，头发长长地贴在太阳穴上，稀稀拉拉地遮着满是血污的面颊。牲口倒在溪中，还没断气，眼睛不住地流泪，脚断了，两条腿露出白骨。腹部不规则地一起一伏痉挛着，背部凹陷，一块皮翻着，血把溪水染红了。

尤涛把徐文虎的尸体背到茅棚前。这时，围剿长须老人的战斗也结束了。延延豆锁了他的手，把他带了回来。

尤涛问长须老人："啥人派你来的？"

长须老人阴毒地笑。

"笑啥笑？问你话哩！"延延豆大声喝道。

长须老人呜呜哇哇地叫着。尤涛觉察他是装的，仔细观察他那张富态的脸和嘴巴下那圈肉。尤涛有点眼熟，回忆了一会儿，记起那人来了，心里说：是他，一定是他！

尤涛伸手把他的长须一扯，长须飘然在手，再将他的帽子一揭，真面目露出来了。原来是二下巴。

5

四天前，一位不速之客到长洲找到二下巴，进了酒店包厢后，来人塞给他一张三百两的银票，请他做笔生意，表示完事后可加倍。二下巴问啥生意。那人阿欠连连，没睡醒似的，在二下巴耳边小声说："立即去做掉徐文虎！"二下巴认识徐文虎，他是吴县总圩长徐文伯的弟弟，苏州有名的花蝴蝶。徐文伯表面上是善人，可心中比谁都黑，他可不敢去碰徐老二。来人见二下巴有些怕，便将徐文虎在下邳盗卖漕粮的事讲了，然后说："如今徐文虎虽关在牢里，要判死罪，可听说徐文伯找了巡抚成均，许以重金保弟弟的命。成均来信要况钟从轻发落。况钟怕得罪成均，将球抛给朝廷，不日动身。成均是从刑部出来的人，徐文虎一到刑部肯定死不了。枫桥一带的百姓凑了银子找到我，要我请人在路上做了他。"二下巴问："你是谁？老子不认识你，报过姓名来！"那人笑了笑："说姓名重要吗？做生意讲的是赚钱，认银不认人。"二下巴见那人不肯报姓名，怀疑那人心中有鬼，讲的那一套都是编的。他对来人说："人犯都有衙役押送，出手时若是被捉住怎么办？不交代就施刑。我傻呀？为了区区几百两银子去应对那没完没了的审问！"言毕将银票还给那人。那人将银票塞还二下巴："你这人真是，怕银子咬手是不是？银子的事好说，我加至一千两，完事后兑现。"听那人如此说，二下巴的眼前幻化出一大堆白花花的银子。一千两，对二下巴来说，那是多大的一笔财富！这辈子卖苦力，做梁上君子，包括在藕渠收容所吃冤枉，哪一次有这么多银子？那人见二下巴动了心，从怀里掏出个小纸包，说：审问的事你不必担心，有了这个宝贝，你即使万一被逮住，也可轻松应付过去。他告诉二下巴："这是包哑药，被逮后，找机会服了它，你立即就成了哑巴，你不会写字，神仙也拿你没办法，只得放了。出来后我再给你解药，你又成了正常人。"二下巴多次进宫，号子里对逮到的人犯，如果遇着哑巴加文盲，审案人审不出头绪，的确往往是不了了之。二下巴想了想，还是有些不放心。如今讲实话的难遇一个，说谎的人遍天下都是。为了牢靠起见，他对来人说："你的宝贝既然如此妙，能不能演示一番给我看？"那人二话没说，将药粉抛入嘴中吞了。旋即他脸色青紫起来。二下巴幸灾乐祸，这可是你自找的，死了也怪不得老子。来人口里呜呜哇哇的说不出话，比划着要二下巴给他弄碗水来。二下巴要来杯白开水。那人从怀里又掏出包药粉，倒入开水中喝了。他的脸很快红润起来，不久，舌头灵活起来，能说话了。二下巴心服口服了。想了想，凡事都怕出意外，万一服他的解药无效怎么办？得知道他的姓名住址。在二下巴的一再逼问下，来人只得说："杜青云，枫桥圩长。"二人都要求对方保密，当即对天盟誓，谁泄了密天打五雷轰不得好死。杜青云给他一匹马，说一有徐文虎上路的准确消息就会知会他。

尤涛冷冷地望着二下巴："二下巴，想不到我们在这里又见面了！"

"在这里见面不好吗？荣光！"二下巴神气活现地，"他徐文虎盗卖漕粮，罪该万死！老子为民除恶，是正义之举！"

尤涛心里一喜，这小子连盗卖粮米都知道，说明雇请他的人很信任他。只要他一招，那披着人皮的狼就无处藏身了，引狼出山之计就成功了。他笑了笑："好啊！谁雇你为民除恶的？快告诉我，我连他和你一同请功！"

"你为我俩请功？"二下巴脸上泛起一丝轻蔑，"恐怕要知府大人才有资格吧！"

"卑职会禀报况大人。"

"禀报就不必了，到了府衙老子直接告诉况大人，他不给请功老子是不会罢休的！"

二下巴故意卖关子不肯交代，尤涛只好押着他匆匆回苏州。怕途中发生不测，巡丁在前和断后，他与延延豆押着二下巴在中。

来到苏州境内，天已进午，人家屋顶升起袅袅炊烟，田中劳作的农夫都回家了。驿道炎热，太阳变得火辣辣的。旁边小河中有条水牛，身子浸在水里，头不时伸进水中，然后抬起头，鼻孔中喷出雾状的水，以此散热。

二下巴嚷又渴又饿，要歇脚了。过一箭之地，驿道旁出现个饭店。尤涛要大家进店打尖进餐。吃过午饭，二下巴又嚷着要解大便。尤涛为慎重起见，先亲自去踏看厕所，然后安排巡丁在厕所四周警戒，命延延豆带二下巴进去，自己则把着厕所门。

二下巴蹲下之后，又嚷着没手纸。

延延豆忍不住骂了他一句："老实点，别总是折磨人！"

"老子是为民除恶的功臣！你侍候老子不应该？"

尤涛听到吵架，劝延延豆去拿纸。延延豆出。尤涛怕二下巴变什么戏法，连忙进厕所监视，刚来到二下巴旁边，只见他身子摇晃了一下。尤涛急忙拉住二下巴，问道："怎么了？怎么了？"

二下巴已不能说话，牙关紧咬，口中来血，眸子闪着青幽幽的光，浑身颤抖，脸上写着愤怒和绝望。趁延延豆出来的那一刹那，他吞服了杜青云给的药粉。他的如意算盘本是在这里服下哑药，到苏州就可轻松应对况钟的审问了，没想到杜青云是骗子，给他的是大剂量的仙鹤露——顷刻毙命的夺命散，愤怒和绝望都无济于事了。

"延延豆，快来！"尤涛大声呼叫。

延延豆急忙跑来。二人抬出二下巴，用马驮着火速去附近小镇抢救，才跑了段路，二下巴就断了气。

第二十一章

悲|喜|交|至

"引狼出山"狼未套着，连饵都丢了。下邳丢粮案断了线索，只好暂时搁下。

眨眼立了秋。舒夫人的咳嗽病又发作，胸中气满，午后潮热，夜间盗汗，日见消瘦。

带城桥弄绸缎庄的老板娘刘万氏，早与舒夫人结拜为姐妹，见姐姐病，况大人衙门事多，府中又无使唤丫头，便隔三差五来侍候夫人。刘万氏问郎中舒夫人得的是什么病，郎中说肺燥火盛。吃过生地、熟地、百合、麦冬、贝母、沙参、桔梗这些药后，还是不见效。舒夫人心急，请刘万氏借医书。刘万氏给她借来《明医杂著》等书，看过后，大吃一惊，书上说这种病是痨瘵，即是民间说的痨病。夫人又翻开一本名《济生方》的书，看完心里更难受，此书说这种病传变不一，积年染疰，甚至灭门。夫人不敢把自己的病告诉家人，怕他们担心，并尽量减少与他们面对面的接触,怕他们传染。

霜降这天,刘万氏又来了。舒夫人身上作冷,刘万氏扶她到门厅外面晒太阳。夫人已好些日子没出来了。院子里一片肃杀,花草被初霜打得蔫头蔫脑。黑松发黄的松针和毛竹发黄的竹叶,在北风的摇动下,簌簌往下掉,地上落了一层。一阵霜风吹来,几片泛黄的竹叶飘落夫人跟前。夫人拾起一片竹叶,动情地看着,感到凄惶,自己和这竹叶一样,要回归大地了。一伤感,喉头痒痒的,又咳了起来,痰带血丝。她愣住了,书上说痰中见血是病情严重了。

舒夫人吃斋念佛,毕生乐人之善,济人之急,救人之危。可命运总与她过不去,婚后无生育,并且不几年原配丈夫就暴病身亡。嫁与况钟后,琴瑟调和,庆幸找到个好夫君,指望白头偕老,没想到婚后一年她就患上了咳嗽症,药服不少,病却不见愈,而且愈来愈厉害,发展成痨瘵,眼看行将就木,又要与夫君分手了。剩下的日子不多了,自己是草头露水板桥霜,水上浮沤山顶雪,这辈子有愧况家,她要利用这有限的时光为夫君和子女做点什么。想呀,想呀,她想到了况寰的婚事。况寰与杜秀蓉定亲一年多,因为凑不起礼金,一直未归门。

夫人想心事间,听到嘤嘤哭声。猛回头,发现刘万氏站在后面,正在抹眼泪。

"妹子,你怎么了?"

"姐,您都见红了……"

"哭什么? 傻妹妹!"夫人指着太阳,"人死像日头落山一样,是轮回。"

"话是这么说,可您还年轻啊! 老爷他也离不开您……"刘万氏抹眼泪,气愤地,"这些郎中怎么治的,越治反而越厉害了?"她望着夫人,"要不叫洪叔去跑一趟,请葛老夫子来,他是苏州最有名的郎中,只是脾气有些怪。"

夫人摇摇手:"不必！我的病别说葛老夫子，就是神仙也治不了。夫君和寰儿早就讲过要请他，我不肯，我说怕见黑着脸的郎中，没病都会吓出病来……"说着又咳了起来。

刘万氏知道，夫人其实是嫌葛老夫子诊金贵。社会上传言，葛老夫子倚老卖老，架子大，不高兴千两黄金请不动。

夫人咳过一番之后对刘万氏说:"妹子，要洪叔去叫老爷，说我有事相商。"

"姐姐忘了，您不是说老爷办案走了吗？"刘万氏提醒说。

昨天晚上，杨谧来况府告状，说他十三只商船行至深港焦店地方江心时，驶来两只挂飞虎旗的黑楼船，截住商船，抢去干鱼三百五十八包，共三万三千一百六十斤。经查访，黑楼船是浙江镇海卫千户秦炳的，抢去的物资放在阊门外下塘邓英家中。况钟听后非常气愤，答应今日上午赶到下塘去。

夫人望望天:"已到午时头，老爷该回来了。"

万氏去找洪叔，洪叔正在后院洗菜，听了吩咐立即走了。

只一盏茶的工夫，况钟就进了门楼门，边上石阶边问:"夫人，有事？"

"寰儿和秀蓉的婚事，妾想尽快办。"夫人说。在家里，况钟向来是甩手掌柜，钱米都是夫人操持。娶秀蓉回来，得用钱啊，现在夫人病了，钱从哪里来？况钟眉头打结:"夫人，这……"

夫人见他这个样子，笑了。她心中有数，向他要钱，不会有什么指望。之所以要他回来，是郑重其事地通知他这个家长:儿子的喜事马上要办了，不要忙昏了头，得挤出点时间，关心关心家里的事。

"老爷拿钱不出，妾知道，妾没指望您拿钱，您寄个信去枫桥，明朝要周秀才来一趟。"

况钟见不要自己借钱如释重负,忙托人寄信去了。

翌日,周孝儒如约来到况府。进门楼时,秀才正遇洪叔拿着包首饰出门去当铺。

"秀才来了!"洪叔打招呼道。

秀才望着洪叔手中的首饰:"洪叔,您这是……"

"不瞒您,秀才,老爷拿不出礼金,夫人叫当了她的首饰。"

周孝儒目光定定地注视着首饰,心说:原以为况大人有这么多俸米,就是清廉为官,小日子还是过得不错,没想到他竟是如此清贫! 在苏州,知府的公子娶亲要当首饰,这是亘古以来未有的奇闻。

洪叔见秀才不吭声,说:"还能骗您? 我在况府也有好几年了,知道老爷的为人。老爷当京官就出了名的清廉。来到苏州后,征收钱粮不收耗羡,打官司不收礼,下官孝敬他钱,不但不收,还痛骂人家,就靠俸米养家。亲戚朋友有难还要接济,修桥呀,补路呀,修庙呀,修学堂什么的还要捐,我们家老爷呀,就是只会花钱,不会赚钱……"

周孝儒深受感动,这样的官从未见过。拉着洪叔的手往内走:"不必当,娘舅是侠义之人,要晓得是这样的情实,绝对不会收礼金的!"

二人来到花厅。夫人听到讲话声,由刘万氏扶着从厢房出来,向秀才打过招呼,催洪叔火速去当。

"夫人,首饰休当,秀蓉是我亲表妹,贫儒作得主,礼金不必送!"周孝儒坐下道。

夫人脸上满是感激:"您的好意我领了! 秀蓉是难得的好闺女,我况家再穷,也不能委屈了她!"转对洪叔,"去吧!"

周孝儒见夫人态度如此坚决,就没再阻拦了,感激地说:"要不是目睹当首饰,贫儒真不知道况大人如此清廉!"

夫人叹了口气:"老爷他啊,全不像别人! 别人做官有使不完的银子,他呀,好像怕银子咬手,要不是我出嫁带来几亩薄田,单靠他的俸米,这日子早就过不下去了喽!"她明是贬暗是夸。

夫人夸毕丈夫,便和秀才商量起来。秀才懂八卦,算了许久,说腊月初六是周堂吉日。夫人点头,当下决定腊月初六迎亲。

大雪这天,夫人的病更厉害了,除原来的症状外,加上烦渴、厌食、大便泄泻,人瘦得如骷髅,斜躺在花厅睡榻上,一阵一阵昏迷过去。况钟非常着急,说请葛夫子来或许还有救。

葛家从元代至今世代行医,葛老夫子孜孜求学终生,精通岐黄辨证之学,名声很大。况钟早就要请葛老夫子,是夫人一直板着不让请。趁夫人在昏迷中,况寰跳上马背,向葛府急驰。

葛老夫子很快就到了。这是位年近古稀的老人,干瘦干瘦的,须发已白,神情风雅。因为年纪老了,他一般不出诊,听说是况青天的夫人病危,才答应来的。葛老先生诊过脉之后,对况钟说:"夫人已是痨瘵。瘵者,败也,气血两败之意,此病有两型,一型是阴虚干血者,一型是阴虚积热者……"

况钟打断老先生的话:"请问葛老先生,贱荆她属哪一类,要紧不?"

"尊夫人属阴虚积热,此种病最忌泻症,不泻能食尚可治,今不但厌食而且泄泻,必死无疑!"老先生阴着脸说,"来日无多,难挨十天,准备后事吧。"说毕,连药方都不开,拔腿就走。

况寰"咚"地跪在老先生跟前,流着泪恳求道:"葛老先生,您别走,救救我娘吧!她操持这个家,一个铜钱掰成两边用,从来没省心过,求您让她活久点,让我们做子女的尽尽孝心……"

况钟也说:"老先生您下最好的药,能多活一天是一天。"

老先生扶起况寰:"好吧,老夫这就开药方,不过有言在先,老夫的药救不了夫人的命。"葛老夫子开出一张药方:

黄芪二钱　鳖甲三钱　生地三钱　赤芍钱半

柴胡一钱　秦艽一钱　知母三钱　紫苑钱半

法夏钱半　茯苓二钱　人参钱半　桂枝五分

桔梗一钱　天冬三钱　地骨皮钱半　桑白皮钱半

况寰包了重重的请封,葛老夫子走了。

睡榻轻轻地响了一声。父子向睡榻望去,夫人醒了,手在无力地拍着。况钟走到榻前,俯身问道:"夫人,有什么话要说?"

夫人颤抖的手指着儿子手中的处方。葛老夫子诊脉之时她已清醒过来了,听了三人的对话,明白此人是葛老夫子,心里很生气:治不好的病,谁也治不好,别说葛老夫子。你父子这不是丢钱吗?家里多少事等着用钱,你们知道吗? 老爷的皮袍穿了多年,还没翻新;眼看要过年了,孩子们还没添件新衣;洪叔劳累了一年,至今工钱还未发一文……修吴门桥、宝带桥、觅渡桥和范仲淹祠,老爷捐出两个月俸米,今年的收入比往年少,加上我常年服药,耗费了不少银子,你父子怎么能这样糟蹋钱? 我们家不一个铜钱掰成两边用不行啊! 她故意不睁眼皮,注意听着他们的对话,看他们怎样折腾。

况寰以为娘想看看这位吴中大名鼎鼎的郎中开些什么药,说:"娘,儿子念给您听。"

夫人摇摇头,脸上露出不悦的神情,目光盯着儿了手中的处方不放。

况钟说:"就让你娘自己看吧!"

况寰将处方交给母亲后,进房拿钱撮药。况钟正好衙门里有人来找他,出到门厅去了。

夫人趁他父子不在,把处方扯得粉碎。况寰出来,见状大惊:"娘,您这到底是为什么?"

况钟听到儿子惊叫,忙跑了进来:"什么事?什么事?"

况寰指着地上的碎纸片:"娘将药方撕了!"

况钟赶到病榻前,俯下身子捉着夫人的手直摇:"夫人,为夫晓得你的心,你心里只有丈夫儿女,唯独没有自己,你是为家里省钱,可是,你晓得我父子的心吗?你就是省下黄金万两,要是你走了,我父子又有何用?"他流起了泪。

"娘,您不该啊!"况寰跪在病榻前哽咽着。

夫人深情地望着况钟父子:"男儿……有泪不……轻弹,"她艰难地喘息着,"我要……见宁儿。"

"宁儿在路上来了。"况钟说。他早已发了信,告知母亲病危。

夫人合上了眼皮。她太疲劳了。过了一会儿,她又睁开眼皮,嘴里含混不清地:"秀……"

况钟侧着耳朵听了一阵,没弄清意思,要儿子再仔细听。况寰听后,问道:"娘,您说什么?"

"秀……"夫人仍在吃力地喃喃着。

况寰想了想,问:"娘,您是不是唤秀蓉?"

夫人无力地点点头。

况寰立即飞马去陆杨。当晚,秀蓉急如星火地赶来了。她到时,夫人又昏过去了。秀蓉用手轻轻地扫着夫人的头发,流着泪说:"娘,您醒醒,我是秀蓉。"

"娘,秀蓉看您来了!"况寰也大声叫着。

夫人眼皮动了动,醒了过来,见杜秀蓉站在病榻前,手从被子里吃力地伸了出来。杜秀蓉忙抓住她骨瘦如柴的手:"娘! 我好想您。"

夫人久久地端详着杜秀蓉的脸,吃力地:"娘怕是……看不到……你们拜堂了……"说着,眼角涌出泪水。

杜秀蓉抽泣着:"不会的,娘,您会长命百岁!"

次日午后,杜福寿赶到了。见过夫人后,他拉着况钟的手来到院子里。他估计夫人未必活十天了,根本等不到迎亲的日子。为了让夫人走时不感到遗憾,他决定让女儿三日内完婚。

他将自己的想法向况钟谈了。况钟听了直犯愁:公款动不得,富人的钱借不得,怕他们下套,朋友都穷,不好去麻烦人家。世上千难万难他都不怕,唯有怕借钱。想了许久,他想不到借钱的路子,急得搓着手走来走去:"好是好,就是时间仓促了些。"

"简简单单的,不用准备啥,酒席到饭店订几席,时间来得及。"杜福寿说。

况钟还是眉头紧皱,许久没有出声。况家当首饰的事,周孝儒告诉了娘舅,杜福寿听了心里很感动,他决定不收况府的礼金。见况钟愁眉不展,杜福寿猜到他是为钱发愁,说:"银子的事不用着急,我没置嫁妆,礼金也没动,退回你办喜事。"

无钱难倒英雄汉,况钟今日才体会到夫人当这个穷家多么不容易。亲家帮他解了这个难,他特别的感动,说"好,那就先借着。"

"借啥?那是你的钱!"杜福寿的厚手在况钟肩上拍了一下,"就这么定了!"

况钟望着杜福寿,觉得他今天显得特别伟岸,连忙进宅,将这个好消息告诉夫人。

舒夫人听到两天后娶秀蓉,可高兴了,人逢喜事精神爽,病奇迹般地好了起来,当晚喝了碗稀粥。家人为夫人祝福。杜福寿知道这并非好事,心里默默向菩萨祈祷,保佑夫人多活几天,千万不要红白喜事一块办。

翌日,夫人脸上红彤彤的,感觉特别爽,由刘万氏搀扶着屋前屋后走。家里正筹办婚事,大小事都要过问一番,生怕有不妥当的地方。

3

迎亲那天,舒夫人精神特别爽,不用刘万氏搀扶,能离开病榻主事。她是个细心的人,一切都要过她的眼方放心。她心中有把尺子,这场喜事既要合老家做法,也要符吴地乡俗。刘万氏怕她支持不住,搬了张椅子放到门厅前的空场上,让她坐,说这里可照看内外,什么事吱一声就行。舒夫人哪坐得安心,事事非亲临现场不可,直到扎好柏子门楼,铺好门厅到喜堂的红地毯,她才真正坐下歇息。

其实歇息是假,她在等花轿。花轿一到,她还有许多事要支应。

直到太阳快下山,花轿还没到。夕阳的余晖将西边天际的块块白云染得殷红,晚霞给府衙的重楼、停车场的围墙、西米巷的屋顶镀上了一层金色,倦鸟沐浴着霞光,在黑松上鸣噪盘旋……

忽然,西米巷那边传来唢呐声。舒夫人要刘万氏去把她准备好的水桶提来,然后对着内宅高声叫道:"老爷,老爷!……"

况钟正在花厅与尤安、何横等宾客聊天,听到呼叫,连忙出来,问道:"夫人,有事?"

舒夫人指着摆在旁边的两只水桶说:"老爷,花轿进了停车场的大门,您就提着这两只水桶去门楼外井中取水。"

况钟提过水桶,见桶中放着秤杆和甘蔗,有些不解:"既是取水,放这些东西做什么?"

“您呀，只会当知府，别的事一概不懂！”夫人数落道，“做什么？图个吉利呗，新婚夫妻和和美美，秤杆一样修到尾，小日子像吃甘蔗，一节更比一节甜！”

况钟钦佩地望了夫人一眼，想不到平日足不出户的她竟知道这样多。

此时，花轿已进了停车场的大门，执事人员都忙碌起来，准备接轿。夫人向况钟挥了挥手，催他快去。

况钟提着两只装有秤杆、甘蔗的水桶，沿着蹬道飞跑而下，刚跑到门楼外，被况宇和另一小孩抢走水桶。眼看花轿就到门楼了，还没取着水，况钟心里挺急：“宇儿，小兔崽子！你不把水桶拿回来，看爹怎么揍你！”

况宇顽皮地笑着，和另一孩子提着水桶跑了。况钟欲追。刘万氏来到门楼外，解释说：“老爷，不用追，这是姐姐的安排，叫做抢水桶。您火速回喜堂去，等待受拜。”

况钟转身向内宅走去。况钟刚走，花轿到了门楼前，门楼两旁贴着喜联：

雪雁双飞严霜退

红梅并放坚冰融

在鼓乐和喜炮声中，戴着凤冠挂着霞帔的新娘下轿，喜娘刘万氏扶着她，上了蹬道，踏着红地毯，与新郎迈着细碎的步子，双双向喜堂走去。他们的后面是媒人周孝儒。

喜堂上红灯高挂，正中墙上贴着况氏祖宗神位，两旁挂着和合轴子，祖宗神位下的神龛上供着天君地司纸马，点着红烛。况钟与舒夫人分别坐在神龛两侧的太师椅上（男左，女右）。

新郎新娘来到喜堂，面朝和合轴子，按男左女右站着。

跟在新郎新娘后面的媒人周孝儒,脚刚踏进喜堂,洪叔给他送上一碗半生不熟的糯米丸子。周孝儒接过,夹一只放进嘴里嚼了起来,煞有介事地嚼得十分香甜。

洪叔问:"媒人公,生的还是熟的?"

周孝儒连连说:"生的,生的!"意思是会早生贵子。

品毕糯米丸,掌礼人何横宣布开始拜堂。

鼓乐起。何横高唱:"一拜天地——"

新郎新娘拜天地。何横又唱:"二拜和合——"

新郎新娘拜和合轴子。何横再唱:"三拜高堂——"

新郎新娘向况钟夫妇跪拜。何横四唱:"夫妻对拜——"

新郎新娘相互鞠躬。何横最后唱:"送入洞房——"

新郎新娘被众人簇拥着送往洞房。当新郎新娘来到洞房门外时,按靖安老家风俗,一礼生喝彩:

呼咿——

脚踏洞房两扇开,今日特贺洞房来。

鸳鸯福禄花正茂,鸾凤和鸣喜事来。

和合百年偕白首,来日方长乐开怀。

喝彩毕,新郎新娘进洞房,另一礼生又喝彩:

呼咿——

洞房花烛喜洋洋,照见新郎与新娘。

婀娜多姿是新娘,一表人才是新郎。

情投意合双比翼,日也忙来夜也忙。

新娘在喝彩声中刚在床沿坐下,杨俚跑了进来,拉着新娘的手说:"娘子,我们走!"

大家怔住了,以惊奇的目光盯着杨俚,弄不清为什么会出现这一幕。况寰将杨俚往房外推："滚吧！捣什么乱？"

况宾上前拉杨俚，杨俚手一甩。况宾往门外跑去。周孝儒、洪叔等人都来赶杨俚，杨俚赖着不走。况钟闻讯气得脸色青灰，赶了来指着杨俚喝道："你是哪来的无赖？为何来捣乱？"

"大人，杜秀蓉是我明媒正娶的老婆，你儿子是强抢民妻！"杨俚说。

杨俚的话令况钟一惊。杨家逼婚的事，杜家未曾提过，况寰也没有向他禀报过。听杨俚如此说，他简直气炸了。

况钟绷着铁青的脸，把况寰拉进自己房中，进门就断喝一声："跪下！"

况寰扑通一声跪在地上，禀道："爹，别听他的，他是只疯狗！秀蓉和他早已解除了婚约。因为是过去的事，儿子就没有禀陈，儿子错了！"

舒夫人和周孝儒进。夫人不满地斜了况钟一眼："不要怪儿子，要怪就怪我！"说毕拉起况寰往门外走。

周孝儒禀知况钟，杨俚还在闹。况钟向洞房走去。这时况宾已请来尤捕头，杨俚躺在地上耍无赖。尤涛正抓住他的手往外拉。况钟向尤涛摇摇手，然后向杨俚喝道："你站起来！"

杨俚爬了起来。况钟把他带到退思斋，刚进门，周孝儒赶了来，将事情前前后后介绍了一遍，末了指着杨俚的鼻子尖骂道：秀蓉根本不爱你，你哥利用权势逼她爹。秀蓉落水后，你不派人寻找，带着迎亲的人拂袖而去。没告你见死不救就不错了，还有脸来闹？"杨俚不知如何辩解，想了一会儿，用不连贯的语气说她家用了他家的钱。

"钱啥钱？礼金退回了你，酒席钱补了你！"周孝儒说。

况钟听周孝儒说过之后，心情平静下来了。从法理情理讲，杜秀蓉已不属杨家人，儿子娶她并无错。

况钟问杨俚："杜秀蓉许与况寰，你应该早就知道，为何早不闹，晚不闹,偏偏这时候来闹?"

杨俚支吾着:"这……"

"你视人命如草芥,这又冲洞房,罪加一等!不说出来,关你个十年八年不为多!"周孝儒吓唬道。

"别别别,我说,我说!"杨俚把实话说了,"听我爹说,这都是我哥一个朋友叫什么高人的主意。"

况钟追问道:"高人是谁?"

杨俚摇摇头:"爹不知道,他给爹的信只是说我哥的朋友,落款为高人。"

这时洪叔急匆匆跑进门:"老爷,不好了,不好了,夫人变症了!"

周孝儒向杨俚一跺脚:"都是你闹的!还不快滚!"

杨俚本就不愿来况钟这闹,是被逼的,听到舒夫人变症,怕怪罪他,连忙溜了。

况钟赶回家里,夫人半躺在厢房内的睡榻上,灯光下,她脸色青紫,口张着,显得很痛苦,双目黯黑,无神地望着病榻前的人,像是在等谁的到来。儿女们在啼哭。

况钟问刘万氏:"你姐刚才不好好的吗?"

刘万氏抹着泪说:"老爷您一离开,姐就变症了。"

况钟来到病榻前,捉住夫人的手:"夫人,你是不是有什么话要对我说?"

夫人无力地摇摇头,张了张嘴,喉中痰塞着,没有发出音。

"你是不是在等宁儿?"况钟问。

知妻莫如夫,夫人点了点头。

况钟说:"寰儿迎亲喜日定下后,就去了家书,嘱宁儿早来,想必已在路上。"

况钟刚说完，外面一声吆喝："大少爷到！"接着传来咚咚脚步声。

况宁气喘吁吁地跑进来。他正值而立之年，头戴四方平定巾，灰色的土布袍，衣裾不合身地罩在他略显瘦削的身上，两只手被长长的衣袖遮掩着，方脸，锐利的三角眼，薄嘴唇。他受父之命，在靖安老家打理家政。每年来苏州省亲一次，到秋始回。在苏州逗留期间，父亲不许他与纨绔子弟交往，只准与勤谨忠厚有学识的人来往。他为人厚道，上进好学，虚心向有学问的人请教，颇得官吏和学子们的赏识。回靖安时，秋江送别，朋友们想送苏州丝绸等特产给他，以尽地主之谊，他坚决不受，说家父定有家规，不准家人接受别人的吃请或馈赠，否则家法行事。朋友们恋恋不舍，只好以诗相送："才华卓著异常伦，万里思亲远侍亲；养志已能全孝道，还家又复问归津。囊无金玉应非贵，箧有诗书足是珍；饯别吴江秋正老，重期定省在新春。""觐者还家促去装，西风桂子正飘香；严亲素秉冰霜操，孝子宁辞道路长。行李全无金半寸，诗囊唯有字千行；故乡有问尊翁事，为说忧民两鬓霜。"前一首诗说才华横溢来省亲的况宁要回乡了，明年春天才能再相会，他严守孝道，非常听父亲的话，不以金为贵，以诗书为珍。后一首说况宁回乡之时正当丹桂飘香时节，由于严父清廉，不准家人接受钱物，船中没有丝毫金银，只有朋友送的诗歌千行。家乡父老问起令尊的事，请转告大家，况大人忧国忧民，两鬓胡须全白了。

况宁来到床前跪下说："娘，宁儿看您来了！"

夫人脸上现出宽慰的神色，手挣扎着从被子里抽了出来，摸况宁的脸，摸了几下，非常吃力地张了张嘴："娘要……归崖口。"

况宁点点头："儿知道了。"

况钟将夫人的手放回被子内："夫人放心，会送你回老家。"

夫人脸上泛起一丝满足的笑容，突然，她感觉身子轻飘飘地向上升腾，冲过一层层迷雾，来到祥云上端，那里鲜花盛开，响着笙箫鼓乐……

壁上挂的琵琶摔了下来，睡榻前那盏油灯的火苗跳跃了一下，熄灭了。

哭声四起。喜乐换成哀乐，贺客变成吊客。孝子、孝媳、孝女穿上麻衣接客。

办完喜事又办丧事，况钟简直操碎了心。娶儿媳是夫人在操持，人躺在病榻上，同样安排得井井有条。夫人一撒手，儿女们披麻戴孝接客离不开灵堂，理事虽有库房，可要钱要米的事还得问东家，况钟真有些力不从心。能当知府的人，却当不好这个家，他觉得好笑。最令他头痛的是钱。僧人、道士进屋之后，银子如水一样流走，库房没两天又叫要银子。他取出浑身解数，东挪西借的，勉强凑足了斋醮用资，可给夫人造灵舟的银子一直还没着落。

夫人归葬的起身日期愈来愈近。

再不去买木头就来不及了。他急得茶饭不思，心里如有把火在烧。他不想让别人看他猴急的模样，躲进退思斋关起门来转圈子。他琢磨着再向哪些人借钱，脑子里出现一个又一个面孔。这些人都穷，你是知府，开了口人家不好不借，何必去为难人家呢？这些脸孔又被他一个一个抹去。

怎么办呢？况钟长叹一声。随着这一声长叹，似乎有一线火从丹田直升至头顶，接着他心口发紧，呼吸越来越急促，瞬间眼睛一黑倒了下去。

此时恰好洪叔有事找况钟，来到门外叫了一声，见无回音，便推门进来。看到况钟倒在地上，牙关紧闭，四肢冰冷，不省人事，洪叔大惊，忙将他背回府去抢救。

郎中切脉之后,说况大人的病是气厥,由情绪受刺激所致,开了沉香、乌药、槟榔、积实、木香等药,行气开郁,宽中理气,当即煎汤灌下,服下一剂,况钟醒了过来。郎中临走嘱再服一帖后去他府中转单子。

翌日再服一帖后,洪叔要去找郎中转单子,况钟不让去,说药治不了我情绪的焦虑,再转单子也枉然。

洪叔怔怔地望着他:"老爷,我听不懂您的意思。"

"你晓得什么事令我着急吗?"况钟问洪叔。

"不晓得。"

况钟将无钱造灵舟,急得发病的事讲了。

"这点芝麻小事为什么不早说?"洪叔胸脯一拍,"我包了!"

况钟听夫人讲过,洪叔的钱都借给妹妹娶儿媳妇去了,怎么还有钱?他问道:"钱不是给你老妹了吗?"

"我留了一半防急用。"

况钟从病榻上坐了起来,顷刻间头上似乎摘去了一顶千斤重的铁帽,感到从未有过的轻松,对洪叔说:"洪叔,我饿了!"

次日,洪叔到府儒学买了三十多根木头(建完校舍剩下的)造灵舟,造好了灵舟夫人归葬起身的日期正好到了。

动身那天早晨,天下起了米头雪。夫人的灵柩停放在院子里,棺材盖上铺着层雪子。况钟伏在棺材盖上向夫人诉说着:"夫人,你马上要动身了,为夫公务在身,不能陪你回江西去……"

雪越下越大,刘万氏走了过来:"老爷,雪下大了,您回屋去吧!姐姐嫁了您这样的好丈夫,她知足了!夫妻本是同林鸟,大限来时各自飞,这是没办法的事。您要节哀!"

况钟不为所动:"她要走了,再也没机会跟她诉说了。我再跟她说说……"

直至灵柩起身，况钟方停止诉说，众人都为他那片真情感动。

灵柩由数十人抬着，送往停泊在姑胥桥下外城河上的灵舟上。许多市民自动燃放鞭炮，默默目送夫人上路。

行至姑胥桥头，天下起大雪，初如柳絮，渐似鸿毛，纷纷扬扬的雪花将大地染得一片雪白。夫人一生行善积德，连老天都替她行孝。

灵舟起航了，孝子、孝媳、孝女、孝孙随灵舟回江西老家守孝，一一向况钟洒泪告别。况钟满含泪水目送灵舟远去，挥着手，喃喃反复道："夫人，你一路走好……"

灵舟在水面消失了，他仍树桩一般立在原地，身上的雪也不拍一拍，木然地望着灵舟远去的方向。朔风吹起他飘零的白发，只见他眼圈发黑，愁容满面，丧妻让他一下子衰老了许多。刘万氏劝他回府。他移动了一下步子，身子颤抖了一下，浑身寒冷透骨，双腿发软，险些跌倒。刘万氏、洪叔和杜福寿三人连忙架住，他才稳住了身子。

第二十二章

平|望|缉|私

　　况钟又病倒了,发热恶寒,周身酸痛,郎中说是冒了风寒,开了几剂药,叫他静养几天,不然恐引发其他疾病。

　　办过红白喜事,府中又脏又乱。刘万氏是个勤快人,天天过来帮洪叔收拾。外面在洗抹,碍手碍脚的,况钟进房休息。

　　房间还是那间房间,床还是那张床,房中的一切都还是按原来那么摆放的,况钟进房的感觉却大不一样。夫人在时,他一进房,总是笑脸相迎,嘘寒问暖,有讲不完的新鲜事,道不尽的家长里短,房中是温馨、甜蜜的气氛。而今进房,冷冰冰的,一切都显得陌生,似乎这根本就不是他的卧室。夫人不在了,欢声笑语也随她走了。他望着梳妆台上镜框中夫人的画像,无声地诉说着悲哀和无奈。这张图形是夫人病中请人画的,当时她不愿画,说带着病容不好看,幸好画师说没关系,可以画成健康的模样,她才答应了,留下这永恒的纪念。

况钟默默地走到梳妆台前,在椅子上坐下。台上一把木梳映入他的眼帘。木梳上残存着几根头发。他拿过木梳放在鼻前闻了闻,闻到种最熟悉的气味。这是夫人的发香!他如黑暗中的人见到一缕阳光,沙漠中的人得到一杯清泉,心里为之一跃。他手拿木梳,望着夫人的画像,说:"夫人,你好狠心啊,丢下为夫一人,你知道我多想念你吗?"夫人不语,望着他只是笑。他将木梳放回原处,拿过镜框,久久地凝视着夫人的画像。你还笑哩!你知道思念一个人又见不着她是怎样的感觉吗?他向夫人诉起了衷肠:

> 重过阊门万事非,同来何事不同归?梧桐半死清霜后,头白鸳鸯失伴飞。原上草,露初晞,旧栖新垅两依依。空床卧听南窗雨,谁复挑灯夜补衣?

他轻轻地吟着宋人贺铸这首悼亡妻的词,吟到这里已泪流满面。

"老爷!您要吃药了!"

刘万氏的话打断了况钟对亡妻的思念。况钟抬起头,发现她端着药站在身后,脸上挂着泪水。她早已进房,目睹况钟思念夫人的一切,被深深感动了。

况钟接过药,一口气喝了,望望窗外,说:"天色不早了,你该回去了,铺子里说不定有许多事在等你这个老板娘哩!"

刘万氏拿过空碗:"好的,妾这就走。老爷,府中收拾得差不多了,明日妾就不来了,过几天再来看您!"

"好,好,这许久累坏了你!"况钟起身,"我送送你!"

"不必了!"刘万氏往外走,口里说不要送,心里却巴不得况钟送。况钟送她至门楼边才返身。

刘万氏刚走,杨谧带着几个盐商找上门来,禀报食盐销量锐减,有人贩卖私盐,枫桥尤甚。

食盐是国家专营物资,立有盐法,设有专门机构管理。盐税是国家的重要收入,税额先二十取一,后倍征,朝廷取盐税资军饷。贩卖私盐者死罪,家属流放边疆充军。

况钟说:"明日叫盐课局去查一查。"

"况大人,此事我等已禀报盐课局,他们去了趟枫桥,了解到是杜青云在摊派,大户一包,小户半包,每包一百斤,要白米五石。"杨谧愤愤不平地:"私盐没完税,本来比官盐便宜,杜青云的盐价比官盐贵十倍。老百姓不要,杜青云要么说是军方换军粮的,要么说是朝廷救灾的,谁敢得罪官军和朝廷?老百姓只得买。盐课局那伙人听到'军方'和'朝廷'都睁一只眼闭一只眼,成了缩头乌龟!"

此事不查处,一是有违盐法,二是减少盐税,三是祸害百姓。况钟答应次日去枫桥。

2

翌日,况钟强忍丧妻的悲痛,带着盐课局胥吏,冒雪策马来到枫桥。运河两岸一片雪白,到处是冰凌,河堤上的柳树结着冰砣。风呜呜叫着,时而传来树木的折裂声。

他先到周孝儒家,秀才到城里参加诗会去了,只有苏金娣在家。苏金娣见了况钟,带着责备的口气说:"况大人,您病才好,夫人又刚一脚去,为啥不在家多待些日子?这天寒地冻的,伤了身子骨怎么办?"

"谢谢你的关心!老夫也想在家多待两天,可没福气消受!"况钟坐下问苏金娣,"金娣,最近买盐没有?"

苏金娣将火盆移到况钟面前:"还不买?强配五十斤!"接着用抱怨的语气问,"大人,河南救灾配这么多盐,我们哪吃得了这样多!"

况钟一愣,摊派走私食盐还冠以"河南救灾",这些人真可谓是狗胆包天。

"谁这么说的?"他不动声色地问。

"煨灶猫。"

况钟离开秀才家后再走了几户,乡亲们都禀陈煨灶猫搞摊派,大户一包,小户半包,每包重一百斤,换白米五石。当时米贵盐贱,一石米折合白银三十两,用大米换盐,煨灶猫的盐简直是天价,一斤盐合白银一两五钱。

况钟决定去见煨灶猫。煨灶猫的家紧靠运河。况钟来到他家,只见三间茅房东倒西歪。不大的院落,院子有棵合抱大的歪脖老梨树,树下这里一个雪堆,那里一个雪堆,如铺着冻雪的小坟包。厢房传出呼噜声。这只懒猫还没起床。

煨灶猫祖祖辈辈种田。父母亡故后,他到徐文伯府上做家丁,并认徐文伯为干爹。在徐府干了三年,徐文伯打发他回枫桥当圩长。圩长虽不是正儿八经的什么官,可权力不小,油水多多。他好吃懒做,遇上谁家有红白喜事,可以不送红包去打个牙祭;无论谁家的蔬菜,只要他中意就去采摘,谁也不敢放个屁;更令他高兴的是,每年还可以在总圩长徐文伯那里分到些辛苦费,这笔钱除掉生活费还绰绰有余。最近,他又瞄上"粮长"这个职位。徐文虎死后此职位一直空着。他备了重礼请干爹帮忙,徐文伯答应去替他活动。适才在梦中干爹正告诉他上头已同意他当粮长,正高兴间,却被敲门声吵醒。

"叫魂呐?!"他好不气恼。

"起来,有事!"胥吏们叫道。

煨灶猫抖起了架子:"啥鸟事?这大雪天不让消停?就是条牛,也得歇歇肩吧?去去去,我要睡觉!今日就是皇上有圣旨,我也要抗旨一次!"

见煨灶猫赖床不起,况钟发火了:"杜青云,你圩长当得不耐烦了是不是?"

"你是啥人?"

"况钟!"

房里一阵响动之后,厅门打开,煨灶猫披着棉衣,趿着鞋,披头散发的跪在门边:"不知是大人驾到,恕罪,恕罪!"

况钟进屋,厅内桌椅油亮,上面沾着灰,地上掉着没洗的臭袜子,靠厢房的那边挨墙堆放着十多包没卖完的食盐。

"盐都配下去了?"况钟摸着盐包问。

这卖盐的事干爹吩咐要保密,现在这事被知府知道了,该怎么办?煨灶猫心里如十五个吊桶七上八下的。

况钟严厉的目光盯着他的脸:"本官问你话哩! 为何不回答?"

"这……"

"这什么这? 老实回答!"

煨灶猫目光躲闪着,不敢直面望况钟,胆怯地:"大人您都知道了?"

"朝廷救灾,能不知道吗?"况钟讥讽地。

"那是……那是……"

"那是个屁!"况钟大喝一声,"你凭什么说是河南救灾?"

煨灶猫"咚"地跪下,脸色青灰,抖着身子:"大人息怒,小的不敢这样说,都是上头的意思。"

况钟抓住他的衣领,将他提起来,怒视着他:"上头是谁?"

煨灶猫见况钟步步紧逼,只得说出是徐文伯。

"徐文伯哪来的盐?"

"浙江镇海卫运来的。"

"贩卖私盐是犯法,你们不怕杀头吗?"

煨灶猫记起了徐文伯吩咐过:"尽量保密,不让盐课局和况钟知道,万一他们发现了,就说是换军粮。"他把徐文伯编好的理由说了出来:浙江镇海卫屯田歉收,五千六百士卒军粮严重不足,指挥陈璘经与南直隶协商,巡抚成均答应军方用食盐换军粮。换粮的头目是千户长秦炳。秦炳因干鱼案差点入狱,怕况大人从中作梗,便绕过府衙直接找各县圩长帮忙。

理由编得冠冕堂皇。况钟一听就明白:是军方勾结圩长贩卖私盐。为了抓到秦炳,来个人赃俱获,况钟打算放长线钓大鱼。他笑了笑,说:"既是军方换军粮,地方自然要支持,成抚台既是发了话,他秦炳就是直接找我况钟也无妨!"说罢带着胥吏走了。胥吏们不理解况钟的做法,问为何不没收这些盐,况钟笑了笑,说还不到时候。

3

秦炳见况钟没有查处私盐,胆子大了,仗着是千户长,手下有千余人,于宣德八年七月再次把私盐用船从浙江运入吴中。况钟得到情报,立即赶到吴江县平望镇。

平望镇是京杭大运河由浙江进入吴中的第一道关口。官府在运河设有巡检司,负责盘查来往商船,缉捕盗贼,维持水上治安。况钟一到平望镇就立即赶到巡检司,作出缉私部署。吕巡检见知府大人亲自上阵,把精兵强将都安排到关口。过去,镇海卫的走私船老是挂上飞虎旗,排列兵器,盘查便说是锦衣卫的捕盗船,船上的兵卒霸气十足,强行搜查就遭他们的毒打,谁也奈何不得。今天非出出这口恶气不可。

这一天是初三日。晌午时分,运河两岸河柳新绿如染,禾稼一望无际。天高云淡,河风习习,云外遥山耸翠,河中碧水翻银。此时来往船只不多，几只白鹭在水面觅食，岸上柳枝的倒影在水面一弯一曲的晃动……

吕巡检在关口目光不停地盯着与浙江交接的河面。他三十开外，瘦而且黑，烟瘾极重，一口牙齿熏得焦黄。此人虽其貌不扬，追捕盗贼和缉私名声在外，忠于职守，不谋私利，不讲情面，很多人对他又敬又畏。

俄顷，交接处传来旗语。这是前头打探情报的巡丁发出的，旗语报告浙江河面来了两艘帆船。吕巡检立即向况钟禀报。况钟来到关口等候。

一会儿，运河两省交接处出现两艘帆船，船上的风帆在阳光下熠熠闪亮。帆船愈来愈近，只见桅杆上挂着飞虎旗，两边甲板上站着手执兵器的兵士。

当值巡丁挥扬手中的小红旗，示意停船。帆船不听号令，破浪而来。吕巡检向帆船上的人大声喝道："停船候检！"

站在头船甲板上的秦炳大摇大摆走出。他三十好几，身材魁梧，獐头鼠目鹰钩鼻。秦炳傲慢地说："大爷我是锦衣卫的，在追捕盗贼，不能停船！"

况钟接口道："锦衣卫又怎么？谁规定锦衣卫的船不能检查？"

"反了！你小小平望巡检司敢干扰办皇差？"秦炳威胁道。

况钟驳斥道："平望巡检司怎么了？级别再低也是朝廷设的，谁藐视它，就是藐视朝廷藐视皇上！"

况钟嗓门不高，话语却直中要害。秦炳望望他，见他头戴四方平定巾，身着月白府绸长袍，腰系软巾垂带，以为是吴江县衙门的师爷，根本不把他放在眼里："小老儿，大爷我与巡丁对话，要你插什么嘴？"

"他是苏州府……"吕巡检正要说出况钟身份，况钟瞪了他一眼，吕巡检改口道："他是苏州府来的。"

秦炳哈哈大笑,心想,苏州府的一个儒士,无非是书吏、训导之类,最大也不过儒学教授而已,我是千户长,能把我怎么样?他向兵士们下令:"冲过去!"

两只帆船强行闯关,河面上溅起一排排水浪。船行过后,留下一片刺耳的笑声。

况钟指着远去的帆船对吕巡检命令道,全体出击,截住这两条船。吕巡检一声号令,三十多名手执兵器的巡丁分乘数只轻舟紧追闯关船,追上之后将闯关船团团围住。闯关船见追兵上来,人多势众,只得停了下来。

两艘闯关船被带回关口。况钟带巡丁上船检查,发现船舱中堆放着三百三十五包食盐,计三万五千五百斤。

况钟对秦炳说:"你们的盐引呢?"

按朝廷规定,运输食盐必须到盐道衙门开具盐引,没有盐引就视为走私。船被截了下来,秦炳不敢放肆了,只得老实说:"不好意思,忘了开盐引。"

况钟对吕巡检说:"把这些盐卸下来!"

"别别别!"秦炳着急地,"这是我们换军粮的盐,去年就征得了苏州知府况钟同意。"

况钟笑:"我怎么没听说有这回事?"

秦炳脸带讥讽地:"知府大人答应的事,你们下人怎么知道。"

吕巡检冷笑道:"下人?"他指着况钟问秦炳,"你说这位是下人?"

"他是谁?"秦炳脸上出现惶恐神色。

况钟对秦炳点点头:"敝人,也就是秦将军您说的小老儿,正是况钟!"

秦炳脸上改色。况钟是个厉害的角色,抢来的三百五十包干鱼寄存在下塘邓英家,全被他抄去物归原主。上回的走私盐之所未动,看来他并非是支持换军粮,而是在放长线,等我出动时来个人赃俱获。此种人硬挺不得,只有求他高抬贵手。秦炳忙向况钟施礼:"末将秦炳拜见况大人!"

"免礼!"况钟板着脸说,"秦将军,没有盐引就对不起了,这盐得没收。"转对吕巡检,"搬!"

吕巡检向巡丁们手一挥:"搬!"

秦炳如五雷轰顶,撞在况钟枪口上,不但盐没了,命也没了,这回就是王公公再出面,恐怕也无济于事,难逃死罪了。留得青山在,不怕没柴烧,趁巡丁们在搬盐包,纵身跳入运河中。兵士们见他逃跑,也纷纷跳入水中。

况钟命巡丁们火速拘捕。巡丁们一个个都是潭中龙水中蛟,在河里穷追猛赶,搏击多个回合,终于执住陈胜童等十二人。

秦炳等人漏网了。

镇海卫属浙江省管辖,况钟命吕巡检将陈胜童等十二人押往杭州,移交给浙江按察司。

吕巡检带着数名巡丁分乘几辆马车押着陈胜童等人次日便动身,一路晓行夜宿往杭州赶。

来到嘉兴府崇德县松老桥时,红日西沉,打渔人停舟罢棹,鸦雀高噪奔林,官道两旁人家升起袅袅炊烟。

他们向镇上走去。街上店铺轩屋楼阁茅舍混杂,华灯初上,店里喝酒的,赌博的,相骂的,哼戏的都有,这些嘈杂的声音和小贩卖鱼的叫卖声混合在一起,令人听了头脑发胀。

前面有间客栈,他们向客栈走去。来到客栈门前,只见店中摆着四张八仙桌,屏风隔着,张张桌都坐着客人。吕巡检向店家要了两间统铺房,每房两名巡丁各带六名兵士安歇。

吃过饭洗罢澡,分头进房歇息。吕巡检刚刚躺下,店小二带着两名头戴平顶巾,身穿淡青色盘领衫,腰挂锡牌的衙役进来。

"这里谁是头领?"一个胖衙役问。

吕巡检坐了起来:"卑职便是。"

"把路引拿出来!"

吕巡检起来,掏出路引给胖衙役看。胖衙役看毕,审贼似的望着吕巡检:"这路引有诈!"

"啥?"吕巡检问。

"人数不符。"胖衙役数着统铺上躺的镇海卫的兵士,"路引上开的是十三名,这里怎么只有六名?"

店小二说:"他们还有一间房。"

胖衙役对吕巡检用命令的口气说:"带我们去看看!"

见胖衙役如此霸气,吕巡检心中骂道:不就是个衙役,狗眼看人低!可这是浙江,人在屋檐下不得不低头,由不得性子。

吕巡检带衙役来到另一间房,将镇海卫兵士悉数点了一遍,见人数相符,找不出什么岔子,才走了。

三更过后,吕巡检被敲门声吵醒,睁开眼一看,门缝中亮着火把。

"半夜三更的,敲什么敲?"吕巡检问。

"起来起来,查铺!"

"县衙的人早查过了。"

"我们是巡检司的,在搜捕盗贼!"

听说是同行，吕巡检通报说："我们也是巡检司的，押解人犯去杭州……"

叫门的打断他的话："凭什么相信你是巡检司的？起来起来！你如果真的是巡检司的，就更应该配合我们！"

他的话不无道理，吕巡检只得起来开门。

门一开，哪是什么巡检司的？火光下站着十几个提刀的彪形大汉，穿着杂色的衣服，胸襟袒露，横眉怒目，凶神恶煞，活像一群土匪。

吕巡检返身去拿武器。这些人蜂拥而入，吕巡检手还没摸着刀，一把锋利的尖刀就顶住了他的喉部……另一间房也在同时叫开。所有的巡丁来不及反抗就做了俘虏，被他们绑了个严严实实。土匪把陈胜童等十二人全部劫走。

土匪走后，店小二畏畏缩缩前来给巡丁们松了绑。吕巡检问这些土匪是哪里的，匪首叫什么名字，小二一概不知，说店里出现这样的事还是第一次。

吕巡检怀疑查铺的衙役与此案有干系，天亮后，跑去崇德县衙报案，县衙否认有衙役到松老桥查铺一事。吕巡检明白了：笃定是秦炳干的，那两名衙役是他派出的细作。

第二十三章

镇 海 被 困

　　洪叔吃过药,在床上躺着。早两天,他腹部隐痛,拉稀便,大便带血,颜色紫黯。此事被况钟知道后,替他请来郎中。郎中诊断是脾胃虚寒,中气衰弱,脾不统血,除服药还须休息静养。服下两剂药后,洪叔感觉好多了,血止了,腹部也不觉得痛了,人精神起来。他起来煮了碗面条。

　　吃过面条,他从蹬道下来,去闩门楼门。月色明朗,地下树影重重。一阵秋风吹过,黑松摇晃着,夜宿的寒鸦惊飞起来,叫了两声,见并无外敌,盘旋两周之后又进了窝。

　　到处静无人语。小辈都回靖安老家守制去了,要满二十七个月才会回来。老爷黄昏时提着坛杏花村酒去三元坊了。府中连个说话的都没有。闩罢门楼门,洪叔走进自己的卧室,和衣在床上躺下。

　　"砰砰砰!"门楼门响。

　　洪叔一滚子爬起来。可能是老爷回来了,他想。打开门楼门,不是老爷,是一个黑瘦黑瘦的中年人。

"况大人在府中吗?"中年人问。

洪叔仔细望着来人,认出是平望巡检司的吕巡检。他回答道:"老爷到三元坊儒学去了。"

何横治学严谨,《论语新注》审结后,觉得还不如意,又改了一稿,今年才付梓,这个月装订成书。况钟看后爱不释手,此书详采百家之说,又融入注者的研究成果,论必有据,资料翔实,语言通俗易懂,是一部不可多得的好书。况钟是专程去祝贺的。

吕巡检听罢,转身就走:"那我上儒学找他去。"言毕,嗵嗵嗵一阵脚步声,身影便在月光下消失了。

洪叔站在门楼下,望着吕巡检远去的方向寻思:吕大人来去匆匆,像是有急事找老爷。我一时犯糊涂,随口说老爷去三元坊儒学,儒学这样大,又是晚上,吕大人上哪去找? 找老爷的事是大事,耽误了怎么办? 想到这里,他心里非常着急,当即锁了门楼门,一路小跑,向吕巡检去的方向追去,追上后,带他来到文庙偏院。

两人一进院子就闻到酒香,听到况钟在说:"何兄,字字句句皆心血,十年辛苦不平常啊! 我再敬你一杯! "

洪叔是个性急之人,进罢院子就大声叫:"老爷,老爷! 吕大人有急事找您! "

况钟和何横闻声追了出来。况钟问什么事。何横连忙摇手,吃饭大事,天大的事都吃过饭再说,忙将二人拉了进去。吕巡检一路赶来,未吃晚饭,饥餐渴饮正合适,连忙坐下。洪叔不会喝酒,转身欲走,被何横拉住,说不喝酒就留下喝茶。洪叔只得挨着吕巡检坐下。

吕巡检酒足饭饱之后,向况钟禀报了陈胜童等十二人被劫走的事。况钟听后气炸了,当即对吕巡检说明天与他一道上镇海卫去告秦炳。

"不可不可! 伯律兄绝勿莽撞!"何横问况钟,"阁下知道镇海卫指挥何许人?"

"何许人?"

"镇海卫指挥是陈璘,此人原是山东唐赛儿农民军的一个小头领,贪图荣华富贵,用同伴的鲜血染红自己的顶子,带着一支农民军接受朝廷招安,然后又去镇压农民军,由此立了战功,官越做越大,与王振拉上关系后,担任了浙江镇海卫指挥。此人匪气不改,霸气十足,其下属或以巡逻为名,劫掠来往商船,为害商旅,或走私食盐,高价兜售,勒索百姓。前任太守曾上镇海卫找他,他不但不查下属,反而倒打一耙,地方官吏对他无可奈何。"

"何兄不必担心!"况钟坚定地说,"小恶不容于乡,大恶不容于国,礼乐之所以易化,法禁之所以易行,由此故也。大丈夫不侮矜寡,不畏强权,陈璘就是只老虎,这回我也要去摸一摸他!"

况钟当即回府安排衙中事务。次日,况钟乘吕巡检的车去镇海。洪叔不放心老爷,送出盘门后,一再嘱咐车夫,代他关照好老爷的饮食起居。那青年车夫一再要他放心,他才默默地回去。

2

况钟到镇海的次日,便急急与吕巡检上卫所去。来到指挥行辕门前,况钟递上手本。卫士进帐,给陈璘送去,出来将手本还给况钟,说指挥大人这两天有重要军务,后天再来。况钟只得耐着性子和吕巡检在镇海住下。

按约定的日子再去。辕门外远不像往日,平添了许多肃杀之气。五丈余高的旗杆,挂着绣有"镇海卫指挥陈"字样的杏黄旗。杏黄旗的下面插着两行飞虎旗，每行五面，火焰形，旗心绣着飞虎。辕门两旁站着两行卫士，明盔亮甲，刀枪剑戟闪着寒光。

况钟和吕巡检到后，中军在门内出来。况钟将手本递给他，他看过之后，打了个手势："请！"言毕向前带路。

中军带着况钟和吕巡检向帐内走去。从辕门到帐内是条宽阔的砖铺甬道，甬道两旁是墨绿的冬青，尽头是二十级石阶。石阶上分两行站着十二名穿着盔甲手举剑戟的兵卫。况钟和吕巡检头顶剑戟上石阶，来到帐前。帐前竖着两面豹尾旗，旗杆顶部是利刃，这是军机重地的标志。

进入帐内，只见屏风前摆着张铺有豹皮的太师椅，椅的前头放着红木公案，陈璘身穿四品朝服，威风凛凛地坐在太师椅上。他年约五旬，豹头环眼，卷发赤须，彪形八尺。他的身后站着两名贴身侍卫。

况钟上前向陈璘一揖："苏州知府况钟见过指挥大人！"

陈璘与况钟同级，按相见礼节，必须相对揖拜。况钟一揖之后，陈璘并未还礼，用审贼的目光扫了扫况钟，说："你就是况钟？就是那个上任时，被昆山县关进牢房的况钟？"话语充满嘲笑与羞辱。

他对况钟积怨已久。过去，卫所官军常借巡逻以追捕盗贼为由捞外快，他从中获利不少。况钟上任后，于宣德五年九月二十日发出《通禁苏民积弊榜示》，指出：凡有卫所官军及巡司兵牌纠合多人使用船只，装上军器，停泊于河港偏僻地方，假盘诘查验证件，或搜查贼赃和追捕盗贼为由，擒拿商民或连家小，于寺庵观院非法拷打，诬认贼情，恣意搬抢家资，指要财物，许令被害之家指实来告，以便拿问。这个榜示堵了他的生财之道。其次，秦炳抢的鱼，况钟不但带人到邓英家抄出，将鱼归还杨谧，还将秦炳的事上奏朝廷。为此，王振狠狠地训了他一顿，骂他"莽夫一个，没见识"。

秦炳贩运私盐，陈璘已向王振通气，得到了王公公的默许。秦炳回来禀知食盐被截,他授意秦炳布下机关,等况钟来自投罗网。

况钟见陈璘出言不善,知道他有心袒护秦炳,真想痛骂一顿这个目无法纪而又狂妄自大的家伙,考虑自己是找他相商的,唇枪舌剑无益,只得忍气吞声。

"你找本指挥有什么事?"

"将军属下的千户秦炳……"

陈璘打断况钟的话:"秦炳的事不用说了!本指挥知道!他七月初三换军粮的两船食盐,过平望关口时被你扣下,陈胜童等十二人也被你们执去了,"他黑着脸,"盐换军粮,请示过朝廷,你凭什么扣秦炳的盐,拘秦炳的人?"

况钟质问道:"既是朝廷许可,为何没有盐引?"

"那是盐政衙门的事,你问他们去!"陈璘眨了眨虎眼,"你不能因为没有盐引就扣盐又扣人!我的兵士要操练,你不能老扣着!你倒是说一说,打算什么时候把这十二名兵士送回来?"

吕巡检非常气愤,这陈指挥看样子与秦炳的关系非同寻常,劫走人不但不责怪,还猪八戒倒打一耙,想置我们于被动的境地。他官微位卑,轮不上和陈璘对话,一直都是听,未发一言,见陈璘如此骄横不讲理,忍不住争辩道:"将军,陈胜童等十二人,是卑职负责押送回浙江的,走至嘉兴府崇德县松老桥,夜宿时被秦炳派来的人劫走,您怎么还向我们要人?"

陈璘眼睛一瞪:"你有什么证据证明人是秦炳劫走的?"

吕巡检拿不出证据,只得说:"证据会有的。"

"会有?那就是没有!"陈璘铜锤似的拳头往公案上一砸,"混账东西,你言下之意是本帅庇护秦炳喽?"向帐外吆喝一声,"来人!"

帐外立即跑进两个兵士。陈璘指着吕巡检:"他诬蔑本指挥,有辱军威,拉出去打二十军棍!"

"是!"兵士上前,拉着吕巡检就往帐外走。

况钟清楚,陈璘拿吕巡检开刀,是有意跌他的面子,令他难堪。

吕巡检不愿上宪因他而受辱,怕况钟低声下气地求陈璘放了他,故意骂道:"陈指挥,算你狠!你以为军棍就可以封住我的口?呸!"转对况钟,"况大人,您不用着急,他要打就让他打,人是有骨气的,二十军棍打不死!"

"你还有理了?"况钟追到吕巡检跟前扬起巴掌在吕巡检脸上"啪"地打了一下,训斥道,"一点礼节都不懂,饭桶一个!你以为这里是平望,可以乱放厥词!"说毕,客气地对兵士说,"二位兄弟暂缓拉他走,容本官禀过指挥大人。"况钟走到案前,向陈璘一鞠躬:"将军,卑职的下属出言不慎,触犯尊颜,全是本官平时管教少,本官代他向大人赔罪!"

陈璘望着吕巡检脸上五只清晰的指印,皮笑肉不笑地哼了一声。

"吕巡检是苏州府人,本官一定会严加惩处,在这里就不用麻烦指挥大人了。"况钟说。

况钟说得有理有节,陈璘钻不到空子,只好对士兵说:"看况大人面子,二十军棍免了。"士兵走后,他盯着吕巡检,"军棍免了,人不能含糊,你得火速送我十二名兵士回来,船和盐得退回给秦炳,不然,本指挥上奏朝廷,叫你们吃不了兜着走!"

况钟明白,陈璘是在吓唬他。要是朝廷同意用盐换军粮,决不会没有盐引。怕吕巡检继续顶撞,况钟忙对陈璘说:"将军,吕巡检的确将十二名军士送到了松老桥,是晚上在客栈被劫走的,卑职一定敦促崇德县尽快破案,将十二名兵士送回军营,至于扣下的盐和船,等兵士回营后,秦炳赏盐引派人来取便是。"

"既是如此,本指挥就等崇德县的好消息了!"陈璘不是傻子,知道况钟说的并非真意，而是用来周旋的，可找不到为难他的理由了，只好摸了摸茶杯。

摸茶杯是送客的意思，况钟起身礼貌地向陈璘一揖："告辞了！"

走出辕门，况钟摸摸吕巡检脸上的指印："还疼不？"

吕巡检说："不疼。"

"你呀，就是缺少见识！"况钟责备道，"陈璘是个莽夫，仗着有王振作后台，什么事都敢做。硬抗到底，不但要受苦，还会把事情弄得更糟。"

"卑职是担心大人受辱。"

况钟的手在吕巡检肩上拍了下，笑了笑："大丈夫能伸能屈，能进能退，能刚能柔！"

3

回到旅舍，况钟指示吕巡检去弄来两套小商贩的衣服，并置办些行头，决定第二天两人到秦炳千户所的屯区去，看陈胜童等人是否在军营。只要人在营房，他立即向皇上写奏疏参陈璘，新账旧账一起算。

合当有事。这天晚上，况钟半夜过后突然发病，又烧又冷，次日头重脚轻的，病还不见好。

吕巡检给况钟买来药，况钟服药后，吕巡检化装成货郎，摇着拨浪鼓，挑着货郎担来到屯区。

明王朝军队实行军屯，政府划拨一定的官田给卫所，军士别立户籍，三分戍守，七分屯种，靠屯田自养。平时，卫所军官负责操练，一旦有事，这些卫所的兵士拨归兵部派遣的总兵节制。

秋高气爽，寒露已过，田里的稻子一片金黄。屯田与民田插花，农民和士兵都在收割。

吕巡检绕道民田,问一个正在割稻子的老汉:"老伯,我向您打听个人。"

"谁?"老汉直起腰擦了擦汗。

"官军里的陈胜童您认得不?"

"他就是成了灰我也认得!"老汉咬着牙说。

原来陈胜童屯种的田紧靠这位老人的田。陈胜童是个懒汉,旱涝时胁迫老汉为他车水,老汉施了肥时,晚上偷偷把他田里的水放入屯田,收割的时候又浑水摸鱼割他的水稻。老汉恨死了他。

吕巡检窃喜,放下货郎担,掏出烟纸卷了支喇叭筒,对老汉说:"老伯,打个尖,抽支烟吧!"

老汉从田里上来,吕巡检将喇叭筒给他,替他点上火,然后自己又卷了一支点上。二人坐下聊了起来。

"陈胜童不知在哪处收割?"吕巡检咬着烟卷问。

老汉指着旁边一丘田:"这就是他的田,稻谷都要掉了,这懒鬼还不来收。"

"他是不是外出了?"

"屁!我昨日路过营区,还看见他正在围墙内打牌。"

吕巡检好不高兴。他是个务实的人,单凭老汉说,觉得还不可靠,万一是他眼花看走了眼呢?耳听为虚,眼见为实,他决定还是上营区去核实核实。

"老伯,不打扰了!"他挑起货郎担,辞别老人向营区走去。出门之时,况钟本一再吩咐过,千万不要进营区,免得被秦柄暗算。此时吕巡检找人心切,况钟的嘱咐全抛在脑后了,认为化了装秦柄认不出。

营区筑着高高的围墙,围墙上用石灰写着"军营重地,不得擅入",围墙内建有许多排列有序的大大小小的房屋。门楼前站着持有剑戟的哨兵。

吕巡检挑着货郎担来到门楼前,向哨兵点了点头:"军爷,我向您打听个人。"

哨兵审视一番后,问:"找哪个?"

"陈胜童。"

"陈胜童不在。"

"哪去了?"

哨兵瞪眼:"兵营中的人是不能打听的!"

吕巡检放下货郎担,在钱袋里抓出把铜钱塞到哨兵手里:"兵爷行个方便。"

哨兵将铜钱放进口袋:"你找陈胜童啥事?"

"他是舍弟,求您让我见他一面。"吕巡检和颜悦色地说。

"那好吧!"哨兵向旁边一个扫地的小个子兵说,"去告诉陈胜童,就说他哥来了。"

小个子兵去后不久,一个三十多岁身材魁梧的人出来了。他鼻子出奇的勾,窄袖的红裆袄齐膝。此人并非陈胜童,而是秦柄。他劫回陈胜童等人后,知道况钟不会善罢甘休,必定上门讨人,设下毒计,正等他来自投罗网。

秦柄望望吕巡检,觉得他不像那个戴四方平定巾的小老儿,装出一副破嗓子:"你是谁?"

吕巡检望望他,觉得此人有些像秦柄,可身穿士兵服,又不敢肯定。再说,那十二名士兵高矮差不多,相貌无大的差别,对陈胜童无特别的印象。

"兄弟,我们出去聊。"吕巡检笑着去拉他的手。

秦炳手一甩:"聊什么聊?我不认识你!"

哨兵说:"他是你哥,你不认识? 你这人真是!"

秦炳头一昂:"我陈胜童独子一个,鸟个哥!"

"他真的说是你哥!"哨兵又问吕巡检,"你不是说是他哥吗?你不知道他是独子?"

吕巡检随应变道:"我知道他是独子,我是他未见过面的表兄。"

吕巡检刚说毕,"哈哈哈!"秦炳爆出笑声,手指着吕巡检:"告诉你吧,我兄弟六个,我是老满,你这位未见过面的表兄是假的吧?"

吕巡检见中了他的计,心里有些慌,连忙挑起货郎担:"不认就算了,算我瞎了眼!"

"想溜? 没那么容易!"秦炳手一挥,"抓住他! 他是水匪的探子!"

散布在四周的士兵一拥而上,不由分说将吕巡检绑了个严严实实。

况钟见吕巡检没回来,估计是上营区遇到了麻烦,来到营区一打听,才知道他被执。况钟去见陈璘,陈璘说大事他都管不过来,这等小事你去问秦炳。他来到营区要见秦千户,百户长说陈千户外出办差去了。他掏出关防给百户长看,要求保释吕巡检。百户长看过他的关防后,说关防是假的,连他也拘了起来。

况钟与吕巡检被他们关进牢中,过着暗无天日的日子,真个是鱼游浅水遭虾戏,虎落平阳被犬欺。赶车的找不到二人,急得没办法,只得回苏州报信。

4

况钟走后,洪叔做了个梦,梦见老爷被老虎追得满山跑。一天周孝儒来了,他要秀才解梦,秀才说这个梦不好,况大人可能会被奸臣陷害。洪叔听了,心里不安,回想起何教授说过的话,就更加担心了。他天天给观音菩萨上香，求菩萨保佑老爷平安，天天掐着指头算老爷归来的日子。算好的日期一次次落空了。再等了十多天，还是不见老爷回来，他便天天来到盘门外观望，希望能听到老爷的讯息，或看到老爷乘坐的马车能从官道的远端驰来。

官道两旁是广阔的田野，田野的禾稼全不见了，只剩下光秃秃的禾兜。成群的麻雀，不时乌云一般从这丘田腾空而起，在空中绕了个圈，然后又雹雨一样散落在那丘田。风变成冷飕飕的，吹到脸上像冰冷的舌在舔的感觉。此地见不到劳作的人，田野变得空旷、沉寂。天空也变得冷漠了，将群群排成人字行的大雁撵往南方，不时传来一声凄凉的雁鸣。官道上人来人往，过往车辆也不少，唯独打听不到老爷的讯息，也不见老爷的车。洪叔连去几天都如此。

当他快要泄气的时候，盼望的那辆车终于出现了。蓝色的车棚，车把式是个威猛的年轻人。他拦下那辆车。车把式便将一切转告他。洪叔急得如热锅上的蚂蚁，况府的家人都回靖安守陵去了，连个商量的人也没有，立即去找何横。何横一听大吃一惊，次日去府衙找杨粟。

此时晌午歇衙，杨粟和赵忱正在芙蓉榭旁边晒太阳下棋。何横观战，杨粟的棋实在臭，顾首不顾尾，只会猛冲猛打。赵忱棋高一着，稳扎稳打，步步为营，用抽将吃掉杨粟一只车。杨粟不让，说疏忽了。赵忱让他悔了，走不几步，又吃掉杨粟一只炮："杨大人，这炮早两步就当吃，你没走，总不能说是疏忽吧？"

杨粟不好再悔，只是气得脸热心跳。他自尊心极强，输了棋不让对方走，非要让他赢，方肯罢休。何横是个弈棋高手，替杨粟动了几着棋，力挽狂澜，棋局大变，很快克敌制胜。

杨粟得意洋洋，重摆棋子，赵忱将棋子拾进盒中："别下了，何教授在等你哩！"

杨粟望望何横:"真的?"

何横点点头,说:"况大人去镇海发生意外,吕巡检的车夫回来告诉洪叔,说况钟大人和吕巡检已失踪多日了,生不见人,死不见尸。"

杨粟听了头一晃,一脸满不在乎的神情:"况大人是何等样人?他会发生意外?笑话!至于说失踪,更无人相信,那是陆墓火着,窑眼(谣言),看我以后怎么收拾那个车把式!"

杨粟的话引起何横许多联想,况钟上任后,他事事作对,下邳劫粮案查出真相后,据说他表情异常,会不会是他指派二下巴杀徐文虎?秦炳的食盐走私案会不会是他与镇海那边设的套?想到这里,杨粟后悔不该来找他。

何横正要走时,赵忧劝杨粟道:"杨大人,陈璘这人蛮横不讲理,依卑职看,恐有不测,不妨去看看?"

"要去你们去,本官没时间!"杨粟棋也不下了,衣袖一甩走了。

"岂有此理!"何横对着杨粟的背影啐了一口。

赵忧安慰道:"他就是这个火暴脾气,何教授不必介意。杨大人不去,要不我们去?"

"甚好,甚好!"何横连忙说。

当下约定次日动身。第二天早饭后,何横走进赵府,赵忧躺在睡榻上,压三床被子还说冷。何横只得邀了洪叔一道去。

二人到镇海卫找到陈璘,陈璘证实前些时况钟来过,但后来去了哪里他不得而知。二人又上秦炳千户所,卫兵说秦千户一直在外面未回,也没听说况钟来过。他俩再上崇德县,知县说况钟根本就没到过这里。

堂堂知府在镇海失踪了,生不见人,死不见尸。何横见情况危急,回到衙署立即给内阁首辅杨士奇修书一封,用六百里加急寄去。

杨士奇收到何横的信大吃一惊,急忙写了奏疏,将情实报告宣德皇

帝。宣宗向来关注军队,了解军中弊端,为了清除军队弊病,曾多次派御史去军中视察。宣宗看后在奏疏上用朱笔批道:

> 转南京五军都督府:一、速派密使会同浙江都司,到镇海卫查清况钟等人去向,生要见人,死要见尸。二、彻查秦炳食盐走私案,对相关责任人作出处理,并将结果报朕。钦此!

王振见宣宗亲自过问,意识到陈璘玩过了火,立即派心腹日夜兼程赶往镇海,将密信交给陈璘。陈璘看罢信,装作查监狱发现况钟二人,赔礼道歉后将人放了,并把百户长和那个哨兵作为替死鬼关了进去。

南京五军都督府的密使和浙江都指挥使司的人到后,陈璘将一切责任推在秦炳身上。密使把秦炳带回京城问罪,这一场闹剧才告落幕。

第二十四章
花│好│月│圆

况钟从镇海回来，见家里桌椅门窗光可照人，到处收拾得整齐划一，很是高兴，称赞洪叔道："士别三日当刮目相看，没想到洪叔这么能干了！"

洪叔有些不好意思，说这都是刘万氏的功劳，接着话中有话地："见老爷您没回来，她都急得快要疯了！"

况钟好不感动，称赞道："她的确为我们家的事操了很多心。"

洪叔削了个苹果给况钟，劝况钟再娶，说："有个李氏，标致又贤惠，你要是娶了进来，万嫂就不用常来了。"况钟没有吱声，到衙门去了。

况钟来到签押房，案上堆着许多公文和信件。他签完公文，拿过信札来看，有一封是王琏寄来的。

王琏到吏部后，差不多每月一封书信，信中洋溢着满腔热情，大有壮志满怀的意思。过了一年，信中出现了牢骚，说小小司务不过是"催督稽缓，勾销簿书"之类的事。况钟一一复信，谆谆教诲，说万丈高楼平地起，要他扎扎实实当好司务，有才学不愁朝廷不重用。

况钟启开封套。信中怨言颇多，流露出官小位卑，急于想擢拔的浮躁情绪。他铺开信纸，给王琏写回信，指出"急乎其所自立，而无患乎人不已知"，要他多看看韩愈的《重答翊书》，从中可以受到启发。

写毕信，天色已晚。回到府中，洪叔已做好了饭，正在等他。

况钟刚到花厅，何横抱着坛杜康酒喜冲冲地进来："伯律兄，这许久我滴酒未沾，你回来了，非开怀痛饮不可！"

"你我是诗成有共赋，酒热无孤斟！"况钟接过酒，"还要带酒来，笑我没酒是不是？"

当下二人浅酌起来。酒酣耳热，何横话题一转："伯律兄，舒夫人离开你都快一年了，至今还形单影只的，你不会是曾经沧海难为水，除却巫山不是云了吧？"

何横名为庆贺，实际是来说媒。那位李氏是洪叔的表妹。洪叔与何横合谋已久。何横已写信告知况家兄弟，况家请何横出面做媒。

况钟听了摇摇头："夫人尸骨未寒，现在不宜谈此事！"端起酒杯和何横碰了碰，"喝酒，喝酒！"

洪叔急了，表妹多次来信打探消息，因老爷在镇海，此事还不曾正式向他提出来。如今回来又不愿谈这个事，如何是好？他想力劝老爷，可又嘴笨，说不出个道理，只是急得两只眼珠子直打转。

何横了解洪叔的心思，对况钟说："你不谈这个事，别急坏了洪叔。洪叔不善于做家务，你又不肯雇女佣，这个家总不能长期靠刘万氏来料理吧？"他端起酒杯一口干了杯中酒。

洪叔给他二人满上酒："是呀，老爷，按老家乡俗，夫人走了这么久，谈这个事不为早，少爷们为这个事都挺着急的！"

况钟没有吱声，话说到这份上，明白二人的意思了。

"有位李氏，四十出头，人长得俊，知书达礼，为人心地善良……"何横盯着况钟的脸，"你不妨见她一面？"

"哪里人氏？"况钟问。

"你靖安老家。"何横说。

"我怎么见她？衙中这样多事，难道老夫荒工费日回老家去相亲？"况钟连连摇头。何横不慌不忙地从口袋里掏出一张绢画交给况钟。况钟展开绢画。这是一张女人的画像，画中的女子身穿高领天青色枣花春衫，鹅蛋形脸上眉黛含烟，抿着嘴在笑，嘴角有两个笑靥，肌肤如凝脂软玉，保养得很好。

望着画像，一种亲切感油然而生，画中女子似曾相识。况钟回忆着，究竟在哪里见过她，可任他冥思苦索，脑子终是想不起来。琢磨了许久，他明白了，并不曾与此人谋面，不过是她的神态与舒氏相像。因为思念夫人，亲切感正是出自这里。

令他不明白的是，何横是盱江人，李氏是靖安人，他如何认识她？他问何横，何横将实情讲了。

况钟假装生气："好啊！你们串通起来逼我就范！"

洪叔红着脸："老爷，我表妹是贤惠女子，有她来侍候您，我就彻底放心了！"

李氏神态像舒夫人，令况钟舒心，子女对这个女人都有好感，使况钟放心。人过半百的人，还有什么更高的奢望？水到渠成，况钟答应让李氏来见面。

2

况钟回来后未见刘万氏面，心里有些惦念，翌日在衙中处理一番事务后就往家转，估计刘万氏今日会来，他打算将续娶李氏的决定告诉她。结果刘万氏没来。一连多天，她都未出现。刘万氏家中是不是出了什么事？况钟想去带城桥弄看看，一纸文书送来，成均把他召到南京去了。

他离开苏州的次日，刘万氏上况府来了。她头发上插着白花，手臂上缠着黑纱，目光呆滞，脸色憔悴，人显得苍老了许多，她一上石阶，见着洪叔就问："洪叔，听说老爷回来了？"

洪叔爱理不理的，冷淡地点点头。刘万氏双手合十朝天拜了拜："多谢菩萨保佑，多谢菩萨保佑！"

洪叔望着刘万氏的白花和黑纱，问道："万嫂你这是为谁戴孝？"

刘万氏眼圈红了，眼里涌出泪水："夫君去了……"

洪叔一愣："什么时候？"

"十天前突发心气痛亡故的。"

洪叔深表同情，安慰道："生死由命，你也不要太伤心！"

刘万氏默默朝内宅走去，洪叔跟在她后面："你也真是，家里出了这样大的事，怎么也不禀知老爷一声？"

"老爷刚回来，虽是平安，毕竟受了惊吓，不好打扰。"

刘万氏进到内室就系起围裙，开始洗桌椅和抹坛坛罐罐。洪叔替她打水。

"老爷他可在衙门？"刘万氏问。

"去南京打首饰了，可能要走半个月，打了首饰还要在南京会议。"洪叔撒了个谎。刘万氏夫君的故去，令洪叔内心隐隐不安，他觉察老爷也很喜欢刘万氏，万嫂新寡，生怕况钟知道后会反悔亲事。他要给刘万氏造成一个假象，让她死了这条心。

刘万氏忙问："打首饰为谁？"

"少爷在靖安老家替老爷找了个伴,那女人姓李,是县城出了名的美人。"洪叔眉飞色舞地,"老爷看过画像,同意了,已经定了亲。"

刘万氏听后没吱声,只是抱着只花瓷瓶抹了一遍又一遍。洪叔见她无反应,余光瞧了瞧,她满是伤感的脸上滚着一粒泪珠,见他偷偷觑视她,掩饰地苦笑了一下:"这么说我又有新姐姐了……"

洪叔话中有话地:"少爷来信说,不日就将李氏送来,李夫人进了门,这个家就有人管了,洗洗抹抹就不用再麻烦万嫂你了!"怕刘万氏难堪,说完端起脸盆去后院打水。

刘万氏的手抖了起来,花瓷瓶嘭地掉落在地砸得粉碎。

洪叔端水出来时,刘万氏苍白着脸,正在拾地上的碎片,口里喃喃地:"我该死,我真是该死……"

刘万氏遇上了麻烦。丈夫还山之后,已故叔母的弟弟眼红这份财产,伪造文书,硬说他的儿子以前过继给了姐夫,她今日来本是想向况钟说说这件事,请他帮忙调解,可他又到南京去了,并且要半月才回,更让她无奈的是,自己爱慕的人在毫不知晓的情况下就续了弦,今后连个退路都没有了。老天似乎是逼她上绝路。

洪叔劝她:"打破个瓶算什么? 打发,打发,万嫂你不要介意!"

刘万氏目光是呆滞的,口里仍不停地说:"我该死,我真是该死……"

3

黄昏时分,况钟进了门楼门,心里还在想着泰伯庙的事。他是在南京乘客班船回来的。船到无锡,一位老奶奶提着香烛纸帛上船,船到苏州码头后,询问泰伯庙的地址,原来她是专程来朝拜泰伯的。泰伯姓姬,是周文王长子,按制应继王位,得知文王有立幼子的意思,主动谦让,带着弟弟仲雍来到江南,从当地风俗,断发文身,建立吴国,成为周代吴国的始祖。孔子称赞泰伯"其可谓至德也已矣,三以天下让,民无德而称焉。"当地人告诉老奶奶,泰伯庙倾仆,已绝香火。老奶奶大失所望,道:苏州人不都说况大人是好官吗,为啥庙宇倒掉了也不修复?他想向老奶奶解释,他非常敬仰泰伯,尤其看重他大度的品格,认为苏民要是都向泰伯学习,多一分理解,多一些谦让,社会纠纷就会少许多,人与人之间的关系就会和谐起来。来到苏州后,他早就想上泰伯庙去礼遇一番,没想到庙堂已经破败如此。都怪他瞎忙,没早上这里来。等他走上码头,老奶奶已乘车走了。

用过晚饭,心里产生一种强烈的愿望,非要上泰伯庙去看看不可。

泰伯庙在阊门内下塘。况钟和洪叔提着灯笼来到庙前。月亮已经升起来,走进山门遍地枯草,枯黄的青蒿、野艾长得半人高,在寒风中簌簌抖动,草尖上滚动着露珠。殿门已倒,殿内到处是破砖烂瓦和鸟粪。殿梁上垂着一串串蜘蛛网,泰伯的塑像歪倒在地,神座旁的帷幔缺了一只角,神龛断了腿,用砖头顶着,香炉裂了条缝,香灰掉落桌上。

庙内出奇的静。月光从屋顶的天窗向殿内投下奇形怪状的阴影。况钟察看着殿堂,忽然听到"砰"的一声响。

"有刺客!"洪叔将灯笼交给况钟,挥刀往况钟身前一站。

见洪叔紧张的样子,况钟笑着说:"有什么刺客?好像是什么东西掉在地上。"说毕提着灯笼向声音传来的方向寻去。

洪叔不放心,举刀走在况钟前面。二人走进破烂的斋舍,只见一条板凳掉在地上,一个披头散发的女人悬在梁上,脚在空中不停地晃动。

况钟灯笼一放,连忙上前抱住女人晃动的腿:"洪叔,快,割断绳索!"

洪叔扶正板凳,站在板凳上用刀割断绝索,女人身子猛地往下坠,况钟力不能支倒下去,女人的身子压在他身上。洪叔跳下板凳,连忙抱起女人:"老爷,您没事吧?"

"没事!"况钟从地上爬了起来,关心地问,"她还有没有气?"

灯笼火熄灭了,洪叔看不清,手指放在女人鼻孔前,感觉还有微弱的呼吸:"还有气!"

二人将女人搬到门前月光下草地上,况钟拨开遮在脸上的头发一看,这女人竟是刘万氏。她双目紧闭,人已昏迷过去。

叔母的娘家人昨日交给她一张回江西的船票,将她母女扫地出门。她到县衙哭诉,县衙的官已被买通,想等况钟回来,叔母的娘家人跟踪她,非把她撵走不可。她恨透了他们。一个弱女子想不出别的办法,只得用死来报复他们。她知道况钟了解她的死因后,不但会将财产判还她的英子,还会依法严惩这些恶棍。昨天晚上,在旅店她给万家埠的哥哥写了封信,求哥哥为她报仇,到况钟那里去申冤。今天,她佯装回南昌,带英子上船后,将给哥哥的信交给了英子,船临开时自己又偷偷溜下船。她要死在苏州。她往人迹稀少的地方走去,最后鬼使神差地来到泰伯庙。她在庙前哭泣了一个多时辰,月亮出来后,觉得应该上路了,便进了庙中的斋舍……

回家灌过参汤,刘万氏清醒过来,睁开眼睛,见况钟站在面前,翕动着嘴皮问:"老爷,我这是在哪里?"

况钟绷着脸:"在哪里?要不是发现快,你到阴曹地府去了!我问你,一个聪明人,为何做这等蠢事?"

刘万氏眼角流出泪水:"老爷,妾也不愿死,可这是被逼无奈啊……"她哽咽着说出了事由。

洪叔在旁听着,一直涨红着脸,良心受到了谴责,他感到无比羞愧。由于自己的自私,险些要了刘万氏一条命。

在况钟过问下，吴县县衙出面调解，被占去的财产退还了刘万氏。刘万氏离开况府的次日，李氏到了苏州。李氏来后，刘万氏再未登门。李氏红颜薄命，与况钟成婚不到半年就暴病身亡。李氏死后，况钟去带城桥弄找刘万氏，街坊们说她早就拍卖家产回江西了。

4

刘万氏的不辞而别，对况钟的打击非常之大，白天忙公务倒还不怎么觉得，晚上心里空落落的非常难受。坐在退思斋的书案后，他两眼呆呆地望着书案，脸上表情有时喜，有时忧，有时喃喃独语，有时长吁短叹，手执毛笔老是在纸上重复写着《诗经·采葛》：

彼采葛兮，

一日不见如三月兮！

彼采萧兮，

一日不见如三秋兮！

彼采艾兮，

一日不见如三岁兮！

洪叔见老爷深夜未归，便来退思斋找他，见他老是写这几句诗，问何横有什么好办法让老爷高兴起来，何横告诉他只有把刘万氏找来。洪叔有赎罪的感觉：刘万氏与老爷本是很好的一对，都是自己活活给拆散的。他对况钟说，有事要回趟江西，次日便走了。

洪叔从靖安回来，中秋佳节已到，何横邀况钟去月到风来亭赏月。

月到风来亭是网师园内一个凉亭，居于水涯之上。进罢网师园，只见前面碧波荡漾，池大足亩，池旁黑松斜出，环水建有亭榭。池畔一亭上书"月到风来"四字。此亭四角水钱高翘，下有高栏，亭内设有石磴。

二人在石磴坐下。此时明月高悬,月光照在水面上,水银一样晃动,水底是一片蓝天,沉着一轮满月。水面的九曲平桥上,站满了赏月的人。

坐了一会儿,对面宛似船舫的小巧空灵的斜轩内,传出悠扬的琵琶声,曲调柔和轻快,如天际的晚霞,似江面上飘飞的柳絮,像花间的莺啼,旋律描绘出夕阳西下渔舟唱晚的美好情景。况钟听了精神一振:这是《夕阳箫鼓》!自舒夫人去世后,他再没有听过这支曲子,今日听到真有些陶醉了。

何横望着他笑了笑:"伯律兄,曲子弹得如何?"

况钟全神贯注地听着,没有理会夫子的发问。何横拍了拍他的肩:"伯律兄,问你话哩!"

况钟缓过神来:"你说什么?"

"《夕阳箫鼓》弹得如何?"

"一曲听初彻,数月愁暂开。"况钟高兴地望着船舫那边,"不知这位高手是何人?"

"你非常思念的一个人。"何横诡异地笑着。

况钟一个激灵:难道是刘万氏?想到这里,他摇了摇头,刘万氏回江西了,也许这辈子都很难见到她了。他拉住何横的手:"到底是谁?你说啊!"

"还用我说吗?"

"难道真的是刘万氏?"况钟疑惑地问。

何横点点头:"为了练这支曲子,她已弹破了两把琵琶。"

况钟血管中的血奔涌起来,心中那块干涸了的沼泽地及时得到了滋润,眸子里闪出灼人的火花,倏忽站了起来,拉着何横的手:"找她去!"

何横站着不动,淡定地说:"不用找,她不会见你的!"

况钟刚燃起的火苗,被何横倒了一盆冷水。

何横继续说:"她已皈依佛门,拿出自己大部分家产修庙不够,又出入茶馆酒楼弹奏,募集善款。"

况钟不相信刘万氏会皈依佛门,寻常她看他时,眸子总是发出一种异光,那光是炽热的,令人心动的。他拉着何横的手向船舫走去:"她会见我的,她一定会见我的!"

况钟走到船舫内,不见刘万氏踪影,向游客打听,说弹琵琶的女子刚走。

况钟丢下何横,夺路追去,接连到了无数家茶馆酒楼,都没发现万氏的踪影。他很纳闷:她为什么要躲着他?

5

况钟心情郁闷地过了宣德九年春节。二月里的一天,洪叔交给他一张请柬,打开一看是泰伯庙开光的。他正考虑筹款,想不到竟有人走在他前头,已经修复了泰伯庙。这可是个了不起的善举!开光的日子到了。他在衙中料理一番就向泰伯庙走去。来到庙前,大殿传出一阵钟磬、木鱼之声。进罢山门,场上铺着方砖,方砖上刻着"信民某某某敬捐"字样,一口鼎炉正袅袅升腾着泛紫的纸烟。殿门两侧一副金粉楹联:

句吴分土惟三端委垂型梅里肇基名最古

迁史世家第一云仍衍绪华陂崇祀惠无疆

殿侧僧众正在诵经。

走进殿门,只见泰伯的金身已经重塑,神龛上点着一排巨型蜡烛,一些信民正在神龛前的蒲团上礼拜。

况钟正要上前给泰伯磕头,衣服被人拉了拉,回头一望竟是何横,一副执事先生的模样。"伯律兄,你怎么才来?"何横问。

"有事吗?"

"快到拙政园去,有人在那里等你。"

"谁?"况钟盯着何横的脸,"见他比开光重要吗?"

"当然!"何横点点头,"她是修复泰伯庙的发起人,也是主要捐资人。"

听说是主要捐资人,况钟当然要去见他,他要对他的善举表示感谢。向泰伯磕了几个头,他就匆匆上路了。

拙政园东起道堂弄,西至萧王弄,是吴中名园。此园地势低,有池石园圃,布局以水为中心,有聚有分,聚处浩渺旷荡,分处迂回曲折,水陆交错,平桥与长廊将林卉、轩榭、楼阁、假山连为一体。

走进园中,只见楼台高耸,庭院幽深,清溪环绕,绿荫衔水,平桥横处,春风掀起层层碧波,长廊相接的地方,古藤奇木、名花异卉的枝叶已长出新芽。况钟再往前走,发现一个熟悉的身影,这位梦里寻她千百度的人,一直躲着不见的人,终于被他找到了。她一头秀发,一件小袖掩衿银鼠短袄罩着件深蓝色紫花外衣,寒风令她好看的双颊泛起红晕,如盛开的桃花。

他怕她躲避,悄悄从侧边绕道来到她背后,出其不意地用手蒙住她的眼睛。

"老爷!"刘万氏亲昵地叫了一声。况钟手一松,她一转身扑到况钟怀里,"我想您好苦啊!"

况钟抚摸着她的秀发,问道:"此话怎讲?你不是一直躲着我吗?"

她咯咯地笑着,一语道破天机:"都是何教授教妾这样做的。"

洪叔找到她后,她立马带英子回到了苏州。她认为自己能保留一条命并得以与况钟结合,都是泰伯神相助。她决定修复泰伯庙。这个想法说给何横听后,何夫子非常支持,主动替她出谋划策,嘱咐她:泰伯庙开光之日就是她与况钟见面之时。

心头的阴云散去,况钟觉得一切都那么美好。天是蓝的,挂着金灿灿的太阳,投下柔和温暖的光,地是绿的,小鸟在枝头跳来跳去,唱着优美动听的歌。他拉着她的手向园子深处走去,问道:"你的《夕阳箫鼓》怎么弹得这样好?"

"妾知道你最爱听,舒姐姐走后就一直练这支曲子。"

"你是个有心人!"况钟深深感动了,望着刘万氏妩媚的脸蛋,"你为什么对我这样好!"

万氏没有立即回答,回忆着往事。寒山寺初次见面,况钟并没给她留下多大的印象,只不过是一普通信士而已。回到家中后,听顾客谈论况钟,称他是"青天",她对况钟产生了好感,心中刻下了他的名字,但还不知道寒山寺遇见的那人就是况钟。又后来,何横说况钟是靖安人,并介绍她结识了舒夫人。她来到况府认识况钟后,对况钟的了解逐步深化。他既是百姓敬畏的包龙图,也是儿女情长的普通男人。她与况钟的距离愈来愈近,由敬畏转为爱慕。她觉得况钟深沉、庄重,气度风韵令人景仰,既和蔼可亲,又威严难犯。凭女人的直觉,这种男人最可靠,他爱上谁就会爱到老,感情专一,绝不会寻花问柳。舒姐姐真幸福,嫁了这么个重情重义的丈夫。舒夫人病逝,况钟瘦了一身肉,她非常心疼,对他的爱慕愈来愈强烈。况钟的影子在她心里挥之不去,她隔三差五来况府,与其说是料理家务,不如说是找机会接近况钟。此时一日不见他,她心中就慌慌的。她是个有夫之妇,也是个恪守妇道的人,从来不曾有过红杏出墙的事,对况钟的感情发展到这个地步,全缘于敬仰。自然,这仅仅是感情,她只不过是埋在心头罢了。夫君去世,她成了自由人,可以大胆地去爱况钟了,令她做梦也想不到的是,洪叔告诉她老爷已定了亲,并很快就成亲了。李氏的卒逝给她提供了再爱况钟的机会。她之所以一有机会就追这个男人，并非羡慕荣华，也不是攀附权贵，是因为他廉洁自励，纤尘不染，公明直道，重情重义，敢爱敢恨。那样的男人正是她理想的丈夫。

想到这里，刘万氏莞尔笑了："我喜欢您。"

况钟牵着她的手向平桥走去。水中映着他俩的倒影。万氏头发油光闪亮，眸子闪着青春的火花，红润的嘴唇如两片带雨的花瓣，况钟觉得她是那么年轻，那么端庄美丽，而自己头发花白，目光暗滞，皮肤松弛，显得是那么衰老。他心头浮起一丝淡淡的悲伤，时光如果能倒退二十年多好！

刘万氏见他低头不语，问道："老爷，您在想什么？"

"我在想，你会不会是心血来潮？我这个糟老头子当不几年官就要养老了，致仕之后狗屎不如，你跟了我将来会不会后悔？"他如实将自己的担心讲了出来。

刘万氏脸上泛起一丝不悦："老爷，您以为妾是攀高枝？错了！妾爱的是人品，不是官职。您要是贪官，别说知府，就是巡抚妾也不嫁！"

"我的意思是年龄差距大，怕你一时冲动。"况钟赔笑解释道。

她挽住况钟的手臂上岸，望着天空："老爷您和头顶上的青天一样，永远不老。将来有一天，您要是觉得累了，把官辞了，妾还是一如既往地爱您！"

她的话令况钟放心了。他感谢上苍赐给他一位年轻貌美而又聪慧贤淑的夫人。前面是花圃，种着一片山茶。他俩向山茶跑去，阳光下，花朵从暗绿的密叶中显出来，红得似火，像是灿烂的笑脸。

第二十五章

祸|起|蟋|蟀

宣德九年二月,老天赐给王琏一个结识权贵的机会。一天他有事去前门大街。前门大街在承天门前,是京城交通和商业中心,街道繁华,人来人往,各式各样的马车、骡车、人力车,各式各样的轿子川流不息。王琏办完事回衙门时,见太子的先生王振正横穿交叉道口。此时,一个愣头青驾着马车风驰电掣而来,马蹄"得得"声惊得道旁行人驻足。马车一路狂奔,飞向道口,眼看就要撞向王振。王琏用闪电般的速度冲上去把王振一拉。马车在王振身旁擦肩而过,他吓得吐舌,白净的脸变成了灰色,缓过神来后,感激地对王琏笑了笑:"谢谢你!"

王琏谄媚地:"老宗台,您没事吧?"

"没事,谢谢你了!"王振扭头就走。

王琏跟了上去:"祖爷爷休言谢,有幸为祖爷爷效犬马之劳,是孙子的福分!"

如此说来，这小子是本家。王振觉得这小子很会说话，回头望了王瑄一眼。王瑄见王振望自己，巴不得多攀谈几句，以加深王振对自己的印象，故意问道："天寒地冻的，祖爷爷何事亲自上前门？"

王振是去前门市场找蟋蟀的。听太子说万岁爷的铁头将军死了，皇上闷闷不乐的。给太子授毕课，他便匆匆往市场赶。

"去看看市场有无蟋蟀卖，没想到白跑一趟！"王振笑了笑。

民间称当今天子为"促织天子"。王振不说王瑄也知道是买来贡给皇上的。他是个有心人把这事记下了。

回衙门后，王瑄给杨粟修书一封，要他买几头上等蟋蟀，说是为他补正用。杨粟好不高兴，很快就托人把蟋蟀捎来了。

王瑄剃去胡须，把蟋蟀送到王振府上。王振听说是苏州货，好不高兴，多望了王瑄几眼。见他光光的下巴，王振问道："记得上次相见尔有美须，为何不见了？"

王瑄媚笑："回禀祖爷爷，祖爷爷不留，孙子安敢留！"

王振进宫后，胡须没了，声音变了，动作愈来愈女人化，为此曾英雄气短。听这位吏部司务如此说，他非常感动："爷爷记住你了！"

王瑄告辞后，王振立即进宫，将蟋蟀献给宣宗。

这几只蟋蟀善斗，朱瞻基十分喜欢，听说产地是苏州，马上下诏，要苏州府捐二百头，派太监安儿和吉祥前去督办。

2

安儿和吉祥来到苏州织染局，将诏书交给来福。来福立马去府衙找况钟。

况钟不在衙中。今年春旱，立春到谷雨，天未下过一场透雨。天天烈日当空,湖水低落,河滨浅涸,争水纠纷多,有的酿成械斗。况钟把衙中官吏分派到各县协调抗旱抢种,自己则去了吴县。在吴县县衙听说枫桥水利纠纷多,尤其是那个酒葫芦吹嘘和况大人关系如何好,老是以势压人,用水占人家的便宜,况钟很不舒服,急急来到枫桥。

当况钟在酒葫芦水车上一边车水一边批评酒葫芦时,一个人从田间小路走来,来人虽是男人打扮,走路却像小脚女人,低着头,怕踩死蚂蚁似的。那人走近水车时,用女人腔说:"况大人,您到底是知府还是农夫?"

况钟抬头一望,此人是来福。来福为找况钟问了一处又一处,可谓是跟踪追迹,卖了不少脚板,出了不少汗,心里老大不高兴。见况钟绑着袍褂,高高地卷着裤脚,腿上沾着泥巴,来福拉着脸,带教训的口吻道:"知府不当当农夫,何苦哩!"

况钟不语,警惕地望着来福。工部派征七百匹阔白三梭棉布,苏州不产,已折白银二千一百两,来福到织染局再度征收,被况钟顶了回去。况钟想:来福追到这田间地头来,莫非还要讨这七百匹棉布?

来福一望况钟的眼神,知道他还为棉布的事耿耿于怀,笑着说:"况大人咧,您不要用这样的眼神看我,咱家不是乞丐,棉布咱不要了。今日来是为万岁爷的事,是万岁爷派安儿、吉祥来了,要您贡两百头蟋蟀!"

"两百头?"况钟有些不解,"皇上为什么要这么多?"

"安儿和吉祥说,万岁爷还要赏王公大臣。"

况钟一听傻了眼,要命啊,这抗旱抢种的关键时刻,到哪去要这两百头蟋蟀?

来福上前把况钟从水车上拉下来:"况大人咧,您开口啊,这两百头您捐还是不捐? 咱家好向安儿、吉祥回话。"

皇上要的东西谁敢不捐? 抗捐是死罪。况钟苦笑一下:"来公公,谁说了不捐？可您不是看到了吗？抗旱抢种，老百姓忙得厕泡尿都嫌时间长，哪有人工捉蟋蟀？再说我衙门里的人都下去了，抽不出人来办差。一年之计在于春，这春天不落下兜，别说朝廷收不上粮税，老百姓连吃的都没有。我这个当知府的能不着急吗？！"

来福明白，要等况钟腾出手来办此差，不知要等到猴年马月。他想这苏州地方，不种田的游侠儿多的是，不如自己把这门差事揽下来，一则可以捞点油水，二则免得受内廷的责罚。

"这么着吧，你出银子，其余的事咱家来办，如何？"来福说。

来福主动揽承下来，况钟无话可说，只得答应了。

3

来福回到织染局，立即写了榜示在苏州城六门张贴，出大价钱收购蟋蟀，上等货许下白银千两。一些想一夜暴富的人做起了发财梦。蟋蟀的身价水涨船高。

酒葫芦在阊门看了榜，见上等赚绩（蟋蟀）值白银千两，水不想车，秧也不想插了，迷着到处捉蟋蟀。

平秋月拦着他不让去："紧工时节逮赚绩，一家人吃西北风？"

酒葫芦拉着脸："你呀，就是头发长见识短！一头上等货值千两银子，愁没饭吃？撑死你！"

"做梦吧！来福那老掐辣哄人！"

"来公公哄人也不会哄我！我是啥人？"酒葫芦拍着胸说，"况大人亲自帮我车水，他来公公又不是没看见，不吃价的人知府老爷会替他车水么？"

平秋月好气又好笑，手指戳着丈夫的额头："吃价？也不厕泡尿照照,看看你自己的模样!"

酒葫芦将妻子的手一拨:"大丈夫不和你们女人一般见识!"他跑了,连中饭都没回来吃。

忙了三天,酒葫芦均无功而返,要么是空手而回,要么是逮到的货个头小不善斗。

第四天,酒葫芦逮到个体大威猛的黑头蟋蟀,自信值银千两。他送到织染局,来福捉来一头秃尾蟋蟀与它斗。黑头跳上去,咬住秃尾不放,秃尾大败,躲在一角不敢迎战。来福连声夸黑头好,丢给酒葫芦几枚铜钱。

酒葫芦把铜钱放在掌中颠了颠,问道:"来公公,您老人家不是说上等货值千两吗?"

来福眼睛一瞪:"你是上等货吗?"

酒葫芦被问住了,不知怎样的货才是上等,问道:"来公公,啥样的才是上等?"

"你不是玩蛐蛐的主,说你听你也不懂。"来福不耐烦地,"你拿上等货来,咱家自然给上等货价!去吧去吧!"

又有人送蟋蟀来了,来福向那人走去。酒葫芦跟在后面:"来公公,您老人家不会哄我吧?"

"哄你?"来福大笑,"咱家为万岁爷遴选这么多,从来没走过眼!"他袖子一甩走了。

酒葫芦只得将几枚铜钱放进口袋里,打算去酒店过把瘾。

路过下塘,听说泰伯庙已重修,酒糊芦心想:泰伯神很灵验,救了况大人的夫人况万氏一命,我何不进去拜他几拜,烧点香,求泰伯神保佑我逮个上等赚绩?主意一定,他便进了泰伯庙,用卖黑头的钱买了香纸,在神龛前的蒲团上跪下,拜了几拜之后便向神祈祷。

祈祷完毕，他拿过签筒摇起来，摇不几下，筒中跳出一支签，上写：
"第五十四签，上吉"。签纸上印有一偈：

> 楼台处处迷芳草，
>
> 风雨年年怨落花，
>
> 最是多情汴堤柳，
>
> 春来依旧带栖鸦。

拿到解签处去解要收钱，酒葫芦的铜钱都买香纸了，只得自己去琢磨签中的意思。

走出泰伯庙，他掏出签纸仔细看，好几个字都不认识。迎面走来一位老先生，他拿着签纸向老先生请教，老先生也解不透，只说是写的是一处楼台，旁边有草有花有树。

酒葫芦寻思，有草有花有树的"楼台"，无非是寒山寺。

回到枫桥，他径直来到寒山寺旁，转悠了许久都没听到赚绩的叫声，心灰意懒正要回家时，一片荆棘丛中传出"嚯嚯"两声。

他大喜，蹑手蹑脚走向荆棘丛，轻轻拨开荆棘，只见石头上蹲着一只大蛤蟆，蛤蟆见了他，立即跳到草丛那边去了。轻轻拨开草丛，草丛中藏着只青颈黄翅的硕大无朋的蟋蟀，触须比身子还长，一看就是上等货。酒葫芦伸手去逮，它跳上石头；酒葫芦的手伸向石头，它钻进石头下面的一个小洞。他用狗尾草茎伸进洞中赶，蟋蟀不见出来。他想了想，解开裤子对准小洞屙了泡尿。蟋蟀丛洞里出来了。他终于逮住了它。

回到家，碰巧一朋友打了狗请他吃狗肉。酒葫芦将装有蟋蟀的竹筒盖了，放入竹篮中，把竹篮挂在厅中壁上，对妻子说：篮里放有头上等赚绩，是泰伯神指点逮到的，下午我就送到来公公那里去。末了，他恶狠狠地说："我出去了，谁要动了它，我就叫他死！"

酒葫芦刚走，女儿桂香打猪草回来了。平秋月从厨房赶出来，嘱咐女儿不要动竹篮，说爹抓的蟋蟀在那里，这是他的本命心肝，千万别动。桂香点点头。娘还没做好饭，她拿出一张废纸折纸船，房梁上一只大蜘蛛掉在桂香跟前。桂香脱鞋打蜘蛛。蜘蛛从桌上爬到桌下。桂香举鞋追蜘蛛，蜘蛛爬上墙壁往挂蟋蟀的竹篮爬去。桂香搬来板凳，站在板凳上打蜘蛛，鞋碰撞竹篮，竹筒掉落地上，蟋蟀从竹筒里跳出来。一只母鸡赶来吃了蟋蟀。桂香吓得哭了起来。

平秋月出来。桂香手指母鸡哭着说，蟋蟀被它吃了。平秋月手戳着女儿的额头："冤家啊冤家，你的死期到了，你爹回来准会要了你的小命！"

桂香是个胆小的孩子，吓得啼哭不止。平秋月骂她："哭啥哭？快去逮一头，趁你爹还没回来！"

母女二人来到运河旁，在一杂草丛中找蟋蟀，桂香的手臂不小心被毒蛇咬了一口，哭了起来。平秋月赶过去，见一条五步蛇从旁边溜过。不由得慌了。五步蛇咬了会死人的，必须立即敷药，幸好她认识蛇药，忙四处寻找。最后在河塍上发现一株七叶一枝花，她急忙去采。采药时使劲扯，石头松动，人掉进河里。平秋月不会水，旁边无船只经过，成了水浸鬼。桂香因没有得到及时救治，也一命呜呼了。

酒葫芦从朋友家回来，乡亲们将平秋月母女二人的尸体都抬回来了。突然之间家庭出现这样大的变故，酒葫芦承受不了，悬梁自尽。幸亏命不该绝，苏金娣去他家借盐，发现不对，撞开门救了他。

4

平秋月母女死后的次日傍晚，赵青提着供品走进泰伯庙。庙祝骚鸡公是丐帮的龙头老大，徐文伯听高人指点，要赵青去找骚鸡公，请丐帮办件事。斋舍里传出骚鸡公和女乞丐调情的嬉闹声。

骚鸡公是好色之徒，逛窑子赤脚地皮光，把祖业败光了，加上好吃懒做，沦为乞丐。泰伯庙修葺后，他住进了斋舍，成为庙祝。

"骚鸡公！"赵青朝斋舍叫道。

斋舍里传出一声公鸡嗓子："啥人？"

赵青和他熟，粗声说："你出来！"

骚鸡公来到殿里，见是赵青，吊着嗓子说："哟……是赵老弟！"

赵青是有身份的人，听他如此称呼，心中有些不快："啥人和你称兄道弟！"

骚鸡公知道赵青无事不登三宝殿，说不定又是来送银子的，不愿怠慢了这位主，打了自己一嘴巴："瞧我这臭嘴，尊卑都不分，应称赵管家……"

赵青没理会骚鸡公的喋喋不休，摆上供品开始点香烛。点毕，他跪在蒲团上大声祈祷道："泰伯神在上，您帝王不做跑到这里来，是为吴人消灾赐福的。今皇上征赚绩扰民，求您向宣德皇帝托个梦，劝他不要征赚绩了。"

骚鸡公诡异地笑了笑，来到蒲团前："赵哥，不，赵管家，祈祷就不用了，有话直说，有活我还能不接？"他知道赵青拜菩萨是装模作样，找他才是真。

赵青起："你小子聪明！好吧，我就直说了！皇帝征赚绩，弄得枫桥的酒葫芦家破人亡，类似这样的事到处都有。各县都希望况大人向皇帝上折子拒征，可况大人下不了决心，许多人找到善翁，善翁想请你们丐帮出面……"

骚鸡公一听，太阳从西边出了，以往徐文伯那老鬼找他都是干害人勾当，为啥这回做起好事来了？他问做啥。

赵青摇头："骚鸡公呀骚鸡公，你小子只是哄女人点子多，别的不行，悟性太差！要况钟上折子，你说要你们做啥？"

骚鸡公想了想，拍拍脑袋："晓得了，晓得了！"接着向赵青耳语，赵青听了拍了拍骚鸡公的肩，"总算还不怎么笨！"

骚鸡公向赵青伸手："银子呢？本帮是有帮规的，得先交银子！"

"你要多少？"赵青问。

"四百两。"

"多了。"

"少一个子不干！"

赵青怕弄砸，妥协了："四百就四百，今天付一百，其余的完事后付清。"骚鸡公点头。赵青掏出一百两银票给他："要挑选些人去，不要见了况钟冷屁都不敢放一个！"

"您放心，我请上老丝瓜一同去。他是说书人，老虫都能侃成大象，包管况大人动心！"骚鸡公将银票放进口袋中。

翌日，老丝瓜带着十余名乞丐，打扮成像模像样的乡民，到苏州府衙门上访。门子拦住他们。

赵忧从门内出来，指着老丝瓜他们问门子："干啥的？"

"他们要找况大人。"

赵忧问上访者："请问你们找况大人有啥事？"

老丝瓜上前主动搭话。他六十多岁，头发白了很多，个子又长又瘦，脸上爬满许多沟壑。他向赵忧说明来意。

赵忧听了脸一沉："赚绩是皇上要，皇上要的东西谁敢拒征！不要脑袋是不是？你们这些人来找况大人，不是为难况大人吗？"他堵在路上不让进。

老丝瓜说："这位爷不要挡道，皇上要的东西不好拒征，况大人是知府,总可以向皇上传个话吧,赚绩再要征下去,老百姓没活路了!"说毕将赵忱一拨,带着众人往内冲。

赵忱拉住老丝瓜的手,大声劝阻着。况钟正在签押房,听到大声喧哗,跑到门前来。赵忱见了他忙说:"况大人,这些人是来上访的,我劝也劝不住!"

老丝瓜向况钟跪下:"老爷,这赚绩闹得老朽家破人亡………"

"老人家,您起来!"况钟扶起老丝瓜,问其余的人,"你们有什么事?"

众人齐声说:"也是赚绩的事。"

况钟把老丝瓜他们带到签押房。老丝瓜向况钟禀告:他是吴县履仁乡义安里人氏,名郝七,有三个儿子,都迷上了赚绩,因为赚绩三个儿子死了两个。他把编纂好的故事讲了一遍,说得泪流满面。昨日况钟和冷知县刚去酒葫芦家,没听冷知县讲郝七家的事,于是问郝七:"县衙知道不?"

"草民不曾禀报县衙。"郝七说。

其余的人都说报县衙无用,县太爷只顾自己的顶子,亦做师娘(巫婆),亦做鬼,两面三刀。

况钟问与郝七同来的人:"你们来自哪里?"

这些人各自报了自己的县名。况钟一听,七个县都有,问道:"为何如此巧合?"

老丝瓜说:"征赚绩民怨沸腾,县衙不管,百姓只得相约来找您青天大老爷。"他向况钟跪下,"求青天大老爷向皇上写折子,这赚绩是万万不能征下去了!"

况钟从小一直生活在农村,对农民有深厚感情,听了乡民们的控诉,心里异常着急,答应立即给皇上上疏。乡民走后他就开始起稿,次日亦誊正拜发。

奏折寄出后,回想老丝瓜情状如此之惨,况钟觉得应该让吴县县衙去他家安抚一下,便将冷知县召来。况钟问他可知郝七家的事,冷知县摇摇头。

况钟很生气:"你身为知县,贵县发生了如此之大的事,足下竟不知晓?!"

"况大人,郝七家到底发生了啥事?"冷知县问。

"你到义安里去问问郝七吧!"况钟一甩手,气呼呼地走了。

冷知县回到县衙,立即到履仁乡义安里去。访遍村民,没有一个人认识郝七,并且说这义安里压根就没有姓郝的。

次日晚上,况钟正在退思斋读苏轼的《留侯论》。冷知县叩门气喘吁吁地进来禀陈义安里没有郝七其人。

况钟一怔:难道这郝七是骗子?翌日,派人到其他县核查,那些上访人一个找不到。府衙如炸了锅,议论纷纷。门子说有些人的面孔像叫花子。难道是叫花子装扮上访?况钟命尤涛带人火速去把他们找来。尤涛来到泰伯庙,骚鸡公不在,到城里找叫花子,居民禀报全城的叫花子一夜之间全消失了。

况钟至此才明白,这是一个阴谋,为置他于死地,有人收买乞丐,让他们扮成上访者,杜撰事实欺骗,促他写成不实奏折上奏,借宣德皇帝的手灭他。

况钟像跌进了冰窖,想不到自己向来细心,这回却掉入对手挖下的陷阱。他拖着沉重的步子进了退思斋,静静地思考着。征蟋蟀扰民虽是事实,可奏疏列举的事例不实,犯了欺君之罪。这可如何是好?他想到了杨士奇。圣上很尊重阁老。大臣顾佐居官严厉,奸臣上书告他贪。阁老对皇上说是小人诬陷。皇上查询,了解到确是如此,不但没治顾佐罪,反而重用他为都御史。又有人告侍读李时勉对先帝不恭,阁老说李属忠心敢言,非不恭,皇上便复了李的职。他想如果请阁老说情,自己或许能平安度过这一劫。这时,何横的话又在耳边响起来:"帝王也是人,是人就有两面,一面是人,一面是鬼。"当今圣上是促织天子,斗蟋蟀是他唯一的爱好。成均又常在皇上面前说坏话,圣上会放过我吗?想到这里,他不由倒吸一口冷气。

每当遇到揪心的事,况钟都会在先贤著作中寻找开门的钥匙。他重又翻开苏轼的《留侯论》:"天下有大勇者,卒然临之而不惊,无故加之而不怒。"读到这几句,心稍安定了。况钟如服了帖镇心剂,全无那惶惶之感了。他想,事情闹到这个地步,皆因自己小心眼,办事草率,怪谁呢!这是上天对自己的惩罚,来世要长个记性。

见天色已晚,合上书,他走出退思斋,回到花围墙内。望着这一草一木,依依惜别之情油然而生。想到不久这里就可能要换主人,他不由得叹了口气。一阵南风吹来,黑松发出涛声。他望着黑松直立的树干,喃喃自语:"太史公说'人固有一死,死有重于泰山,或轻于鸿毛'。我的死,够不上'重于泰山'但也不至于'轻于鸿毛'。上苍可鉴,我为官以来,没有做对不起百姓和朝廷的事。"

吃晚饭时,况钟嘱万夫人摆三只酒杯。夫人有些不解,洪叔和她都不喝,往日都是老爷独饮独酌,今日怎么了?

况钟往三只酒杯斟满,一杯给洪叔,一杯给夫人,说:"喝一杯。"

"老爷,您是晓得的,我滴酒不沾!"夫人说。

洪叔望着酒杯,为难地:"老爷,我活了四五十年,总共没喝进半斤酒。再说,您是主子,哪有主子敬下人的?"

况钟责备道:"洪叔,你这样说就生分了!你我只有兄弟情谊,没有主仆之分,以后再不准说这种话了!"他端起酒杯,目光碰了碰夫人和洪叔,"我晓得你俩不喝酒,可今日非喝不可!为我况伯律,你俩鞍前马后的,辛苦了,今日我敬你俩一杯!"说毕,一饮而尽,晃了晃杯子,"先干为敬!"

盛情难却,两人只得将杯中酒喝了。杯酒下肚,万夫人喉头麻麻辣辣的,火烧一般,呛得眼泪叭叭往下落。洪叔则不停地咳嗽起来。况钟抱歉地笑了笑,说以后再不敬你们的酒了,这是最后一次。

万夫人是个聪明人,品着夫君的话,觉得有些不对劲,这可是断头话啊!她知道老爷这个官当得很累,那些不怀好心的人,总是给他出难题,想撵他走。这段时间,风浪刚平静些,难道又有人兴风作浪了?碍着洪叔的面不好打听,她饭后便问况钟:"老爷,妾听您敬酒的话,有些伤感,您是不是又遇到什么麻烦事了?"

这样揪心的事,不到万不得已,况钟是不会告诉家人的,免得大家替他担心。他装得若无其事:"疑神疑鬼的!我能有什么事?见你俩喝酒难受,说句安慰话罢了。"万夫人见他不肯说,就没再多问了。

5

抗征的折子寄走一月,朝廷一直没有动静。来福从大内回来,况钟听到消息,立即前往织染局,想听听朝廷有什么动静。

这来福回到京城,次日便去王振府上拜谒王公公,寒暄之后,王振告诉他:况钟正四面楚歌,成均参他,皇上恼他,苏州的匿名折揭发他,他的仕途已终结。来福任提督织造后,况钟许多事得罪了他,本就对况钟有成见,听王振如此说,心里想,太子是王公公带大的,已经八岁,总有一天会当皇帝,到那时,王公公权倾天下,肯定会给我升官晋爵。况钟做事太绝,王公公已将他视为眼中钉肉中刺,这回即使平安过了关,不像王公公说的仕途终结,将来也不会有好的发展。只要有王公公在,他不会有什么好果子吃。从今我得与他断绝私交。为了表明他与况钟已划清界限，说："况伯律在礼部时，咱家与他处得不错，一到苏州就变了。他事事为难织染局，气得咱家只差没吐血。如此狂妄之人，早点下来也好！"王振听了，笑着点了点头。

况钟来到织染局，来福非常客气地迎进客厅，要多热情有多热情，谈笑风生，尽是扯些不闲不淡的事，朝廷的事只字不提。况钟见来福有意回避，便早早告辞出来，卸下心中包袱，安心做事。

世界上的事往往就是怪，你刻意想了解的事，无论怎么打听都了解不到，你无意打听时，往往有人主动告诉你。况钟上织染局后的第十天，掌灯时分，正在吃饭，来了位不速之客。此人年上六旬，矮个，粗眉，两只三角眼特别有神，高颧，阔嘴，浓黑的长胡须。他是当朝礼部尚书胡濙，江苏常州人。胡濙不声不响来到况府。况钟大感意外，忙领万夫人和洪叔拜见这位昔日的顶头上宪。礼毕，夫人匆忙进厨房去给客人做菜，况钟亲自给胡濙上茶。

吃过茶后，胡濙踱到桌边，见就是一荤两素，风趣地说："况大人，堂堂知府，餐桌上如此寒酸？"

"卑职无能。"况钟苦笑。

洪叔正在收碗筷，插嘴说："胡大人，不瞒您说，今日还有个荤，往日都是素。可又有什么办法呢，一场红喜事，一场白喜事，老爷欠的债都还没还清哩！"

这时万夫人在厨房呼"老爷"，况钟忙进去。

胡濙过去就认识洪叔，趁机问："洪叔，你说实话，别的官家办红白喜事都要赚钱，为何你东家还要欠债？

"胡大人有所不知，老爷不敛财，办红、白喜事都贴拒客榜，亲戚朋友晓得他清廉，不敢送重礼，拿点平平常常的礼物，都是倒贴。衙门里的人送的贺银、赙银都如数退还。不怕大人笑话，舒夫人过身，老爷无钱买木头造灵舟，一夜人急得头发都白了，还是小的借养老钱给他买的……"

二人正谈着，况钟端着酒菜出来了，张罗胡濙进餐。

用过饭之后，胡濙提出到书房一叙，有要事相问。况钟带他来到退思斋。坐下后，况钟关心地问道："胡大人，贱仆上疏抗征之事，您知道否？"

"大体知道。"胡濙点点头。

他来苏州就是为了此事。二十天前，胡濙被乾清宫的太监召去养心殿。他进殿一看，杨士奇、杨溥、蹇义、周忱一字排开，依次在宣宗御案前，匍匐在地。宣宗阴着脸正在看一封奏折。胡濙一看，知道事情不妙，便挨着周忱身子跪下。他刚挨着他，宣宗气愤地将折子掷到他们面前，厉声地："你们看看，这就是你们保举的况钟！"说毕，连声咳嗽起来，咳得面红耳赤的。

今年立春前一天，皇上突然病倒，卧床不起，以至立春日的庆贺仪式都取消了，经御医调治，病情有所好转，尚能主持朝政，但心中总是抑闷，容易动怒。前些时，他收到南京巡抚成均的折子，参况钟指使家人搬府儒学木头造船，纵容二子强夺民妻等。他了解况钟操守不致如此恶劣，折子留中未发。此事过后不几天，他收到况钟拒征蟋蟀的折子，心里好不痛快。还是太子时，因为好斗蟋蟀，有些人到父皇那里说三道四，把斗蟋蟀当成他的罪过。如今当了皇帝，征蟋蟀逗一逗，况钟竟吃了豹子胆敢上折子抗征！他纳闷：老百姓尚且有自己的爱好，身为君王居然不能有？太可恶了！事情远不止这些。皇上后来又收到一封匿名奏折，说况钟奏疏所列事例不实，吴县履仁乡义安里三甲郝七家破人亡一事纯属子虚乌有。他是通过抗征蟋蟀骗取民心，欲在苏州搞小王朝。宣宗看后,心里那股怒火,再也压不住了。为了抗征,他况钟敢编造事实,冒天下之大不韪,哪里把朕放在眼中?简直狂妄至极!他觉得况钟之所以如此张狂、有恃无恐,都是因为朝中一些大臣惯的,于是把杨士奇、杨溥、蹇义、胡濙、周忱召来,一顿好训。

杨士奇率先立起身子,拾起地上的匿名奏折,从容不迫地说:"皇上龙体欠安,切勿动怒,容老臣禀陈。况钟向来刚正卓特,清操纤尘不染……"

宣宗黑着脸,打断阁老的话:"什么纤尘不染?纤尘不染固是美德,但不可傲物不群!伯夷为圣之清者,他比伯夷若何?伯夷尚不偏激矫情、任性放肆,他况钟何至于此?"

杨士奇不慌不忙地:"况钟狂是狂了点,念他孜孜爱民,前后守苏者莫能及他……"

宣宗又打断他的话:"他孜孜爱民不假,就是不爱君王!朕不就是征个小虫吗,他何至于编造谎言欺朕?"

杨士奇向来仗义执言。宣宗的叔父朱高煦一次次向宣宗的父亲当时的太子朱高炽发起进攻,太子党几乎被一网打尽,原先结托奉承太子的朝臣恐影响自己的仕途,都不敢替太子讲话了,唯独他一如既往地扶持太子,主动替太子承担责任,宣宗的祖父成祖朱棣将他关入诏狱。他下狱前语重心长地对太子说:"殿下宅心仁厚,将来必成一代英主,望殿下保重!"朱棣被他忠于主子的精神感动,很快又把他放了出来。如今况钟遭受不白之冤,他不可能等闲视之。经历了那么多阴谋与挫折,他与君王较量的技巧更高一筹了。他不紧不慢地说:"依老臣看,匿名奏折所奏之事必有挂误,若真有其事,上奏者为何匿名?况钟到苏州得罪了那么多人,那些人对他恨之入骨,拙裁此折不实,有欺君之嫌。况钟书谏停征蟋蟀,出于忠君爱国,圣上仁德,不妨先宽饶了他,派可靠之人去苏密访,待查清事实,再行处置。圣上贤德,请行定夺!"

杨士奇对朱瞻基是有恩之人,如果没有他死保太子,他父亲储君的位子就被叔父朱高煦夺去了,今天也就没他这位皇帝了。他登基后,爷爷辈的杨士奇不顾年迈尽力辅佐新皇,出了不少好主意,其忠心可鉴。听了杨士奇这番陈述,宣宗冷静下来,觉得句句在理,最后点了点头:"准!"

杨士奇立即匍匐在地,磕头谢恩:"圣上英明!"

其余四人连连磕头:"吾皇万岁,万岁,万万岁!"

宣宗脸上浮起丝久违的笑容,对伏在地上诸臣工:"诸位爱卿平身!"转问杨士奇,"依阁老看,派谁去苏州合适?"

杨士奇推荐胡濙。

胡濙性沉稳,有心计,喜怒不形于色,成祖朱棣在靖难之后,曾派时任给事中的他去秘密查访建文帝的下落。他遍行天下州郡乡邑,隐查建文帝安在,这期间连母亲死了也没回去,苦苦找了多年,忠于职守。宣宗正有此意,胡濙做秘密工作最合适,当即允了,并命他连成均参的几条一并核实。

胡濙到苏州后,秘密查访数日,情实都了解清楚了才来见况钟。胡濙问吴县履仁乡义安里三甲郝七家到底怎么回事,况钟将事情从头至尾介绍了一遍。

"至今案子查出头绪没有?"胡濙问。

"上访当天晚上,丐帮头子骚鸡公失踪了,第二天在运河发现他的尸体,全城的叫花子一个都不见了。谁雇的乞丐,现在还无从查起。"

"案子贵府继续侦查,总会有蛛丝马迹的。查明后速报圣上。至于欺君方面,已造成既定事实,况大人不妨把抗征蟋蟀的折子撤了,我回京向圣上奏明,包你无事!"

况钟固执地："折子不能撤,蟋蟀必须停征！欺君方面,仆另上自劾密折……"

当年况钟在礼部仪制司任郎中时,公民直道,不畏强御,遇事敢为,胡濙很看重他这一点,故举荐他出任苏州知府。如今顶着"欺君"压力敢冒天下之大不韪,其爱民之心日月可鉴。胡濙拈须一笑："你呀,就是倔,一条道走到黑！"

6

见过况钟,胡濙匆匆回京,到北京后立即赶往乾清宫,详细禀陈。宣宗听毕说："参况钟的一些事都子虚乌有,幸好有阁老提醒,派胡爱卿去核查,要不朕就误会了一位忠臣。"接着又问,"乞丐和雇主归案了吗？"

"事发当日晚上,乞丐头领死于非命,次日,全城乞丐无影无踪。雇主尚未查出,臣已交嘱苏州府继续侦查,一旦水落石出即上报朝廷！"胡濙说毕,将况钟的自劾密折和遗书交御前太监呈宣宗,"陛下,况钟犯了欺君之罪,自知罪孽深重,已写了自劾密折和遗书,请圣上赐死,以此谢罪。"

宣宗打开密折,看后置御案上,再翻开况钟的遗书。遗书是一首诗,先概括讲述家世源流,然后用大部分篇幅教育子孙认真读圣贤书,遵守国家法令及典章制度,服从君命,做个良民,处理好各种关系;为人清白,不应得的钱财不能要,否则就是不懂是非、不知廉耻的衣冠禽兽;勤俭持家才是取之不尽、用之不竭的源泉。

看毕,宣宗带着病容的脸泛起一丝红晕,显得有些激动。他特别看重"国家彰典宪,圣言良谆切"这两句。一个被人陷害、含冤受屈、有杀头之虞的人,尚不忘调教子孙要显扬国家典宪,听君主的话,此真忠臣也！

他说:"况钟虽有欺君之罪,朕念他是位忠臣,赦他无罪!"

胡濙匍匐在地叩头:"臣代况钟谢皇上再生之恩,吾皇万岁,万岁,万万岁!"

第二十六章

化|险|为|夷

蟋蟀风波平息没几日,尤涛禀帖告假,言父亲病危。况钟闻讯,连忙赶至络丝巷尤府。

走进厅门,只见尤安躺在病榻上,脸带红晕,颧骨隆起,嘴巴歪着,气息微弱,但双目有神,表明老爷子人尚清醒,在重病面前精神并没有垮。儿孙围在病榻前,尤涛端着药碗,正用汤匙给老人喂汤药。家人见况钟来了,忙着向他请安。况钟来至榻前,亲切地问道:"尤公,不要紧吧?"

尤安望着况钟笑了笑:"不要……紧,伯律你坐……"声音不大,吐字欠清晰。

况钟在病榻前坐下。尤涛边喂药,边将父亲的病情禀告况钟。老爷子是昨天上午发病的。四岁的孙子来了,他买了两斤青苹果,打一脸盆水洗了,洗毕倒水时,一边手足发麻,两眼发黑,连盆带水掉落地上,人也随之倒了下去。赶快叫来郎中,郎中切脉之后,说是中风,皆因年老力衰,阴阳失调,肾元不固,水不涵木,肝阳偏亢,挟痰浊壅阻机窍,流走经络所至。郎中开了些天麻、勾藤、僵虫、全蝎、牛膝、杜仲、川贝、天竺黄之类的药。老人家服药之后,今日能开口讲话了。况钟听到病情有所好转,悬着的心才放了下来。

尤涛手中的药喂完了。抹嘴之后,老人家叫家人退下,说有事要与况大人商量。家人走后,尤安对况钟小声说:"伯律,老朽这回是半夜……残灯天……晓月,为时不……久了。"

"不不不,你老命长着哩! 精神这么好,不会有那样的事!"况钟安慰道。

"我心中有数,人生七十古来……稀,老朽七十有……九,足矣,死又何……惧? "

"也是,死生是天地之常理,畏者不可以苟免,贪者不可以苟得。"况钟感叹道,"人生就是个物化过程,吾身听物化,化及事则休。"

老人深情地望着况钟,似乎有什么话要说。

况钟问:"先生是否有什么重要事要对晚辈讲? "

尤安点点头:"当其未……化时,焉能弃……所谋? "

况钟亲切地抓住尤安冰凉的手:"尤公尽管讲! "

"圩长制已形同毒瘤……非割不可……"老人讲这话时显得有些费劲。

此前,况钟已收到不少里甲条陈,说各级圩长形同第二衙门,不把里甲放在眼中,借提督农务催办税粮,倚法为奸,他们应当的差役不当,应纳的粮不纳,对农户却以一科十。生事害民,非止一端。况钟正考虑裁圩。听了尤安的话,连忙说:"尤公放心,此事晚辈打算马上办。"

老人脸上露出宽慰的笑容,但很快脸色又变得严峻起来,不无担心地说:"这事不好做……你要面临……种种不测……"

"尤公放心,大丈夫当雄飞,安能雌伏?某面对各种不测,视险如夷!"况钟坚定地说。

"你是好样的……"尤安讲话显得愈来愈困难,"知有国……而不知有身……则不为……事物……所动摇。"

况钟见状,连忙招来尤涛兄弟,命速去请郎中,说老爷子病情有变。郎中很快赶来,诊脉后摇了摇头。两日后,老爷子病故。

况钟心情悲痛,送老人上山后,便召集官员会议。尽快落实老人遗愿,是怀念他最好的办法。会上,况钟列举了圩长制的种种弊端,表示拟上疏请求朝廷裁圩,要官吏充分发表自己的看法。他话刚说完,立即遭到杨粟等人的反对,说全郡大小圩长九千余名,这些人多是地方缙绅,或是地头蛇,或是各级衙门待过的人,向来吃惯了清闲饭,一下失去权力,并断了薪水,他们非疯了不可,是社会治安的隐患,万万不可上疏裁圩。会上,支持况钟的人还是占多数。况钟当即拍板,决定上疏,上疏前分派人员下去,安抚各级圩长、圩老,动之以情,晓之以理,尽量减少对立面。

2

况钟很快起好了裁圩奏疏的草稿。

晚上,他在退思斋工工整整地誊完奏折的最后一个字时,洪叔气喘吁吁地跑来,禀报四公子在狮子林失踪。

四公子况宇为母守坟两年,耽误了两年的学业。他年已十四,是求学的黄金年龄。父亲要他移孝于学。前天刚从老家回来,他缺秋衣,万夫人拟给他做件新的,买好布,只差请裁缝。晚饭后封娇来邀万夫人上街,说狮子林旁边有间裁缝店最省布,她可带路。万夫人到况府后,封娇如对舒夫人一样,百般讨好,只不过将"姐姐"改成"妹妹"。万夫人初来乍到,加上生性好人奉承,二人关系比亲姐妹还密切。赵封氏推荐的,万夫人哪有不听之理?她当即带上况宇乘洪叔马车去狮子林。路上,封氏把个狮子林吹得仙境一般。况宇来苏州四年,回靖安占了两年,平时上学,放了假父亲又要他临帖,不让去逛园林。十几岁的少年,好奇心正强,况宇听得耳热心跳。在裁缝店量过尺寸之后,就嚷着要去狮子林。赵封氏与裁缝有说不完的话,万夫人要况宇稍等,况宇性急,坚持就要走。赵封氏说要去就让他去,十几岁的人了还会丢了不成?况宇听了这话,跑得没影了。在裁缝店出来后,万夫人去狮子林找况宇,况宇失踪了。

况钟二话没说,乘洪叔马车向狮子林赶。这狮子林是座园林。宋徽宗时,太湖石被搜罗送汴京,适金兵入汴,未运走的异石散置于此。元至正二年,天如禅师维则居此,聚石为山,奇峰怪石状如狮子,取名"狮子林"。月光下的狮子林如同白昼,回环曲折的假山,忽登忽降,丘壑宛转,迷如回文;山崖上旁逸斜出的老树,树影悠荡;狮形石或立或卧,或俯或仰,或舞或搏,身上闪闪发光,充满着灵气。

况钟赶到狮子林时,万夫人、赵封氏都在狮子林门口,一个个阴沉着脸。况钟不放心,要大家进园再寻找。结果可想而知。况钟意识到四子被人绑票了。况宇生于永乐十八年,六岁生母去世,从小体弱多病,面黄肌瘦,至今个子不高,晚上仍会遗尿。想起这些,做父亲的就心里愧疚,觉得对他没尽到人父的责任。

一家子回到门楼外。打开门楼门,门缝中掉下张字条,绑票人写的,告知明日亥时前拿裁圩奏疏到沧浪亭换人,逾时不到,在运河找尸体。

况钟在焦虑中度过一个不眠之夜,与夫人想好一个移花接木之计。

翌日早晨,况宇绑票的事不胫而走。听说况府四公子被人绑去当了票子,来了许多人,有官吏,也有百姓,把个花厅塞得水泄不通。杨粟建议拿奏疏换人，况钟坚决不同意。

赵忱琢磨了一下，说："要不换回四公子后，再誊一份送朝廷，岂不两全其美？"

况钟锐利的目光扫了赵忱一眼："赵大人主意虽好，这不是本官向来的做法，不够阳光，为大丈夫所不齿！"他衣袖一拂，"不换就是不换，吾意已决！"说话间，衣袖将桌子上的一只茶杯带倒在地。

摔茶杯是况钟定下的暗号。茶杯响过之后，后院传来万夫人的啼哭声。接着，何横从后院出，来到厅中："伯律兄，老朽劝了一早晨，尊夫人还是坚持要你去赎人，说四公子是她弄丢的，不把人赎回，别人会说是她迫害继子，你不同意用奏折换人，她就死给你看。"

况钟叹息一声："夫人知道自己的难处，就不体谅我的难处……"

况钟话还未完，洪叔又慌慌张张从后院跑了出来："老爷，夫人欲割腕自尽，被我夺去了刀。"

"洪叔，快来啊，我娘又要割腕……"英子的呼叫声从后院传来。

洪叔闻声跑向后院。何横气愤地指着况钟的鼻子尖："两条人命啊，你太固执了！"说罢也向后院跑去。

众人纷纷力劝。况钟望着众人，长叹一声："唉，也罢，也罢……"

杨粟、赵忱向后院走去，将况钟的决定转告夫人。

3

况钟交出奏折换回况宇之后，将底稿交给周孝儒，由周秀才写成万人书寄京师，请求裁圩。这一着棋，谁也没有料到。

万人书寄去后，朝廷一直没有动静。过罢中秋，况钟按捺不住了，策马去枫桥，看周孝儒是否有什么信息。邸报已载，成均调任浙江巡抚，周忱以工部左侍郎衔巡抚江南,如果秀才那里也无消息,他打算上南京。

来到周宅门楼外,况钟从马背上跳下,把马拴在树下,叫道:"孝儒!孝儒在家吗?"

周孝儒闻声跑出来,喜滋滋地说:"况大人,杨阁老派人来了!"

"谁?"

"他也姓周。"

今日上午周孝儒的摊前来了位五十多岁的人,高大的身材,白净的长方脸,身穿青色粗布长袍,油渍斑斑,袖口闪亮,腰间系一条玄色带子,足穿千层底布鞋。此人观察一番后,问周孝儒:"此地是不是枫桥?"秀才望望他,这身打扮,一看就是破落户。识字的人一看寒山寺前的诗碑,都知道这里是枫桥,难道这破落户连字都不识?周孝儒反问道:"您不识字吗?"那人身旁一位拿雨伞的年轻人欲笑。那人瞪了他一眼,摇摇头:"识字就好啰,不用走村串户做裁缝!"原来他是裁缝。周孝儒告诉他:"唐人张继有首诗《枫桥夜泊》,刻在石碑上,竖在寒山寺前,裁缝叔不识字,怪不得不晓得此地是枫桥了!"裁缝望着周孝儒:"秀才,这里既是枫桥,我向您打听个人。""啥人?"老裁缝说:"他姓周,官讳孝儒。"秀才想不到老裁缝找自己,忙问找他何事,老裁缝说他也姓周,找他有要事。周孝儒问:"家门几世?台甫?"老裁缝亲切地拉起周孝儒的手:"看来你就是孝儒了,我是阁老派来的人,走,上你家去!"

况钟与周孝儒说话间,周忱从厅内出。况钟忙迎了上去:"恂如兄,您这身穿着哪像个巡抚?和打秋风的差不多!"

周孝儒听说家门是巡抚,心里有些慌,适才还叫人家裁缝叔,笑他破落户哩,忙叫出苏金娣,夫妻二人跪在周忱跟前:"不知抚台大人驾到,恕罪,恕罪!"秀才打了自己一嘴巴,"还叫您裁缝叔哩,这张嘴!"

周忱扶起秀才夫妻俩:"免了免了,不必拘礼!"他望着秀才笑,"裁缝在棉布上剪裁,巡抚在江山上剪裁,两者的衣食父母都是百姓,裁缝与巡抚何异?"

见周忱如此大度随和,秀才放心了,忙吩咐妻子去买菜。周忱制止:"不用! 况伯律既是说我打秋风,今日非撮他一顿不可!"转对况钟:"这回可不能和在京城一样,用豆腐干和菜干打发!"

况钟掏出些银子交给苏金娣:"别听他的! 就在你这里吃,一餐中饭跑二十多里地,饿坏了这位封疆大吏,本府担当不起!"

苏金娣不接银子,况钟把她推出屋:"快去快去! 买条鲃鱼,周大人喜欢吃鱼。"

苏金娣动作麻利,不多久就做好了。客人入席,桌上主菜是一大盆鲃鱼。况钟介绍说:"吴中无鱼不成席,而且吃鱼有一定之规;正月鲤鱼,二月刀鱼,三月鳜鱼,四月鲥鱼,五月白鱼,六月鳊鱼,七月鳗鱼,八月鲃鱼,九月鲫鱼,十月草鱼,十一月鲢鱼,十二月青鱼。"他指着盆中的鱼,"这是鲃鱼,尝尝!"说罢给周忱和他的随从布菜。

4

周忱回到南京不几天,即召况钟前去商议裁圩相关事宜。动身头天晚上,况钟给周忱准备了一份礼物。这份礼物是一首诗。况钟在礼部仪制司当差时与周忱就交往密切。他觉得周忱的教诲改变了自己的愚顽,听到周忱来南京上任的消息,他的心早就飞到了应天府衙。吴中民间凋敝,百姓困苦,周忱的到来如春风化雨,滋润万民,有周忱的指导,吴中一定能建成周那样的治世。诗曰:

贺周忱兄任应天府巡抚

忆昔长安忝列班,清言如屑订余顽;

莺声初振金陵地,早已神驰铃阁间。

吴江凋瘵最堪怜,敢不披诚吁九天,

愿借春膏频广注,万家歌续召邨篇。

　　况钟动身那天早晨,尤涛匆匆跑来禀报:细作获悉,有人要在途中谋害况大人。尤捕头和家人都担心,要况钟迟几天上路。况钟想了想,心生一计。

　　早饭后,况钟的马车准时出发,与以往出行不同的是多带了几个衙役。马车一出娄门,一个蓄着胡子,穿月白色长袍,面目清秀的年轻商人乘坐的马车也出了城,他的身后是驮着货物的长长的马队。

　　这位年轻商人是赵青。绑票况宇是高人策划后,由徐文伯派赵青去实施的。高人后来得到可靠消息:况钟交出奏折后,将草稿转给了一个人,那人写成万人书送到朝廷去了。近日细作密报,新来的巡抚召况钟去商议裁圩之事。高人和徐文伯有一种被耍的感觉,下定决心在去南京的路上干掉况钟。赵青是这次行动的指挥,他身后那些牵着骡马的伙计都是做黑活的杀手。

　　赵青的马车若即若离的在况钟车后跟着。到无锡城郊后,况钟的车离开驿道向市区奔去。赵青估计况钟有所察觉,再跟就会暴露。他将马队化整为零,命杀手们策马单个在市区等他,自己单骑跟在车后。

　　况钟的马车在市区东一拐西一拐,来到关帝庙前。庙里的戏台正在演昆剧《红佛记》。戏台前观戏的,卖小吃的,卖花的,摩肩接踵地站大半个场子。赵青下了马,选择一个比较隐蔽的地方藏身。

　　况钟的马车在戏台外停下,况钟从车里钻了出来,由衙役簇拥着向戏台后方的台阶走去。赵青心里有些振奋。况钟去后台干什么姑且不论,他回到马车上大约有三十多步,这段距离正是下手的最好机会。赵青"吁吁"地吹响口哨,那些隐蔽在四周的杀手,快速来到跟前,他宣布了两套方策。第一套，一杀手扮成面馆送面的小伙计，在台阶与况钟相遇时行刺；第二，如在台阶失手，况钟进入马车时由卖花的杀手再动手。

布置完毕，各自分头准备。况钟进戏台良久未出。杀手们等得有些不耐烦了。况钟终于出来了，好像是生了病，头上蒙着纱巾。当他一出现在戏台后门时，一个穿着油渍斑斑的衣服，肩上搭条白手巾的杀手用托盘端着两碗面迎上去，还未上台阶，就被衙役赶开了。

赵青见第一方策失败，用眼神向卖花的杀手发出命令。卖花的手捧鲜花向况钟走去。正要动手时，一队巡检司的兵丁开来。赵青只得发出暗号，取消行动。况钟进马车，重又上了去南京的驿道。

赵青见途中无法下手，只得带杀手先行赶到南京等候。他来到莫愁湖畔的胜棋楼前，让杀手扮成乞丐在四周等候。这里是去巡抚衙门的必经之道，谅况钟插翅难飞。然后他走进胜棋楼。楼内有个小戏台，房梁下支着粗大的木柱，柱间摆满茶桌，茶客一边喝茶，一边观戏。大多数茶客穿绫罗绸缎，少部分穿葛衣布袍。赵青坐下后，小伙计立即给他冲上茶。在这里喝了两天茶，不见况钟的马车来。直到第三日，他正在听戏时听到口哨声。这是杀手发出的信号。赵青茶杯一推，付了茶钱，走出胜棋楼。张眼望去，况钟的马车正从远处徐徐驶来。赵青向杀手们发出准备行动的暗号。

马车经过胜棋楼时，乞丐们围了上去。洪叔着了急，只得紧勒缰绳，喝住牲口，将车停下。乞丐们向洪叔讨钱。洪叔说："我身上没带钱，滚开！"

"弟兄们，车夫没钱向老爷要去！"赵青大声一呼。他化装成乞丐头子，戴着一顶压得很低的破毡帽，脸上一道道污渍，破褂，一条长裤裤脚拖地。谁也认不出他是徐府管家。

乞丐们齐声接应："是，向老爷要去！"

乞丐们立即围住车亭。一乞丐掀开车帘，车亭内坐的竟是两捕快，并无况钟。况钟在无锡关帝庙戏台就分了身，衣帽由延延豆穿上，前呼后拥上马车，他却一身便装，由尤涛陪着，租了条船直奔南京。

为了不露馅，赵青向两名捕快伸手讨钱："两位老爷，可怜可怜我吧！……"

已经换下知府官服的延延豆眼睛一瞪："爷什么爷？我俩是当差的，老爷在后面！"

赵青一激灵：这么说况钟是在中途下的车。他失望悲凉的心又热了起来，充满着希望。

延延豆驱赶纠缠的乞丐："滚滚滚！我们还要办差哩！"说毕大声对洪叔说，"洪叔，我们走！"

赵青带着众乞丐离开马车。洪叔扬起马鞭"驾"的吆喝一声，驾着马车走了，留下一溜泥尘。

赵青和众乞丐在这里守株待兔，等候况钟。这些蠢材哪里知道，洪叔的马车到南京时，况钟已乘船快回到苏州了。

赵青带着杀手在南京等了若干天，不见况钟露面才知道上了当。回到胥口，受了徐文伯一顿臭骂。高人和徐文伯精心设计的这场暗杀以失败而告终。

第二十七章
暗|箭|难|防

宣德十年正月初三,宣德皇帝向文武大臣发出旨意,让皇太子朱祁镇继承皇位,诸王公大臣须严守祖训,各王谨守藩国。数月后,朱瞻基就驾崩了,享年三十八岁。他是位好皇帝,除了喜欢斗蟋蟀,几乎没什么劣迹,与他的父亲一起缔造了仁宣盛世。后人评论:"明有仁、宣,犹周有成、康,汉有文、景,庶几三代之风焉。"他在位十年,吏称其职,政得其平,纲纪修明,仓廪充羡,闾阎乐业,蒸然有治平之象。

朱祁镇当皇帝,本是王振日思夜想的事,可他一手带大的九岁太子真的继了皇位,王振却高兴不起来。精明的宣德皇帝在走之前,托付生母张太皇太后主事。张太皇太后是河南永城人,彭城张伯麟之女。她是个铁女人,善于料理军政大事,能够左右朝政。此外,宣德皇帝还为儿子选择了五位顾命大臣:杨士奇、杨溥、杨荣、张辅、胡濙。杨士奇、杨溥、杨荣是文官,明代历史上赫赫有名的"三杨"内阁,张辅是掌控军队的,胡潆是永乐以来皇家的亲信，专干秘密差使。有这五位看守朱家王朝，任何奸佞难作怪。

六月，朝廷发诏，遣官进香并觐见新皇朱祁镇。其时，况钟请周孝儒约好了几位乡贤，要相商如何改造圩田的事。靠近圩堤的农田由于农民去泾河取淤泥肥田，地势逐渐增高，形成四周高中间低。一遇洪涝，中间的田排不出水，往往造成歉收或无收。农民建议衙门出面组织整修圩田，将圩堤改小，深挖圩堤外泾河，使圩田旱涝保收。现在朝廷来诏，宣宗驾崩，况钟心情悲痛，只得将改圩的事放下，匆匆进京。

觐见新皇之后，况钟要求留任苏州，张太皇太后与顾命大臣同意。况钟进过香，便急急忙忙回苏州。回到家，万夫人给他生了个胖小子，取名守。添子之喜冲淡了丧君之悲，休息几天后，便开始筹划整修圩田的事。

2

收罢秋，大规模整修圩田开始了。官吏分别到各个县把关。苏州七县农村，处处热火朝天。

天渐渐凉了，转眼过了小雪。北风呜呜地吹了一夜。周孝儒早晨起来打开大门，只见彤云密布，怕是要下雪了。秀才是刚上任不久的里长，天天都组织农户修圩田，原计划雪前将新圩堤的基脚清好，雪一下，怕是不可能了。早早用过饭，他就敲响出工锣，然后扛着锹来到工地。空旷的田野上画着两条长长的石灰线，这是圩基，石灰线之内的田泥，必须挖去三至四尺深，然后再砌上石块。

一团团阴惨惨的乌云在头顶移动，风呼啸着把田野上堆的稻草和凋落的树叶抛在空中。稻草和树叶纷纷扬扬落下，掉下的稻草和树叶有些遮住了石灰线。周孝儒拿起扫帚将石灰线上的稻草和树叶扫去。他还在扫，乡亲们就三三两两来了。大家挖的挖，挑的挑，工地上热闹起来。

大家忙活了大半晌，煨灶猫扛着锹才懒洋洋来到工地，边走边唱着小曲：

> 一更里，周秀才，你到老娘窗边来，
>
> 好话说了一大箩，哄着老娘把门开。
>
> 二更里，周秀才，你进老娘房里来，
>
> 死乞白赖要上床，假意替我把被盖。
>
> 三更里，周秀才，你爬老娘身上来，
>
> 胯下那根柞木棍，一下撑开老娘腿。
>
> ……

在场的人听了，都笑得直不起腰来。周孝儒气得面红耳赤，全身发抖。苏金娣明白，这小子编词咒秀才，是因为没当上里长。她走过去扭着煨灶猫的耳朵："你下嘴巴再唱，看姑奶奶扯断你的耳朵不！"

煨灶猫求饶："松手，松手，我再不唱了！"

苏金娣松手。煨灶猫连忙跑到远远的地方，摸着发烧的耳朵争辩道："就你家姓周？就你家男人是秀才？唱个小曲你都要管，仗着你男人当了里长是不是？"

苏金娣欲上前去揍他，酒葫芦向她摇摇手，走上前去，在煨灶猫嘴巴上扇了一巴掌："吐粪的东西，快闭上！"平秋月母女走后，酒葫芦整天东游西走，借酒浇愁，人不像人，家不像家。秀才家成了他落脚的地方，没饭到秀才家吃，衣服破了苏金娣替他补。在秀才夫妻的帮助下，酒葫芦才振作起来。他对秀才夫妻非常感激。

煨灶猫挨了一巴掌，扯住酒葫芦厮打起来。周孝儒和苏金娣忙去救架。恰好这时况钟、况寰和尤涛来到工地，况钟已将枫桥列为此次修圩的点，从中总结经验，全面推广。见况钟来了，二人才住了手。

况钟说明来意后，苏金娣接过三人行李就往家送，正好她要回去泡茶。周孝儒吩咐妻子说："况大人胃怕寒，他的茶放点姜，并用棉裙包好！"

"马屁精！"煨灶猫在心里骂了一声。他恨周孝儒。当圩长时煨灶猫过的是神仙的日子，田有人代耕，地有人代垦，园中不种蔬菜，比谁都先吃新。圩长裁撤后，这些特权都没有了。听说里长要改选，他哭倒在干爹徐文伯跟前，求他出面，替他活动个里长当当。徐文伯骂他癞蛤蟆想吃天鹅肉，说谁不晓得周秀才是况钟的红人，乡里能同意你？不久改选时，果然是周孝儒当上了里长。煨灶猫想，要是没有你周孝儒挡道，我岂不就是里长了？他恨秀才不假，但更恨况钟。是况钟裁圩，使他一下子从天堂掉到了地狱。见了况钟他就恨不得咬他一口。他不愿与况钟在一起修圩堤。周孝儒的话提醒了他，他立刻蹲在地上，哼哼唧唧装起肚痛来。

周孝儒走了过去："煨灶猫，你怎么了？"

"一遇寒，老毛病又犯了！"煨灶猫捂着肚子说。

周孝儒是个憨厚老实人，没去想煨灶猫是耍滑，见他痛得这样难受，叫他回去找郎中看看。

煨灶猫回到家，钻进被窝睡大觉，中饭也没做，在床上干躺着，忽然间听到有人叫门。他仔细听了听，是赵青。他恨赵青！干爹那东西不行，年轻貌美的鄢氏就那么空守着。去年腊月，他乘徐文伯到松江去了，跑到徐府去向鄢氏示爱。鄢氏给他飞了个媚眼，约定晚上亥时在戏台相见。他性急，不等亥时就上了戏台，左等右等，等到子末丑初鄢氏还不见来。天漆黑，伸手不见五指，又吹风，他冷得浑身打抖。心灰意冷正要走时，一个人从后门悄悄上了戏台。鄢氏总算来了！他心里一阵狂喜，跑上去搂着鄢氏又是咬又是啃，然后便扯鄢氏的裤子。扒下裤子他伸手去摸那宝贝，没想到泉水眼上长出个阳物，那东西硬邦邦的像柞树棍。不好，是个男人！他慌了神，放下"鄢氏"就跑，"鄢氏"大声叫道："来人啊！"随着一声喊，灯笼火把立即照亮了戏台，"鄢氏"原来是管家赵青。煨灶猫羞愧难当。赵青骂儿子一样骂他："煨灶猫，你这不要脸的东西，敢来勾引干娘！你也不屙泡尿照照，自己这人模狗样配吗？你勾引干娘的事，少夫人已禀知大夫人，大夫人派我来了断这事。这事你是打算私了还是公了？私了就出一笔钱，封住大夫人、少夫人和这些在场兄弟的口；公了就等善翁回来处置！"煨灶猫怎敢让徐文伯知道这事？当然是私了，他掏光身上带的碎银不说，还逼着打了一百两银子的欠条。

赵青敲门，煨灶猫不理。赵青说："青云兄，我知道你还记恨去年那件事。我是奉大夫人之命，能不办吗？再说今日上门，并非我有事求你，是你干爹叫我来找你，开不开门，你看着办吧！"

自裁去圩长后，煨灶猫和徐文伯一直未见面，听说是干爹找他，连忙起床把门打开问："我干爹有啥事？"

赵青幽灵似的闪进屋，将两坛酒交给煨灶猫："你干爹惦着你，叫带两坛酒给你，说修圩田风大，喝两口暖暖身子。"

煨灶猫向来贪杯，当圩长后人长进了，酒量也长进了，在这枫桥是打遍天下无敌手。裁去圩长后，不要钱的酒喝不到了，要钱的酒赊不到了，他口里早馋得不行，见了酒，两只眼睛睁得酒杯大，急忙启了封"咕咚咕咚"连灌几口，绷紧的脸才渐渐松弛下来。

"听说况钟修圩田来了？"赵青问。

"赵管家来我这里就是打听这事？"

"哪里哪里！他修他的圩田，关我屁事！"

煨灶猫脑子并不笨，知道赵青此行有求于他，见他卖关子，忙将他的身子往门外推，说不关你屁事就算，你走你走，我要上床了。

赵青见煨灶猫撵他走，只得赶紧切入正题，将来意说了。在煨灶猫耳边咬了一阵之后，随即掏出一百两银票："你干爹说，这是给兄弟们买酒的，事成之后再给你这个数……"他伸出五个指头。

"五十两？"

"五百两。"

五百两这可是个大数目。煨灶猫划算了一下，除去请人的钱，他还可落大半，连忙说："你对干爹说，请他放心，我与况钟不共戴天，有他没我，有我没他，这差事我一定办好！"

冬至那天早晨，呜呜刮起了北风。风愈来愈大，白色的浓云遮满天空，下起了米头雪。吃早饭时，米头雪变成了雪片，纷纷扬扬地飘起来。周孝儒担心况钟胃受寒，要他在家休息。况钟坚持要出工。早饭后，况钟带着况寰、尤涛和周孝儒等人路过枫桥时，一个斗鸡眼扶着个醉鬼从对面走来。醉鬼三十多岁，满脸络腮胡子，身穿青色长袍，发青的右驴脸上长着几个小肉瘤，口里不停地叫着："酒！酒在哪里？"

络腮胡子和斗鸡眼是煨灶猫请来的杀手。根据他的安排，他俩选择在枫桥上动手，桥下有船等着，出手后跳水逃遁。

络腮胡子经过况钟身旁时，突然摆脱斗鸡眼的手向况钟冲去，口里语无伦次地叫着："老爷，酒……酒！给点酒吧！"

斗鸡眼见络腮胡子开始行动了，自己也连忙上去掩护。他跑到况钟身旁，右手伸进棉袄内……

络腮胡子的动作引起况寰的注意，虽然不能明确判定此人是杀手，但形迹可疑，必须高度警惕。他几乎连眼神也没与尤涛交流，便下意识地走到父亲面前,用身子挡住他。与此同时,尤涛走到斗鸡眼面前,铁拳似的右手飞快地执住他右手手臂。

斗鸡眼装着惊恐的样子:"大哥,做啥? 做啥? "

尤涛把斗鸡眼的右手一拉。斗鸡眼手里拿着条脏兮兮的手帕。原来一场虚惊。尤涛只得道歉:"对不起,对不起! "

络腮胡子见防卫严密,不好下手,只得继续装醉鬼走了。二人垂头丧气来到煨灶猫家说明了经过。煨灶猫安慰说,别泄气,一次不成,再来一次,当即便向二人口授机宜。

一个时辰后, 苏金娣挑着茶桶, 手提棉裙包着的茶壶走上枫桥桥头。煨灶猫提着两帖中药快步迎了上去:"金娣嫂,送茶呐? "

苏金娣望了望煨灶猫,这个懒鬼昨天离开工地后就一直没出工。她没好气地说:"煨灶猫,工不出,在街上逛魂啊! "

煨灶猫立即换上副痛苦面容,手捂着胃部呻吟着,晃晃手中的药说吃了两帖不见效,这又撮了两帖。

苏金娣懒得理他,挑着茶担往前走。这时络腮胡子挑着担米从对面走来,走到苏金娣跟前时米箩一放,用乞求的目光望着苏金娣:"大嫂,我想讨杯您的茶喝,行不? "

煨灶猫快步走上前来, 故意骂络腮胡子:"臭挑夫还想喝茶? 穷讲究! "

苏金娣向来同情卖苦力的人,见煨灶猫如此污辱挑夫,柳眉一竖:"挑夫不能喝茶,谁规定的? "将茶桶一放,对络腮胡子说,"你喝吧,喝个够! "

络腮胡子眼睛里闪着感激的光:"谢谢,谢谢大嫂! "

苏金娣把手中的茶壶放地上,拿过一只碗给络腮胡子舀茶。扮成皮匠的斗鸡眼快步从桥头上来,乘苏金娣舀茶,提起棉裙包裹的茶壶,对着茶壶嘴就要喝。苏金娣制止他,说这是专给况大人的。斗鸡眼嬉皮笑脸地:"况大人喝得,我就喝不得?"

煨灶猫装作仗义的样子骂道:"还讲斤头?再喝就拆你的骨头!"骂毕就去拉斗鸡眼。

斗鸡眼提起茶壶向桥下跑去。苏金娣见状着了急,壶中的茶放了生姜、白蔻、白糖,壶抢去了,况大人就没茶喝了,忙要煨灶猫去追。煨灶猫说脚痛跑不快。络腮胡子将茶碗还给苏金娣:"大嫂,我替您追回来!"说毕向桥下跑去。

一会儿,络腮胡子提着茶壶回来了,将茶壶交还苏金娣说:"那小子当是龙井哩,说要知道是药,谁稀罕这个!"

苏金娣笑,拾起棉裙重又包好茶壶,挑起茶桶到工地去。到工地放好茶桶,苏金娣解开包茶壶的棉裙,筛了杯热茶给况钟。况钟接过茶杯:"金娣,难为你夫妻想得周到"然后举杯欲喝。

苏金娣笑着说:"还有啥周到?刚才茶壶被人抢走,这茶您差点没喝上……"

尤涛天生是个侦探料,听到茶壶被人抢走,忙问怎么回事。苏金娣将在枫桥斗鸡眼抢茶壶和络腮胡子送茶壶的事讲了。尤涛回想起出工时枫桥的那一幕,着急了,快步上前夺过况钟的茶杯,青着脸说:"这茶有毒!况大人,您不能喝!"

苏金娣望着尤涛手中的茶杯,感到十分委屈。这哪是茶?是她的心血!为了泡这茶,她上药店买来白蔻暖胃和中,怕放了生姜味辣,又加了白糖。一切都是她亲手调理的,凭什么说它有毒?

况寰见苏金娣生气,连忙向她解释,说早饭后出工,在枫桥发生过惊险一幕,一个斗鸡眼和一个络腮胡子想行刺我爹。尤捕头是怀疑络腮胡子和斗鸡眼在茶中做了手脚。苏金娣听了,气稍为消了,但还是认为茶不可能有毒：时间这样短，他就是想放毒，也没这么快啊！她伸手去夺尤涛手中的茶杯："有毒无毒，我喝下去就晓得！"

"嫂子，这可不是闹着玩的，喝下肚就麻烦了！"尤涛牢牢攥着茶杯，任苏金娣怎么使劲都夺不过去。她提起茶壶，口对着壶嘴正要吸，周孝儒快步上前夺去茶壶："赌啥气？坏人一次次要谋害况大人，你又不是不晓得！"

"无凭无据说我泡的茶有毒，我不服气！"苏金娣说。

"要凭据好办。"周孝儒对尤涛说，"尤捕头，我们去找狗猫试试？"

尤涛点头："行，这样对嫂子也有个交代。"

不多久，二人回来，脸色凝重。周孝儒气冲冲走到苏金娣跟前，手指她的额门大声数落道："头发长见识短！还不服气？那茶灌鸡鸡死，灌猫猫亡，要不是尤捕头多个心眼，今日险些铸成大错！"

听丈夫如此说，苏金娣吓得脸如素纸，跑到况钟跟前哭泣着："况大人，我该死，我真该死！差点让您丢命，我对不起您！"

况钟安慰道："金娣，不要说了！坏人太狡猾了，你一个妇道人家识不出不怪你。"

乡亲们都围过来议论纷纷。

周孝儒对大伙说："今日之事都怪我警惕性不高，让金娣单独送茶水，坏人有了可乘之机。这是个教训，今后不能大意。况大人要是有任何闪失，我们既对不起况大人，也愧对吴中父老。大家都不能没有况大人啊！……"

苏金娣又羞又愧，夫君说得对，大家都不能没有况大人啊。可自己就差点让况大人丢掉了命！现在唯一可以做到的是尽快去抓那两个坏蛋，想到这，她像一头发怒的母狮向外跑去。

周孝儒追了上去，拉住苏金娣的手："金娣，你去哪里？"

"找那两个坏蛋！"

尤涛和况寰也追了上来，说不用找了，那两个坏蛋早逃走了。苏金娣摆脱丈夫的手，继续往前跑去，发誓要找到那两个坏蛋。

4

苏金娣找遍枫桥古镇都没见着络腮胡子和斗鸡眼。这时已近午时，只得垂头丧气地回家做午饭。

吃过午饭，冬云愈压愈下，天空烟霾滚滚，灰暗中带着殷红。片刻，柳絮般的雪花在空中飘扬起来，雪越下越密集，再不是先前那种旋落旋化，而是不断堆积起来，把大地盖得严严实实。运河边到处一片白茫茫，河道港汊和村庄都变得约约绰绰的。

雪太大了，下午没有出工。况钟和周孝儒在火盆边下棋，门楼外传来马匹的嘶鸣声。况寰出去一望，见洪叔一个雪人似的正从马背上跳下来。原来一下雪，万夫人和秀蓉都惦记着自己的男人带少了衣服，要洪叔给他父子送寒衣。

洪叔交罢衣服，喝了杯热茶欲走。周孝儒夫妇苦苦挽留，说难得来一趟，今日冬至，做了年糕，住一宿再走。况钟见秀才夫妻如此热情，也劝道："这大风大雪的，走什么，你就住一个晚上，我们哥俩聊聊天也好。"洪叔今天很怪，见了况钟有种不愿分开的感觉，仿佛走后二人再难见面，便爽快答应了。

晚饭后，北风呼呼的吼叫，只要有缝的地方，冷风都往里钻。窗纸吹得嘭嘭作响，一会儿胀起，一会儿凹下，灯光摇曳。室内寒气袭人。床上暖和，况钟和洪叔便上了床，放下帐子二人聊些陈芝麻烂谷子的事直到三更。况钟打了个哈欠，说："你都五十了，过三天是你的生日，还没成家,我心里急啊!碰见合适的没有?拣中了我替你去说合。"

洪叔却很精神,一点睡意都没有:"老爷,半斤的猪肚子,难找啊!一个人过清静,自打跟了您,一家人待我比亲人还强,我知足了!"

"别人再好当不得妻,人老了,难免有个头痛脑热的,照顾起来方便!"况钟的声音变小了。

"以后再说吧!"

"不要以后……"况钟打起了呼噜。

洪叔见况钟睡着了,转了个侧,自己也开始睡。他闭上眼睛,一、二、三……,数字念了一遍又一遍,这方法过去一念便灵,今天却不怎么管用。

他又转了个侧。舒夫人笑嘻嘻地走进房来:"洪叔,快起来,快起来,跟我去个地方!"他问:"夫人,去哪里?"夫人说:"这里说不方便,会吵醒老爷,到外面去告诉你。"说毕出了房门。洪叔爬了起来,披衣出去,黑暗中不小心被椅子绊倒。睁开眼睛一看,自己躺在床上,原来是南柯一梦。

洪叔感到有点晦气,好端端的为什么做这样的梦?舒夫人已在天国,她来邀我走,莫非自己的寿数已到尽头?他思忖着,自己身体尚好,从未进过药店,难道这朝夕之间会得要命的恶症?想了半天,似乎不可能,那么是不是有意外伤亡呢?他想自己与人从未结怨,不会招来杀身之祸。排除这些后,他觉得自己有些好笑,不就是一个梦,犯得着想这么多?睡吧,睡吧,夜已经很深了。心一静下来,他就睡着了。一睡着又是梦,梦见自己蹲在祖屋的屋角边晒太阳,肚子痛得厉害,母亲端了一碗草药来,说:"崽啊,喝下去就不痛了。"他向来抵抗力强,挨一两天百病自好,说:"我不吃,我不吃!"

睡在另一头的况钟被叫醒了,忙大声呼唤:"洪叔,洪叔!你在说什么?"

洪叔醒来,发觉肚子真的有些痛。年糕吃多了消化不良引起的。

况钟叫了两声,又呼呼睡着了。洪叔肚子越来越疼,有些内急。他坐了起来。一离开热被窝,半截身子像抹了层冰,冷气直往身上扑来。望望窗子,原来麻纸脱了粘,大半张在寒风中抖动。窗外的积雪已经冻了,一轮冷月在几片稀疏的白云中浮动,月光与雪光映进窗户,房内明晃晃的。他掀开石灰花帐子,轻轻地爬下床,伸手拿放在竹椅上的衣服。自己的棉袄压在最下面,盖在上面的是况钟的皮袍,内急难忍,他抓过皮袍披上,趿着鞋便向房外走。

他哪里知道,死神正一步步逼近他。屋顶上的明瓦已揭开,三双恶毒的眼睛正盯着他……

杀手两次谋害况钟未遂,到这第三回,煨灶猫亲自上阵指挥。夜深人静后,他带着斗鸡眼和络腮胡子两名杀手悄悄来到周孝儒围墙外,身子隐在竹丛中观察,发现檐下有人走动,屋前屋后不停地巡逻,很难靠近况钟住房的窗户。他们三个便爬上屋后的樟树,在树枝上系根棕绳,抓着棕绳下到屋顶,扫去积雪,揭开明瓦,等待况钟起夜。洪叔披着况钟的皮袍,他们误以为他是况钟。

洪叔走到门边,一支毒箭"嗖"的一声从房顶飞下,不偏不倚正中洪叔心前区。洪叔"啊"地惊叫一声。洪叔身体壮实,性鲁莽,伸手拔箭,箭被拔了出来。由于箭头涂了毒药,且靠心脏近,毒性发作,他"卟"的一声跌倒在地。睡在外屋的尤涛和况寰惊醒,连忙跑进来,见洪叔倒在地上,手里一支箭,连忙大声叫:"有刺客,屋顶有刺客!"说完二人便提刀往屋外追去。

周孝儒听到有刺客,连忙起床,提着锣在院子里打起来:"抓刺客,抓刺客!"

况钟惊醒,忙披衣下床。这时,苏金娣赶进房来,况钟和苏金娣把洪叔抬到睡榻躺下。点亮灯只见洪叔脸色紫青像打了霜的秋茄子，鼻孔一张一合，牙关紧闭，样子很痛苦。况钟命苏金娣快去喊郎中。

苏金娣一走，洪叔头上开始冒汗，呼吸愈来愈急促。况钟掏出手帕给他擦汗，流着泪说："兄弟，千万要挺住，郎中马上就来。"

洪叔眼角流着泪，声音轻得像蚊子叫："老爷……我要……走了……"

"你不能走，你千万不能走！"况钟哽咽着。

这时外面人声鼎沸，况钟估计是捉到了刺客。俄顷，尤涛进来禀告：三个凶手逃走两个，抓住一个。

"谁？"

"杜青云。"

络腮胡子和斗鸡眼抓绳子上樟树逃走了，煨灶猫踩滑了，没来得及抓住绳子，身子就往下滚，掉在地上摔断了腿。

洪叔未等到郎中来就断了气。况钟哭得死去活来，给他厚葬，子女戴重孝，把丧事办得风风光光。处理完洪叔的后事，况钟亲自审杜青云。煨灶猫入狱以来一直装哑巴，无论怎样审，就是不开口。况钟用攻心的办法，才交代指使人是徐文伯。

况钟命尤涛速拘徐文伯。尤涛飞马奔向胥口。从胥口回来，垂头丧气地禀报：徐文伯死了。徐文伯之死是否有诈？次日况钟带着刑名师爷和仵作上徐府。

一到石门楼外就听到哀婉的唢呐声和笙箫鼓钹的声音。进罢徐府门楼，孝家出门跪接。管家赵青将他们一行引入客厅吃茶。用过茶，况钟来到灵堂。木鱼声声，僧人正在念经超度亡灵。灵堂两旁贴着对联：

一天雨雪凋椿树

满月云山惨棘人

横联是"音容宛在"。杨粟正在灵桌前烧香。徐文伯的妻妾们见知府大人来了，一个个比赛似的，哭得更起劲。鄢氏哭丧尤为高明，言辞像是祭文，语句还稍带押韵。

杨粟磕完头，来到况钟跟前。寒暄几句之后，况钟问徐文伯死因。杨粟沉思了一下："据鄢氏禀告是猝死。"

况钟来到棺材边，对围在棺材啼哭的徐文伯的妻妾们说："大家让一让，本官看看亡人的遗容！"

徐文伯的妻妾们让开。况钟近前，只见徐文伯静静地躺在棺中，脸色红彤彤的，这是化了装，涂了胭脂。况钟低下头仔细观察，胭脂没涂到的地方现青紫色。他让仵作和刑名师爷再看，二人看后向况钟耳语：毒杀。

回到客厅，况钟命杨粟把鄢氏叫来，其他人回避。客厅内留下况钟、仵作、刑名师爷和鄢氏四人。

"徐鄢氏，亡人何时故去的？"况钟问。鄢氏是个风骚女人，不停地向况钟飞眉眼。况钟讨厌这种狐骚劲，敲着桌子说："徐鄢氏，你还没回话哩！"

鄢氏才老老实实禀告是前日亥时三刻。

"故前患有何疾？"

"身子骨尚好。"

"咽气时口中是否有血？"仵作问。

"呒有。"

"前天他是否离开过家？"况钟再问。

"上午去姻亲杨粟家的，至酉时头方回。"

"有谁随他一同去？"

"呒有。"

刑名师爷将一问一答记录在案。况钟问完时,徐文伯的大儿子、大儿媳和妻妾涌了进来,指着鄢氏对况钟说,是这只狐狸精害死了老爷,老爷是在她房中断气的,断气时口里有血。鄢氏成为众矢之的,吓得哭了起来。

况钟思忖:鄢氏为何要隐瞒这个细节? 难道她真是凶手?

天已近黑,况钟打道回府,打算次日剖尸。待徐文伯胃内残留物作出鉴定后再收审鄢氏。

翌日,况钟一行又来到徐府。进罢石门楼,管家赵青默默地迎出来。他眼泡浮肿,双目无神,灰黄的脸平添了许多抑郁,远非昨日那张脸。赵青禀知况钟,昨日晚上,鄢氏死了,是自缢的。三更以后,当值家丁报告柴房失火。他到现场一看,烈焰腾空,大火正向正房烧去。他敲锣报警,主子、宾客、仆役,提桶的提桶,拿盆的拿盆,都来救火。唯有鄢氏没来。大火扑灭后,他到她房前连呼数声,没有回应,找来锁匙打开房门,室内空无一人。四处寻找,大家发现她吊在戏台窗棂上。

赵青带况钟一行到戏台上。戏台上放着块门板,鄢氏直挺挺地躺在上面,样子很可怕。脸色灰暗,张着嘴巴,鼻子去了一块肉,露出黑洞洞的鼻窦。眼角一道泪沟,眼睫毛结了冰。

仵作仔细观察,鄢氏颈脖未发现淤紫的勒痕,心中有了底,她并非"自缢"致死。他没作声,继续观察。仵作正检查尸体的头部,观察一番后,发现尸体脑后有外伤,仵作把一切禀知况钟。

况钟照仵作指着的尸位一看,头发有血痂,翻开头发,脑袋上有个圆洞,像是铁锤敲击的。

"管家,尸体脑袋上的洞是怎么回事?"况钟问。

赵青眨巴了几下眼睛,不紧不慢不慌不忙地说:"不知道,也许是老虫咬的吧,你看鼻子都咬了。"

验毕鄢氏,况钟命仵作解剖徐文伯。徐文伯胃液中含仙鹤露成分,徐是仙鹤露致死。鄢氏无疑不是凶手。真正的凶手怕她道出秘密,故意纵火,乘众人救火把她灭了,移尸戏台,造成自缢的假象蒙骗官府。

从徐府回来,况钟便把自己关进退思斋,接连两天苦苦思索这两条人命案如何破。第三日何横叩门进:"伯律兄,据说徐文伯的案子有眉目了?"

况钟摇了摇头:"还是个无头案。"

何横将门关了,近前低声道:"不是杨粟有嫌疑吗!"

"徐文伯去世那天是去过杨府,可尤涛侦查过,徐文伯午时末就离开了杨府,之后他又独自去了石湖,至酉时方回府,期间谁与他在一起,船家都说不清楚,至今苦无线索。徐文伯的长子长媳一口咬定鄢氏是凶手。"

"徐文伯的长子何许人?是杨粟的女婿!他如此说,是要鄢氏顶缸!"

"不,怀疑杨粟证据不足!"

何横一哂:"伯律兄,你是否得了恐杨症?"

"此话怎讲?"

"杨粟那么霸道,你可以忍;他做事那么不近人情,你可以让;他杀人嫌疑那么大,你又说证据不足。我不明白,你为何会变成这样?"

况钟未解释,只是淡定地一笑:"仁兄放心,真正的凶手跑不掉的,终有一天我会将他缉拿归案!何兄等着瞧!"况钟坚信:恶有恶报,善有善报,不是不报,时间未到,时间一到,一切全报!

第二十八章

家 | 事 | 烦 | 人

花开花落四春秋,转眼到了正统四年冬。四年来,徐文伯的案子苦无线索,一直放着。况钟在苏州任知府已九年,吏部知会他回京考绩。

上京那天,马夫熊友兰天蒙亮就起了床。洪叔去世后,熊友兰自荐当马夫,夫妇两条命都是况大人捡回的,鞍前马后侍候好老爷,也可尽自己一份心意。一家子支持,况钟也同意,熊友兰便进了况府,一做已四年。

天空灰蒙蒙的,花墙门楼和石阶上一片白花花的。熊友兰正在扫石阶上的霜,周孝儒、方献忱、杨谧三人来了,问况大人是否起了床。老爷接待士民到三更方就寝,此时叫醒,熊友兰有些不忍,但见三人目光迫切,他只得放下扫帚,进内室禀报况钟。

三人进内宅,在花厅略坐片刻,况钟就起来了。周孝儒呈上况钟肖像:"况大人,请您在画像上题个词!"士民听说况钟回京考绩,担心别地任职回不了苏州,打算将他的肖像石印之后每户一张留作纪念。况钟接过肖像,见上面写着"况青天"三字,说:"像画得不错,称青天过誉,有辱胥山之高,有玷吴水之清!"

方献忱连连摇手:"非也!大人一到姑苏就深入里巷村舍,访求孝廉,宣问民隐,遍询民之利病,政之臧否,官属之贤与不肖。主政九年,旧貌换新颜,大人不称青天,谁还可称青天!"

杨谧接着说:"七年前市井衢巷,城隍巷壁的揭帖尚称公为青天,而今郡遂大治,称青天当之无愧!"

周孝儒由衷地说:"大人令行秋霜,惠流春雨,青天之誉,公无愧焉!"

此时又陆续来了些士民,大家都发表了相同的看法。民意难却,况钟只得提笔在画像空白处题词:

> 无能抚育,空费俸钱,敢劳父老,称曰青天,焦劳者百千种,荏苒兮八九年,何当留此碌碌形貌,有玷彼胥山之高耸,吴水之清涟。

况钟自谦地说,我没有安抚好父老,白白浪费了朝廷的薪俸,岂敢劳神父老称我青天。我来苏州八九年,有诸多的焦虑和劳碌不假,但业绩平平,哪里值得留下平庸的肖像?这有辱胥山的高耸和吴江的清澈。

三人拿着题了词的画像高高兴兴地走了,他们打算分头通知就近的士民来给况钟送行。

早饭后,太阳出来了,天空变得明净,霜开始融化。门楼外人头攒动,百姓手提酒壶和熟鸡蛋来送行。大家围住马车难分难舍,用歌声表达对况钟的感激——

儿童唱道:

> 况青天,朝命宣;
>
> 愿早归,在新年。

老人唱道:

> 公政惠我,公恩育我,
>
> 父母畜我、长我、育我、顾我。
>
> 我困甦我,我渴饮我,我饥谷我,
>
> 公去慭我,谁与活我!

官吏和学子们则吟诗抒发对况钟的眷恋之情。吴江耆民赵佛保等人填了《天仙子》词,吟道:

> 为政在人深有理,公守苏城民多祉。千家万户事耕桑,老者欢,少者喜,说是龚黄也难比。
>
> 处处讴歌声满耳,争道廉明今有几? 威风德化播三吴,弊尽除,利尽举,只恐归朝佐明主。

作者说"为政在人",此话很有道理,况公任苏州太守为百姓带来了很多福祉。千家万户安心种田养蚕,老人欢欢喜喜安度晚年,少年高高兴兴上学,讲起政绩,就是汉朝的龚遂和黄霸也难比过你。苏州境内到处都是歌唱你的声音,都说你这样清廉明智的官天下有几个? 你的德行和操守感化了三吴百姓,如今不利百姓的事被革除,有利百姓的事得到弘扬,百姓不舍得你走,你此去京师怕朝廷会留你辅佐皇上。

嘉定县知县祖述,填了首《踏莎行》词,他吟道:

> 制锦奇才,调羹老手,当年特拜苏州守。一壶冰雪挂青霄,百僚敬仰如山斗。
>
> 发政施仁,恩育黎首,棠阴处处人夸有。而今秩满谒金门,艳歌漫折长亭柳。

况钟是经验丰富的政界老吏,作者把他比喻为制锦奇才、调汤老手,说他官拜太守到苏州,德行高尚,心地晶莹无暇,如挂在九霄的月亮一样,百官敬仰你如泰山北斗。你施仁政,对黎民百姓有恩,到处都有人夸奖你这位良吏。如今任满回朝廷,我们唱着歌送别你到这里。

况钟非常激动,象征性地饮过百姓的酒后登上马车,向送行的人挥手致意,说:"我曷能政? 政由上命;我曷能恩? 恩由至尊。圣人更化,我叩我首,我陈尔情……"言毕,口占两首诗答谢众人:

清风两袖去朝天,不带江南一寸棉。

惭愧士民相饯送,马前洒酒注如泉。

检点行囊一担轻,长安望去几多程?

停鞭静忆为官日,事事堪持天日盟。

况钟说,我去京师候升是两袖清风,没有带苏州一线一纱去。士民太热情了,用酒给我饯行,马车前散落的酒如泉水一样。去京城的路多么遥远,我一担行囊轻轻松松,将来致仕以后,静静回忆当官之时没有以权谋私,事事都符合我对皇上许下的誓言。

吟毕诗,熊友兰挥起马鞭在空中打了个转,"啪"地响了一声,车轮扎扎转了起来,鞭炮声骤然响起。马车每经过一处,都响起鞭炮声,如此者数百里弗绝。

2

况钟上京一个月以后,万夫人接到夫君家书,吏部奏升他按察使署苏州知府事,只等御批。万夫人抑制不住内心的激动,在况守粉嘟嘟的胖脸上亲了一下。人逢喜事精神爽,她决定去赵府玩几手马吊。马吊是吴中人玩的一种纸牌,三对一,名"马吊脚",简称马吊。这种牌,她在绸缎庄就会玩,赢过钱也输过钱,两扯直。到况府后她与赵封氏玩过几次。况钟知道后申饬她,便没再去。今天老爷不在家,心里高兴,得去过把瘾。

她换了件狐皮上衣,脖子上围了条貂皮风领,用风衣裹好孩子,抱起他向赵府走去。封娇正在烤火，听到万夫人想玩马吊，支应女儿带况守，叫来另一牌友就玩开了。万夫人是个爱面子的人，边打牌边拐弯抹角地把夫君荣升的事抖出来，封娇和另一牌友都羡慕得不得了，称万夫人真有福气。有福之人，自然牌运也好，不多久，她的钱袋就鼓了起来。玩得正高兴时那牌友家里来了客，家人把她叫走了。牌玩不下去了，封娇请万夫人赏梅。

万夫人带着儿子来到院中，几株老梅满树繁花，朔风中梅枝旁逸斜出，或如蟠螭，或似僵蚓，叫人赏心悦目。一只画眉鸟在梅树上跳着。况守拾了根小竹竿赶画眉，封娇连忙说："小宝贝，别惊动它，它在等妹妹哩！"接着唤来女儿抱走况守，说院子里冷，别冻着了。

赵素娟抱走况守后，封娇指着画眉鸟对万夫人说："宾儿就像这画眉鸟，形单影只的。"

万夫人搞不懂。封娇告诉她：况宾和赵素娟相爱六年了，无人关心他俩的事。万夫人说她以前不知道，既有这等好事，她一定催老爷火速定下来。封娇手指戳了下万夫人额角："戆大，你是榆木脑袋不是？现成的好事不晓得做！"她把万夫人拉进廉石亭坐下："除了小宝贝，况府其他孩子非你亲生，况大人百年之后，他们对你怎样，谁也说不准。你成全了宾儿和娟儿的事，你在况府就吃价！你就是他俩的亲娘，有他两个护着你，在况府你任凭风浪起，稳坐钓鱼船了！"

万夫人觉得封娇的话很在理。可况府是个穷家，向来入不敷出，自己的钱捐修泰伯庙后所剩无几，哪里有钱定亲？封娇仿佛是万夫人肚里的蛔虫，她心里想些什么，封娇全知道。不等万夫人提钱的事，封娇就出了个点子：你玩牌的手气这样好，接着玩不就有钱？

封娇的话果然验。下午接着玩，万夫人着实赚了不少，再垫上一部分私己钱，定亲的钱就够了。

万夫人请媒人带着聘礼上赵府，赵府回了过礼，况宾与赵素娟的终身大事就这样定了下来。

况钟在京城过罢大年，给皇上和王公大臣们拜了年就往苏州赶。他回到苏州正值元宵之夜。

阊门内灯火辉煌，各家店门上都挂着花灯。空地上燃着焰火，什么火龙、火马、炮打飞鼠、五龙取水等等，真是五花八门，争奇斗艳，叫人目不暇接。街道上，龙灯、狮灯、蚌壳灯正舞着，锣鼓声、丝管声、爆竹声混杂在一起。观灯的人成群结队，人流如潮。看到这种盛况，况钟打心眼里高兴，百姓安居乐业，其乐融融，这正是他期望的。为了不惊动市民，让他们尽情赏灯，他让熊友兰绕道外城河，在胥门悄悄入城，那里离家近，也没这么热闹。

来到花围墙外，门楼门已锁，一家子观灯去了。况钟将京城带回的特产分了一半给熊友兰，叫他回家团聚。

洗罢澡刚穿好衣服，万夫人抱着况守从外面回来了，见了况钟忙将儿子一放，跑上前去一把扑在夫君怀里。况守惊恐地望着父母，闹不清楚爹娘是亲热还是打架，两个眼珠滴溜溜地转。况钟嘴努努儿子，轻轻一推夫人："你看你，儿子在看哩！"接着抱过况守，在他小脸上亲了一下，"守儿，想爹不？"

"守儿想，娘也想。"四岁的况守扯着况钟的胡须。

万夫人用手指刮了下儿子的小鼻子："小东西！谁说我想他？"说罢下厨房给夫君热酒菜去了。

热好酒菜，夫人亲自给丈夫斟酒："老爷，多喝几杯，这是喜酒！"

"何喜之有？"

"妾用私房钱给宾儿定了亲。"

况宾二十好几没定亲是况钟的一块心病，公务繁忙，一直没办这件事。况钟听了很高兴，忙问是谁家的姑娘。万夫人道明之后。况钟脸板了起来。况宇被绑票，他怀疑赵封氏有染，只是没有证据，从此对她多了几分警惕。他一上京，夫人敢背着他与赵府联姻，肯定又是封娇设的机关，不得不防。他训斥道："你也太任性了！不和我商量，怎就擅自做主！"

万夫人本以为办了此事会得到夫君的赞许，没想到是一番呵斥。她感到委屈：赵忱官虽比你小，可大小也是三府，赵小姐别说在张果老巷，就是全苏州城也是出了名的美人，你吹胡子瞪眼的，是门不当户不对，还是赵小姐配不上你儿子？她伤心地反驳道："赵大人清正廉洁，总是护着你，你凭什么嫌人家的女儿？"

"不是嫌，是不配！"况钟不敢言破。他明白，自己的话一出口，马上就会飞到封娇耳边。

"我是贱，去做吃力不讨好的事！"万夫人哭泣起来。

况守吓得哇哇直哭。况钟见夫人伤心落泪，有些心疼，语气变轻："别哭了！你这一定亲，给我添了许多麻烦，知道不？"

这时况寰夫妇带着儿子澄回来了，见状，秀蓉将儿子交给丈夫，忙把况守抱开，拉着万夫人进厢房去。况寰则力劝父亲，说万妈的本意是好的，见弟弟年纪这么大还没成亲，心里着急。这事到此为止，不要再责备她了。

4

翌日，况钟去给何横拜年，何横说有人鼓动各具在给他建生祠。所谓"生祠",就是为活人建的祠堂。古人每每对杰出官员建祠,岁时伏腊,击鼓咏歌,父老子弟相与朝拜。何横提醒况钟,生祠的背后可能隐藏着阴谋。

况钟回府后,为各县修书一封,禁止建生祠,已建的改作他用或拆除。

正月二十二日衙门开印这天,况寰怀揣父亲的亲笔书札送往各县。出发时,绛红的浓云低低地压着姑苏城,北风呼啸着,白盐似的雪粒打在他脸上生疼。当他策马来到四十里外的吴江县衙时,双手已冻得发红发肿。他在琴治堂喝了杯热茶,双手向知县一揖,告辞出来。在拴马桩解开缰绳,正要跳上马背之时,杨粟和赵忧策马来到照壁前。况寰向二人打过招呼,跳上马背,向衙前街奔去。

衙前街是个热闹去处。这里百艺逞能,九流毕备。况寰刚到街头,三位姑娘来到跟前。一黑脸姑娘见他从县衙出来,问道:"大哥,刚才那两位进衙门的人您认识吗?"

"认识。"况寰点点头。他端详她,十八九光景,格子花上衣,深蓝色布裙,眼睛鲜活,人显机灵。他告诉姑娘两人都是府衙官员。黑脸姑娘听了,摇摇头叹息一声,脸上露出无可奈何的表情。况寰是个细心人,估计姑娘是有什么事,听二人是府衙官员不敢说。他问道:"姑娘有什么事吗?"

同行的另一位白脸姑娘插嘴道:"杏花姐看见那两人中的一人投毒……"

白脸姑娘话未说完,就被杏花的手掌捂住嘴:"鹅食盆里鸭(瞎)插嘴!"

白脸姑娘把杏花的手一扳:"他坏事做得,我说不得?偏要说!"

杏花痛苦地:"棉纱线扳不倒石牌楼呀!"

况寰心中有底了,对杏花说:"姐姐休担心,多大的官都扳得倒,头顶上有王法,你有什么话尽管说!"

杏花看看街上人多,说话不方便,带况寰到街后一个僻静的地方,道出一个石破天惊的秘密:

四年前冬至次日,杏花爹的画船停在石湖行春桥头,午后,这两人中的一人带着一个额角长有个大肉瘤的胖子来了,包下了整个船,说有好吃的尽管上。菜上齐后,那人说:"我与这位仁兄有事相商,任何人不准进来!"言毕并随手关了雅座门。杏花那年才十四岁,爹叫她给客人端茶送水斟酒。她怕客人叫唤,便站在雅座门外待命,半步也不敢离开。爹是个严厉人,怠慢了客人是要挨巴掌的。酒过三巡,忽然听到那人说:"文伯兄,你看湖面上那是什么?"杏花好奇,从门缝中向里面望去,只见那个叫文伯的人离座走向窗边,那人飞快地把一小包早已准备好的白粉倒入他的酒杯中,那个叫文伯的人望着湖面,摇了摇头。倒白粉的人走到那人身边,望着湖面掩饰道:"怎么不见了?适才明明看见一头水怪在水面游动。"说毕拉着那人重新入座,举起酒杯说:"干!今日来个一醉方休!"那个叫文伯的人端起酒杯望望杯中酒,苦笑了一下,一饮而尽。这一幕杏花都看在眼中,忙将此事禀知了在船头掌舵的爹。爹说这是投毒杀人。他担心那人嫁祸画船,不停地向天祈祷,求菩萨保佑平安度过这劫。庆幸爹担心的事总算没有发生,酒宴结束时,那个叫文伯的人毒性并未发作,上岸时他对那人说:"你放一万个心,我徐文伯这辈子得了您那么多恩惠,不会做不齿的事。打从您请二下巴做掉文虎起,我就料到你不会放过我,因为我知道的事太多了。走上不归路是自造的,我走得无怨无悔……"后面的话听不清了。这两人一走,杏花爹朝天磕了三个响头:"多谢菩萨保佑!"急忙关张回家,啥生意也不做了,生怕会来找麻烦。回家后杏花爹一再嘱咐女儿,要她发誓永远不讲这件事,一辈子烂在肚里。一年之后,爹在石湖重开张。杏花虽是承诺了这事永远烂在肚里,可真正要做起来不是那么容易,每当来到石湖,老是会想起这件事。

况寰说不上有多高兴。爹为这个案子头发都操白了,苦苦找了四年,一直找不到证据,现在终于露出了端倪。况寰给杏花一点碎银要她千万保密,然后问了家庭住址。姑娘说她吃住都在船上。

况寰回去向父亲禀陈此事。况钟喜,次日便带尤涛去找杏花取证。来到石湖,却找不到杏花家的画船了。那天回去,快嘴的白脸姑娘不小心暴露了杏花泄密的事。杏花爹听到非常生气。他是个谨小慎微的人,生怕这个案子会惹来麻烦,第二天生意也不做了,亲自把杏花送到亲戚在松江开的纺织作坊当学徒去了。况钟白跑一趟。

5

石湖之行未能找到杏花,况钟有些失望,但案子有了突破,他的心情宽松了许多。他是个勤于课读的人,一天晚上,在退思斋正翻阅《资治通鉴》,况宾叩门进来。

况宾执教的私塾在吴县渡村一个王姓祠堂内。他自从和赵小姐订婚后(况钟见木已成舟,未再干涉),整天沉浸在爱河里。开学以后,形单影只地在祠堂内教学生识字、读书、临帖、做对句、写破承,觉得太无聊了,作了首五言古风《塾师四苦》诉说心中苦闷,希望得到父亲的同情,在城里给他找门差事。

况宾将《塾师四苦》呈给父亲。况钟打开一看:

人言教书乐,我道教书苦。

清晨便教书,口舌都干苦。

方才教写字,又要教读古。

先生偶出门,小子满堂舞。

开学不回家,清明到端午。

若还不至诚,留待后来补。

……

此诗虽是发牢骚,塾师艰苦还是表述到位,可见儿子写诗有一定才气。况钟本想夸奖几句,但转念一想,好鼓须重槌,得敲敲他。于是,脸上刚跃起的那份喜悦,瞬间消失殆尽。他故意板起脸孔教训道:"入门尚早,浅俗之作!学诗入门须正,立志须高,以汉、魏、晋、盛唐为师,久之自然悟入。作诗无古今,唯造平淡难……"

儿子不解,平庸淡易是浅俗之作的通病,初学写诗的人最容易犯毛病,就是平淡,爹为何反说平淡难?于是问道:"爹,平淡不是诗之大忌吗?"

况钟眼睛一瞪:"你以为平淡是平庸淡易?那是如在目前,含不尽之意,见于言外,斯为至矣!故半山公言'看似寻常最奇崛,成如容易却艰辛'!欧阳公亦云'诗家虽率意,而造语亦难'。"

儿子又问:"何谓造语亦难?"

"造语难的意思是写诗作文不仅炼意,还必须炼词。"况钟接着向儿子举例,"范文正公'先生之德山高水长',李泰伯改'德'为'风'。齐己'前村深雪里,昨夜数枝开',郑谷改'数'为'一'……"

杨粟敲门进。况钟停止论诗,挥挥手,示意儿子回家。况钟热情地叫杨粟坐。杨粟显得闷闷不乐。自成均调浙江后,他的狂妄与霸气不见了,取而代之的是疑神疑鬼和叹气。徐文伯死后,有人怀疑他是凶手,他心理压力非常之大,四年中无日不担惊受怕。杨粟坐下后,问道:"况大人,杀害徐文伯的凶手找到没有?"

况钟说:"快了!"

杨粟苦笑了一下："况大人，卑职过去有许多对不起您的地方，让您伤心了！可千错万错，没有错到杀人的地步，何况徐文伯还是我的姻亲！"说完，眸子紧张地盯着况钟的脸。

"杨大人是不是听到了什么风声？"

杨粟点点头。况钟笑了笑："不要听到风就是雨，该做什么做什么，任他们议论去。我还是那句老话，法网恢恢，疏而不漏，我况钟不会冤枉一个好人，也不会放走一个坏人！"

杨粟站了起来，默默地走了。

况宾回到渡村王姓祠堂内，简直度日如年。隔了几天不见赵素娟，他心里就像猫抓似的。一天学生正在读书，他躲进房中拿出赵小姐的画像看。突然，一双纤手蒙住了他的眼睛。她的气息轻轻地扑到他耳畔，犹如一线清风带来淡淡的幽香。这幽香是那么醉人，况宾一时耳热心跳气短，浑身变得麻酥酥的。思念中的爱人突然出现在眼前，况宾简直欣喜若狂。他怎么也想不到赵小姐这个时候会到乡下来看他。他放下画像，转过身来，张开双臂，把赵素娟紧紧地搂在怀中，喃喃地说："素娟，我想你想得好苦啊！"

"我也是。"赵素娟推开况宾双臂，香唇在他腮上吻了一下，"况郎，这牛郎织女的日子总算熬到了头，我爹在城里为你找了门差事。"

况宾听了很是感动。《塾师四苦》交给爹如石沉大海，杳无音讯，幸好赵大叔给我解决了这个大难题，真难为他了！感激之余，他想：爹与爹真没法比，一个有权有势的亲爹还不如屈居他之下的赵叔，这世界上的事就是怪。

教室里传来哭叫声,学生在打架了。况宾急匆匆往外走,赵素娟拉住他,要他马上回来,说有要事相商。

况宾安顿好学生就回来了。赵小姐说:"杨粟杀了徐文伯,可尤捕头不拘捕杨粟,却天天给爹安个尾巴。况郎,向你爹求个情,去了这个尾巴吧!"

爹向来不准家人插手衙门的事,无论对错,干政是要挨耳光的。况宾感到很为难。

"况郎,你到底求不求这个情?"赵小姐见况宾半日不吭声,着急地催问。

"我尽力吧!"

赵小姐哭泣起来,说:"为了你离开渡村,我爹东奔西跑为你找差事,你倒好,我爹有难,说句'尽力'了事!"说着哽咽起来,"看来你我缘分已尽,奴只有走上京的路了……"她告诉况宾,王琏已调刑部任司务,前不久妻子刚去世,娘说他如果帮不了忙,就要她给王琏续弦了。

况宾深深地爱着赵素娟,她是他的唯一,她是他的生命,她是他的心肝,他不能失去赵素娟。他拉住赵小姐的手,仿佛怕她飞走了似的:"别上京,我求你了!你爹的事我豁出去了!"

赵小姐转悲为喜,头靠在况宾胸前:"况郎,奴家也晓得你的心。只要你救了我爹,奴爱你爱到地老天荒,谁也别想拆散我们!"

况宾当天就赶了回去。到家时已近黄昏,熊友兰正在扫院子,况钟与况守一老一小在黑松下嬉戏。见儿子回来了,况钟随即抱起况守进宅去。回到花厅,只见桌上放着大包小包的东西,儿子正逐一禀告万妈,哪是给她的,哪是哥嫂的,哪是侄子的,哪是弟妹的。见父亲回来了,况宾拿起一条山参禀道:"爹,这是给您浸酒的长白山老山参。"

况钟放下况守,问:"这一支花了不少银子吧?"

"孝敬您,花多少都值!"

况钟严峻的目光扫了扫儿子的脸:"又有什么事求爹了?"

万夫人瞟了况钟一眼:"老爷,您看您!把儿子看成什么人了?"

况钟淡淡一笑:"知子莫如父,他那点花花肠子我还不知道?"

况宾轻描淡写地:"爹,其实也不是什么大事,您轻轻一句话就行!"

况钟猜到了什么事,问道:"赵府的事?"

儿子点头。爹真是英明,别人肚皮里的事他都知道。况钟的脸沉了起来。儿子啊儿子,你真浑!这是一句话解决的事吗?都二十好几,已为人师,为何还如此幼稚?况宾见父亲不高兴,解释说:"爹,赵叔是我的岳父,您的亲家,他被冤枉,他无辜,再怎么难,您也得帮啊!帮赵叔就是帮儿子!"

说得多轻巧!况钟眼睛一瞪:"为父早就说了,衙门的事你们不要插手!"

"这事没办好,我和素娟的婚事就黄了!"

"黄了更好,可以减去许多麻烦!"

况宾在诸子中是父亲最宠的一个。儿女们在父亲面前如老鼠见了猫,只有况宾不看父亲的脸色行事,有时还敢顶撞。他不能容忍父亲的话,儿子二十好几,你不关心也就算了,万妈帮我定了亲,你还拆散,有这样做父亲的吗?他向万妈投去求援的目光,希望她助一臂之力。

万夫人一直沉默不语,早些天,封娇要她吹枕边风,劝况钟尽快把监视赵忱的人撤了。她不敢答应,说夫君是茅厕里的石头又臭又硬,并把夫妻吵架的事诉说一番,委屈得直掉眼泪。封娇说:"傻妹子,你又年轻又漂亮,嫁个糟老头子还对他哭,真没用!"她给她揩去眼泪,"姐教你几招,男人最怕的事有两项,一是带孩子,孩子哭了没办法哄,要他带孩子,宁肯挑担卖力去;二是怕老婆不理他,你天天屁股对着他,一天两天还可以,时间久了他熬不过,就会听你的。"万夫人挺佩服封娇,觉得她脑子灵,办法多。现在传授了治夫秘籍,她想试试,看灵不灵。见况宾投来求援目光,她开始披挂上阵。

"上观,你别在意!"万夫人说,"你与赵小姐的婚约,不会因你爹说要黄就黄了。你爹是朝廷命官,管的是衙门的事。乡有乡规,民有民约,这乡规民约,不是他知府大人不同意就改得了的!我是你的继母,照理说也可以当半个家,婚事有媒人做媒,送了聘礼,回了过礼,当面定的,能随便黄吗?"

况钟一听,这话冲他而来,而且还有点挑战的架势。不知封娇又给她灌了多少迷魂汤。况钟不愿意争吵升级,只反驳道:"我说了要黄吗?"

"不黄就好!"万夫人抱起况守,"老爷,不黄就有不黄的做法!赵小姐是你未过门的儿媳,赵大人是你的姻亲。俗话说,姻亲姻亲,断了骨头连着筋。赵大人有难,你不能趁水踏沉船,得帮啊!"

况钟明白,儿子和夫人都已成为封娇的说客。他没好气地向万夫人瞪了一眼:"我早就说过,衙门公务不准家人插手,你们就是不听!捕班的事,有它的独立性,我不能干预!"

万夫人说:"你不要瞪眼!我是你的女人,算我求你还不行吗?这辈子就求你这一次!"

"半次也不行!"况钟气呼呼地站起来拂袖向外走。

夫人追上去,将抱着的况守塞给况钟:"要走把孩子带上!"

况钟不解地望着夫人:"你要干什么?"接着将况守放在地上。

"你心目中没有我,我赖在你这里做什么?我走!"万夫人说着气冲冲往外走,况守拖着她的裙角直哭。

熊友兰跑了进来,拦住夫人:"夫人,五少爷还小,他可离不开您啊!"

万夫人拨开熊友兰："他爹还没死！"说毕气冲冲地跑了出去。

况宾本来寄希望于后妈，现在她竟跑了，他感到势单力薄，情绪浮躁起来，指着父亲骂道："爹，你真是个六亲不认的冷血人！"

听到家里的吵闹声，况寰夫妻连忙赶回来，劝弟弟不能这样说父亲。况宾原本就眼热哥哥在衙门当差，要多风光有多风光。父亲为他在城里找了差事，又为他娶了媳妇，好事都占尽了。自己呢？在乡下当个穷教书匠，二十好几还光棍一个，好不容易找上一个，爹还要拆散。父亲哪里把他当儿子看？况寰的劝解不但没让弟弟消气，反而更激起他的怒火。他通红的双眼盯住父亲，眸子简直在喷火："你说！我到底是不是你的儿子？"

"不是我的儿子是谁的！"

"承认是你儿子，就得办我的事！"

"反了你！"况钟气得七窍冒烟，扬起巴掌在况宾脸上扇了一下。况宾身子闪了一下，一个趔趄，差点跌倒在地上，况寰连忙扶住他。况钟指着况宾继续骂道："你不是我儿子！你滚！"

况宾往外跑。况寰夫妻拉住他。况宾拨开哥嫂的手，气冲冲跑了。他气呼呼地跑进赵府，封娇母女正在听万夫人诉说。封娇见事情没办成，已拿定主意进京。她是个过桥抽板的人，见万夫人母子没有利用价值了，故意说："这黑灯瞎火的，和家里吵翻了，你母子打算到哪里去住一宿？"

万夫人和况宾都一愣，二人造反都是为了赵府，想不到她会把他俩往外撵。赵小姐听了过意不去，说："娘，除了我们家，还能上哪去？"

封娇瞪了女儿一眼，对万夫人母子说："明日派人来，把聘礼挑回去！"

此刻万夫人才看清这位"姐姐"的真面目。她的一次次讨好，都有所企求,赵、况两家结秦晋之好是为了救赵忱。自己见识浅,一次次被她利用了。她很后悔没有听老爷的话,想到这里,对况宾说:"咱们回去!"

赵素娟欲追她母子,封娇拉住她的手。她是个顺从的姑娘,不敢违抗母命,只是"呜呜"直哭,以泪洗面。

第二十九章

竹｜轩｜密｜谋

赵封氏不日带赵素娟上京。

此时，张太皇太后年迈，常卧榻不起，杨士奇、杨荣、杨溥已老。王振深得少皇帝的宠信，擢升为司礼监掌印太监。明王朝宦官机构二十四衙门，分别有十二监、四局、八司，司礼监是权力最大的一个监，专管内外奏章，此监头领掌印太监，位高权重，掌管着皇帝玉玺，代皇帝在奏章批红。王振利用自己掌握的特权，不断在要害部门安插自己的亲信。王琏是王振的红人，赵封氏母女到京时，他已擢升都察院监察御史。

都察院是朝廷最高监察机构，长官为左、右都御史，下设副都御史，佥都御史，全国分十三道，每道设监察御史，正七品，级别虽不高，权力相当大，纠察内外百司之官：在内，两京刷卷，巡视京营；在外，代天子巡狩，对藩服大臣、府、州、县官考察。他们手中掌有"荐举"和"纠劾"两把利剑，可面见皇帝，露章面劾，或封章奏劾，允许风闻奏事，百官无不畏惧。

正统五年二月，王琏奉命巡按浙江。新婚燕尔的赵素娟亦回苏州看望父母。

2

王琏浙江之行，是考核布政司、提刑司及府县地方官员。一到杭州，百官出郭迎接，下马路跪，热热闹闹迎进城之后，下榻杭州驿馆翠竹轩。这翠竹轩是驿馆后院的一座独立的阁楼，两层，专门接待贵客的，三面翠竹掩映，门前几点山石，几丛美人蕉。轩内设施用具皆为竹：竹床、竹椅、竹榻、竹桌、竹凳、竹橱、竹柜、竹茶几、竹碗、竹杯，样样做工精细考究，件件新颖别致。

王琏在翠竹轩向随行人员连发四道指令：一、驿馆大门外贴榜示，告知百官，本御史办差，秉承《宪纲》规定，官员廉勤公谨者，礼貌之，荐举之，污滥奸佞者，威拒之，纠劾之。二、门楼前设密告箱一只，钥匙由御史亲自掌管；翠竹轩门房轮流当值，进出登记，任何官吏非召不准进谒御史。三、调百官考绩档案，指派师爷省阅，并抄折略与御史。四、随行人员不得接受官吏任何宴请和收受大小财物，违者严惩不贷。此举一出，众官自危，惶恐不安，都说黑老包来了，不知自己下场如何。

一切安排就绪，王琏上巡抚衙门拜会成均。明制，各省巡抚兼都察院右佥都御史。礼节性的拜访之后，他开始微服私访。他首访的是昔日同窗谭嗣宗。

谭嗣宗的府邸在一条偏僻的小巷里，王琏问了几个路人，好不容易才找到。宅子不大，院子土墙围着，门前种着几竿翠竹。谭嗣宗已下衙，正在院中扫竹叶。他长王琏一岁，看去大十岁不止，瘦骨伶仃，鬓发灰白,灰黄的脸上许多褶子。

宣德六年他来到杭州府,初为推官。其人从小亦有抱负,天行健,君子自强不息,学习经世济民之方略,欲一展宏图。凭着这种奋发向上的精神,他赢得了上司的信任和同僚的尊重,为官以来,恪守君子谋道不谋食,非义之财不取。当时官吏的薪俸普遍都低,知县正七品,年俸米九十石,推官、经历、照磨、检校等这些正八品到九品的官吏年俸米不过六七十石。精明的官员生财有道,以"耗羡"为名,在正税外加收若干进私囊,借折色银成色不好,压低价钱,打官司收黑钱。谭嗣宗全是靠俸米过日子。他严谨敬业,次次考绩都是优等,但从未委以重任,只不过从推官当到通判,再当到现在的同知。

谭嗣宗见王琏来了,喜出望外,想不到如此威严的御史会来造访,扫帚一丢,双手在长袍上擦了擦,连忙俯伏在地。王琏双手拉起他:"谭兄不必拘礼! 多年不见,王某特来看望仁兄!"

王琏的话令谭嗣宗心里感到温暖,看来这位御史同窗没有忘记过去的情谊。谭嗣宗拉着王琏的手走进客厅。这厅的摆设全不像官宦人家,正中墙上贴着写有"天地君亲师位"的红榜,左侧墙上贴着他用正楷写的一幅字:

肺肝冰雪,胸自山河, 报国尽忠,临政无阿。

一角摆着张摇摇晃晃的吃饭桌,桌上堆放着一些刚摘的菜,左右靠墙放着一排竹椅,门角里放着扁担、棍棒,地上是菜根、纸屑、鸡屎。

王琏刚坐下,一个三十好几的妇人从厨房出来,她棉袄上罩着洗得发白的蓝靛布外衣,青布裙纳了两个补丁,背上背着孩子。谭嗣宗介绍说:"贱荆,余杭人,叫水芹。"水芹向王琏深深一福。

谭妻给客人上茶,上茶之后遵丈夫的吩咐,杀鸡去了。

王琏用过茶,向谭嗣宗打听陶继。陶继小王琏一岁,脑子灵,圆滑世故,在郡庠时很讨师兄王琏喜欢,二人过从甚密,王琏称陶继鲇鱼,陶继称王琏黑子。

陶继一直在钱塘县,颇懂为官之术,以他写的《一剪梅》词为证:

> 仕途经济要精工,京信常通,诸敬常丰。莫谈时事逞英雄,一味圆融,一味谦恭。

> 万般人事要朦胧,驳也无庸,议也无庸。大家赞襄要和衷,好也弥缝,歹也弥缝。

意思是说走为官之道要精巧,与有关部门的官员要常通书信,冰敬、炭敬等各种敬礼要舍得送。在上司面前讲话,不要乱议时事和显能,要圆融、谦虚、恭敬。与朝中官员的关系要保持朦胧,令人难辨亲疏,上书时不要说谁平庸,陈述意见不要说谁无能。大家都要和衷共济,互相掩盖行事的缺失,你好我好大家好。

他初到钱塘任县丞,六年后升知县。官场一路颇顺,现在遇到点麻烦。萧山县丞贾琦是钱塘世家,打通关节欲回钱塘当知县。钱塘知县空缺后,没料到陶继近水楼台先得月,贾琦只是顶县丞的缺。贾县丞到职后,面子上恭恭敬敬一团和气,暗中频频出手,派出亲信四处收集陶继的纰缪。陶继审一贾姓人命案时姓贾的为保命,要家人给陶夫人送去白银五百两。此事被贾琦缉听到了。后来陶夫人虽退了,贾县丞咬定没退,说他本家的家人可作证,弄得陶继有口难辩。

王琏了解到陶继有难处后,表示要见一见他。谭嗣宗火速寄信陶继。陶继很高兴,在王琏访谭嗣宗的次日,便穿戴整齐前往翠竹轩。他魁梧的身躯,团头大脸,皮肤油光发亮。这许久他被贾琦弄得灰头土脸,担心王御史铁面无私,不食人间烟火,听谭嗣宗告知王琏还是原来的黑子哥,他悬在心里的石头落地了。这回自己不仅可以轻松过关,还可以狠狠告上贾琦一把。

陶继来到翠竹轩。刚到门房边，师爷王魁拦住，问御史是否有约。这王魁五十岁左右，矮个，近视眼，精明圆滑，颇有文才，秀才出身，京城好几个场子的老板都喜欢他写的话本。王琏在刑部任职时在书场结识的，两人一见如故，成为忘年交。王琏当御史后，举荐此人进都察院当师爷，管事的副都御史知道王琏是王振麾下的人，虽有微词也只得同意。王琏此次南行，他便成了他的贴身师爷。

陶继递上红色手本，说有约。王师爷告知都爷在楼上。陶继上楼，一到楼上就高声叫："黑子哥！黑子哥！"他估计王琏听到这呼唤会出来张开双臂迎接他，然而叫了多声不见王琏出来。

此时，王琏像一位判官在套间的太师椅上正襟危坐，耷拉着脸一声不吭。陶继来到门口，见他这般模样心里凉了半截。

"进来吧！"王琏冷冷地，"这里是官场，本御史是在替皇上办差！"

陶继进，匍匐在王琏跟前："钱塘知县陶继拜见御史大人！"

王琏的脸松弛了些："陶大人，起来吧！"

陶继不安地在椅子上坐下，不时用惶恐的目光扫一扫王琏，如学生在严师面前，大气不敢出，连手足都紧张得不知放哪好。王琏向陶继宣布，谈话内容不准对外公开，说这是都察院规定的。然后他严肃地说："民众密告你科敛害民，贪墨侵欺，实同禽兽，难容在任，你可知罪？"

陶继吓得满头大汗："大人，卑职冤啊！……"

"陶继，在本御史面前你少来这一套！你想本御史从宽处理，就一笔一笔老实交代！"王琏严厉地说。

陶继想，凭这个架势，在这尊神面前休想瞒什么。为了从宽处理，他将违规收入一笔一笔交代了，共计白银四百四十两。王琏亦一笔一笔记录在案。

"还有吗？"

"就是这些。"

王琏鼻子里哼了一声，拿过一本卷宗，翻开一页："你审理一贾姓人命案时，收受案犯家人白银五百两，可有此事？"

陶继说这五百两是夫人收的，已退还案犯家属了。王琏又翻开一页，说案犯妻子作证没有退回。陶继说这是县丞贾琦指使她写的。

王琏又翻了几页，板着脸说："这几份证词都证明你没退，你总不能说都是贾县丞指使的吧！"他从椅子上站起来，伸了个懒腰，复又坐下，"陶继啊陶继，你真令本官失望，其余的交代了，为何这一笔不敢承认呢？不就五百两吗！本御史勘问实为教调，促尔警省，以免陨越，只要认罪态度好，本来是可以既往不咎的……"

王琏的话表明：勘问清楚这些事，目的是规劝官员警醒，以免犯更大过错，只要说清楚，就可以既往不咎。陶继为了"既往不咎"，脑子一热，承认了。王琏笑了，说没事了。陶继见已经过关，抹了把头上的汗，问道："可以走了吧？"

王琏点点头："可以走了，你贪墨白银九百四十两，回去拿银票来交内帑。"

陶继怔住了：你不是讲既往不咎吗？怎么我一承认就变了？他有受骗的感觉。王琏解释说：所谓既往不咎，是退赔之后可以继续为官。

陶继恨透了王琏，他利用模棱两可的话诱骗人，是个十足的骗子！可人家大权在握，恨有何用？陶继只得打掉门牙往肚里吞，火速去准备银子。夫人天天玩马吊，花钱如流水。九百四十两虽数目不大，可他着实还拿不出这样多。

陶继蹒跚地走出翠竹轩。王魁望着他的背影开心地笑了。

3

王琏日夜约谈官员,忙得废寝忘食。赵封氏由女儿陪着来杭州找王琏,王琏无暇接待,命王魁将岳母支应到旅舍安歇,并要妻子每天影子似的跟着娘,陪她游西湖,进寺庙,一处处名胜都去游览,不让岳母进翠竹轩。封娇为了丈夫,急着要见姑爷,姑爷不露面,心里骂他白眼狼,老娘来了还摆架子。可气归气,人家是御史,在为皇上办差,有气都不能出声,只好忍着。

忍了几天,实在忍不住了,封娇使了个障眼法,摆脱女儿跟踪,直闯翠竹轩。

当时,王琏正在和钱塘县丞贾琦谈话。这贾县丞是个四十开外的中年人,马脸,背微驼。他进房门后,王琏闲话短说,直接要他交代。贾县丞说:"卑职分掌清军、巡捕,凡事都是按知县的示下……"他把一切抖得干干净净。

"如此说来,你向来洁身自好?"王琏沉着脸问。

贾琦笑了笑。

王琏桌子一拍:"你为何诬陷陶继收受姓贾的五百两纹银?"

贾琦身子抖了起来:"大人,卑职没有……"

"没有!"王琏翻开卷宗,"这是箱里取出的,有数人密告你,还说没有?"

贾琦"嗵"地向王琏跪下:"小人知罪,小人知罪!"

这时王魁上楼禀报赵封氏来了,是否放参。王琏说不见。

贾琦知道王琏与陶继是同窗,落到他手里肯定会重重治罪。他爬了起来,从怀里掏出张银票交给王琏,恳求道:"卑职再也不敢了,求大人这回高抬贵手……"

王琏拿着银票照了照,猫玩老鼠似的,玩够了将银票交还贾琦:"好啊!你想让本御史栽倒你手里?"

贾琦吓得脸色铁青:"岂敢,岂敢!"

"你也倒不了本御史!"王琏拉着贾琦的手进卧室。橱里堆放着包装精美的土特产,他指着特产对贾琦说:"这些特产我都如数交驿馆,还会受你的银票吗?"

贾琦点点头,一切都明白了。

走廊上传来封娇与王魁吵架的声音:"你们都爷是老身的东床,百姓有冤尚能到登闻鼓院击鼓找皇帝,丈母娘有冤哪有不能见御史女婿的道理!"

接着是急促的脚步声,王魁慌慌张张跑来:"都爷,她不听劝阻……"

王琏故意板起脸孔问:"谁?"

"我,你丈母娘!"封娇气呼呼地出现在门口,"御史大人,老身是来告状的,不是冶游的,来杭州都几天了,你躲着不见我是何道理?"

"不是忙吗?娘!"御史有些尴尬,"快进来,娘!"

封娇摇着腰身进。贾琦连忙告辞。王琏请封娇坐下,命上茶,然后在她旁边坐下,劝道:"娘,这里嘈杂,不让您住这里,是我们有规定,家属要回避。"王琏想起岳母来告状,问道,"娘,您说告状,到底告啥人?"

"况钟!"

岳母进京说过此事,说徐文伯之死一案,况钟包庇杨粟,把赵忱当替罪羊,只有扳倒况钟,赵忱才有救。当时王琏正忙着准备南行,说此事无暇处理。现在岳母又追到杭州来,看样子是铁了心要扳倒况钟。况钟是出了名的官,什么廉太守,什么况青天,不但苏州人民尊敬他,皇上和内阁首辅都称赞他,宣宗称"知府一郡之表率,而行之自廉始。钟必能持廉,持廉然后能去贪,则属官之贪必收敛矣。"杨士奇赞他是赵清献,张益州。扳倒他没那么容易。王琏想了想,说:"小婿是浙江道巡按御史,管的自然是浙江的官,苏州是南直隶,巡按御史是张文昌,娘不妨去找张文昌大人。"

封娇听了哈哈一笑:"姑爷,可老身听说御史是代天子巡狩,为振朝纲,正皇风,出巡中遇有罪官豪蠹不分何道须索上奏!"

封娇有备而来,王琏不敢敷衍了,思考如何回话更恰当,还不等他回答,她又喋喋不休起来:"姑爷不敢为老身做主,不是浙江道管不了南直隶,你是觉得况钟是三朝老臣,自己又是他保举的,不忍下手!"她的口角满是白沫,"可你不想想,没有我家老爷,你还是庠生一个,哪来的御使? 哪来的荣华富贵? ……"

封娇的话让王琏回想起很多很多的事。他深深认识到岳父为了他的升迁,确是费了很多心血。岳父是他的恩人。如今恩人有难,他怎能袖手旁观? 王琏问道:"娘,况钟有何愆尤? 您说!"

封氏告了况钟三条:一、独断专横,顺我者昌,逆我者亡,圩长有违他的号令,就上疏裁撤。二、搞独立王国,用减粮减税收买农户,与朝廷分庭抗礼。三、为自己建生祠,为自身印标准像,准备建立小朝廷。

封娇讲完这第三条时,王魁传禀贾琦要面见都爷。王琏对封娇说:"娘,您到隔壁回避一下!"

赵封氏一走,贾琦进来了,从怀里掏出一包包装精美的龙井。王琏把茶叶推回去:"我不是说现有的茶叶都要交给驿馆吗?"

贾琦神秘地笑了笑:"此系毛尖,大人饮用升官发财,添福添寿! 请笑纳!"

"那就借你吉言!"王琏接过茶叶,将之置公案上。

贾琦告退。王魁又来禀告:成均衙轿已到驿馆门前。王琏整了整衣衫,慌忙下楼出迎。

封娇回来,见公案上放着一包茶叶,打开纸盒,欲闻茶叶香不香,发现盒中放着一张银票,拿起一看,乖乖,一千两! 忙将银票塞回盒内,将茶叶放回原处。

送走成均,王琏回到翠竹轩楼上,将茶叶放进卧室,然后叫来王魁,把卧室内所有茶叶和特产一并转交驿馆。赵封氏看着这一切,心说:姑爷啊姑爷,你是高手,滴水不漏。

4

谭嗣宗下衙刚到家,陶继垂头丧气蹒跚而来。为了筹九百四十两银子,他借了几天。他知道谭嗣宗虽不会打秋风,夫人是理家好手,人又勤劳,纺纱,养猪,年年的收益都有余存。谭嗣宗见他闷闷不乐,问是不是有什么为难事。陶继才开口借钱。谭嗣宗问有何急用,陶继将王琏要他退赔的事说了。

谭嗣宗听了,半晌没作声。陶继气愤地说:"居心不良,我看他是中饱私囊!"陶继在官场混了这么久,可说已念熟了官场这本经,一个眼神,一举手,一投足,他都能摸透对方的用意。他觉得王琏的约谈有三点可疑:一、谈话前宣布纪律,这是为索贿筑起防护墙,内情不得外泄。二、约谈中软硬兼施,恩威并用,引诱对方产生行贿欲望。三、退赔款项不缴纳有司,由师爷交内帑,其中疑有漏洞。

陶继谈了自己的看法。谭嗣宗吓得连忙用手掌捂住他的嘴:"我的天! 你的胆子也太大了,对巡按御史都敢乱猜疑!"

陶继扳开谭嗣宗的手:"谭兄,御史怎么了? 御史也是人,是人都有劣迹,不过多少而已。王琏求学时就那样,现在发迹了,全靠那王公公带起,他不要捞一些银子孝敬王公公?"

谭嗣宗还是不信:"财物他都没过手,入账后有专门的师爷管理,他如何贪?"

此时天将断黑,小巷的店铺已掌灯。谭嗣宗寻出一张三十两的银票交给陶继。

陶继刚走,杭州府的皂隶来了,说御史知会谭同知晚上去翠竹轩。吃过晚饭,谭嗣宗如约而至。王琏正坐在太师椅上等他。今天的气氛有些不同,御史脸上阴云密布。谭嗣宗一进门,王琏就郑重宣告谈话内容不准外泄,然后用瘆人的目光凝视谭嗣宗,良久没开口。谭嗣宗被望得通身发毛,忍不住问道:"御史大人有何钧谕?"

"谭大人,本官原以为你真的是朗如明月,清如水镜,没想到也是利动之辈!"王琏用沉重的语气说。

谭嗣宗一惊,自己不曾收受分文贿赂,这位御史为何说我是利动之辈?王琏打开卷宗,指着上面说:"有人密告你清军时对全家死亡军户的军籍不注销,找同名同姓者抵充,以满足卫所武职人员士兵足额而升官发财的需要,从中获得千户、百户的贿银二百一十两。"

明代军籍和民籍分开,军户老子死了,儿子补上,全家死的应注销军籍。由于朝廷规定卫所武职人员职位升降和奖惩以兵士是否足额为标准,卫所兵士逃走后,千户、百户乱抓非军籍壮丁抵数,造成军籍混乱。为此,朝廷指示地方衙门每年要清理军籍,同知分管此事。

谭嗣宗觉得很冤,问:"请问大人,行贿之人姓甚名谁?"

王琏报了两个名字。谭嗣宗一听,其中一个阵亡,另一个因病去世,说:"密告人没有任何根据,请大人核查!"

王琏说:"这两名武职人员都已作古,你叫本官如何核实?放弃处理此案又有包庇之嫌,谁叫你我是同窗!"他息事宁人地,"廉士重名,安能以皓皓之白而蒙世俗之尘？不就二百一十两银子吗？退了就什么事都没了，本官当没收到这封密告信！"他摸摸茶杯，表明约谈结束，可以走人了。

谭嗣宗清醒了，陶继的怀疑不无道理。他想，连自己如此清廉的人他都下手，浙江那么多官员谁可以幸免？他是在玩火，玩火者必自焚！谭嗣宗是善良人，作为同窗，他觉得自己有责任挽救王琏。自己官微言轻，王琏不会听自己的规劝，必须找一个合适的人。找谁呢？晚上翻来覆去想了许多，最后想到一个非常合适的人选——苏州知府况钟。他德高望重，牙齿要当沿街石，说话算数，王琏准听。

第二天一早，谭嗣宗给夫人一张纸条，叫她送去衙门禀帖告假。然后夹了把雨伞走向运河码头。码头大雾弥漫，浓雾中传来锣声，当日开往苏州的航班正在镗锣催客。他飞也似的跑了过去。

第三十章

弹 | 劾 | 御 | 史

王御史日夜约谈,官员很快都见完了面,巡按浙江即将告罄。师爷王魁见他累得腰酸背疼,建议他抽时间去西湖泛舟,让身心适度放松。

一天下午,二人来到西湖,上了小舟。湖水暗绿色,清得可以看见下面的游鱼与水草。风不大,水面荡起一朵朵银色的浪花。人在舟上,如坐在棉堆上,感觉是那么软,那么柔。天高云淡,山色苍翠,湖柳轻拂,柳蝉低鸣……王琏看这水光山色只是叫好,吟起苏子瞻的诗来:

水光潋滟晴方好,山色空蒙雨亦奇,

欲把西湖比西子,淡妆浓抹总相宜。

转了一圈,小舟行至孤山前。孤山是西湖最大的岛屿,横绝湖中,孤峰独耸。历朝历代不少文人墨客在此驻足结庐。北宋名诗人,钱塘林逋在此岛隐居二十余年,植梅养鹤,每当客人造访,书童放鹤,逋见鹤驾舟即归,卒谥和靖先生。此段佳话,流传最广。

王琏指着孤山问船家："而今山上有隐士否？"

船家是钱塘人，说："有，也是我钱塘人，姓林，名芝，号继逋，是和靖先生的后裔。此人是个武举，力拔千斤，推拿接骨远近闻名。秉性刚直，爱打抱不平。知县大公子嫖宿被人追赶跌断一条腿，备重金不治。知县在士民中制他恶名，说他指甲长（诊金昂贵），见死不救。终不得录用，空有一身武艺。宣德二年，继逋愤而离乡，继先祖遗风，孤山结庐，植梅养鹤，替人推拿接骨。"

说者无心，听者有意。王琏正好想推拿解乏，听说山上有推拿高手，命船家把船划到山前，付了船钱，带着王魁上山去。

走进梅林一舍前，见几只家鹤在梅树上剔翎，一位古稀老人在梅树下舞剑。他身长八尺，面如古铜，长须飘胸，一身箭衣。

王魁上前一揖："敢问仙师可是继逋公否？"

老人停止舞剑："山人便是，不知客官有何见教？"

"舍弟终日坐馆，执教顽童，劳累不堪，腰酸背疼，欲请仙师推拿。"王魁说毕，向王琏招手，"吾弟快来！"

王琏上前，向林继逋深深一揖："贫儒慕名而来，求仙师赐诊！"

继逋见王琏一身便服，像个塾师，便收了剑，带他进屋在诊床上躺下，给他推拿起来。他用的是气功疗法，双手发功，手不触体，指下之气疗疾。王琏身上暖风徐徐吹过，反复多次，浑身麻酥酥的，说多舒服有多舒服。

半支香后王琏起来，已无半点疲劳之感。

王琏高兴极了，请老先生接连替他推拿十天。老先生点了头，但想了想，又觉不妥，说："山人过些天要上山采药，能否改为晚上？"

王琏说："如此最好！贫儒白天坐馆，正不得空。"

从此每天晚上，王魁陪着王琏来这里推拿。听到御史每晚在孤山推拿,一些有所企求的官员都来进谒。王琏是何等样人?眼睛一只,能望平八垿,把众官的心思摸透了,命师爷王魁在林宅之外的梅林挡着,不准任何人进林宅接近他。王魁对众官说,御史已全权委托他,有啥事尽管对他讲。梅林讲话不便,相约在断桥舟上面谈。由是王魁每天送王琏进林宅后,再返回至断桥会见官员。

开初接连三日晚,王魁都是如此。至第四个晚上,王魁返回断桥后王琏便再也未见他的面了。全杭州城都找遍了,就是生不见人,死不见尸。御史的随从们议论纷纷,有的说是王师爷受贿逃跑了,有的说是被谋害了,沉尸湖底……王琏见找不到王魁,只得一边整理有关文牍,一边整理行装准备回京。

2

王御史正整理行装准备回京时,接到苏州知府况钟的请帖,请他回京路过苏州时,进府小憩两天。王琏觉得很有面子,当即回帖,告知日期。况钟将接待地点定在姑苏驿馆,指定杨粟、赵忧负责迓宾。

未末申初,王御史的官船由胥江口进入外城河。官船长约五十尺,船舱披红挂绿,仓顶桅杆上挂着写有"巡按御史王"字样的红色官旗和黄色顺风旗。船向码头靠近,鞭炮声,锣鼓声起。王琏穿着青色盘领绣有一寸小杂花的罗绢右衽袍,威风凛凛地站在甲板上,向迎接他的人招手示意。

王琏从栈桥来到岸上。杨粟和赵忧领着衙门的官吏匍匐在地。王御史点着头从他们身边经过,一丝不悦浮上心头:怎么不见况钟和何横?

王琏过去之后,杨粟和赵忧连忙起来,拍了拍腿上的灰尘,快步追上他,引他到姑苏驿馆。

姑苏驿馆在外城河畔,与胥江口相对,没杭州驿馆豪华,但也不失宏丽。门楼上刻着"姑苏驿馆"四字,两旁一副楹联:

客到烹茶旅舍权当东道

灯悬待月驿馆远映胥江

门楼内是个小院,筑着高高的围墙,十级台阶之上是驿馆的主体建筑,中为接官厅,两厢为客房。

在接官厅吃过茶之后,杨粟带王琏走进一布置豪华的套间,说这是他下榻处。御史命随从将手中的一只皮篓放卧室柜内,随即上了锁。刚忙完,况钟走进卧室。他望了望在场的人,说:"本府有要事与御史相商,其余人请回避!"

其他人走后,况钟把房门一关,问道:"御史大人巡按浙江,收获不小吧?"

王琏听了很不舒服,你发帖请我来,不到码头接也罢,这见了面为何用这种语气与我说话?好像我是打秋风的穷秀才!我是御史我怕谁?王琏回答道:"托大人洪福,这趟皇差,晚辈总算办得还功德圆满!"

"如此说来,满载而归了?"

"什么意思?"王琏忍不住了,"大人有何垂询不妨直言!"

"痛快!"况钟目光直逼王琏的脸,"贵御史在杭州贪墨了多少?你若从实道来,并予退回,本官还可以挽救你!"

窗外一声惊雷。王琏脸如草灰,骇然木坐。他在官场多年,经了不少历练,很快镇定下来,心想:土特产品都交杭州驿馆了,夹了银票的官员有话要说,驿馆会作证诬告;官员贪渎退赔银两,由王魁专管,即使有人怀疑未如数上缴内帑,那是王魁的事,与我无关;贪墨官员的保官费,虽是自己要王魁去收的,为报知遇之恩,出了事他会顶缸。别说如今王魁不在了,就是他没死,我也不过是对下人管教不严之过,何惧之有?况钟在苏州,不可能知道浙江的事。他是在套我,听说岳母来找过我,怕我参他,来个先发制人。想到这里,王琏站了起来,装出受了莫大污辱的样子:"本御史在浙江洁身自好,一尘不染,你说我贪墨,去皇上那里参吧!"袍袖一甩,夺门欲出。

况钟拉住他的手,随之把门关好:"王御史稍安勿躁!你以为本府不敢参?只是一参你就没回头路了,现在醒悟还来得及!"

王琏颓然坐下,绷着脸:"诬我贪墨,有何证据?"

"王魁的证言。"

此时王琏才知道王魁在况钟手里。

"他反水投靠你?"

"不,我请他来苏州的。"

王琏愤怒地指着况钟的鼻子尖:"你敢架票巡按御史的随员,我要向皇上参你!"

"悉听尊便!"况钟笑了笑,"请王魁的事,你不参我也会向朝廷奏明,眼下你还是多想想自己的事。你以为王魁真的会替你顶缸?屁!为了保自己,他出卖了你!什么知遇之恩?那是哄人的,人到了生死关头,什么都忘记了!他是个意志非常脆弱的人,十分怕皮肉之痛,只稍为用刑就什么都交代了。"

王琏用心琢磨况钟的话,看其中是否有诈。王魁怕疼他是知道的。此人筋骨可能有些特别,轻轻碰一下都说痛得要命。手上有刺,自己不敢挑,别人替他挑还咬紧牙关不敢看。想到这里他相信了况钟的话,顷刻间变成个可怜虫,抱着况钟的腿痛哭流涕:"况大人,您饶了我吧!您饶了我吧!"

况钟拉起王琏,指着对面的椅子要他坐下,然后问他身为御史为何知法犯法。王琏欲言又止,嘴皮动了动,没有出声。他投靠的那位王公公不仅贪权，而且贪财，凡是出京办差的官员，回来都要孝敬他金银财宝。这次巡按浙江，捞点外快，一是给王振送礼，二是欲在京城置一处像样的宅院。

况钟说："你不讲我也晓得，你那位本家，不是什么好鸟，正统元年二月，张太皇太后把他叫到殿上，训斥他多有不轨，有辱朝纲，要侍卫杀了他，在皇上和顾命大臣的恳求下才作罢。你今后少和他来往！"

况钟一席话，说得王琏傻了眼，想不到王振是这样的人，连忙说："晚生一定听从大人教诲，求大人放过我！"

况钟点了点头，命他翌日即赶到浙江去，把索来的财物退了。王琏答应了。

驿馆走廊已点起灯笼，况钟见天色已晚欲回府。王琏请求况钟放王魁，说王魁有花账，明日去浙江退赃他必须同去。王魁自执之后，一直不开口，留着也无用。防备放回王魁之后王琏反悔，况钟说：放王魁可以，你得出具一张文书，写上两个内容：一是不得为难王魁，二是写上贪墨的总数，保证如数退赃，一分不差。王琏要来纸笔，当即写了，交与况钟。

况钟一走，王琏将房门闩了，在柜内提出小皮篓，开了锁，拿出里面的金条珠宝和银票看了看。这些都是通过王魁的手索来的，还没到家就退了，心有不甘啊！

有人敲门。他锁了皮篓，并将之放回柜内，锁好柜盖才去开门。门外站着轿夫赵青。鄂氏死后，他兄弟被徐文伯的大儿子逐出徐府。现在家种田，偶尔抬抬轿。赵青呈上赵素娟的信札，言爹娘备好家宴为他接风洗尘，娘舅作陪，正等他赴席。

王琏当即锁了卧室门，乘轿上赵府。

3

晚宴上，王琏觉得今日的酒比吃药还难受。几个人轮番敬，无可奈何只得吞下,没几杯就翻肠翻肚地吐了一地。

赵素娟扶王琏离席到内室休息。坐下不久,封娇端了碗热气腾腾的醒酒汤来,不小心脚碰了下椅子,碗中汤水溢出大半。她吩咐女儿到厨下去,要厨子再煎一碗。女儿走后,封娇挨着姑爷坐下,小声问:"姑爷,况钟在您厢房这么久,都说了些啥? "

王琏摇了摇头。这个话题太沉重了,他不愿吐露。封娇娥眉一挑:"姑爷,您不用怕! 你俩的谈话,老身全听到了。放心,我不会告诉任何人! "

王御史不满地扫了丈母娘一眼,心说你真是胆大包天,御史和知府密谈竟敢偷听! 封娇安慰道:"千里做官只为财,当官的哪个没得过人家的银子? "

王琏叹息一声。是啊,别人搂了钱,平平安安,照样升官。我大风大浪都过来了,到浙江来为何如此倒霉? 唉,真是太湖里勿死,死勒央(阴)沟里!

封娇问:"姑爷,你明天真的送回杭州去? "

王琏点点头:"这是他放过我的唯一条件。"

"你真是戆大! 收了的钱财又退回去,不但落不到清名,浙江官员还会笑你窝囊,一辈子都被人看不起! "她说过之后给女婿出了个点子:你去找两个人,朝廷找王公公,浙江找成均,有这两人帮忙,包万事大吉。

"文书中有贪墨的数额,况钟凭这一张纸就可以把我参倒,别说还有王魁证词! "王琏不断地摇头。

封娇见女婿害怕,启发他说:"你明日就往京城赶,先参他,他的头落了地,阴魂还会参你? "

王琏说张太皇太后和"三杨"会保况钟,皇上治不了他的死罪。封娇见他一再犹豫,没有再劝了。

这时,赵素娟端着做好的醒酒汤来了。王琏喝过之后,心里舒服多了,说要回驿馆去歇息。封娇说:"姑爷,您这刚刚出汗,到外面吹风不妥,今晚务必在家里住!"

"老爷,你我都难得回来一趟,在家住宿算了,与双亲大人叙叙话也好!"赵素娟劝道。

岳母和妻子的话都在理,王琏之所不愿在家里住,主要是担心那只小皮箧。如今盗贼蜂起,这皮箧如果被盗明日拿什么去浙江退赃。王琏正为难之时,王魁走了进来。

王琏见了王魁,恨不得一口咬死他。你没逃回来也就算了,为何还要出卖我?他气呼呼地把王师爷拉到后院:"师爷,我对你怎样,凭良心说!"王魁说:"都爷恩重如山!"王琏手指他的额头骂道:"你是伪君子,把什么都告诉况钟了。"王魁跪地发誓:"上苍明鉴,我王魁若吐了主子半点,雷劈火烧!"王琏无心分辨师爷这些话的真假,又问道:"你是如何被况钟逮住的?"

王魁介绍说:我从林宅出来,走到路口,听到百步外望风的保镖在对一个人说:"都爷不接见任何人,已全权委托王师爷,有事找王师爷面谈,他马上会到断桥来,你在那里等他。"我到断桥一看,等的人是谭嗣宗。谭说余杭萧知县是他表弟,听说他是御史同窗,请他向都爷说说顶子费的事(贪赃枉法的官员,欲保职位必须交的费用)。我听是这等事,便叫他要只船,到船上说去。谭嗣宗向湖中招手。一叶小舟划来,平静的湖水激起一圈一圈的涟漪,月光也在水中荡漾起来。小舟来到岸边,划船的是位老艄公。他穿件露出棉花的短棉衣,戴顶破毡帽,帽子底下露出一截核桃似的老脸。二人上舟。离岸之后,小舟像片竹叶飘在湖水上。船至湖心,我对谭嗣宗说,不才昨天在这湖中就跟萧大人说好了三千两银子,今日他为何又叫你找都爷?谭嗣宗说,他求御史开恩减去一千两银子。我说："凡属钱的事，找都爷也无用，本师爷说了算。你们这些下面的人有所不知，当今官场复杂，每个大官都有自己的关系网，听到某个官员考绩不佳，都巴不得把自己人塞进去，要求这些人高抬贵手，自然就得有孔方兄了。谭大人，回去吧，别空费口舌，岸上还好些人在等本师爷哩！"谭嗣宗只得要艄公靠岸，走了。老艄公很会捞生意，此后要船都是他最先赶到。深夜，所有在等的官员都会见完了，我吹着口哨上了岸，几个蒙面人上来把我逮了。他们用黑布蒙住我的头，堵住我的嘴，丢进一大麻袋中，装猪一般把我装走。当揭去头上黑布时，我已到了苏州的一间密室，审问我的正是那位老艄公，苏州知府况钟。

听了王师爷简单介绍后，王琏默默回到内室。封娇请王魁去用酒饭。赵素娟带王师爷走后，封娇向女婿提议让王魁去驿馆替他守房。王琏想，这倒也是，他再靠不住，总不至于连只皮箧都守不了。王魁用饭回来，王琏便安排他去驿馆住宿，一再嘱咐房中有重要物件，丢失了是掉脑壳的罪，一定要好生守护。

王师爷走后，王琏心里虚虚的，总不踏实。在床上躺了一会儿还对赵素娟说要去驿馆。赵素娟安慰他，驿馆围墙外有巡丁巡逻，娘舅早已安排好了，房内有王师爷守着，就是有飞檐走壁的大盗，也难进你的房间。听她说得有理，王琏安心睡去。

4

王琏在赵府安寝后，驿馆出事了。四更的时候在门楼当值的巡丁阿辉发现路上丢着一束燃着的线香。这线香通常用来计时，一支正好燃一个时辰。他好奇，便拾起来数一数，足有二十余支。数完将线香放在一边。过不多久，眼皮厚重起来，人疲惫得要命，他头靠在墙上，很快就睡着了。刚一迷糊，他感觉自己被人绑了，睁开眼睛一看，自己五花大绑倒在地上，口里塞着毛巾。一高一矮两个脸上抹了锅霉的人正向驿馆内走去，高的如竹竿，矮的像树桩。

竹竿熟练地拨开王御使卧室的门。树桩打开柜盖，提出皮篓。睡在床上的王师爷听到响声，警惕地问："谁？"

竹竿跳上前去，用明晃晃的尖刀顶住他的喉管，树桩往他嘴里塞上臭袜子，用绳子把他绑了拴在床脚上。然后，瘦竹竿开柜撬开皮篓的锁。树桩打开皮篓，抓出里面的东西看了看，欣喜地："哥，况老板要的东西都在！"

竹竿瞪了树桩一眼："勿出声！快走！"

二人提着皮篓走了。劫匪走后，王师爷左一拱右一拱，终于把嘴上的臭袜子拱脱了，大声呼来驿丞，把皮篓被劫的事说了。驿丞见事情如此严重，和王师爷立即去禀告王御史，走到门楼边，见阿辉被绑，便将他也带上。

驿丞叫门，一家子都很快起来。王琏来到厅中，见三人一字儿排开跪在地上，忙问何事，阿辉和王师爷一一禀知，王琏大惊，立即赶往驿馆，察看现场。

现场未留下任何痕迹。王琏要阿辉和王师爷回忆，劫匪讲过话没有。王师爷说："话倒是有，那个树桩一样结实的看了皮篓里的东西后说：'哥，况老板要的东西都在！'那瘦竹竿还骂了他'勿出声'。"

赵封氏听了问赵忧："他爹，这吴中地方，姓况的好像不多吧？"

赵忧瞪了封氏一眼："况姓是不多，你总不能怀疑况大人吧！"

听了赵忧的话，王师爷按捺不住了，他有许多话要对主子讲。勒索这么多金银珠宝，王琏已许了他二八分成。况钟不仅搅黄了此事，还把他拘囚到苏州。此仇不报非君子。人说君子报仇十年不晚，没想到仅几天时间,老天就给他提供了机会,他要借此整死况钟!他对王御史说:"都爷,不才有话要说!"言毕,目光向左右扫了扫。

王琏会意,命在场人回避。众人离开后,王师爷说:"不才可以断定,此案是况钟雇人干的。他怕您参他,猪八戒倒打一耙。架票我并劫去保险箱,都是为了他所要得到的东西,以便先发制人,使您陷于被动。此种人十分险恶。都爷拟立即动身,回京面奏,以达天听!"

王琏原本就不情愿退赃,听了王师爷这番话,决定立即回京参况钟。雇人劫巡按御史皮箧,张太皇太后和"三杨"也无话可说了。虽有贪墨证据在他手上,我可以说是严刑之下被逼的,也奈何不了我。

王琏唤进众人,对驿丞和阿辉说:"事情严重,皮箧中放的皆是呈报都察院的详文,本御史须立即回京面陈皇上。你二人虽是失职,劫匪狡猾,就不追究二人责任了。好好办差,将功补过!"

二人伏地,头磕得山响,对御史感恩戴德,感激涕零。

王琏嘱咐驿丞和所有在场人:"此劫案案情复杂,涉及有关重要人物,务必保密,就当没发生案子一样。朝廷未来人之前,府中任何官员问及本御史为何不辞而别,都不准言及此事,谁泄漏了秘密要谁的命!"

吩咐完毕,王琏即命众随从检点行装上官船。待天亮,官船已离开了苏州。

早饭后,况钟到驿馆找王琏,驿丞禀告御史未等天亮就启程回京了。况钟不知晚上的变故,更不知有人利用此事陷害他,听驿丞一说,脸都气青了。见自己对王琏的一番苦心都付之东流,说明他已无可挽救,一声不吭,悻悻参开了驿馆。

回到衙门,立即进签押房写奏疏弹劾王琏。奏疏开头,他列举了当前御史和官员有违《宪纲》的现象,希望朝廷能重振《宪纲》。他写道:

近年以来,各处巡按刷卷公差御史多有违越礼分,各处知府不顾名分,献谀进谄,有出郭迎接,下马路跪,候其过者;有照知州、知县丁立揖拜者;有跪听发放回答者;有被秽骂凌辱者;各失体统,无敢言论。间有执法奉公,不肯阿谀,却乃吹毛求疵,故将首领官吏借端凌辱,擅作威福,以为得体。似此,善恶何由而分?贤士何由而进?非唯有乖《宪纲》,抑且故违礼制。朝廷宜重申《宪纲》,令谄佞无铙幸之门,正人有激昂之志⋯⋯

接着他在文中具体点了王琏的名,指出他在杭州勒索官吏,言行轻薄,陷害良善等,最后写明:王琏是自己举荐的,其人贪赃枉法,自己有失明察,愿意依法连坐,受到惩处。

奏疏誊正之后,立即拜发,用六百里急递送往京城。王琏在途中,况钟弹劾他的奏疏已送到了宫中。

第三十一章

峰｜回｜路｜转

王琏回到京城的当晚，就带着礼物去见王振，只有通过王公公，他才能见到皇帝。

王振的府第是小皇帝朱祁镇赐的，上盖黄色琉璃瓦，前后二幢，雄伟壮观。第一幢正中名"感恩厅"，斗拱飞檐上画有花鸟鱼虫，厅内陈设有香炉、仙鹤，正中有一朱红檀木描金镂花安乐椅，上铺座褥，这是王公公的专座。左、右两旁摆着一列朱红檀木太师椅，椅之间摆着茶几。厅外走廊上立着四根朱漆木柱。廊前是七级石阶。石阶之下是围墙围着的院子，中间一条卵石甬道，甬道两旁种着松、柏。宅后是花园，有假山、鱼池、花圃。

王琏进了院子，只见感恩厅内皇上赐的四盏宫灯已经点亮，一片红彤彤的。王公公坐在描金镂花安乐椅上正谈笑风生，坐在两旁太师椅上的人笑容可掬，不住地点头。这些人有六部衙门的，也有各省的，有军方的，也有地方的。

　　王琏把礼物交给管家后，进厅向王公公请了安，向在座的诸位点头，然后拣了个最末端的位子坐下来。他这个御史在外面见官大三级，在这些人物面前是小弟弟，自惭形秽。这种场合，他不敢高谈阔论，只能拾人牙慧，选择适当的空隙插上几句话，以示自己的博学多才和非凡见识。

　　谈笑间，王公公望了几眼门外。这是表明他要上朝的惯用动作。客人们知趣地一一告辞，最后剩下王琏。王振望着他："琏儿，有事？"

　　王琏走到王公公座前，跪地一拜："琏儿巡按浙江，走了些日子，实是惦念祖爷爷，不知祖爷福体安康否？"

　　"安好，安好！"王公公从镂花椅上站了起来，"咱家还得去趟宫里，隔日再聊吧！"

　　管家王山提着王琏的礼物出来："王大人，这些东西你提回去！"

　　王琏接过一看，自己提来的原封未动，还外加了两包百合粉。他脸都臊红了。管家冷着块脸："提回去吧，这些东西放久了狗都不吃！"王琏自尊心被刺痛了，在外头八面威风的人，没想到在王振府上连狗都不如。士可杀不可辱，他要申斥这管家王山。他正想发作时，转念又一想，俗话说打狗欺主，自己许多事还要仰仗他的主子，千万莽撞不得。这王山是王公公的侄子，据说马上要到锦衣卫当同知了。火终于忍住了，没有发出来。王公公见王琏愣在那里，拍了拍他的肩，笑眯眯说："都是好东西！坏了多可惜，拿回去孝敬你娘！"

　　祖爷爷的话王琏听了更舒服些。想想那些大佬送礼都是金银珠宝，自己送点土特产，当然不在管家眼里。王琏解释说：他在杭州买了颗夜明珠和一尊玉观音孝敬祖爷爷，回京时夜宿姑苏驿馆，被劫匪劫走，只剩下这些土特产。王公公笑了笑，心说：这小子又在编排！一颗夜明珠，一尊玉观音要多少银子？你一个小小御史，本事再大，巡按一趟浙江，不可能就有本钱买下这价值连城的宝贝。他没有戳穿王琏的谎言。对王公公来说，他的事业刚刚起步，大业需要此人。王琏是一条忠实的走狗，你只要给他几根骨头，叫它咬谁就会咬谁。王公公故意问："案子苏州府查了没有？"

王琏摇摇头说没有报苏州府。王公公问为何不报，王琏说他怀疑此案就是况钟雇人劫的，他的师爷王魁听到劫匪轻轻提到"况大人"三字。王公公又一笑，哪有这样愚蠢的劫匪，在抢劫现场议论自己的主子？显然又是在编撰。王公公依然没揭穿他，只说："'况大人'三字何足为据？"

王琏向祖爷爷讲了两点依据：一、况钟为自己建生祠，印自己的标准画像，意欲在苏州搞小朝廷。岳母赵封氏揭发了他，他把这些证词放皮箧中，况钟惧弹劾，故要把这些东西劫走。二、他在杭州买夜明珠和玉观音的事被况钟打听到了，况钟欲占为己有，他没答应便下毒手。

王公公听了，神情严肃地点了点头。他的点头不是对王琏这两条"依据"的认可（他明白这完全是王琏的一派胡言），而是对王琏选择况钟为攻击对象的支持和肯定。况钟太狂妄了！他一次次向他示好，况钟不但不理睬，还对他圈子里的人出手。王公公早就想收拾况钟了，只是一直没找到合适的机会。

王琏见王公公点头，心里说不出有多高兴，有祖爷爷支持，不愁扳不倒况钟。为了激起王公公对况钟的痛恨，王琏把况钟讲王振的坏话添油加醋说一番。王公公听了气得脸色铁青，鼻孔呼呼出气，下决心整死况钟。他觉得况钟是他未竟事业的障碍，如不及时清除，将来会后患无穷。王公公想了想，这事就由琏儿做最合适。他斥退左右，告诉王琏：况钟已用六百里加急送来一份弹劾他的奏章。王琏听了如天塌了一般，想不到这况钟如此神速，先于他下手。他跪在王振面前痛哭流涕："祖爷爷，您可千万要救救孙子，千万要救救孙子！"

"慌什么？没用的东西，一张破纸就把你吓成这样！"王公公拉起王琏，"咱家替皇上签了留中不发。以其人之道治其人之身，你回去也写一份弹劾他的奏章！"说毕呼来小太监，命更衣。

王振穿戴完毕，在大小太监的簇拥下到宫中去了。

英宗朱祁镇午膳后睡了一觉。他做了个梦，梦见自己不当皇帝了，像只小鸟飞出了宫，自由自在地飞翔，快活得欢呼起来。侍寝的小太监连忙摇醒他："皇爷，您在说什么？"醒来见还是在皇宫，他埋怨小太监说："都是你，坏了我的好梦！"他坐了起来，小太监忙给他穿戴。想起上午画的一只鸟还没画成，他穿戴完毕，便向御书房走去。

御书房很大，四壁挂着古字画，四角放着盆景，书房大部分空间被书橱占着，靠近窗的地方摆着书案。书案很大，一头放着只永乐年制的剔红嵌玉笔筒，笔筒前一块南唐龙尾砚，砚旁放着有"大明洪武年制"金字的光素大锭墨和一个北宋汝窑笔洗；另一头放着叠宣德年间造的素馨贡笺。一张贡笺摆在书案正中，画着只尚未生翅膀的小鸟。

朱祁镇走进书房。小太监已先他一步，在一只狮形状的金香炉内点着檀香，一缕缕蓝色的轻烟在狮子口中吐出，满屋异香，他顿觉神清气爽。朱祁镇走到书案前，提笔在贡笺上画上那只小鸟的翅膀，在小鸟旁题诗一首：

百啭千声随意移，山花红紫树高低。

始知锁向金笼听，不及枝间自在啼。

这首诗是欧阳修的《画眉鸟》，朱祁镇借此诗表达自己的心迹。登基后由九岁的孩童长成十四岁的少年，这个年纪的同龄人正无忧无虑，快活得像小鸟，而他却失去了这些自由。他虽是至高无上的皇帝，可每天的活动得由王先生安排。这是祖制，就是奶奶也不能更改。囚徒般的日子好难过哟，生活单调得不能再单调！他每天黎明即起，拜天，回东暖阁用早点，乘辇上朝，像木偶一般接受文武百官的跪拜，退朝，乘辇回乾清宫，早膳，早膳之后听先生讲学，临《兰亭序》或坐到御案前省阅文书……

朱祁镇题诗时，王振已来到他身后，见他画鸟又题写此诗，知道是厌倦了宫廷生活，趁机说："皇上既是怨倦了，明天就瀛台游幸去。"

朱祁镇听到去瀛台，高兴得直拍巴掌。

这是王振的一个阴谋。况钟是三朝老臣，大明有名的清官，张太皇太后和顾命大臣对他的印象都不错，尤其是内阁首辅杨士奇与他关系更非一般，王琏在宫中参况钟会走漏消息，张太皇太后和顾命大臣知道后，肯定会劝皇上谨慎从事，料难达到弹劾目的。小皇帝离开深宫到瀛台去游幸，王琏在那里露章面劾，他们谁也不知道。待小皇帝发出了诏命定了他的罪，并将其下狱，他们知道后要救况钟也措手不及，无力回天了。

王振命小太监到都察院传口信，嘱咐王琏次日上午带奏章到瀛台面君。

翌日，朱祁镇在大群太监和宫女的簇拥下，乘辇出了玄武门，顺着护城河北岸的御道西区，过西华门，再向西走一段路入西苑门来到了瀛台。

这里是个半岛，三面临湖，古木参天，黄瓦红墙的离宫别殿、亭榭楼阁、曲槛回廊、假山奇石、奇花异草比比皆是。

王振带着朱祁镇到涵元殿吃茶用水果，休息片刻后，对皇帝说："陛下，您游幸去吧，臣在这里等一个人。"

"先生自便。"

　　王先生发了话,朱祁镇别说有多高兴,这瀛台让他陶醉的并非花草和树木,而是水。去年在湖上曾疯过一会儿,给他留下许多美好的记忆。他疯了一般朝停在岸边的御舟跑去。小太监和宫女们也像疯了一样跟在他后面。

　　朱祁镇在小太监的搀扶下登上御舟,在黄缎凉篷下的御凳上坐下,几个贴身的小太监和宫女跟在身后,其余的太监宫女分乘在后面的船上。朱祁镇坐定后,专门伺候游幸的太监划船的划船,撑舵的撑舵,御舟在平静的湖面上斩波劈浪。

　　游了一会儿,朱祁镇觉得不过瘾,命后面两条船赶上来靠在御舟两旁,要太监宫女们用手当桨三船比速度。万岁爷下的御旨谁敢不听?大家都用手当桨划起船来,湖面上一片欢声笑语……

　　朱祁镇正玩得开心,他身后的一名小太监指着岸上对他说:"皇爷,宗主爷在叫!"

　　朱祁镇侧脸向岸边望去,见王振正在向他招手,叫什么听不清。"真没劲!"他骂了句,只得命太监将御舟撑向岸边。

　　一上岸,王振禀告朱祁镇:"都察院巡按浙江御史王琏刚回,有急事面君,臣已命他在澄渊亭侯君。"

　　朱祁镇来到澄渊亭前。正在等候的王琏上前匍匐在地,头磕得山响:"臣都察院浙江道巡按御史王琏,有急事奏陈吾皇。"

　　"平身!"朱祁镇走进澄渊亭,在小太监抬来的御椅上坐下,对王琏说:"什么事?说吧!"

　　王琏再拜:"谢吾皇!吾皇万岁,万岁,万万万岁!"他故意多呼一"万"字。太监、宫女们听了发笑。

　　王振鹰隼一样的目光扫了一下太监、宫女,这些人立即止住笑,并知趣地离开了澄渊亭。亭内只剩朱祁镇、王振、王琏三人。王琏从怀里掏

清官况钟

455

出奏章。这份奏章是经王公公授意和修改后再誊正的。王琏恭敬地将奏章呈给朱祁镇："臣要露章面劾苏州知府况钟！"

王公公从王琏手上拿过奏章递给小皇帝。奏章罗列况钟五条罪名，除赵封氏告的三条搬去，还加了两条：宣德七年，浙江镇海卫缺军粮，经先帝同意，用食盐到苏州府换大米，况钟扣留镇海卫换粮兵丁十二名为人质，参镇海卫千户秦炳走私食盐，逼着本兵将秦炳下狱问罪，有意动我军心，毁我长城；宣德九年三月，先帝向苏州征蟋蟀，况钟左右为难督办太监，最后竟胆大包天编造征蟋蟀扰民，害得多户家破人亡，寄来奏疏抗征，先帝只得收回成命，郁郁寡欢，此后病情愈来愈重，不久驾崩。

小皇帝看罢奏章，阴着脸说："况钟是三朝元老，是皇爷爷和父皇的宠臣，怎会有这等事？"他盯着王琏的脸，"直隶巡按御史张文昌不查他，你个浙江道巡按御史来弹劾，该不该是挟私报复吧！"

王琏慌忙跪倒在地，两腿不停地哆嗦，"皇上，臣不敢，臣不敢！"

王公公的笑脸凑到皇帝面前，说先皇有诏，御史在外巡按，发现政事得失，军民利病，官员贪渎，不分何道须索立即禀知天子。王御史异道弹劾，表明精忠可嘉。朱祁镇年少，王先生是他最信得过的人，他既如此说，便不吱声了。

王公公挥挥手，让王琏退下，下面的戏该他来演了。王琏走后，王公公向小皇帝煽情："先帝爷与陛下皇爷爷缔造仁、宣盛治，并维持了十年之久，不容易啊，以至积劳成疾。病中，他唯一的兴趣就是逗一逗蟋蟀，每逗一次，他的病就好一些。一国之君这么一个最简单的要求，都被况钟剥夺了，终郁闷而终，英年早逝。况钟有弑君之罪！……"说到这里，王公公拿出宣德十年的《起居注》："皇上请看上面的记载。"这本书是王振从翰林院取来的，已进行了篡改，添上了当年四月以后，宣宗因苏州抗征蟋蟀而心情郁闷的内容。

父皇驾崩时小皇帝才九岁,不谙世事。父皇是不是因况钟抗征蟋蟀而死,他不清楚,但他记得那年三四月之后,父皇的病每况愈下。看过《起居注》之后,朱祁镇愤怒了:"况钟既如此可恶,那就赐他死!"拿定主意之后,命传顾命大臣征求意见(此时张太皇太后已卧病不起)。

王公公连说不可,他告诉小皇帝:杨士奇、杨溥,胡濙都是况钟出任苏州知府的举荐人,按祖制,被举荐人出了事,举荐人要连坐,为了保自己,他们会拼命的保况钟。此事一旦被披露出去,"二杨"和胡濙肯定会闹到太皇太后那里。太皇太后人老了,耳朵特别软,况钟就死不了。王公公在小皇帝耳边嘀咕道:"此事宜快刀斩乱麻,除皇上和臣之外,不让第三个人知晓,发诏令以述职为名召他进宫,拿下立即行刑,刑后再公布。等太皇太后和顾命大臣知晓,况钟已身首分离。"

朱祁镇点了点头。王振扶着朱祁镇向亭外走去。艳阳已躲进了黑云,天空疾驰的云像赛跑的马。突然间火光一闪,整个半岛像是燃烧起来,二人头顶上方发出一声可怕的霹雳。朱祁镇吓得一个踉跄,小太监和宫女们齐拥上去,"主子,主子"地叫着。

3

况钟收到"述职"诏命已是四月,他正在签押房批阅公文。望着诏书,他惘然了。去年刚去述职,为何又要去? 其中定有什么哑谜。

他正望着诏书出神,马夫熊友兰匆匆进来,禀知夫人有事,要他火速回去。他匆匆回到家,况守在花厅哭,问他娘在哪里,儿子指了指厢房。

况钟走进厢房,见夫人坐在椅子上,眉头似蹙非蹙,两只眼睛红红的,嘴唇紧抿着,秀气的面颊滚着泪珠。他以为夫人又在耍小性子,问道:"又怎么了?"

夫人见丈夫回来了,嘴唇痛苦地颤抖着:"老爷,您遭大难了!"说毕,向况钟走去,一头扑在他怀里。

况守这段时间晚上老是做噩梦,哭着叫醒,夫人今日带着儿子去玄妙观求菩萨。路过张果老巷,封氏正依在门楼门上嗑瓜子。万夫人低下头,装着没看见。自打赵素娟退婚后,她看清了封娇的嘴脸,再未登过赵府的门。她正要过去,封娇搭讪起来:"哟,这不妹子吗?今日啥风把你吹到我门前来了?"万夫人说去玄妙观。封娇扁了扁嘴:"哟,妹子做的对,为了你家老爷的命,是得多求求菩萨!"万夫人非常生气,好狠毒的妇人,开口就咒我家老爷,立即以牙还牙道:"多谢姐姐关心!我家老爷对百姓好,不用求菩萨,上苍都会让他长命百岁。姐姐还是多关心关心自己的姑爷,快四十的人了,还没个儿子,怕是要绝后了!"说完向前走去。赵封氏走出来伸手拦住她。万夫人以为她要打架,忙将儿子拉到一边。赵封氏笑了起来:"妹子,你以为我要动手?错!姐姐是告诉你一件十分重要的事,让你有点准备。""什么事?"万夫人问。"昨日我接到王琰家书,说有人参了你家老爷,抗征蟋蟀有弑君之罪,皇上龙颜大怒,当即就要勾斩立决,在顾命大臣劝说下,诏书才改为进宫述职。"这些话并非家书原版。王琰本嘱咐"切切保密",封娇向来自命不凡,才不管这些,只要高兴,该说什么说什么。万夫人霎时觉得太阳变黑了。赵封氏继续说:"况大人这回上京,走的是不归路,趁他未动身,你火速要他写张休书,免得将来株连你。"万夫人心乱如麻,玄妙观也不去了,带着况守匆匆往家转。

况钟不知道这个事,轻轻地拍着她的背:"你这是引发了哪河水?"

万夫人抬起头,将封娇那番话讲给夫君听。况钟听了心头一紧:封娇说的并非空隙来风,朝中张太皇太后年老多病,"三杨"中的杨荣已故,健在的二杨都已老,回天无力,王振的势力愈来愈大。王琏回京后,王公公肯定会把弹劾他的事告诉他。王琏为了自保,必然在王振那里编派他况钟许多罪名。他已多次得罪王公公,王公公已视他为眼中钉,肉中刺。

万夫人见况钟阴着脸,沉默不语,问道:"老爷,您到底接没接诏书?"

"接到了。"

"是不是要你进京述职?"

"是。"

夫人又啼哭起来。况钟哈哈大笑:"赵封氏的话你也信?她是唯恐天下不乱的人,千万别当真!抗征蟋蟀有弑君之罪,圣上会如此昏庸吗?不可能!"

"啥别当真?无风不起浪,妾怕您这次真的是有去无回了……"夫人说到这里,哭得更伤心了。

况钟扶夫人在椅子上坐下,安慰道:"放宽心,没有过不去的坎。人一辈子如流水,不可能平平静静,总是有波折的。唐玄奘历经九九八十一难才取得真经,我况伯律欲成正果,能不经受挫折?再说,这一次次的磨难不都挺过来了吗!"他用手帕给夫人揩去泪水,"不要哭哭啼啼的,坚强些,你一哭孩儿们更会哭,一家子惶惶不可终日,多不好!"

夫人止了哭。况钟见她情绪好转,转身往门外走。他心里明镜似的,生杀予夺的大权掌握在皇帝手中,小皇帝朱祁镇是否已经能分辨忠奸,不轻信王振谗言,说实话,他心中还真没底。他得做好回不来的准备,把要紧的事情办好。最令他放心不下的是阳澄湖水患。阳澄湖跨吴县、昆山二邑,西南端湖岸与苏州城区相接,地势由北向南倾斜,出水口多在东部和南部,出水河道近六十条。许多河堤坍塌,河道流沙充塞,流水不畅。如遇久雨,一旦太湖洪水涌入阳澄湖,阳澄湖洪水泛滥,许多地方将成泽国。他已向百姓许下宏愿,迅速治理阳澄湖。这一去若不能回,许下的诺言岂不成了空话?信乃国之宝,民之所凭。他不能失信于民,临走之前,拟搞好阳澄湖的治理规划报朝廷。

万夫人追了出去,拉住他的手:"都这样了,还不在家里歇一歇?"

况钟戏谑地:"你想要为夫写休书?"

夫人把手放了:"老爷,您还有心思贫嘴! 妾生是你的人,死是你家鬼,你若是杀了头,妾也不活了,黄泉路上陪着你!"

夫人的话令况钟感动,他给了夫人一吻。

翌日,况钟带着河泊所的掌闸官等人到阳澄湖勘查湖堤和出水河道。况钟天天往阳澄湖畔跑,赵封氏则日日发布况钟进京送死的消息。一传十,十传百,消息添上外插花,变成有板有眼的故事。故事内容有很多版本,其中最普通的一种版本是:王振前世是猪牯精,被朱元璋的父亲宰了,为报仇,买通阎王投了人胎,割去两只蛋蛋进宫当太监,发誓要毁朱家王朝。宣德皇帝死后,他凭借是当今皇帝的先生,拉拢不少官员想废掉小皇帝,自己篡位。他要把忠于朱家王朝的臣子斩尽杀绝,眼下要除的是苏州知府况钟。他矫诏传况大人进京述职,等况大人进宫门时戳了他。这虽是一个蹩脚的民间传说,可许多人听了信以为真,听到他们心爱的况大人将被王振杀戮,他们坐立不安了。

上京前一天,况钟没有再上阳澄湖,上午与杨粟交代有关公务,下午向何横告别。何横和他的家人一样,劝他勿匆忙上京,说此去凶多吉少,不妨先给阁老去封信,待他回复后再去。他心说:阁老的日子现在也不好过,王振这厮正千方百计找他的茬,不要去麻烦他。怕何横听了引起恐慌,他没有说出来,只是以君命难违为由,坚持要走。

告别何横之后,况钟去了尤安墓,有许多心里话要向他倾诉。他有个心结解不开:如今八面玲珑,你好我好大家好,做事从容,不求进取,贪墨谋私的官,如成均之流,任何时候都高枕无忧,而廉洁奉公,认认真真做点事的人,如自己,到苏州以来,终日操劳,牛一样不知疲倦地劳作,未老先衰满头白发,有些人不但不说好,还总是与自己过不去,欲置自己于死地。为什么?这究竟是为什么?他买了香烛、烧酒、钱箔向尤安墓地走去。尤安墓在一山坡上,墓前有棵苍松,他来到墓前时,苍松上一只鸟惊飞起来,定睛一看是只鹧鸪。点上香烛后,他倒了杯酒,对着墓碑心情酸楚地说:"尤公,晚辈看您来了!明日要去北京了,有许多话要对您说……"他向尤安尽诉衷肠,将自己的委屈全倒了出来,说到动情处还流出了眼泪。他抹了把泪,笑了笑:"男儿有泪不轻弹,您笑我脆弱吧?让您见笑了!我觉得委屈随泪水排出来,心里舒服多了。您说'知有国而不知有身,则不为事物所动摇'。我永远都不会忘记您这句话。为了国可以忘身,受点委屈算什么?昔文王拘而演《周易》,仲尼厄而作《春秋》,屈原放逐赋《离骚》,左丘失明有《国语》,孙子膑脚兵法修列,不韦迁蜀传《吕览》,韩非囚秦《说难》《孤愤》,太史公腐刑而著《史记》,这些先贤都是历尽磨难和挫折而成就事业的。晚辈愚钝,这点道理还是懂得,任凭奸佞迫害,只要一息尚存,我就不会倒下!"

诉说一番之后,况钟心里舒服多了。看红日快要西沉,抄山道回家。山道要经过一座密林。密林树木繁盛的枝叶交错伸展,在山道上空构成一个绿色的苍穹。林中有条小溪,溪边长着合抱大的枫树,古藤从枫树顶端横空而过,攀挂在小溪另一端的树杆上。

况钟离开尤安墓后,心里轻松了许多,要办的事都已办了,明天可以安心上路了。他正走着,突然,一只鹧鸪从头顶飞过,叫了声:"行不得也哥哥!"近山识鸟音,况钟是在靖安山区长大的,听多了鹧鸪的鸣叫,山里人都习惯将它的叫声如此音译。听了鹧鸪的啼叫,他的心不由得又沉重起来:此去面君,难道小皇帝真的会对我下毒手吗?

他不知不觉间进了密林。况钟踏着腐叶正在林中窄窄的山道上走着,古枫上发出声鸟啼:"行不得也哥哥!"循声望去,古枫上一只鹧鸪正在拍翅膀。

况钟笑道:"小东西,为什么总对着我啼叫?"

鹧鸪听到声音,在古枫上惊飞起来,绕了一个圈,飞到小溪另一边的古藤上又啼叫数声:"行不得也哥哥,行不得也哥哥!……"

林子幽深,光线很暗。况钟望着鹧鸪栖落的古藤,像是一条吐着红舌的巨蟒,它正窥视着他,似乎要发起攻击。他久久地凝视着古藤,巨蟒旋即变成了飞龙,它从天而降,正张牙舞爪对着他……他的额角不由得冰凉起来,对上京多了几分担忧。天子是龙的化身,龙就是朱祁镇。他是个长不大的皇帝。为了防止宦官干政,太祖朱元璋曾在奉天殿门口铸铁碑一口,上有"内臣不得干预政事"八字。王振见它刺眼,命人将此碑移走。要是从前,王公公得挨千刀万剐凌迟而死。可朱祁镇知道此事后,不但没治王振的罪,而且连屁都没敢放一个。小皇帝事事听王振安排。王振势力愈来愈大,正不断排除异己,据说抓住阁老公子杀人的事,攻击他教子无方,欲将他挤出内阁。

他久久地望着鹧鸪。在尤公墓前见过这只小精灵,离开墓地后,它在他头顶飞过,来到这密林中,又和它相见了,真可谓是跟踪追迹。它声声呼唤"行不得也哥哥",对他其言也真,其意也切。他忽发奇想:它会不会是尤公的魂呢?难道是尤公在冥冥之中提醒我,并给我送行?他对着鹧鸪淡定地一笑:"谢谢尤公!前面有多大的凶险我都不怕,圣上要我死,我将坦然面对,对生死已置之度外。我况伯律生是大明王朝人,死是大明王朝鬼，生死俱忠！如果不死，我还要甩开膀子干下去！"言毕，他对着鹧鸪挥了挥手，快步出了密林。

从尤安墓归来，已是日薄西山。况钟刚到家，一支百十号人的队伍来到花围墙外。这些人全是阳澄湖的农夫和渔民，有的持刀、枪、剑、戟，有的持鱼叉、棍棒。为头的叫抠壁虎，是个石匠，姓葛，是葛阿伴的师兄，五十开外，粗胳膊粗腿，高颧、短须，巨眼，方脸，声如洪钟。

况钟闻讯出来。抠壁虎说："况大人，您明日上京带我们去做保镖吧，谁想谋害您，我们趁汤下面做了他！"

况钟大吃一惊，连说使不得。抠壁虎把听来的故事讲了一遍。况钟说："王公公是掌印太监，负责在奏章批红，至今未发现有何不轨。当今圣上虽然年幼，有张太皇太后和顾命大臣辅佐。张太皇太后威仪天下，谁敢不从？顾命大臣都非等闲之辈，宵人纵有野心，有张太皇太后和顾命大臣协助皇上掌管朱家王朝，他的阴谋也难得逞。你们听来的，那纯粹是文人编的话本，当不得真。我进京是正常述职，各位乡亲不必放在心上，请回！"

抠壁虎听后仍然不撤人。此人性格倔强，乡人故送他这个雅号。

况钟再劝道："乡亲们如此关爱我，我况伯律衷心感谢！"他向众人鞠了一躬，"我先祖乃虞国君子孙，世受国恩，公卿大夫，子男侯伯位列诸邦。我带你们上京属大逆不道，可视为作乱，有负国恩。我族向来忠君爱民，水南水北永传忠孝，山阴山左重沐旌封，如果这样，死亦不准入家庙进祖坟。各位是我衣食父母，因我而遭杀戮，诛九族，我况钟死百千次亦不抵罪！大家快快散去吧，求你们了！"

况钟讲明这些后走了一些人。但抠壁虎等人仍站着不走。况钟向他们跪下："你们不走，我长跪不起！"

抠壁虎没办法，只得拉起况钟，带着余下的人走了。

翌日，天蒙亮就开始下小雨。知道况钟这天上京的人，戴着斗笠或撑着雨伞冒雨来到花围墙外送行。等了许久不见动静，周孝儒便去叫门。况寰出来告诉大家，家父怕打扰大家，五更就上路了。周孝儒朝北跪下："况大人，贫儒来迟了，您一路走好！"

何横对众人说："各位父老，况大人既然已上了路，我们就一齐向苍天祈祷吧，求上苍保佑他平安归来！"

杨谥、方献忱都说这主意好，于是大家都收了雨伞、斗笠，跪在地上朝苍穹高喊："苍天佑我况大人平安归来！"

天黑沉沉的，一道闪电划破浓云，沉闷的雷声响过之后，滂沱大雨瓢泼而下，人们的头发湿了，衣服湿了，没有一个去戴雨具，仍在祈祷。

况寰非常感动，唤来弟弟妹妹，一齐向众人跪下。况寰流泪对众人说："我们全家谢谢各位父老！各位父老请回吧！"

众人还是跪地不起。杨粟上衙路过围墙，见停车场上冒雨跪着一片黑压压的人在为况钟祈祷，深为感动。八九年的博弈让他渐渐清醒，认识到自己是成均和赵忱手中的棋子。丢掉有色眼镜后，他对况钟有了全新的认识。他严于驭吏，勤于恤民，靡暴弗驯，靡瘁弗煦，光明磊落，为政清廉，虽物质上没得到什么好处，但精神上他得到了比金子还贵重的东西。强权可以让百姓屈服，但不能得到他们的心，过去自己不懂得这个道理，看来真的值得很好反思了。

杨粟走进停车场，对众人说："各位父老请起，本官会把你们的要求写成奏疏，用六百里急递送到内阁去！"

听杨粟如此说，众人起，方散去。

6

杨粟当日便写了奏疏,用六百里加急寄内阁。况钟还未到京城,杨士奇就收到了杨粟保况钟的奏疏,当即带着奏疏来到张太皇太后的清宁宫。

张太皇太后躺在病榻上,病得委实是不行了,满是褶子的脸蜡黄蜡黄的,双目无神。杨士奇来到时,宫女正给她喂药。

杨士奇将杨粟的奏疏念给她听。太皇太后虽是久病不愈,可头脑还很清醒,一听就知道是王振背着她和顾命大臣矫诏陷害况钟,命太监去把朱祁镇叫了来。

朱祁镇来到,恭敬地向皇祖母请安。张太皇太后冷冷地挥了挥手:"免了!"接着板着脸问,"皇帝,你近来是不是发过诏书,传什么人进京述职?"

朱祁镇一听,心里有点慌,传况钟进宫皇祖母怎么会知道?转念又一想,也许是猜测吧,他硬撑着回答:"回皇奶奶,没有。"

张太皇太后命宫女将杨粟保况钟的奏折呈给皇帝看。朱祁镇没话说了,挤出几丝笑容:"孙儿收到都察院监察御史王琏弹劾况钟的奏疏,挺严重的,就发个诏书,传他进宫核实一下,孙儿这样做也是为了慎重起见。只不过问问情由嘛,所以没向皇奶奶禀报,也未与顾命大臣相商。"

"你小小年纪,如此谨慎?"张太皇太后望着朱祁镇的脸,"皇帝,你说实话,是不是王振设好了机关,要陷害况钟?"

朱祁镇打了个冷颤,好厉害的皇奶奶!他对这位祖母又敬又畏。敬的是,父皇归天后,谣言四起,有人说他这位太子并非孙贵妃所生,是宫女代生的,不宜登基。还有消息说,外地藩王某某要来当皇帝。在这紧要关头,是这位皇祖母力排众议,坚定地拥立他为皇帝,接着便开始辅佐他。畏的是,这位皇祖母是位铁女人,谁不听她的话都要付出代价,王先生险些成她的刀下鬼。正统元年二月,皇祖母将五顾命大臣召到乾清宫,对他说:"皇帝,看清楚了,此五位大臣是先帝留给陛下的,今后陛下办什么事,一定要先与大臣商量。"他畏惧地望了望皇祖母,似懂非懂地点了点头。皇祖母然后宣王先生进宫。王振立即来到,刚向他和皇祖母跪拜完毕,皇祖母大喝一声:"拿下王振!"殿上的侍卫立即锁了王振,并将亮闪闪的刀架在王先生脖子上。皇祖母厉声说:"你不过是侍候皇帝起居的宦官,却敢在皇帝面前干预国事,今日要杀了你!"王先生吓得魂不附体,他跪下向皇祖母求饶,五大臣也一起求情,皇祖母才作罢,丢下句话:"王振你若有野心,随时都可以杀了你!""回皇奶奶的话,王先生并未授意,皇孙也并没有加害况钟的意思。"朱祁镇怕祖母会杀掉王振便向祖母撒谎。

张太皇太后知道皇帝是在祖护王振,她久病体弱,没有精力与皇帝论王振的是非,只要能救下况钟便行,于是顺水推舟地说:"况钟既是有人弹劾,你按律处理吧!奶奶提醒你,他是你皇爷爷和你父皇的宠臣,你得慎重,多听听顾命大臣的意见!"

杨荣故后,仅剩四顾命大臣。朱祁镇回到乾清宫,把杨士奇、杨溥、张辅、胡濙召来,对他们说:"都察院巡按浙江的监察御史王琏上了道折子,弹劾苏州知府况钟,诸位爱卿可先看看王琏的折子。"说毕命随堂太监将王琏上的折子取来。杨溥、胡濙看毕,保持沉默,二人都是况钟任苏州知府的荐举人,觉得还是先避嫌为好。张辅见王琏参的几条,都是蓄意罗列的罪名,其中拒征蟋蟀,有弑君之罪,可以说直裸裸地暴露了这位巡按御史的恶毒用心,这些显然是王振授意的。王振是皇上最信任的先生,谁知道皇上是什么意思?他不敢贸然发表意见。三人你望望我,我望望你,然后都将目光不约而同地投向杨士奇。他们都清楚,杨士奇经历四朝,他深沉老到,处变不惊,虽非科举出身,但饱读诗书研习圣贤之道颇有造诣,社会阅历丰富,什么复杂的局面都面对过,思维严谨,他说的话,向来为历代君王看重。

杨士奇不负众望,不紧不慢地说:"陛下,老臣是况钟的荐举人,又是况钟的老乡,平时交往也较密切,商议有关况钟的事,照理老臣应避嫌。陛下圣明,不以此为嫌,召老臣商议,老臣就斗胆说一句,折子中罗列的前两条,完全与事实不符,老臣可以作证,先皇亲口对臣说过:'秦炳食盐走私一事必须严惩!'此事先帝根本未答应。宣德十年三月,先帝已发病,御医私下说过预后不良病入膏肓。因此先帝也并非是因况钟拒征蟋蟀而发病驾崩的。至于折子参的后三点,因为这些事都发生在苏州,老臣不知其真假。况钟是周忱的下属,为慎重起见,陛下拟将王琎的折子批转南直隶巡抚周忱彻查,如属实,拟判况钟斩立决。"

杨士奇一席话,有理、有节、滴水不漏,毫无保留地公开了自己与况钟的关系,让人无空子可钻;站在公正立场,揭露了奏折的失实之处,以提醒皇帝这折子居心不良,是蓄意陷害;提议由周忱核查,为调查况钟冤案提出了最合适的人选。三人听罢,悬着的心放下了。

朱祁镇望着其余三人:"你们三位爱卿意见如何?"

三人同声说:"阁老说的正是臣等要说的。"

有张太皇太后和杨士奇等顾命大臣在,朝政还不可能任由王振摆布,小皇帝朱祁镇也不可能走得太远,见四位顾命大臣都力保况钟,选择了体面下台的办法,采纳了杨士奇的意见。于是他拿起朱笔在王琎奏折上批道:

此件转南直隶巡抚周忱彻查。钦此!

第三十二章

石|破|天|惊

　　杨粟保况钟的折子用六百里急递寄出已二十余天了，苏州府衙门对况钟的情状一无所知,况钟的家人急得如热锅上的蚂蚁,杨粟的心情自然也焦急。上北京三千多里,去一趟不容易,巡抚衙门消息灵通,他决定去一趟南京。刚要上路时,况寰找到他,说有人寄口信,请他上灵岩山一趟。

　　杨粟忙问:"啥人?"

　　"那人不让禀知姓名。"况寰微微一笑,唇不露齿,文静得像个姑娘。

　　"上灵岩山干啥?"杨粟又问。

　　"大人上了山自会知悉。"况寰又是一笑。

　　杨粟有些不理解:况寰往日都是火烧火燎的,为何今日如此平静?还有那寄信人,既不通姓报名,也不言上山情由,为何如此神秘?

　　杨粟立即策马来到灵岩山下。山路崎岖陡峭,他在山下寄了马,徒步向山上爬去。两旁山坡上立着各种形状的石头。艳阳高照,这些石头身上发出金光,有的像佛,有的如僧,有的类马,有的似虎……惟妙惟肖,巧夺天工。山上古迹颇多,相传吴王与西施曾游乐此山,有馆娃宫、吴王井、玩花池、西施洞、琴台、望月台、醉石、采香泾等十八景。五月的阳光已经很毒了,爬了一段山路,他气喘吁吁,汗下如雨,坐下小憩一会儿。远眺太湖,碧波万顷,落霞千点,雄浑苍茫,真叫人心旷神怡。

歇息之后,他一鼓作气爬到山顶,满目苍翠,山风习习,松涛阵阵,顿觉凉爽。西施琴台上有个年近六旬商人模样的人,在兴致勃勃地察看琴台上的石孔。琴台孔有四个,传说是西子当年鼓琴立柱张幕的。他看看这个,又看看那个,每个孔都细加观察。那份认真,好像是专业考古的。杨粟视力欠佳,没看清那人是谁。

杨粟继续向前走去,一个长随模样的人突然出现在他面前,显然杨粟一到山顶,那人就注意到他了。长随问:"请问您是……"

"杨粟。"

长随高声向琴台上的老人通报:"老爷,杨大人来了!"

那人听了长随禀报,直起腰,向杨粟招了招手。杨粟向他跑去,近前一看是巡抚周忱。

杨粟忙向周忱叩头:"下官不知抚台大人驾到,恕罪,恕罪!"

周忱笑:"杨大人不必拘礼!"然后煞有介事地指着琴台上的四只孔,问道,"此孔当真是西子鼓琴张幕凿下的?"

杨粟是个粗心人,琴台上的孔是如何来的他还真不知道,坦率地回答未作考究。周忱哈哈大笑:"何须考究?前人已考究过了!府志记载有之。"

杨粟脸红了起来,一个当地人,还没远道而来的人了解,感到无地自容。周忱见他有些窘,没再谈古迹了,带着杨粟走到百步之外的馆娃宫。

十年风雨，馆娃宫前那棵古松已变了样子，山风吹得树皮龟裂，枝叶发黄，地上落着层松针。长随在古松下找了个地方，垫上些树叶让周忱和杨粟落座。二人在树下聊了起来，树上鸟巢中的老鸦听到久违的讲话声，吓得拍着翅膀飞出来，在树顶上空盘旋一圈后走了。周忱望着远去的老鸦，风趣地说："对不起呀，打扰了！"

周忱平易近人，为人随和，幽默风趣，杨粟坐在他身旁却如芒刺在背。他以为周忱是来考古的，周忱看的书多，过目不忘，学识丰富，杨粟自愧不如，怕在他面前再出丑，要是冷不丁又冒出句"馆娃宫原来的住持是谁？毁于哪一年？"他可就惨了。他想去找个替身，让何横来应付。杨粟对周忱说，郡庠的教授何横是个老古董，对吴中的文物古迹颇有考究，卑职去叫他来如何？周忱笑呵呵地望着他："杨大人想溜？不行不行！本官是专程来找你的，你怎么能走？"

"大人有何垂询？"

周忱没有回答，抓起一小块石头向远处抛去，然后自言自语地："出来的感觉多好啊！"

杨粟见周忱没回答，继续问："大人召卑职来有何示下？"

周忱活动了一下筋骨后，坐了下来，低声对杨粟说："本官在办一件皇差，有个案子需要你协助，因要高度保密，故把你召到这里来。"接着他把王琏夜宿姑苏驿馆皮箧被劫的事说了。

杨粟大吃一惊。况钟和他都不知道这件事。那天早晨，他赶到驿馆时，王琏的官船已走。对外甥的不辞而别，他挺纳闷，问驿丞王琏为何走了，该死的驿丞守口如瓶。周忱见杨粟表情诧异，问道："王琏是你外甥，向你告辞没提这事？"

杨粟说王琏没等他到驿馆就走了，范驿丞也未向他禀陈此事。驿馆发生了这样大的案子，他和况钟都一直蒙在鼓中。周忱听后点了点头，对这个案子心里更有底了。

周忱给杨粟半个月时间破案。在自己辖区内发生如此要案，并且案发一月有余，自己全不知晓，杨粟觉得上宪没追究自己渎职已开了大恩，岂敢再讨价还价？他连忙夸下海口：保证按时破案。周忱很高兴，临走嘱咐查案高度保密，除况寰、尤涛外，不得让衙门内其余任何人知道。

2

说着风就扯篷，说干就干。翌日，杨粟命尤涛把驿丞秘密请到石湖行春桥头一只小舟上。尤涛划着小舟离开行春桥头，小舟像条快活的鱼自由自在地在湖面游荡。湖水碧绿，波涛拍击小舟，发出有节奏的声音。刚下过一场雨，湖畔的山，湖边的树都水洗过一般，青翠得特别可爱。荷花苞子上清水欲滴，荷叶上水珠滚来滚去，湖风一吹，簌簌往下掉。小眼睛的驿丞坐在舱中一直默默不语。他估计杨粟准是听到了什么风声，传他来询问御史被劫案。可此案王御史千叮百嘱要保密，他感到很为难。

船到湖心，杨粟开始问话了："范驿丞，王璇在驿馆住的那天晚上，到底发生了啥事？"

驿丞装糊涂，说没发生什么事，要是有事早就禀报知府衙门了。杨粟火了："装，装！到现在你还装！诏命周抚台查此案，本官是代周抚台问你话，你还欺瞒本官，是抗旨不遵，该剥皮实草！"

范驿丞扑通一声跪在杨粟面前："杨大人息怒，我说，我说！"他将那晚发生的事说了。

尤涛问："发生了这样大的案子，你为何不禀报知府衙门？"

"御史嘱咐了不准对外言及此事，谁泄漏出去要谁的命。"驿丞哭丧着脸说。

杨粟不明白:发生了这样大的案子,为什么还要对知府衙门保密?他琢磨了一阵,心头一动:此事是有预谋的,有人要利用此事整死况钟。这些卑鄙小人!他问:"抢劫人啥模样?"

驿丞将王师爷描绘的模样说了。

"除了王师爷,还有啥人看见劫匪?"杨粟再问。

驿丞说:"阿辉。"

尤涛次日找到阿辉,证实王师爷描绘的模样没错,的确是一高竹竿,一矮树桩。到哪里去找高竹竿和矮树桩呢?杨粟请巡检司帮忙,巡丁查找高危人群,没有发现这样的兄弟,再查驿馆附近的住民,也无模样相似的兄弟俩。尤涛对杨粟说:会不会是杭州跟踪来的?查遍胥门所有旅舍的号簿,均未找到值得怀疑的对象。

眼看半月时间快到,杨粟查案是老皮脓滚疮,经受得多,可从未遇过如此难查的案子。自己拍了胸脯到时结不了案,周抚台说你无能是小事,更麻烦的是不能及早还况钟予清白。他烦躁不安,白天茶饭不思神神叨叨,晚上长夜难眠转侧床头。杨粟急病了。女儿听娘说父亲病后茶饭不思,特意买些绿豆糕、薄荷糕、五色大方糕等来看父亲。小两口恩恩爱爱,动辄如影随形。今日为何不见东床!杨粟问女婿到哪去了,女儿说赵青当管家时,鄢氏指使他做假账,夫君查出几笔,找他核对去了。女儿的话引起杨粟注意。王琏那天晚上去赵府赴宴,是赵青兄弟抬的轿,兄弟俩不正是一高一矮一胖一瘦吗?想到这里连忙去找尤涛和况寰,什么病都没了。

杨粟将怀疑告诉尤、况二人。二人听了都非常兴奋,合计了一下,为不打草惊蛇,请老夫子何横先上门探个虚实,看兄弟是否在家。

何横来到天平山下赵青的家。这是一幢低矮的农舍,上盖茅草,宅子右侧长着丛茂密的凤尾竹,左侧有棵百年古樟。门前用竹篱笆围了个小院。竹篱上爬着牵牛。何横走进小院,赵母正喂鸡。这是位六十开外的老妇人,头发已白,蜡黄的脸上满是皱纹,手上裂着一道道口子。何横向她打招呼:"嫂子,喂鸡呀!令郎在家吗?"赵母不认识何横,冷冷地回答:"我不是说了吗,他老婆做了舍姆娘都没回来过,你们还不相信?"

"你们"是谁?何横想了想,估计是逼债的。他解释说:他不是问债的,他是赵青的朋友,郡庠的教书匠,姓何,上天平山时在她家吃过几回茶,嫂子可能不记得了。他京城有个朋友要请管家,不知赵青愿不愿意去。

赵母忙不迭地说:"愿去愿去,只要离开苏州就行!"

何横故意说,可他不在家呀。赵母说他马上就回来,回来我就叫他找您。

何横回去后,尤涛和况寰分别带人在赵宅周围布点监视,轮番守着。他们监视了两天两晚,兄弟都未露面。第三天的晚上,尤涛当值,他蹲在古樟上,眼睛盯着这月色掩映的小院。约摸子时光景,传来开门的声音。只见赵母手提竹篮出来,开了篱门,警惕地朝四周望了望,悄悄上了通往山上的羊肠小道。

尤涛立即下树,尾随而去。小路转了几个弯,伸到一条山涧上面。水蒸气在山涧上空凝结成雾,像白布一样蒙着轰然作响的山涧和涧上的独木桥。尤涛过罢独木桥,赵母的影子便在茫茫白雾中消失了。他躲进桥旁边的草丛,等待赵母出来。他等了许久,都不见赵母出来。他懊恼地回到城里,将情状禀报杨粟,杨粟估计赵母发现了尤涛,有意甩掉他。为防止赵氏兄弟逃遁,杨粟立即调集巡丁配合捕班,连夜赶往天平山,在有关路口布下暗哨,切断赵氏兄弟的去路。

来到山涧,天已大亮。雾带已经扩大,从各个方向合并拢来,山谷里到处都是雾,十几步内倘能看见人的影子,几十步外就是一片白。过了独木桥,茫茫迷雾中出现一座黑沉沉的山崖。崖下是一片竹林。赵母是过独木桥后失踪的,赵氏兄弟的藏身之处很可能就在这竹林中。尤涛将竹林列为重点排查区,只要发现疑点,一个也不放过。

况寰带着几个人在竹林东头排查,发现一处杂草倒伏,形成一条窄窄的路,通向山崖。他们来到山崖前。拨开一人多高的茅草,发现崖中有一洞穴。况寰蹑手蹑脚地走进洞口,侧耳细听,里面传出呼噜声。

况寰的心激动得几乎要跳出来,连忙禀知尤涛。尤涛带着阿辉等巡丁进洞,赵氏兄弟还在睡觉,把他俩逮了个正着。赵青原打算等妻子满月后带着一家子去闯关东,没想到这么快就落了网。

押出洞来,赵青问杨粟,凭什么抓他兄弟俩。杨粟指着阿辉,说认识他吗?赵青仔细一看,认出是那个哨兵,没话讲了。

他们抄小道下山。下山之后,杨粟在秘密关押的地方提审赵氏兄弟,二人交代了一切。杨粟立即赶往南京。当日恰好是周忱给的办案期限的最后一天。

3

当天晚上赵母去送饭,发现儿子不见了,她的头像被打了一闷棍,差点昏过去,在山洞坐了半天才回家。

儿子的失踪,她估计与赵府有关。她要去讨回儿子,讨不回就和他拼了。她灰着脸进厨房操了把菜刀就往外走,正在坐月子的儿媳发现不对劲追出去拦住她:"娘,这深更半夜的,您到哪里去?"

赵母睁着通红的眼:"我要剁了他!"

儿媳莫名其妙,问:"娘,您要剁啥人?"

"那不得好死的!"赵母流泪说,"青儿兄弟不见了……"

至此,儿媳才知道丈夫被逮走了。婆媳俩哭成一团。

哭了一会儿,赵母操起菜刀又要走。儿媳更理智,劝婆婆不要去,说你这样去赵府不但救不了兄弟俩,而且连你也回不来。要报仇有的是办法。

赵母忙问:"有啥办法? 快说! "

儿媳拉着婆婆的手进房,在箱底寻出一张沾有血迹的字纸:"孩子他爹嘱咐过,他若没回来就把这纸条交给况大人,况大人会救他出来。"

这纸条是徐文伯留下的绝笔。徐文伯回到家,当药的毒性发作时,望着年轻貌美的鄢氏,着实有些舍不得,从此别却夫妻情,化作啼鹃带血归。他是个贪横的人,自己珍爱的东西别人不能拥有,想到自己一去,鄢氏就会投入别人怀抱,心里酸酸的怪不是滋味。他恳求鄢氏别出嫁,除分得他的一份家产外,还可给她一大笔银子养老。鄢氏答应了。于是徐文伯写了这段文字,凭它,鄢氏可以向赵忱要一大笔银子。徐文伯断气之后,赵忱来吊丧,鄢氏约他到望湖楼,拿出这份东西来讨价还价,最后以两千两白银买这一纸文书,待办完丧事正式成交。鄢氏怕赵忱派人成交前抢走绝笔,将它转交赵青收藏,打算兑现之后带着赵青远走高飞。鄢氏死后,赵青想拿它去赵府敲钱,碍于赵忱是他族叔并且救助过他兄弟,一直不敢拿出来。

赵母拿过纸条在灯下看,可惜不识字,忙问:"青儿写了些啥? "

"他没说,只说这纸条是宝贝,要好好收藏。"儿媳将纸条交给婆婆,"你明天早晨,把它送到况老爷家里去。"

赵母点点头。

次日清晨,赵母怀揣纸条来到况府门楼外敲门。况寰开门。赵母问:"您是不是况老爷? "

况寰说:"我是他儿子,家父不在家。"

赵母着急地问道:"况老爷啥时候回来,我青儿兄弟全指望他。"

况寰以为赵母来向父亲求情,没好气地说:"谁也救不了你儿子,只有靠他们自己!"赵母听况寰如此说,连忙从怀里掏出张纸条给他:"我儿媳说了,这东西交给况老爷,青儿兄弟就有救了。"

况寰展开纸条一看,上写:

> 宣德十年冬至次日未时,苏州府通判赵忱邀余石湖放舟,
> 趁余观湖中美景,往酒中下毒,余至家毒性发作,留此绝笔

"绝笔"二字之后无文字。纸上血迹斑斑,呈喷射状。估计是写到"绝笔"之后,口中来血,再也写不下去了。

况寰看毕绝笔,心情非常激动。有了这份徐文伯的绝笔,完全可以将赵忱绳之以法了。他将纸条揣进怀里,对赵母说:"老人家,您放心!家父一回来,我就把这纸条交给他。"

赵母如释重负,放心走了。赵母一走,况寰立即拍马出了苏州城,向南京急驰。

赵封氏一直在盼女婿的家书。王琏在前封信上说了,一拿下况钟就会写信来禀告好消息。况钟上京都个余月了,还不见姑爷的信,是不是有啥变故?听夫君说,这许久杨粟老是不在衙门,要么下乡,要么去南京,况寰和尤涛也老是跟着杨粟跑。赵封氏有些怀疑:赵青兄弟是不是出了事?得去赵青家看看。

来到赵青家,赵母正在院中扫地。她打开竹篱走进院子,问:"嫂子,青儿兄弟回来没有?"

"还问我？要问你哩！"赵母故意把地屑扫往封娇脚下，大有把她赶出院子的意思。

封氏一听，真的出事了，忙问："他兄弟几天没回来了？"

赵母讨厌封娇，你捉去我两个儿子，还上门装模作样问这问那。你以为这样我就不怀疑你了？你是个暗毒老虎，太狠毒了。她举起扫帚向赵封氏头上打去，边打边骂："我没你这个伯母淘里，没你这个伯母淘里！"

封娇灰溜溜地跑出院子。她明白：赵母这番话表明赵青兄弟被衙门抓去了。他俩一开口，一切都完了。她越想越害怕，三十六计走为上计，回去要赵忱立即逃离苏州。

她回到张果老巷天色已转暗。暮色中迎面走来一老一少两个乞丐。老乞丐五十多岁，头戴破草笠，身穿满是污迹的纳满补丁的青布长衫，长衫上几处开着口子。老乞丐见了她伸出一只讨饭碗："可怜可怜我祖孙俩吧，两天没吃饭了！"

赵封氏望望老乞丐，同情地说："老人家，我就住这巷里，随我来，给你几升米。"

"谢谢！"老乞丐给封娇磕头，"您是太慈太悲的观音菩萨！"

封氏把老乞丐祖孙俩带进门后，立即闩了门楼门。

封娇进门不久，杨粟带着尤涛等几个捕快来到赵府门楼前。

捕快敲门。宅内传来封娇的声音："啥人？"

"杨粟，有急事与赵大人相商！"

"改日吧，他头痛得厉害！"

"头痛也得见！周抚台有宪票！"

宅内显得有些慌乱，灯立即熄了。

恐赵忱逃跑，杨粟要尤涛宅前宅后布好人，然后命砸门。一捕快飞起一脚踢去，门闩就断了。门一开，头戴破草笠的老乞丐拉着孙子的手仓皇从宅内出来，那孙子惶恐地望着老乞丐，老乞丐使劲拉了下小乞丐的手，祖孙俩跑出门楼外。杨粟带着捕快往厅内闯，封娇站在门边，伸开双手挡住杨粟等人："不用进了，我跟你们去！"

杨粟说："不好意思，我找的是赵忱！"说罢对捕快说，"快去请赵大人！"

捕快推开挡道的封娇，冲进厢房，把躺在床上装病的赵忱锁了带出厅来。赵忱浑身哆嗦着，身子老往下坠，几乎是捕快架着他的两只胳膊拖出来的。杨粟看着他有些不对劲，叫持灯来。捕快点来灯一看，锁的人竟是老乞丐。原来封娇用重金买了老乞丐，赵忱换了他的衣服戴上他的破草笠拉着他的孙子出逃，而老乞丐则穿了赵忱的衣服躺在床上装病。老乞丐原以为在床上躺一下就过去了，没想到还要送到牢里去，连忙跪下说："老爷，饶了我吧，我是顶缸的！"

杨粟命捕快火速追捕赵忱。尤涛走了进来："不必了！"对门外手一招，"把人带进来！"

赵忱被押了进来。封娇双脚软了，蹲坐在地。赵忱问杨粟："杨大人，你凭什么拘囚本官？"

"你雇人抢劫御使皮箧。"

"谁可以证明？"

杨粟说："赵青兄弟！据他俩供述，实施抢劫后，你备下夜宵，内下毒药，他俩识破你的恶毒用心后，防你追杀躲进石洞，造成有家不能归。兄弟二人已归案了，对犯罪事实供认不讳。"

赵忱无言以对，望了坐在地上的封娇一眼，默默地跟捕快走了。杨粟命尤涛留一间房给赵封氏住，其余房间全贴上封条。

第三十三章
晋｜级｜荣｜归

况钟来京城已有些日子。刚到时，他在前门找了间客栈的阁楼住下,次日便去乾清宫面圣。况钟到了宫门口,随堂太监出来传话,皇上正会见外国使臣,回去吧。回去之后,宫里像遗忘了他似的,从无人来过问。属于非常时期,况钟又不好四处去打听,也不便拜客,便天天在客栈看书,熊友兰则天天去天桥听书。杨士奇怕他着急,打听到况钟的马夫熊友兰在天桥听书,便要老管家去书场找,要熊友兰禀知主子,安心在客栈安歇,案子马上就会有眉目了。况钟吃了定心丸,悬着的心才放了下来。

一个月之后,周忱来了。见到老友,况钟感慨万千,有许多知心话要对周忱讲,自己是带罪之身,又感不便。周忱却没有这些顾虑,依然故我,望望况钟的居室,风趣地说:"堂堂知府,住这样的破房,不觉得寒酸?"

"戴罪之身,能栖身就行,再说也省点银子。"况钟说。来京城以后,他的须发比以前白多了,眼睛凹了,额上的皱纹更深了,如刀划的一般。

见况钟这个样子,周忱心里极不好受。这一个多月来,他知道况钟的心田承受着前所未有的暴风骤雨的袭击,好在他终于挺过来了,风雨过后见彩虹,已经一切都清楚了。

周忱是昨天回到京城的。一回来,他就急急忙忙到乾清宫面见皇帝,小皇帝朱祁镇正在书房描《兰亭序》,随堂太监禀告周忱求见。小皇帝回到正殿,在须弥宝座坐下,命周忱进殿。周忱提着王琏的皮箧和一包物件进殿,向小皇帝跪下磕头之后,将案子的详情禀知皇帝:苏州府通判赵忱为陷害况钟,安排家佽赵青、赵飞兄弟潜入姑苏驿馆王琏卧室,劫去王琏皮箧。皮箧内装的并非呈报都察院的详文,而是在浙江索取的金银珠宝。此前,况钟发现王琏索贿,已规劝他于次日回杭州退赃。赵忱雇人劫走皮箧意在阻止王琏退赃,逼他从速回京弹劾况钟。赵忱之所以急于弹劾况钟,是因为况钟怀疑赵于宣德十年冬至次日毒杀了吴县原总圩长徐文伯,并派杀手杀害了徐的小妾鄢氏,况钟已有若干证据。他狗急跳墙,恶人先下手。赵忱还是大贪官,小院廉石亭下有一密室,抄出黄金、白银数箱,珠宝无数,已全部造册登记在案。赵忱已收押苏州大狱。周忱言罢,将皮箧和那包物件呈上,说这是物证。小皇帝一一过目之后,周忱说,裁撤圩长圩老的事,臣到直隶巡抚后,了解其中弊端——他们自成体系,形成第二衙门,不仅加重了百姓负担,而且政出多门,办差扯皮。此事是臣与况钟一同向朝廷上折请求裁撤的;苏州减赋是按先皇于宣德五年二月二十日所颁诏书执行的,先帝在况钟的《建言疏》中批道:"户部可罪也,今再下诏宽恤,该管有司,不许故违,如再格不行,朕必罪之!"并非况钟讨好百姓而不惜削减朝廷赋税。况钟到苏州后关心百姓疾苦,深受士民爱戴,士民感激况钟,为他立生祠,贴画像,况钟为制止此事,曾亲笔给各县去函,请县衙出面阻止。查处浙江镇海卫食盐走私案一事,系军方勾结苏州各县圩长所为,走私收益三七分成,军方得七成,圩长得三成,并非什么动我军心,毁我长城。抗征蟋蟀,先帝郁郁寡欢,病情愈来愈重,不久驾崩,臣询问了御医,并查验了处方,先帝于征蟋蟀前已病入膏肓。小皇帝听了,气愤地说:"王琏身为御史,不维护法纪,自乱纲常,迫害忠良,十分可恶!传命锦衣卫,将王琏打入诏狱!"

周忱告诉况钟,王琏已下诏狱,赵忱收押在苏州监狱。况钟听了,连说皇上圣明,欣喜之余,一丝歉疚浮上心头。对王琏,他觉得自己两个方面不妥:一是保举过于仓促,对匿名信没有深入核查下去,以至被蒙混过关;二是王琏进京后与自己还保持了书信往来,对为官为人之道方面自己对他调教不够。至于赵忱,他到苏州后,对赵忱劣迹渐渐有所觉察,如果及时揭穿他的虚伪面目,而不是以柔克刚斗智斗勇十年,也不至于对社会造成这样大的危害。

周忱见况钟沉思不语,问:"伯律兄,又在想什么?"

况钟把歉疚说了。周忱听了更高看况钟。况钟备受赵忱、王琏迫害之苦,还为未能挽救他俩而自责,这是真正的大丈夫!他是个善于营造气氛的人,为了让况钟在自责的情绪中解脱出来,故意说:"我说伯律兄,你也不能光想你那档子事,我给你传递这么多喜讯,到了这么久,你不上酒,不上茶,有这么对待朋友的么?"

周忱这一说,况钟才意识到自己的失礼:"不好意思,恂如兄,茶还未送到客房来,我这就去……"说毕就要下楼。

周忱拉住他的衣角:"谁稀罕茶?上酒!"

"好,那就喝酒!"况钟指着楼下,"下楼!"

周忱笑:"得了吧!住房都专拣便宜的,主仆一室,你舍得请酒?罢罢罢,还是我做东吧!"向楼下大声向叫,"小二,端上来!"

听周忱如此说,况钟才知道周忱上楼之前订好了酒菜。两人在一起互相损惯了,况钟打笑道:"你做东就你做东!恂如兄您是封疆大吏,订桌酒菜是下点毛毛雨,敝人是您手下一小吏,与您在一起,您做东是天经地义的!"

"你不要找借口,下次来苏州,看你请不请?"

两人都说笑着,沉闷了许久的阁楼,第一次发出欢快的笑声。

2

周忱看望况钟次日,乾清宫的太监传旨,命况钟进宫面君。况钟来到乾清宫门前,随堂太监立即传进。小皇帝朱祁镇已在御座等候。况钟向小皇帝跪下:"臣苏州知府况钟叩见皇上!"

"况爱卿平身,赐座!"皇帝说。

随堂太监给况钟搬来椅子。况钟在椅子上坐下。小皇帝说:"况爱卿,前些日子你受委屈了,王琏参你的折子,全是不实之词。朕已准了你的折子,罢了王琏的官,交镇抚司问罪。赵忱作恶多端,罪不可赦,就在苏州秋决,你与周忱同刑部去监斩。"

况钟忙向皇帝跪下,说:"圣上圣明!王琏、赵忱咎由自取,臣也有过。臣保举王琏有失察之误,赵忱是臣的僚属,臣有失调教,微臣难辞其咎,请陛下责罚!"

小皇帝听了深为感动:况钟多好的一个臣子,可王先生为何要降罪于他?要不是周爱卿彻查一番,朕险些误杀了一位忠臣。朱祁镇说:"况爱卿不必过于自责,你在苏州主政有功,深受士民爱戴。有过且能自省,朕赦你无过!"

况钟磕头谢恩:"谢陛下隆恩!吾皇万岁,万岁,万万岁!"

况钟在苏州劳苦功高。张太皇太后与四顾命大臣相商,拟授按察使正三品职奉,晋阶中议大夫赞治尹,留京任职。小皇帝同意。他正当要向况钟宣布新授职奉和留京任职时,殿外传来一声:"杨阁老有事求见皇上!"

朱祁镇命杨士奇进殿。今日上午,内阁收到苏州府六百里急递寄来的八万三千余人的万人书,强烈请求况钟回姑苏,阁老将万人书呈上。朱祁镇看万人书:

> ……在任十年,公勤廉谨,刚直不阿,民间利病无不周知,知无不行,行必尽力。上以诚心感,下以诚心应,虽三尺童子,愚夫愚妇,莫不爱之如父母,畏之如神明。德惠治于民心,政声在其耳目。故君子作传记其事绩,士民歌谣以诵其德惠……

小皇帝看完万人书,问杨士奇如何是好。杨士奇说拟俯鉴民情,准况钟回苏州。朱祁镇转又征求况钟意见,况钟自然愿意回苏州。于是朱祁镇正式宣布:"授况钟按察使正三品职奉,仍署苏州知府事,晋阶中议大夫赞治尹!"

况钟伏地跪拜谢恩:"谢皇上!吾皇万岁,万岁,万万岁!"

3

王琏在镇抚司诏狱已度过了两天。

朝廷官员犯了罪,多数都关在这里。一个监察御史突然沦为囚徒,这是始料未及的。刚关进来时,他问狱吏此事王振公公是否知道,幻想着王振救他。他哪知道此时王振迫于压力已把他当牺牲品了。狱吏听王琏问得幼稚,说:"王公公知道何用?这是皇上的旨意,你认栽吧!"王琏无话可说了,只得安心在这囚室待下去。

他活动了几下腿脚，做了两个扩胸动作后来到铁窗边，朝窗外望着。窗外是高高的砖墙，砖墙的墙角是条形大青石，高墙两头山墙都开了门，门的上方一头用墨写着"慈"，一头写着"悲"。两门之间是甬道，道旁是用木栅隔成的大大小小的号子。每个号子门前都放着马桶。

王琏在铁窗边站了一会儿，开始在铁窗与床之间的空间往返走着，数着自己的步子。铁窗到床五步，床到铁窗也是五步。尽管步数并无变化，而且铁定数都是五步，可他就是一如既往地数下去，直到感到有些累了。这是他每天必做的功课，因为躺久了身子骨发酸，而且老会想起那些不愉快的事，踱来踱去，一可以不想事，二可以活动身子。

早饭后，王琏正在床上躺着，狱卒打开牢门，伸进张绷紧的脸："坐好，有人看你来了！"

王琏在床沿上坐好，心里想，莫非王公公来了？他怔怔地望着门口，一个便衣打扮的官员弯腰走了进来。来人是况钟，王琏做梦也想不到第一个来狱中探望的人会是他。

况钟望着王琏："在苏州你答应了第二天去浙江，为何又反悔了？"

王琏没有回答，只是用敌视的目光况钟：我落到这种地步都是你参的结果，现在问这种话还有什么意义。

况钟见王琏不回话，厉声喝道："王琏，本官问你话哩！"

王琏道出皮篓被劫的事。

况钟在凳子上坐下："你知道是谁抢的吗？"

王琏冷冷一笑，说："况大人，这事您回答比较合适，因为只有您清楚！"

"好吧，既然你要本官回答，那本官就告诉你：是你的老泰山指使赵青兄弟干的。"

"这不可能！"王琏对此毫无所知，赵素娟对父亲入狱也全不知晓。

"大概这方面的消息你还没听到，我先给你透个风，赵忱已关进苏州大牢了……"况钟将赵氏兄弟被捕后的口供述说了一番。

王琏听得目瞪口呆，想不到自己的老泰山竟是个人面兽心的东西。他想不通：岳父就一个女儿，为何要向他下此毒手？

况钟的目光在他脸上扫了扫，给他解开谜团："他这样做，是为了阻止你回杭州，促成你尽快把参我的折子送回京。他的良苦用心，你全然不知啊！"况钟在斗室内踱来踱去，"由此及彼，我想起了许多事，怀疑都是他有意设的局，特来问你，希望你能如实回答。"

王琏受到了强烈的震动，已经恨透了赵忱，说："罪官知道的，一定如实回答。"

况钟提出第一件事：宣德五年孔圣人生日那天游石湖，况宾是不是被人故意拉下水的？王琏点了点头，说："赵忱原本要毁掉我和赵素娟的婚约，听到我娘舅禀告，您想荐举我到吏部候选，他便一百八十度大转弯，不但没毁婚约，还把我拉得紧紧的。为了加深您对我的印象，一是嘱咐我向况宾套近乎，促使况宾在您面前替我说好话；二是让赵青把况宾拉下水，我去救，让我成为况宾的救命恩人。"况钟提出第二件事：所谓的沙奶奶家劫案是不是苦肉计？王琏也点点头，说："赵忱担心匿名信查下去我会落选，为了转移您和何教授的注意力，他设计了这个案子，请娄阿鼠去演，以此证明，无论是匿名信还是对我的其他指责，都是不实之词。"

况钟提出第三个疑问："你投靠王振，与他有没有关系？"

"我到吏部任职后，他封封书信都要我和王公公拉上关系，说此人将来必掌朝中大权。"

况钟问完一系列的事之后说："你糊涂啊，自己始终是赵忱手中的一粒棋子，最后走不动了，便让你'舍身成仁'了。"

王琏哭了起来,他好伤心,是他的岳父将他送进监狱的,把他的美好前程给毁了。他向况钟跪下,抱着况钟的腿:"况大人,救救我吧,只有您能救罪官!"

况钟叹息一声:"王琏呀王琏,此前就给了你自新的机会,如果在苏州听了本官的话,到浙江退去赃款赃物,向皇上上折自劾,你绝不会落到今天这个地步,可你不知道珍惜,失去了挽救的机会。这又怪谁呢?一失足成千古恨啊!"他拍拍王琏的肩,"好自为之吧,你还年轻!"说毕便走出了王琏的囚室。

王琏站到铁窗下目送况钟,他的背影消失后,才不再望了。

4

况钟陛辞回苏州,英宗赠路费二千贯。杨士奇送诗一首:

> 还捧天书辞玉阶,双旗五马去悠悠;
>
> 十年不愧赵清献,七邑重迎张益州。
>
> 杨柳翠迷湖上寺,杏花红映水边楼;
>
> 到官正是邵农日,郊角歌谣拥道周。

杨士奇在诗中说,十年前你怀揣敕书辞别朝廷去上任,乘着挂有双旗的小马辇到了苏州。十年牧苏,你像赵清献和张益州一样政绩卓著。苏州已经大变样,新添了楼堂寺院,杏红柳绿美如画。你回到苏州正是农家的美好节日,苏民出城迎接,道路两旁站满欢歌笑语欢迎你的人。

况钟看了杨士奇的诗,见阁老将自己比作赵清献、张益州,心情非常激动。赵清献是宋朝的铁面御使赵抃,弹劾不避权要,知越州时遇饥荒,疫死者过半,他尽力救荒、疗病,使生者以全,神宗以他为榜样,要地方官向他学习。张益州即宋朝的张方平,在四川为官时关心民瘼,奏免横赋四十万,减铸钱十余万缗。两人都是宋代名臣。况钟深受恩相的恩泽,是杨士奇栽培下成长起来的。他把杨士奇的夸奖当作"箴规",发誓更加关心百姓疾苦,努力工作,把苏州治理得更好。况钟当即欣然命笔,写答谢诗《被旨留任,首辅杨少师赠以诗章,内有"十年不愧赵清献,七邑重迎张益州"二语,余愧不敢当,作此以志自励之意》。诗曰:

> 万里苍生荷相君,微材深沐拂披勤;
>
> 奖余应当箴规看,要把忧老益几分。

况钟返苏那天,苏民欢喜若狂,有的人走出府境,到数百里外迎接。晌午过后,苏州境内驿道两旁站着密密麻麻的人群等候况钟归来。

夕阳在金红色的彩霞中慢慢地滑向地平线,远处的浅山和近处屋脊林梢都染成了彩色。

杨粟率领的府、县官吏站在普安桥头,路上放着乘绿呢官轿,熊友蕙、葛阿伴、酒葫芦和衙役们打着仪仗、条幅,条幅上写"按察使正三品职奉署苏州知府事"、"中议大夫赞治尹"、"况青天"等字。何横与况钟的家人站在杨粟身旁。大家都不约而同朝驿道北端望着。

北端一阵骚动,传来鞭炮声和鼓乐声。况钟的马车出现在驿道上。马车来到普安桥时,大家一齐涌了上去。况钟下车,频频向大家招手。况钟的小儿子况守和孙子况澄一齐跑到跟前,一个叫爹爹,一个叫公公,嚷着要抱。况钟抱起况澄亲了又亲,况守吃醋哭鼻子。万夫人忙抱上他:"羞,当叔叔的还哭!"况寰上前抱走况澄,叫爹上轿。何横陪况钟向衙轿走去。何横说:"伯律兄,何某愚顽,在你面前妄论老庄之道,没想到你一切都做得那么圆融,你是真正的高手!"

况钟歉疚地:"何兄,休言老庄之道,况某就是因为钻进了以柔克刚的死胡同,让赵忧祸害了更多的人!"

二人不觉已来到衙轿跟前,杨粟向况钟一揖:"况大人,请上轿!"

况钟回拜之后,指着仪仗和衙轿说:"都撤了吧,本官不喜欢张扬!"

周孝儒、杜福寿、熊友蕙、抠壁虎等人七嘴八舌地禀告况钟:这事不关杨大人,是老百姓搞的,我们是要让赶您走的人看看,况青天又回来了!我们搞这些,一是为您这个父母官扬威,二是为自己壮胆!

况钟无语,只得上轿。队伍出发了。仪仗在前,官轿紧接仪仗,官轿之后是况钟家人和官吏百姓。一路行进,市民罢市在街上迎接,喜炮声不绝于耳。

5

况钟处理了几天政务,去死牢看望赵忧。禁卒打开牢门,一股臭气冲了出来。况钟进去,只见身穿囚衣的赵忧,戴着手铐脚镣坐在床上正闭目养神。三个月不见他已完全像变了个人,须发全白,原来那张胖脸,如被刀削去了大半,皮肤蜡黄,松松垮垮的打了许多折,那双金鱼眼深深陷了进去,眸子木鱼似的没有神采,高高隆起的腹部不见了。

禁卒将况钟带来的酒菜放在斗室中的小桌上。赵忧入狱后,封娇疯了,女儿回来过一次,给他送了些好吃的,就回京城去了,后来再未见面,不知是因丈夫的事怨恨父亲,还是身怀六甲行动不便。原来与赵府来往密切的人怕受牵连,都躲得远远的,无人给他送食物,就靠牢饭度日。赵忧见了这么多好吃的,馋得流口水。

禁卒给赵忧松了手铐。况钟招了招手,示意他到小桌边来。赵忧拖着沉重的脚镣,慢慢移向小桌,每动一步,脚镣就哗哗啦啦响一遍。来到小桌旁,他用敌视的目光望望况钟:"况大人,黄鼠狼给鸡拜年来了!"

况钟指着小凳:"坐!"

赵忧在小凳坐下。况钟给他斟满一杯酒:"没别的意思,你我同事一场,你落得这样的下场我痛心,我内疚,抽点时间,来看看你!"

赵忱端起酒杯,一饮而尽,疑惑地望着况钟,心说:我与你斗了十年,几次欲置你于死地,而今我沦为阶下囚,并且到冬至日就身首分离,这正是你所希望看到的结果,你怎么还说痛心、内疚?

"我痛心,是因为你聪明,凭你的聪明才智,本可以很好为朝廷效力,可是你将聪明才智用到贪墨和索取上去了。"况钟解释说,"我内疚,是因为你我是同寅,我未能挽救你,让你走上了自取灭亡之路。"

赵忱不理解况钟的话。他认为世界上不可能有如此高尚的人。人与人都是冤冤相报,对仇人恨不得置于死地,"痛心、内疚",那是作秀。赵忱冷笑道:"况大人,你说的这些谁会相信? 其实你今日来两重意思:一,我们斗了十年,我以失败告终,你是胜利者,你来看我的笑话;二你是怕我死后变鬼索你命,用酒菜来安嘱我的灵魂,到了阴曹地府别记你的仇!"

这真是以小人之心度君子之腹。赵忱别看平时谦虚谨慎,内心其实刚愎自用,认为人世间真善美是虚伪的,只有假丑恶才是真实的。由于他一直坚守这样的人生信条,所以他的路愈走愈窄,最后掉入深渊而毁了自己。

况钟驳斥道:"错,错! 你不想想,在生你尚不能要去我的命,变鬼还能索去吗? 我向来不怕鬼,奈何以鬼惧我!"他提壶在空杯中满上酒,"至于说到这里来看你的笑话,那我告诉你,本官是监斩官之一,以后在刑场看足矣,用得着提些酒菜到死牢来看吗? "

况钟的话驳得赵忱哑口无言。赵忱细细琢磨一番,觉得在理,渐渐去除了敌意,转变了态度。他呷了口酒,挟了粒花生米丢进嘴里:"大人来这里,就是为了向我说这些? "

"当然不是,还有些事没弄明白,想问问你,"况钟实话实说,"你表面清廉,且乐善好施,祖上并没留下产业,可抄家却抄出这么多金银珠宝,简直是个谜!"

"我就猜你要问这个事!"赵忱眨了眨金鱼眼,揭开了谜底。

俗话说靠山吃山,靠水吃水。赵忱当了多年通判,管的是农,就靠农吃农,利用圩长制谋利,通过收粮税、运漕粮、勾结军方走私和巧立名目敲诈士民等谋利。圩长们称他是"高人",这些非法收入,他委托徐文伯进行分配,大小圩长得小头,他和徐文伯得大头。他不必露面,银子像水一样流来。

赵忱真可谓是生财有道。况钟听了在斗室中走来走去,表面这么清廉,原来是索取不义之财的高手。他问道:"要这么多钱干什么呢?"

赵忱笑:"你太幼稚了!谁当官不铜钿眼里千跟朵?不然的话,为何有'千里当官只为财''三年清知府,十万雪花银'之说?"

"可有的人当官并非为了钱,天下不也有这么多清官吗?"

"什么清官?天下之官从来就没有清和贪之分。所谓的清官,其实有更大的贪欲。他们是作秀,以清廉迷惑皇上和上司,以便当上更大的官,捞取更多的钱,实现更大的贪欲!"

简直是一派胡言!况钟气得怒发冲冠,胡须抖动,牙齿咬得咯咯响,鼻孔呼呼出气。赵忱见况钟生这么大气,意识到自己的"宏论"伤害了这位前来探监的知府大人,便话锋一转:"当然,官员中也有一种另类,那就是你这样的。当官不要钱,只要老百姓的好口碑。口碑好有何用?又不会变成银子,人要有银子才能生存下去!你们这种人是戆大!"

况钟本想批驳,念他是将死之人也就算了,他一辈子装清廉,讲假话,装得苦啊!临死之前有屁就让他痛痛快快地放。赵忱见况钟没责怪他,继续侃侃而谈:"我不同你,我爱钱!有啥办法呢?这个世界无钱寸步难行!"此时他忘记了自己是死囚,清了清嗓子,唱起了小曲《邓通叹钱》：

> 铜钱铜钱，里面方来外面圆。生在金銮殿，天下都游遍。有
了铜钱，富贵荣华在眼前。住的是高堂院，穿的是绫罗绢，气概
甚昂然。红粉佳人常陪伴，醉在销金帐里眠。没了铜钱，父母煎
熬妻不贤，朋友都不见，邻里相轻贱……

这个赵忱真是钱迷心窍，因为贪钱弄得家破人亡，还把钱当歌唱。
况钟板着脸："别唱了，别唱了！这是死牢！"

况钟的一声断喝，令赵忱从钱的世界回到现实中。他头脑冷静下来
了，家抄了，妻子疯了，女婿进了监狱，自己不久将成刀下鬼，这一切的
一切不都是因为钱吗？想起这些，他呜呜地哭了起来，眼泪仿佛是藏在
内心的深井中，现在一股脑地涌出来。他的内心充满隐痛，眼泪并不能
减轻内心的悔意和痛楚。此时，他恨封娇。封娇成就了他，也毁了他。她
替他捐官之后，他就成了她手中的风筝，由她掌控着。她是个心比天高
的女人，总想积累更多财富。他成了她的扒钱手。

赵忱正哭着，来了一名皂隶，禀告巡抚周忱来了，请况钟立即回府
衙去。况钟点点头："我就来！"

赵忱见况钟要走，慌了神，还有事要委托他办理。他立刻止了哭，眼
珠转了几转，禀道："大人勿走，罪人禀知您一件事。"他抹了把泪水，"你
知道曲阜刘二哥是谁雇人杀的吗？"

"我怀疑是你，对不对？"

赵忱点点头："你若不来，我就是苏州知府了，成大人已将我上报吏
部。从洪叔口中得知你去苏州，立即引起我的怀疑，要徐文虎跟踪。徐文
虎深夜在刘二哥草棚回来禀告一切后，我意识到克星来了，你不但夺去
了官职，还扬言治贪。你是我不共戴天的仇人！寻思一番之后，决定用曲
阜知县这位糊涂官的手除掉你。于是雇人杀了刘二哥，再收买三癞子报

案。"

"成均举荐的知府不是杨粟吗？"况钟问。

"那是哄他的,杨粟这个铁公鸡只给成大人一千两银子,成大人会上心吗！"

况钟无心听赵忱唠叨,转身欲走。赵忱向况钟跪下:"大人且慢走,罪官有三个遗愿,大人不知能否替我完成？"

况钟扶起赵忱:"你说！"

"我一辈子就一个女儿,最疼爱她,可到头来,就是最疼爱她的人毁了她,不但拆散了她与况寰的婚事,还把她当作礼物送给了王琏,而且又害得王琏进了诏狱。请您转告,我要向女儿女婿请罪,求他俩原谅父亲,每年清明节到坟前来看看我。"赵忱说到这里开始流泪。

"再说！"

"我这辈子对不起的人,杨粟算一个。我利用了他的弱点,许多事看似他干的事,其实背后都有我的影子。请代我向他转达我的歉意。"

"还有呢？快说！"

"还有一个我最对不起的人,那就是你的庶母何老夫人。她原本可以安享晚年,因为要赶你走,我设了个调虎离山计,由徐文伯出面请二麻子用仙鹤露毒杀了她⋯⋯"

一听到庶母何氏是毒杀的,况钟气得面色青紫,咬牙切齿,一把抓住赵忱的衣领,骂他死有余辜。

赵忱脸现愧色,继续说:"明年是何老夫人逝世十周年,我家廉石亭内的廉石底座有个孔,内藏金条十根,估计抄家未发现,烦您请人给何老夫人念经超度和修墓,这些金条以资费用⋯⋯"

人之将死,其言也善,赵忱讲起来滔滔不绝。况钟无暇再听了,向外面招了下手,一个禁卒进来,给赵忱重又戴上了手铐。赵忱回到床上,望着远去的况钟,直至他的背影消失。

赵忱御批秋决,在冬至日行刑。赵忱上路那天,整个上午都刮风。冷风掠过阊门长长的街道,到处是落了叶的枯枝,天空飞扬着纸屑,灰沉沉的。气温很低,街上行人呼出的气立即变成一团雾,不仅人感觉冷,连拉车的瘦马都抖着身子,感受到严冬的威力。

阊门外的一片宽阔地上,巡丁用石灰画了个大圆圈,隔圆圈不远的地方搭了个监斩棚。将近午时,太阳出来了,风也停了,气温高了好多。一队巡丁开了来,街上三步一岗,五步一哨。市民听到要杀人,来不少人观看,把个石灰圈围了个里三层外三层。

午时正牌,监斩官来了,况钟与周忱、刑部郎中登上监斩棚。刚坐下,人群骚动起来,许多人叫道:"来了,来了!"

况钟向街上望去,在巡丁的簇拥下,一辆马拉的槛车载着赵忱徐徐驶来。赵忱站在槛车内,目光在一侧搜寻着什么。这条街的封记绸缎庄曾经是他学徒的地方,也是他与封娇相爱的地方,留下了许多美好的回忆。虽然封老板二老都已故去,绸缎庄已易主,最后一刻,他也想最后看一眼这个令他魂牵梦萦的地方。

槛车驶进法场停下,巡丁把赵忱从槛车上拉下,担任警戒的巡丁拨开人群让出一条路,让他们通过。进入石灰线后,巡丁令赵忱面朝市民跪下。刀斧手持刀站在赵忱身后。一切就绪,只等午时三刻行刑。

报时官紧紧地盯住日晷。当日晷上的阴影指向午时三刻时,报时官高声叫道:"午时三刻到!"

炮声响。监斩官起立。当炮声第三次响起时,周忱发出了"行刑"的命令。刀斧手拔去插在赵忱背上的写有"御批死刑犯赵忱"七字的木牌,让赵忱的头搁在行刑枕上,然后慢慢举起刀。长刀在阳光下闪闪发光,接着两只胳膊一齐往下落,长刀在空中一声呼啸,一股鲜血溅了出来,几星污血溅到刀斧手脸上，赵忱的头滚落地上。

望着赵忱的头，况钟叹息一声，为赵忱感到悲哀。虚伪的面孔一时能欺骗不少人，但不能蒙蔽一世。岁月是最公正的老人，无论你多么善变，它最终都会撕去你的面纱，让你暴露无遗。赵忱的悲哀在于不明白这个道理。

第三十四章

浊｜涛｜惊｜魂

斩罢赵忱,转眼到了正统六年。

当年六月,吴中暴雨连绵。天总是黑沉沉的,闪电在云中疾走龙蛇,一阵雷声过后,暴雨密匝匝地倾泻而下,遍地水汪汪的。暴雨时下时停,近半个月不见晴。况钟治水的折子,工部还没批下来。一时河道壅塞。阳澄湖不堪重负,洪水像只猛虎,虎视眈眈,张开血盆大口,千千万万条生命有葬身虎口之虞。

况钟全力抗洪,把衙门官吏分成三拨,一拨到吴县,一拨到昆山,协助县衙组织撤离民众和排除隐患;一拨自己带着日夜驻守在湖畔,指挥全府抗洪。

傍晚时分,暴雨停了,乌云跑马似的,露出一线蓝天和晚霞。况钟知道雨仅是暂时地停歇,他抓紧时间走上湖堤观察水情。

俄顷,头顶乌云不见了,都飘到西边去了,四周蛙声一片。况钟望望水面,湖水还在悄悄往上涨。用灯笼照一照,浑浊的湖水离堤只剩一尺多。湖风吹来,水浪拍击,湖水溅到他的衣服上。足下的湖堤已经浸泡了不少时日,如干馍一样变成软酥酥的,尽管有所加固,还是显得不堪重压,仿佛在隐隐晃动。况钟心情沉重地向苍天祈祷:"苍天在上,勿溃湖堤!"

刚祈祷毕,远处响起锣声。一只嘶哑的嗓子在喊:"溃堤了!溃堤了!……"

溃堤地段在阳西,湖堤有个白蚁洞,水浸久了,蚁窝进了水,周围泥土变得疏松,在湖水压力下,湖堤裂了道缝。这条缝在草中,巡堤的人没发觉。今日在高水位的重压下,小裂缝被暗流撑开,形成一道口子,湖水舔舐着酥松的泥土,口子愈来愈大,顷刻间一条白蟒汹涌而出,窜向堤下的阳西,冲毁庄稼,冲倒民居,然后又漫向北新圩。水愈来愈大,阳西、北新圩一带很快变成泽国。

况钟立即赶往溃堤地段。杨粟和冷知县正在组织巡丁和青壮年堵口子。口子堵不住,抛下的沙石不时被水冲开。见况钟来了,二人忙禀陈此事。况钟问冷知县:"此地段谁负责排查?"

"河泊所掌闸官危二保。"

"他人呢?"

"拘囚起来了。"

"把他带来!"

五花大绑的危二保很快从工棚被押来了。他跪在况钟面前,吓得面如土色:"况大人,卑职有罪,卑职有罪!"

况钟亲自给危二保松绑。冷知县有些不理解,防洪属非常情势,其渎职罪拟从重从快处置,否则一卦不灵,万卦不准。这把人放了,如何去指挥其他人?杨粟也觉得有些不妥。冷、杨二人几乎是同时禀道:"况大人，放人欠妥吧！"

况钟没有理会冷、杨的质疑，松绑之后将绳子一丢，厉声喝道："危二保，跪下！"

危二保老老实实地跪下。况钟训斥道："你闯下如此之大的祸，给父老乡亲带来如此大的损失，罪该万死！眼下给你条生路。你是河泊所掌闸官，堵口子有的是办法。你给我听着：用你戴罪之身堵住了口子，你可以免死，堵不住，明天我宰了你！"

危二保连连磕头："罪人这就去，罪人这就去！"

危二保挑选了十几名青年组成敢死队，每人一床棉被。经过演练之后，危二保抱着棉絮下水，用棉絮和身子堵洞口，敢死士们抱着棉絮紧跟其后，洞口很快堵住。众人在他们身后迅速打桩，抛下砂石……经过一番激战，湖堤转危为安了。危二保以身殉职。况钟对着危二保的尸体三鞠躬："老危，堤坝安全了，你立了功，放心走吧！"然后命冷知县给他厚葬，享受阵亡将士待遇。嘱咐之后，况钟立即乘舟赶往阳西察看灾情。杨粟命朱阿佛和延延豆与况钟随行，保护况钟的安全。

阳西在苏州城东北，是个美丽的村庄，四周种着桑、榆、槿、槐，绿树成荫。况钟来到村口，天漆黑，什么也看不清，只有闪电划过时，凭这瞬间的光亮，才能看清村子的轮廓。村子如死海一般，桑、榆、槿、槐立在水中，一幢一幢的民宅都变成了孤岛。闪电过后，天地又合成一体，归于那无边的黑暗。没有灯光，没有人的呼喊声，到处都是静悄悄的。这一切表明村民已撤离到安全地带，况钟悬着的心稍为松弛下来。

在村口停留了一会儿，况钟决定去北新圩察看一下。小船向北划去，来到阳西与北新圩交界处，发现有灯光。况钟命向灯光划去。近前，灯光是一幢宅子的阁楼上发出的。静耳细听，有人在祈祷："菩萨保佑，人宅安全！……"

况钟用灯笼照了照，宅子是土墙，洪水已没到窗户，随时都有倒塌的危险。他对着阁楼高声喊："老乡，快下来！这里有船接你。"

楼上的人置若罔闻，依然在祈祷。况钟叫道："快下来，房子马上要倒了！"

一位汉子在窗户伸出个头，不耐烦地："别叫了！要走，我早就走了！"

凭闪电一看，此人大块头，方脸，巨眼，短须，况钟认出是拗壁虎，连忙劝道："葛大哥，我是况钟，快快下楼，我求您了！"

"况大人，我说了不走就不走，别叫了！"拗壁虎不为所动。这宅子耗去了他半辈子的积蓄，今年刚完工。洪水进村后，家人疏散了，他走到半路又回来，生怕有人趁火打劫拆走门窗。逢着这么个倔人真是没办法。况钟当机立断，要随行的朱阿佛和延延豆上楼劝他。两名衙役立即爬上阁楼见他好说歹说不听，只得强行把他拖下楼。

况钟将小船泊在门口，等待他们上船。拗壁虎一脚刚踏上船，一场灭顶之灾降临，楼房倒塌，房梁、门架、墙壁等铺天盖地砸往船上……

意外灾害面前，人显得那么无奈，仿佛就是一根小草，被暴风雨随意蹂躏。况钟听到房屋倒塌的"扎扎"声，连忙伸手将拗壁虎往水中一推，本能地对衙役发出声叫喊："快潜入水中……"话还未说完，头上就被什么东西砸了一下，眼冒金星，什么都不知道了。

无独有偶，闹洪灾时留在家里的除拗壁虎还有一个人，他是六新圩的郝梦财。下午，县衙和乡里的人到村里来，说这六新圩属洪涝区，要撤离到安全地带去。他是到了安全地带后，又一拐一拐偷偷溜回家的。他估摸,洪水来后不少房屋会倒塌,就有木料、家具、牲畜等捞,可以发一笔不大不小的洪财。打从长大成人,他就一直做着发财梦。叔父老丝瓜说天上不会屙银子,你是做梦,此后乡里人都叫他梦财。他做过道士,学过鲁班,算过命,都只是勉强糊口。宣德六年他闯关东,到长白山挖人参,头月才回来,还是口袋空空。

他打开门,村子里一片黑暗,没有一星灯光。一道闪电划过,到处是黑汪汪的水,水上飘着木头、门板和死禽等东西。

他淌水拾来块门板,拖出屋后那吊着的破船,锯块门板将破洞补好。为了挂灯,他还在船上钉了个木架。他灌了几口酒,将小马灯挂在木架上,摇着小船便出发了。

他在六新圩拾回一船木料后,摇船往阳西去,每遇洪涝,那里浮财最多。刚要进村,只见二甲葛家那边有人在呼叫什么,估计也是捞浮财的。葛家对面是一块槐树林,木料、家具等被树一挡,就出不去了。他的船向林中划去。

船到林中,黑压压的树杆下挡着稻草、架料、死禽、门板,水面上到处是泡沫。空气中飘着难闻的腥味,没有一丝风,沉闷得很。

他划着小船在林子里穿来穿去,拾了几根短木头,发现前面两棵树之间横着几根房梁,房梁上搁着块木板,门板上有一具仰卧的尸体。他摇着小船过去,淌水来到尸体前。此人须发花白,年约六旬,团头大脸,天庭饱满,地廓方圆,眼睛闭着,牙关紧咬,脸色苍白,手上和脸上满是伤痕,皮肤被水泡得发胀。此人似乎面熟,但郝梦财又回忆不起在哪里见过。他卷了一支烟,摸出火石点着烟,边吸烟边细细回忆着,终于记起来了:这人是知府况钟。十年前,况钟由昆山来苏州是在齐门进城的,表姑父赵忧叫他做戏"欢迎"他,他距况钟近,看得真切。令他琢磨不透的是,一个堂堂知府怎么会成为水浸鬼呢?难道是谁杀死了他再抛尸荒野,洪水把他冲到这里来了? 他解开况钟内衣察看是否有伤口,手触摸到心前区时,感觉心脏在跳。他喜不自禁,抓过况钟的手摸脉搏,血管真的还在搏动。他的心激动得狂跳起来。他要发财了! 封娇许了一万两银子买活况钟。头月从关东回来,他路过张果老巷,遇见封娇,她抓着一只血淋淋的鸡正在拔毛。他上前亲亲热热地叫了声:"表姑您好!"封娇木然地望着他。她头发上扎着白布条,脸色青灰,双目呆滞。他问封娇:"我表姑父还好吧?""你表姑父是啥人?"封娇傻愣愣地望着他。他耐着性子解释,说就是她夫君。封娇睁着红红的眼睛:"杀了! 杀了! 他被况钟割去了脑壳!"他才知道赵忱死了。封娇走过来:"你把况钟捉来,我给一万两银子,我要他千刀万剐! 我要吃他的肉!"说着连啃几口带毛的鸡,满嘴是鸡毛带血。他吓得倒退几步:"表姑,别嚷嚷,人家会听见!"封娇冷冷地笑着:"胆小鬼,原来你是胆小鬼!"他吓得连忙走开。想到这里,浮财也不捞了,他急忙回家。

郝梦财回到家,房里的水已经退了,地上遍地泥泞。他把况钟放地上,面朝泥泞背朝天,用脚在他背上轻轻跺了几下,让腹中水出来,然后给他换上衣服,让他躺在睡榻上,给他灌姜汤。况钟一直昏迷不醒。天亮后,他又去城里买参,生怕断了气,值不了一万两银子。他来到齐门,只见城墙上贴着张寻人榜,上前一看,正是寻找况钟的,说知府况大人昨天晚上为抢救阳西二甲被水围困的葛氏,船被倒下的房梁撞翻,人不知去向,请发现况大人踪迹者告知云云。

见况钟是因此落水而险些丧命,郝梦财心头生出些许感动。但他毕竟是个爱钱狂,金钱的价值超过了道义,不愿舍弃那一万两银子。他买了参,回家煎了,喂了之后把况钟抱上床,放下帐子,不让人看见。

早饭后,郝梦财急急去找封娇,来到赵府,门楼上挂着把锁。估计封娇出远门去了,他只得回家。翌日再去,门上还是挂着锁。难道她还没回来？郝梦财向张果老巷的街坊打听封娇，一个年轻人说她死了，这房子已易主。他不信封娇就死了，上回见面还好好的，怎么可能就死了？八成是那邻居对封娇有仇，故意咒她。他打算过两天再去找娇氏。

垂头丧气回到村里，乡亲们都已经回来，三五成群正在议论况钟失踪的事。他怕被别人知晓，回到家连忙闩好门，撬开况钟的嘴，给他灌了点米汤维持生命，然后将他藏进杂物间的稻草堆。

又过了一天，郝梦财决定再去赵府。他正要走，有些内急，便去屋后蹲茅坑。他刚走，老丝瓜来了。老丝瓜依然在外说书，前几天认识个三十多岁的寡妇，有心说与侄子，故此回来。进房不见人，老丝瓜便走进杂物间去，刚进杂物间，看到稻草堆动了一下。况钟此时已有知觉了，手动了一下。

老丝瓜走上前去，翻开稻草，见知府大人躺在里面，很是奇怪，大声呼叫侄儿。郝梦财提着裤子跑来。

"这是怎么回事？"老丝瓜指着况钟问。

郝梦财见叔叔发现了况钟，只好将实情讲了。

老丝瓜责备道："救人一命，胜造七级浮屠，本是好事，为何要藏着掖着？"

"外面正找他，不藏着掖着行吗？"

"你知道找他，为何不送回去？"

"我辛辛苦苦用参汤、米汤救活他，又把他送回去，不是戆大吗？"郝梦财一晒，"我还要用他换一万两银子！"

"哪个财主许下的？"

"表姑，上月我回来时遇见她，她当时就许下了，只要是活的，愿出一万两。"

老丝瓜叹了口气，这个侄子真是财迷心窍，一个疯子的话也信。她家早抄了，哪来的一万两银子？他说："别做梦了吧，她死了！"

　　郝梦财一屁股跌坐在地上。封娇真的死了！他后悔不该把况钟救回来，银子没换着，倒贴进一把铜钱买人参。

　　"早知道是这样，不救他好了。"郝梦财嘟哝道。

　　老丝瓜在侄子脸上打了一巴掌："丧尽天良的东西，不救恩人，天理难容！"

　　郝梦财摸着麻辣火烧的脸，顶撞道："他是你恩人，不是我恩人！来到苏州，他杀娄阿鼠，杀赵忧……还恩人呢！"

　　"你走了这么多年，晓得个屁！你点的这几个哪个不该杀？"老丝瓜胸脯起伏着，"提起赵忧我就上火！他为了迫害况大人，指使赵青买通骚鸡公，捏造事实，要我们上访，怕事情败露，杀人灭口，上访当晚就做掉骚鸡公，我要不是早走了，也免不了杀身之祸。这样蛇蝎心肠的人还不该杀？……"老丝瓜说个没完。

　　郝梦财从地上爬了起来，屁股上沾着潮泥："别说了，别说了！这些人都该杀好不好？就当这况钟是恩人好不好？是恩人我也不能老供着他！"

　　"要你供什么？送回他衙门去！"老丝瓜道。

　　"衙门有这么好进吗？寻人榜贴三天了，到现在才送去，衙门追究起来怎么办？"

　　老丝瓜想了想，替侄子出了个主意，就说不认得他是知府大人。郝梦财担心过去有劣迹，怕衙门里的人见了他算老账，还是不愿去。

　　老丝瓜生气了："小兔崽子，你三岁没了爹娘，是叔把你拉扯大，现在翅膀硬了是不是？你不送拉倒，我来送！"他去背况钟。毕竟年纪大了，力不从心，况钟不会作力，侄子站在一旁又袖手旁观，老丝瓜驮不上背，气得铁青着脸，手指侄儿额头："你个白眼狼，不送拉倒，我这就向衙门禀报去！"说罢冲出杂物间。

　　郝梦财一想坏了，忙追出去拉住老人的手："叔叔，不是我不愿送，侄儿过去有劣迹,怕衙门算老账。"

老丝瓜的气消了,安慰侄儿道:叔过去也做过坏事,我们叔侄送况大人回去,正好将功补过。郝梦财听叔父说得在理,便答应了。

葛宅四周的水全退了,宅子只留下断壁残垣。

塌房时拗壁虎只受轻伤,有惊无险。前来救他的衙役延延豆失踪,朱阿佛被水浪掀在一旁。朱阿佛清醒之后,第一件事就是找况钟。年纪老了,当狱吏力不从心,他请辞回家,况钟照顾他家里负担重,留他在衙门打杂。凭借着闪电,他发现船被撞翻搁在门架上,拗壁虎站在离船不远的地方,也在找况大人。况大人和延延豆都不见了。他把船放好,扶拗壁虎上船。二人摇着船找况钟和延延豆,来回走了几圈,嗓子都叫哑了也无人回应,把拗壁虎交给他的家人后,便回去向杨粟禀陈况大人失踪的事。

拗壁虎一家暂时在村里的一所破庙栖身。因为他的缘故,害得况钟生不见人死不见尸,破庙门前老是围着许多村民骂他。拗壁虎是十分爱面子的人,第一次受千夫所指,比挖祖坟还难受。

翌日上午,他把家人召集起来,说要在况大人落水处搭个祭棚祭奠况大人。搭祭棚他有个盘算:血溅祭坛,以死谢罪。

儿子们立即行动起来,祭棚很快搭好了。村里的塾师来帮忙布置。祭棚用蓝布围着三面,正中贴着一个大大的"奠"字,奠字前摆着张八仙桌,桌上安放着况钟的灵牌,两旁是挽联:

施吴郡于雨露泽如日月流芳百世

救苏民之水火恩同父母遗爱千秋

次日上午正式开祭。抠壁虎以最高规格祭奠况钟。附近的村民听到哀乐声，都纷纷赶来了。见是祭况大人，一个个都去磕头。葛家大小通通披麻戴孝，跪在祭桌旁谢客。

消息不胫而走，壬末午初，前来祭奠的不下千人，站着黑压压的一片。抠壁虎见来了这么多人，时辰又快进午时三刻，正是谢罪的最佳时机。他将藏在祭桌下的一块二三斤重的石头搬出来，向鼓乐手做了个停的动作。鼓乐停。他手持石块走到棚前，面朝乡亲们说："各位父老，况大人为我抠壁虎丢了命，我对不起况大人！对不起父老乡亲，在这里，我谢罪了！"说完举石向头部砸去。

石块还没碰着头皮，就被一只手挡住了。抠壁虎以为是儿子。定睛一望，此人眉清目秀，是个不认识的三十几岁的男子。

"你是啥人？"

"况寰。"

"你为啥不让我谢罪？"

"家父说过，百姓是他的衣食父母，您如果因为他而血溅祭坛，他的灵魂会不安的。"况寰夺过石块，把它丢得远远的。

"不谢罪，我活着比死了还难受……"抠壁虎哭了起来。

这时，杨粟和冷知县陪着周忱走进祭棚。周忱得知况钟失踪后，立即赶往苏州。他和杨粟、冷知县带上况寰直奔阳西出事现场，正好碰上刚才这一幕。

周忱拍着抠壁虎的肩，笑着说："不用这么悲壮，况大人死不了的！在京城时他答应还请我的酒，酒没喝，他想溜？办不到！"

抠壁虎不认识周忱，见他儒士打扮，虽年上花甲还风流倜傥，幽默风趣，正要打听，杨粟先行向他介绍说："这位是巡抚周大人。"

听说是这么大的官，葛家一家子吓得连忙向周忱跪下。周忱扶起他们,对抠壁虎说:"兄弟,我凭感觉况钟还活着,你不妨将出事的情形对我谈谈!"

"别急,仔细回想一下!"杨粟叮嘱道。

抠壁虎的脑子里立刻呈现那场可怕的情景:他一脚刚踏进船,感觉楼上灰尘纷纷往下掉,听到扎扎扎的散架声。况大人向他推来一手,他猝不及防掉入水中。接着听到轰隆一声响,水中一股巨大的冲击力把他推向一边。片刻之后,他在水中抬起头,见宅子的前半部倒了,船被砸翻,况大人和那两位衙役都不见了。他往船那边游去,这时,一个衙役从水中钻出来,扶正船,两人乘船找人。四周一片漆黑,只是槐树林那边有点微弱的灯光,顺灯光望去,似乎有条船在那里打捞浮财。

"你们去过槐树林没有?"

"去过。"

"什么时候?"

"那船走了之后,这里距槐树林有四五十丈远,等我们过去时,那船已不见了。"

"船往哪走了。"

"好像是六新圩方向。"

周忧认为抠壁虎提供的信息很重要:船被砸翻,况钟有可能负伤,他会水,拼命游,天黑沉沉的看不清方向,很可能游到林中去了,被那捞浮财的船主救了。费解的是,既是有人救了他,为何不送来衙门,或是向衙门禀报呢?无论出于何种原因,必须查那条船。

"往六新圩方向查那条船!"周忧说。

"是!"杨粟和冷知县同声回答道。

二人正要去调人,熊友兰气喘吁吁地策马赶来禀告了一个令人振奋的好消息:老爷被两位老乡送回来了。全场欢声雷动。抉壁虎激动得朝天跪拜,喃喃地说:"谢谢苍天,谢谢苍天!"

况寰跳上熊友兰的马背,小道上顿时扬起一线泥尘。

周忧、杨粟、冷知县三人赶到况府花厅,况钟正躺在睡榻上,双目紧闭,面色苍白。葛老先生正在给他把脉,何横等人正与万氏和况寰小声商量什么。三人进去,屋里的人都忙向周忧叩头请安,惟葛老先生身子一动不动没吭一声。

葛老先生诊毕左手关口又诊右手关口。诊过之后,周忧问:"老先生,脉象如何?"

"沉弱。"葛老先生不卑不亢地回答。

况寰连忙问:"老先生,我爹他要不要紧?"

葛老先生说:"无大碍。"

万夫人有些着急地问:"葛老先生,老爷四肢厥冷,昏迷不醒,这可如何是好?"

葛老先生说:"病人元气素虚,房屋倒塌,备受惊骇,一时气机迷乱。中气下陷,清阳不振,故面色苍白。气息微弱,气虚不能温通,故四肢厥冷,脉沉弱。"说完,提笔写药方,"老夫给他补气回阳,服两剂就会清醒过来。"

处方很快就开好了,写的是:

人参三钱,白术二钱,茯苓三钱,甘草钱半,法半夏钱半,陈皮二钱,肉桂一钱。

况寰见都是些平常药,有些不放心,望着葛老先生:"老先生,这些药真的有这么神奇？"

葛老先生听后脸板了起来："祖上从元季以来，世代悬壶济世，治好多少达官贵人，若是足下不放心，可另请高明！"捡东西就要走。

周忱、杨粟忙向况寰使眼色，况寰连忙赔不是，并将请封送上。

葛老先生的药还真是神，一剂灌下，况钟的眼皮就会动了，两剂服完，已完全清醒过来，只是人还相当虚弱。葛老先生嘱静养，半月内不准会客。

听说况钟清醒过来，许多人要来探病，况寰阻挡不住，只好向杨粟求助。杨粟以府衙名义写了张告示，贴在况府门楼外的花围墙上拒客。探病的人看了，才望而却步。士民见不着况钟，便向杨粟提议，八月初六况大人生日这天让大家见见他。杨粟答应了。

士民想见况钟，况钟同样想见士民。听到杨粟同意八月初六与士民见面，况钟孩子似的天天问夫人何日贱降，巴不得生日早点到来。

八月初六终于到了。熊友兰大清早就起来，把院子内外打扫好。秋天了，黑松的松针黄了许多，花围墙上的爬山虎显出凄凉的黄色。为了打造喜庆的气氛，熊友兰特意搞了几盆兰花和九月菊摆在石阶最上端。

经杨粟安排，况钟会见士民的地方设在门厅之前的空地上。这里地势高，院子内外都可以看见。

辰时初，石阶上就站了许多人。为了占个好位子能清楚地看一看况大人，好多人大清早就赶来。辰时正牌，院子内外都站满了，再来的人只能站花围墙外空场上。

到了约定的会见时辰，况寰和熊友兰抬着况钟的睡榻出来。大家见他出来了，多想喊叫一声，给他送去衷心的祝福，可是衙门贴的告示有规定，不准喊叫，只得在亲手制作的各种形状的纸牌上写着自己的心声：

"况大人，我想您！"

"您好，况大人！"

"况青天，您太劳累了！"

况寰和万夫人扶况钟起来，让他半躺着。士民们手中的纸牌都举了起来。况钟看了这些纸牌上的字，非常激动，挣扎着要站起来："让我看看！"

万夫人和况寰劝他勿站，说怕支撑不住，况钟脸一沉声音沙哑地："有人扶着怕什么？"

见状，熊友兰连忙伸去两只手，将况钟半抱起来。

况钟见到处都站着密密麻麻的人，激动的热泪双流，向大家挥动着无力的手："我想你们啊……"

他的声音很小，乡亲们听不见，况寰只得代为转述。况寰刚转述完，只见花围墙外传来杨粟的吆喝声："让让，请大家让让！请大家让让！"

大家让开一条路。杨粟在前开路，抣壁虎、葛阿伴、熊老汉等人在后，带着一伙年轻人用竹杠抬着一个一丈见方的大石盘走来。石盘上凿着一只乌龟，乌龟背上驮着一口官印。抣壁虎、熊老汉、葛阿伴都是石匠，师出同门，一起商量给况钟送点礼。他们知道钱物会被拒收，便凿了这个乌龟驮印。

众人抬着乌龟驮印进门楼，在黑松下放下，杨粟指着乌龟驮印高声对况钟说："况大人，这是乡亲们给您送的寿礼，别的礼卑职给退了，这份礼退不回去了，您得收下！"

抣壁虎、熊友兰、葛阿伴等人向况钟表达自己的愿望，希望他龟寿遐龄，为百姓永远掌好印把子。况钟激动得老泪纵横："谢谢，谢谢！"说着，浑身自觉有了力气，似乎不用扶也能站起来了。

5

自生日之后，况钟的精神愈来愈好，体力也渐渐恢复，每天由夫人挽着手出来散步。每次出了门厅看到乌龟驮印，他总爱下到院子里轻轻抚摸龟背上的官印，喃喃地说："难为乡亲们一片心啊！"每摸一次，他的心就闹腾一次，心急火燎的要上衙。家人没办法，只得搬来葛老先生。葛老先生说他身体太虚，不易恢复，现在上衙会功亏一篑。此后他才不再闹，安心养病。

阳澄湖水患损失巨大。为使朝廷引起重视，况钟利用养病向朝廷写了《修浚江湖水利再奏》。奏疏分析了此次水患的原因，报告了水患造成的损失，提出了改进措施，强烈要求朝廷尽快批复奏疏，并派大臣前来勘定，定出预算，今冬务必动工云云。

朝廷这回引起了重视，很快批了他的折子并派周忱来勘定，敲定工程预算。由于况钟原来的准备工作做得细而充分，治水规划很快出台。正统六年冬，在周忱的积极支持下，吴县、昆山二县治理阳澄湖水系的工程上马了。况钟一身短便服，不用任何官员陪同，只带着尤涛天天策马在工地上跑，检查工程质量，吃住在工地，不认识的人不知他是知府。

一天，他来到昆山太仓塘河段。河面上到处是疏河的人，将裸露在水面的沙石挖去，载着沙石的手推车、牛车、骡车，一车车往岸上运去。两旁河岸，到处都布满了民工，有的在修整旧堤，有的在重修新堤，虽是冬天，一个个都忙得汗流浃背。

况钟沿着河堤去，尤涛牵着况钟的坐骑跟在他的后面。路过一段新砌的河堤时，有人叫了他一声。况钟定神一看，那人是葛阿伴。

"阿伴！"况钟走了过去，观察着他新砌的河堤，似乎拌的桐油还不足,语重心长地说:"阿伴,马虎不得,桐油不能省,这可是百年大计啊!"

葛阿伴叹了口气:"况大人,您有所不知,拿着油票去领油,仓库次次都克扣,从来没发过足秤。"

这个地段仓库管桐油的眯眯眼,一肚子坏水,十斤桐油少发二至三斤,跟他吵,他扣得更多,眼睛一眯:"有种你到上头告去!"有好事者真的捅了上去,告到河泊所。河泊所掌闸官是管工程监督的,少发桐油的事照理应该严惩,他口里说会过问此事,实际并无行动,眯眯眼还是照扣不误。后来一打听,原来河泊所掌闸官跟知县大人沾亲带故,而眯眯眼又是掌闸官的小舅子。大家出于无奈,只得忍气吞声。

两人正在谈论桐油时,杜福寿提着一桶桐油回到工地,见到况钟亲热地打招呼:"亲家来了?"

况钟点点头,上前提起油桶,问道:"福寿大哥,这桶桐油多少斤?"

"我给的是二十斤油票。"杜福寿说。

况钟将油桶置地上:"至多十六斤。"

葛阿伴提起掂了掂:"不会超过十六斤半。"

况钟非常气愤,这油耗子太可恶了!修河堤的桐油他敢吃,今后死了人怎么办?他对杜福寿说:"亲家,叫他补去!"

杜福寿提起油桶,况钟跟他到仓库去。仓库设在一座龙王庙内。来到龙王庙,只见门首一副石刻楹联:

龙从百丈潭中起

雨向九重天上来

庙不大,就是前后殿,龙王的牌位光秃秃地立在神龛上,两边殿墙下和后殿堆放着一排排装满桐油的脚盆粗的铁皮桶。

一行人走进前殿不见人,只听到后殿马吊洗牌的声音。杜福寿叫了声:"领桐油!"

后殿出来个獐头鼠脸眼睛细得如一条缝的三十多岁的人，他就是眯眯眼。他望了望杜福寿，说："杜福寿，你不是刚领二十斤吗？这么快就完了，你们是不是吃掉了？"

杜福寿指着放在一边的那桶油："你少秤四斤，得补！"

眯眯眼笑："我向来都是这么秤的，也从来没人补过，凭啥补给你？"

况钟走上前去对眯眯眼说："河堤质量关系到千家万户的生命财产和安全，桐油应如数发足，你就补给他吧！"

眯眯眼望望况钟，头戴毡帽，身穿短袄青衣，衣上沾着泥土和石灰浆，脚穿千层布鞋，脸忽然一沉："你一个修河的老不死，少在这里放屁！"

河堤是百年大计。百年大计质量为本，新修的河堤牢固否，关系到千家万户生命和财产安全。这眯眯眼因贪图蝇头小利而置河堤质量于不顾，可耻又可气。况钟火起，扬起巴掌在他脸上"啪"地打了一巴掌，吼道："少了秤的你通通都给我补！"

眯眯眼捂着红肿的脸跑进后殿告状："姐夫，姐夫，有人捣乱，还打我！"

打牌声立即停，掌闸官腆着肚子从后殿出来。他四十出头，方脸，目光傲慢，眉毛笔直挑起，透着股杀气，嘴镶着颗大金牙。眯眯眼指着况钟对他说："就是他，就是他！"

大金牙是去年才到昆山河泊所当掌闸官的，接触的上司是府河泊所的官员，不认识况钟。他审贼一样审视了一番况钟后，问道："你是何方神圣？"

杜福寿连忙替况钟回答："他是苏州府……"

杜福寿说到这里，况钟抢着回答："苏州府昆山县陆杨乡新来的修堤民工。"

大金牙轻蔑地笑了笑："你知道我是啥人吗？"

"不知道，我刚来。"况钟说。

"说出来，吓死你！我是昆山县河泊所掌闸官，这堤由我说了算，要你返工就得返工！"大金牙狂妄地说。

"就是怕返工，所以要讨回克扣的桐油。"况钟说。

大金牙瞪着眼："讨啥讨？截留下来，难道我们吃了不成？"

"难道你们没吃？我们每次领的油都少了秤！"杜福寿将刚才领的油提到大金牙面前，"我的票是二十斤，你称称看是多少？"

大金牙火了，一脚踢去。杜福寿的油桶倒在地上，遍地桐油。杜福寿提起油桶，忙用手掌将地上的油捧往油桶内，骂道："吃了油还这么狂！"

"杜福寿，告诉你，老子就是爱吃，你又怎么样？"大金牙上去又是一脚，将杜福寿的油桶踢翻在地，"你不就是有个亲家是知府吗，仗什么势？他一个知府管不到几斤桐油上去！"

况钟见大金牙如此狂妄，走上前去拍拍他的肩："你既然说知府管不到几斤桐油上去，本府今日就管定了！你刚才不是说爱吃桐油吗？"他指着地上的桐油，"这些你都给我吃掉！"

大金牙望望况钟，不对吧，这副模样会是知府？这个老民工肯定在唬我。想到这里，大金牙对着后殿喝道："小子们，给我出来，把这个冒充知府的老骗子打二十棍！"

正在后殿玩马吊的河工们遵命出来要打况钟，尤涛吆喝道："他是按察使，中议大夫赞治尹，苏州知府况大人，敢打他，你们反了不成？"

大金牙吓慌了，带着河工们跪在况钟跟前："小的有眼无珠，不知大人驾到，冒犯了大人，请大人恕罪！"

况钟挥挥手要他们起来，然后命他们将地上的桐油扫起来盛在脸盆中，再叫眯眯眼找来两只大碗盛上脸盆中的桐油，指着两碗桐油对大金牙和眯眯眼说："初次见面，没什么慰劳，二位既是爱吃桐油，那就一人一碗,权当本官给你俩的见面礼!"

大金牙望望桐油,愁眉苦脸地:"大人,桐油吃了会肚痛。"

眯眯眼哭丧着脸:"吃了会拉肚子。"

"肚痛和拉肚子算什么?明知吃了桐油会死人,你们还照吃不误哩!"况钟指着两碗桐油,"吃!你们给我吃下去!"

大金牙和眯眯眼只得端起油碗,闭着眼睛一口气喝了下去。

况钟手指点着二人:"你俩给我听着,在这工地上吃进多少,给我吐出多少,少一两都不行!"他走到殿外,指着大门两旁的对联,"龙王爷脾气暴躁,一发怒就大雨倾盆,浊浪滔天,堤坝要是溃了,要死多少人,要淹多少田?河泊所本是掌闸、掌坝,负责闸门启闭蓄减,昆山县委以你们重任,是要你们把好工程质量关。你俩成为油耗子,已不配了,昆山县衙会安排人来接替你俩,你俩下到陆杨工地筑堤,由杜福寿和葛阿伴管理你俩。"

桐油进肚,腹内咕咕直叫,肚子痛了起来,二人只想解大手。况钟还在训话时,二人不敢离开,只得忍着,等训完话时忍不住了,还没来得及到茅坑就拉了一裤子。

此事一传出,昆山、吴县县衙立即对河泊所进行整顿,检查河堤质量,不符合标准的推倒重砌。阳澄湖水系自疏浚以来,此次修的河堤质量是最好的。

第三十五章
青|天|不|老

况钟拳拳以爱民为心,切切以安民为本,苏州终于大治,百姓安居乐业,乡村面貌大变。苏民李孟吉《颂郡侯德政》诗描绘了当时的情景:

淳风归浑朴,疲俗赖矜全。

民阜多新屋,年丰少秽田。

湖山清入画,桑柘绿如烟。

这是一幅生机勃勃的风景画:民风淳朴,百姓一改疲软的陋习,变得勤劳发奋,精耕细作,田里禾苗茂盛,很少见到草,连年丰收。农民富裕后盖起了新房,湖山青翠,桑树和柘树绿得青烟一般。

况钟一有闲暇就喜欢往农村跑。丰收时节,他来到一个村庄的道口,只见秋收的田野歌声悠扬,乡道上,粮里在劝告纳粮税,父老们提着酒壶去酒店买酒,田野停放着运水稻的牛车,儿童在车旁驱赶着小牛犊。况钟问一个路过身旁的老人:"老人家,如今的日子怎么样?"老人不认识他,高兴地说:"好啊,好啊! 多亏了况大人! 如今懒惰的人不见了,各家收成都好,纳完粮还余下好多谷,防饥防盗,再也不用去逃荒了。"

回到衙府,况钟根据目睹的情景提笔作《劝农诗》一首:

> 田歌四起韵悠扬,阡陌循行劝课忙。
>
> 父老絜筋随挂石,儿童驱犊驻车旁。
>
> 丰粮有兆流亡免,游惰无民风俗良。
>
> 早纳官租多积谷,防饥防盗乐无荒。

瑞雪迎来了正统七年。大年初一早晨,天刚蒙蒙亮,苏州城里的爆竹声就炒豆似的响了起来。这是况钟到苏州为官后迎来的第十二个春节。

一家子早早起来,个个都穿戴一新,在花厅正中墙上挂上祖宗画像。画像之下的供桌上点着香烛,摆着果品,供桌前放着席子,席子上面铺着床棉被。一家人按男左女右,分两行站在棉被两旁。况钟先在棉被上跪下向祖宗画像磕头,然后一个个依次上去行礼。拜影之后,况钟和万夫人按男左女右,分别坐在供桌两旁的太师椅上,儿孙们分别向他俩拜年,他俩则分别给孙子孙女和未成年的子女压岁钱。

早饭后,府、县官吏拜年来了。忙完之后,况钟和往年一样照例上属僚家,给他们的父母拜年,送去新春的祝福。

晚上,况府孩子们在院子里玩爆竹和烟火,大人们则围坐在火炉旁,一边剥着瓜子,一边听万夫人和杜秀蓉合弹琵琶。经过多年的操练,万夫人的琴技已炉火纯青,秀蓉的琴是十五岁时学的,琴技也不错,二人合弹可谓锦上添花。况钟和儿子们不断给予掌声。

两人此时弹的是《夕阳箫鼓》。这支曲子给万夫人带来许多温馨的回忆。弹起这支曲子，她感到无比的幸福。她一双素手轻拨徐按，勾抹挑滑，旋律随着她的手指时而飘逸悠扬，如浮云柳絮般随风飘荡，时而流利轻快，如花间莺啼，溪中泉吟。况钟正屏声静气地听着，突然，"嘣"的一声断了琴弦。万夫人的眸子露出惊惶的神色，况钟欢快的脸上浮起一片阴云。况寰和杜秀蓉互相对视了一眼。杜秀蓉坚持将曲子弹完。由于少了一把琵琶，效果就差多了。一家子乐融融的气氛，被这"嘣"的一声破坏了。

况钟的老家靖安，人们对大年初一特别敏感。年初一这天一切都好，表明一年都顺。这一天言行举止都特别讲究。因为担心小孩会乱讲话，家家都用红纸写上"童稚无知，百无禁忌"贴在墙上。这一天不准打骂小孩，不准摔破碗……反正就是要求个完美无缺，一团和气。断琴弦，意味着曲断人散，每个人的心里都印上一个黑色阴影。

况宾是个长不大的孩子，人家沉默不言，有意避开，他偏要发表高见："大年初一断弦，不是件好事！"

英子更不懂事，忙问："哥，为啥不是好事？"

况宾正要说，况寰踢了一下他的脚。他意识到了，才没说出来。英子见他不说，扳着他的臂膀直摇，缠他讲。

"英子！大姑娘了，还这么不懂事！"万夫人瞪了英子一眼。

大年初一就遭母亲呵斥，英子感到没面子，有些不高兴。况钟见她噘起嘴，向她招招手："英子，到爹这边来！"

英子在况钟身边坐下，况钟慈爱地摸着她的手："哥不告诉你爹告诉你，今年爹怕是不能和你们一起团年了。"虽然葛老先生把他从阎王爷那里抢过来了，身体恢复也还可以，治水时东奔西跑的，总感到力不从心。舒夫人在世时曾请人给他算过命，说阳寿只有六十。这断弦没准应在自己身上,也许自己的寿数真的到头了。

大年初一说这样的话,万夫人和况寰夫妇都觉得极不吉利,但又都装着不信,争相安慰况钟。

"不就是断根弦吗?老爷,您别忌讳这么多!"万夫人将断弦换下来,"早几天妾就发现这根弦快断了,过年事一忙,忘了换。"

杜秀蓉说:"爹福星高照,菩萨会保佑您长命百岁的!"

"爹,苏州的老百姓还盼望过更好的日子,您可不能歇肩啊!"况寰说。

况钟听了连连点头。他理解亲人们的心情,自己也希望长寿。来苏州才十二年,有些事还没来得及做,心中还有个宏伟的规划没实施,如果老天能给他添寿,他愿再活一百年。今天是大年初一,不能让一家人因自己的话在灰色的气氛中度过,他对万夫人和秀蓉说:"再弹一曲《春江花月夜》吧!"

两人调好琴弦又弹了起来,欢快悦耳的琵琶声,重又营造了节日喜庆欢乐的气氛。

春节过罢,元宵又来了。元宵那天玩灯,抇壁虎不慎摔伤了左腿。

开春以后,一个春雨霏霏的日子,况钟去阳西看望摔伤了腿的抇壁虎。走进田野,牛毛细雨如烟似雾,沾衣不湿,拂面不寒,踏着毛茸茸的草芽,闻着旷野的泥腥味,听着四周的蛙声,况钟浑身充满了活力,顿觉年轻了许多。来到抇壁虎家,抇壁虎见况钟比往年衰老了许多,心疼地说:"衙门的事都把你压垮了,鸭吃砻糠鸡吃谷,各人自有各人福,今后百姓的事不要操这么多心,多注意自己的身子骨!"况钟摇摇头:"兄弟,吴中不是有句土话叫自肉自痛吗?百姓是我的自家骨肉,哪能放得下心!"那天两人高兴,都喝得酩酊大醉。况钟回到家,就觉身体不适,老是咳嗽。此后咳喘愈来愈严重,精神恍惚,体力不支,葛老夫子的药不灵了。五月,况钟给朝廷上书请辞:

……年迈六十,心耗神颓,痰气冲逼,地广政繁,病躯实难于供职,今疏请辞任,乞休养病。

请辞发出之后,况钟天天躺在花厅睡榻上等朝廷的批复。一天,他坐在睡榻上正在吃药,何横喜冲冲进来,要况钟出去看祥瑞。况钟吃完药,万夫人扶着他走出门厅,何横指着府治那边叫况钟看。况钟放眼望去,数十只白鹤盘旋在府治之上。何横说,这些鹤自东南而来,已盘旋了一些日子,在府治上头时聚时散。何横正说着,白鹤有灵气似的,纷纷飞往况府这边,最后栖落黑松顶上。

白鹤是祥瑞之物。何横指着白鹤说:"鹤有灵气,民和则气和,气和则熏蒸上下,感祥召灵,鹤故来,此乃伯律兄德政所感召耳!"

况钟是个谦虚谨慎的人,责备道:"何兄,你何时学会拍马屁了?"

何横争辩说:"何为拍马?有其德者必有其应,昔驺虞见于南国,祥麟游于鲁邦……"他引经据典正要进行有力的反驳,况寰拿着一份内廷廷寄,走进花墙门楼从石级上来,笑着向何横请安,然后禀告父亲:内阁批复来了,不同意请辞。

况钟看毕批复,苦笑一下:"看来贱仆只得在任上鞠躬尽瘁,死而后已了!"

此话不幸言中。七月,况钟病情加重,万夫人到泰伯庙,耆民到三清殿、寒山寺等求神拜佛,祈祷况钟永享遐年,熊老汉甚至祷告神灵愿以自己的寿年添给况钟,然而这一切都不见效。

十二月,况钟已卧床不起。到了中旬,一天北风呼啸,大雪纷飞,天气特别寒冷。况钟面色红赤,高烧不退,周身不时惊跳、抽搐,张着嘴说不出话,家人将他抬到花厅睡榻上。

况钟服了药,抽搐的症状没有了,只是不停地撕扯衣服,扯了一次又一次,机械地重复着。这双惩恶扬善,驱妖除魔,为民削重赋、平冤狱、举笔千斤不觉重的强有力的手,在病魔的折磨下,如今已干瘦如柴青筋缕缕,不停地颤抖,显得是那么虚弱和无奈。万夫人命熊友兰速去请葛老夫子。

况钟在睡榻上出了一身冷汗,脑子出奇地清醒起来。他睁开眼睛,只见家人都噙着泪守候在病榻前。他从这个世界走向另一个世界的远行就要开始了,心里有千言万语要对每一个亲人讲。他攒足劲想说,可是喉头发不出声音。

他心里急啊!无神的双目死死地盯住守候在面前的人,用目光传递他的心声:

夫人,你我相伴六年,为夫连新衣服都没替你添一件,你很失望吧,一个知府竟是穷光蛋!有什么办法呢?我这一辈子既然选择了为官这条路,就注定了只能靠薪俸过日子。吏不畏吾严,而畏吾廉;民不畏吾能,而畏吾公。公生明,廉生威。你到我家以来,受穷受气,担惊受怕,为我付出了一切。我曾设想致仕后尽点丈夫和父亲的责任,就是卖文卖字,我也要挣钱为你做套漂亮的衣裳,为英子置办像样的嫁妆。现如今,一切都付之流水了,下辈子变牛变马我再报答你吧。

宁儿,难为你了!成家之后,你就在老家作田种地,打理家政,代父对祖母尽孝,虽是生在官宦人家,没过一天少爷日子,一辈子没离开锄头,还是那样无怨无悔。爹感激你!爹原本打算抽空回老家来看你一家子,顺便给已故的亲人们上上坟,大限已到,不能成行了。

寰儿,你为人诚实,重情重义,为父走后,你要尽力襄赞杨大人。衙门的事无大小。大小事都连着百姓的心,你要一心一意为百姓办事,爱民如父母爱子,兄之爱弟,此嘱切记,切记!

宾儿,文才方面爹最看好你,毛病就是喜自矜,自伐。这可不好,自伐者无功,自矜者不长,今后要注意改进。孩子,爹打你一巴掌,还记恨爹吗?爹平生就是打你一巴掌,打在你脸上,痛在爹心里。想起这事,爹心里如今都不好受。爹之所以这样做,是怕赵忧毁了你,爹耽误了你的婚事,惭愧啊!

宇儿,我可怜的孩子……

况钟正用心对况宇诉说时,熊友兰带着葛老夫子急急忙忙进来,后面跟着周孝儒、拗壁虎、熊老汉等人。周秀才他们几个是在街上遇见熊友兰后才知道况钟病危的。葛老夫子一来就切脉,切过脉之后摇摇头,叮嘱准备后事,匆匆忙忙走了。

周孝儒、拗壁虎、熊老汉等人走到病榻前,满含深情地望着气息微弱的况钟,纷纷给他打气。

周孝儒说:"况大人,挺住啊!病来如山倒,病去如抽丝。治病就同打仗一样。古人论战,未战养其财,将战养其力,既战养其气。您只要养好力和气,就一定会战胜病魔!"

"兄弟,您向来就是英雄汉,这回也不要做孬种,再英雄一回!病好之后,你我再来个一醉方休!"拗壁虎说。

熊老汉流着泪,重复着一句话:"老爷,您不能走啊!您不能走啊……"

况钟笑了笑,心里说:谢谢你们的祝愿!我也舍不得走,舍不得离开你们。你们不是我的家人,但比家人还亲。到苏州十二年,我无时无刻不想着你们。你们不知道,每当做一件有利于你们的好事,我心里就快乐。我想永远这样快乐下去,可惜今后再也不能了……他心里正这样说着,周身感到透骨的寒冷,一种从未有过的倦意袭来,眼皮变得千斤重。

他太疲劳了。宣德五年六月他持敕赴任,尚未视事就访民瘼于井邑,走穿布鞋数双。视事之后,惟日孜孜,无有逸豫,他从未睡过一个安稳觉。纠官慝,惩吏邪,纤弊必别,险些丢了性命;为民请命,减额除荒,冒着杀头危险,百道封章不顾身;废苛捐,禁勒索,身陷囹圄而不惧;课农桑,修水利,深入实地,不知劳累;清积案,折冤狱,日理万机而不烦……他十二年做了别人二十年难以办成的事。为苏州百姓,他的全部心血已经耗尽。

他觉得要睡上一觉,轻轻地闭上了眼睛。

给他换装时,家人在他内衣口袋里发现了他的遗嘱。这封写于宣德九年的遗嘱,今日才和子女见面:

> 我生际承明,幸厕春官列。
>
> 吾家诗书胄,况坊名阀阅。
>
> 奈何遭元季,群盗肆猖獗。
>
> 阊门殒锋镝,惟父脱虎穴。
>
> 赖彼黄氏泽,鞠养不令绝。
>
> 虽无经济才,尚守清白节。
>
> 汝曹俱长成,经史未明彻。
>
> 岁月不汝延,努力无暂辍。
>
> 圣学苟能穷,斯克续前烈。
>
> 非财不可取,勤俭用无竭。
>
> 非言不可道,处默无祸孽。
>
> 临下必简言,事上务和悦。
>
> 持心思敬谨,遇事无灭裂。
>
> 惟能思古道,方与禽兽别。
>
> 国家彰宪典,圣言良谆切。
>
> 此书为遗训,各宜蹑先哲。

况府的哭声，立即招来许多人。何横、杜福寿、周孝儒相商，况公节俭一辈子，从未奢侈过，这回一定要按吴地风俗办丧事，让他风风光光地走。大家七手八脚操办起来。小院搭起灵棚。石阶至门厅前，头顶蒙上白布。灵堂设在门厅，布置得像模像样。与此同时，分派人四出报丧。

周忱听到况钟噩耗，急着往苏州府赶。署理知府杨粟陪他去况府，来到况府门楼外，哀乐吹得凄切，隐隐传出哭声，门楼门上挂着麻幡和白花。二人心情酸楚地走进门楼，万夫人带着五个孝子、两个孝媳、两个孝女在门边跪接。夫人首饰尽除，铅华不施，一身皆白，腰间系着孝带。孝子戴麻布风凉帽，穿麻布衫，白鞋上蒙着麻布条，腰系一根反搓的稻草绳。孝女、孝媳披着从头到足的长白布，足穿白鞋。周忱和杨粟向夫人点了点头："节哀！"接着对孝家抬了抬手，"请起！"言毕向灵棚走去。

灵棚内摆满了府、县衙门和士农工商各界有关人士的挽联、挽幛，到处挂着金箔银箔。两班吹鼓手，各坐一八仙桌，见官府来了人，吹得更起劲，脸憋得通红，脖子上的青筋鼓起。哀乐声和当差的人"某处倒茶"，"某处要什么"的呼叫声混合在一起。二人急急经过灵棚，爬蹬道进入灵堂。

灵堂内木鱼声声，僧侣们正在念经超度亡灵。四角摆着盆栽的梅、兰，正中放着况钟油杉朱漆棺木。苏金娣、苏戌娟等十多名女客，围着棺木在哭丧。执事的见巡抚和署理知府来了，引女客们去厢房休息。周忱和杨粟来到灵柩前，只见况钟身穿三品袍服，头戴乌纱帽，足穿朝靴，安详地躺在棺中，眼睛闭着，脸带疲劳。灵柩前头摆着灵桌，安放着况钟的牌位和供品，灵桌两旁用白绢结魂帛以依神。灵堂两旁墙上挂着四把用布做成的扇状墙翼,它是品官等级的象征,明制三品以上四翼。

瞻仰完况钟遗容,周忱和杨粟分别到灵位前叩头,然后由何横引着到花厅吃茶。

来到花厅,茶几上备有文房四宝,供吊客题写挽诗、挽联、挽幛。周忱铺开纸,题了一联:

俯不愧众庶治苏十二年忧民发已千茎白

仰未怍天子入仕二七载报国心存一寸丹

周忱放下笔,杨粟上前写一幛:

青天不老

何横看过两位大人的挽幛挽联,提笔写了一联:

官朝署事三圣功立仪曹皆称贤吏

典侯邦庇万民德遍吴郡咸呼青天

题毕,三人落座,苏戌娟递上茶来。三位老夫子都无心品茗,一致称赞着况钟。何横入仕之后,结识的人不谓少:交功名者,念叨的是升官发财;交市井者,念念不忘的是赚钱获利;交权谋者,谈论的是利己防人……他是个清高的人,觉得这些人都不足为交。认识况钟后,他才找到真正的知己。况钟谋道不谋食,不避权要,不沽名誉,拳拳然唯以安养生民为念,为政以德,造福于民。苏州千余年来,像他这样的太守不过三四人。何横钦佩况钟的为官为人,他俩结为挚友,尽管有时为某件事争得面红耳赤,但这并不影响他俩的友情。黄金万两易得,知心一个难求,况钟的逝去,令何横痛心:"六月甲子,白鹤数十只自东南而来,盘旋于府治和况府门前,丙寅日群鹤再至,仆以为苏州大治,和气所感,孰料仙鹤来接伯律兄英魂……"他哽咽着说不下去了。

周忱见何横如此伤感,眼圈也不由得发红。永乐十三年况钟到礼部仪制司任主事后,二人就相识,经常以诗会友,诗成有共赋,酒热无孤斟。巡抚江南后,彼此关系更为密切。况钟经常把自己了解的情实向他汇报,他则立即接见。况钟在苏州的革新多是两人筹划的。他在巡抚江南期间的一些善政,如"平米法"及建"济农仓"等一些善举,都是在况钟的协力帮助下完成的。他非常欣赏况钟的能力,忍不住赞叹道:"况公为政综理周密而不烦,行之甚易而不疏,所见政治之举凡数十条,皆磊落奇伟,为不易之章程,诚可方古之循吏也。我朝开国七十载,为苏守者几十人,求其兴利除害,令肃化行,上不谄逢,下不酷虐,百废俱修,万民乐业,四境讴咏,恩德如伯律兄者,罕见其匹焉!"

"抚台大人所言极是!"杨粟接口说,"苏为天下大郡,钱粮浩大,户口繁殷,自洪武年间设知府衙门以来,无一守考满。况公惟日孜孜,无敢逸豫,感与信并行,德与法相济,恩遍吴郡,真可谓是功德圆满!"他对况钟的认知历经了三个阶段:由于听信了成均的蛊惑,初是认为况钟挤掉了他知府的位子,为了把这把高椅夺回来,他拉拢一批人与况钟闹对立,对着干。他看到那些人中有的被杀,有的被关,有的被撤职,以为况钟一定会追到他头上。结果况钟并未因此而整他,他由是对况钟刮目相看。成均去浙江任职后,树倒猢狲散,他很失落,也很恐惧,怀疑况钟会趁机打击报复。尤其是徐文伯案发生后,赵忱贼喊捉贼,嫁祸于他,他害怕况钟会置他于死地,因而惶惶不可终日。况钟光明磊落,不计前嫌,秉公办案,将赵忱绳之以法,令他松了口气。况钟刚明果断,遇事可为,屡遭奸臣陷害,仍不畏惧,一如既往,不为利诱,不为势摇,执手之固,千夫莫回,为苏民创下治世,他从心坎里佩服况钟。他说:"况公为郡,龚遂之化北海,黄霸之理颍川,循吏之称不为过!"

三人缅怀况钟赞不绝口,良久始去。

次日,郭南、冷知县等七县知县和府衙官吏先后前来吊唁。

此后,苏州七县耆民和邻郡松江、常州、嘉兴、湖州等府来吊唁的络绎不绝。

况钟卒于任上，鞠躬尽瘁，死而后已。朝廷封赠他正议大夫资治卿，赐钞三千贯，归葬江西靖安老家神州山。

正统八年正月，况钟灵柩启运回乡。晚上吹了一夜北风，早晨打开门，天空烟霾滚滚。吃早饭时，天空出现无数小黑点。小黑点不紧不慢地往下掉，下到地上都是晶莹的雪花。雪花纷纷扬扬下着，如千万蝴蝶在飞舞，黑松很快成为白松，到处一片白茫茫。

早饭后，门楼前的空场上，冒雪站着满场穿白衣的人。何横和杜福寿是总提调，跑来跑去安排送行的各色事务。起身的时辰到了，鼓乐鸣，花爆响，尤涛、朱阿佛、葛阿伴、拗壁虎、熊友兰、熊友蕙、酒葫芦等数十人抬着五色彩锦覆盖的况钟灵柩出门楼门。出门之后，熊老汉把早已放在门外的一只瓦瓮砸碎。吴中人认为此举能驱除杀气。

送葬队伍徐徐上路，打头的是开路神，依次是四大金刚、铭旌。铭旌上写"正议大夫资治卿正三品按察使署苏州知府事况钟之灵柩"。铭旌之后是纸扎的显轿和对子马，挽诗、挽联和挽幛，杨士奇的挽诗写的是：

　　千红万紫发千荣

　　不及梅花玉骨清

　　我忆吴门况太守

　　顶霜傲雪在冰心

杨溥送的挽幛是：

　　名垂千古

胡濙送的挽幛是：

　　名远德高

　　接着是僧侣、道士、乐队、灵柩，况宇带着弟弟况守端着灵牌走在灵柩前，况寰、况宾分别在灵柩两旁手扶棺木。根据吴地风俗，灵柩后长子况宁用托盘托着米、麦、绿豆、酒壶等，一路撒着米、麦、绿豆。况宁后面是苏金娣扶着的痛不欲生的万夫人和苏戍娟扶着的身怀六甲的杜秀蓉等女眷和孙辈。女眷后面是送行的官吏、亲友及士民代表。紧接其后一担箩筐挑着况钟的主要书籍（大量书籍已送人）及日常生活用品，最后是几个人抬着乌龟驮印。

　　灵柩在外城河姑胥桥下上船。苏民罢市，万人空巷，倾城出送。从西米巷至姑胥桥，道路两旁站满了送行的人，看到况钟的全部家当就是一担挑，无不动容。况钟廉洁自励，无粒粟寸丝毫银苟取于民，为朝野信服。宣宗称他"必能持廉"，英宗赞他"清慎廉和"、"莅政廉勤"，杨士奇说他"洁清之极，一尘不染"，士民歌他"冰清玉洁没纤埃，一轮明月照苏台"。他来苏州赴任时，一担行囊，两袖清风。如今他到天国去，永远地离开苏州了，还是一担行囊，两袖清风。

　　送行队伍行进缓慢，走不几步又要停下，官府和士民准备了好几场路祭。周孝儒是祭先，带祭和读祭文。

　　首场是苏州府衙门的，署理知府杨粟主祭。祭文曰：

　　呜呼，河山戴孝，吏民哀伤。公牧我郡，七邑得昌，鞠躬尽瘁，功盖吴邦。公之德政，我敬我仰。今朝永诀，寸断肝肠，叩首再拜，泪洒衣裳。呼呜哀哉，伏维尚飨！

周孝儒读祭文很动情，如泣如诉，主祭的杨粟几度哽咽。

　　最后一场路祭是士民的，由杨谧、方献忱等人主祭。祭文曰：

　　呜呼，大地雪茫茫，悼我况公殇，维明社稷臣，勋业满吴疆。苏州为官日，青天赫有光，杀吏破鬼胆，雷霆震四方。赋重如水火，奏减百万粮。才高权贵忌，留民诣阙堂。诬起复上书，流亡悉还乡。赈荒多善策,为政务锄强。秩满应迁爵,上书乞返乡。诏进加二秩,土庶喜洋洋。期公再添彩,孰料卒署房。士民失慈母,天子号穹苍。无人保我赤,谁为扶纲常。再拜久屏息,青天万古芳! 伏维尚飨!

周孝儒念这篇祭文时,天色晦暗,朔风凛冽,天空如仙女散花,似玉龙飞麟,白鹤抖羽,帽子上、衣衫上都白了。他拍着衣上的积雪,用哭诉的腔调继续念下去,心情非常沉重。过去,他这个穷秀才,还不如有钱有势人家的一条狗,他们霸占了他的田地,逼死了他的老母,害死了他的前妻。况大人来苏州后,他这个"狗秀才"才堂堂正正做了回人,真正享受到了做人的尊严。况钟逝世,他有种塌了天的感觉。今后自己会是怎样的境况,他不敢往下想。当读到"士民失慈母,天子号穹苍,无人保我赤,谁为扶纲常"句时,周孝儒五内俱焚,想到物在人亡无见期,阴阳相隔不胜悲,忍不住声泪俱下,放声痛哭。主祭人和旁观者受其感染,都纷纷落泪。

路祭之后,棺木抬上灵舟。哀乐响,鞭炮鸣,灵舟起航。雪下得越来越大了,街衢村庄在雪幕中变得约约绰绰。

听说况钟血柩运回江西,运河两岸百姓戴孝早早等候在河堤边。灵舟进入运河后,十里苏堤白衣冠两岸夹舟。士民燃放自带的爆竹,为况钟送行。爆竹声声,此起彼伏,连绵不断,不绝于耳。运河两岸硝烟滚滚,一团团,一圈圈的,有的笔直升起,如一缕轻纱悬挂空中,有的像一片云彩漫向大地,有的被风吹散,撕成许多碎片,有的幻化成不同的景象,引起你的无限想象。

前行一段,雪停了,天开了,灵舟过处,水中映出一片青天。

2010 年 8 月初稿于钢城新余

2013 年 4 月修改于丽湖颐年斋

后记

　　小时候看电影《十五贯》，苏州知府况钟给我留下了深刻的印象。编史修志时，听靖安同仁讲过一则笑话后，况钟引起了我浓厚的兴趣。况钟灵柩运回靖安后葬龙冈洲神洲山。十年动乱期间，造反派突发奇想：况钟是历史上有名的清官，没有毛泽东思想武装的他能如此清廉？鬼才信哩！他们掘墓搜赃，并立下军令状：搜不到金银财宝，向毛主席请罪一百天。开棺结果，令他们目瞪口呆。他们气愤地指着况钟的尸体骂道："你这个反动官僚装清廉，是不是五百年前就算到有今天？"一番苦涩的笑之后，我开始阅读有关况钟的资料，对况钟有了更全面的了解。他"拳拳以爱民为心，切切以安民为本"，鞠躬尽瘁，死而后已，苏州百姓称他"况青天"。时代需要清官，百姓呼唤清官，读者喜欢清官，我由此产生了把他写成长篇小说的念想。

　　为了了解况钟那个时代的历史背景，收集有关况钟的资料，我先后查阅了《中国史纲要》《明史》《苏州府志》《苏州市志》《靖安县志》《况钟治理苏州前后》《明朝那些事儿》等书籍资料。小说是在收集大量资料基础上创作的，书中的人物事件大部分是真实的。

我先后到苏州和靖安两地体验、考察，了解况钟的生活环境和当地的民情风俗。苏民至今仍不忘况钟，他们介绍，况钟灵枢运走之后，他们在金门外杨柳湾为他建了一座衣冠冢，在府学右侧建况公祠，祠中刻有况钟石像。苏州七县大小城镇有况钟专祠，春秋祭祀，香火不绝。靖安县则已重建况钟墓，墓地选址县城东郊森林公园，占地一亩，用花岗岩砌成，重刻王直《赠正仪大夫资治卿加正三品衔苏州知府况钟墓志铭》。墓志铭文字不多，照录如下：

公名钟，字伯律，姓况氏，其先祖居况坊，有公爵至公侯者。分支靖安，再传而死于寇，且以家殉。公父仲谦，甫数龄，鞠于黄氏。仲谦笃生公，孑遗之际，慨然以读书经世为务。起家仪曹，寻历超迁，非卓然名杰，其能若是乎？夫仪曹所司，朝廷大典礼也，必宏儒始任之。公以新进少年，周旋两京，明于掌故，而动合章程，为圣主所眷注，则公之才优学博可知矣。公慨然揽辔登车，勇于任事，纠官慝，惩吏邪，纤弊必别，积困必苏，前后为苏民请命，如减额除荒诸大政，抗疏至数十上，憨直无讳，而上嘉纳之。数年间，民之疲者以兴，穷者以植，逃亡者以复，贪墨者屏息而不敢肆，油油然乐生送死，非复向来苦重赋而呼吁无门之气象矣。民相与咏歌膏泽，比屋皆然，称之为青天，为父母。无怪乎丁艰则求起复，任满则乞保留，不呼而集，伏阙而请，借冠者踵相接而不能绝也。公始受知于邑令俞益，早以孙伏伽、张元素期之，遂典郡政成，群以龚、黄颂之。晋秩留任，杨相国致诗，则以赵清献、张益州方之，要皆为公实录，而非出于过誉。设天假大年，其勋业正有未可量者，然已夭忝社稷臣之望矣，循良云乎哉！

墓后取况钟"清风两袖去朝天"诗句，建六角六柱"清风亭"，亭中刻有况钟像和诗词，亭柱刻有一联："一肩行李，试问封建官场有几；两袖清风，且看苏州太守如何。"

岁月是无情的。历史上的许多官员,在任时也做了一些事,但一卸任就"人走茶凉",很少有人记得。况钟逝去快六百年,为什么苏州人民和家乡父老还对他念念不忘?我琢磨:人走茶凉的官员,做的事尽管轰轰烈烈,也许多半重"有形",供看的。随着时光流逝,有形的东西总是容易被岁月的风霜磨灭。况钟不重形而重意,大小事连着百姓的心,镌刻在百姓心中,永远不会抹去。这是况钟有别于其他官员的地方,也是我塑造况钟这个人物时着意开掘的重点。由于水平有限,心有余而力不足,本书错谬在所难免,敬请专家和读者指正!

本书写作得到有关单位领导、朋友和家人的大力支持。苏州市方志办、新余市图书馆、靖安县史志办等单位为收集资料提供方便。万载县发改委为实地考察给予帮助。我不会打字,爬完格子,太太和女儿帮我制成电子版。万载县教师进修学校高级教师辛洪安先生、《新法制报》记者李光明先生认真审读初稿,并提出修改意见。江西省作协驻会副主席曾清生先生审阅书稿后热情推荐出版。江西高校出版社社科图书出版中心主任邱建国先生和编辑李国定先生为此书出版做了大量工作。对以上同志在此一并表示诚挚的谢意。

钟 政